KB180453

고려속요의 교육적 탐색

고려속요의 교육적 탐색

조 하 연

역락

머리말 : 고려속요의 즐거움, 인간의 성장

우연히 손에 들어 단숨에 재밌게 읽은 작품이 나보다 더 많은 나이를 가지고 있을 때의 당혹감이 있다. 문학을 전공한다고 하면서 왜 미처 읽어보지 못했을까 하고 속으로 민망해하면서, 오랜 세월에도 불구하고 여전히 형형한 새로움을 지닌 작품에 다시 한 번 감탄하게 된다. 그래서 생각해 보면, 철 지난 유행은 많아도 철 지난 문학이 있는 것 같지는 않다. 아무리 먼 과거에 태어난 작품이라 하더라도 그것이 펼치는 지평과 감상자의 지평은 언제든 도처에서 다시 결합하곤 한다.

고려속요 역시 이와 다르지 않을 것 같다. 고려속요라고 하면 딱히 떠오르는 것이 없을지 몰라도, 고려속요로 묶이는 작품들은 우리가 인식하고 있는 것보다 우리의 생활 속에 훨씬 깊숙이 들어와 있다. 우리가 흔히 접하는 유행가들은 '가시리 가시리잇고'의 애틋함을 수없이 변주해왔고, 삶의 무게를 감당하기 어려울 때마다 우리는 '살어리 살어리 청산에 살어리랏다'의 비애를 떠올리곤 했다. 새는 그것이 노래인지도 모르고 노래한다고 한 시인의 말을 빌리자면, 우리는 그것이 고려속요인지도 모르고 고려속요를 노래해왔다.

이것이 어떻게 가능했을까? 조금 엉뚱하게 생각해 보면 우리가 여전히 고려속요의 세계와 동일한 패러다임 속에 살고 있기 때문일 수도 있다. 고려속요가 담고 있는 인간의 조건과 대응, 이로써 드러나는 심성이 오늘 우리가 처한 상황이나 겪고 있는 심리적 갈등들과 본질적으로 다른 것이라면 고려속요가 우리의 삶 속에 여전히 자리하지는 못했을 것이다. 고려속요의 속삭임은 오늘날 우리가 살아가면서 하소연하는 말들과 본질적으로 다르지 않다.

물론 고려속요가 담고 있는 삶의 모습을 우리가 여전히 가지고 있다는 것을 확인하기 위해서는 적잖은 노력이 필요하다. 전문적인 연구자들마저 자신 있게 설명하지 못하는 부분은 또 얼마나 많은가? 지금은 소강상태에 들어간 고려속요에 대한 연구가 앞으로 다시 활성화되어야 한다는 생각이 나만의 우려는 아닐 것이다. 그러나 이제까지 고려속요가 전승되면서 겪었던 우여곡절을 생각할 때 고려속요가 앞으로도 오랫동안 우리 곁에 있어 줄 것이라는 기대를 미리 접을 필요는 없을 듯하다.

고려속요는 우리의 곁에 머물면서 우리가 살아가면서 겪는 다양한 심리적 갈등들이 결코 우리만의 것이 아니라는 점을 확인시켜 줄 것이고, 우리에게 약간의 안도와 그보다 더 짙은 회의를 느끼게 해 줄 것이다. 나의 고통이 나만의 것이 아니라는 깨달음에서 따듯한 위로를, 과거와 다르지 않은 인간의 삶에서 막막함을 느끼게 해줄 것이다. 나는 이렇듯 안도와 회의가 교차하는 고려속요의 세계에 반복하여 몰입하며 우리가 툭하면 잊게 되는 삶의 의미를 늘 새롭게 배우는 데 고려속요를 감상하는 즐거움이 있다고 본다. 고려속요는 여전히 우리를 끌어 몰입하게 만드는 힘을 가지고 있다.

시대를 넘어 공감을 주는 글들을 고전이라 하는데, 사실 인간은 아직 한 시대를 제대로 넘어서지는 못하고 있다. 그래서 고전은 아직 고전이 아니라 동시대의 것이다. 그러나 이제 막 새로운 진화를 앞두고 있는 인간 문명을 생각하면, 우리 시대의 시작부터 지금까지 우리가 벗어나려고 그토록 애쓴 일들이 무엇이었는가를 고전을 통해 다시 한 번 점검해 보아야 한다는 것을 알 수 있다. 이제 다시 우리가 고려속요라는 고전을 만난다면 이러한 우리의 처지가 고려되어야 할 것 같다. 그리고 이 과정이 굳이 고통스럽지 않았으면 한다. 즐겁지 않다면 굳이 문학을 권할 필요가 있을까? 즐거움이 없는 일은 오래 갈 수 없다.

이 책은 고려속요라는 낯설었던 대상이 나에게 즐거움과 깨달음을 주는, 나에게 '의의'가 있는 존재로 거듭난 과정을 학문의 언어로 옮겨 본 것이다. 그리고 나의 체험이 내 개인의 것만이 아니라 좀 더 보편적인 것이 되었으면 하는 바람에서 이러한 체험을 바탕으로 한 교육을 설계해 보았다. 흔히 교육은 인간이 인간다움을 가진 인간으로 성장하는 것을 추구한다고 한다. 고려속요의 감상이 거듭될수록 나는 인간다움에 대한 새로운 질문들을 얻을 수 있었다.

물론 인간다움, 인간으로서의 성장에 대해 오랫동안 생각해 왔으나, 나는 아직 한 마디도 자신 있게 할 수 있는 말이 없다. 다만 인간의 성장이 인간다움에 대한 반복적인 성찰을 필요로 한다는 정도를 절실히 느끼고 있다. 내가 고려속요를 읽으며 고민한 인간다움이 교육이라는, 인간이 이제까지 고안한 가장 훌륭한 제도를 만나, 가치 있는 삶을 고민하는 이들에게도 도움을 줄 수 있었으면 한다.

이 책에 수록된 글들은 기존에 발표했던 논문들을 단행본의 체계에 맞춰 다듬은 것이다. 1부는 박사학위논문인 「문학 감상 교육 연구-고려속요를 중심으로」를 다시 정리한 것이고, 2부는 문학교육에서 고려속요가 실제로 어떻게 활용되고 있는지에 관심을 가지고 발표했던 논문들을 묶어 구성해 보았다. 애초에 전체의 체계를 염두에 두었던 것은 아니나, 이렇게 엮어 놓고 보니 결국 앞의 연구가 뒤의 연구를 이끌어 주었다는 것을 알 수 있었다.

감상은 아직 학문적으로 충분히 정립된 용어가 아니고, 문학의 전문가들이 그리 선호하는 용어도 아니지만, 문학에 대한 모든 담론들이 만들어지는 출발이다. 감상의 관점에서 볼 때 고려속요의 면면이 좀 더 새롭게 보일 수 있다는 것이 1부에서 밝히고자 한 내용이었다. 2부의 글들은 고려속요가 우리의 문학교육에서 어떤 자리를 차지하고 있는지, 고려속요의 자질과 문학교육이 어떻게 만나는 것이 좋을지를 고민한 결과들이다. 1부와 2부의 논의를 통해 교육의 관점에서 새롭게 드러나는 고려속요의 가치가 조금은 분명해지리라 생각한다.

내가 쓴 글인데도 낯선 느낌이 적지 않았고, 이미 학계에 소개되었던 것들이라 함부로 내용을 고치기가 주저되었다. 그러나 부끄럽게도 명백히 정정해야 할 사항들이 새로 발견되기도 했고, 또 그때와 지금 생각이 달라진 부분도 적지 않아 원래의 글들과 달라진 부분이 은근히 많다. 무엇보다 하나의 글이 되도록 하기 위해 세부적인 내용을 조정할 필요도 있었다. 이미 원래의 글들을 접하신 분들께 이에 대해 어떻게 양해를 구해야 할지 모르겠다.

지금도 크게 달라지지는 못했지만, 특히나 성글었던 시기의 연구를 정리하다 보니, 각각의 글들을 쓰던 때의 일들이 수시로 떠올랐다. 대부분은 스승들과 동학들로부터 받았던 가르침과 격려의 일들이다. 이제까지 이끌어주셨던 스승들의 애쓰심과 앞으로도 함께 해줄 동학들에 대한 고마움은 몇 마디 말로써 표현할 수 있는 것이 아니었다. 오로지 부단한 연구를 통해서만 갚을 수 있는 빚이라 생각한다. 앞으로 얼마나 갚을 수 있을지 알 수 없으나, 포기하고 싶지는 않다.

일천한 수준을 드러내는 일이 민망하여 마지막까지 고민이 많았는데, 역락에서 흔쾌히 출간을 맡아 주셨다. 역락의 모든 분들께 감사드리고, 이제까지처럼 앞으로도 학계를 위해 묵묵히 도움을 주시리라 믿는다.

2017년 12월

조 하 연

차례

제2부
고려속요와 문학교육의 만남

제1부
문학 감상 교육의 논리와 구조
―고려속요를 중심으로

제1장 문학 감상 교육 연구의 시작

문학 감상을 떠나서 문학교육이 있을 수 없다는 것은 상식이다. 그러나 정작 감상이 무엇인지에 대해 아직 문학교육은 충분한 설명을 제공한 적이 없다. 문학교육의 핵심이면서도 본격적으로 탐구되지 않은, 그래서 더 이상 관심을 미룰 수 없는 것이 문학 감상 교육이다. 이 장에서는 우선 문학 감상 교육에 대한 연구가 제기되는 맥락과 그동안의 연구 동향을 점검하기로 한다.

1. 문학 감상을 논하는 이유

문학교육은 문학이 그 본질상 인간의 삶을 풍요롭고 가치 있게 하는 데 기여할 수 있다는 믿음을 바탕으로 문학의 교육을 통해 인간이 문학과 더불어 삶의 즐거움을 느끼면서 인간다움을 성취하는 것을 이상으로 한다. 이에 비추어 볼 때, 학습자의 능동적인 문학 감상은 문학교육의 출발이자 목표이며, 학습자가 수준 높은 문학 감상은 문학교육 내용의 핵심이다. 문학 감상은 문학 작품을 향수(享受)하며 즐기는 일로서, 문학 작품이 인간에게 미치는 긍정적인 기능이나 효과를 충분히 누리며 만족감을 느끼는 것을 말하기 때문이다.[1)]

---

1) 문학 감상은 일반적으로 문학 작품을 향수(享受)하며 즐기는 일이라 정의된다. '향수'란 대상이 가진 물리적, 정신적 장점(good quality)을 직접 받아 누리는 것을 말하며, '즐긴다'는 것은 어떤 대상이나 행위로부터 만족스러운 쾌적한 정서를 취하는 것을 말한다. 따라서 문학 감상이란 문학 작품이 인간에게 미치는 긍정적인 기능이나 효과가 있다는 전제 하에 그

이런 이유로 이제까지 문학교육에 종사하는 어느 누구도 문학교육의 내용으로서 감상의 본질적 중요성을 부정한 바가 없고, 거의 모든 문학교육 연구가 문학교육의 결과로서 학습자의 문학 감상 능력이 신장되어야 한다는 점을 전제하고 있다.[2)]

그러나 실제 문학교실에서 이러한 차원에서의 문학 감상, 즉 학습자가 작품을 즐겁게 향유하는 일이 어느 정도 이루어지고 있으며, 이를 위해 교사가 무엇을 하고 있는가라고 묻는다면 선뜻 긍정적인 대답을 내놓기 어렵다. 누구나 문학교실에서 문학 감상의 중요성을 부정하지 않음에도 불구하고, 학습자들에게 문학 작품은 흔히 감상의 대상이라기보다는 이해하고 외워야 하는 지식의 대상으로 간주되고 있으며, 교사들 역시 학습자들이 작품을 스스로 감상하도록 하거나, 감상하는 방법을 가르치기보다는 작품에 대한 분석적 지식을 제공하는 데에서 쉽게 벗어나지 못하고 있기 때문이다.

또한 학문적 논의의 장에서 역시 문학 감상이 무엇이며, 문학 감상을 가르치는 일이 어떠해야 하는가를 본격적으로 다루는 연구를 찾는 것도 쉬운 일이 아니다. 이미 정밀한 수준에서의 문학 감상 교육 연구의 필요성이 제기되기는 하였으나, 이제까지 문학교육 연구는 문학 감상 교육의 내용이나 방법은 물론, 이러한 연구의 기초가 되는 문학 감상의 개념과 구조에 대해서도 아직 충분한 설명을 제시하지 못하고 있는 형편이다. 전

것을 충분히 누리며 만족감을 느끼는 일을 일컫는 말이라 할 수 있다. 구인환 외, 『문학개론』, 삼지원, 1989, p.489-490 참조

2) 이제까지 문학교육에서 전제되었던 문학 감상의 위상은 다음과 같은 설명에서 단적으로 드러난다. "문학교육은 교육의 대상, 즉 학생들에게 문학 텍스트의 읽기 능력을 강화시키는 것이라고 단순화시켜 볼 수 있다. 이는 다른 말로 하여 학생들에게 문학텍스트를 이해하고 감상할 수 있는 능력을 배양하고 나아가 그 텍스트에 대한 평가의 능력을 길러 줌으로써 문학작품을 향유하게 하는 것이다."(구인환 외, 앞의 책, p.341) 이를 통해 알 수 있듯이 감상에는 문학교육이 추구하는 고유의 목표와 내용이 함축적으로 담겨 있다.

문적인 문학교육 연구 논문에서조차 문학 감상의 개념을 풀이할 때 감상에 대한 사전적 정의를 그대로 차용하는 일이 흔히 발견되고 있으며, 연구자들이 그때그때의 필요에 따라 감상의 개념을 자의적으로 해석하고 있는 현상이 나타나기도 한다.[3] 이런 면에서 보자면 실제의 문학교실이나 연구의 장에서 문학 감상은 아직 실체가 분명하지 않은, 이상적인 수준의 교육 내용일 뿐이다.

이렇듯 문학 감상이 문학교육의 중핵이라고 하면서도 그것이 실제의 교실에서 다루어지지 않고, 또한 그것에 대한 학술적 논의가 아직 충분하지 않다는 것은 문학교육의 근간을 이루는 문학 감상이 연구자나 교사의 의도와 상관없이 이제껏 실질적으로는 '방치'되고 있었던 것이 아닌가라는 의구심을 가지기에 충분한 근거가 된다. 이 연구는 바로 이러한 문제의식에 따라 먼저 문학 감상의 본질을 이론적 수준으로 체계화하고, 이를 바탕으로 문학 감상 교육의 구체적 내용과 그 실천 방안을 제시하는 데 목적을 둔다.

물론 이와 같은 문제 제기의 타당성에 대해 적지 않은 반론이 있을 수 있다고 생각한다. 그동안 문학교육 연구에서 문학 감상이라는 용어가 비

3) 이와 같은 문제는 사실 지금의 상황에서 새롭게 제기되는 문제라기보다는 문학교육학의 학문적 정체성과 관련하여 이미 오래전부터 지적되었던 것이다. 일찍이 한 연구자가 술회한 다음과 같은 반성은 오늘날에도 여전히 많은 문학교육 연구자들이 충분히 공감하게 되는 지적이다.

"막연히 '시의 이해와 감상'이라고만 말할 뿐 '이해'는 무엇이고 '감상'은 무엇인지, 시의 교수·학습 과정에서 어떤 일이 일어나며 또 일어나야 하는지, '좋은 시'와 '문제적인 시', '교육적인 시'는 서로 어떻게 다른지 등에 대해서는 아직 합의가 이루어지지 않은 듯하다. 이러한 이론적 혼미 상태는 심미적 개성과 자유의 표현으로서 시 자체가 지닌 속성에 기인하는 것일 수도 있고, 시교육이라는 특정 현상의 속성에 기인하는 것일 수도 있다. 문학교육 연구에서 문학 감상은 문학 작품을 수용하는 과정 일체를 지칭하기도 하고, 작품에 대한 정의적 반응만을 지칭하기도 한다. 감상은 이해나 해석에 비해서는 좀 더 정의적이고 주관적인 것으로 간주하는 경향이 있으나, 대체로 연구자들에 의해 자의적으로 사용되고 있다." 김창원, 『시교육과 텍스트해석』, 서울대학교출판부, 1995, p.12.

록 학술적으로 정교화, 전문화되어 사용되지는 않았다고 하더라도, 문학 작품으로부터 학습자들이 읽어내고 내면화해야 하는 것이 무엇인지, 그리고 그 과정이 어떠해야 하는지에 대한 다양하고 심도 있는 논의가 축적되었고, 비록 사용된 구체적인 용어들은 서로 다르다 할지라도 이러한 연구들이 표방하는 것이 결국 학습자의 문학 감상 능력을 향상시키는 것이었다는 점을 인정해야 하기 때문이다. 또한 문학교육 현장에서 이러한 논의를 바탕으로 문학에 대한 광범위한 이론을 가르치고, 작품에 대한 심층적 분석을 제공했던 것 역시 학습자의 수준 높은 감상 능력을 기르기 위한 것이었다는 점 역시 부인할 수 없다.

그러나 이러한 노력에도 불구하고 학습자와 문학 사이의 간격이 점점 더 멀어지고, 예나 지금이나 문학교실에서 학습자의 문학 감상이 잘 보이지 않는다는 사실은 그동안의 연구나 교육 실천에 대한 근본적인 반성과 관점의 전환을 요구하는 것이라 생각된다.

사실 문학 감상이란 무엇이며, 문학 감상 교육이 무엇을 어떻게 하는 것인가라고 묻는 것은 단지 용어의 개념을 알기 쉽게 풀어 설명하는 것 이상의 의미를 갖는다. 문학 감상 교육이 무엇인가를 논하기 위해서는 교육의 관점에서 주목해야 하는 문학의 본질이 어디에 있으며, 그것을 감상하는 일이 인간에게 어떤 효과를 낳는지, 그러한 효과와 교육의 이념이 특히 지금의 우리와 어떤 상관관계가 있는지 등을 총체적으로 따져 보지 않으면 안 된다. 따라서 새롭게 문학 감상 교육을 논하는 일은 문학교육을 구성하는 기본적인 세 가지 요소, 즉 문학과 인간, 그리고 교육을 바라보는 이제까지의 관점 모두를 재점검하는 일이다.

이 작업은 문학 연구자나 비평가들에게 분석과 설명의 대상이었던 문학을 감상이라는 관점에서, 즉 자신의 삶을 윤택하게 하고자 하는 일상인의 관점에서 다시 바라볼 것을 요구하며, 전문가에 의해 선별된 가치를 그대로 수용하는 것이 아닌, 스스로 가치를 찾아가는 자기 교육적인 존재로서의 학습자의 창조성에 주목하게 한다. 이런 면에서 문학 감상을 본격적으로 논하는 것이야말로 문학학과 교육학의 단순결합으로서의 문학교육을 넘어 고유한 논리를 가진 문학교육학을 위한 기초가 된다.

이와 같은 문제의식으로 필자가 앞으로 해결하고자 하는 과제를 구체적으로 제시해 보면 다음과 같다.

첫째, 문학 감상의 개념과 구조를 이론의 수준으로 체계화하여 문학 감상 교육의 성격을 분명히 밝히는 일이다. 그동안 문학 감상 교육과 관련된 논의가 여타의 문제들에 비해 충분히 진전되지 못한 것은 문학 감상의 중요성에 대한 인식이 낮았기 때문이 아니라 오히려 그 중요성을 너무나 당연하게 전제함으로써 감상의 본질에 대한 논의를 충분히 전개하지 않았기 때문이라는 것이 필자의 판단이다.

매우 포괄적인 의미를 담고 있는 사전적 의미에 근거하여 논의를 진행하거나 기존 문학 비평의 용어에 초점을 둔 상태에서 편의적으로 감상이라는 용어를 사용함으로써 문학 감상에 대한 논의는 구체적인 성과로 이어질 수 없었다. 이에 앞으로의 문학 감상 교육 논의는 먼저 문학 감상의 본질을 학술적으로 체계화하고, 그 교육적 설계를 위한 조건을 제시해야 할 필요가 있다.

둘째, 문학 감상 교육의 내용을 문학 감상의 본질에 비추어 구체적으로 제시하고자 한다. 오랜 시간 동안 문학교육은 문학 감상에 대해 가르치기보다는 문학 감상에 도움이 되리라 가정되는 지식들, 실질적으로는 문학 연구나 비평의 결과물을 학습자들에게 더 많이 제공하는 것을 미덕으로 삼아 왔다는 것이 기존의 문학교육에 대한 일반적인 평가이다. 즉 이제까지의 문학교육에서는 작품에 대한 감상을 더욱 촉진할 수 있다고 간주되는, 작품에 대한 이해가 주된 관심사였다.[4] 또한 문학 감상을 그보다 상

위에 있는 목표에 도달하기 위한 수단으로 지나치게 강조하는 경향이 적지 않았다.[5)]

그러나 문학 감상에서 작품에 대한 이해의 문제를 도외시 할 수는 없다 하더라도, 문학 감상은 본질적으로 학습자가 작품을 통해 무엇을 경험하는가의 문제이며, 다른 활동을 위한 수단이기 이전에 그 자체로 학습자에게 유의미한 고도의 정신적 활동이다. 따라서 문학 감상 교육은 학습자가 자신의 체험을 바탕으로 스스로 감상을 수행하고, 이를 통해 의미 있는 경험을 획득할 수 있도록 작품의 부분 혹은 전체와 어떻게 상호 작용해야 하는가를 실질적으로 드러내 주어야 한다.

셋째, 실제 수업에 이르기 위한 문학 감상 교육의 구조를 상세화해 보고자 한다. 감상 교육을 실제 수업을 통해 실천할 수 있는 방법을 제시하고자 한다. 문학 감상 교육에 대한 논의는 문학 감상이란 무엇인가를 밝

---

4) 이러한 경향은 특히 문학교육에 대한 신비평적 접근에서 두드러지게 나타난다. 이는 신비평적 접근이 "학생들이 저자의 기법을 잘 알고 플롯・성격・주제 같은 텍스트의 요소를 인식하고 이해한다면 그것을 이해했기 때문에 문학을 잘 감상하고 즐길 수 있다고 가정"하기 때문이다. 그러나 문학에 대한 지식의 필요성을 충분히 인정한다 하더라도 문학에 대한 지식이 학습자들이 수행해야 하는 문학 경험을 대체할 수 있는 교육 내용이 아니라 "학생들의 문학경험을 돕는 보조적인 위치에 있어야" 한다는 점을 고려하면 이러한 관점은 서둘러 극복되어야 한다. 경규진, 「반응 중심 문학교육의 방법 연구」, 서울대학교 박사학위논문, 1993, pp.82-83 참조.

5) 이러한 경향을 잘 드러내주는 것이 감상이 논의되는 데 대체로 '기초적'이라는 수식어가 자연스럽게 덧붙는 현상이다. 예컨대 "문학텍스트에 대한 초보적인 접근이 단순한 일차적 감수(感受)가 이루어지는 독서 차원의 이해와 감상이라면, 이 수준을 넘어선 문학텍스트에의 접근 방식으로 비평(批評)이 놓인다."(구인환 외, 앞의 책, p.343)라고 할 때, 문학 감상을 더 높은 수준의 문학교육을 위해 거쳐야 하는 과정, 혹은 수단으로 간주하는 관점이 내재되어 있다. 물론 일반인들에게 문학은 기본적으로 감상의 대상이고, 이런 이유로 문학을 감상하는 것은 문학을 통한, 혹은 문학에 대한 교육의 목표를 달성하기 위해서 바탕이 되는 일이기 때문에 문학 감상을 교육하는 것이 당연하다는 주장에 특별한 논리적 결함이 있는 것은 아니다. 그러나 문학 감상이 '문학 텍스트에 대한 초보적인 접근'이라거나 '단순한 일차적 감수'를 의미하는 것으로서 단지 더 높은 수준의 무엇을 위한 수단으로서 필요한 것이라고 한다면, 결국 문학 감상은 진정한 의미에서의 교육적 대상, 교육 내용이라 할 수 없다. 문학 감상은 그 자체로 수준 높은 것이 될 수 있어야 한다.

히는 데 그치는 것이 아니라 학습자가 바람직한 감상을 수행할 수 있도록 교사가 무엇을 어떻게 해야 하는가에 대한 실천적인 지침을 제공할 수 있어야 하기 때문이다. 문학 감상은 학습자의 내면에서 이루어지는, 작품과의 즐겁고도 진지한 대화라고 할 수 있지만, 그러한 감상을 수업을 통해 촉진하는 것은 교사의 책임이다. 학습자가 수준 높고 풍부한 감상을 수행할 수 있도록 여러 가지 변인을 통합적으로 고려된 수업의 모습을 제시해 보고자 한다.

그리고 이와 같은 세 가지 과제들의 수행에서 문학과 교육에 대한 관점을 재점검하고 기존의 문학교육을 보완할 수 있는 방향에 대한 논의도 자연스럽게 포함되기를 기대한다.

2. 문학 감상 연구의 경과

그동안 문학교육 연구에서 감상이라는 용어가 작품을 수용하는 거의 모든 활동에 대해 포괄적으로 사용되는 경향이 있었다는 점에서 보자면, 학습자가 작품을 수용하는 현상에 대한 대부분의 연구가 이 연구와 직·간접적으로 관련이 있다고 할 수 있다.[6] 그러나 엄밀하게 규정된 개념어의 사용이 정교한 논의를 이끌어 낼 수 있다는 점에서 보자면, 그동안의 문학교육 연구에서, 감상을 본격적으로 다룸으로써 이 연구와 직접적인

6) 문학교육 연구에서 감상이 사용되는 경우를 종합적으로 살펴보면 감상이라는 용어가 사용되는, 크게 세 가지의 경향을 확인할 수 있다. 전문적인 학술 용어로서가 아니라 독자의 수용 일반을 편하게 말하기 위해 감상을 사용하는 경우, 일반인에 의한 낮은 수준의 비평을 감상이라 지칭하는 경우, 그리고 이해와 같은 인지적 반응과 구별되는 정서적 반응을 지칭할 때 사용되는 경우가 있다. 감상의 개념에 대한 학문적 수준의 논의가 더 진전되지 않는 한 이러한 용어상의 혼란은 당분간 지속될 수밖에 없으리라 생각된다.

관련을 맺는 것은 아직 그리 많지 않은 상황이다. 이런 이유에서 문학교육에서 전개되었던 다양한 연구 중에서 문학 감상에 대한 학문적 논의의 근거가 될 수 있는 것들을 발굴하고, 이들을 연구사적으로 정리하여 분명한 학문적 전통을 마련하는 것이 이 연구가 수행해야 하는 또 하나의 과제이기도 하다.

물론 기존 문학교육 연구에서 감상에 대한 논의가 양적으로나 질적으로 아직 충분한 성과를 보이지 못하고 있는 상황에서 문학 감상 교육 연구의 사적 전통을 운운하는 것이 다소 성급해 보일 수 있다. 그러나 감상의 문제를 학문적 수준에서 본격적으로 다룬 연구를 찾기 힘든 현상은 비단 문학교육 분야뿐 아니라 문학교육 연구의 기초가 되는 문학 연구를 비롯하여 인접 학문인 미학이나 예술심리학 등에서도 일반적으로 발견된다는 점, 그리고 이들 영역에서 감상이 학문적 차원에서 본격적으로 다루어지지 않는 것과 문학교육에서 감상에 대한 논의가 아직 충분한 성과를 보이지 못한 것은 그 심층의 맥락이 서로 같지 않다는 점에서 기존의 문학교육 연구의 맥락에서 문학 감상 교육에 대한 논의의 사적 흐름을 정리하는 것은 필수적인 일이다.

감상에 대한 논의의 부재가 문학교육 영역과 문학교육 이외의 영역에서 서로 다른 맥락을 가지고 있다는 것은 각각의 분야가 본질적으로 추구하는 목적이 서로 다르다는 것을 의미한다. 좀 더 분명하게 말하자면, 문학교육 이외의 영역에서는 감상의 문제가 학문적 관심의 대상이 되기 어려운 면이 있다. 서구 문학 이론의 전개 과정을 예로 들어 살펴보면 비교적 분명하게 그 이유를 이해할 수 있다.

서구 문학 이론의 전개 과정을 보면 대체로 19세기까지 문학과 관련된 담론은 '학문'과 '감상'으로 양분되었음을 알 수 있다. 그러나 이후 지적이고 과학적인 접근이 강조되면서 감상자의 주관성이 핵심이 된다고 간주되었던 감상에 대한 논의가 급격하게 퇴조하는 양상이 확인된다.[7] 문학 연구와 문학비평의 과학화를 주장했던 리처즈(I. A. Rachards)나 프라이(N. Frye)의 주장이 그 대표적인 예가 될 것이다. 이들 이후로 주관적인 영역으로서의 감상은 극복의 대상이었을 뿐 적극적인 연구의 과제로 인정받지 못했다.

이후 수용이론이나 반응이론의 문제 제기에 따라 독자의 주관성에 따른 텍스트의 수용이 강조되면서도 감상이라는 용어는 별다르게 주목받지 못하고 있고, 감상이라는 용어가 복원되는 대신 '수용'이나 '해석' 등의 용어가 그 자리를 대체하고 있다.[8] 이는 기본적으로 오늘날의 문학 연구가 문학이란 무엇인가에 대한 객관적인 설명을 추구하는 학문으로서, 그것을 향수하는 사람들이 어떤 변화를 겪는가를 주된 관심으로 삼기 어렵다는 점을 잘 보여준다.[9]

---

7) 자연과학의 비약적 발전 시기였던 19세기까지 감상은 문학 연구에서 중요한 역할을 차지했고, 비평에서 역시 감상 비평의 영향력이 매우 강력했던 것으로 보인다. 이는 다음과 같은 설명에서 확인할 수 있다. "19세기에는 인과에 의한 해명이 커다란 표어가 되었는데 대체로 자연과학의 방법들과 겨뤄 보려는 노력에서 그러했다. 게다가 독자의 개별적인 취향으로 관심이 옮겨 간 것과 더불어 생겨 난 옛 시학의 붕괴는 예술이 기본적으로 비합리적인 것이기 때문에 '감상'에 맡겨져야 한다는 신념을 강화시켰다." R. Wellek, A. Warren, *Theory of Literature*, 이경수 역, 『문학의 이론』, 문예출판사, p.199.

8) 과학적인 것에 대한 동경에서 감상이 주목받지 못했던 서양과 달리 동양에서는 문학의 본질에 대한 '재도지기(載道之器)'적인 관점이 감상에 대한 학적인 연구를 부각시키지 못했던 이유가 된다. 축자적으로 볼 때 감상은 '감식(鑑識)'과 '완상(玩賞)'이라는 두 가지 요소로 구성된다. 이때 '완상'은 대상을 '즐기다'라는 의미를 가지고 있는데, 당대 학자들의 관점에서 '완(玩)'은 곧 '완물상지(玩物喪志)'에 이르게 하는 바람직하지 못한 행위로 간주되었다. 예컨대 우리나라에서는 18세기부터 '감상지학(鑑賞之學)'이 널리 논의된 바 있으나 '감상지학'의 대상은 주로 서화(書畵), 고동(古董)에 한정되었고, 이마저도 '완물상지'하는 일이라는 이유에서 보수적인 학자들에게 비판의 대상이 되었다. 문학을 '도(道)'를 담고 있는 배움의 대상으로 간주하는 중세의 지식인들에게는 문학에 대한 바람직한 태도가 아니라고 인식될 수밖에 없었던 것으로 추정된다. 강명관, 『조선시대 문학예술의 생성 공간』, 소명, 1999, pp.306-309 참조.

9) 앞서 언급한 여타의 영역 역시 이와 사정이 비슷하다. 미학이란 결국 '미'가 무엇인가를 설명하는 것을 목적으로 하고 있으며, 예술심리학은 예술이 인간에게 미치는 영향을 설명하

그러나 문학을 통한 인간의 성장을 기획하는 문학교육은 문학이 무엇인가를 설명하는 것보다는 인간의 성장을 위해 무엇을 어떻게 감상할 것인가라는 수행의 원리와 처방을 제시하려는 목적을 가진다. 이런 점에서 감상의 문제야말로 문학교육학의 학문적 정체성이 가장 잘 함축된 핵심적인 화두가 아닐 수 없으며, 비록 아직까지 뚜렷한 성과를 낳지는 못했다 하더라도 그동안의 연구의 심층에서 다양한 영향을 미쳤으리라 가정해 볼 수 있다. 이런 맥락을 고려할 때 문학 감상과 관련된 연구사적 흐름을 정리하는 것은 문학교육학의 고유한 특성을 드러내는 데에도 기여하는 면이 있다.

이에 그동안의 문학교육 연구에서 감상에 대한 논의를 다음과 같은 세 시기에 따라 살펴보면서 이 연구의 맥락과 위상을 제시해 보고자 한다.

첫 번째 시기는 문학교육에 대한 학문적 논의가 본격화되기 이전, 주로 연구자들의 개인적 경험을 근거로 한 감상에 대한 언급이 간헐적으로 등장한 시기이다. 두 번째 시기는 국어교육학과 문학교육학이 학문적으로 정립되기 시작하면서, 학문적 수준에서 감상을 논하려는 노력이 나타나는 시기이다. 세 번째 시기는 감상에 대한 연구가 정서 체험으로 특화되면서 연구가 양적으로, 그리고 질적으로 발전해 나가는 시기이다.

먼저 첫 번째 시기의 감상론을 살펴보도록 한다. 이 시기 감상에 대한 설명들은 사실 체계적인 이론의 형태를 띠고 있다기보다는 대체로 문학 연구자들의 개인적 경험에 기초한 단편적인 견해를 표명하는 것이 주를 이루고 있다.[10] 그러나 초기의 감상론 중에서도 감상의 교육적 의의에 초

는 것을 목적으로 한다. 이런 점에서 감상은 그것의 교육적 효용에 주목할 때 비로소 본격적인 탐구의 대상이 될 수 있음을 알 수 있다.

10) 예컨대 조연현은 '감상이란 비평 이전의 작품에 대한 솔직한 이해와 공감'이라고 규정하면서 감상과 비평이 서로 다른 결과를 낳는 것임을 분명히 하고 있는데, 사실 이는 감상의 독자적인 위상을 보여준다기보다는 오히려 올바른 비평이 무엇인가를 드러내는 데 초

점을 두고 감상의 개념과 절차를 논의한 것이 없지 않다. 이희승과 조지훈의 논의가 그 사례이다.

이희승은 다양한 지면에 시조를 비롯한 고전 문학 작품의 감상을 소개하는 한편, 감상의 의의를 높게 평가하고 그 실제를 보여 주려 노력했다.[11] 1949년 발간된 『고등국어(3)』에 수록되기도 했던 <시조 감상 한 수>에서 감상의 전범을 제시한 것이 그 예가 된다. 그가 생각하는 감상은 '예술적 작품 속에서 미를 찾아내고 그것을 맛보고 하는 것'으로 인간의 생활을 윤택하게 하기 위한 필수적인 활동이다.[12] 그가 다룬 감상의 대상이 주로 고시가 작품이었기 때문에 감상 이전에 먼저 상세한 훈고와 주석을 제시하고 있다는 데 특징이 있다.

그럼에도 불구하고 이희승의 감상은 훈고와 주석 자체에 함몰되지 않고, 이를 바탕으로 삶을 윤택하게 하는 감상을 제시하고자 했다는 데 중요한 의의가 있다. 이런 면에서 이후의 문학교육은 이희승의 감상론을 종합적으로 활용하지 못하고, 훈고와 주석만을 특별히 강조하고, 그가 강조한 정서적 만족을 외면한 측면이 있다. 이희승의 감상론에서 핵심이었던 삶의 의미에 대한 재발견을 더욱 발전적으로 계승할 필요가 있다.

조지훈은 주로 현대시를 대상으로 한 감상론을 펼쳤다. 그는 창작의 상대개념으로서, 시인이 창조한 작품의 내포를 주관화함으로써 가치를 추상하는 것을 감상이라고 규정했다.[13] 특히 그는 시를 감상하는 절차에 대해

점이 있다. 즉, 비평을 드러내기 위해 감상을 대조적으로 활용한 경우이다. '비평이 가치의 형상화라면 감상은 이해나 공감이나 감동의 형상화'라는 설명에서 그가 주목하고 있는 것은 바람직한 비평의 지침을 제시하는 데 있음을 알 수 있다. 조연현, 『감상과 비평』, 평범사, 1957, p.242 참조.

11) 이희승은 1958년 1월 1959년 9월까지 『신문예』에 시조감상을 9회에 걸쳐 연재하였다.

12) 이희승, 「고시조와 가사감상」, 『시조감상』, 집문당, 2004, p.228. 원래 발표는 1953년 『시조연구』 1호.

13) 조지훈, 『시의 원리』, 신구문화사, 1959, p.169.

서도 세심한 관심을 보였는데, 이에 따라 간독(看讀)과 청독(聽讀)으로 구성되는 음독(吟讀), 그리고 미독(味讀), 심독(心讀)으로 구성되는 미독(味讀)[14]을 감상의 절차로 제시하고 이러한 절차에 따라 감상이 체계적으로 이루어져야 함을 주장했다. 또한 그의 감상론에서 감상의 구체적 방법을 제시하고자 했다는 점과 아울러 주목해야 하는 것은 그가 감상을 통해 시를 생활화하는 태도를 강조했다는 점이다. 실제로 그는 일반인을 위한 라디오 강좌에서 감상의 방법에 대해 소개할 정도로 문학을 일반인의 생활 속에 자리 잡게 하고자 상당한 노력을 기울였음을 알 수 있다.

이 시기의 감상론은 신비평이 강한 영향을 미치기 이전에 문학교육의 실질적인 내용이 되었던 것으로 생각할 수 있는데, 대체로 시화(詩話)의 전통을 계승하고, 감상의 전범을 제시했다는 점을 특징으로 들 수 있다. 그런데 이들 논의가 감상에 대한 이론적 연구로 계승되지 못하고 신비평 논의에 흡수되면서 작품에 대한 훈고와 주석에 대한 강조만이 남게 되었다는 점은 매우 안타까운 일이다. 이들이 실제로 강조한 삶의 의미를 탐구하는 것으로서의 문학 감상의 기능에 대해 좀 더 적극적인 관심을 가질 필요가 있다.

1980년대의 논쟁을 거쳐, 1990년대 이후 국어교육이 독자적인 학문적 체계를 갖추게 되고, 이전의 국어교육에 대한 비판이 진지하게 제기되면서 감상에 대한 논의도 새로운 전기를 맞게 된다. 이것이 문학 감상 연구의 두 번째 시기이다. 이 시기의 주요 성과로 김대행, 김중신, 최지현 등의 연구를 들 수 있는데 그 내용을 간략히 소개하면 다음과 같다.

김대행은 '국어교과학'의 연구 영역 전반에 대한 검토를 통해, 상대적으로 이론적 발달이 미약한 감상이 이제 본격적으로 연구되어야 한다는

14) 조지훈, 앞의 책, p.171.

점을 강조하였다. 그의 분석에 따르면 그동안 감상이 학문적으로 소홀히 취급되었던 것은 다름 아닌 학문적 연구 자체가 미비했기 때문이다. 다시 말해 감상에 대한 학문적 연구가 불가능한 것이 아니라 오히려 감상에 대한 체계적인 학문적 연구가 요구된다는 것이다.[15] 그는 감상을 작품의 향수로 규정하고,[16] <차마설>에 대한 분석을 통해 사실을 통한 체험의 구체화, 관계를 통한 체험의 확대 재생산, 의미의 발견과 미적 쾌감이라는 구체적 감상 절차를 제시한 바 있다.[17] 이 같은 분석은 자구나 어의에 구속되지 않고 감상의 실제 모습에 부합하는 문학 감상의 절차를 제시한 것으로 문학 감상의 체계화를 위한 매우 유용한 틀을 제공한다.

김중신은 『소설감상방법론 연구』[18]와 이를 진전시킨 후속 연구들을 통해 학습자의 심미 체험에 대한 본격적인 논의를 전개했다. 이전까지 학문적 영역에서 본격적으로 사용되지 않았던 '감상'이라는 용어를 전면적으로 드러내어, 감상의 문제를 정면으로 다루고 있다는 점에서 그의 연구들은 문학 감상에 대한 연구에서 매우 중요한 위치를 차지한다. 그가 파악한 바에 따르면 감상의 과정은 독자가 작품(대상)을 해호화(解號化)하고 작품에 내재된 가치를 찾아가는 사고의 과정이다. 다시 말해 감상의 과정은 외부 세계의 자극과 그에 대한 반응으로서의 인간의 정신적 작용의 총칭인 사고의 과정이라는 것이다.

이에 따라 그는 인지와 정의를 통합한 사고의 영역에서 감상을 바라보면서, 감상자의 사고 과정을 구체적으로 추적하고자 했다.[19] 이와 같이 그가 발표한 일련의 연구들은 작품을 대상으로 한 감상자의 사고 과정에

15) 김대행, 『국어교과학의 지평』, 서울대학교출판부, 1995, p.157.
16) 김대행, 『문학교육 틀짜기』, 역락, 2000, pp.176-178 참조.
17) 김대행, 위의 책, pp.278-283.
18) 김중신, 『소설감상방법론 연구』, 서울대학교출판부, 1995.
19) 김중신, 『한국 문학교육론의 방법과 실천』, 한국문화사, 2003, p.181.

초점을 두고 학습자가 작품을 어떻게 자기화하는가를 실증적으로 검토하는 성과를 얻었다는 점에서 감상의 이론화를 위한 중요한 시각을 제공한다. 다만, 그의 연구들이 주로 소설을 대상으로 하고 있기 때문에 다분히 감상 과정에서 이루어지는 인물에 대한 가치 평가를 위주로 하고 있다는 점은 후속 연구자들에 의해 발전적으로 극복되어야 할 문제라 생각한다.

최지현의 연구는 구체적인 교수·학습 방법의 차원에서 문학 감상을 다루고 있다는 점에 장점이 있다.[20] 여기에서 그는 교사와 학생의 관계, 그리고 문학교육 내용영역으로서의 이해와 감상의 구도를 재검토함으로써, 사실상 방치 상태에 놓여있거나, 혹은 인지적인 내용의 교육으로 대체되었던 문학 감상을, 직접적으로 가르칠 수 있는 영역으로 흡수하고자 하였다. 그의 관점에서 감상의 핵심은 '공감(empathy)'이며, 공감을 위한 정서 재인이 감상 교육의 핵심이 된다.[21] 이러한 분석을 바탕으로 그는 가르친다는 것 자체가 회의적이던 문학 감상을 구체적인 교수·학습 방법의 차원에서 논의함으로써 감상 교육 방법을 모색하는 데 필요한 준거를 제시했다고 생각된다.

세 번째 시기는 직전 시기의 감상에 대한 관심을 계승하는 한편, 감상을 정서체험으로 초점화하고 그 과정을 규명하는 데 집중한 시기라고 규정할 수 있다. 문학교육의 영역을 인지적 영역과 정의적 영역으로 대별하고, 정의적 영역의 핵심인 학습자의 정서체험을 대상으로 하는 이후의 논의들이 모두 이에 해당한다.[22] 이들 연구는 주로 현대시교육 영역에서 활

20) 최지현, 「문학감상교육의 교수학습모형 탐구」, 『선청어문』 26, 서울대 국어교육과, 1998. 참고로 이 연구에서 제시하는 문학 감상 교육의 단계를 소개하면 다음과 같다.

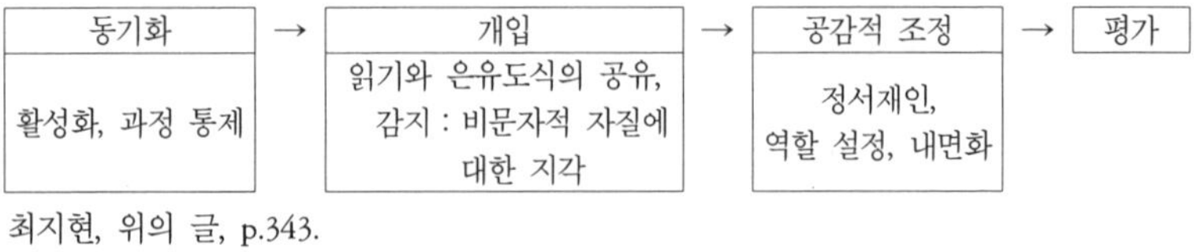

동기화	→	개입	→	공감적 조정	→	평가
활성화, 과정 통제		읽기와 은유도식의 공유, 감지 : 비문자적 자질에 대한 지각		정서재인, 역할 설정, 내면화		

21) 최지현, 위의 글, p.343.

발하게 이루어졌는데, 이 중 구영산의 연구는 시를 감상하는 과정에서 독자의 상상력이 어떻게 작용하는가를 학습자의 실제 사례를 바탕으로 논증하여, 이후의 연구에 실마리를 제공한 것으로 보인다.

그리고 김남희의 연구에 이르러 기존의 연구들이 나름대로의 종합을 이루는 모습을 확인할 수 있다. 서정적 체험에 대한 김남희의 연구는 지식주의에 함몰된 기존의 문학교육을 비판하고, 감상을 위한 정서 체험의 구조를 밝히고자 하였다. 시교육의 핵심을 정서체험으로 규정한다는 점에서 최지현의 논의를 이어받고 있으며, 주로 전문적인 비평가들에 의해 쓰인 다양한 감상 자료를 분석함으로써 정서 체험의 구체적 경로를 분석해 내는 성과를 얻었다.

그러나 정서 체험을 감상의 본질로 생각하는 이 같은 연구들은 의도와 상관없이 정서 체험과 관련된 연구의 반대편에 해석을 중심으로 한 인지적 영역을 전제하고 있다는 점에서 이들 연구가 전제하는 감상이 실제의 감상에 부합하는가에 대해서 의심할 수 있는 여지를 남기고 있다. 이미 문학을 수용하는 과정에서 인지와 정서가 명확히 분리될 수 없다는 지적[23]이 여러 번 제기되었음에도 불구하고 연구의 편의를 위하여 혹은 은연중에 작품에 대한 해석과 정서 체험을 서로 분리하는 현상이 나타났다

22) 정서 체험에 대한 해당 시기의 연구들을 소개하면 다음과 같다. 최지현, 「문학정서체험 : 교육내용으로서의 본질과 가치」, 구인환 외, 『문학 교수・학습 방법론』, 삼지원, 1998. 구영산, 「시 감상에서 독자의 상상 작용 연구」, 서울대학교 석사학위논문, 2001. 서유경, 「공감적 자기화를 통한 문학교육 연구」, 서울대학교 박사학위논문, 2002. 진선희, 「학습 독자의 시적 체험 특성에 따른 시 읽기 교육 내용 설계 연구」, 한국교원대학교 박사학위논문, 2006. 김효정, 「문학 수용에서의 공감 교육 연구」, 서울대학교 석사학위논문, 2007. 김남희, 「현대시의 서정적 체험 교육 연구」, 서울대학교 박사학위논문, 2007.

23) 교육학 일반에서처럼 인간의 정신 기능을 인지적 요인과 정의적 요인으로 이분하는 것은 적어도 문학과 학습자의 상호작용을 설명하는 데에는 매우 미흡하고 부적합한 일이다. 이러한 구분에 대한 대안으로 '상상력'의 개념을 통해 문학적 경험의 본질을 설명하려는 경향이 나타나기도 한다. 박인기, 『문학교육과정의 구조와 이론』, 서울대학교출판부, 1996, p.130 참조.

는 데 아쉬움이 있다.

이제까지 살펴본 문학 감상 교육에 대한 기존 연구에 대한 사적인 검토를 토대로 기존 연구의 문제점과 이를 극복하기 위해 이 연구가 지향해야 하는 방향을 요약해 보면 다음과 같다. 먼저 기존 연구의 문제점은 무엇보다 감상의 개념이 여전히 불명료하다는 데 있다. 그리고 감상을 비롯한 독자의 작품 수용 과정에 대한 이상적인 절차(과정)의 마련에 집착하고 있는 현상이 관찰되기도 한다. 감상의 내용이 무엇인가에 대한 논의가 생략된 채 감상의 과정을 일반화하고, 학습자의 반응을 활성화한다는 주장을 반복적으로 제기한다는 점에서 현실적 적용 가능성이 충분히 논의되지 못했다는 지적도 가능하다. 그리고 이는 곧 수용이론의 한계와도 관련을 맺는 것으로 보인다. 감상에서 중요한 것은 절차보다는 내용이라고 할 수 있기 때문이다.

또한 근본적으로는 감상을 왜 교육해야 하는지에 대한 검토가 충분하지 못했다는 점도 지적할 수 있다. 문학 감상을 문학교육의 기초로 생각하고 자연스럽게 그 교육적 필요성을 전제하고 있지만, 보다 심화된 수준에서 감상이 학습자에게 어떤 교육적 의미가 있는지를 면밀히 검토해야 감상 교육이 제자리를 잡을 수 있으리라 생각한다.

이에 따라 이 연구에서는 먼저 감상 개념을 충분히 검토하되 수용이론에 대한 지나친 의존을 피하고, 감상의 과정과 함께 교육 내용의 생산까지도 함께 다루는 방향으로 진행하고자 한다. 그리고 무엇보다 현실적 가능성을 고려한 학습자의 수행 내용을 생산하는 데 초점을 두고자 한다.

3. 문학 감상 교육 연구의 방법과 고려속요의 효용

이 연구의 관건은 무엇보다 감상과 문학 감상에 대한 분명한 설명을 제시하는 데 있다. 이미 앞에서 언급했듯이 감상이라는 용어는 그 기원이 오래된 것에 비해 이론적인 논의가 충분하지 않고 연구자마다 자의적으로 사용하는 경향이 있어 다양한 감상의 사례를 검토하여 그 공통점을 추출하는 과정이 필수적으로 요구된다.

이에 이 연구에서는 먼저 기성 문인이나 연구자의 글 중에서 감상의 사례가 될 수 있는 것들을 사전에 검토하여 이후에 진행될 문학 감상에 대한 개념 논의에 참고하였다.[24] 또한 문학 감상 교육의 대상이 되는 현재 학습자들이 문학 감상을 어떻게 생각하고 있으며, 실제로 어떤 방식으로 문학 감상을 하고 있는가를 확인하기 위해 고등학생들의 실제 감상문을 확보하여 연구에 활용하였다.[25]

---

24) 이들을 검토한 것은 이로부터 감상의 이상적인 절차를 추출하려는 것이 아니라 감상의 특성을 구체적인 사례를 통해 확인하기 위한 것이었다. 예컨대 이들에 대한 사전 검토 결과 문학 감상은 문학에 대한 이해나 해석, 비평 등 여타의 수용행위와 달리 문학 작품이 감상자 스스로에게 주는 의미, 그로부터 얻게 되는 감상자의 즐거움 등과 밀접한 관련이 있음을 알 수 있었다. 이는 문학교육에서 언급되는 문학 감상이 흔히 즐거움보다는 교훈을 강조한다는 점에 비추어 볼 때 매우 중요하게 고려되어야 하는 감상의 실제 모습이다. 이후에 진행될 문학 감상의 개념 논의는 실제 문학 감상의 이러한 특성을 염두에 두고 있음을 말해 둔다. 여기에서 검토한 감상 자료들은 다음과 같다.
고정옥 저, 김용찬 교주, 『고장시조선주』, 보고사, 2005. 권정우, 『우리시를 읽는 즐거움』, 북갤럽, 2002. 김용택, 『시가 내게로 왔다』, 마음산책, 2001. 김풍기, 『옛 시 읽기의 즐거움』, 아침이슬, 2002. 김흥규, 『한국현대시를 찾아서』, 한샘, 1981. 신경림, 『시인을 찾아서』, 우리교육, 2001. 이희승, 『고시조와 가사감상』, 집문당, 2004. 장석주, 『만보객 책속을 거닐다』, 위즈덤하우스, 2007. 정진권 역해, 『고전산문을 읽는 즐거움』, 학지사, 2002. 최동호, 『시 읽기의 즐거움』, 고려대학교출판부, 1999. 최진원, 『고시조 감상』, 월인, 2002.

25) 이 연구를 위해 2009년 7월에서 8월 사이에 서울과 수도권의 E, J, K, M, N 고등학교 2학년 15개 학급의 학생들로부터 205편의 감상문을 수집하여 검토하였다. <가시리>, <서경별곡>, <청산별곡> 등 중・고등학교 국어교과서와 문학교과서에 실린 고려속요 작품들을 대상으로 한 감상문을 수집하여 그 양상을 살폈는데, 학습자들의 자발적 참여를 통해 있는 그대로의 감상을 확인하기 위해 교사들은 이 감상문이 학교 성적에 반영되는 것

이와 함께 이 연구는 이상적인 감상을 대상과 감상자 사이의 긴밀한 상호 작용으로서 듀이(J. Dewey)가 말한 '하나의 경험(an experience)'에 이르는 과정과 서로 통한다고 판단하여 이를 감상의 성격을 규명하는 데 활용하였다. 듀이가 제시하는 '하나의 경험'이란 살아 있는 생명체와 그 생명체가 살고 있는 세계의 어떤 측면 사이의 상호 작용이 순조롭게 완성되어, 그것이 하나의 통일체(a whole)로서, 그 자체의 개별적 성질과 자족성(self-sufficiency)을 갖춘 상태에 도달한 것을 말한다.[26] 이러한 경험은 대상에 대한 지적인 인식의 과정이면서 또한 그러한 경험의 성취에 따른 만족감과 같은 정서적인 성질을 가지게 된다.[27]

이런 성질을 고려할 때 '하나의 경험'이라는 개념은 구체적인 한 인간과 구체적인 대상 사이에 일어나는 직접적이면서도 인식적인 상호작용으로서, 주체가 자기 자신과 자신의 의식 속에 포착되는 대상을 지속적으로 조절하는 과정에서 즐거움을 얻는 감상의 과정을 이해하는 데 유용한 틀로 활용될 수 있다. 듀이 역시 어떤 대상에 대한 경험이든지, 그것이 '하나의 경험'에 이른다는 것은 곧 미적인 경험[28]을 획득하는 것과 같다고 지적하면서 감상을 그가 말하는 '하나의 경험'의 가장 대표적인 사례로 제시한 바 있다.[29]

이 아님을 고지하였고, 감상문 제출을 의무적으로 강제하지 않았다. 이에 대상 학생 수와 수합된 감상문의 숫자에 차이가 발생하였다. 이들 자료는 이후의 논의에서 필요에 따라 예시 자료로 활용하였으며, 자료의 출처는 '작품-학교-반-번호'로 구성된 식별번호로 표기하였다.

26) J. Dewey, *Art as experience*, 이재언 역, 『경험으로서의 예술』, 책세상, 2003, p.71.

27) J. Dewey, 위의 책, p.76.

28) 듀이가 말하는 미적 경험은 기본적으로 대상의 입장이 아니라 그것을 향유하는 사람의 입장에서 주체의 정신에 창조되는 것을 말한다. 그에 의하면 "'예술적(artistic)'이라는 말은 본래 창작의 행위와 관계되지만 '미(esthetic)'적이라는 말은 인식과 향유와 관계"된다. 앞의 글, pp.89-90.

29) 문학 감상을 설명하는 데 '하나의 경험'을 준거로 하는 것은 본문에서 설명한 대로 문학 감상 과정에서 문학이나 감상의 주체 모두를 균형 있게 바라볼 수 있다는 점에서 매우 효

이렇듯 듀이가 제시한 '하나의 경험'이 감상의 기본적인 성격을 설명하는 중요한 준거가 될 수 있지만, 문학을 감상하는 현상을 좀 더 정밀하게 검토하기 위해서는 문학 작품과 감상자 사이의 상호 작용을 구체적으로 검토할 수 있는 관점 역시 필요하다. 이에 현상학적 관점에 따라 문학 작품과 감상자의 의식 사이에 일어나는 상호 작용을 분석하는 것이 유용하리라 생각한다. 물론 이미 현상학에 바탕을 둔 수용이론을 통해 문학 작품이 독자의 정신 속에서 구체화되는 과정에 대한 진전된 논의가 이루어졌으며, 이것이 오늘날의 문학교육에 지대한 영향을 미치고 있는 것이 사실이다. 전통적인 현상학은 잉가르덴(R. Ingarden)을 접점으로 하여 이후의 야우스(H. R. Jauβ)나 이저(W. Iser) 등에 의해 본격적인 수용이론으로 발전되었고, 이러한 수용이론은 신비평적 문학교육을 극복하는 데 중요한 영향을 미치고 있다.

그러나 이제까지 문학교육에 반영된 수용이론이 학습자의 주체적이고 능동적인 수용을 '강조'하는 전환점을 제공한 반면, 학습자가 '무엇을' 감상해야 하는가, 감상의 대상으로서 작품이 무엇을 제공하는가의 문제에 대해 뚜렷한 해답을 주지 못하는 상황이기 때문에 수용이론의 뿌리인 현상학적 접근으로 다시 돌아가 보는 것도 도움이 될 수 있기 때문이다. 일반적으로 문학에 대한 현상학적 접근이 텍스트에 대한 관심에 치우쳐 있다는 비판이 없지 않으나, 이는 오히려 수용자와 텍스트 사이의 조화를 생각해 보는 데 긍정적인 역할을 할 수 있으리라 생각한다.

이런 측면에서 주로 참조할 수 있는 것이 하르트만(N. Hartmann)의 미적 현상학이다. 그의 미학에서 핵심이 되는 내용은 예술이 전경(前景)과 후경

과적인 일이다. 그러나 이 연구는 듀이의 경험론이 '경험을 통한 성장'으로서의 교육을 지향한다는 점에서 문학 감상에 대한 개념 정립 이후, 그 교육 내용과 교육 방법을 모색하는 데에도 이와 같은 관점을 일관성 있게 적용해 보고자 한다는 점을 아울러 밝혀 둔다.

(後景)의 구조를 가지고 있다는 주장이다. 이에 따르자면 창작은 후경에서 전경으로 압축해 가는 과정이고, 감상이란 반대로 전경에서 후경을 발견하는 과정이다. 문학이 상상의 세계로서 그것을 감상하는 자에게 그것을 통해서만 볼 수 있는 세계를 제시한다고 할 때 하르트만의 이러한 성층 구조론은 유용한 관점이 된다.

이와 함께 아른하임(R. Arnheim)을 비롯한 예술심리학자들의 논의도 유용할 수 있다. 예술심리학의 중요한 주제 중의 하나는 바로 인간이 예술을 창작하고, 또한 그것을 감상하는 과정의 심리적 동인에 관한 것이다. 주지하다시피 예술의 기본적인 효용이 쾌락, 혹은 쾌감이라는 관점은 서양의 전통에서 뿌리가 매우 깊다. 예술로부터 얻는 이러한 쾌락이 어디에서 발생하는 것이며, 이러한 쾌락이 인간에게 미치는 영향이 무엇인가에 대한 논의는 예술심리학에서 지속적으로 논쟁이 되었다. 이러한 성과를 참조하여 문학 감상의 즐거움이 어디에서 비롯되는지, 그리고 이것이 인간에게 어떤 가치가 있는 것인지에 대해 살펴볼 수 있을 것이다. 이는 앞서 언급한 바, 문학과 감상자라는 문학 감상의 두 요소 중에서 문학의 자질에 좀 더 관심을 지니고 있는 현상학적 관점과 균형을 이루어 작품과 감상자 사이의 상호작용을 좀 더 설득력 있게 분석하는 데 도움을 줄 수 있으리라 생각한다.

문학 감상 개념의 이론화 다음으로 제기되는 문제는 문학 감상의 교육적 실천 방법을 모색하는 일이다. 교육 연구는 구체적인 실천에 대한 이론을 추구한다는 점에서 현상에 대한 설명을 모색하는 여타의 연구와 다르다. 교육 연구는 인간의 성장에 반드시 필요하다고 생각되는 가치를 실현하기 위한 수행의 규칙, 원리, 혹은 절차 기준을 마련하기 위한 '수행적 이론'[30]을 추구한다. 문학 감상 교육 역시 언어와 문학의 가치를 삶에 실현시키는 실천 방법에 대한 구체적인 수행을 기획하거나 잘못된 수행에 대해 처방할 수 있는 수행적 연구가 반드시 필요하다. 이를 통해, 일찍이 타일러가 제시했던 바, 교육의 실천을 위해서는 '어떤 교육목표를 달성하고자 노력해야 하는가', '이 목표를 달성하기 위하여 어떤 교육경험이 제공될 수 있는가', '이 교육 경험을 효과적으로 조직하는 방법은 무엇인가', '목표가 달성되었는가 아닌가를 결정하는 방법은 무엇인가' 등의 질문에 대한 답을 마련해야 할 것이다.[31)]

이를 위해 교육적 실천의 문제를 두 가지 차원으로 나누어 살펴본다면 효과적인 논의가 가능하리라 생각한다. 하나는 교육의 내용이며, 다른 하나는 교육의 방법이다. 앞의 것이 '무엇'에 관한 것이라면 뒤의 것은 '어떻게'에 관한 것이다. 교육을 실천하는 일은 반드시 '무엇에' 대해 가르친다는 말이 되고, 또한 그 '무엇'을 교육적인 방법에 의해 가르친다는 것이어야 한다. 이를 이홍우는 "'어떤 내용을 어떤 목적을 위하여, 어떤 방법으로 가르쳐야 하는가'라는 문제"라고 간명하게 규정하고 있다.[32)] 감상 교육 역시 구체적인 실체를 가지기 위해서는 이러한 질문에 대한 답을 제시할 수 있어야 한다.

문학 감상의 본질에 부합하는 문학 감상 교육의 내용을 구체적으로 살피기 위해서는 그러한 논의의 자료가 되는 문학 작품들이 요구된다. 문학 감상은 구체적인 작품에 대한 살아 있는 독자의 활동이기 때문에 추상적

30) 이돈희는 이론을 그 기능에 비추어 크게 세 가지로 나누고 있다. 서술적 이론, 수행적 이론, 표상적 이론 등이 그것이다. 서술적 이론은 사물이나 실제를 그대로 묘사하고 특징을 설명하는 것을 말하며, 수행적 이론은 가치를 실현하고자 하는 실행적 과정을 수행하는 규칙이나 원리, 혹은 절차나 기준을 나타내는 것을 말한다. 그리고 표상적 이론은 구체적 대상과는 상관없이 순수한 관념적 대상에 대해서나 실제적 사물, 사건, 행위에 대한 우리의 생각이나 느낌을 나타내는 것이다. 이중 수행적 이론은 다시 어떤 적극적 가치를 실현하고자 할 때의 '기획적 이론'과 소극적 가치를 예방하거나 제거할 때의 '처방적 이론'으로 나누어진다. 이돈희, 『교육적 경험의 이해』, 교육과학사, 1993, pp.87-89 참조.

31) 이홍우, 『(증보)교육과정 탐구』, 박영사, 1992, pp.43-44 참조.

32) 이홍우, 위의 책, p.21.

으로만 논의되어서는 곤란하기 때문이다. 문학 감상을 구체적으로 논의하기 위해서는 '누가', '어떤 작품'을 '어떻게' 감상해야 하는가가 논의되어야 한다.

그런데 수많은 작품을 모두 개별적으로 논의하는 것 역시 불가능하기 때문에 기본적인 자료의 범위를 제한할 필요가 있다. 이에 필자가 선택한 자료가 고려속요이다. 그리고 구체적으로 여기에서 다루는 작품들은 <가시리>, <정읍사(井邑詞)>, <동동(動動)>, <정석가(鄭石歌)>, <만전춘별사(滿殿春別詞)>, <쌍화점(雙花店)>, <서경별곡(西京別曲)>, <청산별곡(青山別曲)> 등이다. 이들 노래들은 대체로 민간의 노래로서 궁중악(宮中樂)으로 편입된, 따라서 본질적으로 '이중적인 성격'을 가진 것으로 알려져 있다.[33]

이들 작품들을 구체적인 자료로 삼은 근본적인 이유는 이들 작품이 비록 오늘날의 문학을 평가하는 기준에 비추어 볼 때 비록 세련된 기교를 자랑하지는 않지만, 문학의 속성과 역할을 가장 잘 보여주는 장르라 생각하기 때문이다. 일찍이 유협(劉勰)은 시가 담고 있는 것은 인간의 마음이고 그러한 마음으로 들어가는 것이 시의 감상이라 설명한 바 있다.[34] 그리고 이러한 지적은 동서양을 막론하고 문학의 보편적 원리로 간주된다. 문학

---

33) 이들 작품 외에 <정과정(鄭瓜亭)>과 <이상곡(履霜曲)>을 본문에 언급한 작품들과 동일한 범주에 속하는 것으로 보는 경향이 없는 것은 아니다. 그러나 이 두 작품은 본문에 언급한 작품들과 기본적인 성격이 다르기 때문에 함께 논의하지 않는다. 고려 시대의 시가를 계통의 특성에 따라 민요, 민요계 궁중무악 또는 연악, 불가계 궁중무악, 무가계 궁중무악 또는 연악, 사뇌가계 궁중무악 또는 연악, 개인 창작의 궁중무악 또는 연악 등으로 분류할 수 있는데, 이 분류에 따르면 <정과정>과 <이상곡>을 제외한 나머지 노래들은 민요계 궁중무악이라 할 수 있다. 김학성은 <정과정>과 <이상곡>은 사뇌가계 궁중무악으로 분류하고 있는데, "사뇌가라는 역사적 장르가 그 생명력을 다해가는 소멸기이자 속요라는 새로운 장르가 형성되어가는 이행기의 작품으로서 양쪽의 장르적 성향을 혼효하고 있으나 기본적으로 사뇌가의 형식적 특성을 계승한 측면이 강하므로 사뇌가의 잔영으로 다루는 것이 온당하므로 속요에서는 제외"해야 한다고 설명하고 있다. 김학성, 「속요란 무엇인가」, 국어국문학회 편, 『고려가요 · 악장 연구』, 태학사, 1997, p.14.

34) 劉勰, 최신호 역, 『文心雕龍』, 현암사, 1975, p.200.

이 담고 있는 진실된 마음이야말로 문학을 지탱하는 힘이다. 고려속요가 인간의 고유한 심성을 거짓 없이 진솔하게 드러내고 있다는 점에서 늘 높게 평가되었다는 점은 이들 노래들을 자료로 삼아 문학 감상의 보편적 과정을 살피는 데 근거가 된다.

감상을 논하는 데 고려속요가 지닌 가치는 이들 노래의 오랜 역사성을 통해서도 검증된다. 고려속요는 오랜 수용사를 통해 형성된 유구한 역사성을 갖는다. 고려속요가 고려시대뿐 아니라 조선시대에도 지속적인 인기를 누렸음은 이미 충분히 밝혀 진 바 있다. 조선시대를 지배했던 유교의 교조주의적, 예교주의적인 기준은 고려속요에 대해 여러 가지의 논란의 원인이 되었다. 그러나 이러한 논란 가운데에서도 궁궐 안에서 속요의 기세는 쉽게 꺾이지 않았고, 꾸준히 각종 연회에서 가창되고 공연되었다.[35] 고려에서 조선으로 넘어 온 이후 성종대에 이르러 상당한 수준으로 정비되기는 하지만, "『악학궤범(樂學軌範)』과 별도로 『악장가사(樂章歌詞)』와 『시용향악보(時用鄉樂譜)』가 존재해 있었다는 것은 요컨대 속요의 가창이 관(官)의 간섭에도 불구하고 꾸준히 이어져 왔음을 반증한다."[36]

문학교육이 궁극적으로 인간의 삶을 다루는 것으로 본다면, 오랜 시간을 두고 다양한 인간의 삶을 반영해 온 고려속요는 오늘날의 학습자들에게도 유의미한 제재로서 손색이 없다. 문학교육이 할 일이 지식을 가르치는 것이 전부가 아니라, 문학적 감동과 삶에 대한 모색을 가르치는 것이라고 한다면 긴 시간을 지나며 수많은 사람들에게 감동을 주었던 이들 노래야말로 문학을 가르치기 위한 가장 적절한 제재가 될 수 있다.

그러나 이 외에도 고려속요를 자료로 선택하는 것은 다음과 같은 부수적인 효과를 얻을 수 있는 장점이 있다. 첫째, 이들 노래를 통해 문학 감

35) 박노준, 『옛사람 옛노래 향가와 속요』, 태학사, 2003, p.157.
36) 박노준, 위의 책, p.159.

상의 다양한 측면을 효율적으로 확인하는 데 용이하다는 점이 있다. 문학 감상은 작품마다 그 구체적 내용이 다르다. 따라서 여러 개의 작품을 두고 한꺼번에 논하는 것은 대개 추상적인 논의로 흐를 가능성이 있다. 그러나 고려속요의 여러 작품들은 서로 별개의 작품으로 다양한 인간의 심성을 보여주면서도 다른 한편으로는 인간의 본성이 진솔하게 드러난다는 동질성이 있기 때문에 이러한 위험을 피하는 데 적절하다. 이런 이유에서 이들 작품을 대상으로 하는 것은 논의의 구체성을 잃지 않으면서도 폭넓은 논의를 가능하게 할 것이다.

특히 고려속요의 내적인 동질성이 '여성화자의 사랑노래'라는 동류항에서 비롯된다[37]는 점은 더욱 매력적인 요소이다. 우리 시가사에서 매우 뚜렷한 줄기를 형성하고 있는 '여성화자의 사랑노래'라는 특성을 가장 잘 보여주면서도, 외부를 받아들이는 태도가 서로 미묘하게 달라진다는 점이 논의의 구체성과 다양성을 보장해 주리라 생각한다.[38]

둘째, 고려속요는 기존의 분석적 지식 중심 교육의 경향에 의해 아직 교육 내용이 충분히 생산되지 못한 작품군이라는 점에서 이를 자료로 함으로써 새로운 교육 내용을 창출하는 이점을 얻을 수 있다. 민간의 노래에서 왕실의 노래로 편입된 이들 노래는 근대적 의미의 문학성의 관점에서 그리 높은 평가를 받지 못하는 것이 사실이다.[39] 현재 문학 교실에서

37) 최미정, 『고려속요의 전승 연구』, 계명대학교 출판부, 1999, p.57.

38) 이 연구에서 최미정은 고려속요가 기본적으로 갈등의 해소에서 외부의 영향을 크게 받지 않는다는 특성을 논증한 바 있다. 그리고 이러한 기본적 특성을 전제한 상태에서 "외부의 간섭과 개입을 받아들이는 화자의 태도"의 양상에 따라 이들 작품을 ① <가시리>, <정읍사> ② <동동>, <정석가>, <만전춘별사> ③ <이상곡>, <쌍화점> ④ <서경별곡>, <청산별곡>, <정과정> 등으로 분류하고 있다.

39) 물론 고려속요의 문학성은 작품마다 편차가 있다. 예컨대 <청산별곡>은 오늘날의 관점에서 보더라도 매우 뛰어난 상징과 함축을 가진 시가라고 평가된다. 본문에서 지적한 것은 고려속요가 다른 시가 장르에 비해 상대적으로 이런 평가를 많이 받고 있다는 의미이다.

매우 중요한 교육 내용이 되고 있는 작품의 분석을 고려속요에 적용한다면 문학적 기교가 뛰어난 다른 작품군에 비해 매우 빈약한 교육 내용을 생산할 수밖에 없다.

예컨대 고려속요에는 오늘날까지 여러 사람들에게 감흥을 주고 있는 <가시리>와 같은 작품이 있지만 이를 통해 문학적 기교를 가르치고자 하는 것은 비효율적인 일이 아닐 수 없다. 또한 이들 작품은 작가 및 작품에 대한 관련 자료가 거의 없기 때문에 작품과 관련한 지식을 가르치는 일도 어렵다. 대표적으로 <청산별곡>과 같은 작품은 작품과 관련된 어떠한 자료도 발견되지 않음으로써 오직 작품 자체만으로 그 의의를 판단해야 한다. 이 작품의 주제에 대한 논의가 분분한 것 역시 자료가 부재한 것과 관련될 것이다.[40] 앞으로도 고려속요의 창작 시기나 배경을 분명히 밝혀 줄 자료를 찾기는 어려운 일일 것이며, 이런 이유에서 고려속요를 지식의 관점에서 가르치는 것은 앞으로도 요원한 일일 것이다. 새로운 관점에서 교육 내용을 개발하는 것이 절실히 요구된다.

40) 정재호는 이 작품의 주제에 대하여 특히 다양한 논의가 이루어지는 양상에 주목하고, 그 원인을 이 작품에는 배경설화가 없다는 점, 노래 내용의 모호성, 어휘 해독이 잘 되지 않은 점, 연구자의 시각 차이, 방법론의 차이, 작품의 구조에 대한 견해 차이 등으로 분석한 바 있다. 정재호, 「<청산별곡>의 새로운 이해 모색」, 국어국문학회 편, 『국어국문학』 139호, 태학사, 2005.

제2장 문학 감상의 본질과 교육적 의의

교육이 막연한 가정과 추측으로 이루어지는 행위가 아니라 엄밀한 계획에 의해 이루어져야 한다는 점에서 교육의 내용은 그 실체와 교육적 가치가 분명해야 한다. 따라서 문학 감상을 통해 인간의 성장을 도모하려면 무엇보다 먼저 문학 감상의 본질에 대한 충분한 이해가 필요하다. 이에 이 장에서는 먼저 감상의 의미와 문학 감상의 고유한 특질, 그리고 문학 감상의 교육적 의의를 논하고자 한다.

1. 감상의 의미

인간은 대체로 자신의 필요나 목적에 따라 대상을 분별하고 분석하며 그것이 무엇인가를 파악하려 한다.[1] 좀 더 적극적으로 말하면, 인간의 의식에 들어오는 대상은 어떤 목적이나 필요를 가지고 있는 주체의 의식에 의해 선택된 것이며, 이러한 의식이 무엇을 지향하느냐에 따라 동일한 대상이라 하더라도 달리 파악되기 마련이다. 예컨대 "만월은 천문학자에게 그의 천문학 이론의 한 증거로 보일 것이며, 우주항공사에게는 언젠가 올

1) 이렇게 우리가 보통 자신의 목적과 관련지어 대상을 지각하기 때문에 우리의 지각은 보통 제한적이고 단편적이기 마련이다. 이를 '실제적(practical)' 지각 태도라 부를 수 있다. 이러한 지각에서는 자신의 목적과 관련된 대상의 특징들만 보고, 그것이 자신에게 유용한 경우에만 주목하며, 그것이 어떤 효용이 있는가를 신속하게 단편적으로 확인하게 된다. J. Stolnitz, *Aesthetics and Philosophy of Art Criticism*, 오병남 역, 『미학과 비평철학』, 이론과실천, 1999, p.37.

라가서 탐험해야 할 만한 장소로 보일 것이며, 밤길을 걷는 농부에게는 그의 길을 밝혀주는 고마운 것"[2]으로 나타나게 된다.

그런데 주체가 자신의 목적이나 필요를 앞세우기보다 대상 자체의 속성에 좀 더 순수하게 집중할 때, 대상은 어떤 목적을 달성하기 위한 수단이 아니라 그 자체로 우리의 마음에 '감동(感動)'을 불러일으키는 존재로 느껴지게 된다. 이러한 경험은 그 대상과 주체 사이의 '살아 있는 관계(lived relationship)'를 형성하게 하며, '즐거움', '충족감', '생명감' 등을 느끼게 한다.[3] 이렇듯 대상 자체의 속성에 순수하게 주목하고, 그것이 주는 느낌을 종합함으로써 깊은 만족감을 느끼는 일을 두고 우리는 흔히 감상이라고 규정한다. 다시 말해 감상이란 어떤 대상을 그 자체로서 좋아하고, 또한 그것으로부터 생생하고 즐거운 경험을 획득하는 일을 말한다.[4]

대상을 그 자체로서 좋아한다는 것은 그것이 생활을 편리하게 한다거나 이익을 준다거나 하는 등의 이해관계에서 벗어나는 것을 말하며, 생생하고 즐거운 경험이란 감상자가 대상의 다양한 특질을 간접적인 방식이 아니라 직접적인 방식으로 겪어보고 느끼면서 얻는 경험을 말한다. 이에 따라 감상을 좀 더 정교하게 정의하자면, 인간의 오감(五感)에 의해 지각되는 다양한 자연물과 인공물에 대하여, 생활 속에서의 직접적인 효용과 거리를 둔 상태에서 그 자체의 고유한 질감을 음미하고 즐기는 것을 포괄적으로 규정하는 것[5]이라 할 수 있다.

물론 감상이 생활 속에서의 직접적인 효용과 거리를 둔다는 말이 감상자의 생활과 아무런 관련이 없음을 의미하는 것은 아니다. 흔히 감상은

2) 박이문, 「예술적 경험」, 『이카루스의 날개와 예술』, 민음사, 2003, p.81.
3) 박이문, 위의 글, pp.88-89 참조.
4) S. C. Pepper, *Principles of Art Appreciation*, Harcourt, Brace and Company, 1949, p.3.
5) A. Sheppard, *Aesthetics*, 유호전 역, 『미학개론』, 동문선, 2001, p.78.

일상생활을 벗어나는 것을 속성으로 함으로써 즐거움을 낳는 것처럼 보이지만, 사실 감상은 일상생활을 더욱 완전하게 경험하게 하는 것이기 때문에 더욱 큰 즐거움을 준다.[6] 감상을 통해 '자기의 생활을 높이고 풍부하게' 한다는 점에서, 감상은 비록 직접적인 이해관계의 수준에서 감상자의 생활에 도움이 되는 것은 아니지만, 현실의 생활을 더욱 가치 있게 하는 데 중요한 기능을 할 수 있다.[7] 이렇듯 감상은 기본적으로 인간이 대상을 바라보는 특별한 태도를 중심으로 규정될 수 있다.

그러나 이러한 방식의 정의는 감상과 감상이 아닌 것을 구별하는 데에는 도움이 될지 모르지만 감상의 과정에서 일어나는 구체적인 정신 과정을 설명해 주지는 못한다는 점에 한계가 있다. 태도는 어떤 행위를 다른 행위와 구별하는 주요한 요인이 되지만, 태도의 차이를 이해한다 해서 감상의 과정에서 주체가 대상과 어떻게 상호작용하는가의 문제가 자명해지지는 않기 때문이다.

사실 감상이 무엇인가를 이해하고자 할 때, 태도의 문제보다 더욱 자세한 설명이 필요한 부분은 그러한 태도를 취한 상태에서 주체가 대상의 무엇과 어떻게 상호작용하게 되는지, 더 적극적으로는 대상과 어떻게 상호작용해야 하는지에 대한 것이다.[8] 이런 이유에서 감상이라는 용어를 좀

6) 예술에 대한 감상이 일상생활을 더욱 완전하게 경험하게 하는 이유는 예술경험이 우리의 삶에서 "평소 숨어 있는 것을 끄집어내는 특별한 기회"가 되기 때문이다. 리처즈(I. A. Richards)는 이를 다음과 같이 설명한다. "예술경험은 경험 중에서도 가장 형성적인 것이다. 충동들의 발달과 체계화가 예술 경험 속에서 가장 크게 확장되기 때문이다. 일상생활에서는 천 갈래의 고려사항들이 우리 반응의 완전한 발달을 방해한다. 예술경험의 경우에 비해 일상생활에서의 충동체계의 범위와 복잡성은 더 낮다."(I. A. Richards, *The principles of literary criticism*, 이선주 역, 『문학 비평의 원리』, 동아, 2005, pp.289-290). 이 설명에서 알 수 있듯이 감상은 우리가 일상 속에서 흔히 잊고 지내지만, 우리 삶의 바탕에 놓인 여러 가지 문제들을 특화시켜 경험할 수 있는 계기가 된다.

7) 김문환, 『예술을 위한 변명』, 전혜원, 1986, pp.88-89.

8) 예컨대 감상은 흔히 '음미(吟味)'라는 비유적인 표현으로 대체되는 경향이 있는데, 이때, 대상의 고유한 질감을 음미한다는 것이 무엇이며, 그것이 또한 어떻게 즐거움과 연결되는지

더 명확하게 이해하기 위해서는 감상의 조건으로서의 태도나 의의의 문제에서 더 나아가 감상이라는 행위에 포함되는 기본적인 요소들을 확인하고, 이들 요소들이 서로 어떻게 유기적으로 결합하는지를 점검해 볼 필요가 있다.

그렇다면 감상이라는 행위를 구성하는 기본적인 요소들을 어떻게 추출할 것인가? 필자의 생각으로는 이를 위해 먼저 용어의 축자적(逐字的) 의미를 분석하는 것이 효율적이라고 생각한다. 물론 축자적 분석에 따른 사전적 정의가 일상에서의 쓰임을 모두 포괄한다고 할 수도 없고, 그 자체로 감상에 대한 깊이 있는 설명을 보장하는 것은 아니다. 그러나 아직 이론적으로 충분히 검토되지 않은 감상의 경우 먼저 축자적 의미를 통해 그 기본적인 요소를 추출하고, 이를 일상의 사례를 통해 검토하며, 관련된 이론에 비추어 봄으로써 체계적인 설명에 도달할 수 있으리라 생각한다.[9)]

감상은 한자로는 '鑑賞'이라고 하고, 이에 해당하는 영어로는 'appreciation'이 있다. 먼저 '鑑'과 '賞'의 조합으로 구성된 '鑑賞'의 의미를 풀어 보면 다음과 같다.[10)] '鑑'은 대상으로부터 무언가를 알아보는 것, '鑑識'을 의미한다. 따라서 여기에서의 '鑑'이란 대상을 면밀히 관찰하거나 보고 들으면서 그것을 알아보는 것, 즉 대상에 대한 인식(recognition)을 의미하는 것으로 볼 수 있다.

등의 문제에 대한 설명이 요구된다.

9) 감상의 개념 정립을 위하여 필자는 이 연구에 앞서 감상의 어원과 용례에 대한 기초적인 검토를 진행한 바 있다. 감상의 축자적 의미와 용례 등에 대한 본문의 내용은 졸고, 「감상의 개념 정립을 위한 소고」, 『문학교육학』 15호, 문학교육학회, 2004를 바탕으로 하되, 미진한 부분을 보충한 것이다.

10) '鑑賞'의 사전적 풀이를 제시하면 다음과 같다. 여기에서 확인할 수 있듯이 鑑賞은 크게 '鑑'과 '賞'이라는 의미의 조합으로 구성된다.

一. 審察識別也, 二. 明察而賞識之也, 三. 對於藝術品之鑑別賞玩也(中文大辭典編纂委員會 編, 『中文大辭典』 第9冊, 中國文化學院華岡出版有限公司, 1973).

'賞'에 포함된 의미는 '감'에 비해 상대적으로 다양하다.[11] 그러나 크게 다음과 같은 두 가지로 나누어 보는 것이 가능하다. 하나는 대상을 '칭찬한다'는 의미이다. 우리가 어떤 대상의 우수성을 평가하여 '상을 준다'라고 하는 것처럼 이는 대상의 가치에 대한 평가를 의미한다. '賞'에 담긴 다른 의미는 대상을 '즐긴다'는 것이다. 이때의 '賞'은 흔히 '玩'[12]과 결합하여 대상을 유희적 맥락에서 바라보며 즐거움을 추구하는 일, '玩賞'을 말한다. 이런 축자적 의미를 바탕으로 흔히 국어사전에서는 감상을 '대상을 보고 칭찬하기', 혹은 '대상을 보고 즐기기' 등으로 풀이하기도 한다. 'appreciation'의 사전적 풀이 역시 앞서 살핀 '鑑賞'에 대한 설명과 크게 다르지 않다. 'appreciation'의 사전적 풀이는 'recognition'과 'enjoy', 또는 'recognition'과 'assessment' 등의 요소를 제시하고 있으며, 이에 따라 '대상의 좋은 점을 찾아 즐기기' 혹은 '대상의 가치를 평가하기' 등으로 정의되고 있다. 특히 'appreciation'의 라틴어 어원인 'appretiatus'에 주목해 볼 때, 'appreciation'은 본질적으로 가치 평가의 의미가 매우 강하다는 것을 알 수 있다. 어원에 따라 살펴볼 때, 'ap'는 'ad', 즉 오늘날의 'to'를 의미하는 것이며, 'pretiatus'의 원형인 'pretiare(pretio)'는 'pretium',

11) 사전으로 확인할 수 있는 '賞'의 의미는 다음과 같다. ① 칭찬하다 ② 상을 주다 ③ 숭상하다 ④ 완상하다 ⑤ 주다 ⑥ 칭찬 ⑦ 칭찬하여 주는 물건(민중서관편집국, 『漢韓大字典』, 민중서림, 1992, p.1179)

12) '玩'은 즐거움을 줄 수 있는 단순한 놀이에서부터 정신적인 활동까지 광범위한 의미역을 갖는다. 로제 카이와(R. Caillois)는 '玩'의 구체적 양상을 다음과 같이 분류하고 있다(R. Caillois, *Les Jeux et les hommesle masque et le vertige*, 이상률 역, 『놀이와 인간』, 문예출판사, 1994, pp.68-69 참조).

- 어린애 같은 놀이와 천진스럽고 하찮은 종류의 오락
- 거침없고 비정상적이거나 이상한 성행위
- 심사숙고를 요구하며 성급함을 금하는 놀이(체스, 체커, 퍼즐 등)
- 요리의 맛이나 술의 향기를 맛보는 즐거움, 예술품을 수집하는 취미, 골동품 감정, 만들기 등
- 달빛의 고요하고 은은한 감미로움, 맑은 호수에서 뱃놀이하는 즐거움, 시간가는 줄 모르며 폭포를 바라보는 것.

즉 'worth', 'value', 'price' 등에 해당한다는 것을 알 수 있는데, 이는 'appreciation'이 본래 '가치를 향한다'는 기본 의미를 가지고 있다는 것을 말해 준다. 이에 따라 'appreciation'이란 곧 대상에 대한 가치 평가를 의미한다고 할 수 있다.[13)]

이렇듯 감상은 그 축자적 의미를 근거로 할 때 대상에 대한 인식, 대상에 대한 평가, 대상으로부터의 즐거움 등의 요소로 구성됨을 알 수 있다. 이를 근거로 할 때, 감상을 이해하기 위한 다음과 같은 세 가지 질문을 도출할 수 있다. 첫째, 감상에서 대상에 대한 인식은 어떤 인식을 말하는 것인가, 둘째, 감상에서의 평가는 무엇에 대한 어떤 기준에서의 평가인가, 셋째, 감상으로부터 획득하는 즐거움이 어떤 것인가 등이 그것이다.

먼저 감상에서의 인식, 즉 대상으로부터 무언가를 알아보는 일에 대해 살펴보기로 한다. 앎의 문제로서 인식은, 앎을 획득하는 방식에 따라 크게 직접적인 지각(perception)에 의한 것과 그렇지 않은 것으로 구분할 수 있다.[14)] 그리고 일상의 사례에 비추어 볼 때, 감상에서의 인식은 대상에 대한 직접적인 지각에 의한 것임을 알 수 있다. 우리가 어떤 대상을 감상한다는 것은 반드시 대상에 대한 직접적인 지각, 즉 오감에 의해 대상을 직접 겪어 보는 일을 의미하기 때문이다.

바닷물이 짜다는 것을 아는 사람들이 모두 바닷물을 직접 먹어보았다고 할 수 없는 것처럼, 우리가 대상에 대해 어떤 앎을 가지게 되는 것은 반드시 직접적인 지각을 거쳐야 하는 것은 아니다. 그러나 적어도 우리가 어떤 대상을 감상한다고 할 때만큼은 감상자가 직접 대상을 보거나 듣는

13) 박휘락, 『미술감상과 미술비평 교육』, 시공사, 2003, p.25.

14) 인식에 의해 획득되는 것을 지식이라 할 때, 다른 누군가의 서술에 의해 전달되지 않고, 자신의 지각이나 직관에 의해 파악되는 지식을 "체득에 의한 직접적 지식(knowledge by acquaintance)"이라 한다. 예술이 전달하고자 하는 메시지는 다른 언어로 서술되거나 공식화될 수 없다는 점에서 직접적 지식의 대표적인 사례가 된다. 한명희, 『교육의 미학적 탐구』, 집문당, 2002, p.98.

등의 직접적 지각을 거치는 것을 의미한다. 그림을 직접 보지 않는 미술 감상을 생각할 수 없으며, 자신의 청각을 통해 직접 듣지 않는 음악 감상은 있을 수 없다. 이런 점에서 감상 활동의 기본적인 요소로 대상에 대한 직접적인 지각을 들 수 있다.

그러나 감상은 직접적인 지각에 의해 대상을 알아보는 것으로 그치지 않는다. 이러한 지각으로부터 출발한 감상은 결과적으로 흔히 '좋다', '나쁘다' 등 대상에 대한 가치 판단을 동반하기 때문이다. 예컨대 하나의 미술 작품을 감상하고 나서, 이 그림이 '좋다', 혹은 '마음에 든다'라고 할 때, 그것은 그 작품에 대한 평가라고 볼 수 있다. 따라서 우리가 감상의 결과로서 '좋다', '나쁘다'라고 표현할 때, 이는 감상의 과정에서 감상자가 대상의 가치를 판단하고 있음을 말해 준다. 여기에서 인식은 앞서 축자적 의미의 분석에서 도출된 감상의 두 번째 요소인 평가와 연결된다.

이렇듯 감상이 단지 대상을 직접 지각하는 것에 머무르는 것이 아니라 대상에 대한 가치 판단, 즉 평가적인 행위를 가리킨다고 할 때, 대상을 평가하는 기준의 문제가 제기된다. 어떤 대상에 대한 평가는 반드시 평가의 기준에 따라 이루어지기 때문이다. 그렇다면 감상에서 이루어지는 평가의 기준은 무엇인가?

일반적으로 평가가 대상이 지닌 고유한 자질의 우수성을 객관적으로 따져 보는 일이라고 할 때, 대상에 대한 평가는 대개 대상이 비슷한 종류의 다른 것들에 비해 얼마나 우수한가를 따지는 일이다. 그런데 우리가 대상을 감상할 때, 아무리 '객관적으로 우수한 작품'이라 하더라도 무조건 좋다는 평가를 내리지는 않는다는 점에 주의할 필요가 있다. '좋다', '나쁘다', 혹은 '마음에 든다', '마음에 들지 않는다' 등의 판단에는 단지 작품 고유의 특질만이 개입되는 것이 아니라 그것을 바라보는 감상자의 욕구를 비롯한 여러 가지 개인적인 심리 작용이 개입되기 때문이다. 따라서 감상에서의 평가는 대상의 특성, 혹은 우수성 등에 대한 객관적인 평가가 아니라 감상자의 주관적 취미가 발현되어 대상 고유의 특질과 감상자의 심리적 흐름이 서로 긴밀하게 상호작용한 결과로 발생하는 감상자의 만족감이 매우 중요한 기준으로 작용한다고 할 수 있다.

그렇다면 감상에서 감상자가 직접적으로 지각하는 것과 그것으로부터 경험하게 되는 만족감 사이의 관계는 어떤 것일까? 이와 관련하여 예술심리학의 논의를 참조하자면, 감상을 통해 감상자가 얻는 만족감 혹은 즐거움은 일단 두 가지 차원에서 생각해 볼 수 있다.

하나는 대상이 지닌 형식적 특성에 따라 인간이라면 누구나 보편적으로 느낄 수 있는 쾌적한 감정이다.[15] 특히 예술적 대상은 그것을 감상하는 사람이 그것을 통해 긴장의 고조와 이완을 느낄 수 있도록 하는 성질을 가지고 있고,[16] 감상자는 이러한 대상의 특질을 지각함에 따라 자신의 취미(taste)[17]를 만족시킬 수 있다. 예컨대 노란색과 파란색의 뚜렷한 대조, 전체적으로 강렬한 움직임, 탄력 있는 곡선, 의도적인 구성 등 대상이 지

---

15) 칸트 이래의 전통적인 미학의 입장에서는 이와 관련하여 인간의 보편 능력으로서 '취미(taste)'를 강조한다. 인간은 대상의 아름다움을 판정할 수 있는 미적 판단 능력으로서의 '취미'를 가지고 있으며, 이러한 취미 판단에 의해 대상의 아름다움을 파악할 때 쾌적한 감정을 가지게 된다는 것이다. 김광명, 『칸트 미학의 이해』, 철학과 현실사, 2004, p.67.

16) E. Winner, *Invented worlds : the psychology of the arts*, 이모영 · 이재준 역, 『예술심리학』, 학지사, 2004, p.102. 이러한 입장은 이른바 실험심리학으로 발전되어 인간이 보편적으로 선호하는 것에 대한 설명으로 이어진다.

17) '취미'라는 용어는 애초에 뛰어난 예술품들이나 자연의 아름다움에 대한 감상을 설명하면서 차용된 것으로 16, 17세기 유럽에서 미학(aesthetics)이 출현하면서 널리 활용된 것으로 볼 수 있다. 이 말은 축자적으로는 다섯 가지 감각 중의 하나인 미각적 식별(discrimination)과 즐거움(enjoyment)을 제공하는 것과 관련된다. 그리고 신체적인 감각으로서, 취미는 필연적으로 쾌(pleasure) 또는 불쾌(displeasure)와 관련된다. 다시 말해 그것은 긍정적인 또는 부정적인 균형을 가져올 수 있는 감각적 반응이다. 이렇게 취미가 무언가를 '좋아하거나 싫어하게' 만드는 감정적인 요소가 있다는 점에서 미각적 취미(gustatory taste)가 미적 즐거움의 은유로 차용된다. C. Korsmeyer, TASTE, Gaut, B., et al, *The Routledge Companion to Aesthetics*, Routledge, 2000, p.195.

닌 뚜렷한 감각적 특징에 대해 감상자의 취미가 발휘될 때 대상은 감상자에게 쾌적한 감정을 불러일으킨다.[18] 이렇게 볼 때 감상에서의 즐거움은 대상 본연의 미적인, 주로 감각적인 특성을 감상자가 자신의 주관적인 취미를 발휘함으로써 포착할 때 비로소 나타나는 것으로 볼 수 있다.[19]

그러나 이렇듯 미적인 것, 아름다운 것이 즐거움을 유발한다는 관점은 경험적으로 볼 때 즐거움에 대한 충분한 설명이 되지 못한다. 우리는 분명히 아름답지 않은 것, 심지어 기괴한 것을 보면서도 즐거움을 느끼는 경우가 있기 때문이다. 이는 감상에서의 즐거움이 작품의 형식적 특성을 넘어, 감상자 스스로 대상으로부터 무언가를 유추해 냄으로써 심리적으로 경험하는 '의미'를 통해서 설명되어야 한다는 점을 말해 준다.

이런 이유에서 감상이 주는 즐거움에 대한 또 다른 설명으로 프로이트(S. Freud)의 정신분석학에 기초한 관점을 살펴볼 필요가 있다. 프로이트의 관점에서 역시 대상은 내용과 형식으로 구분되는데,[20] 예술의 창작이 작자의 욕망을 충족시키는 수단이라고 설명하는 그는 작품을 감상할 때의 메커니즘 역시 작자가 심미적 즐거움을 느낄 때의 메커니즘과 동일하다

18) M. M. Eaton, *Basic issues in aesthetics*, 유호전 역, 『미학의 핵심』, 동문선, 1988, p.79.

19) 여기에서 감상의 대상이 지닌 '미(美)'의 본질이 무엇인가에 대한 문제가 제기될 수 있다. 칸트 이래의 전통적인 미학에서 '미'는 주로 대상이 지닌 보편적인 형식적 특성을 지칭한다. 그러나 현대 미학에서 '미'는 이보다 훨씬 주관적이고 포괄적인 것으로 설명되는 경향이 있다. 예컨대 현대 미학의 중요한 전환을 마련한 산타야나에 의하면 미(beauty)란 '긍정적이고(positive), 본질적인(intrinsic), 그리고 구체화된(objectified) 가치(value)'로서 '대상의 특성으로 간주되는 즐거움'이라 할 수 있다(G. Santayana, *The sense of beauty*, Random House, 1955, p.47). 또한 이러한 미는 그 자체로 독립적인 것이 아니라 그것을 지각(perception)하는 사람, 즉 감상자의 정신 속에서 발생하는 가치가 되기 때문에 감상자의 구체적인 행위가 더욱 중요한 의의를 갖는다. 다만 산타야나의 관점 역시 이러한 가치가 미적인 형식에 내재되어 있다고 간주한다는 점에서는 전통적 미학과 동일한 맥락에 있다.

20) 내용과 형식을 구별하는 것은 프로이트적인 예술론에서 가장 약점이 되는 부분의 하나이다. 예술 작품에서 내용과 형식은 서로 분리될 수 없을 정도로 결합되어 있기 때문에, 이들을 분리하여 접근하는 태도는 바람직하지 않다는 것이 널리 지적되었다. 허창운 외, 『프로이트의 문학예술이론』, 민음사, 1997, p.204.

고 간주한다. "예술가가 자신의 욕망을 충족시키기 위해 창작한 작품이 우리를 감동시키는 것은 그것이 우리 자신의 욕망도 충족시켜주기 때문"[21]이라는 것이 그의 분석이다.

프로이트에 의하면 인간이 느끼는 불쾌감은 억압의 크기에 비례하며, 억압이 제거될 때 쾌감은 그만큼 상승하게 된다.[22] 이런 관점에서 볼 때, 예술 작품을 감상함으로써 우리가 얻는 즐거움은, 예술가가 자신의 작품을 통해 자신을 억압하는 것으로부터 해방되는 것처럼, 감상자가 예술가와 자신을 동일시하거나 추체험함으로써 감상자 자기 자신의 억압으로부터 해방됨으로써 증대되는 쾌감이다.

프로이트의 주장은 우리가 현실에서의 다양한 제약 때문에 경험하지 못한 일들을 예술을 통해 간접적으로나마 체험함으로써 느끼는 재미나 즐거움을 명쾌하게 설명해 줄 수 있다. 하지만 예술 작품을 통해서 인간의 삶과 자기 자신의 모습에 대한 더 많은 고민을 가지게 되고, 이러한 고민을 기꺼이 받아들이기도 한다는 점까지 설명해 주지는 못한다. 감상은 현실에서 충족시키지 못하는 욕구를 충족시켜 주는 계기가 되기도 하지만, 반대로 자신의 현실에 대해 별다른 문제의식이 없던 사람에게 새로운 문제를 던져 주기도 한다. 감상을 통해 새로운 문제를 얻음으로써 얻게 되는 '고통스러운' 즐거움은 프로이트적인 설명으로는 충분히 이해하기 어렵다.

이와 같이 즐거움에 대한 기존의 관점들은 실제의 감상을 충분히 설명하는 데 저마다의 한계가 있다. 이에 기존의 관점을 감안하되 형식과 내용의 이분법을 지양하고, 감상에 의한 마음의 변화에 좀 더 관심을 가지

21) M. Milner, *Freud et l'interprétation de la littérature*, 이규현 역, 『프로이트와 문학의 이해』, 1997, 문학과지성사, p.271.

22) M. Milner, 위의 책, p.272.

고 감상에서의 즐거움, 즉 '감동'에 대해 접근해 보면 어떨까 한다. 우선 감상이 등장하는 다음의 소회에 주목해 보자.

> 나를 두고 좋아하는 물건에 팔려 큰 뜻을 상실했다[玩物喪志]고 꾸짖는 자가 어찌 진정으로 나를 알겠는가? 무릇 감상이란 것은 바로 시(詩)의 가르침과 같다. 곡부(曲阜)의 신발을 보고서 어찌 감동하여 분발하지 않을 자가 있겠으며, 점대(漸臺)의 위두(威斗)를 보고서 어찌 반성하여 경계하지 않을 자가 있겠는가.[23]

위에서 말하고 있는 감상이란 대상으로부터 무언가를 보는 것을 통해 분발하거나 반성하는 등의 마음의 변화, 즉 감동을 얻는 것을 말한다. 감동이란 말 그대로 '느끼어 움직이는 것'을 말한다. 또한 그러한 마음속의 움직임이 단순한 쾌감이 아니라 감성과 지성이 함께 활동한 결과로서, 긍정적인 방향으로의 변화로 이어지는 것을 말한다.[24] 이렇게 본다면 감동은 대상에 대한 세밀한 감수를 거칠 때 비로소 가능한 것이며, 단지 억압에 대한 해방이라는 만족감이 아니라 자신의 삶을 새롭게 하는 데에서 오는 즐거움을 말한다.

공자가 세상에 도를 구현하기 위해 이곳저곳을 마다하지 않고 돌아다닌 흔적이 고스란히 묻어 있는 신발은 비록 그 자체에 미적인 형식을 담

---

23) 인용한 부분은 연암 박지원의 <필세설(筆洗說)>의 일부로 이른바 '감상지학(鑑賞之學)'의 선구자로 알려진 여오 서상수와 연암이 감상에 대해 나누는 대화 중에서 여오가 자신의 감상을 당대의 여러 학자들이 단지 '완물상지(玩物喪志)'의 좋지 않은 습관으로 여기는 것에 대한 불만을 피력한 것이다. '곡부의 신발'은 공자의 고향 산동성 곡부에 후손이 간직한 공자의 신발을 말하는 것이며, '점대의 위두'는 한(漢)을 멸망시키고 신(新)나라를 세운 왕망(王莽)이 자신의 위엄을 드러내기 위해 만든 물건인 '위두'를, 나라가 패망하여 쫓기는 와중에도 놓지 않았던 사실을 말한다. '점대'는 한무제가 섬서성 장안현에 만든 누각인데, 왕망은 여기에서 살해되었다. 원문은 다음과 같다. "誚我以玩物喪志者 豈眞知我哉 夫鑑賞者 詩之敎也 見曲阜之履 而豈有不感發者乎 見漸臺之斗 而豈有不懲創者乎."

24) 김일렬, 『문학의 본질』, 새문사, 2006, p.56.

고 있는 것은 아니다. 그러나 공자의 신발에 대한 세밀한 관찰은 곧 공자의 마음을 감성적으로 경험하는 과정으로서 긴장감과 삶에 대한 반성을 유발한다. 따라서 감동을 얻는 것으로서의 감상이란 대상을 통해 단순한 정서적 긴장 수준에 이르는 것에 그치지 않고, '쾌감을 주는 대상에로 향하려는 자아의 노력', '긴장을 수반하는 자아의 확충' 등 동기와 방향성이 있는 긴장에서 오는 즐거움을 누리는 일이라고 할 수 있다.[25)]

생각해 보면 우리가 감상의 대상, 특히 예술로부터 보는 것은 단지 감각적으로 보거나 만질 수 있는 것에 국한되는 것이 아니라 그것으로부터 유추하게 되는 다양한 창조적 세계이다. 일찍이 하르트만(N. Hartmann)이 제시한 것처럼 모든 예술은 보이는 그 자체, 즉 전경(前景) 너머에 다양한 후경(後景)이 존재한다는 것을 기본적인 규칙으로 한다. 전경의 풍부한 감성적 형성이 후경을 나타내는 데 이르게 되는 것은 예술이 지닌 기본적인 속성이다.[26)]

이렇게 본다면 예술의 존재 방식, 예술이 창조되고 향유되는 기본 구조는 작자가 전경에 자신의 모든 체험인 후경을 압축해 제시하고, 역으로 감상자는 전경을 통해 후경을 파악해 내는 것으로 요약된다. 실제로도 우리는 예술적 대상을 바라볼 때, 단지 눈으로 확인할 수 있는 것만을 보기 위해 보는 것이 아니다. 오히려 우리의 관심을 끄는 것은 외면적인 것으로부터 유추하여 새롭게 볼 수 있는 것들이다. 그리고 우리가 유추하고자 하는 것은 그것이 나의 삶에 던져 주는 '의미'이며, 이를 통해 작품은 감상자에게 유일무이한 '의의'를 가진 것이 된다. 그리고 이것이 감상에서 얻게 되는 진정한 의미의 즐거움, 즉 감동이다. 따라서 감상에서의 평가란

---

25) R. Arnheim, *Toward a Psychology of Art*, 김재은 역, 『예술심리학』, 이화여자대학교출판부, 1988, p.444.

26) N. Hartmann, *Äesthetik*, 전원배 역, 『미학』, 을유문화사, 1995, p.106.

대상으로부터 얻게 되는 감동에 대한 판단이라고 규정할 수 있다.

물론 감상이 반드시 감동과 즐거움을 포함하는가에 대해서는 일상의 쓰임을 근거로 할 때 이견이 있을 수 있다. 앞에서 감상의 결과가 '좋다', 혹은 '나쁘다' 등의 가치 판단으로 귀결된다고 했는데, 이때 대상에 대한 가치 판단의 결과가 '좋다'가 아닌 '나쁘다'로 귀결되는 경우에는 감상이 즐거움을 동반했다고 하기 어렵기 때문이다. 오히려 감상의 결과로 불쾌감을 느끼는 경우도 있다. 그러나 비록 모든 감상이 즐거움을 보장하는 것은 아니지만, 적어도 감상의 동기가 즐거움을 추구한다는 것을 부정하기는 어렵다. 앞에서 언급한 감상자의 욕구에 의한 대상에 대한 지각은 이해관계를 전제한 생활이 아닌, 그 자체의 즐거움을 추구하는 유희의 맥락에서 이루어지는 일이기 때문이다.

이제까지의 논의를 정리하자면, 감상이란 대상이 지닌 고유한 질감을 직접 지각함으로써 그에 따른 심리적 경험을 획득하고, 그것이 주는 즐거움의 정도에 따라 대상의 가치를 평가하는 일을 말한다. 그리고 감상에서 기대하는 심리적 경험의 핵심은 감동에 있다. 이런 기준을 통해 볼 때 감상은 인지와 구별되는 정서적 영역에만 속하는 것도 아니고, 반드시 대상에 대한 공감을 보장하지도 않는다. 그리고 이해나 비평 등의 용어와 혼동되어서도 안 된다.

대상이 무엇을 말하고 있는가를 파악한다는 점에서 감상은 이해의 한 양식[27]이라고 할 수도 있지만, 모든 이해가 반드시 직접적 지각을 거쳐야 하는 것은 아니기 때문에 일반적인 의미에서의 이해와 감상은 서로 구별되어야 한다. 또한 비평과 감상 모두 작품에 대한 평가를 포함하지만, 감상과 달리 비평은 반드시 주관적인 심리적 경험의 과정을 드러낼 필요가

27) S. H. Olson, *The End of Literary Theory*, Cambridge University Press, 1990, p.137.

없다는 점에서 이 두 가지 역시 서로 구별되어야 한다.[28] 이렇게 감상이 유사한 개념들과 분명히 구별될 때 감상의 의미가 더욱 분명히 드러나게 된다. 요컨대 감상은 대상으로부터 자신의 삶에 감동을 주는 요소를 지각하고, 평가하는 것을 핵심으로 한다.

2. 문학 감상의 구조

앞서 살펴본 감상의 개념에 비추어 볼 때, 문학 감상은 문학 작품으로부터 감상자가 무언가를 지각하고, 이러한 지각이 유발하는 심리적 경험, 즉 감동을 근거로 하여 그 작품에 대해 평가를 내리는 일이다. 따라서 일반적인 감상의 개념에서 더 나아가 문학 감상 고유의 특질을 이해하기 위해서는 문학 감상이라는 행위의 근간이 되는 문학 텍스트와 감상자의 활동이라는 두 가지 요소의 특징을 검토하는 일이 필요하다.

이런 이유로 이제 감상의 대상으로서 문학의 질료와 성층, 그리고 감상자의 정신적 행위로서 문학 감상의 과정을 검토하여 이들이 상호작용함으로써 형성되는 문학 감상의 구조를 드러내 보기로 한다.

---

28) 비평은 "구체적인 예술 현상을 주제로 하여 거기서 견출되는 제반 의미를 논하고, 그것으로써 작가와 감상자들에게 지침과 단서를 제공하는 활동"(佐佐木健一, 美學辭典, 민주식 역, 『미학사전』, 동문선, 1995, p.305)이라고 규정할 수 있다. 따라서 비평은 감상에 비해 메타적인 활동으로서의 성격을 갖는다. 이렇게 본다면 감상과 비평은 작품에 대한 일차 담론과 이차 담론이라고 설명할 수 있다. 비평은 작품과의 직접적인, 일차적인 상호작용의 기록이 아니라 그러한 일차적인 담론에 대한 이차적인 담론이다. 이에 비해 감상은 '쾌락과 즐거움'을 바탕으로 하는 작품과 감상자의 직접적인 상호작용으로서의 일차 담론을 말한다. 유종호, 『문학의 즐거움』, 민음사, 1995, pp.265-266 참조.

1) 문학의 질료와 성층

문학 작품은 감상의 대상으로서 우리에게 무엇을 보여줄 수 있을까? 일단 우리가 가장 먼저 만나는 대상으로 문학의 질료인 언어를 떠올릴 수 있다. '본다'는 것이 일차적으로 감각적인 지각을 의미한다고 할 때, 언어야말로 문학 작품에서 감상자가 가장 먼저 지각하게 되는 물리적인 대상이기 때문이다. 그림을 볼 때 선이나 색의 미묘한 질감을 확인하듯이, 문학 작품을 감상할 때 우리는 작품에 활용된 언어의 미묘한 질감, 예컨대 리듬이나, 이미지, 어조 등을 자세히 관찰하게 된다.[29] 그러나 문학의 질료로서 언어는 그림의 질료인 선이나 색과 달리 그것을 감상하는 사람의 '환상'에 의존할 수밖에 없다는 점에서 그림을 포함한 여타 예술의 질료와 근본적인 차이가 있으며, 이것이 바로 언어를 질료로 하는 문학에 대한 감상과 언어를 질료로 하지 않는 여타의 예술에 대한 감상을 서로 다르게 만드는 근본적인 원인이기도 하다.

물론 문학 역시 "표현적이며 제재를 취하며 실재의 모방에서 출발"한다는 점에서는 그 외의 예술들과 다를 것이 없다. 그러나 문학은 "그 주제를 직접적으로 어떤 종류의 질료로 형성하여 그 뒤에 감성적으로 나타나게 하는 것이 아니라, 말이라는 우회로를 통하여 읽는 자나 혹은 듣는

29) 박목월의 <靑노루>를 예로 들어 생각해 보자. 시의 전문은 다음과 같다. "머언 산 靑雲寺/낡은 기와집// 山은 紫霞山/봄눈 녹으면// 느릅나무/속잎 피어가는 열두 구비를// 靑노루/맑은 눈에// 도는/구름" 이 시의 내용을 보통의 언어로 옮겨놓으면, "봄눈이 녹을 무렵 자하산의 청운사의 낡은 기와집이 멀리 보인다. 느릅나무 속잎이 피어나는 열두 굽잇길을 내려오는 청노루의 맑은 눈에 도는 구름이 비친다." 정도가 될 것이다. 그런데 사실 이 시가 표현하는 내용을 이러한 보통의 언어로 옮겨놓는 것은 가능한 일이 아니다. 이 시에 활용된 2·3조의 리듬이나 부드러운 자음의 활용에 따른 분위기나 묘사 등에 의해 만들어진, 한 폭의 동양화와 같은 이 시 속의 정경은 이 시의 언어 조직을 통해서 새롭게 '창조'된 것이기 때문이다. 김종길, 「시의 언어」, 유종호·최동호 편저, 『시를 어떻게 만날 것인가』, 작가, 2005, pp.37-40 참조.

자의 환상을 자아내는" 방식을 취하기 때문에, 우리가 문학을 통해 보는 언어는 항상 그것과 결부된 환상을 포함하지 않을 수 없다고 본다.[30)]

문학이 구현하고 있는 세계는 이러한 언어의 본질을 특화시킨 상상의 세계이다. 프라이(N. Frye)에 의하면 우리가 사용하는 언어는 크게 세 가지 차원의 쓰임을 갖는데, '일상 회화의 언어', '실용적 기술의 언어', 그리고 '문학의 언어'가 그것이다. 먼저 일상 회화의 언어란 의식과 자각의 수준에서 나와 그 밖의 사물간의 차이를 표현하기 위한 것이다. 이는 자기표현의 언어이다. 이에서 더 나아가 사회 참여의 수준에서의 전문적인 언어인 실용적 의미의 언어가 있다. 그리고 이러한 수준을 넘어 욕망의 언어로서 문학의 언어가 있다. 인간의 욕망을 바탕으로 상상력에 의해 구축된 세계를 표현하는 것이 문학의 언어이다.[31)] 이러한 상상의 세계는 막연한 동경이나 꿈처럼 보일 수 있지만, 인간의 속성이 만들어 놓은 세계로서 우리가 실제 세계에서 지각하는 것 뒤에 숨겨진 '인간 세계의 참된 형태'를 보여준다.[32)]

따라서 문학의 표현 수단인 언어는 여타 예술에서의 표현 수단과 달리, 본질적으로 감상자의 환상이나 상상에 바탕을 둔 것이기 때문에, 우리가 문학 작품을 볼 때 언어 자체의 물리적 자질로부터 심리적인 영향을 받는다 하더라도 그것에 그치지 않고 항상 그 이상을 보도록 유도한다. 문학

---

30) N. Hartmann, 앞의 책, p.116. 하르트만에 의하면 이러한 언어의 특성이 문학 현상의 계층에서 전경과 후경 사이의 '중간층'이 다른 예술 장르에 비해 두드러지는 원인이다. 다시 말해 후경과 마찬가지로 비실재적이지만, 감성적으로 직접 직관되는 층, 감성 그 자체에 호소하는 것이 아니라 환상에 호소하는 중간층이 이와 같은 언어의 특성에 따라 성립하게 된다. 이에 대해서는 잠시 뒤에 문학 작품의 성층 구조에 대한 논의에서 다시 언급하기로 한다.

31) N. Frye, *The Educated imagination*, 이상우 역, 『문학의 구조와 상상력』, 집문당, 1992, p.20.

32) N. Frye, 위의 책, p.113.

작품의 표현 수단인 언어의 이러한 특성을 이해할 때, 문학 작품으로부터 우리가 지각할 수 있는 것, 즉 문학이 우리에게 보여줄 수 있는 것이 무엇인가에 대한 본격적인 논의를 시작할 수 있다.

물론 문학의 제재가 무한한 만큼 문학이 보여주는 것을 한 마디로 요약하는 것은 불가능한 일이다. 그러나 문학이 본질적으로 인간이 소망하는 세계를 창조한 것[33])으로서 결국 인간의 삶을 중심으로 전개될 수밖에 없다는 점을 고려한다면 어느 정도의 일반화를 시도하는 것도 충분히 가능하다. 우선 이와 관련된 딜타이(W. Dilthey)의 설명을 제시해 보기로 한다.

> 아리스토텔레스에 따르면 문학의 대상은 인간 행위이다. 비록 이 규정이 너무 협소하다 할지라도, 우리는 심적인 요소 또는 행위들의 결합이 생체험 및 그것의 표상에 관련되어 있는 한도 내에서 인간 행위가 문학의 한 요소일 수 있다고 말할 수 있다. 따라서 진실한 모든 문학의 기반은 살아 있는 혹은 생생한 체험이며 모든 심적인 요소들은 그것과 관련되어 있다.[34])

일찍이 아리스토텔레스는 시가 곧 인간, 인간 행위의 모방이라고 규정한 바 있다.[35]) 이를 바탕으로 딜타이가 주목하는 것은 문학이 기본적으로 인간의 체험을 제시한다는 특성이다. 딜타이가 설명하는 대로 문학이 '생체험(生體驗)'을 기반으로 하고 있으며, 또한 작품의 모든 심적인 요인들이 이와 관련되어 있다면, 감상자의 의식 속에 포착되는 문학 작품의 형상 역시 이러한 인간의 체험과 관련되지 않을 수 없다.

잉가르덴(R. Ingarden)은 작품과 독자의 상호 작용에서 독자의 역할이

33) N. Frye, 앞의 책, p.121.

34) W. Dilthey, *Des Erlebnes und die Dichtung*, 김병욱 외 역, 『딜타이 시학-문학과 체험』, 예림기획, 1998, p.45.

35) Aristotle, *Poetics*, 천병희 역, 『시학』, 문예출판사, 1997, p.29.

"잠재성의 현실화, 의미단위의 객관화, 주어진 텍스트 내의 미결점의 구체화"[36] 등 '넓은 의미에서의 구체화'를 수행하는 것이라 설명한 바 있다.[37] 문학 작품이 본질적으로 인간의 체험이나 그것의 표상에 기반하고 있다면, 이러한 구체화를 통해 감상자의 의식 속에 포착되는 것 역시 누군가의 삶의 모습이다.

하르트만에 의하면 이렇듯 감상자의 의식 속에 포착되는 삶의 모습은 연속된 계층으로 나타난다. 즉. 모든 예술이 전경과 후경을 가지고 있으므로, 문학 작품 역시 언어라고 하는 전경, 그리고 이로부터 파생되는 중간층,[38] 그리고 중간층을 거쳐 최종적으로 도달하게 되는 최심층으로 구분된다. 좀 더 세분화된 구분으로 그가 제시하는 것은 다음과 같이 연속되는 일곱 개의 층이다.

하르트만의 문학 성층 구조

전경	① 말, 문자
중간층	② 움직임 ③ 갈등 ④ 성격 ⑤ 운명
후경	⑥ 개인적인 이념 ⑦ 보편적인 인간의 이념

36) R. C. Holub, *Reception Theory : A Critical Instruction*, 최상규 역, 『수용이론』, 삼지원, 1985, p.50.

37) 잉가르덴에 의하면 문학은 '말의 음성(wortlaute)'과 그것을 기초로 한 음성편성(phonetic formation)들의 층, 의미단위의 층, 재현된 대상, 도식화된 국면 등 네 개의 층과 이 네 개의 층으로 이루어진 첫 번째 차원, 그리고 시간적 차원으로 문학의 층과 차원으로 이루어진다. 그리고 이러한 층과 차원들은 독자들이 완성시켜야 할 일거리이자, 도식화된 구조를 형성한다. R. C. Holub, 위의 책, pp.46-47.

38) 문학이 현상하는 중간층이란 비실재적이라는 면에서는 후경과 마찬가지이지만, 감성적으로 직접 직관된다는 점에서는 전경의 특성을 갖는다. 문학에서 중간층은 말소리와 말의 뜻이 밀접하게 대응하는 것처럼 중간층에서 현상하는 것은 직접적으로 말과 결부된다. 말을 통해 중간층을 표시할 때 사물과 인물과 사건들로 구성된 환상의 세계가 성립하며, 이 환상의 세계는 현실적으로 지각되지 않으면서도 지각 가능한 구체성을 갖는다. N. Hartmann, 앞의 책, pp.121-122.

최초의 계층인 전경은 언어, 즉 말이나 문자이다(①). 그리고 이로부터 문학 작품에서 두드러지는 중간층들이 나타나기 시작한다. 먼저 사람에게서 외면적으로 지각되는 모든 것, 즉 '신체의 운동 · 위치 · 표정과 언사' 등 회화나 조각에서 감성적으로 볼 수 있는 것들이 드러난다(②). 그 뒤를 이어 '행동 · 태도, 작용과 반작용, 성공과 실패' 등 아직 완전히 내적인 계층이 아니지만 감성적으로 볼 수 있는 것 이상의 계층이 나타난다(③). 다음으로는 심적 계층, 즉 인간의 도덕적 특성과 성격을 볼 수 있다(④). '경솔함과 신중함, 이기심과 자애심, 난폭과 공손, 비겁과 대담함' 등이 이 층에서 나타난다. 그리고 이를 이어서 인간의 내면성이라기보다는, 인생 전체에 해당하는 '운명'이 등장하게 된다(⑤). 이러한 중간층들에 이어 문학은 후경에 해당하는 최심층으로 진전된다. 그것은 개인적인 이념(⑥)과 보편적인 인간의 이념(⑦)이다.[39]

물론 이와 같은 하르트만의 성층 구조를 그대로 받아들이기에는 몇 가지 문제가 있다. 그 스스로 언급하고 있듯이 이러한 층위의 분석은 주로 소설과 같은 서사 장르에 대하여 온전하게 적용될 수 있으며, 상대적으로 서정 장르에서는 그대로 적용되기 어렵다.[40] 그러나 이와 관련해서는 그 역시 그 한계와 적용상의 차이를 언급하고 있기 때문에 큰 문제가 될 것이 없으리라 생각한다.

하지만 그가 세분화한 문학의 층위가 지나치게 분절적이라는 점은 상당한 고민이 필요한 부분이다. 예컨대 전경인 언어(①)에서 외면적으로 지각되는 것(②), 그리고 인물의 심적인 계층까지(③, ④)가 과연 단계적으로 드러나는 것인가를 생각해 보자. 만일 하르트만이 제시한 7개의 층이 서

39) N. Hartmann, 앞의 책, pp.201-207.

40) 하르트만은 문학에 이러한 7개의 대상층이 있지만, "오직 대규모의 문학, 즉 서사시 · 소설 · 희곡에서만 그러한 것"이라고 부언하고 있으며, 이들에서도 모든 계층이 언제나 동일하게 전개되는 것이 아니라고 설명하고 있다. N. Hartmann, 앞의 책, p.207.

로 연속적인 단계라면 앞의 층위가 보이지 않을 경우 다음의 층위를 발견할 수 없을 것이다. 그러나 우리는 언어 그 자체로부터 인물이나 화자의 심리를 즉각적으로 발견할 수도 있다. 이런 점에서 하르트만이 제시한, 하나의 '보기'가 그 다음에 이어지는 '보기'를 추동할 수 있다는 독창적인 관점을 제대로 살리기 위해서는 하르트만이 제시한 분류를 실제 감상의 과정을 고려하여 재구성할 필요가 있다.

또한 그가 제시하는 계층 구조에서 감상자가 보는 감상자 자신의 모습이 비교적 소홀히 취급되었다는 점도 감안해야 할 문제이다. 사실 문학 감상에서 감상자가 궁극적으로 보게 되는 것에는 텍스트 자체에 국한되는 것만이 있는 것이 아니라 그것을 감상하는 자기 자신의 모습도 있다. 이는 문학 텍스트를 구체화하는 과정에서 감상자가 지속적으로 자기 자신을 투사한다는 점에서 비롯된다.

딜타이가 설명한 것처럼 우리가 타자의 체험을 이해할 수 있는 것은 우리가 보편적 개인으로서의 체험을 가지고 있기 때문이다.[41] 감상자는 지속적으로 자기 자신의 체험을 대입하여 작품을 구체화한다. 따라서 감상의 과정에서 구체화되는 작품의 형상은 본질적으로 감상자 자신의 모습, 또는 감상자가 추구하는 모습과 닮아 있게 마련이다. 이러한 과정의 끝에서 감상자는 문학에 묘사된 인물을 통해 자기 자신, 그리고 세계를 재인식함으로써 자기 자신이, 그리고 우리가 어떤 존재인가를 인식한다.[42]

물론 하르트만 역시 감상에서의 자기 인식이라는 특성을 전혀 고려하지 않은 것은 아니다. 오히려 그는 이에 대해 다음과 같이 구체적으로 언급한 바 있다.

---

41) W. Dilthey, 이한우 역, 『체험, 표현, 이해』, 책세상, 2005, pp.52-53.

42) H. Meyerhoff, *Time in literature*, 김준오 역, 『문학과 시간현상학』, 삼영사, 1987, p.177.

> 우리는 생활상에 있어서도 어떤 개인의 운명, 즉 그의 악전 고투나 혹은 죄책 속에서 자기 자신의 모습을 흔히 본다. 어떤 소설을 읽을 때에 우리는 거기 나오는 주인공을 우리 자신과 동일시하며 그와 더불어 고락을 공감한다.[43]

여기에서 그는 분명 문학 감상의 최심층에서 감상자가 스스로의 모습을 '발견'하는 것을 말하고 있다. 그러나 그가 제시하는 최심층, 즉 인간과 세계에 대한 이념은 분명히 작가의 세계에 속하는 것이지 그것을 감상하는 사람의 것이 아니다. 다음과 같은 설명에서 이러한 생각을 확인할 수 있다.

> 가령 작품의 소재가 우리 자신의 현재와 생활공간에서 취해졌을 경우에도 그것은 '작가의 세계'에 속하는 것이지 결코 우리 자신의 세계는 아니다. 바꿔 말하면, 지나간 역사적 시대의 인간 생활을 현재적이며 우리가 직접적으로 체험할 수 있는 구체적인 형태로 나타나게 하는 것이 바로 문학의 위력이다. 말하자면 우리는 문자로 쓰인 말의 테두리를 통하여 다시 실재적으로 체험할 수 없는 낯선 인생을 들여다보는 것이다.[44]

위에 언급한 것처럼 하르트만의 관점에서 감상 주체의 의식 속에 현상하는 모든 것은 그 내용이 아무리 풍부하고 다양하다 하더라도 '작품 이외의 어느 곳에도 없는 것'으로 오직 작품 안에만 속하는 것이다. 물론 하르트만이 설명한 대로 우리가 작품을 통해 작가의 세계에 속하는 이념을 보게 된다는 말이 틀린 것은 아니다. 우리는 작품을 통해 작가가 추구하거나 혹은 드러내려고 하는 특정한 세계관을 목격하게 된다. 그러나 감상 주체의 의식 속에 작품을 계기로 현상하는 것이 오직 작품 안에만 속하는

43) N. Hartmann, 앞의 책, p.204.
44) N. Hartmann, 앞의 책, p.119.

것이라고 한다면 문제가 있지 않을까? 작품에 내재된 이념이 드러나는 중에 감상자가 평소에 의식하지 못하고 있거나 구체화하지 못하던 자기 자신의 이념이 이를 계기로 주체의 의식에 분명해진다는 것도 또한 사실이기 때문이다.

이와 같은 점들을 고려하여 하르트만이 제시한 층위를 조정해 본다면, 문학이 제시하는 층위는 다음과 같이 세 가지로 재조정될 수 있다. 첫째, 구체적인 타자의 체험, 둘째, 인간의 보편적 특성, 그리고 셋째, 삶에 대한 태도와 감상자 자신의 모습이다.

먼저 언어로 표현된 구체적인 체험의 층위를 이해해 보자. 하르트만은 언어라는 전경으로부터 외적으로 지각 가능한 것이 드러나고, 더 나아가 행동과 같이 외적이면서도 감성적으로 볼 수 있는 것 이상의 층위가 나타난다고 한다. 이때 하르트만은 언어가 다른 것에 비해 감각적인 특성이 떨어진다고 언급했지만, 반드시 그런 것은 아니다. 예컨대 시의 경우 리듬이나 음의 특성은 그 자체로 감상자에게 효과를 미칠 수 있다.[45] 그리고 이러한 언어적인 특성, 굳이 말하자면 형식적인 것이 내용과 별개로 존재하는 것은 아니다. 문학 작품에서 내용과 형식은 둘이 하나로 결합된 상태로 감상자에게 의식되기 때문이다.[46]

이렇게 언어를 통해 특정한 삶의 모습을 보여주기 때문에 하르트만이 언급한 전경에서부터 심적 체험까지의 층위(①~④)는 결국 분리되는 것이

45) 함부르거(K. Hamburger)가 지적한대로 언어는 가장 자유로운 방식으로 표현의 자유를 누릴 수 있다. 언어는 시각과 청각 등의 감각 기관에 직접적으로 무엇인가를 전달하는 것은 아니지만 색채나 선율이 아닌 추상적 기호를 사용함으로써 색채나 선율이 갖는 구체성이라는 제한을 가장 덜 받게 된다. 언어 기호를 사용함으로써 작가는 자신이 그려내고자 하는 바를 가장 섬세하게 그려 낼 수 있으며, 또한 여타의 예술 장르와 달리 시간과 공간의 제약마저도 뛰어 넘을 수 있다. K. Hamburger, *Die Logik der Dichtung*, 장영태 역, 『문학의 논리 : 문학장르에 대한 언어 이론적 접근』, 홍익대학교 출판부, 2001, p.71.

46) E. Steiger, *Grundbegriffe der Poetik*, 이유영 · 오현일 역, 『시학의 근본개념』, 삼중당, 1978, p.27.

아니라 하나의 덩어리로 보이게 된다. 마이어호프(H. Meyerhoff)가 말한 "오직 작품 안에서만 통하는 특수한 의미의 진실과 지식"이 이에 해당할 것이다. 다음의 구절을 통해 그 실상을 생각해 보자.[47)]

松根을 베여 누어 픗잠을 얼픗 드니
ᄭᅮᆷ애 ᄒᆞᆫ 사ᄅᆞᆷ이 날ᄃᆞ려 닐온 말이
그ᄃᆡ를 내 모ᄅᆞ랴 上界예 眞仙이라
黃庭經 一字를 엇디 그ᄅᆞᆺ 닐거 두고
人間의 내려 와셔 우리를 ᄯᆞᆯ오ᄂᆞᆫ다
져근덧 가지 마오 이 술 ᄒᆞᆫ 잔 머거 보오
北斗星 기우려 滄海水 부어 내여
저 먹고 날 머겨ᄂᆞᆯ 서너 잔 거후로니
和風이 習習ᄒᆞ여 兩腋을 추혀 드니
九萬里 長空애 져기면 ᄂᆞᆯ리로다
이 술 가져다가 四海예 고로 ᄂᆞᆫ화
億萬 蒼生을 다 醉케 ᄆᆡᆼ근 後의
그제야 고텨 맛나 ᄯᅩ ᄒᆞᆫ 잔 ᄒᆞ쟛고야
말 디쟈 鶴을 ᄐᆞ고 九空의 올나가니
空中 玉簫 소ᄅᆡ 어제런가 그제런가
나도 ᄌᆞᆷ을 ᄭᆡ여 바다ᄒᆞᆯ 구버보니
기픠를 모ᄅᆞ거니 ᄀᆞ인들 엇디 알니
明月이 千山萬落의 아니 비쵠 ᄃᆡ 업다

— <관동별곡(關東別曲)>

이 구절은 화자가 꾸었던 꿈속에서의 경험과 꿈을 깬 뒤의 감흥을 소개

47) 굳이 <관동별곡>을 예시하는 이유는 이 작품이 우리 문학의 가장 대표적인 고전이며, 이제까지 국어교과서에서 한 번도 빠지지 않고 실렸다는 사실을 고려한 것도 있지만, 이 작품이야말로 프라이가 말한 불안과 소망의 꿈으로써의 문학의 모습을 생동감 있게 그려낸 작품이라는 판단 때문이다.

하고 있다. 화자가 꿈속에서 신선을 만나 서로 흥겹게 잔을 나누다가 아쉽게 헤어지는 장면이 전개되고 있다. 그런데 이러한 화자의 체험은 이러한 체험이 서술된 언어와 구분되지 않는다. "북두셩 기우려 창희슈 부어내여 저 먹고 날 머겨눌 서너 잔 거후로니"에서처럼 호기롭게 이어지는 화자의 목소리가 그 자체로 이 체험의 분위기를 말해주기 때문이다.[48] 이러한 화자의 목소리를 느끼지 못한 채로, 누가 무엇을 했는가라는 줄거리를 파악하는 것만으로는 이 구절이 담고 있는 화자의 체험을 제대로 보았다고 할 수 없다.

그러나 여기에서부터 분열되는 또 다른 층은 구체적인 한 인간의 모습을 넘어 그러한 모습을 형성하게 하는 인간의 보편적 특성이나 조건, 하르트만이 사용한 용어로는 '인간의 운명'을 보여줄 수 있다. 그리고 인간의 운명은 분명히 앞에서 보이는 것과는 다른 차원이다. 인간의 운명이라고 할 때 인간은 이미 개체로서의 인간이 아니라 보편으로서의 인간을 의미하기 때문이다.

따라서 개체로서의 인간이 보편화된 인간으로 전환되어야만 볼 수 있는 것이 이 단계이다. 마이어호프가 말한 바, "한 작가에 의하여 묘사된 주관적이고 특수한 세계일지라도 인간행동 일반을 설명하는 심리학적·사회적 작용에 대한 깊은 통찰"이 드러나는 곳이 바로 이 지점이다. 앞에서 인용한 <관동별곡>의 결말 부분에서 드러나는 화자의 아쉬움은 결국 현실과 이상의 대립이며, 현실원칙과 쾌락원칙 사이에서 고민하는 인간의 조건에서 비롯된다.[49]

48) 고정희는 정철과 윤선도의 가사와 시조를 비교하여 이들이 각각 환유적 언어와 은유적 언어의 특성을 효과적으로 구현함으로써 각각의 장르에 어울리는 최고의 경지에 도달할 수 있었음을 분석한바 있다. 이를 참고하자면 이 작품의 언어 자체가 그것이 담고 있는 삶의 형상과 일치하는 데에서 작품의 효과가 극대화된다고 말할 수 있다. 고정희, 「윤선도와 정철 시가의 문체시학적 연구」, 서울대학교 박사학위논문, 2001.

끝으로 하르트만이 제시한 최심층으로서 개인과 보편의 이념이 드러나며, 또한 감상자가 자신의 모습을 확인하게 되는 층위가 있다. 하르트만이 말한 인간의 이념, 세계의 이념이란 곧 인간과 세계에 대한 태도를 말한다. 언어는 반드시 그 언어의 주인이 있다. 문학 작품에서는 인물이나 화자, 혹은 서술자 등이 이에 해당한다. <관동별곡>의 화자 역시 현실원칙과 쾌락원칙 사이에서 이리저리 방황만 하고 있는 것이 아니라 그러한 조건 하에서 자신이 무엇을 선택하여야 할 것인가를 말해 주고 있다. 선인(仙人)과의 대화는 화자의 이러한 입장을 분명히 드러낸다. 화자가 이러한 방황의 끝에 "이 술 가져다가 四海예 고로 논화 億萬 蒼生을 다 醉케 밍근 後의 그제야 고텨 맛나 또 훈 잔 ᄒ쟈고야"라고 할 때, 우리는 화자의 최종적인 선택을 목격하게 된다.[50]

그런데 이렇게 화자가 보이는 태도는 보편적 인간으로서의 동질성을 바탕으로 이 작품을 감상하는 주체의 태도로 전이될 수 있다. 오늘날 이 작품을 감상하는 이 역시 현실원칙과 쾌락원칙 사이에서 고민하는 것은 마찬가지이기 때문에 이러한 화자의 태도가 전이되어 자기 자신과 주변을 다시 바라보게 한다.

요컨대 작품은 구체적인 체험이나 인간의 조건을 제시하는 데 머무르는 것이 아니라 인간과 세계에 대한 특정한 자세를 암시한다. 이들이 생각하는 세계와 인간의 가능성을 탐지하고, 이와 관련된 문제를 자기의 것

49) 김병국, 「가면 혹은 진실」, 『한국 고전문학의 비평적 이해』, 서울대학교출판부, 1995.

50) <관동별곡>의 화자가 보이는 갈등과 화합은 이 작품의 주제이기도 하고, 작자인 정철의 문학적 탁월함이 가장 잘 드러나는 부분이기도 하다. 다음의 설명은 이를 명료하게 설명하고 있다. "이것은 오로지 본능적 자아에 침몰하려는 쾌락의 논리도 아니고, 그렇다고 사회적 자아에만 급급하려는 현실적 논리도 아니다. 이것은 이른바 선우후락(先憂後樂), 즉 천하가 근심하기에 앞서서 근심하고 천하가 즐거워한 다음에 즐거워 한다는, 저 유명한 범중엄의 글 「악양루기」의 명언을 교묘하게 인유한 것이니, 겸선천하(兼善天下)를 지향하는 「관동별곡」의 대지(大旨)가 된다. 비로소 우리는 작중 인물화된 시인의 가장 이데올로기적인 목소리를 들을 수 있는 것이다." 김병국, 위의 글, p.54.

으로 전이(轉移)할 때 감상자 자신의 모습과 자기 자신을 둘러싼 세계가 새롭게 의식 안으로 들어오게 된다.[51]

이런 면에서 문학의 기능을 시간과 공간을 뛰어 넘어 다양한 인간 군상의 모습을 제공하는 것, 그리고 이를 통해 인간의 운명과 삶의 가능성을 보여 주는 것으로 정리해 볼 수 있다. 그리고 이러한 기능이 감상자에게 실현될 때 문학 감상은 깊은 만족감, 심오한 감동을 제공한다. 딜타이가 다음과 같이 말한 문학을 통한 생체험이 바로 이것이다.

> 문학은 최상의 순간에 우리는 채워주는 이러한 생활 감정의 강렬함과 우리가 세계를 즐기는 이러한 환상의 본질로 우리를 계속 인도한다. 우리의 실제 존재는 욕구와 향유 사이에서 쉼 없이 움직이는 존재다. 보다 안락한 행복은 우리가 일상적 존재에서 벗어나는 드문 경우에만 가능하다. 그러나 작가는 우리를 삶에 대한 보다 건강한 감상으로 이끌 수 있다. 작가는 창작을 통하여 우리에게 고통스런 여운이 없이 오랫동안 지속되는 만족을 제공할 수 있으며, 우리가 전 세계를 생체험-항상 충만하고 전체적이며 건강한 인간 존재-으로서 느끼고 즐기도록 가르칠 수 있다.[52]

딜타이는 문학의 기능이 근본적으로 "우리의 삶의 감각을 보존하고, 강화시키고, 일깨우는 것"이라고 한다. 이 설명에 따르자면, 문학 감상이란 감상자가 자신의 존재를 작품을 통해 생체험함으로써 가지게 되는 즐거움을 향유하도록 하는 것이다. 우리의 지각이 "삶의 내용과 반향으로 가득 채워져 있을 때" 우리는 깊은 만족을 느끼게 된다. 사상이나 관념으로

51) 작품 자체의 맥락에서 확인되는 인간 행위가 자기 자신에 대한 통찰로 전이되는 것은 문학의 특수하고 위대한 기능이다. 이러한 문학의 기능이 발현됨으로써 우리는 경험, 자기 인식의 경계를 확장할 수 있다. H. Meyerhoff, 앞의 책, p.170.

52) Dilthey, W., *Des Erlebnes und die Dichtung*, 김병욱 외 역, 『딜타이 시학-문학과 체험』, 예림기획, 1998, p.50.

환원될 수 없는 이러한 생체험은 "반성, 특히 일반화와 관계망의 확립을 통하여 인간 존재의 전체성과 관련"[53]되는데, 이렇게 본다면, 문학이 보여주는 구체적인 타자의 체험, 삶의 일반적 조건, 그리고 세계의 가능성과 자기 자신의 모습은 이러한 생체험의 전개 과정과 일치함을 알 수 있다. 문학은 타자의 체험, 그리고 인간의 보편성, 그리고 감상자 자기 자신과 자신을 둘러싸고 있는 세계를 보여 줄 수 있는 자질을 가진 것이다.[54]

2) 문학 감상의 과정

문학이 감상자에게 보여 줄 수 있는 이러한 자질들을 가지고 있다는 것은 감상자의 정신 속에 감동이 발생하기 위한 필수조건이기는 하지만, 아직 감동을 일으키는 충분조건이 될 수 없다. 감상자가 문학 작품으로부터 '보는' 것은 앞에서 언급한 것처럼 단순히 문자로 기록된 무엇을 시각적으로 확인하는 것을 넘어서기 때문이다.[55]

어떤 사람에게는 감동적인 삶의 형상을 보여주는 작품이 또 다른 사람에게는 별다른 자극을 주지 못하는 단순한 읽을거리가 되기도 하는 것은, 같은 작품이라 하더라도 감상자가 작품에 대해 발휘하는 정신적 능력이나 감상자 개개인이 처한 조건에 따라 감상자의 의식 속에 얼마든지 서로

53) H. Meyerhoff, 앞의 책, p.49.

54) 문학 작품의 자질에 대한 이와 같은 접근이 문학 작품에서 감상해야 할 요소들을 모두 포괄한다고 할 수는 없다. 특히 본문에서 제시하고 있는 내용들이, 기존의 관점에서 보자면 문학의 언어적 측면보다는 작품의 주제적 측면에 집중되어 있는 것도 사실이다. 그러나 이는 본고가 기본적으로 구체적인 장르에 대한 감상이 아닌 문학 일반의 감상을 대상으로 하는 데서 오는 한계라 생각한다. 작품에서 감상해야 할 자질들은 문학 일반을 논할 때보다 개별 장르나 개개의 작품을 구체적으로 대상으로 할 때 더욱 풍부하고 다양하게 드러날 수 있을 것이다.

55) W. Dilthey, *Des Erlebnes und die Dichtung*, 김병욱 외 역, 『딜타이 시학-문학과 체험』, 예림기획, 1998, p.50.

다른 모습으로 현상할 수 있음을 말해 준다. 이런 이유에서 감상의 대상으로서 문학 작품의 기본적 자질에 대한 검토에 이어 이러한 자질을 감동의 근원으로 승화시키기 위해 감상자가 발휘해야 하는 정신적 능력과 이에 개입하는 감상자의 조건 등 실제로 감상이 이루어지는 과정을 확인해 볼 필요가 있다.

먼저 감상자가 작품에 대해 발휘하는 정신적 능력에 대해 생각해 보자. 이를 이해하기 위해서는 다시 하르트만이 제시한 전경과 후경의 개념을 활용하는 것이 유용할 것이다. 앞서 언급했듯이 하르트만은 문학 작품이 감상자의 의식 속에 현상하는 과정을 전경과 후경, 그리고 중간층 등의 개념을 활용하여 7가지의 층으로 체계화한 바 있다. 그리고 필자는 이를 다시 타자의 체험, 인간의 조건, 삶의 가능성 등으로 재구성하였다. 앞서 논의의 과정에서 보였듯이 하르트만이 제시한 전경, 중간층, 후경이 본고에서 제시하는 타자의 체험, 인간의 조건, 삶의 가능성 등에 그대로 대입되지는 않는다. 인간의 조건이나 삶의 가능성 등은 분명히 후경의 영역에 속할 것이지만, 타자의 체험은 전경과 중간층 모두에 걸쳐 있기 때문이다.

그러나 비록 필자가 제시하는 세 가지의 층이 하르트만이 제시한 7가지의 층과 서로 일치하지는 않는다 하더라도, 하르트만이 제시한 전경과 후경의 개념은 필자가 제시한 세 가지의 층이 현상하는 과정을 설명하는 데에도 여전히 유효하다. 즉 작품이 감상자의 의식 속에 현상하는 과정이 반드시 전경을 거쳐 후경에 이르게 된다는 점, 그리고 감상자가 전경으로 다가가는 것이 작품에 수렴해 가는 과정이라 할 때, 이를 거쳐 더 깊고 넓은 후경으로 나아가는 것은 작품의 구체적인 형상으로부터 발산해 나가는 과정이기 때문에 앞에서 제시한 세 가지의 층위에도 적용된다.

하르트만의 관점에서 감상자가 작품의 전경을 만날 때 감상자는 작품이 형상화하고 있는 세계로 수렴해 가려 노력해야 한다. 그리고 다시 후경으로 나아가는 과정은 감상자가 작품이 형상화하고 있는 구체적인 삶의 모습을 넘어 더 큰 세계로 발산해 가는 과정이다. 따라서 감상자가 수행하는 사고의 과정은 작품에 다가가는 과정과 작품으로부터 다시 새로운 것을 향해 나아가는 과정이라고 요약된다.

이러한 과정은 일찍이 로젠블렛이 말한 심미적 독서와 원심적 독서의 수렴과 발산과 유사하다. 로젠블렛은 일찍이 "심미적 독서가 없다면 시도 문학도 없다"[56]고 주장한 바 있다. 심미적 독서(aesthetic reading)란 감상자가 텍스트의 암시적 의미에 주목하고, 텍스트와 상호교통하는 동안에 경험하는 분위기나 장면, 상황들에 초점을 두는 독서를 말하는 것으로 텍스트로부터 필요한 정보나 방향을 발췌하는 것으로서의 원심적 독서(efferent reading)와 구별된다.

그런데 로젠블렛은 이 두 가지의 독서가 서로 별개로 존재하는 것이 아니라 서로 연속되어야 함을 강조한다. 다시 말해 문학적인 텍스트에 대해 심리적 접근이 배제된 채 일방적으로 원심적 접근을 시도하는 것은 당연히 문제가 될 수 있지만, 문학적인 텍스트라 해서 오직 감성적인 반응만을 강조하는 것 역시 바람직하지 않을 수 있다. 감상자가 작품으로 다가가는 과정은 곧 미적인 텍스트에 수렴해 가는 심미적 독서의 과정이다. 그러나 감상자는 이러한 수렴을 끝으로 감상을 마치는 것이 아니라 점차 작품과의 감성적 상호작용으로부터 거리를 두면서 이성적으로 새로운 것을 창조해 가는 발산의 과정을 거쳐야 한다.

그리고 이러한 수렴과 발산의 과정에 필요한 것이 바로 지각과 전이의 능력이다. 감상자가 작품에 수렴하고, 또한 작품으로부터 발산하는 과정은 앞서 살펴본 문학 작품의 가능성에 비추어 볼 때, 단지 기호일 뿐이었

---

56) Rosenblatt, L. M., *Literature as exploration (5th ed.)*, 김혜리 외 역, 『탐구로서의 문학』, 한국문화사, 2006, p.23.

던 텍스트를 구체적인 체험으로, 인간 보편의 운명에 대한 표상으로, 그리고 자기 자신에 대한 거울로 전환시키는 과정이다. 이러한 전환의 과정은 '지각'과 '전이'의 연쇄로 설명할 수 있다.

'지각'이란 감상자가 언어로 된 텍스트로부터 앞에서 살펴본 바와 같은 가능성들, 즉 타자의 체험이나 인간의 보편성, 그리고 자기 자신의 모습을 포함한 삶의 가능성 등을 직접 발견하고 목격하고 느끼며 이들을 하나의 의미 있는 단위로 구성하는 것을 말한다. 그리고 '전이'란 감상자가 하나의 층에서 다른 층으로 옮겨가는 것, 즉 자기 앞에 놓인 언어 텍스트로부터 이러한 가능성들을 상상적으로 유추하고, 궁극적으로는 자기 자신의 모습에까지 옮겨 오는 것을 말한다. 따라서 감상자가 작품에 대해 수행하는 사고는 작품으로부터 무언가를 지각하고, 이러한 지각을 근거로 한 전이의 연쇄가 된다. 이해를 돕기 위해 이제까지 설명한 내용을 표로써 제시해 보면 다음과 같다.

문학 감상의 구조

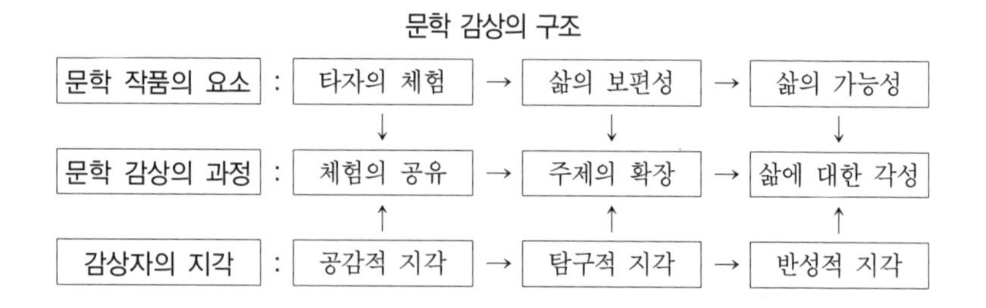

이렇게 지각과 전이가 입체적으로 작용하는 감상자의 수행의 결과는 다시 개개의 감상자가 가지고 있는 조건에 따라 달라지게 된다. 감상자가 수행하는 지각과 전이의 과정에서 생성되는 내용이 감상자가 지닌 배경에 따라 달라지기 때문이다.

그리고 지각과 전환의 과정에 개입되는 요소들로 감수성, 상상력, 그리고 감상자가 가지고 있는 체험 등의 세 가지에 주목할 수 있다.

먼저 감상자의 감수성(sensibility)을 생각해 보자. 대상과의 상호작용으로서 감상은 대상 고유의 감각적 자질을 충분히 받아들이고, 느끼는 일을 필요로 한다. 문학 작품의 감상 역시 작품이 구현하고 있는 상상의 세계를 직접 보고, 관찰하며, 그것으로부터 무언가를 느끼는 일로부터 시작한다. 이런 면에서 "외계의 자극을 끊임없이 받아들이고 느끼는 성질이나 능력"[57]으로서의 감수성은 감상자가 발휘해야 하는 필수적인 능력이다.

특히 언어는 감상자가 그것에 대해 작용하기 전에는 단지 하나의 기호일 뿐이라는 점에서 더욱 예민한 감수성이 요구된다. 예컨대 시를 낭송하는 일을 생각해 보자. 한편의 시를 낭송하면서 감상자는 시의 언어를 자신의 몸과 마음에 살아나게 하여 그것이 주는 느낌을 떠올리게 된다.[58] 이는 우리가 가진 감수성이 작품의 감상에 직접적인 영향을 미친다는 것을 말해 준다.

이러한 감수성과 함께 요구되는 것이 상상력(imagination)이다. 문학의 언어가 상상의 언어라고 했을 때, 문학이 형상화하고 있는 세계를 보기 위해서는 감상자 역시 자신의 상상력을 충분히 발휘할 필요가 있다. 바슐라르에 의하면 상상력이란 '이미지를 만들어 내는 능력 전반'을 가리키는 말이다.[59] 앞서 언급한 감수성이 작품에 있는 그대로의 감각적 자질을 발견해 내고 그것으로부터 무언가를 느끼는 것이라고 할 때, 상상력은 이러한 감각적 수용을 바탕으로, 작품이 구현하고 있는 이미지나 의미를 창조적으로 탐구하는 정신 작용이라고 할 수 있다. "우리가 바라볼 수 있는

57) 서울대학교 국어교육연구소, 『국어교육학사전』, 대교출판, 1999, p.12.

58) 이런 점에서 문학 작품의 감상 역시 '신체성'을 매개로 한다는 점을 알 수 있다. "리듬에 의해 동요 받고 하모니에 의해 만족하게 되는 것은 무엇보다도 먼저 우리들 자신의 신체"이기 때문이다. M. Dufrenne, 앞의 책, p.570.

59) 홍명희, 『상상력과 가스통 바슐라르』, 살림, 2005, p.72.

가능성을 제공하는 것은 선험적 상상력이며, 지각에 주석을 가하는 구체적인 인식을 개발해 내는 것은 경험적 상상력"[60]이라는 말에서도 알 수 있듯이 상상력은 우리가 언어 기호로 된 문학 작품으로부터 인간의 체험을 볼 수 있도록 하는 원동력이다.

끝으로 앞에서 제시한 두 가지 요소와 함께 반드시 언급되어야 하는 것은 감상자 자신의 체험(Erfahrung)이다. 앞에서 이미 언급한 바 있듯이 우리가 타자의 체험을 이해할 수 있는 것은 우리 자신이 가지고 있는 체험을 바탕으로 해서이다. 우리가 미처 겪어보지 못한 현상에 대해 쉽게 이해하지 못하고, 또한 그것의 가치에 대해 판단하지 못하는 것은 그것을 이해하거나 비추어 볼 구체적인 근거로서의 체험이 없기 때문이다. 문학 작품은 그것을 감상하는 사람이 누구인가에 따라 서로 다른 이미지와 의미를 주게 된다. 이러한 차이가 생기는 것은 바로 감상자가 자신의 체험을 바탕으로 감수성과 상상력을 발휘하거나기 때문이다.

이제까지 언급한 세 가지 요소, 즉 감수성과 상상력과 체험은 서로 독립적인 것이라기보다는 감상자가 작품으로부터 무언가를 지각하고 전이하는 데 동시에 작용하는 것으로 볼 수 있다. 즉 감수성과 상상력과 체험은 서로 별도로 작용하는 것이 아니라 서로가 서로의 근거가 되는 동시에 서로를 제한한다.

이렇게 감상자의 감수성과 상상력과 체험이 전제된 지각과 전이의 능력이 충분히 발휘될 때 감상자는 작품에 대한 수렴과 작품으로부터의 발산을 온전히 수행할 수 있다. 이에 따라 감상자와 작품이라는 두 가지 요소 사이의 상호 작용이 만족스럽게 진행됨으로써 작품과 감상자 사이에 공명이 일어나게 되며, 이것이 감상자에게 감동의 근원이 된다.

60) M. Dufrenne, 앞의 책, p.589.

이때의 감동은 작품이 보여주는 것을 기준으로 다음과 같은 세 가지 차원으로 설명할 수 있다.

첫째는 언어로부터 타자의 체험을 구체화함으로써 타자의 체험을 공유하는 데서 오는 감동이다. 감상자는 감각물로서의 작품을 자신의 정신 속에서 살아 움직이게 해야 한다. 감상을 하는 동안 작품은 감상의 주체인 '나'의 정신 속에서 살아 움직이게 된다.[61] 이를 '공유'라 할 수 있으며, 여기에서 타자와의 일체감이 형성된다.

둘째는 구체적인 타자의 체험이 표상하는 것, 그것이 담고 있는 의미를 확장하여 더 깊은 깨달음을 얻는 데서 오는 감동이다. 이를 모든 문학의 주제인 삶의 보편성에 대한 깨달음이라 할 수 있다. 문학에서 주제(theme)란 "작품이 취급하는 중심적인 문제, 즉 무엇을 표현하고 있는가의 '무엇'에 해당한다."[62] 앞에서 언급했듯이 문학의 주제는 기본적으로 인간의 행위이다. 그런데 작품이 담고 있는 구체적 인간의 행위는 인간의 보편적인 행위로 확장된다. 따라서 인간의 보편적 운명을 작품을 통해 발견하는 것은 작품이 취급하는 중심적인 문제를 구체적인 인간의 삶에서 보편적인 인간의 삶으로 확장하는 일이 된다.

셋째, 작품을 통해 삶의 가능성과 가치를 발견하고 더불어 자기 자신의 삶에 대해 각성하는 데에서 오는 감동이다. 물론 이미 자기가 속해 있는 세계는 이미 자기에게 충분히 익숙한 것이다. 하지만 또한 자동화된 것이기도 하다. 자동화되어 둔감해진 세계를 낯선 방식으로 새롭게 봄으로써 세계에 대해 창조적인 지각이 이루어지며, 이것이 또한 감동의 근원이 된다.[63]

---

61) G. Poulet, 「독서의 현상학」, 김진국 엮음, 『문학현상학과 해체론적 비평론』, 예림기획, 1999, p.134.

62) 한국문학평론가협회 편, 『문학비평용어사전』, 국학자료원, 2006, p.864.

63) 이는 문학의 속성인 '낯설게하기(defamiliarization)'와 연결된다. 문학은 창작의 입장에서나

이제 사례를 통해 이러한 세 가지 차원에서의 감상 활동을 좀 더 구체적으로 확인해 보기로 하자. 먼저 하나의 체험을 공유하게 되는 일에 대해 생각해 보기로 한다. 문학이 제공하는 체험은 그것 이외에는 만날 수 없는 유일한 것이다. 문학 감상을 통해 만나게 되는 체험은 매번 새로운 것이 될 수밖에 없다. 감상자가 새로운 체험을 만나게 된다는 것은 그것이 기존에 감상자가 가지고 있던 체험을 확장하는 일이 된다는 것을 의미한다. 인간은 누구나 제한된 삶을 살아가고 있으며, 이러한 제한은 인간에게 억압의 요소로 작용한다. 지금 자신과 다른 삶에 대한 욕구가 잠재될 수밖에 없는 것이다. 그런데 문학은 바로 이러한 욕구를 충족시켜주는 데 기여한다.[64]

다음과 같은 사례에서 우리는 문학을 통해 구체적인 인간의 체험을 만나는 것이 어떤 만족감을 제공하는가를 구체적으로 확인할 수 있다.

> 이 시가 성취하고 있는 것은 유년 경험의 거의 완벽한 재생산이다. 낮잠에서 깨어나 말짱한 정신이 채 들기 직전의 이를테면 수면과 생시의 과도적 상태가 불러일으키는 일상적 삶의 생소화가 과장 없이 재생되고 있다. 너무나 비근한 경험이면서 어떻게 보면 하찮게 여겨지는 경험이기 때문에 시의 소재로서 숭상된 바가 없다. 독자들은 유년의 재경험을 통해 이러한 경험이 보편적인 것이라는 발견에 이르게 된다. 분명히 경험했지만 자기

감상의 입장에서는 모두 이미 익숙한 세계를 낯설게 함으로써 미처 인식하지 못했던 새로운 삶의 국면을 포착하게 한다.

64) 다음과 같은 로젠블렛의 설명도 바로 이와 같은 즐거움을 설명한 것으로 생각된다. "행동과 모험에 대한 애정, 우리 자신과는 다른 종류의 사람들과 삶의 방식에 대한 관심, 그리고 강렬한 감정의 폭로현장, 물리적 폭력의 묘사, 심지어는 증오와 악의 영상 등에서 오는 환희는 이러한 것들이 제공하는 본능적 욕구의 방출이라는 것 때문에 우리의 문화에서는 억압되어 있을 것이다. 그리고 문학은 반사회적 감정과는 다른 감정의 방출구를 제공할 수 있다. 위대한 예술 작품은 삶의 제한적이고 단편적인 상황이 허용하는 것 이상으로 우리 인간에게 경험의 함축된 의미들을 좀 더 심오하고 좀더 관대하게 느끼고, 좀 더 충만하게 인식할 수 있는 기회를 제공할 수 있다." L. M. Rosenblatt, 앞의 책, p.37.

> 만의 못난 경험이 아닌가 해서 멋쩍어 말도 안했던 것이 고스란히 재생되어 있음을 알고 반가움과 놀라움을 아울러 느끼게 된다. 이 반가움과 놀라움은 분명히 즐거운 것임에 틀림없다. 이 작품이 전해주는 것은 교훈도 아니고 가르침도 아니고 추상적인 사고도 아니다. 그것은 공감의 공유라고 요약할 수 있는 경험의 교환이다. 그리고 그것으로 충분히 의미 있는 것이다. 언어를 매체로 하는 시에 있어서 사고란 대체로 경험의 교환이고 그것도 짙은 정서로 충전되어 있는 경험의 교환인 것이다.[65]

위에서 언급한 유년의 재경험은 작품의 감상 과정에서 감상자가 자기 스스로의 유년을 환기한다는 말이다. 작자는 분명 자기 자신의 체험을 형상화한 것이지만, 그것에 의해 감상자의 체험도 환기된다. 이것이 또한 체험이 가지는 힘이다. 체험은 또 다른 체험을 불러일으키기 때문이다. 체험에 의해 불러진 체험을 만났을 때의 반가움, 그리고 놀라움은 위의 언급에서 지적하고 있는 대로 분명 즐거운 일이다. 교훈이나 가르침, 또는 추상적인 사고가 아니라 체험과 체험의 만남에서 오는 즐거움이 위의 글에서 언급하고 싶은 내용이다. 이런 점에서 감상의 즐거움은 이러한 공감적인 공유에서 비롯되며, 공유는 단순한 교환을 넘어선다. 타자의 체험을 통해 감상자는 자기 자신에게 결핍되었던 무엇을 발견하고, 그것에 따라 만족감을 획득하게 된다.[66]

---

65) 유종호・최동호, 『시를 어떻게 만날 것인가』, 작가, 2005, pp.244-245. 여기에서 언급하는 작품은 김윤성의 <추억에서>를 말한다. 작품의 전문은 다음과 같다.
"낮잠에서 깨어보니/房안엔 어느새 電燈이/켜있고,//아무도 보이지 않는데/어딘지 먼 곳에 團欒한/웃음소리 들려온다.//눈을 비비고/소리 있는 쪽을 찾아보니/집안 식구들은 저만큼서/食卓을 둘러앉아 있는데/그것은 마치도 이승과 저승의 거리만큼이나 멀다.//아무리 소리 질러도/누구 한 사람 돌아다보지 않는다./그들과 나 사이에는 무슨 壁이/가로놓여 있는가/안타까이 어머니를 부르나/내 목소리는 메아리처럼/헛되이 되돌아올 뿐.//갑자기 두려움과 설움에 젖어/뿌우연 電燈만 지켜보다/울음을 터뜨린다./어머니, 어머니,/비로소 人生의 설움을 안/울음이 눈물과 더불어 자꾸만 복바쳐 오른다."

66) 이저(W. Iser)는 인간은 유한한 존재로서 언어적 표현과 픽션을 통해서 주변 세계를 끊임

다음으로 삶의 보편성을 탐구함으로써 인간의 조건을 발견하게 되는 것에 대해 생각해 본다. 감상자가 인간의 조건을 발견하게 된다는 것은 곧 인간에 대해 좀 더 많이 이해하게 된다는 것을 의미한다. 그리고 이러한 이해가 지적인 차원에서의 만족감을 주게 된다.

> 참을 수 없는 삶의 모순이 바로 이런 것이 아닐까? 살아 있는 한은 그리움 때문에 못 견디고, 그렇다고 모진 목숨 진짜 죽을 수도 없고, 그러니 어찌해야 하는가? 시조에서는 살아두고 보겠다고 했지만, 그것은 죽는다 해도 잊을 수 없을 거라는 간절함 때문이다. 죽으면 잊히는 것이 당연한데 죽어도 잊을 수 없는 간절한 사랑이 이 화자가 처한 상황이다. 못 잊음과 병듦은 두 다 없어져야 할 부정적인 것들인데, 사람은 이 둘 중 하나를 택하는 수밖에 없다. 살아 그리워하는 것도 고통스럽고, 그러지 말자니 죽어야 하는데 그것도 고통스럽다. 산다는 것은 여러 가지의 고통 속에서 하나의 고통을 선택하는 것뿐이다.[67]

위의 서술에서 감상자의 생각은 이미 작품에 구현된 형상을 넘어 서고 있다. 작품에 형상화된 삶과 죽음에 대한 특정한 개인의 소회는 어느덧 보편적 인간의 보편적 마음으로 확장된다. 위의 글에서 '사람은 이 둘 중 하나를 택하는 수밖에 없다'라고 했을 때, '사람'은 작가이면서 동시에 보편적인 인간을 뜻한다. 그리고 이것이 바로 인간의 조건이다. 비록 인간의 고통스러운 조건을 확인하는 것이라 하더라도 이러한 통찰을 통해 위의 감상자는 깊은 만족감에 도달한 것으로 생각할 수 있다.

없이 수집하고, 이를 통해 유한한 존재로서 그때그때 이룰 수 있는 것을 넘어서게 된다고 설명한다. 그리고 문학적 형상화로서의 표현과 픽션은 인간의 외연적인 확장이라고 간주한다. 차봉희 편저, 『독자반응비평』, 고려원, 1993, p.46.

67) 신연우, 『시조 속의 생활, 생활속의 시조』, 북스힐, 2000, p.44. 인용한 감상의 대상이 되는 작품은 이병기의 다음과 같은 시조이다. "살아 그려야 옳으랴 죽어 잊어야 옳으랴/살아 그리기도 어렵고 죽어 잊기도 어렵다/죽어도 잊기 어려우니 살아두고 보리라"

끝으로 인간과 세계의 가능성을 발견함으로써 자기 자신을 새롭게 하는 것에 대해 생각해 보기로 한다. 가능성을 발견한다는 것은 곧 기존의 세계를 창조적으로 새롭게 지각한다는 것을 의미한다. 다음의 사례에서 이를 확인할 수 있다.

> 아침에 잡은 책을 다 읽고 책을 덮으니, 어느덧 저녁이다. 내가 읽은 것은 무엇일까? 인조가 삼전도에 나와 오랑캐에게 머리를 조아리며 투항하는 행위는 작가가 5공 시절 더러운 권력에 투항해 용비어천가를 적는 행위와 하나로 포개진다. 이 소설은 죽음으로 의로울 것인가, 아니면 삶으로 치욕을 감당할 것인가, 하는 선택의 기로에 섰던 사람들의 얘기다. 치욕의 내용과 치욕으로 내몬 정치적 외연(外延)을 따로 떼서 읽을 수 없다. 병자년 겨울 남한산성 안에서 편전과 민촌이 감당하는 굶주림과 추위와 공포는 삶을 도모하기 위해 받아들인 그 치욕의 실체다. 아울러 그 치욕은 곧 인조의 내면을 찢은 참상의 외화다. 내가 읽은 것은 치욕의 내력이며, 그 말의 소용이 닿지 않는 상황에서 무성하게 일어나는 말의 멀미이고, 그 멀미를 감당해야 하는 자들의 참상이다.[68]

위의 감상에서 우리는 감상자의 태도가 인간의 조건을 확인하는 것을 넘어 다분히 반성적인 차원의 사고를 수행하고 있음을 확인하게 된다. 병자호란에서의 인조의 치욕은 작자의 치욕과 동일시되고, 또한 더 나아가 감상자 자신이 처한 현실에 대한 것으로 전이된다. 여기에서 제기되는 것은 이러한 치욕의 역사가 감상자에게 무엇을 말해주는가 하는 것이다. 병자호란의 치욕이 김훈이라는 작가의 치욕으로 동일시되는 것처럼 이 글을 읽는 감상자가 현실에 대해 느끼는 치욕이기도 하기 때문이다. 그러나 이러한 역사가 결코 삶의 중단으로 귀결되지 않았듯이 그 속에서 삶의 가

68) 장석주, 『만보객 책속을 거닐다』, 예담, 2007, p.15. 인용한 부분은 김훈의 <남한산성>에 대한 감상문의 일부이다.

능성을 발견하는 것이 감상자의 몫이 된다. 여기에서 감상자가 느끼는 것은 다름 아닌 창조의 즐거움이다.

이제까지 살펴본 것처럼 문학 감상은 감상자가 감수성과 상상력, 그리고 자기 자신의 체험을 바탕으로 하여 문학이 형상화하고 있는 구체적인 삶의 형상으로부터 다양한 후경을 발견해 내는 일이라 할 수 있다. 그리고 문학 작품이 본질적으로 보여주고자 하는 타자의 체험, 인간 삶의 조건이나 운명, 삶을 바라보는 태도와 감상자 스스로가 속한 세계의 모습에 대해 각기 공유와 탐구, 그리고 각성 등의 수행이 이루어질 때 일체감과 깨달음과 새로움이라는 감동의 근원이 마련된다.[69] 현실적으로 우리가 일상에서 경험하는 모든 감상에서 이러한 수행이 모두 일어나는 것은 아니다. 그러나 문학 감상은 이러한 단계가 상승적으로 이루어지면서 듀이가 말한 '하나의 경험'에 가까워질 수 있을 것이다.

3. 문학 감상 교육의 성격과 변인

문학 감상의 본질에 대한 논의가 이루어진 만큼 이제 문학 감상을 가르치는 일에 대해 생각해 보기로 한다. 먼저 문학 감상의 본질을 근거로 할 때, 문학 감상 교육이 독특하게 가질 수 있는 성격이 어떤 것인지 확인해 보기로 한다. 이를 통해 문학 감상의 교육적 의의가 자연스럽게 드러나게 될 것이다.

---

69) 이러한 감동은 곧 우리가 문학을 감상하며 얻는 즐거움의 실체가 된다. 그리고 문학교육에서 사라진 이러한 즐거움이 곧 우리의 문학교육이 겪는 어려움의 가장 큰 원인이다. 이런 이유에서 졸고, 「고전시가 평설에 나타난 감상의 즐거움」, 『고전문학과 교육』 17집, 한국고전문학교육학회, 2009와 같이 감상의 즐거움을 보여주는 구체적인 사례에 대한 분석이 지속적으로 이루어지기를 기대한다.

그리고 문학 감상 교육이 실제로 이루어지는 데 영향을 미치는 다양한 변인들도 점검해 보기로 한다. 문학 감상 교육은 일상에서 개인의 취향에 따라 자연스럽게 이루어지는 문학 감상을 교실에 그대로 옮겨 오는 것이 아니라 사회적, 문화적 요구에 따라 구체화된 목표 하에 학습자과 교사, 그리고 작품 사이에 이루어지는 상호 작용이다. 이 과정에 작용하는 변인들에 대한 고려가 없이 이루어지는 문학 감상 교육은 그 의의를 제대로 구현할 수 없다.

1) 문학 감상 교육의 성격

문학 감상 교육이 무엇인가를 생각할 때 가장 먼저 해명되어야 하는 것은 문학 감상이 교육적으로 어떤 의의를 가지고 있는가 하는 점이다. 문학 감상 교육이 문학 감상을 더 잘할 수 있도록 하기 위해 교수·학습하는 것이든, 교육의 이념을 문학 감상을 통해 실현하는 것이든 간에, 문학 감상을 가르치는 것은 문학 감상이 인간을 인간답게 성장시키고자 하는 교육의 이념에 본질적으로 부합한다는 전제가 있기 때문이다.[70]

문학 감상이 인간의 성장에 기여할 수 있다는 것은 다양한 방식으로 증명될 수 있다. 문학이 언어로 이루어진 예술적 활동의 결과라는 점에서 문학 작품을 감상한다는 것은 사고력의 함양이나 의사소통 능력의 신장, 대상에 대한 지각력의 발달, 혹은 감수성을 풍부하게 하는 데에도 매우 효율적으로 기여할 수 있다. 이러한 설명은 기본적으로 문학의 위상을 다

70) 교육은 목적과 수단으로 구성되는 인간의 행위이다. 이에 따라 문학 감상 교육을 두 가지로 정의할 수 있다. 하나는 문학 감상을 목적으로, 교육을 수단으로 간주하는 것이고, 다른 하나는 교육을 목적으로, 문학 감상을 수단으로 하는 것이다. 전자의 경우 문학 감상 교육은 문학 감상을 잘 할 수 있도록 교수·학습하는 것으로 정의되며, 후자의 경우에는 교육의 이념을 실현하기 위해 문학 감상을 가르치는 것으로 정의된다.

양하게 검토함으로써 도출되는 것이며, 또한 외적인 접근이라 할 수 있다.

하지만 이러한 외재적인 측면에서의 의의나 효용은 결국 문학 감상의 내재적인 가치가 충분히 발휘될 때 부수적으로 기대할 수 있는 것이다. 따라서 외재적 효용에 앞서 먼저 문학 감상이 내적으로 인간의 성장이라는 교육적 이념과 어떻게 결합되는가를 살펴볼 필요가 있다.[71] 이와 관련하여 교육의 효용, 즉 교육의 '쓸모'가 그 무용함에서 비롯된다는 주장은 문학 감상 교육의 의의에 대해 생각해 보는 데 크게 도움이 된다. 교육의 '쓸모'가 그 '쓸모없음'에서 비롯된다는 것은 교육이 다른 무엇을 위한 수단으로서보다 '삶의 형식'을 경험하는 데 고유한 가치가 있음을 말해 준다.[72]

주지하다시피 '삶의 형식'이란 교육을 '문명된 삶의 형식에로의 성년식'이라고 규정한 피터즈(R. S. Peters)의 설명으로부터 유래한 말이다. 인간은 야만으로부터 벗어나 인간다운 삶을 살기 위한 다양한 삶의 형식을 가치 있게 여기고 실천해 왔으며, 교육을 통해 이러한 삶의 형식을 공유하도록 해야 한다는 것이 피터즈가 생각하는 교육의 핵심이다.[73] '종교적

71) 예컨대 최홍원은 시조를 감상하는 것이 국어교육적 차원에서 언어적 사고력과 인식 능력을 신장시키며, 인간교육의 차원에서는 안목을 통한 지력의 성장에 기여하고, 사고교육의 차원에서는 '좋은' 사고와 사고 능력을 증진시킬 수 있으며, 태도교육의 층위에서는 대상 우위의 세계관과 자기 형성적 태도를 함양하는 데 기여할 수 있다고 정리한 바 있다(최홍원, 「시조의 성찰적 사고 교육 연구」, 서울대학교 박사학위논문, 2008). 그런데 이러한 주장은 시조를 왜 가르쳐야 하는가의 질문을 이러한 다양한 차원에서의 교육적 의도를 구현하는 데 가장 효율적이라는 것을 증명함으로써 해결하려는 모습을 보인다는 점에서 과연 시조를 감상하는 본연의 의의를 충분히 설명하고 있는가라는 의문을 낳는다. 더 나아가 이렇듯 외재적인 필요성에 의해 시조를 교육적 대상으로 선택하는 것은 이미 결정된 교육적 의도에 따라 시조를 감상하는 의의를 편의적으로 끼워맞추는 것이 아닌가라는 의심을 가지게 한다. 우리가 시조를 감상함으로써 분명 사고력이나 인식 능력을 신장에 도움이 되는 면이 있을 것이지만, 사고력이나 인식 능력을 신장시키기 위해서 시조를 감상하는 것은 아니기 때문이다. 이런 면에서 시조를 감상하는 과정에서 자연스럽게 획득되는 성장의 내용이나 과정이 내재적인 차원에서 먼저 설명될 필요가 있다.

72) 조용기, 『교육의 쓸모』, 교육과학사, 2005, p.60.

삶'이나 '예술적 삶' 등은 그러한 구체적인 형태를 띠고 있는 인간다운 삶의 방식이다.

문학 감상의 본질에 대한 앞에서의 탐구를 통해 확인할 수 있었던 것처럼 문학 감상은 인간이 인간답게 살기 위한 삶의 형식으로서 그 가치를 충분히 인정받을 수 있다. 문학 감상을 통해 타자의 체험을 공유하고, 삶에 대해 탐구하며, 자신의 삶을 돌아보는 일은 피터즈가 말한 '삶의 형식'을 경험하는 일이다. 문학 감상은 본질적으로 인간이 인간적인 존재로 살아가기 위한 욕구의 충족과 깊이 관련되어 있다.

매슬로우(A. H. Maslow)를 비롯한 여러 심리학자들이 주장하는 것처럼 인간은 동물적 차원에서의 욕구를 넘어서는 인간으로서의 욕구를 추구한다. 이러한 욕구는 단순한 물리적 결핍에 대한 충족을 요구하는 것이 아니라 오히려 하나의 욕구가 더 깊고 큰 욕구로 이어지는 정신적인 욕구로서, 궁극적으로는 자기를 실현하고자 하는 욕구이다.[74] 문학 감상이 욕구의 충족을 통한 즐거움을 향유할 수 있도록 하는 것이라 할 때, 문학 감상이 충족시켜주는 욕구는 바로 이러한 자기실현의 욕구와 동질적이다. 그리고 이러한 자기실현의 욕구를 충족시키는 것은 교육이 추구하는 인간의 성장에 기여할 수 있다.

그렇다면 자기실현의 욕구를 충족시키는 것이 어떻게 인간의 성장에 기여할 수 있는가? 이를 이해하기 위해 인간의 성장에 대해 좀 더 자세히 이해할 필요가 있다. 교육에서 말하는 성장이란 "단순히 어떤 변화가 이루어진 것을 의미하는 것이 아니라 어떤 기준에 의하여 보다 나은 방향으로 변화된 것"[75]을 말한다. 이러한 성장은 신체적 성장은 물론 정신적 성

73) 이홍우, 『교육의 개념』, 문음사, 1991, pp.76-77 참조.

74) A. H. Maslow, *Toward a psychology of Being*, 정태연 외 역, 『존재의 심리학』, 문예출판사, 2005, p.122.

75) 이돈희, 『교육적 경험의 이해』, 교육과학사, 1994, p.5.

장을 포함하며, 양적인 성장 및, '안정, 순화, 균형, 세련, 조화, 통합 등의 질적 개념'을 포함한다.[76] 그리고 그동안의 교육의 역사에 비추어 이러한 성장에 도달하는 방식을 '밖으로부터 안으로의 계발'과 '안으로부터 밖으로의 계발'로 나누어 볼 수 있다.[77]

'밖으로부터 안으로의 계발'은 전통적으로 수행되어 왔던 교육의 방식을 말한다. 전통적으로 교육은 명제, 혹은 명제의 체계를 학습자들에게 전수하는 방법을 취해 왔다. 이른바 지식 교육으로 명명될 수 있는 것이 바로 이 명제를 전수하는 교육이다. 이런 방식의 교육은 하나의 개별적인 학습자가 그 자신의 외부에 있는, 인간이 쌓아 온 가장 합리적이고 우수한 지식이나 그러한 지식의 체계를 안으로 받아들이는 방식으로 이루어진다. 이런 면에서 '밖으로부터 안으로의 계발'이라 할 수 있다. 물론 '밖으로부터 안으로의 계발'은 단지 명제화된 지식에 대한 수동적인 이해에 국한되는 것은 아니다. 다양한 지식의 개념을 고려할 때 지식의 교육은 'knowing-that', 즉 무엇임을 아는 것뿐 아니라 방법적 지식으로서 'knowing-how', 즉 무엇을 할 줄 아는 것까지를 추구할 수 있다.[78] 그리고 이러한 지식의 습득은 궁극적으로는 폴라니(M. Polanyi)가 제시한 인격화된 지식(personal knowledge)의 습득을 지향해야 한다. 이러한 교육이 추구하는 것은 사회적으로 승인된 가치 있는 것을 내면화하는 데 있다.

그러나 '밖에서 안으로의 계발'이 있다면 '안으로부터 밖으로의 계발' 역시 가능하다. "안으로부터 밖으로 계발한다는 것은 잠재되어 있던 것을 실현한다"는 것으로 흔히 "자아실현"의 개념으로 표현된다.[79] 이러한 '안

76) 이돈희, 앞의 책, pp.3-4.

77) 이돈희, 앞의 책, '1장. 교육적 성장의 의미' 참조.

78) 조영태, 『교육내용의 두 측면 : 이해와 활동』, 성경재, 2004, p.37.

79) 이돈희, 앞의 책, p.21.

으로부터의 계발'은 서구 교육이론의 전개 과정에서 보자면 루소(J. J. Rousseau)에서 비롯된 근대적 교육사조에서 제기되는 교육의 방식이다. 교육의 본질이 인간의 본성을 계발하는 것에 있음을 주장한 루소에 의하면 "교육은 우리의 열정에 적절한 형식과 방향을 제시하는 것"[80]이다. 이런 관점에서 교육이 학습자에게 제공해야 하는 것은 학습자들이 스스로 자아실현을 할 수 있도록 하는, 성장에 필요한 적절한 조건이다. 성장은 그 본질상 다음의 글에서 설명하는 것처럼 성장의 조건과 주체가 상호작용하는 과정이기 때문이다.

> 인간의 잠재성이 실현된다는 것은 순수한 선천적 혹은 내면적 힘의 발현이 아니라, 인간의 마음이 문화적으로 장식된다는 것을 의미한다. 인간의 개성은 잠재적으로 주어진 것이 실현된 결과가 아니라 문화적 환경과의 관계를 통하여 형성된 결과이다. 그것이 일관된 특성을 유지하면서 성장하는 것은 개성의 재구성을 의미하는 것이며, 그 재구성은 깊이와 넓이를 지닌 문화적 환경과의 계속적인 교섭을 통해서 '성취되는 것'이다.[81]

특히 인간은 식물이나 동물처럼 생물학적으로만 존재하는 것이 아니라 특정한 문화 속에서의 인간으로 자라나기 때문에 '성장에 필요한 조건'은 적절한 문화적 환경을 말한다. 이러한 문화적 환경과의 상호작용을 통해, 인간은 이미 잠재되어 있었던 그대로의 모습이 아니라 '문화적 환경과의 관계를 통하여 형성된' 것으로서의 개성을 가지게 된다.[82]

역사적으로 존재했던 이 두 가지 경향 중에 어느 것이 더욱 바람직한가라고 묻는 것은 매우 어리석은 일이 될 것이다. 마치 병아리가 알을 깨고

---

80) A. Rorty, *Rousseau's educational experiments*, Rorty, A. ed., *Philosophers on education*, Routledge, 1998, p.238.

81) 이돈희, 앞의 책, p.22.

82) 이돈희, 앞의 책, pp.26-27.

나오기 위해서 '줄탁(啐啄)'의 과정이 동시에 있어야 하듯이 '안으로부터의 계발'과 '밖으로부터의 계발'은 서로 상보적으로 작용해야 하기 때문이다. 오히려 두 가지 힘의 불균형은 결국 성장의 불균형을 의미하기 때문에 지양해야 할 일이다. '밖으로부터의 계발'이 충분하지 않을 경우 개인은 아무런 도구 없이 세계에 던져지는 것과 같고, '안으로부터의 계발'이 충분하지 않을 경우 개인은 스스로의 판단이나 주체성, 즉 성숙된 마음을 가지지 못한 채 세계에 대해 기계적으로 대응하게 될 것이다.

논의를 범위를 좁혀 문학교육의 영역에 한정하더라도 이 같은 두 가지 경향이 조화를 이루어야 한다는 것은 분명하다. 학습자의 문학 능력은 이 두 가지 힘이 조화롭게 결합되었을 때 완전해지기 때문이다. 문학을 이해하고 해석하는 것은, 물론 정해진 해석을 주입하는 것과 매우 다른 것이지만, 이제까지 문학의 전통이 수립한 명제의 체계를 학습자들에게 전수함으로써 학습자들이 문학적 안목 등을 깨우치도록 하는 일이다.

이를 통해 문학의 세계에 입문하고, 문학적으로 세계를 바라보며, 세계에 대한 안목을 넓힐 수 있다. "앎을 통해 앎을 넘어서는 것, 그래서 보이지 않던 것에서 새로운 것을 보게 만드는 능력, 지식을 자기 것으로 만들고 자기 것을 새로운 지식으로 만드는 능력, 그리하여 어느 시점에선 보이는 것만큼 아는 단계에 이르도록 하는 것"[83]이 바로 이러한 밖으로부터의 계발을 통해 획득될 수 있다. 더 넓게, 더 많이 볼 수 있도록 하는 것은 지속적인 외부로부터의 입력을 필요로 하기 때문이다.

그러나 상대적으로 학습자들이 작품이라는 문화적 매개를 통해 자신의 잠재력을 실현하도록 하는 것 역시 필수적인 일이다. 문학교육이 문학 능력의 향상을 통하여 성취하고자 하는 인간다움은 외부의 누군가에 의해

83) 정재찬, 「시교육에서 지식의 역할」, 김은전 외, 『현대시 교육의 쟁점과 전망』, 월인, 2001, p.141.

주어질 수 있는 것이 아니라 스스로 마음의 성장을 경험할 때 도달할 수 있는 것이기 때문이다. 여기에서는 학습자 스스로 자기 자신을 새롭게 창조하고자 하는 주체적 노력이 있어야 한다.

이러한 기준으로 볼 때 문학 감상의 교육적 의의가 분명해진다. 문학 감상은 작품을 매개로 하여 지속적으로 자신의 체험을 확장하며, 삶에 대해 탐구하는, 그리고 궁극적으로 자기실현을 추구하는 활동이다. 따라서 문학 감상이 인간의 성장에 기여하는 방식은 '밖으로부터의 계발'이라기보다는 '안으로부터의 계발'이다. 만일 문학 감상이 '밖으로부터의 계발'이라면 문학 감상 교육은 '가치 있는 작품, 가치 있는 문학 세계'를 학습자들이 내면화하도록 하는 것을 목표로 삼게 될 것이다. 그러나 문학 감상은 객관적으로 훌륭한 문학 작품을 내면화하는 것이라기보다는 인간으로서 가지게 되는 결핍이나 자기실현에 대한 욕구를 충족시키기 위해 자기에게 의미 있는 작품을 선택하여 상호작용하는 것이다.[84] 이때의 작품은 내면화의 대상이 아니라 자기실현을 위한 문화적 조건, 환경으로서 다음과 같이 자아의 성장을 위한 '만남'의 계기를 제공한다.

> 인간의 본래적인 자아는 결코 고독한 영혼의 조용하고 지속적인 발달 속에서 고양되는 것이 아니며, 원칙적으로 어떤 다른 사람들과의 만남에 있어서만 형성되는 것이다. 그리고 가장 직접적으로는 아마도 언제나 하나의

84) 조금 극단적으로 말하자면, 이런 차원에서 학습자는 작품이 고전으로서 그 문학성을 널리 인정 받는가 아닌가 등 교사의 입장에서 중요할 수 있는 요소들을 별로 중요하게 생각하지 않을 수 있다. 교사로서는 학습자에게 하나의 작품을 제시하기 위해 그 작품에 대한 다각적인 평가를 검토하는 일이 필수적이며, 특히 작품의 문학성과 같은 문학 내적인 가치 기준을 민감하게 고려할 수 있다. 그러나 하나의 작품을 그저 감상하고자 하는 학습자로서는 작품에 대한 이러한 문학 내적인 기준에 의한 평가는 그리 중요하게 고려할 필요가 없다. 예컨대, 원효에게 큰 깨달음을 주었던 해골에 담겨 있던 썩은 물이 사람이 먹기에 적당한 맑고 깨끗한 물이 아니었던 것처럼, 학습자의 욕구를 만족시키는 데 필요한 문학 작품은 학습자가 지금 어떤 상황에 처해 있느냐에 따라 달라질 수 있으며, 반드시 문학 내적인 가치 기준에 따라 평가되는 것은 아니다.

너(Du), 곧 구체적인 다른 한 인간과의 만남 안에서만 형성되는 것이다.[85)]

문학 감상이 제공하는 것은 바로 이러한 만남의 경험이다. 따라서 문학 감상은 낮은 수준의 비평으로서 높은 수준의 비평 능력에 도달하기 위한 '과정'으로서 가치를 갖는 것도 아니고, 인지적 반응과 상반되는 정서적 반응을 인위적으로 계발하는 과정도 아니다. 문학 감상이 문학교육에서 차지하는 위상은 문학이라는 문화와의 접촉을 통해 학습자가 지금-여기의 상황에서 최선의 경험을 획득함으로써 안으로부터의 계발을 추구한다는 데 있다. 이렇게 볼 때 문학 감상 교육의 내재적 가치에 의한 그 교육적 의의는 인간이 인간다움을 갖추기 위한 삶의 형식을 경험하는 것으로서 다른 무엇을 위해서가 아니라 그 자체로서 충분히 존중받아야 한다.

2) 문학 감상의 교수·학습적 변인

문학 감상 교육이 이루어지는 구체적인 장면은 현실적으로 대개 다음과 같은 모습을 띠게 된다. 즉 한 명의 교사가 미리 선별된 작품을 매개로 하여 다수의 학습자들에게 문학 감상의 환경을 제공하거나 문학 감상을 어떻게 할 것인가를 가르치며, 함께 작품을 감상한다. 따라서 문학 감상 수업이 실제 교수·학습적 차원에서 실행되는 데 교사, 작품, 학습자 등은 필수불가결한 변인들이며, 이들 변인들이 서로 자연스럽고 활발하게 상호작용할 때 문학 감상의 교육적 의의가 결실을 맺을 수 있다.[86)]

---

85) O. F. Bollnow, *Pädagogik in anthropologischer Sicht*, 오인탁·정혜영 역, 『교육의 인간학』, 문음사, 1999, p.108.

86) 일반적으로 문학 작품을 학교 현장에서 교수·학습하는 경우 독자가 자신의 의지에 따라 자유롭게 작품을 감상할 때와 달리 교육 현장을 구성하는 여러 변인들이 작용하게 된다. 특히 학습이나 교육의 제재가 일반적인 독서의 제재와는 다르다는 점, 독자이자 학습자인 학생을 중심으로 그 수용 과정이 진행되어야 한다는 점, 교사의 위치와 역할에 대한 배려

그런데 실제의 문학교육에 대해 제기되는 여러 가지 문제들을 고려할 때, 이들 변인들의 상호작용이 기대하는 만큼 자연스럽게 이루어진다고 하기는 어렵다. 학습자는 학습자대로, 교사는 교사대로 교실에서 이루어지는 문학 감상에 대해 불만을 가지는 경우가 적지 않으며, 교사와 학습자 모두 주어진 작품의 적절성에 대해 비판하는 경우가 나타나기도 한다.

이러한 불만들은 기본적으로 문학 감상 교육에 참여하는 이들 변인들이 가지고 있는 배경이나, 이들이 한 자리에 놓이게 된 맥락이 서로 같지 않기 때문이다. 교육의 가장 중심이 되는 변인인 학습자는 이미 저마다의 문학 감상 경험으로부터 형성된 문학에 대한 선입견이나 취향, 그리고 감상의 능력 등을 가지고 있다. 또한 문학 감상의 과정에 발현되는 개인사나 사고력에서도 적지 않은 차이를 보일 수밖에 없다.

그런데 이들이 교실에서 감상해야 하는 작품은 이들이 사적인 공간에서 자유롭게 선택한 것이 아니라 교육을 입안한 전문가들에 의해 선별되어 일방적으로 제공된 것인 경우가 대부분이다. 대체로 문학 교실에서 필수적으로 다루게 되는 작품들은 학습자가 지금 처한 상황과 작품의 내용이 어떤 상관성이 있는가의 기준만으로 결정되지 않는다. 작품이 교실에 도달하기까지는 엄밀하게 검증된 문학사적 의의를 기본으로 하여 여러 가지 사회적, 문화적 검열을 통과해야 하며, 이 과정에서 오히려 감상의 차원에서 학습자에게 작품이 가지는 의의가 상대화될 수도 있다.

교사들 역시 자신이 개인적으로 선호하는 작품과 별개로 주어진 작품에 대한 감상을 가르쳐야 하는 것은 마찬가지이다. 문학 감상 교실에서 교사는 때로는 전문가로서, 때로는 학습자와 동등한 감상자로서 다양한 대화를 이끌어 낼 수 있어야 한다는 점을 고려한다면, 이러한 상황에 이

도 있어야 한다는 점 등이 중요하게 고려되어야 한다. 윤여탁, 『시교육론 II』, 서울대학교 출판부, 1998, p.129.

미 문학 감상 교실에서 다양한 갈등이 내재되어 있다고 보아야 한다. 더욱이 문학 감상 교육이 삶에 기여하는 바가 있다는 점 이외에 별다른 구체적인 목표가 제시되지 못하는 상황에서 교사는 스스로 자신의 역할을 축소시키거나 왜곡시키기 쉽다.

따라서 문학 감상 교육이 그 의의를 달성하기 위해서는 교육의 설계 단계에서부터 이들 각 변인들을 어떻게 조합하여 이들 사이의 자연스럽고 활발한 상호작용을 이끌어낼 것인지에 대한 관점이 분명히 정립되어야 한다. 이에 문학 감상 교육에서 핵심인 학습자와 작품의 상호작용이 어떠해야 하는지와, 이를 위한 교사의 역할이 무엇인지를 충분히 검토할 필요가 있다.

문학 감상의 교육적 의의가 본질적으로 학습자로 하여금 '안으로부터의 성장'을 경험하게 하는 것이라 할 때, 문학 감상 교육에서 문학 작품과 학습자 사이의 관계는 일방적인 관계에서 탈피할 필요가 있다. '안으로부터의 성장'은 이미 앞에서 설명한 대로 외부로부터 제공되는 가치를 그대로 내면화하는 것이라기보다 적절한 성장의 조건으로서의 문화적 환경이 주는 자극을 통해 자기 내면의 성장 가능성을 실현시키는 일이다. 따라서 문학 감상 교육에서 문학 작품은 학습자가 그대로 내면화해야 하는 가치를 담고 있는 것이라기보다는 학습자의 성장 욕구를 자극하는 문화적 환경이 되어야 한다. 이러한 과정에서 문학 작품과 학습자의 관계는 일방적인 관계가 아니어야 한다.

그러나 문학교육의 현실에서는 작품과 학습자의 관계가 학습자가 '정전(canon)'으로서의 작품의 권위에 일방적으로 종속되어 있는 모습을 흔히 발견하게 된다. 예컨대 다음과 같은 감상은 표면적으로는 학습자가 능동적으로 작품을 감상한 것처럼 보이지만, 그 이면에는 작품의 권위에 종속된 학습자의 모습이 내재되어 있다.

㉠여러 가지 고전시가를 배우며 사랑하는 임과 이별한 여성의 정서를 나타낸 시가들을 많이 봐 왔지만 서경별곡이라는 작품 속에서 나타나는 임을 잃지 않기 위한 필사적인 노력, 임에 대한 믿음 그리고 차마 임을 원망 할 수 없어서 괜히 아무 잘못 없는 사공에게 비난을 하는 모습 등. ㉡다른 시가들에서는 엿볼 수 없었던 여성 화자의 적극적인 모습이 인상적이다. 사람들은 무의식적으로 여자가 한 남자를 좋아하면 조용히 기다리고 또 기다려야 한다고 생각하는 경우가 있다. <가시리>의 화자와 같이 떠나는 임을 붙잡지 못하고 체념하여 끝까지 기다리겠다는 의지를 소극적으로 나타내는 것이 옳다고 생각한다는 것이다. ㉢하지만 <서경별곡>을 특별하게 만들어 주는 특징 중의 하나인 여성화자의 적극성은 색다른 것일 뿐만 아니라 지켜보고 있는 독자의 마음을 더욱 애달프게 한다. 제목에서 첫 연에서 언급되는 서경이 나와서 제목의 뜻에 대한 이해를 도왔고, ㉣간혹 가다가 고전 시가를 볼 때 중간에 이상한 내용이 나올 때도 있는데 <서경별곡>에는 전체적으로 내용이 연결되어 이해하기도 쉬웠다. (서-K-1-18)

위의 감상문은 현재 고등학교 2학년 학생이 <서경별곡>을 감상한 뒤에 작성한 것이다. 작품에 대한 이해의 정도를 기준으로 본다면 이 글의 필자는 작품의 핵심을 비교적 잘 파악하고 있어 특별히 지적할 것이 없다고 생각된다. 일단 필자는 화자의 발언과 작중의 상황에 대한 이해를 통해 ㉡과 같이 이 작품의 특성이 여성 화자의 적극적인 모습에 있음을 포착하고 있다. 그리고 ㉢과 같이 이를 이 작품이 여타의 고전시가에 비해 가지는 특성이자 가치라고 규정하고 있다.

그러나 이 글이 감상의 결과로 쓰인 것이라는 점을 고려할 때, 이 글에서 또한 확인하게 되는 것은 필자가 이 작품을 감상의 대상이 아니라 분석과 지식의 대상으로 바라보고 있다는 점이다. ㉠에서 스스로 말하고 있듯이 필자는 이제까지 이 작품을 포함한 여러 고전시가를 '배웠던' 것이지 스스로 감상의 대상으로 여겼다고 보기 어렵다. 또한 그 배운 내용이란 결국 교사가 설명해 주는 작품의 '줄거리'나 특성에 국한되는 것으로 스스로 작품에 형상화된 체험을 상상하며 즐기는 경험을 했다고 보기 어렵다. 만일 필자가 스스로 작중의 상황을 상상해 보았다면 ㉢에서와 같이 '독자의 마음을 애달프게 한다'처럼 필자와 작품 사이의 거리감을 두드러지게 하는 '독자'라는 표현을 사용하거나, ㉣에서와 같이 표면적으로 이해하기 어려운 이 작품의 전개 과정에 대해 '전체적으로 내용이 연결되어 이해하기도 쉬웠다'는 평가를 내릴 가능성이 매우 적었으리라 생각되기 때문이다. 그렇다면 이 글의 필자는 자기 스스로 작품의 내용을 상상하지 않았으면서도 어떻게 이 작품의 내용이 이해하기 쉬웠다는 판단을 내릴 수 있었는가라는 의문이 생긴다. 그리고 이에 대한 해답을 다음에서 찾을 수 있다.

> 이런 여성 화자의 태도는 '가시리'를 비롯하여 조선 시대 여류 시조에 자주 등장한 전통적 여인상과 다르다. 임과의 이별 앞에서 자기희생과 감정의 절제를 통해 임의 마음을 끌어들여 재회를 기약하는 소극적인 여인도, 인고(忍苦)와 순종(順從)의 미덕을 지닌 여인도 아니다. 이별을 적극적으로 거부하며, 생활의 터전을 버리는 한이 있어도 임을 따라가겠다고 하는 의지의 여인이다. 특히, 임을 싣고 대동강을 건넌 사공에 대한 원망과 저주의 언사(言辭)는 임을 붙잡아 두고 싶은 강렬한 욕구를 독특한 방식으로 표출한 것이다. 이별의 상황을 뱃사공의 탓으로 돌려, 이 서글픈 이별을 부정하고 싶은 여인의 적극적이고도 섬세한 심리가 형상화된 것이다.[87]

위에 인용한 것은 교사나 학습자들이 흔히 활용하는 참고서의 일부를 발췌한 것이다. <서경별곡>에 대한 위와 같은 설명은 놀라울 정도로 앞

87) 정경섭 엮음, 『고전 문학의 이해와 감상 1』, 문원각, 2003, p.76.

에서 인용한 학습자의 감상문과 그 내용이 일치한다. 현실적으로 문학교실에서 참고서가 갖는 막대한 영향력을 고려한다면, 결국 학습자가 <서경별곡>과 관련하여 접한 것이 사실상 이와 같은 작품에 대한 분석과 설명이라는 결론을 내릴 수 있다. 작품에 대한 분석과 설명을 익히는 것으로서의 문학 감상은 제대로 된 의미에서의 문학 감상이라 할 수 없으며, 그 바탕에는 작품과 학습자 사이의 왜곡된 관계가 놓여 있다. 이를 통해 볼 때, 문학 감상 교육이 제자리를 잡기 위해서는 먼저 작품과 학습자 사이의 관계를 감상의 본질에 맞도록 균형 있게 조절하는 것이 매우 절실한 일이라는 사실을 알 수 있다.

그런데 작품과 학습자 사이의 관계를 균형 있게 하는 것이 작품의 가치를 학습자의 판단에 따라 완전히 상대화하는 것이 되어서는 곤란하다는 점 역시 언급하지 않을 수 없다. 교육의 맥락에서 학습자의 성장을 자극할 수 있는 문화적 환경으로서 문학 작품이 제공된다고 할 때, 학습자에게 제공된 작품은 학습자가 자신의 성장을 도모하기 위해 반드시 살펴볼 만한 요소를 포함하고 있는 것이기 때문이다. 만일 문학교실에서 학습자가 작품으로부터 무엇을 보고 어떤 생각을 하는지에 대해서 완전히 학습자의 선택에만 맡겨 두는 것이 용인된다면, 학습자가 다음과 같은 감상을 했다고 하더라도 별다른 문제가 되지 않을 것이다.

> 밝은 분위기는 아닌 것 같다. ㉠'위증즐가 대평셩뒤'라는 후렴구를 썼는데 말이 웃겨서 나는 이 부분이 제일 좋다. 또, 떠나가는 임을 붙잡고 있는데, 구질구질 해보이고 (조금) 불쌍하기도 하다.
>
> 한편으로는 임을 얼마나 사랑하는지 느껴진다. 저렇게 애절하게 붙잡았는데 과연 떠나간 임은 돌아왔을까? 소설같은 데 외전이 있듯이 '가시리'도 외전 같은 게 있어서 결과가 어떻게 되었는지 (결국 안 돌아왔는지 돌아왔는지)를 알려줬으면 더 좋았을 것 같다. ㉡어떻게 되었는지 너무너무

궁금하다. (가-E-7-6)

<가시리>를 대상으로 한 이 감상은 앞에서 소개한 감상에 비해, 최소한 학습자가 작품의 권위에 종속되어 작품에 대한 분석과 설명을 그대로 수용하는 모습을 보이지는 않는다는 점에서 긍정적인 면이 있다. ㉠과 같이 자신이 마음에 드는 부분을 솔직히 드러내고, 또한 ㉡에서처럼 작품에 대한 적극적인 관심을 표현하고 있는 위의 감상은 오히려 앞에 소개한 감상보다 앞으로 더욱 발전할 가능성이 있는 것으로 볼 수도 있다.

그런데 문제는 <가시리>에 대한 이와 같은 감상은 아직 학습자의 내적 성장에 별다른 관련을 맺지 못한 상태라는 것과 이러한 상태가 좀 더 나아지기 위해서는 학습자가 이 작품을 오랜 시간 전해진 누군가의 삶의 형상이라는 것을 보다 진지하게 인정하는 것이 필요하다는 것이다. 이러한 사실은 문학 감상 교육에서 학습자가 작품의 권위로부터 벗어나도록 하는 것만이 교육적으로 의미 있는 감상을 보장하는 길이 아니라는 것을 잘 보여 준다.

이런 점을 고려할 때, 문학 감상 교육은 학습자가 주체적으로 작품과의 관계를 형성하는 데 초점을 두면서도 학습자의 성장을 위해 작품으로부터 반드시 발견해야 하는 것이 무엇인지를 함께 고려하여 작품과 학습자의 관계를 일방적인 것이 아니라 진정한 의미에서의 상호작용을 할 수 있는 것으로 형성될 필요가 있다. 그리고 이러한 상호작용에 직접적인 영향을 미치는 교인으로 교사의 역할을 적극적으로 고려할 필요가 있다.

교실에서 이루어지는 문학 감상은 학습자가 개인적 공간에서 수행하는 문학 감상과 같을 수 없다. 교실에서의 문학 감상은 '안으로부터의 계발'과 같은 교육적 의의를 구현하는 것이어야 하고, 이에 걸맞은 감상을 위해 작품과 학습자의 관계가 균형있게 형성된 상태여야 한다. 그리고 이러한 문학 감상을 위해 학습자의 문학 감상을 지도하는 교사가 개입한다.

그런데 문학 연구나 문학 비평과 달리 감상자의 주관적 경험이 강조되는 문학 감상의 특성상 과연 문학 감상이 교실에서 가르쳐질 수 있는 것인지, 학습자의 문학 감상을 위하여 교사가 반드시 개입해야 하는 것인지에 대해서 근본적으로 회의하는 시각도 없지 않다. 심지어 학교가 오히려 문학에 대한 흥미를 잃어가게 하는 역할을 하고 있다는 지적이 심심치 않게 나올 정도로 문학 감상 교육의 효용과 교실에서 교사의 역할이 부정적으로 평가되는 경우가 있는 것도 사실이다.[88)]

하지만 이러한 문제 제기는 오늘날 새로 제기되는 문제라기보다는 이미 오래전부터 있었던, 문학 감상의 이상과 현실 사이의 괴리에서 빚어지는 문제로서 문학 감상 교육의 효용이나 교사의 역할을 부정할 수 있는 근거가 되지는 못한다. 다음과 예를 통해 이에 대해 좀더 자세히 생각해 보기로 한다.

> 공자께서 말씀하시기를 "너희들(小子)은 어찌하여 시를 배우지 않는가? 시는 <마음에 감흥을> 일으킬 수 있으며, <풍속을> 관찰할 수 있으며, 여럿이 어울릴 수 있으며, <다른 사람을> 원망할 수 있으며, 가깝게는 어버이를 섬기며, 멀리는 임금을 섬길 수 있게 하고, 조수와 초목의 이름을

---

88) 학생의 입장에서 교실에서 이루어지는 독서에 대한 솔직한 심경을 고백한 다음의 글은 이러한 사정을 잘 말해 주고 있다. 좋은 책과 나쁜 책, 읽고 싶은 작품과 그렇지 않은 작품을 선별하는 교사와 학생간의 간극이 이와 같이 깊다는 것을 문학교육이 매우 심각하게 고려할 필요가 있다.
"선생님들이 우리에게 읽으라는 책들은 모두 다 삶에 도움이 된다고, 또 공부에 도움이 된다고들 이야기한다. 하지만 우리는 그런 책은 거의 읽지 않는다. 기껏해야 숙제니까……. 아니면, "아! 할 거 정말 없다. 책이나 읽어야지……. 어? 왜 이런 책밖에 없는 거야?" 하면서 그런 시시하고 따분한 책들을 읽은 적이 손꼽을 정도이다. 물론 문학 수준은 선생님들과, 또 전국의 그런 책들을 읽는 여러 독자들의 판단에 의해 인정을 받았다고 생각한다." 책으로 따뜻한 세상 만드는 교사들 지음, 「고등학생의 눈으로 본 좋은 책과 나쁜 책」, 『선생님들이 직접 겪고 쓴 독서 교육 길라잡이』, 푸른숲, 2001, p.90.

많이 알 수 있게 한다."라고 하셨다.[89]

위의 발언은 시를 아는 자로서 그 지극한 효용을 하화(下化)하고자 하는 공자가 그것을 상구(上求)하는 자의 노력이 뒤따르지 않는다는 것에 대한 안타까움을 표현한 것이다. 공자를 오늘날의 교사로, 그리고 '너희들(小子)'을 오늘날의 학습자로 본다면 위와 같은 공자의 토로는 오늘날 교사의 고민과 일치한다.[90] 문학 감상이 가치 있는 것과 실제로 사람들이 문학을 감상하는 것 사이에는 괴리가 있다는 것은 예로부터 있었던 것이지 오늘날 새롭게 제기되는 문제가 아님을 이를 통해 확인하게 된다.

그런데 바로 여기, 즉 인간에게 가치 있는 것이라 해서 사람들이 그것을 반드시 좋아하고 즐기는 것이 아니라는 사실에 바로 문학 감상이 교육이라는 실천적 행위를 거쳐야 하는 이유가 있다. 공자는 "아는 것은 좋아하는 것만 같지 못하고, 좋아하는 것은 즐기는 것만 같지 못하다"고 했다.[91] 좋다는 것을 아는 것보다 실제로 좋아하는 것은 더욱 어려운 일이며, 좋아하는 것을 넘어 일상에서 그것을 즐기는 일은 더더욱 어려운 일이다. 문학 감상은 기본적으로 작품을 즐기는 일이지만, 작품은 그것을 진정으로 즐길 줄 아는 사람에게만 심원한 즐거움을 줄 수 있다. 일찍이 유협은 작품을 통해 즐거움을 얻기 위해서는 표현을 통해 마음에 이르러야 한다고 지적했다. 또한 작품을 진정 자기화했을 때 심원한 즐거움을 가지게 된다고 설명한다.[92] 이러한 설명이 말해 주는 것은 볼 줄 아는 눈과

89) 子曰 小子 何莫學夫詩 詩可以興 可以觀 可以羣 可以怨 邇之事父 遠之事君 多識於鳥獸草木之名. 『論語』, <陽貨篇>.

90) 주지하다시피 문학(시)에 대해서 공자는 효용론적 관점에 입각해 있다. 또한 공자에게 있어 시는 배움의 대상이도 하다. 이런 점에서 위와 같이 공자가 시를 배우는 효용으로 제시한 것이 앞에서 살펴본 문학 감상의 본질이나 효용과 일치하는 것은 아니다.

91) 知之者不如好之者 好之者不如樂之者. 『論語』, <雍也篇>.

92) "오직 깊은 식견에 의해서 작품의 深奧性을 觀照할 수 있는 사람만이 문학 작품에서 정신

마음의 계발이 없이는 문학 감상의 즐거움을 누리기 어렵다는 사실이다. 다음의 사례가 이를 잘 보여 준다.

> 나는 어릴 적부터 시를 평하는 데 뜻을 두고 있었다. (…중략…) 그러나 다만 내 가진 재질이 낮고 학력이 노둔하여 시의 입의의 깊고 얕음과 조어의 공교로움과 졸열함, 격률의 맑고 탁함에 대해서 눈이 어두워 그 경지를 알지 못하고, 그 경계를 깊이 살피지 못할 뿐 아니라, 남을 대하여 시를 논할 때마다 분별도 잘하지 못했다. 그래서 부끄러움을 느끼고 있었다.
>
> 큰 병에 걸린 뒤로는 문자에 얽매이는 것이 혼란스러워 옛날 널리 구하고 광범위하게 모은 것도 모두 치워놓고 말았다. 그러나 약을 먹는 중에 이 짓을 제외한다면 마음을 둘 곳이 없었다. 그래서 전에 보던 것을 다시 수습하여 반복해서 읊어보고 먼저 입의(立意)가 어떠한가 보고, 다음에 조어(造語)가 어떠한지 살피고, 맨 마지막으로 격률(格律)이 잘 조화되었는가 살펴보았더니 작품의 정교함과 엉성함, 참됨과 거짓됨이 내 마음 속에 터득되는 듯했다.[93]

이와 같이 문학 감상을 통해 즐거움을 누리는 것이나 이를 통해 자기실현의 욕구를 충족하며 안으로부터의 성장을 도모하는 것은 오랜 노력과 교육의 결과이다. 그리고 이러한 과정에 '선진(先進)'으로서의 교사가 개입하는 것은 매우 자연스러운 일이다. 물론 문학과 같은 예술을 감상하는 것은 인간의 선천적인 능력이나 개인적인 체험과 관련이 있다. 하지만 일찍이 예술교육의 대가인 리드(H. Read)가 강조했듯이 감상 능력은 후천적

의 즐거움을 享受할 수 있는 것이다. 비유컨대 春臺의 놀이가 民衆을 즐겁게 하고, 음악이나 음식이 나그네의 발을 멈추게 하는 것과 같은 것이다. 蘭은 나라 안에서 가장 향기가 좋은 꽃이지만 그 묘한 芳香이 사람의 몸에 배어 들 때 비로소 향기를 떨친다. 문학의 書도 또한 나라의 精華이지만 그 풍성함이 잘 음미되어서만이 妙味가 분명해지는 것이다." 유협, 『文心雕龍』, 최신호 역, 현암사, 1975, p.201.

93) 홍만종, 안대회 역주, 『小華詩評』, 국학자료원, 1995, p.62.

으로 획득된 능력으로서, 교육에 의해 발전되는 것 또한 분명하다.[94)]

이런 점을 고려할 때, 학습자의 문학 감상을 위한 교사의 역할이 '안으로부터의 계발'이라는 문학 감상의 교육적 의의를 고려하여 가능한 한 간접적이고 세밀한 방식으로 학습자의 능동적인 문학 감상을 장려할 수 있도록 계획된다면 문학 감상 교육의 효용이나 교사의 역할에 대한 회의는 불식될 수 있을 것이다. 교사의 개입은 학습자가 작품을 감상하는 과정에 일일이 관여하는 것이라기보다는 주로 학습자가 작품을 능동적이면서도 충실히 감상할 수 있는 수업의 상황을 연출하고, 학습자의 감상이 곤란을 겪는 지점을 포착하여 가능한 한 간접적인 방식으로 학습자를 돕는 일이어야 한다. 이를 위해 무엇을 감상하게 할 것인가를 선택하는 데 교사의 자율성이 좀 더 넓게 보장되어야 한다.

94) H. Read, *Education through Art*, 황향숙 외 역, 『예술을 통한 교육』, 학지사, 2007, p.305.

제3장 고려속요의 감상적 자질

다양한 삶의 기록이라는 문학의 본질과 학습자의 자기실현을 추구하는 문학 감상 교육의 의의를 고려할 때, 문학 감상 교육에서 기대하는 문학의 감동은 대체로 작품이 담고 있는 삶의 형상과 관련된다. 이 장에서는 감상자가 문학 작품으로부터 감동을 획득하기 위해 반드시 지각해야 하는 요소로 타자의 체험, 삶의 보편성, 그리고 삶에 대한 태도 등을 제시하고, 이에 상응하는 고려속요의 자질을 구체적으로 분석하기로 한다.

1. 타자의 체험

1) 자기 확장을 위한 타자의 체험

딜타이는 "삶은 언제 어디서건 공간적 · 시간적으로 규정"되고 있다고 지적하면서 이를 '삶의 국지화(Lokalisierung)'라고 명명한 바 있다.[1] 사회적 동물로서 인간의 특성상 인간의 행위는 구체적인 집단 속에서 이루어지는데, 작게는 가족과 같은 단위에서부터 국가나 민족, 또는 이를 초월한 범인류적인 단위에서 여러 가지 사건들이 벌어진다. 이렇듯 국지화된 삶은 인간이 삶을 안정적으로 누릴 수 있도록 하는 기본적인 조건이기도 하지만, 동시에 삶에 대한 근본적인 제약이 되기도 한다. 따라서 인간은 자신이 속한 삶의 공간과 시간을 긍정하면서도 언제나 그것을 넘어선 곳에

1) W. Dilthey, 이한우 역, 『체험, 표현, 이해』, 책세상, 2005, p.79.

대한 지향을 가지게 되며, 지금 이곳과 다른, 이질적인 시공간에 대한 갈증을 지속적으로 느낄 수밖에 없다.

그런데 인간이 이러한 갈증, 구체적으로는 타자의 삶에 대한 호기심을 가지는 것은 인간이 자신이 처한 삶을 근본적으로 변화시킬 수 있는 매우 중요한 계기가 된다. 호기심은 무언가 새로운 것을 알고자 하는 욕구이며, 이에 따라 알게 되는 새로운 진실은 때로는 이제까지 별 문제 없었던 삶을 반드시 변화시켜야 하는 동인으로 작용할 수도 있기 때문이다. 역사적으로 볼 때 소수의 권력자들이 다수의 대중들이 접할 수 있는 지식을 제한했던 것 역시 새로운 것을 안다는 것이 기존의 안정적인 체제에 대한 심각한 도전을 야기할 수 있다는 우려와 관련된다.[2] 이런 점에서 보자면 인간이 타자의 삶에 대해 알고자 하는 욕구는 '안전에 대한 욕구를 넘어서는' 매우 고차원적인, 스스로의 성장을 추구하는 인간 고유의 욕구가 아닐 수 없다.[3]

이러한 인간 고유의 갈증을 해소하고, 인간이 지닌 결핍이나 자기실현에 대한 욕구를 충족시키는 유용한 매개로서 문학의 고유한 의의가 있다. 문학이 담고 있는 것은 바로 내가 아닌 다른 누군가의 삶의 형상이며, 이러한 타자의 삶을 마치 자신이 직접 겪어보는 것처럼 경험할 수 있는 것이 문학의 기본적인 자질이기 때문이다. 인간이 성장하기 위해 다양한 문학 작품을 감상해야 한다고 주장하는 사람들이 가장 먼저 강조하는 것 역시 바로 문학을 통해 미처 자신이 겪어보지 못한 체험을 가질 수 있다는 점이다. 자신의 삶을 준비하기 위해서 인간은 다양한 삶을 직·간접적으로 겪어볼 필요가 있는데, 문학은 다른 사람들이 체험한 것을 가장 안전

---

2) 이중연, 『'책'의 운명 : 조선-일제강점기 금서의 사회·사상사』, 혜안, 2001, p.19.

3) A. H. Maslow, *Toward a psychology of Being*, 정태연 외 역, 『존재의 심리학』, 문예출판사, 2005, p.174.

하고 효과적인 방식으로 흡수할 수 있는 가장 좋은 통로가 된다는 것이다.[4] 이런 면에서 학습자가 작품으로부터 감상해야 하는 가장 첫 번째의 요소로 타자의 체험을 들 수 있다.

그런데 문학의 감상 요소로서 타자의 체험을 지목할 때 특히 강조해야 하는 것은 학습자가 문학으로부터 확인하게 되는 타자의 체험이 단지 지금 여기와 다른 시공간에서 누군가가 처한 사태만을 가리키는 것이 아니라 그러한 사태에 대처하는 타자의 심리적인 작용까지를 포함한다는 점이다. 이는 체험(Erfahrung)이라는 말이 기본적으로 "인간과 주변공간의 상호작용을 인간의 입장에서 가리키는 것"[5]이기 때문이다. 인간이 주변공간과의 부조화를 느끼고, 이에 따라 평형을 회복하려고 노력한다고 할 때, 부조화의 단계와 조화의 단계가 교체하는 생명의 과정이 체험이다. 따라서 문학이 담고 있는 체험이란 누가 어떤 공간, 어떤 시간 속에서 어떤 사태를 겪고 있는가에 머무르는 것이 아니라, '부조화를 느끼는 동시에 평형을 회복하려는 노력'으로서의 인간의 '마음', 즉 '심적 상태'[6]까지를 포함한다.

요컨대 학습자가 자신의 삶에 대해 안주하는 습관을 넘어 자신을 좀 더 적극적으로 확장하고자 할 때 가장 먼저 확인해야 하는 요소가 바로 삶에

4) 다음과 같은 지적은 이러한 관점을 압축적으로 설명해 준다. "학교는 삶이 아니고 삶을 준비시킨다. 삶을 준비시키려면 삶의 '모델들', 즉 상상할 수 있는 상황들을 개척하고 또 개척하게 만들어야 한다. 언어적 상황들, 다른 사람들이 체험한 그리고 치명적인 위험 없이 노출된 살인・위험・사랑의 상황들 말이다." D. Sallenave, *A quoi sert la littérature*, 김교신, 『문학은 무슨 소용이 있는가?』, 동문선, 2003, p.21.

5) 김인환, 『문학교육론』, 한국학술정보(주), 2006, p.60.

6) 딜타이에 의하면 작가는 자신의 기억 이미지들의 강도뿐만 아니라, 스스로 체험한 상태와 다른 사람에게서 관찰된 상태들, 그리고 그런 상태들의 상호 관련에 의해 구성된 상황과 인물들의 심적 상태들을 표현하고 재창조하는 능력 때문이라고 설명한다. 이와 마찬가지로 감상자는 인물과 환경, 상황의 이미지들을 자신의 마음 상태와 결합된 재현으로서 재생하게 된다. W. Dilthey, *Des Erlebnies und die Dichtung*, 김병욱 외 역, 『딜타이 시학-문학과 체험』, 예림기획, 1998, pp.53-54.

서 부조화를 느끼고 다시 평형을 회복하려고 하는 다른 누군가의 체험이다. 이제 이러한 타자의 체험의 구체적인 양상을 고려속요를 통해 살펴보기로 한다.

2) 고려속요에 형상화된 타자의 체험

문학 작품의 체험의 본질이 '마음'의 상태에 있다는 면에 비추어 볼 때 고려속요는 말 그대로 '다채로운' 인간의 마음을 보여주고 있어 그 가치가 더욱 돋보인다. 그러나 그 중에서도 여러 연구자들이 공통적으로 지적하고 있는 고려속요의 두드러진 특성은 현전하는 여러 작품 중 상당수가 남녀 사이의 사랑에서 오는 체험을 형상화하고 있다는 점이다. 좀 더 구체적으로 말하자면, 이들 노래가 '여성화자의 사랑노래'로서, 사랑의 기쁨보다는 사랑의 좌절에서 오는 아픔을 그리고 있다는 것이 여러 연구자에 의해 분석되었다.[7] 이러한 분석은 현전하는 고려속요가 궁중악(宮中樂)으로 연행되었다는 사실보다는 일단 작품의 표면에 나타난 갈등이 '이성과의 사이에 일어난 사건'[8]이라는 데 초점을 두고 있다.

그러나 이렇게 작품의 표면에 나타난 갈등을 중심으로 본다고 하더라도 각각의 작품을 하나하나 살펴보면, 이들 모두를 '여성화자의 사랑노래'라는 범주로 포괄하기에 적지 않은 어려움이 있다. 그 이유는 크게 두 가지 측면으로 나누어 볼 수 있다.

첫째, 작품이 구체적으로 다루고 있는 내용이 남녀간의 사랑이라고 특정하기 어려운 작품이 있다는 문제가 있다. 예컨대 고려속요의 대표격으로 알려진 <청산별곡>에서는, 물론 보는 관점에 따라 사랑의 문제에서

7) 최미정, 『고려속요의 전승 연구』, 계명대학교 출판부, 1999, p.57 참조.
8) 최미정, 위의 책, p.66.

비롯된 괴로움이라고 볼 수도 있지만, 표면적으로는 삶의 터전을 떠나 이리저리 방황하는 유랑인의 모습이 좀 더 두드러진다. 또한 우리 시가에서 보기 드문 격정을 보여주는 <쌍화점>은 남녀간의 정사(情事)를 담고 있기는 하지만, 그것이 우리가 보편적으로 생각하는 사랑의 모습이라기보다는 즉흥적인 일탈에 가깝기 때문에 이 작품 역시 여성화자의 사랑노래라고 규정하는 데 분명한 한계가 있다.

둘째, 표면적으로 분명히 남녀 간의 사랑을 다룬 노래들이라 하더라도 궁중악이라는 이들 작품의 장르적 특성을 고려할 때, 이들 작품이 궁극적으로 드러내고 있는 것이 남녀 간의 사랑에서 오는 다양한 심리라고 단정하기 어렵다는 점을 들 수 있다. 예컨대 <동동>은 남녀간의 사랑을 노래하는 것이면서도, 또한 임금을 향한 '송도(頌禱)'의 노래로서의 성격도 강하게 나타내고 있다. 심지어 <가시리>처럼 여타의 작품에 비해 비교적 단순한 구조를 지닌 작품에서도 '위 증즐가 大平盛代'와 같은, 남녀 간의 사랑의 노래에는 어울리지 않을 법한 여음구가 등장하여 작품의 분위기에 변화를 주기도 한다.

이와 같은 특성은 주로 민간의 노래였던 것이 궁중으로 흡수되는 과정에서 원래의 작품이 변형되면서 나타나게 된 고려속요의 특징이라 볼 수 있다. 애초에 민간에서 전승되던 노래들이 궁중의 필요에 따라 수집되어 변개된 것이 오늘날 우리가 보고 있는 고려속요이다. 이런 이유로 이들 노래는 "민속가요(민요·불가·무가)의 본래적 성격과 그로부터 일탈하여 속악 가사로서의 악장적 성격을 아울러 갖게 되는"[9] 특이한 장르적 성격을 가지고 있다. 따라서 민속가요적 성격과 악장적 성격 중에서 어느 것을 더 많이 가지고 있느냐에 따라 작품의 성격이 달라지기도 한다. 예컨

9) 김학성, 「속요란 무엇인가」, 국어국문학회 편, 『고려가요·악장 연구』, 태학사, 1997, p.19.

대 같은 민요 계통의 노래라 하더라도 <가시리>와 같이 민요적인 성격이 두드러지는 작품이 있는가 하면 <쌍화점>과 같이 궁중의 악장으로서의 성격이 두드러지는 작품이 있다.[10] <동동>에서의 임의 성격이 앞에서 언급한 것처럼 이중적인 성격을 보이는 것은 이 작품이 이 두 가지 성격의 중간에 위치한 까닭도 있을 것이다.

이상으로 제시한 문제들을 고려할 때 고려속요에 형상화된 체험을 이해하기 위해서는 고려속요가 남녀 간의 사랑노래라는 선입견을 잠시 보류하고, 작품의 전경에 드러난 사태로부터 점차 그 이면에 후경으로서 작용하는 여러 요소를 작품의 실체에 맞게 확인하는 것이 합리적이라 생각된다. 이에 먼저 작품의 표면에 비교적 분명하게 나타난 사건을 중심으로 이들 작품에 형상화된 체험을 추적해 보기로 한다.

(1) 불안에 대한 심리적 극복

고려속요의 체험을 여성화자의 사랑과 이별이라고 일반화하는 것에 무리가 있다고는 했지만, 그래도 작품의 표면에 나타난 갈등의 양상에 비추어 볼 때, 현전하는 작품 중의 상당수에 여성화자가 등장하여 자신의 사랑과 이별에 대한 정서를 노래하고 있다는 점은 분명한 사실이다. 따라서 고려속요에 나타난 체험을 이해하기 위해서는 먼저 이들 사랑 노래들을 출발점으로 삼고 여타의 노래들을 이들과 비교함으로써 그 공통점을 추리하는 것이 효율적인 방법이 된다.

이에 먼저 구체적으로 남녀간의 사랑과 이별을 노래하는 작품들에 대해 먼저 살펴보도록 한다. 여기에 해당하는 노래는 <가시리>, <서경별곡>, <만전춘별사>, <정읍사> 등이다. 이들 작품은 모두 공통적으로 이

10) 김학성, 앞의 글, p.20.

미 화자의 곁을 떠났거나, 혹은 떠나고 있는 임을 대상으로 한, 남겨진 자의 고통을 그리고 있는 노래이다. 이들 노래는 누구나 겪을 수 있는 사랑과 이별에 따른 심리적 충격을 가감 없이 진솔하게 드러내고 있다. 다음의 <가시리>와 <서경별곡>의 일부를 통해 그 구체적인 양상을 확인해 볼 수 있다.

<A>
가시리 가시리잇고 나ᄂᆞᆫ
ᄇᆞ리고 가시리잇고 나ᄂᆞᆫ
위 증즐가 대평셩ᄃᆡ大平盛代

날러는 엇디 살라 ᄒᆞ고
ᄇᆞ리고 가시리잇고 나ᄂᆞᆫ
위 증즐가 대평셩ᄃᆡ大平盛代

<B>
西京셔경이 아즐가 西京셔경이 셔울히마르는
위 두어렁셩 두어렁셩 다링디리
닷곤ᄃᆡ 아즐가 닷곤ᄃᆡ 소셩경 고외마른
위 두어렁셩 두어렁셩 다링디리
여히므론 아즐가 여히므론 질삼뵈 ᄇᆞ리시고
위 두어렁셩 두어렁셩 다링디리
괴시란ᄃᆡ 아즐가 괴시란ᄃᆡ 우러곰 좃니노이다.
위 두어렁셩 두어렁셩 다링디리

앞의 작품 <가시리>는 첫 구절부터 반복되어 나타나는 '가시리'라는 말에서도 알 수 있듯이 노래의 출발부터가 임과의 이별이다. '가시리 가시리잇고 ᄇᆞ리고 가시리잇고'라는 물음 속에는 임이 떠난다는 사실을 차마 받아들이지 못하고 재차 물을 수밖에 없는 화자의 안타까움이 드러나고 있다. 그리고 여기에서 임과의 이별이 화자의 삶에 얼마나 큰 의미를 갖는지 잘 드러난다.[11] '날러는 엇디 살라 ᄒᆞ고'라는 구절에서 알 수 있듯이 임과의 이별은 화자가 삶을 지속할 수 없을 정도의 충격이 된다.

<서경별곡> 역시 이와 마찬가지로 임과의 이별로 인한 극심한 충격이 노래의 출발점이 된다. 화자에게 임과의 이별은 '질삼뵈'로 상징되는 바, 자신의 모든 것을 버리고서라도 거부하고 싶은 일로 나타나고 있다. 자신의 모든 것을 버리고서라도 임을 따르겠다고 하는 것은 임과의 이별이 자신의 존재 자체를 파괴하는 극심한 충격이라는 것을 잘 보여 준다.

이렇듯 이들 작품에 드러나는 이별의 충격은 단지 사랑하는 사람이 떠남으로써 마음이 아프다는 수준을 넘어 삶의 지속을 파괴하는 요소로서의 성격을 갖는다. 이런 점에서 이별의 충격은 곧 자신의 '삶의 지속에 대한 불안'[12]을 촉발하는 계기가 되고 있다.

그런데 이들 노래는 이러한 분리에 의한 불안감을 그대로 노출시키는

---

11) 일찍이 양주동이 지적한 것처럼 이 구절은 이별의 마음을 다른 어떤 표현보다도 압축적이고 서정적으로 드러낸 부분이다. 양주동은 이 구절에 대해 다음과 같이 극찬하고 있다. "怨辭는 怨辭이면서 歌意는 스스로 哀訴와 含蓄을 가젓으니, 「가시리가시리잇고」는 或 아즉도 疑訝하는 辭, 或 상긔도 斷念치 못하는 辭로 一樣文字裏에 數種의 情趣가 아울러 隱見됨을 綿密히 吟味하라. 某種의 化學的物質의 液으로 쓴 文字는 紙面을 불에 쪼일때 문득 다른 文字로 化하는 법이 잇다 한다. 本歌의 首聯은 바로 이 秘密을 감춘것이니, 妙處는 저 [가시리] 三字의 反覆과 [리잇고] 助詞의 悠遠·悽絶한 韻律的情調에 잇는 것이 아닐까." 양주동, 『여요전주』, 을유문화사, 1955, p.425.

12) 불안은 그 양상에 따라 나누어 볼 때, 자아 상실과 종속성으로 체험되는 자기 헌신에 대한 불안, 안정감의 상실과 고립으로 체험되는 자기 되기에 대한 불안, 무상과 불확실함으로 체험되는 변화에 대한 불안, 최종성과 부자유로 체험되는 필연성에 대한 불안 등으로 구별할 수 있다. 그 구체적인 양상은 다르다 하더라도 이러한 불안은 기본적으로 인간의 삶이 추구하는 균형감을 상실했을 때 구체적으로 인식되기 시작한다(F. Riemann, *Grundformen der Angst*, 전영애 역, 『불안의 심리』, 문예출판사, 2007, p.24). 이로 미루어 볼 때, 이 작품에 나타난 화자의 불안은 이별로 인해 이전까지 유지되었던 삶의 균형이 깨어지고, 앞으로의 불확실성이 가중되면서 화자의 의식 속에 뚜렷이 각인되는 불안이다.

데 그치지 않고, 그러한 불안을 나름대로 해소하고자 하는 데 또한 특성이 있다. 그 예로 앞에서 언급한 <가시리>의 화자는 다음과 같이 임과의 이별에 대해 심리적인 전환을 통해 마음의 상처를 치유하려는 모습을 보이고 있다.

> 잡ᄉᆞ와 두어리마ᄂᆞᄂᆞᆫ
> 선ᄒᆞ면 아니 올셰라
> 위 증즐가 대평셩ᄃᆡ大平盛代
>
> 셜온님 보내ᄋᆞᆸ노니 나ᄂᆞᆫ
> 가시ᄂᆞᆫ ᄃᆞᆺ 도셔 오쇼셔 나ᄂᆞᆫ
> 위 증즐가 대평셩ᄃᆡ大平盛代

임이 떠난다는 것이 이미 기정사실이 된 상태에서 화자는 돌연하게 '선ᄒᆞ면 아니 올셰라'의 전환을 통해 자신의 마음을 추스르는 모습을 보이고 있다.[13] 대개 이별의 순간에서는 이별의 고통 이외의 다른 것을 생각할 여지가 없다고 한다. 그러나 여기에서 화자의 시선은 이별의 순간을 넘어 이별 이후를 보고 있다는 점에 특징이 있다. 이로 미루어 볼 때 화자는 "자신의 감정을 조절할 줄 아는 여성이며, 문제의 원인과 결과를 이미 파악하여 원인에 대하여서는 입 다물고 최소한의 결과라도 기대하며 대책

13) '선ᄒᆞ면'의 의미에 대해서는 다양한 해석이 있었다. '선뜻'(양주동), '서운하면'(김형규), '심하면'(지헌영), '그악스러우면'(박병채, 남광우), '얼굴을 마주보기만 하면'(서재극), '눈에 어른어른 하면'(윤영옥) 등이 그 예이다. 이렇게 다양한 해석 중에 어느 것을 택하느냐에 따라서 '선ᄒᆞ면'의 주체가 화자가 될 수도 있고, 떠나는 임이 될 수도 있어 작품의 해석에서 매우 중요한 부분이 아닐 수 없다(윤영옥, 『고려시가의 연구』, 영남대학교출판부, 1991, pp.215-216 참조). 그러나 '아니 올셰라'라고 하는 말에서 화자가 자신의 상황을 메타적으로 점검하고 있다는 점 역시 주목할 필요가 있다. 화자의 시선이 이별의 순간에만 머물지 않고, 이별 이후의 상황까지 확장되고 있다는 점에서 이 노래가 불안에 대한 심리적 대응으로서의 성격을 갖는다는 점이 분명해진다.

을 강구하는"[14] 성숙한 태도의 여인으로 거듭나고 있다.

<서경별곡> 역시 이별이 야기하는 불안에 대한 화자의 다양한 대응이 나타나 있는 것은 마찬가지이다. 그러나 각각의 단락마다 그러한 심리적 대응에 차이가 나타난다는 점에서 <가시리>와는 조금 다른 모습을 보이고 있다.

구스리 아즐가 구스리 바회예 디신ᄃᆞᆯ
위 두어렁셩 두어렁셩 다링디리
긴힛ᄯᆞᆫ 아즐가 긴힛ᄯᆞᆫ 그츠리잇가 나ᄂᆞᆫ
위 두어렁셩 두어렁셩 다링디리
즈믄 ᄒᆡ를 아즐가 즈믄 ᄒᆡ를 외오곰 녀신ᄃᆞᆯ
위 두어렁셩 두어렁셩 다링디리
信잇ᄃᆞᆫ 아즐가 信잇ᄃᆞᆫ 그츠리잇가 나ᄂᆞᆫ
위 두어렁셩 두어렁셩 다링디리

大同江 아즐가 大同江 너븐디 몰라셔
위 두어렁셩 두어렁셩 다링디리
ᄇᆡ 내여 아즐가 ᄇᆡ 내여 노ᄒᆞᆫ다 샤공아
위 두어렁셩 두어렁셩 다링디리
네 가시 아즐가 네 가시 럼난디 몰라셔
위 두어렁셩 두어렁셩 다링디리
녈 ᄇᆡ예 아즐가 녈 ᄇᆡ예 연즌다 샤공아
위 두어렁셩 두어렁셩 다링디리
大同江 아즐가 大同江 건넌편 고즐여
위 두어렁셩 두어렁셩 아링디리
ᄇᆡ타들면 아즐가 ᄇᆡ타들면 것고리이다 나ᄂᆞᆫ
위 두어렁셩 두어렁셩 다링디리

14) 최미정, 앞의 책, p.69.

첫 단락에서 나타났던 적극적인 거부는 두 번째 단락에 이르러 영원한 믿음을 강조하며 이별을 인정하는 태도로 변하고 있으며, 세 번째 단락에서는 엉뚱한 곳에 화풀이를 하는 모습이 나타난다. 앞에서 살핀 <가시리>에 비해 이 작품의 화자가 보이는 모습은, 적어도 표면적으로는 정제되지 않았고 일관성이 잘 나타나지도 않는다. 하지만 이러한 태도들이 모두 이별이라는 사태에 대한 심리적 대응이라는 점에서 "「서경별곡」은 님과의 분리불안을 가지고 있는 화자가 여러 심리적 방어기제를 통하여 그 불안을 경감시키고 이별하고 싶지 않은 욕구를 승화시켜 나가는"[15] 과정이 가감 없이 드러난 것이라 볼 수 있다.

위의 두 작품을 통해 확인한 것처럼 이별로 인한 존재의 지속에 대한 불안을 심리적인 전환을 통해 극복하고자 하는 모습은 인용한 작품 외의 다른 작품들에서도 공통적으로 나타나는 현상이다. <만전춘별사>에서는 환상적인 합일의 장면을 통해, 그리고 <정읍사>에서는 달에게 비는 다짐과 소원을 통해 불안에 대한 심리적 극복의 과정이 그려진다.[16]

이제 다음으로 이들 노래와 달리 작중의 문제 상황이 남녀간의 사랑에서 촉발된 것이라고 확정하기 어려운 작품들을 살펴보기로 한다. <쌍화점>과 <청산별곡> 등이 이에 해당한다.

<쌍화점>의 경우 일단 이 작품이 노래하고 있는 것은 이별의 안타까움이라기보다는 예기치 않았던 정사에서 오는 심리적인 갈등이라고 보는

---

15) 신은경, 「「서경별곡」과 「정석가」의 공통 삽입가요에 대한 일고찰」, 국어국문학회 편, 『고려가요 · 악장 연구』, 태학사, 1997, p.348.

16) 그리고 이들 노래와 달리 악장으로서의 성격이 비교적 작품의 표면에 강하게 등장하고 있는 <동동> 역시 서사(序詞)를 제외한 부분에서는 이들 사랑의 노래와 일치하는 모습을 보이고 있다는 점을 아울러 확인해 둔다. 이 작품의 서사가 명백히 임금에 대한 송축의 의미를 담고 있으므로 해석이 조금 달라질 필요가 있겠으나, 일단 서사를 제외한 부분만으로 본다면 화자가 임과의 이별 상황으로부터 자신의 존재에 대한 심각한 불안을 느끼고 그에 대해 심리적으로 대응해 가는 모습을 그리고 있다.

것이 더욱 적절하리라 생각된다. 화자가 원치 않던 정사였다고 추측이 되지만, 그것을 대하는 화자의 심리가 묘한 울림을 준다. 일반적인 도덕 기준으로 볼 때, 작품에 나타난 것과 같은 정사는 그리 바람직하지 못한 것이다. 화자 역시 자신의 일이 다른 곳에 알려지기를 극구 거부하고 있다. '삿기광대', '삿기상좌', '드레박', '싀구비' 등은 화자의 이러한 일탈을 목격한 존재들로서 화자의 일탈을 세상에 알릴 수 있는 수 있다는 점에서 화자에게 위협이 된다.

이때 이들에게 가하는 화자의 위협('네 마리라 호리라')은 이들로 인해 화자의 일탈이 '알려지는' 일에 대한 것이라는 데 주의를 기울일 필요가 있다. 이로써 보면 화자는 자신의 떳떳치 못한 정사가 남들에게 알려짐에 따라 자신에게 가해질 수 있는 비판이 두려운 것이다. 아무리 고려사회가 개방적인 사회였다고 가정한다 하더라도 남자나 여자 모두에게 기본적인 정조 관념이 없을 수는 없다.[17] 따라서 이에 반영된 화자의 심리는 이 일로 인해 화자가 지금 누리고 있는 평탄한 삶의 균형이 깨질 수 있다는 데에서 오는 불안감이다.[18]

<청산별곡> 역시 남녀간의 사랑이라고 보기보다는 불안이라는 관점에서 볼 때 더욱 잘 설명이 된다. 특이하게도 이 작품은 텍스트 이외에 이 작품과 관련된 아무런 자료도 남아 있지 않기 때문에 더더욱 논란이 많은 작품이다. 이 작품을 '남녀간의 실연을 주제로 한 노래'로 보는 관점이 있는 것이 사실이지만, 이 작품의 창작 시기를 혼란스러웠던 고려후기의 시

17) "아무리 방종한 여인이라도 사회의 구성원으로 존재하고 있는 한, 그리고 고려 사회 전체가 성도덕의 전면적인 파괴에 직면해 있지 않는 한, 성행위의 문란으로 인하여 주위로부터 받는 눈총과 비난만은 피할 수도 없고 두려워하지 않을 수도 없다." 박노준, 「<쌍화점>의 재조명」, 『고려가요의 연구』, 새문사, 1990, p.199.

18) <쌍화점>의 향유에 관련된 기록들을 참고할 때, 이러한 일탈 그 자체를 즐기는 것으로 볼 수도 있다. 왕실의 향락적인 분위기와 이에 부응하기 위한 몇몇의 노력이 이 작품을 왕실에서 불리도록 했다는 주장이 설득력을 갖기도 한다.

대상과 연결하여 정치적인 이유로 낙향하였거나 현직에 있으면서도 자신의 신분을 감춘 상층인으로 보는 관점[19]이 있었고, 지배 계급의 가혹한 수탈로 인해 유랑인으로 전락한 농민으로 추정해 보는 관점[20]도 널리 알려진 바 있다. 더 나아가 이 노래가 묘청의 난과 무신의 난 이후에 계속된 농민반란 등에 참여했던 사람들에 의해 만들어진 것으로 상정하는 경우도 있었다.[21]

그러나 일단 작품의 표면에 등장한 화자의 방황의 핵심은 '여기'에 대한 불만이다. '여기'가 만족스럽지 못한 곳이기 때문에 화자의 시선은 '청산'과 '바다'라는 '저기'로 향한다. 그렇다면 화자는 왜 '여기'의 삶에 대해 만족하지 못하는가? 그것은 '여기'의 삶이 시름과 고독과 부조리로 가득 차 있기 때문이다.[22] 이 같은 이유로 '여기'에서는 늘 삶의 균형이 깨어질 수밖에 없다. '청산'과 '바다'는 시름 많고, 굴곡 많은 이곳에서 누릴 수 없는 안정적인 삶의 표상이다. 이런 점에서 불안정한 삶에 대한 방어기제로서 '저기'를 지향하는 것이 이 작품이 형상화하고 있는 내적 체험의 실체이다.

이렇게 볼 때, 사랑의 상실을 노래한 작품들은 물론이거니와 남녀간의 사랑으로 특정하기 어려운 경우까지 포함하여 고려속요가 매우 깊은 상실감과 고독감을 보여주고 있다는 점, 이 모든 것이 자신의 삶에서 평형이 깨어지는 데서 오는 불안에서 비롯된다는 점, 그리고 이러한 불안에 대한 심리적 대응을 보이고 있다는 점에는 큰 차이가 없으리라 생각된다.

19) 이승명, 「청산별곡연구」, 『고려시대의 언어와 문학』, 형설출판사, 1975.

20) 신동욱, 「청산별곡과 평민적 삶의식」, 『고려시대의 가요문학』, 새문사, 1982.

21) 김학성, 『한국고전시가의 연구』, 원광대학교출판국, 1980.

22) "시름이 많은 인생, 고독을 느끼는 삶, 그리고 우연의 희롱으로 불행을 겪는 일" 등은 인간의 삶에서 언제 어디서나 일어날 수 있는 일이다. 이런 점에서 이 작품이 시대를 초월하여 널리 회자되는 이유가 설명된다. 정재호, 「<청산별곡>의 새로운 이해 모색」, 국어국문학회 편, 『국어국문학』 139호, 태학사, 2005, p.180.

요컨대 고려속요가 전경에 드러내고 있는 체험은 누구나 살면서 겪을 수 있는 불안과 그러한 불안에 대한 심리적 극복의 과정이다.

그런데 이제까지 살펴본 이와 같은 고려속요의 체험적 특성은 앞에서 언급한 대로 궁중악으로서의 성격에 비추어 볼 때 아직 충분히 검증된 결론이라고 하기 어렵다. 예컨대 앞에서 잠시 언급하였듯이 <동동>이나 <정석가>와 같은 작품들은 작품의 서사(序詞) 부분의 성격을 어떻게 간주하느냐에 따라 작품에 대한 구체적인 해석이 달라질 수도 있다. 이런 이유에서 이제까지 살펴본 고려속요에 나타난 체험의 본질은 궁중악으로서의 성격에 비추어 더욱 정밀하게 논의될 필요가 있다.

(2) 영원에 대한 소망

앞에서 언급했던 대로 현전하는 고려속요는 이미 존재하던 노래를 특정한 목적에서 재구성한 노래들이 대부분이다. <동동>이나 <정석가>처럼 비교적 분명하게 개작의 흔적이 남아 있는 경우가 아니라 하더라도, 구조적인 배열이나 여음의 삽입 등을 통해 작품마다 어느 정도의 변화를 확인할 수 있다.[23] 이런 이유로 그동안 고려속요에 대한 논의에는 항상 이들 노래의 이질성에 대한 문제가 제기되었다. 이에 대해 '민간의 노래들을 궁중의 노래들로 전이시키는 과정에서 노골적인 내용들을 감추기 위한' '최소한의 장치에 불과한 것'이라고 그 의의를 그리 중요하지 않게 간주하는 평가[24]도 있었다.

그러나 일단 하나의 노래로 구성된 이상, 이와 같은 이유로 이들 작품

23) 이민홍, 「고려시가와 예악사상」, 성균관대학교 인문사회과학연구소, 『고려가요연구의 현황과 전망』, 집문당, 1996, p.48.

24) 조규익, 「고려속가의 형성과 존재론적 근거」, 『고전시가의 변이와 지속』, 학고방, 2006, p.373.

을 하나가 아닌 여러 개의 단순한 합체로 본다든가, 더 나아가 이들 노래에서 시적(詩的)인 요소와 비시적(非詩的)인 요소를 구분하여 작품을 인위적으로 재구성하는 것[25]만이 이러한 이질성을 해소하는 방법이 되는 것은 아니다. 누군가 원래의 노래를 차용하여 새로 만들 때에는 아무런 맥락 없이 차용하는 것이 아니라 나름대로의 유기성을 모색하는 단계를 거치기 마련이다. 더구나 이들 노래를 궁중악으로 개작하는 이들의 수준이 단순히 '짜깁기'하는 정도였으리라고 가정하는 것도 어려운 일이다. 따라서 고려속요에 형상화된 체험의 본질을 탐구하는 데에서도 이들 노래에 나타난 이러한 이질적인 요소들을 서로 분리하기보다는 이러한 이질적인 요소들이 통합됨으로써 원래의 체험이 어떻게 확장되거나 혹은 변용되는가를 살피는 것이 바람직하리라 생각된다.[26]

체험이 체험 주체의 마음의 상태에 따라 달라진다는 점을 고려할 때 궁중악으로의 장르적 변모에 따라 다시 생각해 볼 수 있는 첫 번째 문제가 바로 작품의 분위기이다. 궁중악으로 편입되면서, 특히 민요를 출발점으로 하는 노래들에 대해 작품에 따라 필요한 만큼의 변개가 이루어졌다고 할 때, 그 필요란 다름 아닌 궁중의 호화로운 연회에서의 필요를 말하는 것이고, 이를 위해 원래 작품의 우울하고 비통한 정서를 어떤 방식으로든

25) 고려속요가 궁중악으로 재편되면서 음악적 성격에 맞춰 작품의 변개가 이루어졌으리라는 가정은 고려속요 연구에서 정설로 받아들여진다. 이런 면을 고려하여 성호경은 고려속요의 시적 요소와 음악적 요소를 분리할 필요성을 제기한 바 있다. 성호경, 『고려시대 시가 연구』, 태학사, 2006, p.26.

26) 고전시가에서 여러 작품이 혼합 되어 이중적인 목소리가 등장하는 것은 여러 장르에서 두루 나타난다. 단일한 화자의 단일한 목소리라는 서정시의 장르적 특성에 비추어 이렇듯 특이한 현상에 대한 다양한 논의가 있었다. 최근 고정희는 이러한 논의들을 종합하여 작품의 '비유기적 노랫말'에 나타나는 이질적 목소리들이 작자가 처한 내적인 갈등과 시대적인 현실을 반영하는 현상임을 잡가를 대상으로 정밀하게 논의한 바 있다(고정희, 「고전시가의 서정성과 비유기적 노랫말」, 『한국 고전시가의 서정시적 탐구』, 2009, p.425). 고려속요에 대해서 역시 이러한 이질적인 목소리들이 융합되는 과정에서 나타나는 특성을 외적인 특성에 국한하지 말고, 내적인 긴밀성을 통합적으로 고찰할 필요가 있다.

바꾸려고 노력했으리라 생각된다.[27]

이에 따라 고려속요에 가장 두드러지게 나타나는 특성이 바로 여음구의 밝고 경쾌한 분위기이다.[28] 정병욱은 일찍이 고려속요의 여음이 악기의 구음, 특히 “악곡 선율의 주류를 이루는 관악기 중에서 주로 피리와 젓대의 구음으로 여음구가 이루어졌다는 사실”을 정밀하게 밝히고, 이러한 외형적 요소에 대한 고찰을 바탕으로 이를 음성상징적인 각도에서 연구를 심화시킬 필요가 있음을 제안한 바 있다.[29] 이에 따라 고려속요의 여음을 음성상징적인 측면에서 본다면, 고려속요의 여음은 노래의 사설 부분의 느낌과 달리 경쾌하고 밝은 느낌을 불러일으키는 음성상징을 가졌다. 악기의 소리를 반영하였다는 점에서 볼 때 이들 노래들이 실제 궁중악이 연행되는 장면을 반영하였다는 것을 보여주는 것이며, 이에 따라 반영된 악기의 구음에서 느껴지는 분위기가 밝고 경쾌하다는 것은 이들 작품이 궁중악으로서 호화스러운 잔치에 어울리도록 계획되었음을 설명해 준다.

이렇듯 흥겨운 분위기로 전환되는 과정에서 고려속요의 체험이 갖는 성질 역시 어느 정도 달라졌을 가능성을 생각하게 된다. 그러나 경험적으

27) 이들 노래가 궁중악으로 편입되는 양상에 대한 다음과 같은 설명을 참조하였다. “당대의 다양한 민요 가운데 사랑 · 그리움 · 이별 · 耽樂의 주제로 여성적인 가녀린 정서를 담은 노래를 선택하여 궁중의 호화로운 잔치 분위기에 걸맞은 경쾌 · 발랄한 후렴구와 여음 등으로 윤색하여 작품의 분위기를 이별의 비통 · 처절한 정서에서 남녀정사의 쾌락을 추구하는 정서로 전환시키는 주제의 변환과 조화를 갖도록 배려해 놓음으로써 민요에서 일탈하여 장르전환한 속요의 특성을 갖추게 된 것이다.” 김학성, 「속요란 무엇인가」, 국어국문학회 편, 『고려가요 · 악장 연구』, 태학사, 1997, p.27.

28) 다음에 소개하는 것과 같이 고려속요의 여음은 다양한 길이, 다양한 소리를 가지고 있어 작품에서의 역할을 쉽게 정의하기 어렵다. ‘덩아 돌아’ <정석가>, ‘아으 動動다리’ <동동>, ‘나는’/‘위 증즐가’ <가시리>, ‘얄리얄리 얄랑셩 얄라리얄라’ <청산별곡>, ‘어긔야 어강됴리 아으 다롱디리’ <정읍사>, ‘위 두어렁셩 두어렁셩 다링디리’ <서경별곡>, ‘더러둥셩다리러디리다리러디러다로러거디러다로러’ <쌍화점>

29) 정병욱, 『한국고전시가론』, 신구문화사, 1977, p.149.

로 볼 때, 불안과 불안에 대한 심리적 대응을 담고 있다고 해서 반드시 우울한 분위기로 향유되는 것은 아니라는 점을 고려할 필요가 있다.[30] 이러한 가정에 비추어 본다면, 경쾌한 여음이 덧붙었다고 해서 이들 작품이 담고 있는 체험의 기본적인 성격이 달라진다고 하기는 어렵다. 또한 이들 여음구가 작품에 그려진 부정적인 상황과 대비되면서 오히려 비극적인 상황을 더욱 강조하는 면도 있다는 점까지를 고려한다면,[31] 이들 여음구가 작품의 내용을 변질시킨다기보다는 그 정도를 심화시킨다고 보는 관점도 설득력이 있다.

다른 하나의 문제는 이들 작품에 등장하는 '임'의 성격이다. 이들 노래가 궁중악으로 향유되었다면, 이들 노래의 '화자-청자' 구조는 '신하-임금'의 구조를 띠고 있을 가능성이 높고, 노래의 청자가 이에 따라 이들 노래가 어떤 면으로든 '송도'의 성격을 가지게 되었으리라 추측할 수 있다.[32] 만일 "고려가요에 나타나는 님은 보편적인 님에서 '임금'을 상징하는 구체적인 님으로 전환되며 궁중악에 수용될 수 있는 기틀을 마련"[33] 하였다고 본다면, 궁중악으로서의 변모는 임에 대한 화자의 태도, 화자의 심리적 상태까지도 변모시켰을 가능성을 충분히 생각해 볼 수 있다.

---

30) 현대의 대중가요를 볼 때, 가사와 음악이 서로 반대의 분위기를 나타내는 경우를 얼마든지 찾아볼 수 있다. 이별을 다룬 노래라고 하여 반드시 구슬픈 곡조나 리듬에 얹어 불리는 것이 아니라 오히려 흥겨운 리듬을 활용하는 경우가 있는데, 이는 어떤 사람들을 대상으로 어떤 자리에서 불리느냐에 따라 곡조나 리듬이 결정되기 때문인 것으로 생각된다.

31) 예컨대 <청산별곡>에서의 경쾌한 여음은 사설 부분의 비극적 내용과 대조되어 화자의 고독을 더욱 짙어 보이게 하는 장치가 되기도 한다.

32) '송도(頌禱)'란 원래 신을 기리는 일과 신에게 비는 것을 함께 일컫는 말이다. 따라서 송도는 원래의 의미에서 신을 대상으로 하는 것이다. 그러나 후대에 이르러 '왕의 성덕(盛德)'을 칭송하는 내용을 지칭하게 되었다. 따라서 송도는 넓은 의미에서 이 두 가지 행위를 모두 아우르는 말이다. 허남춘, 「궁중악과 송도」, 국어국문학회 편, 『고려가요 · 악장 연구』, 태학사, 1995, p.34.

33) 허남춘, 「「동동」과 예악사상」, 성균관대학교 인문과학연구소 편, 『고려가요연구의 현황과 전망』, 집문당, 1996, p.350.

그러나 현재 남아 있는 사설로만 보자면, 궁중악으로의 전환 과정에서 '임'의 성격이 완전히 바뀌었다고 보는 것보다는 남녀간의 사랑의 대상이 되는 '임' 또는 보편적인 '임'으로부터 임금을 환기할 수 있는 가능성을 조금 더 강화함으로써 '임'의 의미역을 더욱 확장하는 변화가 일어난 것으로 보는 것이 더욱 적절하리라 생각한다. 이는 우선 이들 노래들에서 임금으로서의 '임'으로 자연스럽고, 확실한 전환이 이루어지지 않았다는 점에서 그 근거를 찾을 수 있다.

이들 노래 중 비교적 분명하게 임금으로서의 임을 유추하게 되는 것은 대체로 작품에 표현된 임의 이미지를 통해 임금으로서의 성격을 유추할 수 있는 경우이다. <동동>의 2월령에서 임을 '등불'의 상징을 활용하여 표현한 것을 예로 들 수 있다.[34] 그러나 이들을 제외한 대부분은 여음구나 서사를 통해 임금의 이미지가 환기된다. 이렇게 본다면, 이들 작품에 나타난 임금의 이미지는 매우 간접적이다. 현재 궁중악으로 전환되어 남아 있는 작품들은 굳이 원래의 모습을 완전히 전환하는 것보다 원래의 모습을 살리면서도 그것이 궁중악으로서도 어느 정도의 기능을 할 수 있을 정도로만 개작이 이루어진 것이라 보는 것이 적절하리라 생각한다.[35]

그렇다면 어떤 이유로 이들 노래의 개작자들은 원래의 노래를 완전하게 전환시키지 않고, 지금 남아 있는 것과 같은 수준의 개작에 머물렀을까 하는 점이 문제가 된다. 이에 대한 해답의 단초를 궁중악의 성격으로부터 찾을 수 있다. 궁중악을 단지 흥겨운 잔치에 소용되는 음악으로서만 보지 않고, 그 양식적 가치를 함께 고려한다면, 궁중악은 상하를 아우르는 데 중요한 의미가 있음을 알 수 있다.

---

34) '왕'의 이미지와 관련하여 <쌍화점>의 '우물용'이 임금을 상징한다고 볼 수도 있다. 그러나 부정한 정사를 요구하는 왕의 모습을 궁중악으로서 즐겼다고 하기 어렵기 때문에 이 작품에서의 '용'을 굳이 임금으로 해석할 필요는 없으리라 생각된다.

35) 조규익, 앞의 글, p.384 참조.

상하를 아우를 수 있는 것은 인간으로서의 보편성이다. 그리고 이러한 인간의 보편적 정서를 적극적으로 계몽하고자 한 것이 고전의 악론(樂論)이었다는 점을 고려한다면, 이들 노래가 악장화되는 데 이들 노래가 담고 있는 인간의 보편적 심성에 대해 별다른 거부감이 개입할 필요가 없었음을 말해 준다. 오히려 이로부터 고려속요의 '보편성'과 '통합성'이 나타나게 되는 것으로 볼 수 있다.[36] 결국 고려속요의 임은 사랑하는 이성으로의 의미도 가질 수 있으며, 또한 임금으로도 얼마든지 해석될 수 있다.[37] 개작자들의 의도 역시 이와 크게 다르지 않았을 것이다. 이런 점들로 미루어 볼 때, 고려속요에 나타나는 이른바 이질적 목소리들이 임에 대한 화자의 태도 자체에 결정적인 변화를 준다고 보기는 어렵다.

그러나 상하를 모두 아우르며 불리는 노래로서 이들 노래를 개작한 사람들이 지향하는 바, '영원에 대한 소망'이 개작 이전의 작품에 비해 강하게 드러난다는 점은 궁중악으로의 개작 과정에서 비교적 분명하게 나타나는 특징이다. 이들 작품에 나타나는 이질적인 목소리는 비록 사태를 보는 태도 자체를 바꾸지 않으며, 새로운 사태를 제시하지도 않지만, 삶에서 추구하는 '지향'을 강하게 드러낸다. 예컨대 <동동>의 서사의 경우 "아무런 갈등도 내재하지 않고 덕(德)과 복(福)이라는 추상적 지향점에 대한 확신과 그것의 직접적 표현"이 있을 뿐이다.[38] <정석가>의 서사 "딩아돌하/ 당금에계샹이다/ 딩아돌하/ 당금에계샹이다/ 션왕셩대예노니ᄋᆞ와지이다" 역시 굳이 무리하게 본사와 연결시키는 것보다는 <동동>의 경우와 마찬가지로 '선왕성대'라고 하는 지향이 나타난 것으로 보는 것이 적절하

36) 조만호, 「고려가요의 정조와 악장으로서의 성격」, 성균관대학교 인문과학연구소 편, 『고려가요연구의 현황과 전망』, 집문당, 1996, pp.133-134.

37) 허남춘, 「「동동」과 예악사상」, 성균관대학교 인문과학연구소 편, 『고려가요연구의 현황과 전망』, 집문당, 1996, p.352.

38) 고혜경, 「동동의 정서적 경과」, 김대행 외, 『고려시가의 정서』, 개문사, 1995, p.126.

리라 생각된다. 또한 <가시리>의 여음, "위증즐가대평셩디"에서도 역시 분명히 나타나는 것은 영원히 평화로운 세상에 대한 지향이다.

역으로 생각해 보면, 이들 서사나 여음구에서 나타내고 있는 영원한 삶에 대한 지향은 상대적으로 현재의 상태에 대한 부정으로 볼 수도 있다. 즉 '선왕성대가 아닌 것'에 대한 반작용으로 볼 수도 있다. 그러나 이렇게 볼 경우 지금이 매우 좋지 않은 상태라는 것을 말하는 것이기 때문에 악장의 성격에 정면으로 배치된다. 따라서 이들 이질적 목소리는 직접적으로 현재의 상태, 현재의 갈등을 나타내기보다는 인간이라면 누구나 바라는, 고통이 없고 불안이 없는 영원한 세계에 대한 소망이 드러난 것으로 볼 수 있다.

이렇게 볼 때 궁중악으로서 고려속요는 현실적으로 어떤 지위나 상황에 있느냐와 상관없이 누구나 겪고 있는 현실적인 불안감에서 출발하여 이러한 불안이 없는 상태를 추구하는 마음의 상태를 보여주고 있다. 이것이 개인의 차원에서는 불안에 대한 심리적 극복으로 나타나며, 궁중악으로서는 "선왕성대와 과거의 태평성대를 그리워하고 이별 없고 고통 없는 영원한 미래를 염원"[39]하는 것으로 나타난 것이다.

결국 작품에 첨가된 이질적인 목소리의 본질 역시 불안에 대한 갈등과 이에 대한 심리적 극복이라는 점에서는 공통점을 지니는 것이지만, 영원함에 대한 지향이 좀 더 강화되었다고 요약할 수 있다. 서로 이질적인 것으로 보이는 이들 두 가지 목소리는 정도와 맥락은 다르지만, 잠재된 불안이나 현실화된 불안에 대한 방어기제가 구체화된 것이다. 이렇게 볼 때 고려속요가 악장으로서 갖는 기능 역시 자연스럽게 이해된다.[40]

---

39) 이임수, 「여가의 향유층 및 작가의식」, 국어국문학회 편, 『고려가요 · 악장 연구』, 태학사, 1997, p.91.

40) 조만호, 앞의 글, p.139.

고려속요의 외적, 내적 체험의 본질이 앞에서 살펴본 바와 같이 분리에 대한 불안을 비롯한 여러 가지 불안의 체험이라고 했을 때, 고려속요는 문학의 보편적인 속성이 매우 잘 구현된 장르라고 평가할 수 있다. 프라이(N. Frye)가 지적한 바, 문학이 소망의 꿈과 불안의 꿈으로 이루어져 있다고 할 때, 고려속요는 바로 소망과 불안이라고 하는 문학의 핵심적인 모티브를 절묘하게 형상화하고 있는 장르가 되기 때문이다.

그렇다면 이러한 불안과 소망의 체험을 공유한다는 것이 학습자에게 어떤 의미가 있을까? 불안은 인간이라면 누구나 겪을 수밖에 없는 본질적인 문제이다. 누구나 불안을 겪고 살지 않을 수 없다.[41] 또한 "불안은 언제나 그것을 감당할 만큼 성숙하지 못했거나 아직은 성숙하지 못한 상황에 처해 있을 때 등장"[42]하지만, 이것이 또한 새로운 가능성을 탐색하게 하는 긍정적인 계기로 작동할 수 있다. 이런 이유에서 학습자가 자기 이외의 누군가 역시 이러한 불안을 겪으면서 그것을 긍정적으로 극복하는 과정을 본다는 것은 학습자의 성숙을 위해 가치 있는 계기가 될 수 있다.

41) 실존주의에서는 이를 다음과 같이 설명한다. "스스로를 결정하는 자기일 뿐만 아니라 또한 자아와 동시에 전인류를 선택하는 입법자라는 것을 이해하는 인간은 자기의 전적이고 심각한 책임의식으로부터 벗어날 수 없을 것이다. 물론 많은 사람들은 불안해하지 않는다. 그러나 그들은 불안을 감추고 그것을 피하고 있다고 우리는 주장한다."(J. P. Sartre, 왕사영 역, *L' Existentialisme est un humanisme*, 『실존주의는 휴머니즘이다』, 청아, 1989, p.27). 이렇듯 불안은 스스로 선택해야 하는 자로서의 인간의 고독에서 비롯되는 것으로 책임과 쌍을 이룬다.

42) F. Riemann, 앞의 책, p.14.

2. 인간의 보편성

1) 삶의 이해를 위한 인간의 보편성

인간에게 세계는 주어진 것인 동시에 스스로 참여하여 만들어 가야 하는 것이다. 사르트르(J. P. Sartre)가 설명한 바, 인간의 실존적 조건, 고독, 불안, 책임, 참여 등은 모두 이러한 인간과 세계가 서로 얽혀 있는 데에서 발생하는 양상이다.[43] 그런데 삶의 구체적인 양상에는 누구나 벗어날 수 없는 인간의 보편적인 조건들이 내재해 있게 마련이다. 즉 어떤 시공간에 '국지화'되었는가에 상관없이 인간으로서 피할 수 없는 삶의 조건들이 내재되어 있는 것이다. 그리고 이러한 조건들은 삶을 가능하게 하는 것이면서 또한 인간의 삶을 제한하는 요소들이다. 예컨대 아렌트(H. Arendt)가 다음과 같이 인간실존의 조건들을 제시했을 때, 이러한 조건들은 삶의 가능성과 한계를 모두 포함하는 것으로 보아야 한다.

> 인간실존의 조건들은 한마디로 말해서 인간이 살아갈 수 있는 전제조건들이다. 예컨대 인간이 실존하기 위해서는 첫째, 하나의 생명으로서 살아있어야 하며, 둘째, 생성과 소멸을 거듭하는 자연의 필연성으로부터 벗어난 영속적인 자신의 세계가 있어야 하며, 셋째, 말과 행위를 통해 이 세계를 공유할 수 있는 다른 사람들이 있어야 한다.[44]

위에 인용한 부분에서 아렌트가 제시한 세 가지 인간실존의 조건들은 물론 인간이 '살아갈 수 있는' 전제조건, 실존을 가능하게 하는 조건들이다. 그러나 이러한 조건들을 역으로 생각해 보면 인간의 삶이 얼마나 제

---

43) J. P. Sartre, 앞의 책, p.27.

44) H. Arendt, *The Human Condition*, 이진우 · 태정호 역, 『인간의 조건』, 한길사, 1996, p.35.

한적인가를 볼 수 있다. 첫째, 인간이 "하나의 생명으로서 살아 있어야" 한다는 것은 인간의 생명이 영속적이지 않다는 것을 말해 준다. 둘째, "자연의 필연성으로부터 벗어난 영속적인 자신의 세계가 있어야" 한다는 것은 시작과 끝이 있는 자연의 법칙으로부터 자유로울 수 없는 인간의 한계를 말한다. 셋째, "이 세계를 공유할 수 있는 다른 사람들이 있어야" 한다는 것은 혼자서 살아갈 수 없는 유약한 인간의 모습을 보여준다.

이렇듯 인간의 삶을 가능하게 하면서, 또한 삶을 제약하는 보편적 조건들은 개개인의 삶에 구체적으로 작용하여 갈등을 유발한다. 따라서 이러한 인간의 조건들에 대한 이해가 부족할 때 삶의 매 순간마다 느끼는 갈등을 슬기롭게 극복할 수 있는 가능성은 그만큼 줄어들게 된다. 이것이 바로 문학 감상을 통한 자기 실현을 추구하는 학습자가 문학을 통해 인간의 보편성에 대한 이해까지 도달해야 하는 이유이다. 문학은 인간과 세계의 갈등, 그리고 그 안에서 생성되는 인간의 마음을 묘사하는 것으로서, 그 안에 내재된 인간의 보편적 조건을 통찰할 수 있는 계기를 마련해 주기 때문이다.

이때, 문학이 가상의 세계라는 점에서 문학을 통해 인간의 보편성을 이해한다는 것이 '과학적으로 검증될 수 있는' 삶의 조건들을 알게 되는 것과 같은 차원일 수는 없다. 많은 심리학자들이 문학 작품의 사례를 근거로 하여 인간에 대한 다양한 설명을 제시하고, 또한 이러한 설명이 널리 인정되는 것도 사실이지만, 문학 속의 세계가 허구의 세계라는 점 역시 분명한 사실이다. 따라서 문학 작품을 계기로 인간의 보편성을 이해한다는 것은 문학 작품을 통해 삶을 이해하는 강력한 '단서'나 '모델'을 찾게 된다는 것을 의미한다.[45)]

45) H. Meyerhoff, *Time in literature*, 김준오 역, 『문학과 시간현상학』, 삼영사, 1987, p.179.

물론 자신의 삶을 모두 이해할 수 있는 인간은 있을 수 없다. 삶을 완전히 이해하기 위해서는 인간이 처한 조건이나 인간의 본능을 모두 꿰뚫어야 하는데, 전지전능한 존재가 아닌 이상 이것이 가능하지 않기 때문이다. 그러나 삶의 여러 국면에서 인간은 늘 갈등에 처하게 되며, 이러한 갈등에 처하게 될 때마다 그것의 해소 방법에 대한 욕구와 함께 그러한 처지에 처한 자기 자신에 대한 물음을 가질 수밖에 없다. 따라서 세계에 대한 이해의 욕구는 인간이 살아가면서 늘 가지게 되는 것이다. 이러한 이해의 욕구를 지속적으로 충족시키지 않으면서 자신의 잠재성을 꺼내어 자아를 실현한다는 것 역시 불가능한 일이다.

특히 근대 이후의 사회에서 인간이 자기가 처한 시간과 공간에 대해 '객관적으로' 더 많은 것을 알게 되었음에도, 실제로는 더 많은 혼란을 겪게 되었다는 점에서 오늘날의 학습자들에게 문학을 통해 인간의 보편성을 생각해 보도록 하는 일이 더욱 강조될 필요가 있다. 기술의 풍요는 인간의 삶을 더욱 풍요롭게 만들어야 하지만, 오히려 정 반대의 효과를 가져오고 있다는 지적이 적지 않으며, 실제로 우리가 살고 있는 세계는 나날이 더욱 혼란스러운 것이 되어가고 있기 때문이다.

요컨대 문학은 그 전경에서 구체적인 인간들의 구체적인 삶을 보여주지만, 이를 통해 그 이면에 내재된 삶의 조건들을 보여준다. 이러한 보편적인 삶의 조건들을 확인할 때 감상자는 호기심의 충족에서 오는 감동 그 이상을 맛볼 수 있다. 호기심의 충족을 넘어서는 감동은 자기를 비롯한 인간의 삶을 이해하게 되는 데에서 오는 지적인 만족감이자, 자기 실현을 위한 전제 조건이다.

2) 고려속요에 내재된 인간의 보편성

앞에서 살펴본 바, '불안'과 '소망'이 교차하는 고려속요에도 인간 삶의 보편적 조건이 담기는 문학의 보편적 특징은 그대로 적용된다. 따라서 고려속요를 통해 세계에 참여하며 살아가는 인간이 부딪히게 되는 보편적인 조건이나 그러한 사태에 대응하는 인간의 속성에 대해 생각해 볼 수 있다.

그런데 이와 관련하여 고려속요에서는 삶의 구체적인 양상이 최대한 배제된다는 점에서 특성이 있어 주목된다. 작품에 나타난 화자의 모습에서 이를 잘 확인할 수 있다. 고려속요에 등장하는 화자들은 한결같이 이들이 놓여 있는 구체적인 사회적 관계를 보여주지 않는, 이른바 '탈사회적(asozial)' 존재로서의 성격을 보여준다.[46] 굳이 화자를 둘러싼 환경을 제시하라고 한다면, 자연적 시간과 공간 정도를 제시할 수 있을 뿐이다. 이는 서정시의 일반적 특성을 고려하더라도 매우 특이한 일이다.

그러나 이러한 탈사회적 모습을 고려속요의 한계로 지적하기보다는 이러한 탈사회적인 모습 속에서 인간 본연의 모습을 생각해 보게 하는 계기를 발견할 수도 있다. 다시 말해 고려속요를 인간과 인간의 관계의 본질에 대하여 특화된 장르라고 본다면, 인간 보편에 적용될 수 있는 사랑의 관계를 통해 인간의 속성을 확인할 수 있는 좋은 자료가 된다.

또한 인간과 인간이 맺는 가장 기본적인 관계가 사랑이라는 점, 그리고 사랑이라는 주제야말로 문학의 가장 오래되고, 강력한 주제라는 점에서 고려속요는 문학 본연의 모습을 가장 잘 구현하고 있는 장르라고 할 수 있다. 이런 점들을 충분히 고려할 때, 불안과 불안에 대한 극복의 과정으로서의 고려속요의 형상이 인간이 맺는 관계에 대한 통찰로 확장될 가능

46) 최미정, 앞의 책, p.91.

성이 마련된다.

(1) 임에 대한 태도와 인간의 관계지향성

고려속요가 인간과 인간의 관계에 초점을 둔 장르라는 점에 주목할 때 가장 먼저 확인해야 할 것이 바로 고려속요에 등장하는 '임'의 모습이다. 주지하다시피 고려속요에 이르러 비로소 '임'이 등장한다는 것은 시가사적으로도 매우 중요한 것으로 평가되고 있다. 이전 시기의 향가에 비해 이들 노래에 등장하는 임은 구체적인 인간이며, 화자에게 절대적인 사랑의 대상이다. 물론 궁중악으로서의 장르적 특성상 이들 노래에 등장하는 '임'이 임금을 환기하는 면이 있음은 앞에서 이미 살펴본 바와 같다. 그러나 임금으로서의 임이 남녀관계에서의 보편적인 임의 의미를 차용한 것이므로, 이들 작품에서의 임은 기본적으로는 인간의 본성에 따른 애정의 대상으로서의 성격이 강하다. 이런 점에서 고려속요는 보편적인 인간과 인간 사이의 관계를 노래한 것으로 볼 수 있다.

임과 화자의 관계에 대한 노래로 볼 수 있다는 점에서 이들의 관계를 이해하기 위해서는 임에 대한 화자의 태도를 자세히 살펴볼 필요가 있다. 대개의 작품들에서 임은 화자에게 절대적인 존재로 그려지고 있는데, 이렇듯 임을 절대적인 존재로 만드는 것은 바로 임을 바라보는 화자의 태도이기 때문이다.

임을 절대적인 존재로 만드는 것이 임을 대하는 화자의 태도라는 판단은 이들 작품에서 임의 구체적인 형상이 제시되지 않는다는 점을 근거로 한다. 고려속요에는 임과의 관계를 둘러싼 사회적 상황이 작품의 표면에서 거의 언급되지 않는 것처럼, 임이 어떤 존재인지에 대한 언급 역시 구체적으로 나타나지 않는다.[47] 또한 이별이 사랑하는 두 사람의 쌍방향적인 문제임에도 불구하고, 고려속요에 나타난 이별에서 임은 화자가 겪고 있는 갈등에 아무런 개입도 하지 않는 존재로 그려진다. 다만 화자가 임을 대하는 태도에서 임이 화자에게 만큼은 삶의 전체를 걸 수 있을 만큼 절대적인 존재임을 확인할 수 있을 뿐이다. 다음의 작품을 통해 그 실상을 확인해 보자.

> 돌하 노피곰 도ᄃᆞ샤
> 어긔야 머리곰 비취오시라
> 어긔야 어강됴리
> 아으 다롱디리
> 져재 녀러신고요
> 어긔야 즌ᄃᆡᄅᆞᆯ 드ᄃᆡ욜셰라
> 어긔야 어강됴리
> 어느이다 노코시라
> 어긔야 내 가논ᄃᆡ 졈그ᄅᆞᆯ셰라
> 어긔야 어강됴리
> 아으 다롱디리
>
> —<정읍사>

일단 이 노래가 행상을 떠난 남편을 기다리는 아내의 노래라는 설명을 잠시 접어 두고 화자가 말하는 그대로에 충실해 보자.[48] 이 노래가 임을

---

47) <동동>에 나타나는 임의 모습은 이러한 고려속요의 일반적 특성에서 예외가 된다. 이 작품에서 임은 '등불'과 같고, '꽃'과 같은 모습을 지닌 존재로 표현되어 그 성격을 짐작할 수 있기 때문이다. '만인을 비추는 등불'이라는 이미지에서 이 작품에서의 임은 만인으로부터 숭앙을 받을 수 있는 존재, 즉 임금을 환기할 수 있고, '남이 부러워할만한 꽃'과 같다는 이미지로부터 고결한 존재로서의 성격을 유추할 수 있다.

48) 이 노래를 행상을 나가 돌아오지 않는 남편을 기다리는 아내의 노래라고 소개한 『고려사(高麗史)』의 기록은 이제까지 이 작품의 해석에 절대적인 영향을 미치고 있다. 이러한 설화를 함께 볼 때 위 노래가 자연스럽게 풀이되는 것도 사실이다. 그러나 『고려사』의 설화적 기록을 절대적인 사실로 받아들여 이 노래 해석의 기준으로 삼는 것만이 옳은 태도인

기다리는 노래라는 것은 굳이 작품에 '임'이라는 구체적인 지칭이 등장하지 않는다 하더라도 충분히 이해할 수 있다. 하지만 화자는 임이 무엇을 하러 갔는지, 또 언제 돌아올지에 대해서 아무런 말을 하지 않는다. 임은 어떤 연유인지는 모르지만 화자를 떠난 지 오래이고, 화자는 오랫동안 임이 돌아오기만을 기다리고 있다는 사실이 드러날 뿐이다. 임과 화자 사이에는 '져재'가 있고, '즌듸'가 놓여 있어, 임이 다시 화자에게 돌아오기까지는 적지 않은 시련이 기다리고 있다. 이에 화자는 달에게 의탁하여 임이 어서 돌아오기를 소원하고 있다.

이로 볼 때, 화자가 앞으로 살아가야 하는 삶에서 임의 부재가 커다란 불안의 요소임에 틀림없다는 것을 알 수는 있지만, 임이 어떤 존재인가에 대해서는 알 수 있는 것이 별로 없다.[49] 이런 점에서 임이 절대적인 존재가 되는 것은 화자가 임에 대해서 보이는 태도 때문이다.

그런데 이렇게 화자가 임을 절대시하는 한편, 임에 대한 원망이나 질책이 잘 드러나지 않는다는 것 역시 고려속요의 특징이다. 고려속요에는 위 노래처럼 일방적인 기다림이 나타나거나 또한 임과의 이별이 어떤 갈등이나 오해에서 비롯되었다 하더라도 그 책임을 오로지 자신의 것으로 돌

가에 대해서는 다시 생각해 볼 여지가 적지 않다. 백제의 노래가 고려를 거쳐 조선시대에 기록된, 유구한 역사를 고려한다면, 노래의 전승 과정에서 이러한 설화가 자연스럽게 덧붙여졌을 것이라고 추측하는 것도 가능하기 때문이다. 일각에서는 『고려사』의 기록에 신빙성이 떨어진다는 지적도 있었다(이성주, 『고려시가의 연구』, 웅비사, 1991, p.205.의 설명 참조). 이와 함께 이 노래의 출발이 민요였다는 점을 고려한다면, 이 노래를 굳이 역사적 사실과 연결시키기보다는 작품의 표면에 보이는 대로 자유로운 상상을 발휘하는 것도 큰 문제가 되지는 않으리라 생각된다.

49) 이 노래에서 '내 가논듸'를 어떻게 해석하는가, 즉 '내가 가는 길'이라고 할 것인지, 아니면 '내 임이 가시는 길'이라고 할 것인지에 따라 작품의 분위기가 사뭇 달라질 수 있어 해석상의 논란이 있었다. 그러나 "남편의 신상을 염려해서 생긴 것이든 남편이 자기를 저버리지 않을까 하고 생각해서 얻은 것이든 모든 근심을 달에다 하소연하면서, 높이 솟은 달이 멀리까지 비추어 어둠을 물리쳐달라고 한 사연"(조동일, 『한국문학통사 2』, 지식산업사, 1994, p.137)이라고 볼 수 있기 때문에 이 상황의 근원을 화자의 불안감이라고 이해하는 데에는 특별한 문제가 없다.

리는 모습이 나타나기 때문이다.

이러한 특성은 화자가 자신이 처한 갈등에 대처하는 태도에서 잘 드러난다. 갈등에 대한 화자의 태도에서 가장 두드러지는 점은 이들 화자들이 주어진 문제를 임과 '함께'가 아니라 혼자서 짊어지고 있다는 데 있다. 물론 화자는 일어난 사태의 원인이 자신의 부정이나 잘못에 있다고 하지 않는다. 그보다는 자신의 마음이 한결같음을, 임에 대해 한 치도 소홀히 하지 않았음을 강조한다. 그럼에도 불구하고 이별을 감당해야 하는 것은 오로지 자기 자신이라 말한다.

이러한 현상을 두고 일반적으로 여성이 남성에 비해 수동적인 존재라는 특성이 반영된 것으로 이해하려는 경향도 있다. 그러나 여성을 남성에 비해 수동적인 존재로 이해하는 것은 조선시대 이래로 형성된 선입견에 따른 것으로 고려시대와 같이 남녀간의 관계가 수직적이지 않았던 시대나 또한 오늘날과 같이 남성과 여성의 위상이 서로 각자의 장점을 배려하는 방향으로 가고 있는 시대에는 적절한 관점이 될 수 없다. 실제로 몇몇의 학습자들 역시 남성과 여성의 관계에 대한 선입견에 대해서 스스로 의문을 제기하는 경우가 있었다. 다음에 소개하는 감상문은 바로 이에 대한 사례이다.

> 이 시의 전체적인 느낌은 떠나간 '임'을 그리는 여인의 모습이다. 어찌 보면 현대사회의 인스턴트 사랑과 같은 무미건조한 사랑과는 전혀 다르기에, 조금은 이질감이 들었다. 떠나가는 임을 그리는 여인의 모습. <u>요즘의 여성들도 그럴까? 아니, 나는 뭔가 아니다라는 생각을 했다.</u> (가-N-6-35)

밑줄 친 부분에서 확인할 수 있듯이 학습자는 소위 전통적인 여성상에 대한 의심을 조심스럽게 제기하고 있다. 이는 현대인으로서 느끼는 이질감이다. 학습자들이 이렇듯 전통적인 남성과 여성의 관계에 대해서 다른 생각을 표현할 수 있는 만큼 이를 좀 더 적극적으로 활용할 가능성을 생각해 볼 필요가 있다. 예컨대 이 문제는 여성 화자들이기에 갈등에 대해 수동적으로 대처한다고 폄하되어야 할 것이 아니라 이들 화자들 갈등을 바라보는 특별한 방식과 이에 따른 대처 방안의 특성을 발견함으로써 이들이 생각하는 인간관계에 대한 이해로 이어질 수도 있다.[50)]

이와 관련하여 주목할 수 있는 것이 길리건(C. Gilligan)의 주장이다. 길리건은 "여성들이 이별과 상실의 위험에도 불구하고 계속적으로 연결을 유지"하려는 경향을 가지고 있다는 것, "다른 사람들과 '결합하고자 하는 소망'에 근거를 둔 이타적 충동"을 가지고 있다는 것을 지적한다.[51)] 이렇게 볼 때 고려속요의 여성적 어조가 단지 사태를 더욱 절실하게 보여주기 위한 하나의 장치가 아니라 문제를 바라보는 관점을 보여주는 것임을 알 수 있다. 길리건은 콜버그의 도덕 발달 단계를 모델로 한 실험에서 남성이 "가치의 계층 구조를 권력의 계층 구조로 대체"시키는 반면 여성은 "가치의 계층 구조를 인간관계의 그물 조직으로 대체"시킨다는 점을 확인한 바 있다.[52)] 여성은 문제 상황에서 상대방에 대한 배려를 가장 먼저 고려한다는 것이다. 이것을 '관계지향적 태도'라 말할 수 있다.

이러한 관계지향적 태도는 고려속요의 소통 구조와 화자의 목소리에서 잘 확인된다. 화자가 어떤 화자에게 어떤 메시지를 전달하고자 하는 것인

---

50) 심리학에서는 인간이 가지고 있는 보편적 욕구를 존재욕구, 사회적 욕구, 자아실현 욕구 등으로 분류한다. 그런데 인간이 사회적 존재라는 점에서 인간관계적 욕구는 인간의 삶에서 가장 중요한 욕구라고 볼 수 있다(김석회·홍찬표, 『인간관계 개발』, 무역경영사, 2007, p.28). 이런 점에서 고려속요에 나타나는 인간관계에 대한 집착은 인간의 본성을 진솔하게 드러내고 있는 요소라고 평가할 수 있다.

51) C. Gilligan, *In a different voice : psychological theory and women's development*, 허란주 역, 『다른 목소리로』, 동녘, 1997, pp.110-111 참조.

52) C. Gilligan, 위의 책, p.88.

가 하는 것이 작품의 소통구조이다. 고려속요에서 이러한 소통구조의 기본은 화자인 '나'가 '명령, 요청, 권고, 애원, 질문, 의심 등의 능동 기능을 나타내는 어조'로써 상대방인 '임'에 대해 발화하는 구조라고 할 수 있기에 고려속요의 발화는 청자지향적 발화이다.[53] 그리고 이러한 청자지향적 발화가 지향하는 것은 청자의 공감이다.[54] 물론 이때의 청자는 '나'의 상대로서의 '임'일 수도 있고, 실제 연행 상황에서의 청자일 수도 있다. 그러나 청자를 어느 쪽으로 보든 간에 고려속요의 발화가 세계와 단절된 절대적인 자아의 발화가 아니라 누군가와 관계를 맺고 있는 여성적 화자의 발화라는 점은 분명한 사실이다.

이런 점들을 고려할 때 고려속요에는 여성의 시각으로 세계를 본다는 특성이 있음을 알 수 있다. 다시 말해 고려속요의 심층에는 관계지향적 태도를 지닌 여성의 입장에서 세상을 봄으로써 자신을 둘러싼 인간관계에 대한 해결을 모색한다는 특징이 있는 것이다. 그리고 모든 인간에게는 여성성과 남성성의 양면이 존재한다는 점을 고려할 때 이 같은 관계지향적 태도는 비단 여성에게만 나타나는 것이 아니라 인간이라면 누구나 가지고 있는 삶에 대한 태도로 확장해 볼 수 있다. 따라서 고려속요에 나타난 화자의 특정한 태도, 즉 자기 자신의 심리적 해결로서 문제를 해결하고자 하는 경향에서 인간의 관계지향성을 인간의 보편적 속성의 하나로 제시할 수 있다.[55]

---

53) 염은열, 「고려속요의 미적 구조에 관한 연구」, 서울대학교 석사학위논문, 1993, p.27.

54) 염은열, 위의 글, p.28.

55) 고려속요가 이별에 함몰되어 슬픔을 드러내는 것에 머무는 것이 아니라 삶의 건강성을 확보하고자 하는 속성을 가지고 있다는 것은 고려속요가 '노래'로서 가지는 특성이기도 하다. 노래를 통해 자신의 아픔을 표현하고 이를 다른 사람과 소통한다는 것은 결코 삶을 포기하는 자세라고 하기 어렵기 때문이다.

(2) 임의 부재와 인간의 유한성

고려속요에서 삶의 문제란 기본적으로 임과의 관계가 원만하지 않은 데서 비롯된다. 고려속요의 갈등, 즉 체험의 동인이 이별에 있음은 주지의 사실이며 이러한 사랑과 이별의 모습은 더 나아가 우리 민족의 원형적 정서라고 평가되기도 한다. 사랑을 주제로 한 경우 고려속요의 화자들이 추구하는 것은 한결같이 임과 영원히 함께 있는 것뿐이다. 그러나 이러한 소망은 임의 변심이나 또는 상황의 어쩔 수 없음으로 인해 좌절된다. 여기에서 고려속요가 이별을 통해 인간이 무한한 욕망과 그러한 욕망을 충족시킬 수 없는 현실적 제약 사이에서 갈등을 겪는 존재임을 드러낸다는 점을 알 수 있다.56)

이에 고려속요에 나타난 이별의 양상에 대한 분석을 통해 이러한 특성을 좀더 자세히 살펴보기로 한다. 먼저 다음의 사례를 통해 그 실상을 확인해 보기로 하자.

어름 우희 댓닙자리 보와
님과 나와 어러 주글만뎡
어름 우희 댓닙자리 보와
님과 나와 어러 주글만뎡
정둔 오ᄂᆞᆳ범 더듸 새오시라 더듸 새오시라

— <만전춘별사>, 1연

<만전춘별사>는 위와 같이 연인과의 뜨거웠던 사랑의 순간을 강렬하

56) 결과적으로 이들 작품들은 대체로 "가변적(可變的)이고 존재하지 않는 님과의 사랑을 실현하고 나아가 그 사랑을 영속화(永續化)해 보려는 의지를 담고 있어 비극적이되, 그러한 의지가 인간의 본능적 욕망에 기초하므로 본질적으로 우아(優雅)"한 세계를 보여 주고 있다. 김학성, 『한국고전시가의 연구』, 한국학술정보(주), 1980, p.165.

게 환기하는 것으로 시작하여 임이 떠나고 난 뒤의 외로움, 그리고 임과의 합일에 대한 소망 등을 순차적으로 형상화하고 있는 작품이다.[57] 임과 이별한 사람의 고독과 소망을 여실히 보여주고 있다는 점에서 이 작품은 여타의 작품들과 크게 다르지 않다.

그런데 위에 인용한 부분에서 화자의 사랑이 어떤 성격의 사랑이었는가에 대해 좀 더 깊이 있게 생각해 볼 여지가 있다. 마치 '불꽃 속으로 뛰어들어 제몸을 불태우는 나방이같은 사랑', '내일이 없는 사랑'의 모습을 보여준다는 점에서 이들의 사랑이 애초부터 '금지된 사연(邪戀)이거나 항구적일 수 없는 불안한 사랑'이라는 것이 작품의 첫 장면에서 강하게 각인되고 있기 때문이다.[58] 다시 말해 얼음위의 정사나 죽음을 불사하는 화자의 열정적인 사랑은 이들의 사랑이 정상적인 부부의 공간에서 이루어질 수 없는 것임을 말해 준다.[59] 마지막 연에서 화자의 소망이 드러난 영원한 사랑의 공간이 또한 이에 대한 증거가 된다.

표면적으로 나타나는 정도의 차이는 있으나 다른 작품에서도 근본적으로 이러한 사정은 마찬가지이다. 예컨대 <서경별곡>의 화자는 길쌈하던 베를 버리고서라도 임을 따르고자 한다. 그럼에도 불구하고 임은 강을 건너자마자 다른 '꽃'을 따는 것이 당연한 존재이다. 이는 무엇을 말하는가? 단지 바람기 많은 남성과 사랑에 빠졌다는 말은 아닐 것이다. 그보다는 화자와 임과의 관계는 애초부터 영원을 약속할 수 있는 정상적 관계가 아니라 이미 잠깐 동안이라는 단서가 붙어 있는 상태라고 보는 것이 타당하지 않을까?[60]

---

57) 이 작품에서 나타난 화자의 심리 상태에 대한 분석은 현혜경, 「<만전춘별사>에 나타난 화합과 단절」, 김대행 외, 『고려시가의 정서』, 개문사, 1995, pp.215-221 참조.

58) 이어령 · 정병욱, 『고전의 바다』, 현암사, 1982, p.91.

59) 성현경, 「<만전춘별사>의 구조」, 한국어문학회 편, 『고려시대의 언어와 문학』, 형설출판사, 1974, p.380.

물론 <정읍사>처럼 '비정상적인 사랑'의 예라 하기 어려운 작품이 있는 것도 사실이다. 배경 설화를 인정하여 이 노래를 부부간의 노래로 볼 때, 이 노래는 일을 나간 남편을 기다리는 아내의 마음이 절절히 드러난 것으로 볼 수 있다. 그러나 그렇게 본다고 하더라도 이 작품 역시 보편적인 부부의 모습으로 기대할 수 없는 양상이 드러난다. 이들 부부의 삶은 남편이 행상을 나간다는 것에서 알 수 있듯이 이미 만남과 헤어짐이 반복되는 구조로 되어 있기 때문이다.

결국 고려속요의 사랑에는 이미 이별이 전제되어 있다는 특성이 있다.[61] 그런데 이러한 이별의 모습을 좀더 확장해 보면 이렇듯 이별을 전제한 사랑은 비단 고려속요의 사랑만이 아니라 모든 사랑이 가지고 있는 기본적인 속성의 하나이다. 사람은 태어나면서 죽음을 향해 가듯이 인간의 사랑은 이별을 전제하지 않는 사랑이 아닐 수 없다. 결국 이별이 전제되지 않은 사랑은 없는 셈이다. 여기에서 인간의 유한성이 드러난다. 이러한 인간의 유한성은 인간의 욕망이 무한한 것에 비해 인간이 현실적으로 수많은 제약 속에서 살아간다는 것을 보여주는 좋은 사례가 된다.

이러한 인간의 유한성은 앞서 살펴본 인간의 관계지향성과 서로 긴장 관계에 있는 인간의 또 다른 속성이다. 고려속요를 두고 보더라도 인간의

60) 이런 점에서 고려속요의 작자를 '기녀'라는 특정한 집단으로 한정하는 이영태의 주장 역시 나름대로의 설득력을 갖는다. 그는 모든 기녀들이 공유하고 있는 특성으로 '님의 부재'와 '수동적 성향'을 지적하면서 이러한 두 가지 요소가 고려속요에 나타난 사랑의 특성을 설명해 준다고 주장한다(이영태, 『고려속요와 기녀』, 경인문화사, 2004, pp.11-12 참조). 물론 고려속요의 작자를 이렇듯 기녀로 한정하는 것은 아닌 이론의 여지가 있으나, 이렇듯 고려속요의 사랑이 보통의 사랑과는 다른 특성을 갖는다는 점을 밝히는 데 이러한 연구의 효용이 있다.

61) 고려속요에서 임과 화자 사이의 단절을 '부재하는 님'과 '연약한 자아와 절대적인 님'으로 나누어 살펴본 연구가 있어 소개한다. 이에 의하면 고려속요에 나타나는 임은 '떠나가는 님'이거나 '떠나있는 님', 혹은 '떠남이 전제된 님'으로 나누어 볼 수 있다. 정진형, 「고려가요의 단절과 화합」, 임기중 엮음, 『고려가요의 문학사회학』, 경운출판사, 1993.

유한성과 이에서 비롯되는 임의 부재, 삶의 한계 상황을 극복하는 방법으로 고려속요의 화자들이 채택하고 있는 것이 바로 관계지향적 태도라는 것을 알 수 있다. 즉 관계지향성은 인간의 기본적 속성이면서 또한 삶의 한계 상황에서 그것을 극복하기 위한 노력이기도 하다.

그런데 이와 함께 조금 더 생각해 볼 요소로 고려속요에 등장하는 피안에 대한 지향을 들 수 있다. 고려속요의 시간과 공간을 종합적으로 고찰한 조연숙의 논의에 따르면 고려속요는 '여기 · 현재부정의 시공 의식'을 보이면서 '갈구와 기원의 정서'를 담고 있는 작품과 '여기 · 현재긍정의 시공의식'을 보이면서 '송찬 · 환락의 정서'를 담고 있는 작품군으로 나누어 볼 수 있다.[62] 이 논문에서 주로 다루고 있는 작품들은 대체로 전자에 속한다.

그렇다면 이들 노래에서 등장하는 '여기부정', '저기긍정'의 패턴, 즉 피안에 대한 지향은 다소 이해하기 어려운 면이 있다. 삶의 한계 상황을 관계 지향적 태도를 통해 극복하고자 한다면 저기가 아닌 여기를 긍정하는 태도가 드러나야 하기 때문이다. 이렇게 보면 결국 피안지향성이란 고단한 삶을 잠시 위로하기 위한 것이지 실제로 여기를 떠나 저곳으로 가야겠다는 의지가 발현된 것이라 하기 어렵다. 피안은 '저 먼 곳 어딘가'에 있는 아늑한 공간과 시간이기에 여기를 실제로 대체할 수 있는 공간이 아니다.

예컨대 <청산별곡>의 화자가 직접적으로, 혹은 상상적으로 경험하는 '산'이나 '바다'가 화자가 머무를 수 있는 공간이 아니라는 것은 화자가 이미 잘 알고 있는 사실이다.[63] 따라서 이 작품의 화자가 피안을 소망한

62) 조연숙, 『고려속요 연구』, 국학자료원, 2004, p.133.

63) 이 작품에 나타난 '산'과 '바다'를 화자가 직접 가 본 곳으로 이해할 것인가, 아니면 상상의 공간으로 볼 것인가의 문제가 제기될 수 있는 것 역시 이와 관련하여 생각해 볼 수 있다. 이 작품에서 중요한 것은 실제로 가 보았는가가 아니라 현실에 대한 피안을 꿈꾸기

다는 것과 이 작품이 현실에 대한 강한 참여 욕구를 드러내고 있는 것은 서로 모순이 되지 않는다. 인간의 유한성에서 빚어지는 비극에 대해 피안을 꿈꾸는 것은, 생각하기에 따라서 가장 손쉬운 대안이기 때문이다. 그러나 이러한 대안은 결국 현실의 비극성을 실제로 벗어나게 해 주는 것이 아니기 때문에 화자의 눈은 언제나 여기와 지금으로 돌아올 수밖에 없다. 이런 점에서 앞에서 살핀 관계지향성에 비해 피안지향성은 인간의 유한성에 대한 근본적인 해결책이 아니라 잠깐 동안의 상상적 자위에 불과한 것임을 알 수 있다.

이상에서 살펴본 것처럼 고려속요는 인간의 유한성에서 비롯된 비극에 대한 적극적인 대응으로서의 관계지향성이 내재되어 있다. 이러한 인간의 속성에 대한 깨달음이야말로 언제 어디서나 인간이라면 늘 자각하고 있어야 하는 인간에 대한 이해이며, 오늘날의 학습자들에게 역시 유의미한 깨달음이다.

물론 인간의 유한성을 무조건 긍정적으로 보아야 한다거나, 인간의 관계지향성이 이에 대한 유일한 대응 방안이라고 주장할 수는 없다. 그러나 인간의 유한성이 역설적으로 인간의 가능성을 보여주고, 또한 인간의 노력, 의지 등을 촉발하는 계기가 된다는 점이나 인간의 유한성을 극복하기 위한 적극적인 태도로서 관계지향성의 효용에 대한 발견이 인간에 대한 더 깊은 이해를 도모하는 데 도움이 되는 것은 분명하다.

마련인 인간의 심리가 나타난 데 있기 때문이다.

3. 삶에 대한 태도

1) 자기실현을 위한 삶에 대한 태도

문학은 개인이 속한 세계에 대한 정밀하고 보편적인 분석을 추구하는 '철학적 텍스트'가 아니라 다른 어떤 것으로도 대체될 수 없는 '개별적'인 것이기 때문에 세계가 어떤 곳인지를 감상자에게 직접적으로 말해주지는 않는다. 세계에 대한 이해를 추구하는 철학적 텍스트에 비해 문학은 작자에 의해 창조된 독특하고 개별적인 세계를 제시할 뿐이다.[64] 하지만 문학은 세계의 일부, 혹은 전체를 보여 줌으로써 그것을 보는 사람들이 자신이 속한 세계 전체에 대해 자유롭게 생각해 볼 기회를 준다.[65] 따라서 감상자는 문학 작품을 통해 지금 있는 그대로의 세계로부터 새로운 세계를 창조할 희망, 즉 지금 있는 세계를 초월한 또 다른 세계에 대한 희망을 가질 수 있다.[66] 우리가 문학으로부터 궁극적으로 획득하고자 하는 감동도 바로 여기에 있다.

이러한 감동은 각성에 의한 감동이라 할 수 있다. 일찍이 듀이가 하나의 경험에서 "모든 종결은 하나의 각성(awakening)"[67]이라고 지적한 대로, 각성은 문학 감상을 하나의 경험으로서 완결시키는 최종적인 단계이다. 이 단계에서 학습자는 이전 단계에서 획득한 타자와의 일체감이나 인간에 대한 깨달음을 바탕으로 자신이 속한 세계를 새롭게 인식하고, 나아가

---

64) 박이문, 『문학과 언어의 꿈』, 민음사, 2003, p.27.

65) 사르트르에 의하면 문학과 같은 "창조적 행위는 몇몇 대상들을 생산하거나 재생산함으로써 세계 전체의 탈환을 겨냥하는 것"이다. 즉, 문학을 비롯한 예술의 목적은 있는 그대로의 세계를 그 안에 근원으로서 자리잡은 인간의 자유와 함께 보여줌으로써 이를 향유하는 인간이 존재를 재획득하도록 유도하는 것이다. J. P. Sartre, *Qu'est-ce que la littérature*, 정명환 역, 『문학이란 무엇인가』, 민음사, 1998, p.82.

66) 박이문, 위의 책, p.98.

67) J. Dewey, *Art as experience*, 이재언 역, 『경험으로서의 예술』, 책세상, 2003, p.130.

자기 쇄신의 경험을 획득한다. 이는 특히 작품이 보여주는 세계에 대한 태도를 자기에게 전이하여 세계를 보는 안목을 새롭게 하는 데에서 비롯된다. 이렇게 획득된 새로운 안목을 통해 세계와 삶에 대해 새롭게 인식하고, 이로부터 얻은 깨달음을 자신의 인격으로 '정착'시키는 것이 문학 감상의 최종적인 단계로서의 삶에 대한 각성이다. 이 단계를 거침으로써 학습자는 인간 고유의 자기 실현적 욕구를 실현하여 "가장 행복하고 가장 감동적인 순간일 뿐만 아니라 최대한 성숙되고, 개별화되고, 충만한, 다시 말해 가장 건강한 순간"으로서의 '절정경험'[68]을 가질 수 있다.

이러한 각성의 경험을 하기 위해 학습자가 감상해야 하는 중요한 요소가 바로 작품에 투사된 삶에 대한 태도이다. 다시 말해 작품의 인물이나 화자가 자신이 처한 구체적인 상황에 대해, 그리고 그러한 상황을 야기하는 보편적인 삶의 조건을 어떻게 받아들이고 있는가를 유심히 살필 필요가 있다.

문학은 일반적으로 보통 사람들이 일상생활에서 겪게 되는 일보다 더욱 '격렬한', 또는 '극한적인' 수준의 사건이나 상황을 제시하는 경우가 많다.[69] 물론 이는 감상자에게 좀 더 강렬한 자극을 제공함으로써 자신의 작품을 더 많이 읽히려는 좋지 못한 동기가 개입된 것일 수도 있다. 그러나 이른바 고전의 반열에 오른 작품들 역시 평범한 생활의 범주를 넘어서는 경우가 상당하다는 사실을 통해 문학이 본질적으로 일상적인 경험의 수준을 넘어서는 특성이 있음을 확인할 수 있다.

문학이 이러한 특성을 가지는 것은 문학의 출발이 대부분 '실존적인 동기'에 있다는 것과 관련된다. 예컨대 비극의 고전으로 일컬어지는 소포클레스의 <오이디푸스 왕>이 아들이 아버지를 죽이고, 어머니와 결혼하여

68) A. H. Maslow, 앞의 책, p.223.
69) 김우창, 「문학의 즐거움과 쓰임」, 김우창 외, 『문학의 지평』, 고려대학교출판부, 1991, p.11.

자식을 낳는 이야기라고 하여 이 작품을 말초적인 자극을 추구하는 것이라 하는 사람은 없다. 이는 이 작품이 인간의 보편적 조건이 만들어낼 수 있는 가장 극단적인 경우를 통해 인간의 실존적 고민과 선택을 제시한다고 보기 때문이다.

이렇듯 '실존적인 동기'를 가진 문학 작품은 인간이 처한 현실을 극한까지 밀고가면서 "삶의 한계를 더듬어보는 일"[70]을 하고 있는 것이다. 이 과정에서 작중의 인물이나 화자, 혹은 서술자를 통해 나타나는 삶에 대한 태도는 이러한 한계에 공감하거나 혹은 거부하는 감상자에게 역시 스스로의 선택을 요구한다. 물론 감상자는 작품에 투사된 삶에 대한 태도를 그대로 자신의 것으로 받아들일 필요가 없다. 오히려 감상자는 '나라면' 어떤 선택을 할 것인가에 대해 고민하는 것이 옳다.

이렇게 보면, 학습자가 자기가 처한 세계에 대해 자기 나름의 관점을 형성함으로써 자아 실현에 한발 더 다가갈 수 있도록 하는 것으로서의 좋은 문학 작품은 정교한 짜임새나 참신한 수사에 따라 결정되기보다는 그것이 보여주는 인간과 세계의 가능성에 따라 선별될 수 있다. 작품이 보여주는 세계를 통해 학습자가 인간과 세계에 대한 신뢰를 회복하고, 자기 스스로의 삶을 더욱 가치 있게 가꿀 수 있는 힘을 기를 수 있도록 하는 것이야말로 문학의 중요한 기능이자, 자기실현을 추구하는 학습자로서 기대하는 문학 작품의 모습이기 때문이다. 이런 이유에서 문학은 인간의 도덕적 가치판단과도 매우 밀접한 관련을 맺는다.[71] 어떻게 살 것인가의 문

70) 김우창, 앞의 글, p.13.

71) 문학을 감상하는 일은 단지 작품의 '미적 특성'을 향유하는 것보다 훨씬 넓은 의미를 갖는 것으로, 인간이 보편적으로 추구하는 '진선미(眞善美)' 모두에 걸쳐 있다. 작품이 얼마나 형식적으로 잘 짜인 구조를 갖는지, 그리고 얼마나 아름다운 언어를 창조하고 있는지를 느끼고 향유하는 것은 분명 문학 감상의 일부이지만, 작품으로부터 세계에 대한 앎을 획득하고, 또한 삶에 대한 가치 판단의 기준을 생각하는 것 역시 문학 감상에 포함되기 때문이다.

제는 결국 자신의 삶에서 어떤 기준으로 무엇을 취하고, 또한 배제할 것인가라는 선택의 문제이고, 여기에 직접적으로 개입하는 것이 바로 도덕적 가치 판단이기 때문이다.

요컨대 문학은 다양한 선택의 상황을 제시하고 작중의 인물이나 화자, 혹은 서술자를 통해 이러한 상황에 대한 특정한 태도를 제시한다. 그리고 이러한 태도는 흔히 무엇이 옳고 그른가에 대한 가치판단이 전제되는 것으로, 학습자가 자기실현을 위해 문학 작품으로부터 반드시 확인해야 하는 요소가 아닐 수 없다.

2) 고려속요에 투사된 삶의 태도

이제 앞에서 논의한 문학에 투사된 삶에 대한 태도의 구체적인 모습을 고려속요를 통해 살펴보자. 그런데 고려속요에 투사된 삶의 태도를 교육적인 차원에서 논의하고자 할 때, 흔히 가지게 되는 의구심이 있어 먼저 간략히 언급할 필요가 있다. 표면적으로 볼 때 고려속요는 결코 긍정적인 세계를 소재로 삼지 않을 뿐더러, 심지어 <쌍화점>과 같이 도덕적 일탈을 다루고 있는 작품이 등장할 정도로 도덕적 가치에 연연해하지 않는 듯한 모습을 보이고 있다. 이런 면에서 과연 고려속요가 삶에 대한 태도를 논의하는 데 교육적으로 적절한 제재인지에 대해 의심할 수 있다.

그러나 문학이 도덕적 가치를 갖는 것은 삶에 대한 풍부한 통찰력을 제공하기 때문이지 특정한 도덕적 가치를 직접적으로 전달하기 때문이 아니다.[72] 문학의 진정한 가치는 어떤 소재를 취하는가보다 그러한 소재를 다루는 태도에 있다. 따라서 고려속요가 담고 있는 삶의 자세나 세계에 대한 태도에 대해 불필요한 선입견을 가질 필요는 없다. 특히 앞에서 살

72) A. Sheppard, *Aesthetics*, 유호전 역, 『미학개론』, 동문선, 2001, pp.213-214 참조.

펴본 대로 고려속요가 궁중악으로서 상하를 아우를 수 있었던 것이 단지 '흥겨운 연행'이라는 특성에서만 비롯된 것이라 할 수 없기에 이들 작품에 투사된 삶의 자세에 대해 좀 더 세밀한 검토가 요구된다.

(1) 현실에 대한 긍정

태도는 어떤 대상에 대한 마음의 상태[73]를 의미하는 것으로 좀더 구체적으로 말하자면 어떠한 대상에 대한 믿음, 느낌 그리고 행위 의도가 결합되어 있는 정신적 준비상태를 의미한다.[74] 이러한 태도에 따라 인간은 자신의 삶의 과정에서 무엇을 취하거나 버리는 등의 선택을 하게 된다. 태도를 이렇게 본다면 대체로 문학 작품에 나타나는 삶의 태도 역시 주어진 갈등 상황 속에서 등장인물이나 화자가 무엇을 중요하게 생각하는지, 그리고 이에 따라 어떤 선택에 이르게 되는지를 확인함으로써 그 모습이 분명해지리라 생각한다.

고려속요가 공통적으로 임과의 만족스럽지 못한 상태에서 오는 불안과 그러한 불안에 대한 심리적 대응을 다루고 있다는 점에서 고려속요에 나타난 삶의 태도는 화자가 자신의 존재를 위협하는 이별의 상황을 어떻게 받아들이고, 그리고 그러한 상황에 대처하기 위해 무엇을 취하고 무엇을 버리는가에 잘 나타나게 될 것이다. 이를 먼저 <만전춘별사>를 통해 확인해 볼 수 있다. 이 노래는 '죽음보다 강한 사랑의 열정과 희열', '이별하여 홀로 있는 사랑의 고독', '사랑의 배신에서 오는 한', '무절제한 사랑에 대한 냉소', '이별 없는 영원한 만남' 등 그야말로 다채로운 사랑의 모습[75]을 시간의 순서에 따라 순차적으로 드러내고 있다는 점에서 이별에

73) R. M. Gagné, *The conditions of Leaning and Theory of Instruction*, 전성연·김수동 역, 『교수-학습 이론』, 학지사, 1998, p.280.

74) 황규대 외, 『조직행위론』, 박영사, 1999, p.48.

대한 화자의 태도나 대응을 종합적으로 살펴보는 데 매우 효과적이기 때문이다.

어름 우희 댓닙자리 보와 님과 나와 어러 주글만뎡
어름 우희 댓닙자리 보와 님과 나와 어러 주글만뎡
정情둔 오ᄂᆞᆳ범 더듸 새오시라 더듸 새오시라

경경고침상孤枕上애 어느ᄌᆞ미오리오
셔창西窓을 여러ᄒᆞ니 도화桃花ㅣ 발發ᄒᆞ두다
도화桃花ᄂᆞᆫ 시름업서 쇼춘풍笑春風ᄒᆞᄂᆞ다 쇼춘풍笑春風ᄒᆞᄂᆞ다

넉시라도 님을 ᄒᆞᆫᄃᆡ 녀닛景 너기다니
넉시라도 님을 ᄒᆞᆫᄃᆡ 녀닛景 너기다니
벼기더시니 뉘러시니잇가 뉘러시니잇가

올하올하 아련비올하 여흘란 어듸두고 소해 자라온다
소콧 얼면 여흘도 됴ᄒᆞ니 여흘도 됴ᄒᆞ니

남산南山애 자리 보아 옥산玉山을 벼여 누어
금수산錦繡山 니블 안해 사향麝香각시를 아나 누어
남산南山애 자리 보아 옥산玉山을 벼여 누어
금수산錦繡山 니블 안해 사향麝香각시를 아나 누어
약藥든 가슴을 맛초압사이다 맛초ᄋᆞᆸ사이다

아소 님하 원ᄃᆡ평생遠代平生애 여힐술 모ᄅᆞᄋᆞᆸ새

— <만전춘별사>

75) 이어령·정병욱, 『고전의 바다』, 현암사, 1982, p.97.

이미 언급한 대로 위 노래는 시간의 순서에 따라 이별 전과 이별 후의 상태, 그리고 미래에 대한 소망을 제시하고 있다.[76] 과거의 뜨거웠던 사랑에 비해 현실의 오늘은 '경경고침상孤枕上애 어느ᄌᆞ미오리오'라고 한탄할 수밖에 없는 외로운 밤이다. 그리고 5연에서 매우 환상적으로 표현되었듯이 화자는 지금 이곳의 부정적인 현실을 모두 치유할 수 있는 더 따듯하고 확대된 이상적 시공간에서의 이상적 화합의 상태를 소망하고 있다. 즉 이 작품은 "현실에서의 완전하지 못한 일시적인 사랑 → 사랑의 좌절과 갈등 → 우주적이고 영원한 사랑으로의 상상적 비약"[77]이 전개되고 있는 것으로 볼 수 있다.

그런데 이 작품에서 화자가 지금 여기가 아닌 이상적인 시공간을 꿈꾼다고 해서 화자가 현실을 부정하고 있는 것이 아니라는 점 역시 이 작품에서 확인할 수 있는 모습이다. 물론 화자가 "욕망이 좌절된 현실에서 이를 보상하고자 상상의 세계로 비상하여 화려한 꿈을 나라를 그려 보고" 있다는 것은 의심할 여지가 없으며, 그러한 소망이 간절할수록 현실에서의 화자의 비극은 더욱 강조될 수밖에 없다.[78] 그러나 5연에서 그려진 이상적인 모습은 지금 이곳에서 사랑이 다시 이어지기를 바라는 간절한 마음이 환상적으로 표현된 것이지 이곳에서의 사랑을 포기하는 것이 아니다. 따라서 현실에서의 비극에도 불구하고 현실을 부정하지 않는 화자의 모습을 확인할 수 있다. 만일 화자가 삶에 대한 좌절에 따라 현실을 부정

76) 1연에 나타난, 얼음위에 댓잎자리를 보아 마련한 죽음을 불사한 사랑의 모습은 비록 '오ᄂᆞᆳ범'이라는 현재의 시제로 나타나 있지만, 이어지는 구절에 비추어 볼 때 과거의 모습을 회상한 것이라 보는 것이 적절하리라 생각된다.

77) 현혜경, 앞의 글, p.220.

78) 비록 얼음 위에 차린 보잘것 없는 '댓닙자리'가 화려한 '금수이불'로 대체되었지만, 현실적으로 화자의 처지에는 아무런 변화가 없기 때문에 화자의 바람은 더욱 비극적인 느낌을 준다. 박노준, 「<만전춘별사>의 제명과 작품의 구조적 이해」, 『고려가요의 연구』, 새문사, 1990, p.263.

하고, 이를 이상이나 이념으로써 극복하고자 했다면 내세에 대한 염원과 같은 종교적인 차원에서의 대응이 나타날 가능성이 높다. 그러나 이 노래가 제시하고 있는 것은 아무래도 "인간적이며 현세적인 차원에서의 남녀간의 성애적(性愛的) 사랑"[79]이다. 결국 6연에서 시상을 종결하며 제시된 소망, 즉 원대평생에 헤어지지 않고 지냈으면 좋겠다는 진술은 1연과 수미쌍관을 이루어 '현세적인' 소망을 드러내고 있다.

이렇듯 이별에도 불구하고 다시금 영원한 만남을 꿈꾸는 화자의 모습으로부터 "무수한 이별을 겪음으로써 영원히 이별을 모르는 세계에 당도하는"[80] 역설이 나타난다. 다시 말해 고통을 제거하는 것이 아니라 고통의 연속을 받아들임으로써 영원에 좀 더 가까이 다가가게 된다는 것이 <만전춘별사>가 드러내고 있는 삶의 방식이다. 그리고 이러한 삶의 방식은 고통이 없는 이상향으로의 완전한 탈출을 지향하는 태도에 비해 지금 이곳의 가치를 어떻게 해서든 긍정하고 이곳에서의 삶을 지속하고자 하는 현세주의적 태도라 할 수 있으며, 고려속요를 통해 일관되게 확인할 수 있는 삶에 대한 태도이다.

<가시리>, <정읍사>, <정석가> 등은 <만전춘별사>와 마찬가지로 앞으로 임과의 재회가 이루어질 수 있다는 믿음을 통해 현실의 고통을 이겨내고자 하는 노력이 두드러지는 작품들이다. 이들 작품에 나타나는 재회에 대한 믿음, 임과의 약속에 대한 한없는 믿음은 바로 작품의 화자들이 지금의 고통을 이겨내는 근거가 된다.

그러나 같은 현세주의적인 태도를 보인다 하더라도 <서경별곡>처럼 앞으로 임과 다시 재회할 수 있다는 희망을 보이기보다는 그 반대로 임과 재회하기 어려운 상황에 대한 비극적 각성을 보이는 경우도 없지 않

---

79) 현혜경, 앞의 글, p.223.
80) 이어령·정병욱, 앞의 책, p.97.

다. 그리고 비극적 현실을 깨닫는 것으로 마무리된다는 점에서 <서경별곡>이 드러내고 있는 것은 이곳의 가치에 대한 긍정이라고 보기 어려운 면이 있다. 그러나 자기 자신이 처한 현실에 대한 각성은 가장 냉정한 수준에서 지금 이곳에서의 삶을 다시 모색할 수 있는 근거가 된다는 점에서 이상향으로의 탈출이 아니라 오히려 지금 이 곳에 대한 새로운 인식을 가능하게 한다. 따라서 이 작품 역시 현실을 부정하는 것이 아니라 현실을 받아들이기 위한 과정을 다양하게 드러내는 것이라 이해할 수 있다.

<서경별곡>과 같은 성격을 갖는 것으로 <동동>과 <청산별곡>이 있다. 임이 가져다 들어야 할 '져'를 엉뚱하게도 다른 사람이 채가는 모습에서 냉정한 현실을 확인하는 <동동>의 화자나, 방황의 끝에 술을 앞에 두고 '내 엇디 ᄒᆞ리잇고'라고 내뱉는 <청산별곡>의 화자는 모두 지금 있는 그대로의 현실을 처절하게 각성하고 있는 중이라 할 수 있다. 그러나 자연의 순환에 자신을 동화시킴으로써 현실의 삶을 긍정하고 지속하는 모습이 나타내는 <동동>의 화자나 피안으로의 (상상적) 도피를 거쳐 다시 이곳으로 돌아와서 있는 그대로의 삶을 받아들이는 <청산별곡>의 화자 모두 아직 출구를 제대로 찾은 모습이라고 할 수는 없더라도, 지금 이곳을 긍정하고자 하는 태도를 보이는 것이라 할 수 있다.

이러한 현세주의적 세계관은 자신이 처한 세계를 인정하고 그 안에서 삶의 지속을 추구하는 인간적인 삶의 방식을 가능하게 한다. 이제까지 고려속요를 통해 확인한 것처럼 그것은 삶에 대한 의지와 무관하지 않다. 따라서 고려속요의 현세주의는 소극적인 좌절이 아니라 적극적인 현실타개의 모습을 띠고 있는 것이 특징이라고 할 수 있다. 그리고 이러한 의지가 구체화된 것이 앞서 살펴본 <만전춘별사>의 역설이다.

이런 면에서 고려속요에서 현세의 삶을 강조하는 것은 현세의 삶을 구성하는 요소들, 즉 자신의 현재 삶을 구성하는 요소들에 대한 애정과 관심이 매우 강하다는 것을 보여주는 증거가 된다. 그리고 넓게 보아 우리 민족이 조화를 강조하는 것 역시 이러한 현세중심의 사고와 무관하다고 할 수 없다. 현재 삶을 구성하는 요소에 대한 애정이 각별함으로 인해 그러한 다양한 조건들의 어느 하나도 놓칠 수 없는 것이 된다. 다양한 조건들이 공존하기 위해서는 조화를 추구하지 않을 수 없기 때문이다.[81]

(2) 발상의 전환

앞에서 살핀 삶에 대한 긍정으로서의 현세주의적 태도는 일종의 세계관으로서, 삶에서 부딪치는 갈등에 대처하는 자세에서 더욱 구체적으로 드러난다. 특히 고려속요에서는 이별이라는 갈등에 대처하는 자세로서 발상을 전환하여 사태를 바라보려는 노력을 보이고 있다. 다음의 작품을 통해 그 구체적인 양상을 확인할 수 있다.

삭삭기 셰몰애 별헤 나는
삭삭기 셰몰애 별헤 나는
구은 밤 닷 되를 심고이다
그 바미 우미 도다 삭나거시아

---

81) 동양인과 서양인의 생각의 차이를 실험적으로 연구한 결과에 따르면 동양인은 서양인에 비해 사회적인 존재로서의 자아 개념이 강하게 발달해 있다고 한다. 또한 동양인은 인간관계 속에서 조화를 이루기 위해 지속적으로 자기 비판을 하는 한편, 서양인은 개성을 중시하며 자신을 긍정적으로 평가하는 경향을 보인다고 한다. 이는 동양인의 삶에서 자기가 맺고 있는 다양한 관계가 매우 중요한 의미를 갖는다는 사실을 증명해 준다. 필자는 이러한 특성과 현세주의적인 삶의 태도 사이에 상관 관계가 있다고 생각한다. 그러나 이를 논증하기 위해서는 고려속요를 넘어선 매우 광범위한 자료에 대한 검토가 필요하기에 이에 대한 논의는 다음 기회로 미룬다. R. E. Nisbett, *The geography of thought : how Asians and Westerners think differently and why*, 최인철 역, 『생각의 지도 : 동양과 서양, 세상을 바라보는 서로 다른 시선』, 김영사, 2004, 2장 참조.

그 바미 우미 도다 삭나거시아
有德ᄒᆞ신 니믈 여ᄒᆡᄋᆞ와지이다

—<정석가>

<정석가>가 드러내는 심리가 송도에 있을지 아니면 이별을 부정하고 싶은 마음이 극대화 된 것인지에 대해서는 아직 논란의 여지가 있으리라 생각한다.[82] 그러나 이 구절이 담고 있는 의미가 어떤 것이거나에 상관없이 위 구절에서 두드러지는 것은 그 발상의 독특함이다. 누구나 쉽게 확인할 수 있듯이 위 구절의 발상은 분명 터무니없는 것이다. 이러한 터무니없음은 사태에 대한 인식 자체를 전환하는 효과를 낳는다. 마치 판소리에서 터무니없는 소리로 웃음을 유발하듯이,[83] 고려속요에서의 터무니없는 발상은 자신에게 닥친 비극적 사태를 다른 분위기로 전환하는 효과를 낳을 수 있다. 이와 같은 생각을 좀 더 전개하자면 <동동>의 마지막 구절에서 엉뚱한 손이 가져다 쥐는 젓가락은 비록 허탈하기는 하지만 너무나 터무니없는 상황에 대한 희화화도 어느 정도 나타나고 있음을 유추해 볼 수 있다.

이런 점에 주목할 때, 고려속요에는 비록 터무니없는 발상이라고까지 할 수는 없더라도 현실을 적극적으로 타개하기 위한 '발상의 전환'이 도처에 등장하고 있음을 확인할 수 있다. 예컨대 <가시리>에서 등장하는 '선ᄒᆞ면 아니 올셰라'라는 구절도 상식을 뒤집음으로써 자신이 처한 상황에 대한 반전을 시도하고 있다는 점에서 눈여겨 볼만하다. 여기에서 '선

82) 일찍이 전규태는 <정석가>의 이와 같은 표현에 대해 창조적 이미지로서의 <청산별곡>과 대비되는 것으로 평가할 만한 것이 못 된다고 혹평한 바 있다(전규태, 「고려속요의 연구」, 건국대학교 박사학위논문, 1974, p.99). 그러나 현재 대다수의 평가는 이 구절의 묘미가 바로 이와 같이 불가능한 상황을 능청스럽게 제시하여 이별의 불가함을 노래하는 데 있다는 것으로 모아진다.

83) 김대행, 「판짜기의 홍미 지향과 어조」, 『시가시학연구』, 이화여자대학교출판부, 1991 참조.

ᄒᆞ면'의 의미를 '눈에 선하면'으로 해석하거나, 혹은 '서운하면'으로 해석하거나 간에 중요한 것은 화자가 발상의 전환을 통해 임이 떠나는 사태에 대한 나름대로의 대응으로서 자위의 수단을 마련하고 있다는 점이다.[84] 또한 <만전춘별사>의 '님과 나와 어러 주글만뎡 정둔 오ᄂᆞᆳ범 더듸 새오시라'의 구절도 이것이 비단 비극적 정조를 극단적으로 몰고 가기만 한 것인지에 대해서 다시 한 번 생각해 볼 여지를 남기고 있다. 구체적인 연행의 상황에서 위와 같은 구절은 화자의 깊은 안타까움을 드러내는 한편, 화자와 임의 아름다운 사랑의 순간, 삶의 아름다움을 다시 한번 환기시키는 장면이라고 볼 수 있기 때문이다. 이런 점으로 미루어 보아 고려속요가 비극적 정조에 매몰되었다고 하기보다는 발상의 전환을 통해 그러한 비극을 극복하고자 하는 의지를 담고 있다고 하는 것이 바람직한 해석이라 생각된다.

고려속요에 화자가 처한 상황에 대한 반전을 시도하는 모습이 등장한다는 것은 고려속요가 슬픔에 매몰된 화자의 모습을 드러내기만 하는 것이 아니라 현실의 슬픔을 씻고 삶의 건강성을 회복하는 데 기여했음을 말해 준다. 또한 앞에서 살펴보았듯이 고려속요는 자신의 존재에 대한 치명적인 위협이 되는 갈등 속에서도 삶을 긍정하고, 지속하려는 노력을 나타낸다는 점에서 여러 가지 갈등과 이로부터 비롯되는 어려움 때문에 삶에 회의를 느끼는 현대인에게 시사하는 바가 적지 않다.

고려속요가 보여주는 이러한 삶의 태도와 그것이 구체화된 인간 관계는 우리 문화의 생명력과 직결되는 태도이기도 하다. 우리 민족의 삶에서

84) 양주동은 이 작품의 묘처 중의 하나로 바로 이 부분을 지목하고 다음과 같이 그 감상을 소회한 바 있다. "妙處는 全혀 「선ᄒᆞ면」三字의 突兀한 姿勢에 잇다. 이를 일러 天來의 奇語라 할까, 意表의 着想이라 할까. 이 三字ㅣ寸鐵殺人의 槪가 잇어 通篇을 영활케하며 전련을 躍動케하여 銳利한 閃光이 紙背를 徹하려한다." 양주동, 「가시리평설」, 『여요전주』, 을유문화사, 1955, p.426.

노래가 차지하는 비중이 결코 적지 않았음은 도처에서 확인할 수 있는데, 이는 이러한 노래들이 결국에는 고려속요에서 확인할 수 있듯이 삶의 격정을 노래의 형식을 빌려 해소하는 것이었음을 말해 준다. 굳이 언급할 필요도 없이 고려속요는 연행을 전제로 한다. 그것이 민요였을 때에나, 궁중의 노래가 되었을 때에나 고려속요는 항상 여러 사람이 모인 자리에서 연행되었던 노래들이다. 물론 노래를 부름으로써 현실적인 갈등이 해소되는 것은 아니다. 언어의 주술성을 아무리 강조한다고 하더라도, 현실과 노래는 여전한 거리가 있다. 그러나, 그럼에도 불구하고 노래하지 않을 수 없는 것은 현실에서의 즐거움이나 고통을 누군가와 함께 나누며, 풀어내야 한다는 현실적 필요에 의한 것이다.

이렇듯 고려속요의 이면에 자리 잡은 이러한 건강한 삶의 태도와의 상호작용을 통해 감동을 획득하고, 그러한 감동을 자신의 삶으로 전이시키는 것이 이들 작품을 감상하는 학습자들에게 요구되는 가장 심층적인 수준에서의 과제가 된다.

제4장 고려속요 감상의 모형

문학 작품으로부터 얻어지는 감동과 같은 심리적 경험은 감상자의 수행에 따른 결과이다. 문학 작품의 가능성과 감상자의 지각과 전이라는 사고가 결합함으로써 감상자는 체험의 공유, 주제의 확장, 삶에 대한 각성 등을 경험할 수 있다. 이 장에서는 고려속요의 감상적 자질, 즉 고려속요의 성층을 풍부하게 살릴 수 있는 학습자의 수행에 대해 살펴보기로 한다. 학습자의 수행을 구체적으로 논하기 위해 <서경별곡>과 이에 대한 학습자의 실제 감상 자료를 활용한다.

1. 구체화를 통한 체험의 공유

체험을 공유한다는 것은 누군가가 체험한 것을 그 사람이 아닌 다른 누군가가 함께 느끼고, 공감하여 비록 자신이 직접 겪은 일이 아니라 하더라도 마치 자신이 직접 겪은 것처럼 전유한다는 것을 말한다. 따라서 체험을 공유는 반드시 둘 이상의 주체가 서로 상호작용한다는 것을 전제한다. 문학 감상에서 체험의 두 주체는 작품이 형상화하고 있는 체험의 주체와 그것을 감상하는 주체가 된다. 그런데 문학 감상에서 작품이 형상화하고 있는 체험은 감상자가 그것을 감상하기 이전에는 아직 구체적인 체험이 아니라 잠재된 체험이다. 감상자의 의식에 타자의 체험이 살아나기 전에는 아직 단순한 텍스트가 존재할 뿐이다. 여기에서 필요한 것이 감상자에 의한 작품의 구체화이다.

작품의 구체화란 "독자의 독서 이전에 아직 가상(virtual)에 불과한 텍스트를 생생하게 살아나도록 하는 독자의 정신 작용"[1])으로서 학습자의 밖에 별도로 존재하던 작품을 학습자의 정신 속에서 하나의 구체적인 형상으로서 움직이게 만드는 일을 말한다. 이를 통해 작품이 하나의 구체적인 형상으로 움직이게 될 때 우리가 그로부터 내가 아닌 누군가의 체험을 만나고 이를 공유할 수 있는 기본적인 조건이 마련된다.

이렇게 감상자가 작품으로부터 타자의 체험을 발견하고, 이를 자신의 것으로 공유하는 과정을 여기에서는 <서경별곡>을 구체적인 자료로 하여 살펴보고자 한다.[2])

1) 기초적 서사의 구성

문학 작품은 언어라는 기호로 기록된 것이기 때문에 감상의 시작은 언어 기호에 대한 해석으로부터 시작할 수밖에 없다.[3]) 흔히 문학의 이해와 감상이라고 할 때, 이해는 작품에 대한 해석을, 그리고 감상은 이를 바탕으로 한 활동으로서 작품에 대한 정서적인 반응을 가리키는 것으로 간주되는 경향이 있던 것이 사실이다. 그러나 정서와 인지가 서로 별개로 작동하는 것이 아니라는 점에서 감상에서 해석과 같은 인지적 과정을 소홀히 하는 것은 타당한 접근이라 할 수 없다. 인지를 바탕으로 하지 않는

---

1) I. R. Makaryk, *Encyclopedia of Contemporary Literary Theory*, University of Toronto Press, 1993, p.527 참조.

2) 이 작품을 고려속요의 대표적인 사례로 드는 이유는 이 작품이야말로 원래의 노래가 악장으로서 가장 자연스럽게 전환된 것으로 보기 때문이다. 악장으로 전환되는 중에 많은 노래들이 어색한 부분을 가지게 되었다. 고려속요의 백미라고 언급되는 <가시리>만 하더라도 악장으로 전환되는 중에 원래의 성격에 비해 이질적인 후렴구가 첨가되는 모습을 보이고 있다. 그런데 <서경별곡>의 경우 원래의 민요적 성격을 잃지 않으면서도 악장으로서 충분히 양식화된 모습을 띠고 있기 때문에 고려속요를 대표하는 작품이라 볼 수 있다. 이에 이후에 이어지는 주제의 확장이나 삶에 대한 각성의 단계 역시 이 작품을 자료로 하여 일관성을 유지할 수 있도록 한다.

3) 윤여탁, 「문학교육에서 언어의 문제에 대한 연구」, 『문학교육학』 15호, 역락, 2004, p.304.

정서가 있을 수 없다는 점에서 감상의 시작은 일단 언어로 기록된 것에 대한 해석으로부터 시작된다는 점을 부인할 수 없다.[4] 작품 안에서 무슨 일이 일어나고 있는지, 화자가 무슨 말을 하고 있는지에 대해 최소한의 이해를 획득하는 것 역시 언어 기호를 체험으로 전환하는 과정이라 할 수 있으므로 이 역시 감상의 단계에 포함되는 것이 당연하리라 생각한다.

이러한 수준의 해석 과정에서 목표로 하는 것은 작품의 기초적인 서사, 혹은 줄거리를 구성하는 일이다. 물론 서사라 하면 대체로 소설 장르에 속하는 개념으로 간주될 수 있다. 그러나 서정 장르에서도 서사적인 요소는 필수적이다. 서정 장르의 기본적 특성이 서정적 화자의 독백에 있다고 하더라도 그 안에는 화자를 둘러싼 상황이 있을 수밖에 없기 때문이다.[5] 문학 작품이 담고 있는 것이 누군가의 체험이라고 할 때, 그 체험은 시작이 있고, 끝이 있으며, 그 사이에 물리적이거나 심리적인 변화를 가져오는 사건이 있을 수밖에 없다. 이러한 요소들이 곧 하나의 서사를 구성한다. 이를 파악하는 기초적인 수준에서의 해석, 서사 구성을 통해 학습자는 자신의 의식 속에 공유해야 할 체험의 기초적인 형상을 만들어가기 시작해야 한다. 작품을 들어 그 과정을 살펴보면 다음과 같다.

> 西京셔경이 아즐가 西京셔경이 셔울히마르는
> 위 두어렁셩 두어렁셩 다링디리
> 닷곤디 아즐가 닷곤디 소셩경 고외마른

---

4) 물론 여기에서 말하는 해석이 작품의 궁극적인 의미를 탐구하는 것으로서의 해석이나 해석학적 수준에서의 해석을 의미하는 것은 아니다. 예컨대 리쾨르(P. Ricoeur)가 말하는 이해와 설명의 변증법으로 이루어진 전유 수준의 해석을 말하는 것이 아니다.

5) 특히 고려속요는 서정 장르에서도 서사적인 구조가 매우 요긴하게 활용된다는 점을 잘 말해 준다. 염은열은 고려속요의 '이야기성'에 주목하면서 이것이 고려속요의 대중성의 기반이 된다는 점을 구체적으로 논증한 바 있다. 염은열, 「고려속요의 미적 구조에 대한 연구」, 서울대학교 석사학위논문, 1993, p.21.

위 두어렁셩 두어렁셩 다링디리
여희므론 아즐가 여희므논 질삼뵈 ᄇᆞ리시고
위 두어렁셩 두어렁셩 다링디리
괴시란ᄃᆡ 아즐가 괴시란ᄃᆡ 우러곰 좃니노이다.
위 두어렁셩 두어렁셩 다링디리

<서경별곡>의 첫 구절을 읊조리면서 학습자들의 관심은 다양한 곳에 머물 수 있다. 학습자들은 '셔경'이라는 지명이 어디를 가리키는지에 대해 호기심을 느끼거나 '고외마른'이라는, 이해하기 어려운 어휘의 의미에 관심을 기울일 수도 있을 것이며, '아즐가', '두어렁셩' 등과 같이 뜻을 알 수는 없지만 미묘한 감흥을 불러일으키는 여음구를 반복해서 읊조리게 될 수도 있다.[6]

그러나 일단 이 구절이 하나의 상황을 제시하고 있는 만큼 학습자로서는 먼저 그 상황에 대한 이해의 욕구를 가지게 된다. 그리고 이에 따라 학습자는 화자가 제시하는 상황이 단적으로 드러난 '여희므론'이라는 어휘에 주목하지 않을 수 없다. 이 구절이 그리고 있는 상황은 모두 '여희므론'이라는 상황에서 비롯되는 것이며, 그러한 상황에 대한 대응으로써 'ᄇᆞ리시고'라고 '좃니노이다'가 등장하기 때문이다. '여희므론' '바리시고' '좃니노이다' 등은 위 구절의 핵심적 전언을 담고 있는 어휘들이다.[7] 이

6) 이렇듯 작품의 특정한 부분에 관심을 기울이고 그것이 주는 심상을 떠올리는 것에 대해서는 이후에 언급할 '선택적 주목과 종합'의 단계에서 자세히 논하기로 한다.

7) 보는 관점에 따라 이 구절의 핵심어를 다르게 파악할 수도 있다. 이별이라는 사태에 대해 화자의 갈등이 여기와 저기 사이의 갈등이라고 본다면, 이 단락의 핵심은 '고외마른', '여희므론', '괴시란ᄃᆡ'에 있다고 할 수도 있다(조만호, 「고려가요의 정조와 악장으로서의 성격」, 성균관대학교인문과학연구소 편, 『고려가요연구의 현황과 전망』, 집문당, 1996, p.126). 그러나 여기(교외마른)와 저기(괴시란ᄃᆡ)의 갈등에 대한 화자의 선택의 결과가 'ᄇᆞ리시고' '좃니노이다'라고 본다면, 이와 같이 이 구절을 요약하는 것이 가능하다고 본다. 또한 '고외마른'과 '괴시란ᄃᆡ'가 여기와 저기를 나타내는 것으로 보려면, '괴시란ᄃᆡ'를 '괴시는 곳'으로 보는 전제가 있어야 하는데, 이에 연구자에 따라서는 이를 '사랑하신다면'으로 해석하는 경

에 따라 이 구절에서 형성되는 서사는 임박한 이별에 대해 거부하는 한 여인의 모습이다.

이어지는 단락에 대해서도 이와 같은 방식으로 학습자의 서사 구성은 계속된다.[8] 그리고 이러한 기초적 서사를 구성함으로써 학습자는 이 작품의 첫 번째 단락에서 임과의 이별에 대한 강한 저항이, 두 번째 단락에서는 임과의 영원한 사랑에 대한 다짐이, 그리고 세 번째 단락에서는 사랑의 좌절에서 오는 화풀이와 체념이 나타나고 있음을 확인하게 된다. 그러나 이 단계는 작중 상황에 대한 개괄적인 파악의 단계이기 때문에 그 내밀한 관계나 화자의 발화에 담긴 미묘한 뉘앙스를 포함한 완벽한 서사를 구성하지는 못할 수 있다. 예컨대 다음과 같이 자신의 서사 구성에 대해 스스로 의심스러워 하는 모습을 보일 수도 있다.

> 중간에 구스리아즐가...가 나오는 연은 이야기상 맞지 않는 것 같다. 1연을 보면 임과의 이별을 슬퍼하며, 쫓아가려는 의지가 보이는데 <u>2연은 이미 이별해서, 이별해도 우리의 사랑은 계속 될 것이다</u>라는 것 같다. (서-E-1-24)

위의 밑줄 친 부분을 보면 학습자는 2연의 상황을 이별을 한 것으로 볼 것인지, 아니면 아직 이별을 하지 않은 것으로 볼 것인지 확신하지 못한 상태에서 대강의 의미를 가정하고 있다. 그러나 이러한 불확실함은 이후

우도 있어 이와 같은 판단에는 이론의 여지가 있다.

8) 여기에서 이후에 이어지는 단락별 서사 구성을 일일이 제시할 필요는 없으리라 생각된다. 여기에서의 활동은 학습자가 작품에 어떤 상황이 나타나는지를 간략히 확인하는 정도이기 때문이다. 물론 학습자들이 이 작품을 해석할 때 고어(古語)에 대한 어려움 때문에 적지 않은 시간과 노력을 보내야 할 수도 있다는 점에서 이 과정을 좀 더 자세히 논할 필요가 없지 않으나, 문학 감상 일반의 과정을 검토하는 이 논문의 성격상 고전 작품에서 고어의 해석 문제는 별도의 문제로 남겨 두고자 한다. 또한 실제 학습자들에게 제공되는 교과서에서는 이들 고어에 대한 현대어 역을 함께 제공하고 있다는 점도 고려하였다.

의 단계를 통해 극복되어야 하는 것으로 감상을 근본적으로 방해하는 요소라 할 수 없다. 본격적인 의미에서의 감상은 이제부터가 시작이다.

그런데 특히 학습자의 감상에 교사의 개입이 가능한 교실 상황을 고려하여 첨언하자면, 기초적 서사의 구성 단계에서 교사가 가능한 한 작품에 대한 장르적 관습에 대한 적극적 활용에 관심을 기울일 필요가 있다는 점을 언급할 수 있다. 일반적인 언어텍스트를 해석하여 그 의미를 이해할 때와 달리 문학 작품을 감상하는 과정에서의 서사 구성은 그 작품이 속한 장르에 대한 인식이 중요한 영향을 미치게 된다. 작품이 속한 장르에 대해 감상자가 가지고 있는 선입견이나 배경지식에 따라 서사 구성의 양상과 수준이 달라질 수 있다. 예컨대 일반적으로 사람들은 한 편의 '시'를 감상하는 경우 '소설'을 접할 때에 비해 좀 더 진지하고, 관조적인 자세를 취하게 되는데, 이는 시라는 장르가 소설이라는 장르에 비해 좀 더 함축적이고 비유적인 성격을 갖는다는 배경지식이 작용하기 때문이다. 또한 대개의 학습자는 현대 문학에 비해 고전 문학을 접할 때에 더욱 긴장하게 되는데, 이는 '고전'이라는 선입견에 의해 무의식적으로 작품을 이질적이고 어려운 것으로 간주하기 때문이다.[9]

이러한 현상은 그 자체로는 긍정적이라거나 혹은 부정적이라는 판단을 내릴 수 있는 것이 아니라 우리가 대상과 상호작용하는 데 나타날 수 있는 자연스러운 모습들이다. 그러나 좀 더 적극적으로 생각해 보면, 장르에

9) 다음의 사례는 일반적으로 학습자들이 고전 작품을 감상할 때 고전에 대한 선입견이 작품에 대한 거부감을 불러일으키는 모습을 잘 보여준다. "처음엔 무슨 뜻인지, 무슨 글자인지 알아 볼 수가 없었다. 정말 어렵다. '얄리얄리얄라셩'은 왜 나오는거야? 등 <청산별곡>이라는 시가 나에겐 정말 어렵고 난해한 시였다. 이런 고시를 읽고 해석하는 게 머나먼 미래에 살고 있는 나하고 뭐가 상관있느냐 하는 망상도 했었다." (청-N-6-10) 물론 작품을 감상하는 과정에서 이러한 선입견이 자연스럽게 교정되어 오히려 작품에 대한 흥미를 더욱 고조시키는 경우도 없지 않다. 그러나 학습자가 가지고 있는 고전에 대한 선입견은 대체로 감상의 초기에 작품에 대한 거부감을 불러일으킨다. 이를 극복하기 위해 별도의 노력이 요구된다는 점은 고전에 대한 감상을 더욱 어렵게 하는 요인이 된다.

따른 부정적인 선입견을 최소화하고, 오히려 장르적 관습을 이해하고 활용함으로써 기초적 서사의 구성을 원활하게 할 수 있도록 하는 것이 교실 상황에서 장려될 필요가 있다.[10)]

2) 선택적 주목과 종합

기초적 서사의 구성은 아직 체험의 공유를 위한 바탕을 마련한 것에 불과하다. 학습자는 이러한 바탕에 점차 살을 붙여 가면서 살아 있는 하나의 형상을 창조하기 시작해야 한다. 그리고 이 과정은 '분석(analysis)'의 과정이 아니라 '종합(synthesis)'의 과정이어야 한다.

분석적 시각에서 보면 하나의 문학 작품은 여러 가지 요소의 복잡한 결합으로 구성되어 있다. 아무리 간단한 시라 하더라도 주제, 형식, 이미지, 심리적 요인 등 다양한 요소가 결합되어 있다. 하나의 문학 작품은 이렇듯 다양한 요소로 분석될 수 있다. 비평가들은 이러한 다양한 요소들을 분리하여 분석적으로 바라보는 것에 훈련된 사람들이다. 비평가들의 입장에서 작품을 이해하는 과정은 이러한 개개의 요소들을 분석적으로 추출하고, 각각의 요소들이 서로 어떻게 유기적으로 연결되는지를 파악하는 일이 될 것이다.

그러나 일반적인 감상자로서의 학습자들은 하나의 문학 작품을 볼 때 이러한 요소들을 분리하여 바라보기보다는 오히려 그 반대로 종합적으로 감상하는 경향이 있다. "감상은 대상을 직관적으로 받아들이는 것이지,

---

10) 특히 고전 작품을 감상하는 경우 장르적 관습에 대한 이해가 낯선 어휘나 구분, 비유 등에서 오는 작품에 대한 부담감을 줄이는 데 상당히 유용할 수 있다. 예컨대 현대의 학습자가 기행가사를 감상하는 경우 '당대의 여정 서술 방식'이라든가, '견문이나 감상, 생각을 서술하는 방법' 등을 이해함으로써 작품이 드러내고자 하는 바를 효율적으로 파악할 수 있다. 염은열, 「<관동별곡>을 읽는 세 가지 코드」, 『고전문학의 교육적 발견』, 역락, 2007, pp.136-138 참조.

분석에 의한 결과로서 받아들이는 것이 아니"[11]기 때문에 하나의 유기체로서의 작품을 개개의 요소로 나누어 보는 것은 학습자에게 기대할 수 있는 감상의 모습이 아니다. 이런 점을 고려할 때 감상의 과정에서 교사가 학습자에게 제공하는 수많은 분석적 지식들은 오히려 학습자의 감상을 방해하는 요인이 될 수 있다.

그런데 학습자들이 종합적으로 작품을 감상한다고 해서 작품의 모든 면을 동시에 고려하면서 작품을 감상하는 것은 아니다. 누구나 기억의 한계가 있고, 한 번에 처리할 수 있는 능력 역시 제한되어 있기 때문이다.[12] 학습자는 자신의 체험이나 관심사에 따라 작품의 특정부분에 주목하고, 그 요소를 중심으로 작품에 몰입한다.[13]

몰입은 감상자가 작품의 어떤 면에 지속적인 관심을 유지하고 있는 상태, 즉 주목하고 있는 상태를 말한다. 다시 말해 어떤 요소에 관심을 가지고 주목을 유지할 때 이를 몰입이라고 할 수 있다.[14] 이러한 몰입이 발생하기 위해서는 작품의 어떤 요소들이 감상자의 주의를 지속적으로 잡아두어야 한다. 하나의 요소가 다음에 이어질 무엇을 기대하게 만들 때 감상자는 지속적으로 작품에 주목하게 된다. 이렇듯 감상자의 몰입을 지속하게 하는 힘은 작품의 여러 가지 요소 중에서 감상자의 주의를 끄는 각성(arousal)의 요소, 즉 긴장을 유발하는 작품의 특질이다.

---

11) L. Stein, *Appreciation : painting, poetry & prose*, University of Nebraska Press, 1996, pp.65-66.

12) I. Beneli, *Selective Attention and Arousal*, California State University, Northridge, 1997.

13) L. M. Rosenblatt, *Literature as exploration. (5th ed.)*, 김혜리 외 역, 『탐구로서의 문학』, 한국문화사, 2006, p.78.

14) M. Csikszentmihalyi, *Finding flow : the psychology of engagement with everyday life*, 이희재 역, 『몰입의 즐거움』, 해냄, 2007. 이에 따르면 몰입은 삶이 고조되는 순간에 '물흐르듯 행동이 자연스럽게 이루어지는 느낌을 말한다. 이른바 몰아일체, 무아경, 미적 황홀경 등이 이에 해당하며, 목표가 분명할 때 더욱 고조되는 특성이 있다.

학습자가 작품의 여러 측면 중에서 자신에게 어떤 각성을 불러일으키는 특정한 부분을 발견하여 주목하는 것을 '선택적 주목(selective attention)'이라 할 수 있다.[15] 그리고 선택적 주목은 무엇보다 감상자가 작품에 대해 가지고 있는 '친숙성(familiarity)'에 의해 결정된다. 감상자는 대상과의 친숙성에 따라 더 많은 것을 보기도 하고, 새로운 것을 놓치기도 하기 때문이다.[16] 따라서 작품에 대한 친숙성을 높이는 일은 감상이 더욱 풍부하게 이루어지도록 하는 방법이 된다. 그러나 학습자들이 가지고 있는 친숙성의 정도가 비슷하다고 전제한다면 선택적 주목은 예술작품이 일반적으로 가지고 있는 힘, 즉 작품이 감상자에게 무언가를 환기시키는, 즉 각성의 힘에 따라 결정될 것이다.

예술이 주는 만족감의 메커니즘을 바로 이 각성을 중심에 두고 설명하고 있는 벌라인(D. E. Berlyne)의 설명에 따르면 이러한 각성의 요인은 다음과 같은 세 가지로 설명될 수 있다.[17] 첫째는 정신물리학적인 특성들이며, 둘째는 생태학적 특성, 그리고 셋째는 대조(collative)의 변인이다. 예컨대 밝기나 채도, 소리, 크기 등이 정신물리학적인 특성이라면, 작품이 다루고

15) "우리는 주변에 있는 모든 것을 다 구별없이 보거나 듣지 않는다. 오히려 어떤 사물은 희미하게 보는 반면, 어떤 사물에 대해서는 "주목을 한다." 따라서 주목은 선택적인 것이다." J. Stolnitz, *Aesthetics and Philosophy of Art Criticism*, 오병남 역, 『미학과 비평철학』, 이론과실천, 1999, p.36.

16) J. Stolnitz, 위의 책, pp.83-85 참조.

17) D. E. Berlyne, *Studies in the experimentai aesthetic appreciation*, Hemisphere, 1974 1장 참조. 벌라인의 각성이론을 간략히 요약하면 다음과 같다. 즉 예술 작품으로부터 획득하는 심미적 즐거움은 다음의 두 가지 방식, 즉 각성의 '점진적 상승(arousal-boost mechanism)'과 '급격한 변화(arousal-reduction mechanism)'로부터 비롯된다. 각성의 점진적 상승이란 최적 한계에 도달할 때까지 적절히 이루어지는 각성상태의 상승을 말하며, 각성의 '급격한 변화'란 최적 범위를 넘어서는 각성의 급격한 증가 이후에 각성이 감소하면서 이루어지는 기분 좋은 긴장 완화를 말한다. 요컨대 즐거움은 긴장의 적절한 증가와 급격한 긴장의 완화에서 성취된다는 것이다. E. Winner, *Invented worlds : the psychology of the arts*, 이모영·이재준 역, 『예술심리학』, 학지사, 2004, p.102.

있는 삶과 죽음, 혹은 사랑과 같이 작품이 재현하고 있는 내용, 주제적 측면은 감상자의 경험과 관련된 생태학적 특성이다. 대조변인은 '참신함이나 구성요소들의 새로움, 그리고 놀라움이나 기대를 벗어난 것, 복잡성이나 이질성, 불규칙성, 요소의 비대칭성과 같은 것들'을 말한다. 예술의 유형에 따라 이들이 서로 차이가 있을 수 있으나 문학 작품에 대해서도 이러한 구분은 어느 정도 통용될 수 있다.[18)]

문학 작품의 경우 벌라인이 말하는 정신물리학적인 특성은 작품의 감각적 특성들, 예컨대 시의 음악적 특성들이나 언어의 자질에서 비롯되는 감각적인 효과들, 즉 작품의 '표현'이나 '형식'적인 요소들을 포함할 것이다. 그리고 생태학적 특성은 작품의 주제적 요소들로서 일반적으로 작품의 '내용'에 해당하는 요소들을 말한다. 그리고 대조적 특성은 내용이나 형식, 또는 표현 모두에 관련된 요소들로서 작품의 구성적 특질이라 할 수 있다.

이러한 각성의 요소들은 우리에게 어떤 감정을 불러일으키거나 혹은 무엇에 대해 깊이 생각하도록 함으로써 작품의 구체화에 기여한다. 작품이 하나의 구체적인 형상으로 움직이게 될 때 우리는 그로부터 내가 아닌 누군가의 체험을 만나게 된다. 따라서 각성적 요소에 대한 반응으로서의 선택적 주목은 학습자가 본격적으로 작품을 감상하기 시작했다는 것을 말해 준다.[19)]

<서경별곡>에 대한 감상의 과정에서도 기초적 서사를 구성한 학습자

---

18) 벌라인의 이러한 주장의 주된 논거는 주로 시각적인 예술품들이다. 그러나 벌라인은 이것을 예술일반의 속성으로 확장하기 위하여 다양한 영역에서의 실험을 실시한 바 있다. D. E. Berlyne, *Aesthetics and psychobiology*, Appleton-Century-Crofts, 1971.

19) 작품에 대한 여러 요소들에 선택적으로 주목하는 것들이 종합되어 하나의 형상을 창조한다는 점에서 선택적 주목은 해석과 다르다. "소리, 리듬, 심상, 그리고 개념 등에서, 독자는 그가 시, 드라마 또는 소설이라고 생각한 경험 즉 통합을 이끌어낸다." L. M. Rosenblatt, 앞의 책, p.265.

들에게 요구되는 것이 바로 이러한 선택과 선택된 것들에 대한 종합이다. 예컨대 학습자가 <서경별곡>을 감상한다고 할 때 학습자는 작품의 첫머리부터 제시되는 애틋한 이별의 장면과 이로부터 비롯되는 비극성에 눈길을 주지 않을 수 없다.[20] 임과 헤어지는 것에 대한 두려움 때문에, 화자는 '질삼뵈'로 상징되는 자신의 모든 것을 버리고서라도 임의 뜻에 따라 임과 같은 길을 가고 싶다는 간절한 소망을 표출하고 있다는 점이야말로 이 구절이 학습자들에게 매우 깊은 인상을 남기는 요소가 된다.[21] 이것은 작품의 주제적 요소에 의한 선택이 일어나는 것으로 볼 수 있다.

주지하다시피 '길쌈'이란 당대 여인의 일상생활의 전부를 상징하는 것으로 볼 수 있다. 자신의 모든 것을 버리고서라도 임을 따르겠다고 하는 간절함은 임과의 이별로 인해 홀로 남게 될 화자의 고독과 상실감이 얼마나 크고 깊은 것인가를 짐작하게 한다. 화자에게 임과의 이별은 자신의 삶 전체를 포기하더라도 피하고 싶은 커다란 불안의 근원이며, 바로 여기에서 화자의 비극적 상황이 명백하게 드러난다.[22] 그리고 이러한 불안은

---

20) 실제로 이 작품에 대한 학습자들의 감상문을 확인해 본 결과 가장 많은 수의 학습자가 이 구절을 가장 인상적인 부분으로 꼽았다. 이 작품에 대한 감상문은 총 71편이 확보되었는데, 이 중 46명은 작품에서 가장 인상적인 부분을 구체적으로 언급하였다. 이들이 언급한 가장 인상적인 부분을 표로 제시하면 다음과 같다.

가장 인상 깊었던 부분	학생수(명)
여ᄒᆡ므론 아즐가 여ᄒᆡ므론 질삼뵈 ᄇᆞ리시고 ~ 우러곰 좃니노이다.	13
구스리 아즐가 구스리 바회예 디신ᄃᆞᆯ 긴힛ᄯᆞᆫ 아즐가 긴힛ᄯᆞᆫ 그츠리잇가	13
大同江 아즐가 大同江 건넌편 고즐여 ᄇᆡ타들면 아즐가 ᄇᆡ타들면 것고리이다	6
즈믄 ᄒᆡ를 아즐가 즈믄 ᄒᆡ를 외오곰 녀신ᄃᆞᆯ 信잇ᄃᆞᆫ 아즐가 信잇ᄃᆞᆫ 그츠리잇가	6
네 가시 아즐가 네 가시 럼난디 몰라셔	5
위 두어렁셩 두어렁셩 다링디리	3
계	46

21) 이 구절에서 어석의 문제가 제기된다. 'ᄇᆞ리시고'에 존칭을 나타내는 '시'가 삽입되었다는 점에서 질삼뵈를 버리는 주체가 화자가 아닌 존칭이 붙을 만한 존재가 되어야 한다는 입장이 있다. 그러나 문맥상 '좃니노이다'의 주체와 'ᄇᆞ리시고'의 주체를 서로 다른 존재로 보는 것은 매우 무리한 일이므로, 문법적으로 분명하지 않다 하더라도 'ᄇᆞ리시고'의 주체를 화자 자신으로 보는 것이 적절하리라 생각된다.

굳이 남녀간의 사랑을 체험하지 않은 사람이라 하더라도 충분히 경험적으로 공감할 수 있는 심리 상태로서 학습자가 이 작품에 대해 좀더 관심을 가지고 지켜보도록 하는 동인으로 작용하게 된다. 체험이 체험을 불러온다 점에서 학습자는 화자의 불안으로부터 자신이 체험한 불안을 환기하게 된다.[23] 특히 불안은 인간이라면 누구에게나 보편적인 것이기 때문에 학습자는 작품의 상황에 대해 자연스럽게 받아들일 수 있다.[24]

이러한 주제적 요소에 의한 구체화에 이어 이 작품의 목소리가 주는 특성, 즉 벌라인의 분류에 따르자면 정신물리학적인 특성 역시 작품의 구체화에 기여할 수 있다. 예컨대 화자의 발화에서 볼 수 있는 휴지와 반복은 전언의 의미에 대한 해석만으로는 확인할 수 없는 화자의 모습을 효과적으로 보여주는 장치이다. 앞에 인용한 부분에서 표면적으로 드러나는 화

---

22) 조동일은 이를 두고 이별에 대한 화자의 극단적인 태도, 즉 생활을 버리고 사랑을 따르겠다고 하는 것이 곧 비극을 자초하는 발상이라고 설명한 바 있다. 조동일, 『한국문학통사 2』, 지식산업사, 1994, p.157.

23) 이러한 현상을 올슨(S. H. Olson)은 다음과 같이 설명한다. "작품은 독자의 인생 경험에 의존함으로써 독자에게 이해 가능한 것이 된다. 그러나, 작품 속에 기술되지 않은 상황이나 사건, 전승(tradition)이나 사상에 대한 독자의 지식을 이런 식으로 끌어 들인다는 것은 결코 독자에게 무엇을 가르쳐 주거나(telling) 알려 주는(informing) 것이 아니다. 여기에서 의향은 무엇을 알려 주는 것이 아니라, 공통적인 지식이라고 생각될 수 있는 것을 환기시킴으로써 어떤 예술적 목적을 달성하자는 것이다."(S. H. Olson, *The Structure of literary Understanding*, 최상규 역, 『문학이해의 구조』, 예림기획, 1999, p.120). 여기에서 말하는 '예술적 목적'이란 바로 독자와 작품 사이의 일체감을 의미하는 것으로, 본고에서 말하는 체험의 공유에 해당한다.

24) 학습자가 작품으로부터 자신의 체험한 불안을 환기하게 되는 것은 불안 체험이 인간에게 매우 보편적으로 유효한 것이기 때문에 가능한 일이다. "모든 사람은 자기 자신과 자신의 본질에 속하는, 나름대로 인격적이고 개인적인 불안의 형식을 지닌다. 한 사람이 나름대로 사랑의 형식을 가지고 나름대로 죽음을 맞아야 하듯이, 불안이라는 것은 한 사람이 체험하고 반영된 것으로만 존재하며, 불안 체험 자체는 공통적인 것인데도 늘 개인적으로 각인된 특색을 지닌다. 이러한 인성적 불안은 개인적인 삶의 조건들과 더불어 성향이나 주변 세계와 연관되어 있다."(F. Riemann, 앞의 책, pp.13-14). 이런 이유로 작품에 나타난 특정한 인간의 특정한 불안은 학습자가 개인적으로 체험한 불안을 환기시킴으로써 학습자가 작품의 세계가 전혀 낯선 것이 아님을 느끼게 하고, 이후의 감상을 지속하게 하는 역할을 한다.

자의 메시지는 '임과 이별하느니 차라리 나의 모든 것을 버리고서라도 임을 따르겠다'고 하는 강한 의지이다.

그러나 이러한 전언이 담긴 화자의 목소리는 이러한 의지적인 메시지와는 사뭇 다른 모양을 보여 준다. 화자의 진술은 단숨에 이어지지 않고 여음에 의해 중단되었다가 다시 반복되는 양상을 보인다.[25] 여기에서 보이는 것은 '망설임'이다. 화자가 비록 임을 위해 모든 것을 버리겠다고 하지만, 그것이 이제까지 자신의 삶 전체를 거는 일이니만큼 일말의 망설임이 없다면 오히려 이상할 수밖에 없다. 이러한 망설임은 말로써 표현되는 것이 아니라 소리로써, 차마 말을 쉽게 잇지 못하는 화자의 태도로써 표현될 수밖에 없다.[26] 이러한 화자의 심적 상태를 덧붙여 가며 학습자의 머릿속에 창조되는 작품의 형상이 더욱 구체화된다.

이 작품의 대조적인 특성 역시 학습자의 관심을 끌 수 있는 중요한 요인이다. 이 작품은 떠나는 남자와 남아 있는 여인의 대조, 강을 사이에 둔 이곳과 저곳의 대조 등 이항대립적으로 분석될 수 있는 흥미로운 요소를 가지고 있다. 이러한 대조적인 요인들에 주목할 때 작품에 대한 학습자의

---

25) 반복되는 구조는 고려속요의 일반적 특징으로도 볼 수 있다. 고려속요에서 "반복되는 부분들은 대개 의미의 '대립 · 종합 · 강화 · 구체화'를 통하여 궁극적으로 주제의 효과적인 구현에 기여한다. 단순한 나열에 불과한 경기체가나 반복구가 별로 드러나지 않는 악장과 달리 속가들의 반복구는 구비를 기반으로 하는 민요의 표현적 특질을 보여주는 증거로 볼 수도 있다." 조규익, 「고려속가의 형성과 존재론적 근거」, 『고전시가의 변이와 지속』, 학고방, 2006, p.376.

26) 이와 관련하여 체험의 기록에서 율격의 역할에 대한 다음과 같은 논의를 참조할 수 있다. "율격은 기계적인 성격을 지니고 있으므로 그 자체로서 의미 있는 것은 아니지만, 체험을 절하게 기록하는 데에 커다란 효과를 발휘한다. 율격은 시인의 흥분된 정신상태의 산물이기 때문에 열정과 충동을 함축하고 있으면서 동시에 반복되는 질서이기 때문에 의지와 절제를 드러낸다. 전체적 질서라는 관점에서 보면 율격은 통일이며 안정일 것이나, 전개되는 과정에 입각해서 살피면 율격은 자극이며 각성일 것이다. 율격은 흥분과 안정, 각성과 진정, 기대와 만족이 되풀이되는 흐름이다. 독자의 호기심을 자극하고는 만족시키고, 자극하고는 만족시키고 함으로써 율격의 반복되는 흐름은 기록된 체험 내용에 대한 독자의 주의력을 예민하고 활발하게 한다." 김인환, 『문학교육론』, 한국학술정보(주), 2005, p.71.

몰입의 정도가 더욱 높아질 수 있다.

이제까지 살펴본 것처럼 학습자는 단순한 의미의 확인이 아니라 작품의 각성적 요소에 몰입하고, 그러한 요소들로부터 발견되는 화자의 체험을 하나씩 덧씌워가며 작품을 자신의 정신 속에서 살아나게 해야 한다.

3) 내적 체험의 발견과 개연성의 승인

일찍이 아리스토텔레스는 시인과 역사가의 차이를 들어 개연성과 보편성을 문학의 특성으로 언급한 바 있다. 역사가는 실제로 일어난 일을 말하는 반면, 시인은 일어날 수 있는 일, 즉 개연성 있는 일을 말한다. 그리고 역사가가 개별적인 것을 말하는 반면, 시인은 보편적인 것을 말한다.[27) 아리스토텔레스가 개연성과 보편성을 동시에 언급한 데서 알 수 있듯이 문학에 개연성이 있다는 것은 또한 문학의 보편성을 전제한다.

그런데 이러한 개연성은 창작의 원리로서만이 아니라 감상에도 매우 중요한 영향을 미친다. 하나의 형상이 화자의 목소리에 따라 떠올려지고, 감상자의 체험이 덧붙여져 생생한 장면으로 거듭난다고 해도 그것이 감상자에게 쉽게 공감되는 것은 아니다. 감상자가 그것을 공감하기 위해서는 그러한 장면이 감상자가 충분히 받아들일 수 있는 개연성 있는 장면이어야 한다. 그리고 이러한 개연성은 또한 감상자가 스스로 '파악'해야 하는 것이기도 하다.

일반적으로 학습자들은 자신이 보게 되는 상황을 '보편적 평균 체험(universal and average experience)'[28)에 비추어 봄으로써 그 개연성을 따져볼 수 있다. 그러나 문학 작품이 그리는 세계는 익숙하면서도 낯선 세계이기

27) Aristotle, *Poetics*, 천병희 역, 『시학』, 문예출판사, 1997, 9장 참조.
28) 김중신, 『소설감상방법론 연구』, 서울대학교출판부, 1995, p.45 참조.

때문에 대개 '보편적 평균 체험'을 넘어서는 경우가 많다. 따라서 보편적 평균 체험을 넘어서는 개연성을 발견하는 일이 학습자에게 요구된다. '이런 일은 흔히 일어나는 일이다'라고 판단하기 어려운 경우에 그것이 가진 개연성을 어떻게 확보할 것인가가 학습자에게 문제가 된다.

<서경별곡>의 경우 이별에 대한 화자의 반응에 학습자가 쉽게 받아들이기 어려운 면이 있다. 작품의 표면에 나타난 화자의 태도에 일관성이 잘 보이지 않기 때문이다. 임에 대한 한없는 순종을 보이던 화자가 임에 대한 원망으로 갑작스럽게 돌아서는 모습은 일견 화자가 보이는 태도의 진실성을 의심하게 만든다. 이렇게 쉽게 포기하고 말 것이라면 자신의 모든 것을 버리고서라도 임을 따라가겠다고 했던 다짐은 과연 솔직한 마음이었는지에 대해 확신하기 어렵기 때문이다.

이런 이유로 학습자에게 요구되는 것은 겉으로 나타나는 일관성 없는 화자의 태도에 잠재된 내적인 유기성을 찾아내는 일이다. 그리고 이때의 유기적인 연관성은 학습자가 작품의 표면이 아닌 이면에 감춰진 내적 체험을 발견할 때 획득될 수 있다. 즉 학습자는 <서경별곡>의 경우 화자의 일관성 없는 태도가 표면적으로는 일관성이 없다 하더라도 화자의 내적 체험 안에서는 서로 유기적으로 관련된다는 점을 발견해야 한다. 다음과 같은 사례는 비록 제한적이기는 하지만 학습자가 스스로 내적인 연관성을 발견해 내는 모습을 보여준다.

> 2연에서 3연으로 넘어갈 때 갑자기 내용과 어투가 바뀐 것을 생각해 보면 매끄럽지 못한 부분이 있긴 하지만, 드라마에서도 처음엔 정말 순수하게 남자주인공을 사랑했던 여자가 점점 사랑이 집착으로 변하는 모습을 볼 수 있다. 이렇게 생각해 보면 화자가 너무 안타까웠다. (서-J-6-10)

위 사례에서 학습자는 2연과 3연 사이의 부조화를 사랑의 변화, 즉 순수한 사랑에서 집착으로의 변화라는 심리적 흐름을 통해 이해함으로써 극복하는 모습을 보이고 있다.

이 작품에서 화자가 보이는 일관성 없는 모습은 결국 불안이라는 내적 체험에서 빚어지는 것, 즉 불안의 다양한 방어기제의 표출이라고 볼 때 이해가 가능하다. 첫 단락은 이별에 따른 불안을 거부하는 즉각적인 행위이고, 두 번째 단락은 이별에 대한 불안을 승화시키는 것이며, 세 번째 단락은 엉뚱한 곳에 화풀이를 함으로써 그 이유를 다른 곳에 돌리는 것, 그리고 네 번째 단락은 현실에 대한 각성을 통해 불안을 극복하려는 모습이다.

즉 작품에 나타난 다양한 화자의 모습은 결국 불안에 대한 방어기제[29]로서, 표면적으로는 다른 모습을 띠고 있지만 내적으로는 서로 동질적인 반응들이다. 작품의 맨 마지막에 가서야 비로소 현실에 대한 각성이 나타난다는 것은 화자가 비로소 가장 적극적이고 성숙한 방식으로 대응하는 법에 도달하고 있음을 말해준다. 이별의 사태에 대해 화자는 우왕좌왕하는 데서 그치는 것이 아니라 오히려 현실에 대한 각성에 도달하고 있다.[30]

그런데 여기에서 문제는 학습자가 과연 어떻게 이러한 내적 체험을 발견할 수 있는가 하는 것이다. 흔히 이러한 깨달음은 직관적으로 파악되기 마련이다.[31] 오랜 시간 동안 몰입하여, 숙고할 때 문득 그 해답을 떠올리

29) '방어기제(defence mechanism)'란 인간이 욕구의 좌절이나 갈등에 직면했을 심리적 평형을 유지하게 위해 현실에 적응하고자 하는 방식을 말하며, 그 대표적인 예로서 억압(repression), 동일시(identification), 투사(projection), 보상(compensation), 합리화(rationalization), 승화(sublimation), 퇴행(regression), 반동형성(reation-formation) 등이 있다. 정원식 외, 『현대교육심리학』, 교육출판사, 1993, pp.311-312 참조.

30) 이별이 이미 결정되고 난 후에, 화자의 애증이 무의미해졌을 때 요구되는 것이 깨달음과 체념이다. 이런 점에서 화자의 태도는 애증에서 각성적 체험으로 변주된다. 김명준, 「<서경별곡>의 구조적 긴밀성과 그 의미」, 한국시가학회, 『한국시가연구』 제8집, 2000, pp.76-77 참조.

게 되는 것을 직관적 통찰이라 할 수 있다. 그러나 단지 오래 생각한다고 해서 이러한 내적 연관이 쉽게 파악되는 것은 아니다. 직관적 통찰이 신비로운 영감에 의해 갑자기 발생하는 것이 아니라 대상에 몰입하여 대상의 입장에서 생각함으로써 더욱 효과적으로 획득되는 것처럼, 학습자에게 필요한 것은 그 스스로 직접 화자가 되어보는 일이다. 즉 화자의 입장이 되어봄으로써 화자의 대응을 예측하는 일이 필요하다.

학습자는 화자의 입장이 되어 봄으로써 자신의 체험에 기초하여 저마다의 방어기제를 표출할 수 있다. 학습자들이 표출하는 방어기제는 대체로 비슷할 수도 있지만, 한결같지 않을 것이다. 그러나 학습자들이 표출하는 방어기제는 그 모습은 다르다 할지라도 불안이라는 원인에 대한 방어기제로서 동질성을 갖는다. 이렇게 다양한 방어기제를 스스로 표출해 봄으로써 화자의 모습이 결국 다양한 방어기제들의 총합으로 이루어져 있음을 알 수 있다. 그리고 더 나아가 이러한 방어기제들의 연속관계, 궁극적으로 자아의 각성에 이르는 과정을 이해하고 공감할 수 있다.

이제까지의 논의를 정리하면 다음과 같다. 이 작품이 형상화하고 있는 하나의 체험을 공유하기 위해 학습자는 기초적인 서사를 구성한 뒤에 작품의 각성적 요소에 대한 선택적 주목과 종합을 통해 구체적인 장면을 연상하고, 자신의 체험을 바탕으로 작품의 상황에 생기를 부여하며, 더 나아가 화자의 입장이 되어 생각해 봄으로써 화자가 겪고 있는 불안 체험을 공유할 수 있다. 이러한 불안 체험을 공유함으로써 감상자가 직접적으로 느끼는 것은 화자에 대한 연민이지만, 하나의 체험을 온전히 가져옴으로써 쾌감을 느끼게 된다.

---

31) R. Root-Bernstein & M. Root-Bernstein, *Sparks of genius*, 박종성 역, 『생각의 탄생』, 에코의 서재, 1999, p.25.

2. 유추를 통한 주제의 확장

문학은 삶에 대해 이야기하되, 명제로 제시하지 않고, 구체적인 형상으로 보여준다. 다시 말해 어떤 사건을 중심으로 한 인간의 구체적 행위를 그려내거나 혹은 어떤 사태에 대한 인간의 심리적인 갈등 등을 중심으로 살아 움직이는 인간의 모습을 그려내어 감상자가 이를 직접 목격할 수 있도록 한다.[32] 그런데 감상의 과정에서 감상자가 작품에 완전히 몰입하여 그것이 상상된 형상이라는 것을 완전히 잊어버리고, 자신과 작품을 구별하지 못할 정도로 거리를 망각하는 것은 아니다. 다음의 글에서 설명하고 있는 것처럼 감상자는 작품과의 거리를 적절히 유지함으로써 미적 체험을 성공적으로 수행할 수 있기 때문이다.

> 향수자는 자기 앞의 구경거리를 따라잡을 정도로 구경거리에 충분히 관심과 흥미를 가져야 하지만 기만당할 정도의 관심과 흥미를 가져서는 곤란하다. 또 등장인물들과 충분히 공감하여야겠지만 그들과 동일화되어서는 곤란하며, 등장인물들의 동작을 열심히 관찰하여야겠지만 그런 동작을 실제의 것으로 오인할 정도여서는 안 된다. 어디에서나 미적 지각은 신체가 체험할 수 있는 일정한 유리 상태를 요구하는데, 신체의 감수성은 그런 상태를 이룸에 있어 기관의 구실을 하지만 그러나 신체의 원리는 의심할 바 없이 거리를 취할 수 있는 선험적 능력으로서의 상상력 속에 내재한다.[33]

---

32) '형상'이란 기본적으로는 시각에 의해 확인 가능한 구체적 실체를 지시하는 개념이다. 그러나 문학에서의 형상은 시각적으로 확인 가능한 '그림'이 아니라, '그림으로 그린 것 같음' 즉 언어에 의해 이루어진 구체적인 감각화를 의미한다. 정정순, 「시적 형상성의 교육 내용 연구」, 서울대학교 박사학위논문, 2005, p.37.

33) M. Dufrenne, *Phénoménologie de l'experience esthétique*, 김채현 역, 『미적 체험의 현상학』, 이화여자대학교출판부, 1991, p.602.

이 글에서 언급한 거리를 고려할 때, 작품을 읽는 감상자는 작품에 구현된 인간의 움직임을 따라 가면서 그러한 움직임이 과연 타당한 것인지, 그렇지 않은지에 대해서 자신이 가지고 있는 '인간에 대한 가설'을 바탕으로 나름대로의 거리를 둔 상태에서 지속적으로 평가하게 된다.[34)]

이렇듯 작품에 구현된 인간의 형상에 대해 옳고 그름이나, 가치를 따지는 행위를 포함하여, 작품에 창조된 형상으로부터 인간이 '왜' 그렇게 살아가고 있는가에 대한 질문을 던지며 삶의 원리, 즉 삶의 이치에 도달하고자 한다는 점에서 문학 감상은 곧 인간에 대한 탐구라 할 수 있다. 이러한 탐구에 의해 학습자가 발견한 작품의 의미는 곧 학습자가 찾아낸 작품의 '주제(theme)'라 할 수 있으며, 작품의 주제는 하나의 작품에 대해 유일무이한 것이 아니라 감상자에 의해 지속적으로 확장될 수 있는 가능성을 갖는다.

물론 작품의 주제는 작자가 작품을 창조하려 했던 의도나 목적과 불가분의 관계에 있다. 그러나 작자의 의도가 작품에 그대로 반영되는 것이 아니며, 작품이 일단 세상에 던져진 이상 작자가 염두에 두었던 특정한 주제가 곧 그 작품의 유일하고 정당한 주제가 되는 것은 아니다.[35)] 이런 점에서 작품의 의미, 곧 주제는 결국 그것을 해석하는 감상자의 몫이 된다.[36)] 물론 감상자로서 작자의 의도를 추적해 보는 것은 당연히 수행할

34) 김중신, 앞의 책, p.35.

35) 신비평에서 제기한 '의도의 오류(Intentional Fallacy)'는 바로 이러한 작자의 의도를 절대시하는 것에 대한 문제제기로 볼 수 있다. 어떤 표현이든 표현하는 사람의 의도가 있고, 그 의도가 그 표현을 조정하게 되지만, 작자에 의해 '의도된 의미(intentional meaning)'와 작품 자체의 의미, 즉 '실지의 의미(actual meaning)'는 서로 구별될 필요가 있다. 김종길, 「시의 요소」, 유종호・최동호 편, 『시를 어떻게 만날 것인가』, 작가, 2005, pp.61-65.

36) 작품을 작자의 지향적 의도의 표현으로서 보는 관점은 현상학적 문학 연구의 기본 관점이다(박이문, 「현상학과 문학」, 『문학과 언어의 꿈』, 민음사, 2003, pp.344-345 참조). 그러나 이런 관점에서 볼 때 고려속요와 같이 작자가 명확하지 않은 작품은 해석의 근거를 가질 수 없고, 의미를 추적하기가 어렵다. 그러나 작자가 분명하지 않다고 하더라도 고려속

만한 가치가 있는 일이지만, 작자의 의도에 함몰되기보다는 데리다가 말한 '자유로운 놀이(free play)'로서의 독서를 즐길 수 있을 때 더욱 풍부한 감상이 가능해진다. 자신의 체험을 바탕으로 작품의 주제를 탐구하고, 이를 통해 획득된 삶에 대한 인식을 더 많은 상황에 조응해 그 보편성을 확인함으로써 세계에 대한 더 넓은 인식에 도달할 때 감상의 효용이 증대된다. 이러한 학습자의 활동이 여기에서 말하는 주제의 확장이다.37)

학습자가 이렇게 주제를 확장하기 위해서는 학습자가 작품으로부터 일정한 거리를 둘 필요가 있다. 프로이트가 말한 대로 감상자는 작중 인물에 대해 동일시하며 작중 인물을 통해 자신의 욕망을 충족시키고자 한다. 그러나 만일 감상자가 그것이 실제 현실이라고 착각한다면, 감상자가 작품을 제대로 감상하고 있다고 할 수 없다. 언제든지 거리를 둘 수 있다는 점에서 작품은 관조의 대상이 되며, 감상자는 그것에 대해 자유롭게 조작할 수 있는 상상의 자유를 갖는다. 이것은 작품을 하나의 표상(representation)으로 간주하는 일이 된다. 다시 말해 작품이 말해주는 것에 대해 탐구함으로써 하르트만이 말한 새로운 대상층으로서 '운명'을 볼 수 있다.38)

학습자가 이제 작품을 통해 창조한 하나의 형상을 관조의 대상으로서 자유롭게 조작하기 시작한다고 했을 때 작품은 이제 감정이입과 몰입의 대상으로서가 아니라 탐구의 대상이 된다. 이러한 탐구의 대상에 대해 학

요에 대한 감상이나 평가는 오랜 시간 동안 실제로 존재했다는 사실을 부정할 수는 없다. 이런 점에 비추어 볼 때 작품의 의미는 독자의 몫이라 할 수 있다. 그리고 이때의 독자는 서로 다른 역사적, 문화적, 사회적 배경을 가지고 작품의 의미를 탐구하는 독자를 말한다. 자기 고유의 배경을 가진 독자가 주관적으로 작품의 의미를 파악하고자 한다는 점에서 작품의 의미는 독자의 문제이며, 또한 그 해석이 필연적으로 상대적일 수밖에 없다.

37) 주제를 확장한다는 것은 작품에 형상화된 개별적인 인간들의 모습으로부터 좀더 보편적인 인간의 속성을 발견하는 일을 말한다. 즉 고려속요에 나타난 개인들의 사랑과 이별, 불안에 대한 내적 대응 등을 통해 앞에서 살펴본 바와 같은 인간의 관계지향성이나 유한성 등을 발견하거나 재확인하는 일이 작품의 주제를 확장하는 일이다.

38) N. Hartmann, *Äesthetik*, 전원배 역, 『미학』, 을유문화사, 1995, p.202.

습자는 그 원리를 탐색하며, 또한 그러한 원리가 보편타당한 것인지에 대해 검토해 볼 수 있다. 언제 어디서든 일어나는 일로서 그것을 다른 사태에 비추어 보게 되는 것이다. 그리고 다양한 사태에 비추어 그것이 언제 어디서든 일어나는 일이라는 것을 확인하게 될 때 인간의 운명이 분명하게 드러난다. 이렇듯 작품의 보편성과 항구성을 확인하는 일은 유추적 사고가 된다.

유추(analogy)는 서로 다른 대상들 간의 유사한 성질이나 관계를 추측하여 하나의 대상에 대한 인식을 다른 대상에까지 전이하는 것을 말한다.[39] 유추란 "둘, 혹은 그 이상의 현상들 사이에 기능적으로 유사하거나 일치하는 내적 관련성을 알아내는 것"을 말한다. 따라서 엄밀하게 말해 유추는 "색이나 형태처럼 관찰에 근거한, 사물들 사이의 유사점"을 말하는 '닮음(similarity)'과 구별될 필요가 있다.[40] 그러나 서로 다른 대상들 사이의 내적 관련성을 포착하는 데 이들 대상 사이의 닮음이 아무런 연관이 없는 것은 아니다. 물론 창조적 유추를 위해서는 대상들 사이의 닮음보다는 대상들 사이의 내적인 관련성이 더욱 중요한 요인이 될 것이다.[41] 그러나 유추의 출발이 되는 대상과 닮은 대상들을 확인해 보는 일은 서로 다른 대상들 사이의 내적 연관성을 찾아 내는 데 기초가 될 수 있다.

이에 따라 주제의 확장을 위한 유추적 탐구의 단계를 다음과 같은 세 가지 단계로 나누어 볼 수 있다.

첫째는 학습자가 작품으로부터 무언가를 유추해보고자 하는 동기를 획

39) 이러한 유추의 과정을 아리스토텔레스는 다음과 같이 설명한 바 있다. "유추(類推)에 의한 전용은 A에 대한 B의 관계가 C에 대한 D의 관계와 같을 때 가능하다. 왜냐하면 그럴 때에는 B대신 D를, 그리고 D대신 B를 말할 수 있기 때문이다." Aristotle, *Poetics*, 천병희 역, 『시학』, 문예출판사, 1997, p.117.

40) R. Root-Bernstein & M. Root-Bernstein, 앞의 책, p.206.

41) G. Lakoff & M. Johnson, *Metaphors we live by*, 노양진・나익주 역, 『삶으로서의 은유』, 박이정, 2006, pp.259-261.

득하는 단계이다. 이 단계는 작품으로부터 삶의 보편성에 대한 관심이 환기됨으로써 이후의 본격적인 유추의 출발점이 마련되는 단계이다.

둘째는 학습자가 작품이 형상화하고 있는 모습과 외적으로 닮아 있는 다양한 사태를 유추해 보는 단계이다. 이때 하나의 대상과 다른 대상을 연결짓는 행위, 즉 은유가 본질적으로 자신의 체험에 근거해 있다는 점에서 이 단계에서의 유추는 작품의 전체 혹은 특정 부분에 대해 학습자가 직접, 간접적으로 겪어 본 다양한 체험을 환기하는 일을 요구하게 될 것이다.[42)]

셋째로 학습자가 체험적 유사성에 근거한 유추를 넘어 작품의 내적인 구조를 바탕으로 다양한 사태에 작품이 담고 있는 삶의 모습을 유추적으로 적용해 보는 단계를 살펴보고자 한다. 이 단계의 유추는 '닮음'의 수준을 넘어 인간의 삶에 내적으로 작용하는 보편적으로 작용하는 원리를 발견하는 수준에 이르게 될 것이다.

1) 삶의 보편성에 대한 관심의 환기

유추는 스스로 의식하지 못하는 수준에서 거의 자동적으로 일어나기도 한다. 우리가 일상적으로 사용하는 많은 은유에서 이를 확인할 수 있다. 은유는 둘 이상의 대상을 서로의 유사성을 근거로 연결 짓는 것, 즉 유추를 통해 성립하기 때문이다. 우리가 '시간을 낭비했다'라고 말할 때나 '시간을 절약해야 한다'라고 말할 때 우리는 이미 시간을 돈과 결합시키고 있다. 물론 이러한 은유는 '시적 상상력'과 '수사적 풍부성'의 도구이기도 하지만, 우리가 일상적으로 사용하는 언어가 사물과 연관되는 방식이기도 하며, 우리의 지각을 개념화하는 방식이기도 하다.[43)] 이런 점에서 인간은

42) G. Lakoff & M. Johnson, 앞의 책, p.3.

생활인으로서 누구나 기본적인 유추의 능력을 가지고 있다.

이렇듯 하나의 대상을 다른 대상으로 전이하는 일은 특정한 목적이 없이 체험이나 훈련된 사고의 유형에 따라 자연스럽게 일어날 수 있다. 이런 점에서 보자면, 우리가 문학 작품을 감상하면서 개개의 형상을 다른 것으로 전환시켜보는 것은 오랜 시간 동안 축적된 문학 감상의 경험을 통해 훈련된 습관이라 볼 수 있다. 문학의 알레고리적 속성이 또한 이를 잘 말해 준다. 예컨대 우리가 <토끼와 거북이>를 읽으면서 이를 실제 토끼와 거북이의 체험을 형상화한 것이라 보지 않고, 인간의 문제로 바로 전이시킨다는 것에 대해서는 특별한 설명이 필요하지 않을 것이다.

그러나 학습자들이 <토끼와 거북이>를 인간 보편의 문제로 전이시킬 수 있다 하더라도 <서경별곡>을 감상하면서도 습관적으로 무언가를, 특히 인간의 유한성이나 관계지향성과 같은 삶의 보편적 원리를 유추하려고 시도할 것이라고 예상할 수 있을까? 물론 <토끼와 거북이>와 <서경별곡>을 동등한 수준에서 놓고 이야기한다는 데 문제가 없지 않다. <토끼와 거북이>는 <서경별곡>에 비해 그것을 알레고리적으로 해석할 수 있는 여지를 좀 더 많이 가지고 있기 때문이다. 또한 <토끼와 거북이>와 같은 우화를 인간의 문제로 유추하는 것과 한 개인의 삶을 보편적인 인간의 문제로 유추하는 것은 질적으로도 큰 차이가 있다. 그러나 중요한 것은 <토끼와 거북이>를 감상하는 과정에서 '이것은 결국 인간 누구에게나 해당되는 문제를 말하고 있다'라고 깨닫는 순간이 <서경별곡>의 감상 과정에서도 나타날 때 비로소 인간 보편의 문제로의 유추가 가능하다는 점이다.

그렇다면 <서경별곡>에서 '이것은 결국 인간 보편의 문제다'라고 직관하게 되는 순간은 언제, 어디에서 비롯되는 것일까? 이러한 순간은 구

---

43) G. Lakoff & M. Johnson, 앞의 책, 1장 참조.

체적인 언제로 특정할 수 있는 순간이라기보다는 앞 단계인 체험의 공유가 심화되면서 출현한다고 볼 수 있다. 앞서 체험의 공유의 최종 단계로 개연성을 판단하는 과정을 소개한 바 있다. 우리는 개연성을 판단하면서 우리가 이미 가지고 있는 삶에 대한 가설들을 동원하게 된다. 다음의 사례를 통해 이를 구체적으로 확인해 보자.

> 한마디로 <西京別曲>은 인생의 깊은 단절감을 空間距離에 의해 나타낸 노래라고 할 수 있어요. 이별을 통해서 지금껏 잠자고 있던 부조리한 生이 눈을 뜨고 일어서는 것이지요. 님과 西京에서 함께 있을 때에는 길쌈하는 일과 사랑하는 일이 서로 對立되는 것이 아니었어요. 고향은 고향과, 타향은 타향으로서 있었지요. 그런데 이별하는 순간 이 두 가지 세계는 二者擇一的인 부조리한 生을 제시합니다. 이것이냐! 저것이냐! 이별이란 지금까지 함께 있던 것이 단절되어 「나」라는 個體로 돌아오는 것이 아닙니까?[44]

인용한 부분은 이 작품에 대한 감상자가 '大同江 아즐가 大同江 너븐디 몰라셔' '빅 내여 아즐가 빅 내여 노훈다 샤공아'라는 구절의 의미에 대한 최종적인 풀이로서 도달한 부분이다. 화자에게 대동강이 넓어 보일 수밖에 없는 이유, 그 개연성을 생각해 보고 있다. 여기에서 아직 감상자의 시선은 보편인 삶의 원리보다는, 이 작품에서 늘 문제가 되는 부분, 즉 작품의 전개과정의 일관성을 이해하는 데 머물러 있다. 이런 점에서 인용한 부분은 감상의 단계 중 '내적 체험의 발견과 개연성의 승인'에 해당된다.

그런데 이 부분에서 감상자가 화자의 내적 체험을 발견하는 과정에서 지속적으로 활용하고 있는 것은 이미 자신이 가지고 있는 삶에 대한 가설이다. '이것이냐! 저것이냐!'라는 유명한 구절을 인용하는 데에서 단적으로 확인할 수 있는 것처럼 감상자는 인간에게 늘 존재하는 '양자택일적인

---

44) 이어령 · 정병욱, 『고전의 바다』, 현암사, 1982, p.113.

부조리'라는 관점에서 이 구절의 개연성을 해석하고 있는 것이다. 이렇게 자신이 가지고 있는 삶에 대한 가설을 활용함으로써 감상자의 의식 속에서 <서경별곡>은 한 개인의 독특한 체험을 넘어 보편적인 인간의 삶으로 확장될 준비를 하고 있다.

물론 이와 같은 수준의 활동이 과연 아직 삶에 대한 충분한 경험이 없는 청소년기의 학습자들에게 과연 가능할 것인가라는 현실적인 의문이 제기될 수 있다. 그러나 실제 학습자들의 감상을 보면 비록 본문에 인용한 것과 같은 깊이를 가지고 있지는 않더라도 작중의 상황을 보편적인 것으로 확장시키려는 시도가 없지 않다는 것을 확인할 수 있다. 그 중의 한 사례를 소개하면 다음과 같다.

> 화자는 처음에는 임을 잡고 나를 데려가 달라고 애원하다가 그럼에도 불구하고 떠나시는 야속한 님을 바라보면서 끝내 원망어린 시선을 던진다. 나는 이 부분에서 인간적인 화자의 면모와, 이별할 때의 모습은 동서고금을 막론하고 비슷하다는 것을 느꼈다. 고려 시대 때의 이 화자도 많이 슬펐을 것 같다. 내가 좋아하는 아이가 다른 여자 아이와 서 있기만 해도 불안한데, 나를 떠나는 님이 얼마나 야속했을까? (서-M-6-16)

비록 그 이유가 화자의 모습이 자신의 개인적 체험과의 약간의 공통점이 있다는 것에 불과하지만, 밑줄 친 부분에서 필자는 분명히 고려 시대의 어느 누군가의 이별 체험을 '동서고금'에 보편적인 것으로 확장해서 바라보는 모습을 보이고 있다.

이렇게 볼 때 <서경별곡>이 개인의 독특한 체험으로서 읽히는 것을 넘어 인간 보편의 문제로서 전환되는 지점은 학습자가 삶에 대한 자신의 가설을 충분히 드러내었을 때 발생한다는 사실을 알 수 있다. 그러나 실제 교실에서의 감상에서 학습자들이 이러한 전환을 자연스럽게 획득하지 못하는 경우 교사는 학습자들의 관심을 보편적인 것으로 유도하기 위한 자극을 제공할 필요도 있다. 물론 교사가 '자, 이제부터 이 작품으로부터 보편적인 삶의 원리를 유추해 보도록 하자!'라고 선언할 수는 없는 일이다. 교사가 어느 순간 이렇게 돌연한 선언을 함으로써 감상에 대한 흥미나 긴장도는 현저히 감소할 수밖에 없다.

교사는 학습자가 체험을 공유하는 과정을 메타적으로 인식하여 그 과정에서 학습자 자신이 지속적으로 인간의 보편적 삶의 원리에 대한 가설을 활용하고 있었다는 점, 그리고 그러한 가설을 활용한다는 것이 학습자가 보편적인 것에 대한 욕구를 가지고 있다는 점을 자연스럽게 환기할 수 있도록 해야 한다.

2) 체험적 닮음에 근거한 유추하기

삶의 보편성에 대한 관심을 환기함으로써 이제 학습자의 시선은 작품에 내재한 보편적인 특성을 다양한 삶의 사태에 확장적으로 적용해 보는 것으로 이어질 수 있다. 이에 먼저 필요한 활동이 체험적 닮음을 근거로 다양한 사태를 떠올려 보는 것이다. 체험적 닮음을 근거로 다양한 사태를 유추한다는 것은 학습자들이 작품에 나타난 사태와 비슷한 일을 겪은 적이 있느냐라는 물음으로부터 시작한다. <서경별곡>의 경우 학습자들은 자신이 직간접적으로 겪은 사랑과 이별에 대한 체험을 환기하고 이들 체험과 작품에 나타난 형상 사이의 유사성을 서로 비교하고 대조하는 활동을 수행할 수 있다.

물론 이 작품에 나타난 사랑과 이별의 모습이 성인 남녀의 사랑이라는 점에서 청소년기의 학습자들이 이와 비슷한 자신의 직접 체험을 떠올린다는 것이 자연스럽지 않을 수 있다.[45] 그러나 청소년기는 오히려 사랑과 이별에 매우 민감한 시기라는 점에서 굳이 직접적인 체험이 아니라 하더라도 학습자가 간접적으로 보고 들은 범위 내에서 이와 닮은 다양한 사태를 환기하고 이와 닮은 사태가 얼마나 많이 있는가를 확인하는 활동이 충분히 가능하다. 학습자들이 이 작품을 계기로 떠올릴 수 있는 간접 체험은 다른 작품을 통해 알게 된 것이나, 드라마, 영화 등을 통해 체험한 것들까지 다양할 수 있다.[46]

예컨대 교사는 학습자들에게 이제까지 접해 본 작품 중에서 <서경별곡>에서 다루고 있는 사랑과 이별의 문제가 나타난 것이 어떤 것들이 있었는가를 물어 볼 수 있다. 학습자들의 학령이나 개인적 독서량에 따라 학습자들이 제시할 수 있는 작품의 수는 매우 달라질 수 있으나, 중요한 것은 학습자들이 이제까지 접해 본 작품들 중 사랑과 이별의 문제를 다루지 않은 작품들이 얼마나 되느냐를 발견하고 놀라움을 느끼는 일이다. 이를 통해 학습자들은 문학의 보편적인 소재의 하나가 바로 사랑이라는 것을 새롭게 지각할 수 있게 된다.[47]

---

45) 에릭슨의 정서 발달 단계를 통해 알 수 있듯이 인간은 성장의 단계에 따라 주된 관심사과 해결해야 할 과제를 갖는다. 예컨대 영아기의 가장 중요한 문제는 애착 대상과의 관계가 신뢰로운지 아닌지 하는 것이다. 이런 점을 고려할 때, 학습자들의 연령에 따라 이 작품이 가지는 환기력은 상대적으로 다를 수밖에 없다. 정명화 외, 『정서와 교육』, 학지사, 2005, pp.88-89 참조.

46) 사실 학습자들의 실제 감상을 보면 의외로 자기 자신이나 친구의 사랑 이야기를 작품의 감상에 활용하는 경우가 많다. 이는 사회의 변화에 따라 이성교제의 시기가 점점 낮아지는 현상을 반영한 것이라 볼 수 있다. 예컨대 다음과 같은 사례에서 학습자는 작중의 사태와 자기가 겪은 사랑의 경험을 서로 동일시하고 있다.
"이 시를 읽으면서 중학교 3학년 때의 일이 생각난다. 내가 좋아했던 아이와의 일에서는 내가 화자와 같은 상황이 되었었고, 나를 좋아했던 아이와의 일에서는 내가 이 시의 화자가 사랑하는 임의 입장이 되었었다. 그런데 지금 생각해 보니 내가 너무 후회된다. 그때 이렇게 귀찮게 그 아이를 잡는 게 아니었던 것 같다." (서-K-3-13)

47) 이런 점에서 '닮음'을 통해 다양한 사태를 환기하는 것은 학습자가 자기 주변을 새롭게 인식하는 계기가 된다. 그리고 이러한 주변에 대한 재인식은 이후 삶에 대한 각성 단계에서 이루어지는 자기 삶에 대한 재인식을 위한 바탕이 된다.

이러한 질문이 '방향'과 '범위'를 달리하여 다양하게 제기될 때 학습자들은 도처에서 <서경별곡>의 보편성을 지각할 수 있다. 작품의 표면에 나타난 주제적인 특징인 사랑과 이별의 아픔에 국한하지 않고, 작품의 소재나 표현 방식의 특성들에까지 그 방향을 확장한다면 학습자가 환기할 수 있는 체험이 더욱 확장될 수 있다. 예컨대 작품의 세 번째 단락에 나타난, 엉뚱한 사람에게 화풀이하기는 작품이 다루고 있는 표면적인 주제에 한정할 때와는 다른 방향으로 학습자들의 시선을 확장시킬 수 있을 것이다. 또한 학습자들이 읽어 본 문학 작품에 범위를 한정하지 않고, 학습자들에게 친근한 드라마나 영화, 또는 일상에서 보고 들은 이야기까지로 범위를 확장시킨다면 학습자들이 환기할 수 있는 사례는 더욱 많아질 수밖에 없다.

이와 같은 과정을 통해 학습자들이 <서경별곡>과 닮은 모습을 하고 있는 사태가 도처에 존재한다는 사실을 깨닫는 것은 아직 유추의 본질인 '유사성'의 단계에는 도달한 것이 아니나, 나름대로 보편적 원리의 탐구의 과정에서 중요한 역할을 할 수 있다. 이를 다음과 같이 두 가지 차원에서 생각해 볼 수 있다.

먼저 '닮음'을 통해 확보된 다양한 사례들이 이후의 단계에서 수행하게 될 '구조적 유사성'에 의한 원리의 발견과 보편화를 위한 검증 자료가 될 수 있다는 점을 들 수 있다. 탐구를 통해 발견한 원리가 보편성을 가지기 위해서는 다양한 사태에 두루 적용될 수 있어야 한다. 이때 학습자가 자신이 발견한 원리를 다양한 사태에 두루 적용하기 위해서는 양적인 측면에서 나름대로의 타당성을 가질 수 있을 정도의 사례를 확보할 필요가 있다. 이때 '닮음'에 의해 환기된 다양한 사태가 바로 보편화, 일반화를 위한 자료들이 될 수 있다. 물론 이들 중에는 단순한 소재 차원의 닮음을 통해 환기된 것들이 포함되기 마련이기 때문에 '닮음'이 아닌 '구조적 유사성'의 차원에서는 적용되기 어려운 사례들이 적지 않을 것이다. 그러나 학습자가 구조적 유사성을 발견했다 하더라도 그것이 적용되는 사례를 떠올리는 것이 또 다시 어려운 과제가 될 수 있으므로, 구조적 유사성의 발견 이전에 '닮음'에 의한 환기가 충분히 이루어질 필요가 있다.

다음으로는 이러한 '닮음'에 의한 환기를 수행하는 과정에서 점차 학습자들의 관심이 내적인 '유사성'의 창조에 대한 관심이 형성될 수 있다는 점을 들 수 있다. 앞에서 설명한대로 '닮음'은 비록 '관찰'에 의해 확인할 수 있는 표면적인 성질로서, 비록 내적인 유사성에 미치지는 못하지만, 서로 다른 두 대상을 연결시키는 근거가 된다. 따라서 질적인 측면에서는 아직 제대로 된 유추라 할 수는 없다 하더라도, 구체적인 근거를 가지고 서로 다른 두 대상을 연결 짓는다는 점에서는 유추적 형식을 갖추고 있다.[48] 따라서 이러한 '닮음'에 의한 환기가 충분히 진행되는 것은 내적인 유사성의 창조에 대한 학습자들의 동기를 유발할 수 있다.

3) 구조적 유사성에 근거한 유추하기

이미 제시된 여러 가지의 사태들 사이의 유사성을 포착하는 것이 아니라, 유추를 통해 무언가를 발견한다고 할 때, 유추는 이미 제시된 사태의 특징을 포착하는 것으로부터 시작된다. 하나의 사태는 여러 가지의 요소로 구성되지만, 이러한 여러 가지 요소들 중에서 가장 핵심적인 것, 사태

48) 다음에 소개하는 감상은 단순한 닮음을 유사성의 창조로 발전시키는 모습이 드러난 경우라 할 수 있다.
"나는 이 작품을 읽으며 이번에 새로 앨범을 낸 '브라운아이드걸스'의 Abracadabra가 생각났다. 이 곡의 내용이 자신을 떠나간 임이 다시 돌아오게 해 달라는 주문을 외우는 것이기 때문이다. 서경별곡의 특징이라고 할 수 있는 적극성의 측면에서도 비슷하다. 임과의 이별을 적극적으로 거부하는 화자와 같이 '브라운아이드걸스' 또한 임이 다시 자기에게 돌아오기를 바라는 마음을 적극적인 행동으로 표현한다." (서-N-4-4)

의 핵심을 가장 잘 보여주는 특징을 추출할 필요가 있다. 이런 점에서 이 단계에서의 유추적 사고는 체험의 공유를 통해 구체화된 하나의 형상을 다시 구조적으로 추상화하는 작업을 필요로 한다.[49)]

이 과정에서는 두 가지 활동이 요구된다. 먼저 작품에 나타난 갈등을 이항대립적으로 나누어 봄으로써 일반적인 원리로 발전할 수 있는 근거를 마련하는 일이다. 삶의 무늬, 즉 패턴(pattern)은 결국 가장 '단순한 요소들의 복잡한 결합'[50)]으로 이루어지기 때문에 '산'과 '바다', '남'과 '여', '선'과 '악' 등 가장 기본적인 형태의 구조를 발견함으로써 이를 통해 사태의 바탕에 놓여 있는 조건들을 확인할 필요가 있다. 그리고 다음 단계로 이렇게 단순화된 조건들을 기준으로 그러한 조건들이 갖는 의미를 확장하고 그 안에 다양한 사태가 담길 수 있도록 '범주화'[51)]를 수행할 필요가 있다. 이제 이 과정을 작품을 통해 구체적으로 확인해 보기로 한다.

<서경별곡>의 경우 이 화자의 심리적 갈등과 그 극복과정을 다루고 있다는 점에서 이 작품이 그리고 있는 삶의 형상을 갈등의 요인들을 중심으로 단순화할 수 있다.

> 西京셔경이 아즐가 西京셔경이 셔울히마르는
> 닷곤ᄃᆡ 아즐가 닷곤ᄃᆡ 소셩경 고ᄋᆡ마른
> 여희므론 아즐가 여희므론 질삼뵈 ᄇᆞ리시고
> 괴시란ᄃᆡ 아즐가 괴시란ᄃᆡ 우러곰 좃니노이다

작품의 첫 단락에서 여음을 제외한 부분이다. 먼저 이항대립적으로 볼

49) R. Root-Bernstein & M. Root-Bernstein, 앞의 책, p.130.

50) R. Root-Bernstein & M. Root-Bernstein, 앞의 책, p.188.

51) "범주화란 어떤 속성을 부각하고, 어떤 속성은 축소하며, 또 어떤 속성은 은폐함으로써 어떤 종류의 대상 또는 경험을 식별하는 자연적 방식이다." G. Lakoff & M. Johnson, 앞의 책, p.274.

때, 이 부분은 이별을 원치 않는 화자와 화자의 마음을 헤아리지 않고 떠나려는 임 사이의 대립으로 요약될 수 있다. 그러나 이들 요소의 의미를 범주적으로 확장해 보면, 화자가 소망하는 것과 그렇지 못한 현실간의 대립을 중심으로 이야기가 진행된다는 것을 알 수 있다. 화자가 원하는 것은 이별 없는 영원함이고, 원하지 않는 것은 이별로 인한 임과의 분리이다. 원하는 것은 화자의 다짐 속에서나 존재할 수 있는 것인 반면, 화자가 원하지 않는 이별은 현실로 이미 다가와 있다. 여기에서 갈등이 발생한다. 그렇다면 이 부분이 나타내는 것은 무엇보다도 원하는 것이 영원히 이어질 수 없는 현실에서 빚어지는 갈등이라고 볼 수 있다.

> 大同江 아즐가 大同江 너븐디 몰라셔
> 빈 내여 아즐가 빈 내여 노흔다 샤공아

이렇게 원하는 것과 원하지 않는 것의 대립은 공간적으로 이곳과 저곳의 대립으로 형상화된다. 작품의 배경이 되는 '대동강'을 앞에 두고 화자와 임은 강 건너편과 이곳으로 나누어진다. 이 때의 강은 단지 물리적인 경계의 의미를 넘어 화자와 임 사이의 관계를 영원히 가르는 상징적인 의미로 확장될 수 있다. 경계로서의 대동강이기에 화자에게는 한없이 넓은 것일 수밖에 없다.

또 다른 한편으로 이 노래는 남성과 여성의 대립, 즉 떠나는 남성과 남아 있을 수밖에 없는 여성의 대립에 의한 갈등이 구현되고 있다. 흔히 떠나는 것은 남성으로, 그리고 남아서 기다리는 것을 여성으로 표현하는 것은 사람들의 머릿속에 자리 잡은 오래된 선입견이다. 그러나 굳이 이 작품의 대립 구도를 남성과 여성의 대립에 국한시킬 필요는 없다. 쉽게 해소되지 않는 갈등 속에서 서로 다른 길을 가야 하는 인간과 인간의 대립이 이 작품의 구조적 요소라고 볼 수 있다.

이렇게 작품을 대립적 요소들로 구조화하고 그 범주를 확장해 볼 때, 이들 각각은 앞에서 살펴본 인간의 보편적 속성들과 서로 대응될 수 있다. 즉 원하는 것과 원하지 않는 것의 대립은 인간의 유한성에, 이곳과 저곳의 대립은 인간의 피안지향성에, 그리고 인간과 인간의 대립은 인간의 관계지향성과 밀접한 관련이 있다. 물론 학습자들이 이렇게 작품의 갈등을 구성하는 요소를 추출하는 것만으로 이와 같은 보편적인 원리에 도달할 것이라고 기대하는 것은 지나치게 단순한 생각이다. 이렇게 파악된 요소들은 아직 이러한 원리에 도달하기 위한 과정일 뿐이다. 학습자들은 앞서 체험적 닮음에 의해 환기한 다양한 사태들에 비추어 <서경별곡>의 구조적 특성을 조응해 봄으로써 이것이 단순한 '닮음'이 아니라 내적인 유사성의 차원에서 서로 상동적임을 이해할 수 있어야 한다.

3. 태도의 전이를 통한 삶에 대한 각성

'각성'은 살아있는 정신으로써 새로운 것을 발견하거나 혹은 이미 알고 있었지만 오랫동안 잊고 있었던 것을 다시 떠올리는 것을 말한다. 따라서 삶에 대해 각성한다는 것은 미처 알지 못했던 삶의 모습이나 이미 알고 있었지만 자동화된 일상 속에서 잊고 있었던 소중한 가치를 다시 떠올리는 것을 말한다.

자기가 속한 세계, 기존에 맺고 있던 인간관계는 사실 늘 있었던 것이기 때문에 이에 대해 각성하는 것은 특별한 계기를 요구한다. 문학과 같은 예술의 중요한 기능은 바로 삶에 대해 각성하게 하는 것이다. 그런데 이렇듯 삶에 대해 각성하기 위해서는 그것을 '보는' 태도나 관점의 전환이 필요하다. 다시 말해 세계를 보는 태도의 전환이 있을 때 자기의 삶을 다시 바라보며 무언가 새롭게 느끼는 것을 얻을 수 있다. 이것이 여기에서 말하는 태도의 전이에 의한 각성이다.

따라서 앞에서 확인한 것과 같은 고려속요에 나타난 삶에 대한 태도는 학습자가 자기 자신의 삶을 돌아보는 과정에서 현상하여 자기의 삶을 새롭게 인식하는 데 기여해야 한다. 이미 익숙한 세계에 대해 새롭게 인식할 수 있어야 하며, 자기 자신에 대해서도 이전과 달리 새롭게 느끼는 것이 있어야 한다. 따라서 문학 작품이 보여주는 최심층인 인간과 세계에 대한 이념, 그리고 삶의 가능성을 본다는 것을 학습자의 입장에서 다시 말하자면, 자기가 살아가는 세계가 과연 살만한 곳인지를 확인하고, 자기와 관계 맺고 살아가는 사람들에 대한 신뢰를 재확인한다는 말이 된다. 이를 통해 학습자는 깊은 감동과 함께 자신의 삶에서 긍정적인 변화를 추구함으로써 인격의 함양을 경험할 수 있어야 한다.

1) 진정성의 발견과 태도의 확인

인간의 조건은 보편적인 것이지만, 그러한 조건에 대응하여 움직이는 것은 개인의 선택에 따른 것이고, 그러한 선택을 좌우하는 것은 삶에 대한 태도이다. 작품에 드러나는 구체적인 상황 역시 보편적인 인간의 조건에 따라서 특정한 인물이나 화자가 선택한 결과물이다.[52] 이런 이유로 작품은 인간의 보편적 조건을 넘어 작중의 인물, 또는 화자를 통해 구체적인 세계관을 드러내게 된다. 그리고 삶에 대한 태도는 작품의 도처에서

---

52) 행위는 기본적으로 상황의 요구에 따른 것이다. 인간에게는 구체적인 행위를 결정할 수 있는 자유가 있지만, 그러한 자유를 행사하도록 하는 것은 역설적으로 상황의 요구이다. N. Hartmann, *Einführung in die Philosophie*, 강성위 역, 『철학의 흐름과 문제들』, 서광사, 1987, p.147.

발견할 수 있다.

그러나 작품에 투사된 삶의 태도를 아는 것과 그것을 자기의 삶에 전이하여 자기를 둘러싼 세계를 새롭게 인식하는 것은 별개의 문제일 수 있다. 이에 필요한 것은 작품과 학습자가 서로 대등하고 동질적인 관계를 맺는 일이다.

사실 우리는 많은 사람들이 서로 다른 태도를 가지고 삶을 살아간다는 것을 알고 있다. 동양과 서양인의 세계관이 같지 않고, 같은 동양인이라 하더라도 한국인과 중국인, 그리고 일본인이 보이는 세계관은 다시 또 적지 않은 차이를 보인다. 그러나 우리가 이러한 사실을 알고 있다고 해도 특별한 계기가 없는 한 한국인이 굳이 중국인의 세계관으로 지금 자기가 살고 있는 세계를 파악하고자 하는 일은 그리 흔하지 않다. 특별한 계기란 서로가 같은 공간에서 충돌을 겪게 될 때이다. 다시 말해 동일한 세계에 같이 참여하지 않는다면 이러한 태도의 전이가 요구되지 않는다.

이런 점을 고려할 때 학습자가 작품에 투사된 삶의 태도를 포착하고, 이를 자기 삶에 전이시키는 일은 학습자가 작품이 그리고 있는 세계에 참여함으로써 가능하다는 것을 알 수 있다. 그렇다면 학습자는 어떻게 작품에 참여하게 되는가?

그 계기를 작품의 진정성을 포착함으로써 작품과 진정한 대화를 나눌 수 있게 되는 것으로 볼 수 있다. 진정성(authenticity)은 존재가 그 자신의 고유한 본성에 의해 행동했을 때 발현된다. 그리고 이러한 진정성이 발현되는 것은 주로 극한적인 상황이다. 극한적인 상황에서 주변의 영향이나 간섭에 따른 것이 아닌 스스로의 선택에 의한 행동이 나타났을 때 진정성이 확보된다. 이러한 진정성을 발견함에 따라 화자는 우리에게 냉소나 무관심의 대상이 아닌 '연민'이나 '애정'의 대상으로서 '그것'이 아닌 '너(Du)'로서의 위상을 가지게 된다.

이렇듯 화자가 인격적 존재로서의 '너'가 될 때, 학습자는 화자와 삶에 대한 진정한 대화를 나누기 시작할 수 있다. 진정한 대화란 발화의 진정성이 보장될 때 가능하기 때문이다. 진정한 대화가 시작되는 순간 이미 세계에 대한 신뢰는 구성되기 시작한다. 진정한 대화로써 인간에 대한 믿음이 활성화된다. 예컨대 <서경별곡>은 임의 완전한 부재에 따른 노래이며, 이에 따라 화자가 느끼는 절대적 고독이 문제의 핵심이다. 그러나 이러한 문제를 화자 스스로 드러내어 노래할 때 이미 누군가는 그 진정성을 느끼고 그에 대응하는 대화를 시작한다. 진정성을 드러내어 말할 때 누군가가 그 이야기를 들어 준다는 것은 이미 세계가 완전한 고독과 절망의 세계가 아니라는 것을 말해 준다.

결국 학습자는 작품과 진정한 대화를 나눔으로써 스스로 신뢰할 수 있는 세계의 한 구성원으로 거듭난다. 이로써 학습자는 스스로 세계에 대한 신뢰를 창조한다. 여기에서 학습자는 작품의 진정성을 일방적으로 수용하는 존재가 아니라 자기 자신 역시 진정성을 가진 주체로서 상호주관적 진정성을 발휘하게 된다.[53] 따라서 학습자는 자기 자신과 작품의 화자 모두를 위한 대화를 나누게 된다.

이러한 진정한 대화 속에서 삶에 대한 화자의 태도가 포착된다. <서경별곡>에서 자신의 삶을 바라보는 화자의 태도는 작품 전체에서 두루 드러난다. 임에게 안타깝게 매달리는 첫 연이나 구슬의 비유를 통해 영원한 믿음을 기도하는 둘째 연, 그리고 임에게는 직접 쏟아내지 못하는 원망의 말을 엉뚱한 사람에게 던지고 마는 셋째 연 모두가 삶에 대한 화자의 태도를 유추하게 해 준다. 그러나 이 모든 과정을 거쳐 화자가 최종

53) 위에서 말하는 상호주관적 진정성은 "자신의 내면에 충실한 표현적 차원과 함께 자신을 넘어선 의미 지평에서 개방적으로 사회적 책임감을 실천하려는 태도"를 말한다. 최인자, 「상생 화용 교육을 위한 소통의 중층적 기제 연구」, 국어국문학회, 『국어국문학』 144호, 태학사, 2006, p.414.

적으로 도달한 다음의 구절에서 화자의 태도는 가장 진실하고 분명하게 드러난다.

> 大同江 아즐가 大同江 건넌편 고즐여
> 위 두어렁셩 두어렁셩 아링디리
> 빅타들면 아즐가 빅타들면 것고리이다 나는
> 위 두어렁셩 두어렁셩 다링디리

일찍이 양주동이 지적한대로 이 노래의 백미는 바로 '빅타들면'에 이르러 나타나는 의미의 다양성에 있다.[54] 임에 대한 원망을 그대로 표출하지 못하고, 다만 여기가 아닌 저곳에서 임이 다른 꽃을 꺾으리라고 예언하는 장면에서 임에 대한 화자의 사랑이 얼마나 깊은 것이었는지를 확인할 수 있으며, 또한 자기가 서 있는 이곳에 대한 화자의 각성을 볼 수 있다. 임에 대한 애소와 엉뚱한 사람에 대한 질타를 거쳐 화자가 자기 스스로에게 던지는 이와 같은 독백은, 결국 화자가 사랑의 맹목에서 벗어나, 피안이나 내세가 아닌 지금 이곳으로 돌아와 있음을 말해 준다. 이것이 앞에서 언급한 '현세주의적인 세계관'이다.

2) 삶의 가치에 대한 재인식

문학 작품을 통해 보게 되는 인간의 모습이나 그 보편적인 조건이 반드시 긍정적인 것만은 아니다. 아리스토텔레스의 '시학'의 대상이 비극이었던 것처럼 문학 작품이 반드시 명랑하고 기분 좋은 것만 보여주는 것은 아니다. 또한 그렇다고 해서 이러한 비극을 감상하는 이들이 모두 삶에 대해 좌절을 느끼는 것도 아니다. 비극적인 것은 비극적인 대로 그것을

54) 양주동, 『여요전주』, 을유문화사, 1955, p.436.

감상하는 이들에게 카타르시스적인 감동을 제공하며, 비극적인 것을 통해 자신의 삶을 새롭게 시작할 수 있는 계기를 마련해 준다. 이는 감상자가 작품과의 진정성 있는 관계를 형성하고 그 과정에서 확인된 삶의 태도를 자기의 것으로 전이하여 자기 자신과 주변을 새롭게 인식할 수 있기 때문이다.

<서경별곡>의 효용 역시 사랑의 좌절에 괴로워하는 한 인간을 보는 것, 더 나아가 모든 인간이 유한성에서 비롯된 좌절을 맛보게 한다는 점에서 이와 같은 비극이 주는 효과와 동질적이라 할 수 있다. 인간이 유한하고, 또한 수많은 좌절을 겪게 된다는 사실을 확인하는 것은 그리 유쾌한 경험이라 할 수 없다. 인간이라면 누구나 겪는 괴로움을 다시 한 번 맛본다는 것은 씁쓸하고 괴로운 일일 수밖에 없다. 그러나 역설적으로 이러한 인간의 유한성은 그렇기 때문에 지금의 삶이 소중하다는 것을 말해 준다. 삶이 소중하지 않다면 어떠한 고민이나 좌절도 없을 것이기 때문이다.

이렇듯 삶의 가치를 재인식하기 위해 학습자에게 필요한 것이 사태에 대한 '차원적 사고(dimensional thinking)'[55]이다. 차원적 사고란 하나의 사태를 단일한 차원이 아니라 입체적으로 바라보는 것을 말한다. 하나의 사태가 가지고 있는 다양한 차원을 입체적으로 고려함으로써 작품의 의미는 더욱 깊어지고, 이를 통해 확인할 수 있는 삶의 가치는 더욱 풍부해 진다.

예컨대 <서경별곡>의 화자가 임의 떠남을 두고 그렇게 괴로워하는 까닭이 무엇인가에 대해 입체적으로 생각해 보자. 먼저 이 사태에 대해 일차원적으로 생각할 경우 화자의 괴로움은 사랑하는 임이 떠났다는 사실에서 비롯된 단순한 반응일 뿐이다. 여기에 인간의 삶에 개입하는 인간의 조건이라는 새로운 차원을 떠올릴 경우 화자의 괴로움은 단지 사랑하는

55) R. Root-Bernstein & M. Root-Bernstein, 앞의 책, p.282.

임이 떠났다는 사실에 국한되는 것이 아니라 인간이라면 누구나 가지고 있는 유한성이라는 제약을 벗어나지 못하는 고통이라는 것을 알 수 있다.

그러나 인간의 삶은 그러한 제약을 전제한 상태에서 인간이 세계에 참여하고, 선택하는 과정이라는 또 하나의 차원을 추가할 경우 작품의 화자를 괴롭게 하는 것은 인간의 유한성 그 자체가 아니라, 믿음이 깨어졌다는 데에서 오는 실망감이라는 점을 떠올릴 수 있다. 이러한 화자의 마음은 두 번째 단락과 세 번째 단락 사이의 돌연한 변화를 통해 확인할 수 있다.

> 구스리 아즐가 구스리 바회예 디신ᄃᆞᆯ
> 위 두어렁셩 두어렁셩 다링디리
> 긴힛ᄯᆞᆫ 아즐가 긴힛ᄯᆞᆫ 그츠리잇가 나ᄂᆞᆫ
> 위 두어렁셩 두어렁셩 다링디리
> 즈믄 ᄒᆡ를 아즐가 즈믄 ᄒᆡ를 외오곰 녀신ᄃᆞᆯ
> 위 두어렁셩 두어렁셩 다링디리
> 信잇ᄃᆞᆫ 아즐가 信잇ᄃᆞᆫ 그츠리잇가 나ᄂᆞᆫ
> 위 두어렁셩 두어렁셩 다링디리

이른바 '구슬가'로 잘 알려진 위 구절에서 화자의 심리 상태는 비록 임과 함께 있을 수는 없다하더라도 임과의 믿음을 지속할 수 있기를 바라는 마음이다. 임과의 이별을 극단적으로 거부하던 앞 단락과 비교할 때 이 구절은 이미 임과의 이별을 기정사실화하고 있다. 이는 임과 함께 하는 시간이 언젠가는 끝이 날 수 있음을 스스로 인정하는 태도에서 비롯된다. 그럼에도 불구하고, 화자가 포기하지 못하는 것은 이러한 현실적인 유한성을 이겨낼 수 있는 힘으로서의 임과의 약속, 임에 대한 믿음이다. 그러나 바로 이러한 믿음이 지속될 수 없다는 데 이르러 화자의 심리는 더욱 혼란스럽고 절망적인 곳으로 빠져들게 된다.

> 大同江 아즐가 大同江 너븐디 몰라셔
> 위 두어렁셩 두어렁셩 다링디리
> 빅 내여 아즐가 빅 내여 노훈다 샤공아
> 위 두어렁셩 두어렁셩 다링디리
> 네 가시 아즐가 네 가시 럼난디 몰라셔
> 위 두어렁셩 두어렁셩 다링디리
> 녈 빅예 아즐가 녈 빅예 연즌다 샤공아
> 위 두어렁셩 두어렁셩 다링디리
> 大同江 아즐가 大同江 건넌편 고즐여
> 위 두어렁셩 두어렁셩 아링디리
> 빅타들면 아즐가 빅타들면 것고리이다 나는
> 위 두어렁셩 두어렁셩 다링디리

위 단락에서 볼 수 있듯이 화자가 갑자기 엉뚱한 곳으로 화풀이를 하게 되는 것은 앞에서 보였던 약속에 대한 믿음이 좌절된 데 따른 혼란을 반영한 것으로 볼 수 있다. 이러한 혼란에는 배를 타고 저곳으로 건너가면 자신을 기억해 주지 않을 임과 홀로 남겨질 자기 자신에 대한 각성이 이미 전제되어 있다. 요컨대 <서경별곡>의 화자에게 진정으로 고통스러웠던 것은 삶이 유한하다는 사실 자체가 아니라 그러한 유한성 속에서도 삶을 지속시켜주는 약속의 깨어짐이었던 것이다.

이러한 깨달음의 과정에서 학습자는 삶의 가치가 삶을 얼마나 입체적으로 바라보는가에 따라 얼마든지 새롭게 발견될 수 있다는 사실과 만나게 된다. 삶은 무조건 긍정적인 것도, 반대로 무조건 부정적인 것도 아니다. 다만 삶을 긍정적으로 보는 태도와 삶을 부정적으로 보는 태도가 있을 뿐이다.

3) 인간에 대한 포용력의 증진

삶의 가치에 대한 재인식과 함께 삶에 대한 각성의 단계에서 기대할 수 있는 것은 자신과 더불어 살아가는 인간에 대한 재발견을 통해 인간에 대한 포용력을 증진시키는 일이다. <서경별곡>을 비롯한 고려속요가 보여주는 인간의 관계지향성에 기반한 인간에 대한 신뢰는 결국 인간이 인간을 떠나서는 살 수 없다는 것과 인간에 대한 신뢰에 기반하지 않은 삶은 불가능하다는 것을 다시 확인하게 해 준다.

이러한 깨달음을 자기 자신에 대해 전이할 때 자기가 맺고 있는 다양한 인간관계가 새로운 의미로서 다가올 수 있다. 생각해 보면 지금의 내가 있을 수 있는 것은 무엇보다도 누군가의 영향이나 도움 때문이다. <서경별곡>의 화자가 그토록 임에 집착했던 것도 바로 이러한 이유였다고 볼 수 있다. 즉 자신의 삶을 구성하는 가장 중요한 요인이 바로 자신이 사랑했던 임이었기에 화자는 그토록 임에 집착하지 않을 수 없었던 것이다.[56] 여기에서 학습자는 자신과 관계 맺었던 사람들을 새롭게 평가할 수 있는 근거를 얻게 된다.

이를 위해 학습자에 요구되는 과제는 <서경별곡>의 '임'이 누구인가를 넘어 이 작품을 감상하는 학습자 자신의 '임'이 누구인가를 묻고 그 관계를 재확인하는 일이다. 물론 이 작품에서 임은 한 여자의 사랑의 대상으로서의 임이다. 그러나 이 단계에서 학습자의 시선은 이미 이 작품을 넘어서 자기 자신의 삶으로 옮겨져 있기 때문에, 이 작품의 임이 누구인가는 더 이상 학습자에게 중요한 고려의 대상이 아니다.[57] 학습자는 자기

56) 자기실현을 추구하는 인간의 속성에 비추어 볼 때, 인간은 사랑의 관계에서 가장 완벽하게 자기를 실현할 수 있다. 사랑한다는 것은 그 대상의 잠재력에 가장 민감하게 반응하고, 그러한 잠재력을 실현할 수 있도록 도와주는 일이기 때문이다. J. Willi, *Psychologie der Liebe*, 심희섭 역, 『사랑의 심리학』, 이끌리오, 2003, p.46.

스스로에게 '자기에게 가장 소중한 사람은 누구인가, 그리고 그 이유는 무엇인가'를 물어야 한다.

이 질문은 다시 말해 자신이 가장 신뢰나 친밀감을 느끼는 사람이 누구인가에 대한 질문이 된다. 에릭슨(E. H. Erikson)에 의하면 친밀감은 '자신을 구체적인 육친과 동반관계 속에 몰입시키는 능력이며 또한 이런 관계에 따르는 윤리적 감정을 발달시키는 능력'을 말한다. 그리고 친밀감의 반대는 소원함, 즉 '스스로 고립될 준비가 되어있는 상태'이다.[58] 인간이 성장하면서 최초로 친밀감을 형성하게 되는 것은 자신을 낳아 준 부모이다. 부모는 자식의 모든 것을 책임지고 보호한다. 부모의 역할을 해 주는 사람이 없다면, 인간은 생존의 기회를 박탈당한다. 그러나 개인의 성장에 따라, 그가 다양한 사회적 환경 속에서 생활함에 따라 친밀감을 맺는 대상은 확대되고 증가된다. 아동기의 또래집단, 청년기의 사랑의 대상에 이르기까지 친밀감의 대상이 증가된다.

그러나 이러한 인간관계는 관계가 고정될수록 그 가치에 둔감해지기 마련이다. 사랑에서 오는 설렘 역시 시간이 지남에 따라 둔감해진다. 프롬(E. Fromm)에 따르면 이는 '존재'가 '소유'로 전환되었기 때문이다.[59] 인간을 사물화, 도구화시키는 현대 사회의 구조 속에서 이러한 관계의 '소유'로의 전환은 더욱 가속화된다. 우리가 인간성을 회복해야 한다는 말 역시 인간으로서의 자각, 인간과 인간의 관계를 회복하자는 말에 다름 아니다. 자신의 임이 누구인가라고 묻는 것은 바로 이러한 최초의 친밀감을 재확

57) 고려속요가 궁중악으로 흡수될 수 있었던 것이나 조선 시대에서도 지속적으로 향유될 수 있었던 것이 바로 노래에 등장하는 사랑하는 임이 임금이나 혹은 다른 소중한 존재로 얼마든지 확장될 수 있었기 때문이라는 점에서 오늘날의 학습자들 역시 작품에 등장하는 임을 자기 삶에 소중한 존재로 확장시킬 수 있는 가능성을 생각해 볼 수 있다.

58) E. H. Erikson, *Childhood and Society*, 유진・김인경 역, 『아동기와 사회』, 중앙적성출판사, 1988, p.306.

59) E. Fromm, *To have or to be*, 장현수 역, 『소유냐 존재냐』, 청목, 1988, p.65.

인하는 일이 된다.

다른 한편으로 이와 반대되는 질문을 통해 자신이 맺고 있는 인간관계를 재확인할 수도 있다. 즉 학습자가 앞에서의 질문과 반대로, "자기에게 가장 소원하며, 의미가 없는 사람은 누구인가? 그 이유는 무엇인가?" 등을 묻게 될 때, 자신이 맺고 있는 또 다른 인간관계에 대해 새롭게 인식할 수 있다. 이러한 질문에 대해서 누구나 자신과 이해관계가 적대적인 처지의 사람, 갈등을 겪고 있는 사람이 쉽게 떠오를 수 있다. 그러나 그러한 관계가 결국 자기 자신을 형성한다는 것을 이해할 수 있다. 여기에서 인간에 대한 포용력이 또한 증대되는 경험을 할 수 있다. 단지 자기가 미처 깨닫지 못한 것을 각성함으로써 그 의의를 확인하는 것을 넘어 자신과 가장 거리가 먼 사람에게까지 포용력을 미쳐 그 관계를 개선하고자 하는 자세를 가지게 될 때 학습자의 인격이 함께 성장한다.

요컨대 문학 감상의 최종단계는 작품이 보여주는 인간과 세계의 보편적 조건이 자기에게 주는 의미를 자기 삶에 조회하여 깨닫는 단계라 할 수 있다. 여기에서는 반드시 자기 삶에 대한 돌아봄, 즉 반성이 필요하며, 그러한 반성을 통해 자기 주변에 존재하는 모든 것의 가치에 대한 확인과 재발견을 이루어 낼 수 있어야 한다.

제5장 문학 감상 교수·학습의 정교화

이 장에서는 앞에서 살펴본 문학 감상 교육의 내용을 어떻게 실제 교육 현장에서 실현할 것인가의 문제를 다룬다. 여기에서 전제하는 교육은 교사의 교수(teaching)와 학습자의 학습(learning)이 상호 작용하는 수업을 통해 이루어지는 교육이기 때문에 여기에서 구체적으로 살펴볼 내용은 문학 감상의 교수·학습이다. 문학 감상이라는 교육 내용에 특화된 목표와 지도 방안, 평가 등을 차례로 논의하도록 한다.

1. 문학 감상 교육의 목표

문학 감상 교육의 실행을 위해 가장 먼저 검토할 사항은 목표의 설정에 대한 것이다. 교육의 목표가 교육의 목적과 내용에 따라 구체화되는 것처럼,[1] 문학 감상 교육의 목표는 문학 감상의 내재적 가치를 실현하는 학습자의 실제 감상 활동에 따라 체계적으로 배열되어야 한다. 문학 감상의 교육적 가치를 실현 가능한 상태로 전환한 문학 감상 교육의 목표는 문학 감상 교육의 실천 단계에서 가장 먼저 고려되어야 하는 사항이며,[2] 자신이 가르치는 학습자들의 상태에 따라 정해진 목표를 유연하게 조정하고,

---

1) 김상욱, 『문학교육의 길 찾기』, 나라말, 2003, p.37.

2) 교육과정이론에서는 이를 '목표모형'이라고 부른다. 타일러에 의해 그 기초가 마련된 이러한 모형에 따르자면 "교육목표는 교육과정의 순환과정에서 가장 먼저 결정되어야 한다는 뜻에서만 아니라, 그 이후의 절차를 밟는 데 기준이 되어야 한다는 뜻에서도 가장 중요한 요소"가 된다. 이홍우, 『(증보) 교육과정탐구』, 박영사, 1992, pp.43-45.

구체화하는 일은 수업의 성공을 위해 교사가 반드시 수행해야 하는 과제이다. 여기에서는 문학 감상 교육을 통해 학습자가 도달한 상태가 문학 감상을 통한 경험의 획득에 있음에 주목하고, 학습자가 획득하기를 기대하는 경험의 상태에 따라 단계화된 목표를 제시하고자 한다.

1) 문학 감상 교육의 목표에 대한 관점

일반적으로 교육의 목표는 교육을 통해 학습자들에게 기대할 수 있는 상태를 말하며, 학습자들이 도달해야 하는 상태는 곧 '향상된 능력'을 갖추게 된 상태를 의미한다. 이는 학습이 기본적으로 "'학습상황'에 놓이기 전과 후의 수행상의 차이"[3]를 전제하기 때문이다. 수행의 측면에서 학습에 참여한 것과 참여하지 않은 것이 별다른 차이를 낳지 못한다면 학습의 의미를 찾기가 어렵다. 따라서 교육은 일반적으로 학습 이전보다 학습 이후에 수행을 더 잘 할 수 있는 상태, 즉 향상된 '능력'을 가지고 있는 상태를 기대하게 된다. 이런 관점에서 문학 감상 교육에서 역시 학습자가 학습을 통해 문학 감상을 더 잘할 수 있는 능력을 갖출 것을 기대하게 되는 것은 당연하다. 그리고 이에 따라 '문학 감상 능력의 신장'을 문학 감상 교육의 목표로 제시할 수 있다.[4]

그러나 구체적인 시공간에서 구체적인 작품과의 상호작용을 통해 다른 어떤 곳에서도 할 수 없는 유일한 경험을 획득하는 것으로서의 문학 감상

3) R. M. Gagné, *The conditions of Leaning and Theory of Instruction*, 전성연 · 김수동 역, 『교수-학습 이론』, 학지사, 1998.

4) 국어교육의 목표를 국어능력의 신장이라고 한다든가, 문학교육의 목표를 문학능력의 신장이라고 하는 것에서 확인할 수 있듯이 교육의 목표는 흔히 '능력의 신장'으로 요약된다. 이때의 능력이란 무엇을 잘 할 수 있는 상태를 갖추고 있는 것을 말하며, 학습을 통하여 향상될 수 있는 것으로 간주된다. 가네는 학습에 의해 향상될 수 있는 능력을 지적 기능, 인지전략, 언어정보, 운동기능, 태도 등의 다섯 가지 범주로 나누어 제시한 바 있다. R. M. Gagné, 위의 책, p.35.

의 본질을 고려할 때, 언제 어디서든, 혹은 어떤 작품에 대해서든 '문학 감상을 잘 할 수 있는 상태'로서의 능력이 과연 가능한 것인지, 그리고 이것이 문학 감상 교육에서 추구해야 하는 목표로서 적절한 것인지에 대해 고민하지 않을 수 없다.[5] 물론 앞에서 문학 감상에 영향을 미치는 감상자의 변인으로 체험과 상상력과 감수성을 제시했던 것처럼 문학 감상을 잘 하기 위해서는 다양한 체험이나 풍부한 상상력, 그리고 예민한 감수성 등을 갖추고 있는 것이 필요하다. 이런 이유에서 이들을 잘 갖추고 있는 상태를 곧 교육을 통해 이르러야 하는 문학 감상 능력의 실체라고 말하는 것도 충분히 가능한 일이다.[6]

그러나 이러한 능력을 인정하고, 이를 발달시키는 것의 필요성을 인정한다고 하더라도, 문학교실에서 이루어지는 문학 감상이 능력의 신장을 추구해야 한다고 주장하는 데에는 적지 않은 문제가 있다. 먼저 이러한

5) 참고로 문학교육이 목표로 하는 문학 능력의 개념을 확인해 볼 필요가 있다. 7차 교육과정 <문학>에서는 지식, 수행, 가치관, 문화 등의 방향에서 '문학 활동의 일반 원리와 문학에 대한 체계적인 지식 이해', '작품의 수용과 창작 활동을 통한 문학적 감수성과 상상력 신장', '자아 실현, 세계 이해 및 문학과 삶의 통합', '문학 문화 발전에 기여하려는 태도 함양' 등을 하위 목표로 제시하고 있는바, 이들이 문학 능력을 구성하는 요소로 보고 있음을 알 수 있다. 그러나 일각에서는 이러한 인간의 행동 특성과 관련하여 '문학적 소통 능력', '문학적 사고력', '문학 지식', '사전 문학 경험', '문학에 관한 가치와 태도' 등을 제시하기도 한다. 김창원, 「문학 능력의 발달 구조와 문학교육의 통합성」, 문학과문학교육연구소 편, 『문학교육의 인식과 실천』, 국학자료원, 2000, pp.89-90 참조.

6) 더 나아가 문학 작품을 더 잘 '보기' 위한 능력으로 문학 일반이나 작품에 대한 지식을 제시할 수도 있다. 문학 감상이 문학에 대한 지식의 습득을 통해 향상될 수 있다는 전제가 오랫동안 문학교육에서 통용되었던 시기가 있었다는 것은 주지의 사실이다. 우리는 이미 신비평적인 관점에 따라 특정한 지식이나 사고력의 향상을 통해 문학 감상 능력의 신장을 도모해 보았던 경험을 가지고 있다. 그러나 플롯이라는 개념을 이해함으로써 우리가 소설을 더욱 즐겁게 감상할 수 있다고 말할 수 없는 것처럼 특정한 지식이나 훈련된 사고력이 '더 좋은 감상'을 보장하지는 않는다. 우리는 참신한 플롯 속에 전개되는 이야기를 즐기는 것이지, 플롯이 어떻게 구성되어 있는가를 설명하거나 확인해 보기 위해 작품을 감상하는 것이 아니기 때문이다. 따라서 이와 같은 문학 감상 능력에서 지식이 차지하는 비중은 상대적으로 미미하리라 생각한다.

능력은 반드시 오랜 기간 여러 번에 걸쳐 만족스럽게 이루어진 다양한 문학 감상 경험의 축적을 통해서 장기간에 걸쳐 발달한다는 점에서 체험이나 상상력, 감수성 등을 문학 감상 교육의 직접적인 목표로 제시하는 것은 적절하지 않다는 점을 들 수 있다. 심미적인 경험과 관련되는 교육의 경우 먼저 그 경험이 만족스럽게 이루어졌을 때 여타의 부수적인 효과를 기대할 수 있기 때문이다.

그러나 이보다 더욱 근본적인 문제는 문학 감상 교실에서는 능력 그 자체보다 저마다의 능력이 발휘된 경험 그 자체가 더욱 중요하다는 점에 있다. 이를 좀 더 분명히 이해하기 위해 '달리기'를 가르치는 경우를 예로 들어 비교해 보자.

체육 시간에 달리기를 가르치는 것은 우리 몸의 운동 능력을 신장시킨다는 상위의 목표 아래, 정해진 시간 안에 적당한 거리를 달려서 이동할 수 있는 신체적 능력을 가르치는 일이다. 이 과정에서 달리기에 필요한 근육을 단련시키고, 실제로 여러 번 달리기를 수행해 봄으로써 학습자는 언제 어디서든 정해진 시간 안에 정해진 거리를 달릴 수 있는 운동 능력을 가지고 있는 상태에 이르게 된다. 신체적으로 특별한 변화가 없는 한 학습자가 가지게 된 달리기의 능력은 언제 어디서든 같은 기준에 의해 검증될 수 있기 때문에 여기에서는 학습자가 '오늘' 달리기 수업 중에 근육을 강화하면서, 혹은 여러 차례의 실제 달리기를 수행하면서 무엇을 생각하고, 느끼게 되었는가라는 것은 상대적으로 덜 중요한 요소이다.

그러나 이러한 달리기 수업에 비해 문학 감상 수업에서는 실제로 문학 감상을 하는 '중'에 학습자가 무엇을 생각하고 느끼게 되었는가가 본질적으로 더욱 중요하다. 이런 점을 고려할 때 문학 감상 교육에서 목표로 삼아야 하는 학습자의 상태는 감상을 더 잘할 수 있는 능력을 갖춘 상태라기보다는 그 수업을 통해 가치 있는 감상의 경험을 획득한 상태라고 하는 것이 더 적절하다.

그렇다면 문학 감상 교육에서 학습자가 도달해야 하는 감상의 상태는 어떤 것인가? 결론을 먼저 말하자면, 이러한 상태는 학습자가 저마다 자신의 정신적 수준에 따라 작품과의 상호작용을 만족스럽게 이루어낸 상태를 말한다. 교육심리학에 따르면 학습자의 학습은 필요한 성숙단계에 도달해야만 가능하다고 한다. 이러한 생각에는 학습이 학습자의 성숙에 의존하기 때문에 학습은 학습자의 성숙단계를 초월할 수 없다[7]는 경험적 판단이 전제되어 있다. 문학 감상의 특성상 이러한 전제는 특히 강조될 필요가 있다. 체험을 근거로 한 상상력이나 감수성에 절대적으로 의존하는 문학 감상의 경우 삶에 대한 다양한 체험에 따른 성숙의 정도에 따라 그 내용이나 과정이 결정적으로 달라질 수 있기 때문이다. 이런 점에서 보자면, 문학 감상 교육은 학습자가 가진 성숙의 정도에 따라 각자의 수준에서 나름대로의 만족스러운 경험을 하는 것을 목표로 하는 것이 정당하다.[8]

굳이 비교해 말하자면, 훈련이나 교육을 통해 초등학생이 고등학생 수준의 수학 문제를 푸는 것은 충분히 일어날 수 있는 일이지만, 초등학생이 고등학생과 같은 방식과 수준으로 문학 작품을 감상하는 것은 가능한 일도 아니고 '바람직한 일'도 아니다. 물론 문학 감상 교육은 문학 감상에 '대하여' 가르치는 것이기도 하지만, 문학 감상의 본질에 비추어 볼 때,

7) 임창재, 『수업심리학』, 학지사, 2005, p.79.

8) 우리는 동일한 작품에 대한 감상이라 하더라도 누가 감상하느냐에 따라 그 구체적인 내용이 달라지고, 심지어 같은 사람이 동일한 작품을 감상한다고 하더라도 그 작품을 감상하는 것이 언제이냐에 따라 감상의 내용이 얼마든지 달라지는 것을 흔히 경험한다. 우리는 이미 감상했던 작품이라 하더라도 언제든지 다시 꺼내어 감상하곤 하는데, 이때 초등학교 때 감상한 것보다 고등학교 때 감상한 것이 더 잘된 감상이라고 쉽게 말할 수 없다. 만일 작품과 감상자 사이의 상호작용이 긴밀하고 풍부하게 이루어지기만 했다면 이들 모두가 그때그때의 상황에서 최선의 감상이라 할 수 있기 때문이다.

학습자가 선택된 작품에 대하여 각자 자신의 수준에서 충분한 감상을 한 상태에 이르는 것을 목표로 해야 한다.

물론 각자의 수준에서의 경험이라는 것이 아무렇게나 이루어지는 경험을 말하는 것은 아니다. 비록 저마다 가진 체험의 수준은 다를 수 있지만, 지금 현재의 상황에서 작품과 최선의 상호작용을 한 결과로서의 경험이 되어야 한다. 이를 듀이의 용어를 빌려 말하자면, '하나의 경험(an experience)'을 가지게 된 상태라고 말할 수 있다. '하나의 경험'이라는 개념을 적용할 때, 문학 감상의 결과로 학습자가 도달한 상태는 작품과의 긴밀한 상호작용에 따라 가지게 된 경험의 내용과 이에 따른 만족감으로 구성된다. 작품과 학습자의 풍부한 상호작용이 이에 어울리는 정서적인 만족감으로 종결된 상태가 문학 감상 교육의 결과로 학습자가 도달해야 하는 상태이다.

이러한 상태에서 학습자들의 경험은 다양한 방향으로 그 영향을 미치게 될 것이다. 학습자들은 자신이 감상한 것과 비슷한 작품을 더 찾아보려고 하거나, 특정 작가의 신봉자가 될 수도 있다. 그러나 문학 감상의 결과가 어떤 방향으로 전개될지에 대해서 쉽게 예상하거나 재단하는 것이 오히려 학습자의 문학 감상에 대한 제약으로 작용할 수 있기 때문에 문학 감상 이후의 행동적 반응을 교육의 목표에 그대로 반영하는 것에 신중할 필요가 있다. 따라서 문학 감상 교육을 통해 학습자들이 가지게 된 경험은 다른 무엇을 위한 수단이라기보다는 그 자체로 가치 있는 것으로서 존중받아야 하며, 문학 감상 교육의 목표는 '행동중심적인 목표관'과 거리를 둘 필요가 있다.

일찍이 아이스너(E. W. Eisner)는 다음과 같이 교육 목표론에 관한 한 선구자로서의 위치를 차지하는 타일러(R. W. Tyler)나 블룸(B. S. Bloom) 식의 행동중심적인 목표의 진술에 대해서 다음과 같이 비판하였다.

> 우리의 활동 중에서 생산적인 활동의 대부분은 탐구나 놀이의 형태로 이루어진다. 그러한 활동에서는, 목표가 이미 설정된 것에 도달하려는 것이 아니라, 경이감, 또는 호기심에서 작업이 이루어진다. 그러한 활동을 하는 도중에, 목표나 법칙이 생겨나는 것이다.[9]

무엇을 할 수 있는 상태에 도달하는 것을 추구하는 행동중심적인 목표 진술에 대한 이러한 비판은 교육 목표가 교육 내용의 특성을 충분히 반영해야 한다는 점을 강조한 것이다. 문학 감상 역시 아이스너가 말한 생산적 활동의 대표적인 사례이기 때문에 무엇을 위한 수단이 아닌 작품을 경험한 상태의 질적 특성에 주목할 필요가 있다.

문학 감상 교육이 이렇게 학습자들이 각자의 상태에 따라 작품과 최선의 상호작용을 한 상태, 즉 '하나의 경험'을 획득한 상태를 기대한다고 할 때, 문학 감상 교육의 목표는 앞으로 문학 작품을 더 잘 감상하기 위해 무엇을 '기른다'라고 서술되기보다는 그때그때 최선의 경험을 가지기 위해 작품과 어떤 상호작용을 해야 하며, 그 결과로 어떤 마음의 상태를 가지게 되는가라는 형식으로 제시될 필요가 있다.[10]

그리고 이에 따른 세분화된 문학 감상 교육의 목표는 감상의 수행 단계에 따라 설정할 수 있다. 즉 문학 감상 활동이 체험의 공유, 주제의 확장, 삶에 대한 각성 등의 활동으로 구성된다고 할 때 이들 각각의 활동에 따라 학습자들이 경험한 상태를 위계적으로 제시할 수 있다. 그리고 이렇게 제시된 문학 감상 교육의 목표는 학습자가 풍부한 감상에 이르는 과정의 중간 중간에 자신의 감상을 점검할 수 있는 '이정표'로서의 역할을 할 수

---

9) E. W. Eisner, *The Educational imagination : on the design and evaluation of school programs* (2Rev Ed.), Macmillan USA, 1985, 이해명 역, 『교육적 상상력 : 교육과정의 구성과 평가』, 단국대학교출판부, 1991, p.152.

10) 이런 관점에서 보자면, '문학 작품의 감상을 통해 감수성을 기른다.'라는 표현보다는 '감수성을 발휘하여 작품과 상호작용한다.'가 더욱 실제적인 목표 서술이 된다.

있어야 한다.

또한 문학 감상의 결과로 학습자들이 도달해야 하는 상태는 구체적인 작품의 '어떤' 측면과의 상호작용인가에 대한 언급이 포함되어야 한다. 예컨대 학습자가 작품과의 상호작용을 통해 체험을 공유한다고 할 때 그 체험의 실체가 작품의 '무엇'에 대한 반응으로서 형성될 수 있는 '어떤' 내용인가를 목표의 서술에서 배제할 수 없다. 만일 학습자가 공유해야 하는, 혹은 공유할 것이라 기대하는 체험의 실체가 무엇인가에 대해 아무런 예측이 없다면, 문학 감상 교육에서 '작품'의 가치가 사라질 수밖에 없다.

물론 감상에서 학습자의 자율성이나 창의성을 강조하는 측면에서 보자면 문학 감상 교육에서 감상해야 할 '무엇'을 특정할 수 있는가라는 문제가 제기될 수 있다. 일찍이 작품에 대한 학습자들의 반응을 문학수업의 전면에 배치한 반응 중심 문학교육의 사례에서도 알 수 있듯이 학습자들의 활동을 강조하다보면 그것이 '무엇에 대한' 활동인가를 함께 제시하는 일이 소홀히 취급되기 쉽다. 반응 중심 문학교육에 대해 '내용의 공허함'이 지적되었던 것도 문학 작품의 '무엇'에 대한 '어떤' 반응이냐에 대한 논의가 충분히 언급되지 않았던 데에 기인한다.

예컨대 반응 중심 이론의 관점에 따라 "심미적 문학경험에 대한 반응의 성찰을 통해 더 좋은 반응의 습관을 기르도록 한다."[11]라는 목표를 제시한다고 할 때, 이때의 반응이 작품의 '무엇'에 의해 촉발되는가의 문제가 제기된다. 물론 이때의 '무엇'이 기존의 지식 중심 문학교육 목표에서 나열되었던 작품과 문학 일반에 대한 지식의 목록이 되어서는 안 될 것이다. 학습자가 구체적인 작품과 상호작용하는 중에 그 상호작용을 깊고 풍부하게 하기 위해 학습자가 반드시 반응해야 할 작품의 어떤 요소나 측면

11) 경규진, 「반응 중심 문학교육의 방법 연구」, 서울대학교 박사학위논문, 1993, p.84.

이야말로 여기에서 말하는 '무엇'에 해당한다.

그렇다면 문학 감상 교육의 목표로서의 경험 상태는 작품의 구체적인 '무엇'에 대한 학습자의 정신적 상호작용을 통해 표현되어야 한다. 이와 같은 관점에 따라 앞으로 학습자가 수행하는 감상의 단계에 따라 학습자들이 수행해야 하는 정신적 활동의 위계를 일반론의 차원에서 제시하고, 이를 구체적 작품에 적용하여 그 내용적 측면까지를 함께 검토하기로 한다.

2) 문학 감상 교육의 단계별 목표

(1) 체험의 공유 단계의 목표

체험의 공유는 학습자가 작품에 형상화된 체험을 자기 자신의 체험에 비추어 이해하고 자기의 체험으로 전유(appropriation)하는 일을 말한다. 학습자가 작품에 나타난 인물이나 화자의 내적・외적 체험에 대해 스스로 개연성을 부여하고, 그 안에서 전개되는 사태에 따라 인물이나 화자에 감정이입하면서 그 정서를 자기 자신의 것처럼 느낀다면, 작품에 대한 충분한 공유가 이루어졌다고 할 수 있다. 이러한 공유가 이루어지는 과정에 필요한 학습자의 활동으로 기초적 서사의 구성, 선택적 주목과 종합, 그리고 개연성의 판단 등이 필요하다는 것은 이미 앞 장에서 논증한 바 있다. 이 단계에서 학습자에게 기대되는 상태는 바로 이와 같은 활동들을 원활하고 충실히 수행함으로써 학습자가 작품에 형상화된 체험을 공유한 상태이다.

그런데 이 단계의 목표인 '공유한 상태'는 이 단계에서 이루어지는 모든 과정이 가장 이상적으로 진행되었을 때 도달할 수 있는 것으로 이 단계에서 학습자에게 기대할 수 있는 최종적인 상태, 즉 최종적인 목표가 된다. 교사는 모든 학습자가 이러한 상태에 도달하기를 기대하겠지만, 현실의 학습자들은 이러한 이상적 수준의 공유까지 이르는 과정의 어느 단계에 위치하게 될 것이다. 학습자는 자신의 체험 수준이나 자신이 전개한 사고 활동에 따라 이러한 최종적 상태에 도달하기까지의 중간 단계를 거치게 된다. 그리고 이러한 중간 단계 역시 최종적인 상태에 도달하기까지 자연스럽고 필수적인 상태이므로, 이들을 체계적으로 배열했을 때 이 단계의 목표가 구체적으로 위계화 된다. 교사는 학습자들의 수준에 따라 각자의 수업에서 기대할 수 있는 학습자의 공유의 수준을 예상하고 이를 수업의 목표로 제시할 수 있어야 한다.

그렇다면 공유의 수준은 어떻게 위계화 될 수 있는가? 서로 다른 주체의 체험이 만나 서로 교환되면서 궁극적인 일치를 향해간다는 점에서 공유는 서로 다른 사람이 만나 깊은 친밀감과 연대감을 가지게 되는 인간관계[12)]의 모습과 본질적으로 동일한 것으로 대상에 대한 태도의 변화를 동반한다. 또한 이 과정의 핵심에는 타자에 대한 공감이 있다. 따라서 공유의 상태에 도달하기까지의 과정을 공감을 중심으로 한 인간관계의 진전에 비추어 다음과 같이 순서를 나열해 볼 수 있다.

첫 번째 단계는 '호감을 가진 상태'이다. 호감(好感)은 대상에 대해 좋은 느낌(good feeling)을 가지고 있음을 말한다. 따라서 호감의 단계에서 감상자는 아직 대상에 열광한다거나, 그것에 완전히 매혹된 상태에 빠진 것은 아니다. 다만, 작품으로부터 받은 최초의 인상(impression)으로부터 시작하

12) 여기에서의 인간 관계란 인간과 인간이 서로 간에 도구로서가 아닌 '나'와 '너'로서 진정한 '만남'에 의해 형성하는 관계를 말한다. 부버(M. Buber)에 의하면, 관계는 '나-그것'의 관계와 '나-너'의 관계로 나누어 볼 수 있다. 이때 '인격적 만남'을 전제로 한 '나-너'의 관계에서 '나'는 '너'가 될 수 있고, 다시 '너'가 나로 전환될 수 있다(강선보, 『「만남」의 교육』, 원미사, 1992, pp.117-118). 체험의 공유가 결국 작품과 학습자 간에 교환을 넘어선 공유를 지향한다고 할 때, 작품과 학습자가 서로 간에 '나'와 '너'로서의 관계로서 만나는 것을 필요로 한다.

여 대상을 좀 더 친밀하게 느끼고, 더욱 관심을 기울이고자 하는 마음의 상태가 형성된 것을 호감이라 한다.[13)]

앞서 살펴본 체험의 공유 과정에서 요구되는 활동들에 대입해 볼 때, 이러한 호감은 특히 학습자가 작품의 특정한 요소에 선택적으로 주목하고, 몰입하는 것과 긴밀한 관련을 맺는다. 선택적 주목은 작품의 특정한 각성적 요소가 학습자에게 관심을 불러일으킨 상태이다. 이와 관련하여 학습자는 자신의 체험을 대입하면서 그 요소가 주는 느낌을 맛보게 된다. 이러한 각성의 요소를 통해 학습자가 작품에 대해 가지게 되는 마음의 태도가 바로 호감이다. 학습자들이 작품에 대해 이러한 호감을 적극적으로 드러내는 것은 이후의 더 진전된 관계를 위한 기반이 된다.

두 번째 단계로서 '공감한 상태'의 단계를 제시할 수 있다. 공감은 인지적, 정의적 사고가 복합적으로 작용하여 상대방에 대한 충분한 일치감을 가지고 있는 상태를 말한다.[14)] 예컨대 학습자가 작품에 자신의 감정을 이입하거나 혹은 자신을 투사함으로써 작품에 형상화된 것에 대해 동일시하고 있을 때 학습자가 작품에 대해 공감하고 있다고 할 수 있다. 앞서 언급한 호감이 대상에 대한 '관심'이 생성된 정도를 말한다면, 공감은 타

---

13) 예컨대 <청산별곡>이라는 작품을 처음 접하면서 학습자는 작품에 무언가 특이하거나 흥미로운 면을 가지고 있다는 인상을 받게 된다. 그것은 '살어리랏다'라는 강렬한 어구에 대한 즉각적인 반응일 수도 있고, '얄리얄리얄랑셩'이라는 특이한 후렴구에 대한 감각적인 반응일 수도 있다. 학습자는 이러한 구절들을 읊조리면서 그것이 주는 강렬하면서도 처연한 느낌에 대해 막연한 관심을 가지고, 때로 이 구절을 무의식적으로 중얼거리게 될 것이다. 그것이 비록 충분한 이해에 도달하지는 못했다 하더라도 이러한 행위들은 학습자가 작품에 대해 일종의 호감을 가지게 되었음을 의미한다.

14) 공감(empathy)는 어원상으로 '안'을 의미하는 'en'과 '열정'을 뜻하는 'pathos'의 합성어로서 '안에 들어가서 고통을 느낀다'는 의미를 가지고 있다. 일상적인 용법에서 이러한 공감은 인지적 요소, 즉 타자가 느끼는 바에 대해 알고, 그렇게 느끼는 이유에 대해서도 알거나 이해하는 것과 정의적 요소, 즉 타자가 어떤 상황에 대해 반응하는 것과 동일한 방식으로 느끼는 것을 모두 충족시킬 때 가능하다. 박성희, 『공감학 : 어제와 오늘』, 학지사, 2004, p.47.

자에 대한 관심이나 좀 더 알고자 하는 호기심을 넘어 타자에 대해 좀 더 많이 이해하고, 타자가 느낀 감정을 자기 스스로도 함께 느낄 수 있는 상태에 도달한 것을 말한다.

따라서 이 단계에서 학습자는 작품에 대한 좀 더 분명한 지향을 가지고 작품에 형상화된 내적 체험의 본질과 그 개연성을 이해하려고 노력하게 된다. 이때 직관적 통찰은 매우 중요한 역할을 하게 된다. 공감은 정서적 계기와 함께 인지적 계기를 반드시 필요로 하는데, 직관적 통찰은 바로 이 두 계기가 학습자의 의식에서 한 덩어리로 혼합되어 있는 상태로서, 타자의 체험에 대해 아직 논리적으로 설명할 수는 없으나 그 개연성을 마음속으로 받아들이게 되었다는 것을 말한다. 그리고 이러한 직관적 통찰을 논리적으로 해명함으로써 학습자 나름대로의 '설명'을 제시할 수 있는 상태에 도달하게 한다. 따라서 직관적 통찰과 직관의 논리화에 의해 학습자는 작품의 내적 체험과 그 개연성에 대한 공감에 이를 수 있다.

세 번째 단계는 바로 '공유한 상태'이다. 이미 앞에서 언급한대로 공유는 학습자가 작품에 형상화된 삶의 모습을 자기화한 상태, 즉 그것이 타자의 것이면서 동시에 자기 자신의 것이라고 느끼는 상태를 말한다. 여기에서 학습자는 이른바 '울림'이라고 하는 독특한 상태를 경험할 수 있다. 울림은 "문학 텍스트 내의 세계가 일차적 언어 정보로 독자에게 수용되면서 동시에 독자의 삶의 세계와 조응하는, 그리하여 무수히 많은 상징의 층위로 의미가 재생되는"[15] 상태를 말한다. 학습자는 이 단계에서 작품이 나의 마음속에 온전히 자리 잡고 있는 것을 느끼며, 더 깊은 일체감, 동질감을 가지게 된다.

공유의 상태는 앞에서 언급한 선택적 주목이나 내적 체험의 발견 등과

15) 박인기, 『문학교육과정의 구조와 이론』, 서울대학교출판부, 1996, p.243 참조

다른, 별도의 사고 활동에 의해 도달할 수 있는 것이라기보다는 앞의 과정들이 심화된 상태라 할 수 있다. 즉 각성에 의한 정서적 감염, 직관의 논리화에 의한 작품에 대한 이해도의 심화에 따라 학습자가 자기자신을 작품에 좀더 많이 투사하고 감정이입할 수 있을 때 느끼는 감동의 상태가 동질감을 느끼는 상태이다.

이렇게 볼 때 체험의 일반론적 차원에서 공유 단계의 목표는 학습자들의 수행한 결과에 따라 다음과 같이 위계화 될 수 있다.

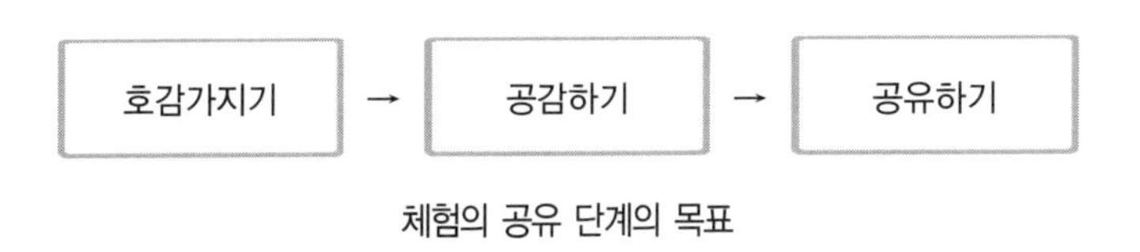

체험의 공유 단계의 목표

학습자들의 이러한 상태는 구체적인 작품을 대상으로 하여 학습자가 작품과 상호작용한 대상을 구체적으로 드러내었을 때 목표로서의 구체성을 갖는다. 이제 이러한 경험의 위계를 구체적인 작품, <서경별곡>에 적용하여 제시해 보기로 한다.

<서경별곡>의 감상에서 위에서 제시한 첫 번째 위계, 즉 호감을 가지는 것과 관련해 생각할 때, 학습자들이 이 작품에 대해 관심을 보일 수 있는 요소는 매우 다양하다.[16] 학습자들은 이 작품이 보이고 있는 사랑과

16) 이 작품에 대한 기존의 연구사를 검토해 보면 이 작품에 대해 학습자들이 관심을 가질 만한 요소에 어떤 것들이 있는가를 어느 정도 유추할 수 있다. 전문적인 연구 역시 작품에 대한 개개 연구자들의 관심을 반영하기 때문이다. 이 <서경별곡>에 대한 기존의 연구를 작품 내적인 연구와 작품 외적인 연구로 나누어 보면 연구의 초기에는 대체로 작품의 외적인 특성들에 대한 연구가 비교적 폭넓게 진행되었음을 알 수 있다. "해석적 연구를 비롯, 형태론적 고찰, 제작시기, 출처, 명칭, 배경, 작가에 대한 연구 및 내용과 성격에 대한 연구, 발생론적 고찰 등은 수차에 걸친 연구 과정을 통해 비교적 치밀하게 수정, 보완되고 있으나, 작품 내적인 문학적 연구는 아직도 부분적, 피상적으로 밖에 이루어지지 못한 실정이다."(김충실, 「서경별곡에 나타난 이별의 정서」, 김대행 외, 『고려시가의 정서』, 개문

이별의 내용, 그리고 화자가 보이는 태도의 문제에 우선 관심을 보일 수 있다. 특히 작품의 표면에 등장하는, 화자의 감정이 급격히 변화하는 모습은 그 특이성으로 인해 쉽게 관심을 끌 수 있으리라 생각된다.

그러나 작품 전체를 통해 확인되는 이러한 화자의 정서화 과정에 무조건 집중하는 것보다는 작품 전체의 의미와 상관없이 작품의 부분 부분이 주는 느낌을 다양하게 맛보는 것도 작품과 학습자의 접촉면을 넓혀 더 깊은 감상에 이르기 위해 필요한 일이다. 예컨대 이 작품의 여음이 주는 효과를 놓친다면 그것 역시 작품의 맛을 충분히 느끼지 못하는 일이 될 것이다. '아즐가', '위 두어렁셩 두어렁셩 다룽디리' 등의 여음은 'ㄹ', 'ㅇ' 등 부드럽고 경쾌한 음성상징을 가진 음소로 구성되어 그 자체로 학습자들이 즐겁게 따라 부를 수 있을 만한 자질을 가지고 있다. 이들 여음구가 주는 느낌과 화자의 부정적인 심리상태가 주는 느낌이 대비될 때 이 작품은 더욱 깊은 감흥을 줄 수 있다.

그리고 이와 아울러 고어투에서 나오는 은근한 분위기 역시 현대의 학습자들에게 관심의 대상이 될 수 있다. 학습자들은 '여히므론', '괴시란딗', '우러곰', '좃니노이다', '긴힛 뚠(신잇든)', '럼란디' 등 작품의 전개에서 핵심이 되는 이들 어휘들에 주목하고, 이들 중세의 어휘가 주는 전아(典雅)한 느낌에 호감을 가질 수 있다.

이른바 '구슬사' 부분은 작품의 전체 내용이나 구조에 상관없이 관심을 끌 수 있는 부분이다. 이 부분이 애초에 독립된 하나의 노래였다가 이 작품에 삽입되었을 것이라고 보는 데에서도 알 수 있듯이 이 노래는 따로

사, 1995, p.55). 그러나 최근에는 화자의 내적 체험, 즉 갈등과 그것의 질서화에 대한 다양한 논의가 이루어짐으로써 내적인 특성과 외적인 특성에 대한 연구가 어느 정도 균형을 이루고 있다고 생각된다. 이러한 연구의 경향을 통해 볼 때, 이 작품은 외적인 형태를 비롯하여 내적인 갈등에 이르기까지 학습자들이 주목할 만한 다양한 요소를 갖추고 있다고 생각된다.

떼어서 볼 수도 있고, 전체 작품에서 화자의 심리 상태가 변하는 과정을 보여주는 것으로 볼 수도 있다. 이 부분을 작품의 일부로 보았을 때와 독립적으로 보았을 때의 느낌을 서로 대조하며 흥미를 유발할 수 있다.

호감이 관심이 좀더 적극적이고 긍정적인 방향으로 발전한 것이라고 볼 때, 호감은 대상에 대한 친밀감이 충분히 확보되어야 가능하다는 것을 알 수 있다.[17] 그리고 친밀감이 확보되기 위해서는 작품과 학습자간의 접촉이 좀 더 많아지는 것이 바람직하다. 따라서 이 단계에서는 앞에서 제시한 것과 같은 작품의 다양한 흥미 요소들에 학습자들이 골고루 반응한 것으로서의 호감이 되는 것이 바람직하다. 이에 따라 다음과 같은 목표를 제시할 수 있다.

1수준	작품의 인상적인 부분들에 대한 지각을 통해 작품에 대한 호감을 느낀다.

두 번째의 단계, 즉 공감에 대해 생각할 때, 학습자가 공감해야 하는 대상은 다름 아닌 작품에 등장하는 화자의 정서이다. 주지하다시피 이 작품에서 화자와 관련하여 가장 두드러지는 것은 무엇보다 화자의 정서적 경과의 특이성이다. 학습자는 화자가 극단적인 부정에서 각성적인 체념에 이르는 과정[18]이 과연 개연성 있는 변화인지에 대해 자기 자신의 입장에서, 그리고 화자의 입장에서 설명할 수 있어야 한다.

17) 심리학의 연구에 따르면 인간관계에서의 호감은 신체적 매력, 인접성, 유사성 등의 요인에 의해 크게 좌우된다고 한다. 감상의 과정에서 작품과 학습자가 맺는 관계는 본질적으로 체험과 체험이 서로 맺는 관계이므로 이와 동질적이라 할 수 있다. 강문희 외, 『인간관계의 이해』, 학지사, 1999, 4장 참조.

18) 김명준, 「<서경별곡>의 구조적 긴밀성과 그 의미」, 한국시가학회, 『한국시가연구』 제8집, 2000, p.77.

문학 연구에서는 이 작품의 화자가 보이는 정서화의 과정에 대해서 작품 외적인 요인들까지 함께 고려하여 다양한 설명을 제시한다. 예컨대 이 노래가 여러 단계의 변개를 거치면서 서로 다른 노래들이 하나의 노래로 합성이 되었고, 이에 따라 화자가 보이는 심리의 일관성을 찾기 어렵다는 주장은 작품의 전승 과정에 대한 객관적 고찰을 바탕으로 한다. 또한 이 노래가 여러 사람이 함께 부르는 연극적인 형식이기 때문에 단일 화자의 노래라고 보아서는 각 연의 연결 관계가 자연스럽게 이어지지 않는다는 주장[19)]은 작품의 실제 연행 상황에 대한 면밀한 검토를 통해 제기될 수 있는 설명이다.

그러나 일단 전승된 작품을 그 자체로 하나의 작품이라고 간주한다면, 학습자로서는 오히려 이러한 특이성이 작품을 매개로 인간의 심리에 대해 생각해 볼 수 있는 더 좋은 기회가 될 수 있다. 그런데 이 과정에서 학습자에게 요구되는 것은 무엇보다 화자의 입장에서 생각하는 일이다. 공감은 자기중심적 상태를 벗어나 상대방의 입장에 서서 세계를 바라볼 때 가능하기 때문이다. 따라서 작품과 거리를 두고 화자의 상태를 평가하는 것이 아니라 '내가 화자라면'의 입장에서 화자의 심리에 공감할 수 있는 근거를 찾는 일이 요구된다.

물론 공감의 대상이 반드시 '사람'이어야 하는 것은 아니다. 예컨대 학습자가 '아즐가'라는 여음이 주는 효과에 몰입하여 아쉬움과 안타까움을 느끼면서 그 표현에 감탄하고 있다면 학습자가 '아즐가'라는 표현에 공감하고 있다고 말할 수 있다. 그러나 이 작품을 한 편의 서정 시가로서 단일한 화자의 목소리로 이루어진 것이라고 본다면, '아즐가'는 화자의 탄

---

19) 이 노래를 남자가 부르는 부분과 여자가 부르는 부분으로 구분하고, 남자가 여자가 서로 노래를 주고 받는 가운데, 남자가 여자를 달래는 노래로 보는 여증동의 견해가 이에 해당한다. 여증동, 「<서경별곡> 고구」, 『김사엽박사송수기념논총』, 학문사, 1973.

식이며, 학습자가 공감하는 것은 화자의 감정이다.

따라서 이 작품에 대한 공감은 '내용에 대한 공감', '표현에 대한 공감'으로 나누어 볼 것이 아니라 화자의 '전체에 대한 공감'과 '부분에 대한 공감'으로 나누는 것이 더욱 적절하다고 생각된다.[20] 이때 화자의 정서에 대한 공감은 학습자의 정서재인(emotion recognition)의 과정을 거친다는 점, 학습자의 정서 어휘 체계 내에서 인지된다는 점을 고려할 필요가 있다.

정서재인이란 "자신이 읽고 해석한 내용으로부터 그 내용 속에 존재하는(또는 존재할 것이라고 여겨지는) 타자의 정서를 인지하는 과정"[21]을 말한다. 공감에는 즉각적인 정서적 반응뿐 아니라 대상에 대한 해석과 같은 인지적 사고가 종합적으로 작용한다는 점에서 단순하고 직접적인 정서의 환기가 아닌 인지 활동을 바탕으로 한 정서재인의 과정이 필요하다는 것을 알 수 있다. 그리고 이때 학습자가 인지한 정서는 학습자가 가진 정서 어휘체계에를 통해 표현될 것이다. 이에 따라 이 단계의 목표를 다음과 같이 제시할 수 있다.

2수준	작품의 부분이나 전체에서 나타나는 화자의 심적 상태(마음)에 대해 공감한다.

끝으로 공유의 단계에 대해 생각해 보자. 이 작품에서 학습자가 공유해야 하는 것은 기본적으로 작품에 형상화된 체험이다. 그런데 작품에 형상

20) 일반적으로 내용과 형식, 또는 내용과 표현을 구별하여 '내용을 파악한다', '표현을 음미한다' 등의 진술이 사용된다. 그러나 이러한 이분법이 경우에 따라 편리하게 활용될 수는 있을 것이나, 적어도 공감하는 일에 대해서는 이러한 구분을 활용하지 않는 것이 좋을 것이라 생각된다. 공감의 대상인 마음의 상태는 내용과 형식을 따로 나눌 수 없기 때문이다.

21) 최지현, 「문학 감상 교육의 교수학습모형 탐구」, 『선청어문』 26, 서울대학교 국어교육과, 1998, p.345.

화된 체험은 작품의 표면에 드러난 외적 체험은 물론 그 이면의 내적 체험까지를 포함한다. 학습자는 이 작품의 표면에 드러난 화자의 체험과 함께 그 이면의 내적 체험까지를 목격하고, 이를 통해 자기 자신과 화자 사이의 깊은 동질성을 확인함으로써 작품으로부터 감동을 획득할 수 있다. <서경별곡>에서 학습자에게 깊은 감동을 주는 화자의 내적 체험은 '비극적 상황을 벗어나기 위한 화자의 정서적 극복'의 과정이다.

이 단계는 앞의 단계가 심화된 단계라 할 수 있기 때문에 작품의 여러 부분에 대한 주목이 작품 전체의 의미에 대한 이해로 연결되어야 하며, 학습자가 자신의 위치를 화자의 안과 밖으로 자유롭게 이동하면서 작품과 자신간의 동질성을 더 깊이 확인할 수 있어야 한다. 그리고 이를 위해서는 학습자가 작품의 상황을 자기 자신의 체험과 능동적으로 비교하는 일이 또한 요구된다.

물론 학습자의 발달 단계에 따라 작품이 형상화하고 있는 남녀간의 사랑과 학습자의 체험은 서로 적지 않은 차이가 있을 수 있다. 체험의 양이나 범위가 매우 제한적인 초등 단계의 학습자에게 깊은 수준의 동질성을 요구할 수는 없는 일이다.

그러나 이 작품이 제시하고 있는 구체적인 형상을 활용하여 학습자가 화자의 자리에 서 보도록 하는 것[22]이 충분히 가능하다는 점에서 비록 학습자가 작품의 체험과 동일한 체험을 갖고 있지 않다고 하더라도 화자의 체험을 자신의 것으로 느끼도록 하는 일을 기획하고 요구할 수는 있다.

22) 교육의 연극적 성격에 대해서는 비단 문학교육뿐 아니라 다양한 교과에서 주목하고 있다. 그런데 문학과 학습자와의 관계가 기본적으로 '감정이입', '투사' 등의 심리적 전이 과정에 따라 전개된다는 점에서 문학교육에서는 다른 교과나 영역에 비해 이러한 연극적 성격이 더욱 강조될 수 있다. 학습자가 비록 이전에 체험해 보지 못한 것이라 하더라도 작품이 제시하는 새로운 형상 속에서 자기 스스로 특정한 역할을 취해 봄으로써 학습자는 새로운 체험을 획득할 수 있다.

따라서 이와 관련된 목표는 다음과 같이 상세화될 수 있다.

3수준	화자의 내적 체험을 중심으로 화자에 대해 동질감을 느낀다.

<서경별곡>에 대해 학습자가 체험을 공유하는 것을 기대한다고 할 때, 학습자들이 공유하는 체험의 실체는 작중의 화자를 통해 드러난 이별을 대하는 하나의 마음, 그 마음의 흐름이다. 시가 담아내고 있는 것이 곧 마음이라고 볼 때, 그 마음이 공유의 대상이 된다. 학습자들이 이 작품을 감상하면서 어쩔 수 없는 이별에 대해 가슴아파하며, 그러한 상황에 대한 각성적 체념에 이르는 화자의 정서를 자신의 것처럼 느끼게 되는 것이 이 단계에서 기대되는 학습자의 상태이다. 학습자들은 위에서 언급한 단계들을 거치면서 각성적 체념에 이르는 화자의 마음을 자기 체험과 상상에 근거하여 마치 자기 자신이 경험한 것과 같이 공감하고 느낄 수 있어야 한다.

(2) 주제의 확장 단계의 목표

작품에 형상화된 구체적인 개인들의 삶의 특성을 바탕으로, 삶의 보편적 '무늬'를 발견하고 이를 바탕으로 삶의 보편적 원리를 이해하는 것, 즉 유추적인 '탐구'를 진행하는 것이 주제의 확장 단계에서 학습자가 수행하는 활동의 내용이다. 문제의 발견과 가설의 설정, 그리고 가설에 대한 다양한 검증의 과정으로 진행되는 탐구는 결국 더 많은 증거에 의해 검증된, 보편화된 원리를 발견하는 데 이르러야 한다.

이런 이유에서 이 단계에서 학습자에게 기대할 수 있는 최종의 상태는 학습자가 작품을 매개로 하여 보편적인 삶의 원리나 인간의 속성 등을 깨닫게 된 상태이다. 그런데 유추적으로 탐구한다고 할 때, 특히 탐구라는 용어가 함의하는 것은 결과 자체보다는 과정에 초점이 있다.[23]

이때 탐구의 과정이란 "사실과 가치의 문제를 인식하고 그것을 그 기초가 되는 가정에 비추어 평가하고 모종의 기준에 입각하여 그것을 입증하는 과정"[24]을 말한다. 특히 학습자들에게 기대하는 탐구가 삶에 대한 고도의 객관성을 가진 탐구가 아닌 이상 학습자들에게 기대할 수 있는 탐구의 수준을 위계화 하는 데에는 학습자들의 창의성, 자발성, 적극성 등 태도의 문제가 함께 고려되어야 할 것이다. 학습자들이 작품을 통해 삶의 원리를 이해하고자 노력하고자 할 때, 그리고 학습자들이 비록 제한된 범위 내에서라 하더라도 어느 정도 인간 삶의 보편적 원리에 근접한 이해에 도달했다면, 그것으로도 충분히 학습자의 탐구적 활동을 인정할 수 있다. 따라서 이러한 탐구의 결과 학습자들이 도달하는 상태 역시 탐구의 과정에서 학습자가 수행하는 활동과 이에 따른 심적 상태를 중심으로 설명하는 것이 바람직하다.

그렇다면 이러한 탐구의 결과로 가지게 된 경험의 위계는 어떻게 설정할 수 있을 것인가? 사실 초등학생이나 전문적인 비평가의 탐구가 질적으로 서로 동일하다고 할 수는 없을 것이다. 그러나 작품에 형상화된 삶의 형상에 내재한 삶의 원리를 찾아내고자 한다면 탐구로서 그 본질은 동일하다[25]고 볼 수 있다. 따라서 탐구의 질이라는 문제를 탐구 내용의 철학

23) 이홍우, 『교육과정이론』, 한국방송통신대학교출판부, 1995, p.229.

24) '발견'이라는 용어와 비교해 볼 때, 탐구는 그 과정에, 발견은 결과에 초점을 맞춘 용어이다. 따라서 탐구는 단순히 그 결과를 가지고 논하기보다는 탐구의 과정 자체에 주목하여 논의할 필요가 있다. B. G. Massilals & B. Cox, *Inquiry in Social Studies*, 서울대학교 교육연구소 편, 『교육학대사전』, 하우동설, 1998, p.2611 재인용.

25) 이 같은 관점은 부르너가 제시한 '지식의 구조'에서 명백히 드러난다. 그에 의하면 "물리학을 배우는 학생은 다름이 아니라 「물리학자」이며, 물리학을 배우는 데는 다른 무엇보다

적 수준이 아닌 활동의 충실성이라는 기준에 비추어 본다면 학습자의 수준에 따라 다음과 같이 위계화 하는 것이 가능하다.

첫째, 학습자가 작품에서 무언가 유추적으로 확장해 보고자 하는 요인을 발견하고, 유추의 욕구를 가진 상태, 즉 지적 호기심을 가진 상태가 있다. 학습자가 작품에서 상식적인 판단 기준에 비추어 문제가 되거나 특이한 부분을 발견하고 스스로 이를 질문의 형태로 제시한다면 주제의 확장 단계의 출발로서 인정할 수 있다. 예컨대 작품의 인물이나 화자의 행위나 태도에 나타나는 일관된 특성을 발견하고, 이에 대해 학습자가 이의를 제기하거나 '왜'라는 질문을 던지며 그 이유를 알고자 할 때 학습자는 이미 삶에 대한 탐구를 시작한 것이라 볼 수 있기 때문이다.

둘째, 학습자가 유추적 활동을 진행하면서 작품을 다양한 사태에 조응하는 일에 즐겁게 몰입했을 때의 상태는 지적 쾌감을 느끼는 상태이다. 탐구의 과정은 새로운 것을 발견해 가는 과정으로서 순수한 지적 쾌감을 유발할 수 있다. 학습자가 스스로 작품의 사태와 닮거나 유사한 사태를 발견함으로써 작품을 더 많은 사태에 조응해 보려고 한다면 학습자는 이미 이러한 탐구의 지적 쾌감을 느끼고 있는 상태에 들어선 것이라 볼 수 있다. 따라서 이 단계의 핵심은 학습자가 이러한 활동 속에서 새로운 것을 알아가는 순수한 즐거움을 느끼고 있는지, 혹은 그렇지 않은지에 있다.

셋째, 학습자가 자기 나름대로의 수준에서 어느 정도 보편성을 가진 원리를 확보했을 때 학습자는 깊은 성취감을 느끼게 된다. 물론 학습자가 제시하는 원리는 결국 학습자의 발달 단계나 체험의 수준에 따라 달라질 수밖에 없을 것이다.[26] 따라서 이때의 원리란 언제 어디서나 통용될 수

도 물리학자가 하는 일과 똑같은 일을 하는 것이 훨신 더 쉬운 방법일 것이다. 물리학자들과 똑같은 일을 한다는 것은 물리학자들이 하듯이 물리현상을 탐구한다는 뜻이다." J. S. Bruner, *The process of Education*, 이홍우 역, 『교육의 과정』, 배영사, 1973, p.68.

26) 예컨대 피아제의 인지 발달 단계를 통해 말하자면, 이러한 수준의 탐구는 피아제가 제시

있는 보편적인 원리가 아닌, 학습자가 지금 처한 상황에 비추어 타당성을 갖는 원리임을 간과해서는 안 될 것이다. 그러나 학습자가 자신의 개인사에서 겪은 체험 혹은 사회의 다양한 현상, 또는 이미 감상한 다른 작품과 지금 감상하고 있는 작품안의 형상을 유추적으로 연결하여 그 동질성을 제시함으로써 성취감을 느낀다면, 학습자는 이 단계에서 기대할 수 있는 최종적인 단계에 도달했다고 할 수 있다.[27)]

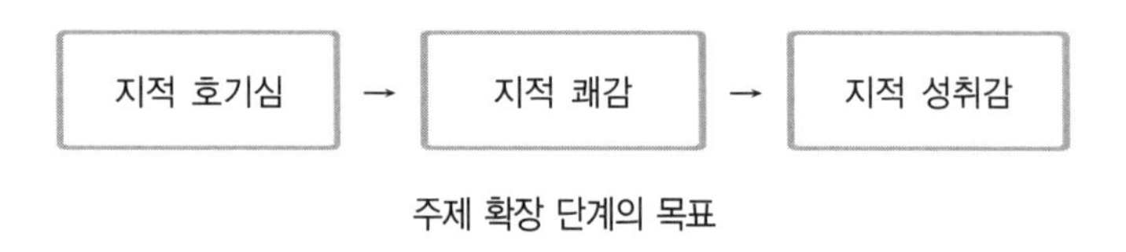

주제 확장 단계의 목표

이를 <서경별곡>에 대입하여 구체적으로 살펴보면 다음과 같다. 학습자가 작품의 주제를 탐구하고 이로부터 나름대로의 보편성을 갖는 원리를 창조한다고 할 때, 학습자가 이 작품에서 가장 먼저 주목할 수 있는 것은

한 최종의 단계인 형식 조작기에 이르러서야 비로소 가능한 일이다. 이 시기에 이르러 비로로 "추상 개념을 조작하고, 가설을 세우고, 자신의 생각과 남의 생각에 함축되어 있는 의미를 이해하는 방법"을 터득하게 되기 때문이다. 그리고 이러한 사고의 발달은 학습자의 '성숙(maturation)', '경험(experience)', '사회적 전달(social transmission)' 등 물리적이고, 외적인 성장에 의해 촉진될 수 있기 때문이다. 정환금, 「Jean Piaget의 이론과 사고교육에 관한 연구」, 전남대학교 박사학위논문, 1995, p.28.

27) 이러한 과정적 위계화 함께 실질적으로 수행된 탐구의 질 역시 이 과정의 목표를 위계화하는 데 고려되어야 할 사항이다. 학습자가 수행한 탐구의 질을 구분하는 것은 우선 학습자가 얼마나 더 많은 요소에 민감하며, 얼마나 더 많은 것을 고려하느냐에 따라 달라질 것이라 예상할 수 있다(S. H. Olson, *The Structure of literary Understanding*, 최상규 역, 『문학이해의 구조』, 예림기획, 1999, p.124). 작품의 더 많은 것에 더욱 민감하게 반응할 때 탐구의 폭이 넓어질 수 있다. 또한 학습자의 탐구는 자기가 기존에 가지고 있던 관습적 사고의 틀로부터 벗어나 자유롭게 원리를 추구함으로써 그 수준이 높아질 수 있다. 즉 학습자의 창의적 사고가 탐구의 질을 높이는 동력이 된다. 따라서 탐구의 과정적 위계와 더불어 탐구의 질적인 측면에서 학습자의 탐구가 작품의 표층적인 측면에 머물고 있는지 아니면 좀더 심층적인 부분까지를 다루고 있는지, 관습적인 판단에 머무르는 것인지 아니면 창조적인 사고를 하고 있는지 등의 문제를 항상 함께 고민할 필요가 있다.

바로 작중 화자의 심리, 즉 마음의 상태이다. 소설에 비해 시가 궁극적으로 전달하고자 하는 내용은 대체로 어떤 정서, 혹은 마음의 상태인 경우가 대부분이다. 따라서 "우리가 시를 읽고 해석하는 것은 결국 그 정서나 마음의 상태를 느끼고 경험하기"[28] 위해서이다. <서경별곡>의 감상 역시 화자의 발화를 통해 드러나는 서정에 작품의 핵심이 있다. 따라서 학습자는 먼저 화자가 보이는 마음의 상태를 다각도로 살펴볼 필요가 있다.

학습자가 작품에 나타난 화자의 마음에 담긴 의미를 찾기 위해서 먼저 작품에 나타난 화자의 상태에 대해서 설명하고자 하는 욕구가 있어야 한다. 이 작품이 임과의 이별에 대한 화자의 반응으로 이루어져있다는 점에서 학습자는 임에 대한 화자의 태도, 화자가 자기 자신에 보이는 태도, 그리고 이러한 사태가 발생하고 있는 상황에 대한 화자의 태도 등을 면밀히 살피고, 이로부터 합리적인 설명을 요구하는 문제 상황을 발견하는 일이 필요할 것이다.

특히 화자가 보이는 격한 심리적 변화의 원인이 어디에 있는가에 대해 나름대로의 궁금증을 보일 수 있어야 한다. 주지하다시피 이 작품이 난해하게 느껴지는 것은 단지 현대어로 쉽게 번역되지 않는 고어(古語)에만 문제가 있는 것이 아니다.[29] 이 작품에 대한 연구에서 늘 주목되었던 것은 화자의 심리가 급격한 변화를 나타내고 있다는 점이다. 즉 전통적인 여성

---

28) 김종길, 「시를 어떻게 읽을 것인가」, 김우창 외, 『문학의 지평』, 고려대학교출판부, 1991, p.22.

29) 고전 작품들을 감상하면서 학습자들이 느끼는 어려움 중에서 가장 두드러지는 것 중의 하나가 바로 고어의 문제이다. 시어의 난해성은 현대시에서는 오히려 작자에 의해 의도된 것으로 학습자의 지적 활동을 더욱 강화시키는 계기로 활용할 수 있다(고형진, 「시의 난해성」, 유종호·최동호 편, 『시를 어떻게 만날 것인가』, 작가, 2005 참조). 그러나 고전에서의 시어의 난해성은 고어의 정확한 해독이 어렵다는 데서 발생하는 문제이므로 이와 성질이 다르다. 이에 대해 한 연구자는 오히려 이러한 난해성을 부인하지 말고, 이 역시 학습자가 작품에 대해 자유롭게 상상할 수 있는 근거로 삼아야 할 것을 주장하기도 하였다(정재찬, 「'청산별곡'에 관한 문학교육적 독해」, 『문학교육의 현상과 인식』, 역락, 2004).

상, 즉 임에 대해 절대적으로 순종하고 이별의 아픔을 내적으로 간직하는 여성상이 일관되게 유지되는 것이 아니라 질투하고, 험담하는 거친 여성이 이 짧은 시가에 동시에 나타난다는 점에 대해 많은 연구자들은 늘 그 이유를 합리적으로 설명하고자 노력했다. 이는 단지 전문적인 연구자들에게만 문제되는 것이 아니라 이 작품을 통해서 화자의 마음을 느껴보고자 하는 일반적인 감상자들에게 역시 큰 문제가 되는 요소이다. 따라서 이 수준에서 기대할 수 있는 학습자의 상태를 다음과 같이 제시할 수 있다.

1수준	이별에 대한 화자의 심리 변화의 과정에 대해 지적 호기심을 느낀다.

두 번째 단계인 지적 쾌감의 단계에서 학습자는 자신이 겪어 보았거나 알고 있는 다양한 사태 중에서 화자의 심리적 상태와 닮아 있는 것을 환기하고 제시할 수 있어야 한다. 이 단계는 아직 작품이 드러내는 사태와 다른 사태 사이의 구조적인 상동성, 유사성까지를 발견하는 것까지를 요구하지는 않는다. 다만 학습자가 작품의 어떤 측면을 계기로 하여 그와 '닮은' 사태를 충분히 많이 확보하여 작품과 본격적으로 비교해 볼 만한 사례들의 범위를 가능한 확장하는 것이 중요하다.

<서경별곡>의 경우 비교적 구체적으로 이별의 상황이 제시되어 있기 때문에 학습자가 이 작품에 포함된 요소들과 연관된 것을 찾는 방향 역시 다양할 수 있다. 주제적인 측면에서 이 작품이 다루고 있는 이별이라는 사태는 살아가면서 일상적으로 목격하는 것 중의 하나이므로, 이와 관련하여 학습자들은 다양한 사례를 제시할 수 있을 것이다.

그러나 굳이 주제적인 측면이 아니라 하더라도, '길쌈', '강' 등의 소재를 활용한 확장이 일어날 수 있다. 비록 단순하다 할지라도 이들 소재와

관련된 자신의 체험을 환기하는 것도 충분히 격려할 만한 일이다. 작품의 세 번째 단락에서 화자가 타자에게 화풀이를 하는 것과 같은 체험을 환기해 본다든가, 혹은 유사한 사례를 제시함으로써 화자의 심리 상태를 단지 특이한 심리, '이상심리'[30]가 아니라 우리 주변에서 일상적으로 발견할 수 있는 자연스러운 모습 중의 하나라는 것을 확인하는 것도 기대할 수 있다. 이렇듯 학습자가 작품을 매개로 자기 주변에서 일어나는 다양한 사태를 환기해 볼 수 있다는 점에서 이 단계는 학습자가 자기 주변에 대한 새로운 앎을 획득해 가는 과정이다. 이에 이 단계에서의 학습자의 상태를 다음과 같이 제시할 수 있다.

2수준	화자의 심리, 작중의 상황과 닮은 다양한 사태를 환기하며 지적인 쾌감을 느낀다.

세 번째 단계인 지적 성취감은 학습자가 작품에 내재한 삶의 원리를 작품 이외의 상황에 확장하여 적용해 보고, 그 보편성을 확인함으로써 획득될 수 있다. 문학의 보편성과 항구성은 하나의 사태가 다양한 여타의 사태에도 동일하게 적용됨으로써 발견된다. <서경별곡>이 보여주는 삶의 원리는 이곳과 저곳으로 나뉘는 삶의 유한성이라는 삶의 조건과 극단적 사태에 대한 혼란스러운 반응, 그리고 결국 자기 자신의 처지를 각성하는 단계에 도달하는 인간 보편의 심리적 반응 등에 있다.

30) '이상 심리'란 정신병처럼 심한 심리적 장애로부터 신경증, 성격장애, 일시적인 적응 장애 등을 포함하는 정서, 인지, 행동의 장애를 총체적으로 지칭하는 심리학적 용어이다. 이상심리를 파악하기 위해서는 맥락을 충분히 파악할 필요가 있다. 예컨대 '불안해 한다'는 것만으로는 이상심리라고 할 수 없다. 시험을 치르고 결과를 초조히 기다리는 것은 당연한 일이다. 그러나 친구들과 놀면서 불안해 하는 것은 이상 심리를 의심할 수 있는 증거가 된다. 즉 이상심리를 이해하기 위해서는 맥락의 파악이 중요하다(원호택, 『이상심리학』, 법문사, 2004, pp.3-11 참조).

학습자는 작품의 갈등을 구성하는 대립적 요소들을 분석하고, 이를 범주화함으로써 이러한 원리에 도달할 수 있다. 또한 이러한 원리와 유사한 내적 구조를 가진 다양한 사태를 창조적으로 유추함으로써 자기 앞에 놓인 세계를 나름대로 질서 있게 재배열해 볼 수 있다.

앞장에서 이미 설명한 것처럼 이 작품에 대한 학습자의 유추는 주로 이 작품이 담고 있는 사랑이라는 주제의 보편성에 기대어 이루어질 수 있다. 사랑이 기본적인 인간관계로서 가지는 속성을 활용하여 이와 유사한 다양한 인간관계를 떠올려 보고, 그러한 인간관계에 이 작품의 화자가 보이는 태도나 심리 상태를 적용하여, 이별 사태에 대한 화자의 심리적 대응이 누구에게나 일어날 수 있는 일임을 설명할 수 있어야 한다. 이를 통해 학습자는 작품의 심리적 경과, 작품의 효과를 종합적으로 고려하여 받아들이기 어려운 사태를 심리적으로 극복하는 인간의 마음에 대한 이해에 도달하게 된다.

여기에서는 단지 작품의 표면적 전개 과정뿐 아니라 노래라고 하는 양식까지를 고려하여 작품을 노래로 부르는 효과를 이해하는 것까지도 기대할 수 있으리라 생각된다. 주제의 확장 단계는 체험의 공유 단계에서 주로 이루어지는 작품에 대한 몰입의 경험을 활용할 수 있기 때문에, 이 작품이 노래로서 주는 효과까지도 함께 활용할 수 있다. 따라서 노래를 통한 감정의 토로가 화자의 심리적 갈등 해소[31]에 기여하는 측면에 대해

31) 노래를 통해 자신의 감정을 푼다는 것은 갈등에 대한 반응 중 '승화(sublimation)'와 관련된다. 승화는 '무의식적 소원과 충동에 연관된 심리적 에너지'를 그림을 그리거나 작곡을 하거나 하는 등의 창조적 활동들로 바꾸는 것을 말한다(P. M. Wallace, et al, *Introduction to Psychology*, 이관용 외 역, 『심리학개론』, 율곡, 1992, p.418). 굳이 이러한 예술적 행위가 아니라 하더라도 창조적인 활동에 적극적이고 열성적으로 몰입함으로써 갈등의 상황을 벗어나는 긍정적인 적응기제라 할 수 있다. 노래가 단지 자신의 상황을 토로하는 것에 불과하다고 하더라도, 갈등을 회피하고 무시하는 것에 비해서는 매우 긍정적인 효과가 있다고 볼 수 있다.

함께 생각해 볼 수 있다.

이 단계에서 일어날 수 있는 이와 같은 학습자의 활동을 요약하여 다음과 같이 제시할 수 있다.

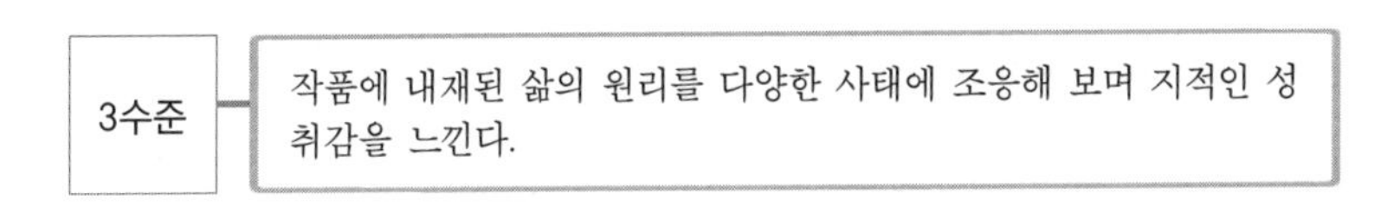

구체적인 생활의 체험이나 정신적 체험이 충분하지 않은 학습자들에게 삶에 내재한 원리를 스스로 탐구하도록 하는 것은 결코 쉬운 과제가 아니다. 이런 이유에서 흔히 문학 작품이 형상화하고 있는 삶의 원리들은 교사의 설명에 의해 학습자들에게 전달되기 마련이다. 그러나 비록 수준이 낮다 하더라도 학습자들 역시 주체적으로 자신의 삶을 살아가는 인간으로서 자기 자신과 타자의 삶에 대해서 스스로 예상하고, 그러한 예상에 따라 앞으로의 행위를 결정한다.

따라서 학습자들이 문학 작품을 통해 삶의 원리를 탐구하도록 하는 것은 학습자들이 전혀 해 보지 않았던 수준 높은 정신적 사고를 요구하는 것이라기보다는 이미 학습자들의 생활 속에서 수행되는 삶에 대한 예상, 원인 탐구 등의 활동을 좀더 체계적으로 심화하는 일이 된다. 이 과정에서 미처 인식하지 못했던 세계의 모습을 알아가는 순수한 발견의 즐거움을 느끼는 것이 이 단계에서 추구하는 학습자가 자신의 수행을 통해 도달하기를 바라는 상태이다.

(3) 삶에 대한 각성 단계의 목표

이 단계는 학습자가 자기 자신과 자기를 둘러싼 세계를 새롭게 인식하고 앞으로의 삶의 방향을 반성적으로 모색해 봄으로써 자기 자신의 삶을 더욱 성숙하게 하는 것, 즉 삶에 대해 각성을 통한 학습자의 자기 실현을 목표로 한다. 자기실현은 학습자가 세계에 대한 신뢰를 확보하고 어떻게 살 것인지에 대한 모색 속에서 이루어지며, 이 단계에 이르렀을 때 학습자는 생동하는 만족감, 즐거움을 느끼게 된다. 이 단계는 앞에서 진행된 단계들과 별개가 아니며, 오히려 이전까지의 경험이 더욱 심화하는 단계이다. 그러나 자기 자신과 자기의 주변 세계에 대한 관심이 강화되며, 작품에 투사된 삶의 태도를 자기의 것으로 전이하여 자기 자신에 대한 탐구가 진행된다. 따라서 이 단계에서 수행의 핵심은 학습자가 자기가 속한 세계와 자기가 맺고 있는 다양한 인간관계에 대한 '재발견'에 있다.

작품에 대한 관심이 자기 자신의 삶에 대한 관심으로 전이되는 것은 학습자가 작품에 투사된 삶의 태도를 인식하는 데에서 비롯된다. 작품에 투사된 삶의 태도를 인식함으로써 평소에 잘 생각하지 못하던 세계에 대한 자신의 태도를 환기하고, 이제까지 자신이 맺고 있던 세계와의 관계를 재인식하게 된다. 이에 따라 자신이 속한 세계의 가치를 재인식하며, 더 나아가 자기 자신과 자기가 맺고 있는 다양한 인간관계의 의미를 재발견함으로써 작품이 자기에게 줄 수 있는 최대한의 의미를 전유하게 된다. 이러한 각각의 수행이 성공적으로 진행되었을 때 학습자가 도달하게 되는 상태를 차례로 제시하면 다음과 같다.

첫 번째 수준으로 학습자가 작품에 나타난 인물이나 화자가 보이는 세계에 대한 태도, 즉 세계관을 확인함으로써 이를 통해 자기 자신의 세계에 대한 태도, 가치관 등을 환기하는 단계이다. 대체로 문학에 투사된 개인의 이념이나 보편적 이념은 인간 누구나에게 보편적으로 적용될 수 있는 가치관을 담고 있기 때문에 학습자는 이러한 태도를 확인함으로써 작품안의 인물이나 화자와 동질적인 세계의 구성원임을 확인하게 되며, 나 홀로 단절된 공간에서 벗어나 '우리'의 세계로 들어갈 수 있다. 여기에서 느끼게 되는 것이 세계에 대한 소속감이다.

다음으로 학습자가 자기가 속한 세계에 대한 신뢰감을 새롭게 느끼는 수준을 제시할 수 있다. 세계에 대한 신뢰는 인간이 살아가는 데 가장 기본적인 전제이다. 바슐라르가 지적한 것처럼 신뢰가 없는 상태에서 이 세계에서 무엇을 도모한다는 것은 불가능한 일이다.[32] 마찬가지로 이러한 세계에 대한 신뢰와 앞으로의 삶에 대한 기획이 없이는 인간은 세계 속에서 살 수 없다. 이를 두고 볼노(O. F. Bollnow)는 "공간 속에 거주하는 것과 시간 속에서 희망하는 것은 인간적인 삶에 대한 두 개의 상호 교호적으로 서로 보완하는 근본규정들로서 함께 속하여 있다."[33]고 설명한다.

요컨대 학습자가 작품을 통해 자신이 속한 세계를 탐구하는 것은 그 곳이 자기 자신이 살만한 가치가 있는 곳이라고 생각할 수 있도록 하는 신뢰의 요소를 발견하는 일이다. 삶의 모순과 갈등을 전경화하고 그러한 문제를 극복하려는 인간의 의지를 보여주는 문학의 특성을 고려할 때 문학이 이러한 신뢰의 획득에 긍정적으로 기여할 수 있음을 알 수 있다.

끝으로 학습자가 세계에 대한 신뢰감을 바탕으로 자기가 맺고 있는 다양한 인간관계[34]를 재인식함으로써 자기 삶에 대한 애정을 느끼는 것을

---

32) 바슐라르는 "만일 새가 세계에 대한 본능적인 신뢰를 지니고 있지 않다면, 자신의 둥우리를 지을 것인가"라고 물었다. 바로 이 간략한 말 속에 인간의 삶에 가장 기본적인 조건 중의 하나가 세계에 대한 신뢰에 있음을 알 수 있다. O. F. Bollnow, *Pädagogik in anthropologischer Sicht*, 오인탁·정혜영 역, 『교육의 인간학』, 문음사, 1999, p.153.

33) O. F. Bollnow, 위의 책, p.175.

34) 인간관계란 넓은 의미에서는 대인관계를 의미하며, 좁은 의미로는 인간에 관련된 제반 문제를 의미한다. 인간과 인간 사이의 원만한 화합을 통해 상호간에 더욱 좋은 상태를 유지하기 위한 모든 내용을 인간관계라 할 수 있다. 김진숙 외, 『인간관계의 이해』, 창지사, 2003, p.12.

이 단계의 최고 목표로 제시할 수 있다. 사회적 존재로서 인간은 다른 사람과의 관계 속에서 살아갈 수밖에 없다. 따라서 함께 살아야할 여러 사람들과 갈등 없이 친밀하고 협동적인 인간관계를 형성함으로써 인생을 풍요롭게 만들어 가는 것은 삶의 중요한 과제이다. 인간이 살아가면서 겪는 대부분의 문제는 인간관계의 문제로 귀착될 수 있다.[35)]

이러한 인간관계가 원만하게 될 때 사람은 삶에서 행복을 느끼며 자기 삶을 사랑할 수 있게 된다.[36)] 반대로 인간관계에서의 갈등은 분노나 적개심 등 부정적인 정서를 유발함으로써 자기 삶을 부정하게 만든다. 이런 점을 고려할 때 학습자가 자기 주변의 인간관계를 포용력 있게 재인식함으로써 얻게 되는 마음의 상태는 삶에 대한 애정이라고 할 수 있다.

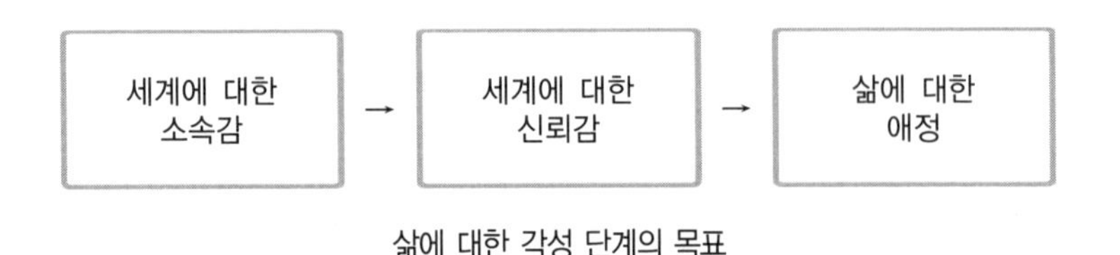

삶에 대한 각성 단계의 목표

이제 이러한 단계를 작품에 적용하여 좀더 구체적으로 살펴보기로 한다. 이 단계에서는 주제의 확장 단계에서 확인한 삶의 보편적 원리가 학습자 자신의 삶으로 좀더 심화된 수준으로 전이되기 시작한다. 이를 위해 학습자는 먼저 주어진 조건에서 화자가 택한 행위에 주목하여 화자가 가진 세계관을 확인하고 그 진정성을 파악하며, 작중의 화자와 진정한 대화

35) 김진숙 외, 앞의 책, pp.10-11.

36) 대인관계에서 경험되는 긍정적 감정은 다양한 용어로 표현된다. 예컨대 황홀감, 축복, 기쁨, 신남, 즐거움, 유쾌함, 만족감, 흡족, 안락함 등은 모두 대인관계로부터 얻게 되는 긍정적 감정의 다양한 측면을 보여준다. 그러나 이러한 용어들은 행복하다고 느끼는 마음의 상태를 정도에 따라 표현하는 것으로 볼 수 있다. 정명화 외, 『정서와 교육』, 학지사, 2005, p.201.

를 나눌 수 있다.

특히 이 작품의 어법은 학습자가 자신을 청자와 동일시함으로써 작품에 인격적으로 참여[37]하여 화자의 하소연에 직접 귀를 기울일 수 있도록 하는 장치를 마련하고 있어 학습자와 화자의 사이가 더욱 밀접할 수 있다. <서경별곡>의 전언을 자세히 살펴보면, 첫 단락은 임을 청자로 하고 있고, 세 번째 단락은 자기 자신에 대한 독백으로 볼 수 있다.[38] 그런데 두 번째 단락은 임을 향한 것만도 아니고, 혼자만의 넋두리로 볼 수만도 없다. 여기에서의 청자는 매우 일반화된 청자로 볼 수 있으며 이에 따라 학습자는 자연스럽게 자신을 작품에 내포된 청자와 동일시하게 된다. 이런 점에서 이 노래를 감상하는 학습자는 스스로 작품의 청자가 되어 화자 옆에 다가설 수 있다.

<서경별곡>이 담고 있는 주제의 성격상 학습자가 작중의 화자와 나누는 대화는 화자의 호소에 따른 위로의 말이 될 것이다. 학습자는 화자의 호소에 좀더 적극적으로 다가가서 화자의 호소에 대해 인간적인 연민을 바탕으로 안타까움을 표명하고, 더 나아가 위로의 말, 안타까움을 표시할 수 있다. 그러나 이 과정에서 정작 위로를 받는 것은 학습자 자신이다. 상대방에 대해 위로를 할 수 있을 만큼 자신의 삶에 아직 여유가 있다는 것을 느낄 수 있기 때문이다. 이 상태를 다음과 같이 요약할 수 있다.

37) 인격적 참여란 '독자가 텍스트 내부의 인격적 존재와 관계를 맺는' 일을 말한다. 텍스트의 호소 구조에 따라 독자는 시적 상황 안으로 들어가 화자나 청자와 자신을 동일시함으로써 작품의 상황에 직접적으로 참여한다. 김남희, 「현대시의 서정적 체험 교육 연구」, 서울대학교 박사학위논문, 2007, p.56.

38) 세 번째 단락에서 사공에게 던지는 악담의 성격을 관점에 따라 달리 볼 수 있다. 그러나 본고의 관점은 이를 실제 사공에게 던지는 발화라기보다는 떠나가는 임을 멀리서 지켜보아야 하는 화자의 상상속의 발화라고 보는 것이 자연스럽다는 입장이다.

1수준	화자의 세계관을 확인하고, 진정한 대화를 나눔으로써 세계에 대한 소속감을 느낀다.

다음으로 학습자가 작품을 통해 세계의 가치, 즉 세계가 살 만한 곳인가를 확인하고 이를 통해 자기 삶의 의미를 생각해 보는 단계이다. 이와 관련하여 <서경별곡>은 삶의 파탄에 이르는 괴로움을 겪고 있는 한 여성의 모습을 보여준다. 이 작품에 나타난 사랑과 이별이라는 보편적 주제나 그 내면에 있는 불안의 체험은 이를 바라보는 학습자가 화자가 느끼는 괴로움에 감정을 이입하고, 함께 안타까워할 수 있도록 하는 주된 요인이 된다. 만일 학습자가 작중의 상황과 비슷한 처지에 있다면, 학습자가 작품에 감정이입하는 정도는 보통의 경우보다 훨씬 더 강하게 나타날 것이다.

그러나 학습자는 다른 한편으로 작품과의 거리를 유지하고 있는 상태이므로, 이 작품이 보여주는 삶의 비극은 오히려 자기가 살고 있는 세계를 다소간 객관적으로 바라볼 수 있는 계기를 마련해 준다. 앞의 수준에서 언급했듯이 화자에 대해 위로를 하는 과정은 화자가 보이는 삶의 모습과 자신이 처한 상황을 비교할 것을 요구하기 때문에 자신의 상황이 화자의 상황에 비추어 좀더 낫거나, 혹은 그렇지 않다는 것을 생각하도록 유도한다. 작품의 화자가 보여주는 극단적인 상황에 개입하는 다양한 조건들을 다차원적으로 종합함으로써 학습자는 역설적으로 자신의 삶에서 가장 소중한 가치를 재발견할 수 있다. 이러한 상태를 다음과 같이 요약할 수 있다.

2수준	작품으로부터 삶의 가치를 재발견하고, 이를 통해 세계에 대한 신뢰감을 느낄 수 있다.

작품이 보여주는 보편적 원리와 세계관을 바탕으로 학습자는 자기 주변의 삶을 재인식하는 데 이를 수 있다. 이 단계에서 학습자는 자기가 맺고 있는 인간관계를 다시 점검하고, 그 소중함을 재확인할 수 있다. 인간의 삶에서 소중한 것을 한 두 가지로 말할 수는 없지만, <서경별곡>이 담고 있는 인간과 인간의 관계의 소중함 역시 인간의 삶에서 빠질 수 없는 중요한 요소이다. 그렇기 때문에 관계의 단절에서 오는 깊은 상실감은 이 작품의 화자처럼 삶의 방향성을 상실하게 만든다.

이 작품을 감상하는 개개의 학습자들은 저마다 자신의 구체적인 삶에서 다양한 인간관계를 맺고 있는 보통의 인간이다. 따라서 이들이 맺고 있는 인간관계는 긍정적인 관계에서부터 부정적인 관계에 이르기까지 다양한 양상을 보이고 있을 것이다. 그러나 긍정적인 관계이든, 부정적인 관계이든 인간관계는 필연적인 이유에 의해서 형성된 것이고, 이에 따라 학습자들은 대체로 이러한 인간관계를 원만히 유지하고 싶은 욕구와 필요성을 가지게 된다.

그런데 인간관계를 원만히 유지하기 위해서는 이 작품을 비롯하여 여러 고려속요들이 보여주는 것처럼 여성적 시각에 의한 관계지향적 태도가 효용을 발휘할 때가 적지 않다.[39] 적대적인 갈등 상황에서조차 누가

39) 여기에서의 관계지향적 태도란 앞 장에서 논의한대로 길리건(C. Gilligan)의 논의에 근거한 것이다. 그런데 이러한 관계지향적 태도의 근거가 되는 길리건의 주장, 즉 여성의 도덕을 '보살핌의 도덕'으로, 남성의 도덕을 '정의의 도덕'으로 대별하여 이원화하는 관점이 여러 여성주의자들에게 비판의 대상이 되었다는 사실을 여기에서 언급해 둘 필요가 있다. 길리건에 대한 비판은 이러한 주장이 여성과 남성의 본질적인 차이를 극단적으로 강조하고, 전통적인 여성의 덕목을 반복하고 있다는 점을 지적한다. 이렇게 본다면, 인간관계에서 관계지향적 태도가 바람직한 것인가라는 근본적인 질문이 제기될 수 있다. 그러나 이미 앞의 논의에서 언급했던 대로, 여기에서의 관계지향적 태도는 굳이 남성과 여성의 근본적인 차이를 드러내기 위한 것이 아니라, 오히려 인간이라면 누구나 가지고 있는 인간관계에 대한 두 가지 태도를 밝힌 것이며, 개개인의 인간관계를 사회적인 계약관계가 아닌 인간 본연의 관계의 차원에서 볼 수 있도록 하는 시각의 전환을 제기하는 것임을 밝혀 둔다. U. I. Meyer, *Einführung in die feministische philosophie*, 송안정 역, 『여성주의 철학 입문』, 철학

옳고, 누가 그르냐를 따지기 이전에 상대방과 맺고 있는 관계의 본질을 떠올림으로써 상대방의 가치를 재인식하는 것은 관계를 원만히 유지하는 데 중요한 역할을 할 수 있다. 이러한 상태를 다음과 같이 말할 수 있다.

3수준	자신이 맺고 있는 다양한 인간관계의 소중함을 재확인함으로써 삶에 대한 애정을 느낀다.

앞에서 잠시 언급했던 것처럼 이 작품을 포함하여 대부분의 고려속요는 오늘날의 학습자들에게 모방의 대상이 되기보다는 오히려 자신의 삶을 차분히 되돌아보는, 반성의 계기로서 더욱 큰 의미를 갖는다. 물론 이때의 반성이란 지나간 잘못을 뉘우친다는 의미라기보다는 자기 자신이 살아온 삶의 방식이 어떤 생각에 바탕을 두고 있는 것인지, 그것의 장점과 단점이 어떤 것인지를 골고루 따져 보는 일을 말한다.

2. 문학 감상의 지도 방안

교육은 의도적이고, 인위적인 행위로서 계획된 목표에 따라 이루어진다. 그러나 가르치고자 하는 내용의 특성이나 실제 교수·학습에 작용하는 수많은 변수들로 인해, 실제의 학습과 계획된 목표 사이에 어느 정도 괴리가 나타나는 것은 불가피한 일이다. 따라서 계획된 목표와 실제 학습 사이의 괴리를 최소화하는 것은 교육의 실천 과정에서 목표의 설정에 못지않게 중요하게 고려해야 하는 일이다. 이때 학생의 학습이 기획한 목표

과현실, 2006, p.217 참조.

와 가능한 한 일치할 수 있도록 하는 교사의 활동이 교사의 지도이다.[40]

교사의 지도는 이렇듯 교육 목표와 내용에 따라 이루어지는 실제의 수업 상황에서 일어나는 다양한 사태를 염두에 두고, 학습이 목표에 더 가까이 다가갈 수 있도록 지속적인 영향을 미치는 것이어야 하기 때문에 단지 학습자가 수행해야 할 학습의 내용을 제시하는 것에 머무르는 것이 아니라 학습 과정에서 발생할 수 있는 어려움이나 방해 요소를 예상하고, 이에 대한 '처방'을 제시하는 데까지 나아가야 한다.[41] 따라서 교사는 지도 과정에서 무엇을 가르치는가와 함께 그것을 가르치는 과정에서 일어나는 학습자의 내면적 변화에 많은 관심을 기울일 필요가 있다.

이와 같은 지도의 원칙을 고려할 때, 구체적인 작품을 두고 학습자가 자신의 감수성, 상상력, 체험 등을 모두 발휘하여 다양한 상호작용을 수행해야 하는 문학 감상에 대한 지도는 문학 감상의 과정에서 학습자가 획득하기를 기대하는 경험의 본질과 그러한 경험을 획득하기 위해 학습자가 수행하는 사고의 특성을 충분히 고려하여 학습자가 문학 감상의 과정에서 겪을 수 있는 어려움을 최소화하고, 작품과 학습자의 상호작용이 능동적이며, 풍부하게 진행될 수 있도록 유도할 수 있어야 한다. 이에 먼저 문학 감상에서 이루어지는 사고의 특성에 비추어 문학 감상의 지도의 특수성을 살펴보고, 다음으로 이에 따른 문학 감상 지도의 원리와 이를 문학 감상의 구체적 단계에 적용하는 방안에 대해 검토해 보기로 한다.

---

40) 권낙원·김동엽, 『교수-학습 이론의 이해』, 문음사, 2006, p.208.

41) 예컨대 체험의 공유를 위해 학습자가 기초적 서사를 구성하고, 선택적 주목이나 개연성의 승인 등을 해야 한다고 말하는 대신, 학습자가 이러한 활동을 수행하는 데 장애가 되는 요소가 무엇인가를 예상하여 그에 대한 처방으로서 교사가 학습자의 학습에 어떻게 관여할 것인가에 대한 방안을 제시해야 한다.

1) 문학 감상 지도의 특수성

문학 감상의 과정은 문학 작품의 전경으로부터 다양한 후경으로 '전이' 해 가는 발전적인 과정이다. 먼저 언어 텍스트로부터 체험으로의 전이가 이루어져야 하며, 체험으로부터 보편적 삶의 원리로의 전이, 그리고 보편적 삶의 원리로부터 삶의 가능성으로의 전이가 이루어져야 한다. 그런데 이러한 전이가 효과적으로 이루어지기 위해서는 먼저 학습자가 자신의 감수성과 체험과 상상력을 발휘하여 작품과 긴밀하게 상호작용하면서 작품으로부터 무언가를 보고, 느끼는 행위, 즉 작품에 대한 '지각'이 풍부하게 이루어져야 한다.[42]

만일 학습자가 자신의 마음에 감동을 불러일으킬 만한 요소를 스스로의 지각에 의해 보고, 느끼지 못한다면, 전경으로부터 후경으로 이동해 가는 전이의 과정이 제대로 이루어지기 어렵고, 또한 이루어진다 하더라도 누군가가 이미 설명한 바를 수동적으로 이해하는 것에 머무를 수밖에 없다. 이런 점에서 문학 감상 과정에서의 핵심은 작품의 다양한 요소에 대한 학습자의 능동적인 지각이다.

문학 감상의 핵심이 지각을 중심으로 하며, 이러한 지각이 층위를 달리하여 지속적으로 이루어지는 전이의 과정이라는 것은 교사가 문학 감상 수업을 성공적으로 이끌기 위해서 해야 할 일이 결국 학습자가 수행하는 지각을 촉진하고 강화하는 데 있음을 말해 준다. 문학 감상의 성공은 학습자가 작품으로부터 감동적인 무엇을 지각하고, 지속적으로 그 이상의

42) 여기서 말하는 '지각(perception)'이란 단순한 감각(sensation)이 아니라 다양한 감각 자료들에 대해 '무언가 알고, 서로 연관'시킴으로써 대상으로부터 무언가를 파악하는 일을 말한다. 이런 점에서 지각은 '인지(cognition)'의 일종이다. 또한 감각에 의존한다는 점에서 개념적이고 비감각적인, 논리학이나 수학과 같은 추상적 사고에서 일어나는 인지와 다르다. J. Stolnitz, *Aesthetics and Philosophy of Art Criticism*, 오병남 역, 『미학과 비평철학』, 이론과실천, 1999, p.46 참조.

것으로 전이시키는 학습자의 사고에 절대적으로 의존한다.

반대로 감상이 제대로 이루어지지 않는다는 것은 곧 작품으로부터 보아야 할 것을 보지 못하고, 이에 따라 전경으로부터 후경으로의 전이가 성공적으로 이루어지지 못한다는 것을 의미한다.[43] 학습자가 작품으로부터 아무 것도 보지 못하고, 텍스트를 지속적으로 전이하지 못한다면 당연히 정서의 변화나 깨달음도 있을 수 없다. 따라서 성공적인 감상을 이끌어 내기 위한 문학 감상 교육의 전략은 작품에 대한 학습자의 지각과 전이의 사고를 강화하는 것에 집중될 필요가 있다.

그런데 이와 관련하여 기존의 문학교육은 학습자에게 주로 작품과 관련된 더 자세하고 풍부한 자료나 해석 등 주로 지식을 제공하는 것으로 이러한 책무를 수행하고자 하는 경향을 보였다. 그러나 문학 감상에서의 지각이나 전이의 사고는 학습자와 작품의 직접적인 만남의 과정이기 때문에 외부로부터 일방적으로 제공되는 지식이 풍부하다는 것이 이러한 사고를 촉진하는 데 직접적인 영향을 미친다고 보기 어렵다.

왜냐하면 지각이란 대상으로부터 직접적으로 무엇을 보고, 느끼며 감수하는 것을 의미한다는 점에서 무엇을 '알고' 있는 것과 다르기 때문이다. 학습자가 작품의 무엇을 지각한다는 것은 작자가 누구인가, 장르가 무엇인가를 아는 것이 아니라, 작품으로부터 무언가를 직접 '느끼는' 것에 가깝다. 따라서 교사가 학습자가 수행하는 지각적 사고를 강화해야 한다는 것은 지각해야 할 내용을 교사가 직접 알려준다는 것이 아니라, 더 많이 볼 수 있도록 교사가 도움을 준다는 것을 의미한다.

그런데 여기에서 문제되는 것은 과연 학습자의 정신 세계의 외부에 있

43) 대체로 성인의 보기는 유용성의 기준으로 대상을 본다. 그러나 감상에서의 보기는 유용성의 기준으로 작품을 보는 것이 아니라 있는 그대로의 모습을 향수하기 위해 보는 것이다. J. Stolnitz, 앞의 책, p.37.

는 교사가 학습자의 내부가 아닌 외부에서 어떤 자극이나 지도를 학습자에게 제공함으로써 작품에 대한 학습자의 지각이나 전이가 의도대로 촉진될 수 있겠는가 하는 점이다. 극단적인 경우 교사가 작품으로부터 학습자가 보아야 할 대상을 직접 지시해 준다 하더라도, 그것이 학습자의 문학 감상에 의미 있는 영향을 미치기가 쉽지 않을 것이다. 문학 감상에서의 지각은 학습자 '스스로'의 지각이 아닌 한 감동을 줄 수 없기 때문이다.

더구나 대상으로부터 무엇을 지각할 수 있느냐 없느냐 하는 것은 개개인이 가진 인지적 사고의 수준[44]을 넘어서기 어렵기 때문에 학습자 내에서 전반적인 사고의 성숙이 이루어지기 전에는 불가능한 일일 수 있다. 바로 여기에 문학 감상 지도의 어려움과 일반적인 지도 방법을 그대로 차용할 수 없는 특수성이 있다.

그렇다면 학습자의 지각이나 전이는 어떻게 강화될 수 있을 것인가? 이에 대해 필자는 듀이가 제시한 '하나의 경험'의 성질로부터 단서를 찾을 수 있다고 생각한다. 듀이는 '하나의 경험'에서 정서가 지적인 활동, 즉 탐구를 정당화하는 데 중요한 계기로서, 또한 하나의 경험을 완성시키는 것으로서 작용한다고 한다.[45] 다시 말해 정서는 인지를 강화하고, 인지의 결과는 정서로서 드러난다는 것이다.

그렇다면 감상에서의 학습자의 지각이나 전이 역시 이와 관련된 여타의 정신적 요소들과 서로 상호작용하는 중에 강화될 수 있다고 가정할 수 있다. 왜냐하면 학습자의 지각, 좀 더 구체적으로 작품에 대한 직접적인

44) 피아제(J. Piaget)가 설명한 대로 인지가 인간의 성숙에 따른 발달 단계, 즉 감각 운동기에서 전조작적 사고기, 구체적 조작기, 형식적 조작기 등의 순서를 따르는 것이라면, 학습자가 이러한 발달 단계의 어느 수준에 있느냐 하는 점이 학습자의 지각에 절대적인 영향을 미치게 될 것이다.

45) J. Dewey, *Art as experience*, 이재언 역, 『경험으로서의 예술』, 책세상, 2003, p.76.

지각은 넓게 보아 인식적 행위에 포함되는 것이기 때문에 비록 지각 그 자체를 직접적으로 촉진할 수는 없다 하더라도 학습자의 지각을 인식적 행위에 관련되는 여타의 요소와 결합시킴으로써 강화할 수 있다는 추론이 가능하기 때문이다. 그리고 이러한 추론을 따르자면 문학 감상의 지도를 구안하기 위해 먼저 인간의 심리적인 행위 속에서 지각이 어떤 위치를 차지하고 있는가를 검토할 필요가 있다.

아른하임에 의하면 인간의 심리적 행위는 동기적, 인지적, 정서적 '측면'을 갖는다고 한다. 순수하게 인지나 정서가 존재하는 것이 아니라 하나의 행위에 이들 요소가 서로 영향을 미치면서 형성된 행위가 있을 뿐이라는 것이다. 모든 심리적인 사상은 의식적으로든 무의식적으로든 지각될 수밖에 없으며, 그러한 지각에 방향이 주어지며, 정신적 힘의 상호작용에 의해서 만들어지는 긴장 또는 흥분 수준을 가지게 된다. 따라서 하나의 심리적 행위는 동기와 인지, 정서로 명확히 구분되는 것이 아니라 동기적, 인지적, 정서적 측면을 갖는다.[46] 이렇게 보면 지각과 전이는 주로 심리적 행위의 인지적 측면의 작용이라고 볼 수 있다. 학습자의 지각, 인지는 독립적으로 작동하는 것이 아니라, 정서화된 인지, 동기화된 인지의 형태로 존재한다고 가정할 수 있으며, 인지적 측면과 정서적 측면, 그리고 동기적 측면이, 동시에 하나의 심리적 행위를 구성하는 것으로서 서로가 서로에게 자극이 된다고 말할 수 있다.

이러한 설명을 바탕으로 할 때 학습자가 작품으로부터 더 많은 것을 지각하고 풍부한 후경으로의 전이를 할 수 있도록 하기 위한 방법으로 문학 감상 과정에 대한 통합적 접근이 전제되어야 한다는 사실을 알 수 있다. 다시 말해 문학 감상 과정에서 요구되는 학습자의 사고인 지각과 전이를,

46) R. Arnheim, *Toward a Psychology of Art*, 김재은 역, 『예술심리학』, 이화여자대학교출판부, 1988, pp.441-443.

이와 연관되는 다른 측면의 심리적 행위와 통합적으로 고려함으로써, 지식의 일방적인 제공에 비해 훨씬 효과적으로 촉진할 수 있는 방법을 찾을 수 있다는 것이다.

2) 문학 감상 지도의 원리와 단계별 적용

(1) 문학 감상 지도의 원리

학습자가 문학 감상 과정에서 수행하는 사고가 지각과 전이를 핵심으로 한다는 점과 이러한 사고가 동기와 정서, 그리고 인지의 통합적 작용이라는 점을 근거로 할 때 문학 감상의 지도에서는 다음과 같은 조건이 충족되어야 함을 알 수 있다.

첫째, 문학 감상에서 학습자의 사고를 촉진하기 위해서는 학습자의 감상에 작용하는 동기적 측면과 정서적 측면, 그리고 인지적 측면이 서로 상호작용하면서 두루 자극되어야 한다. 둘째, 이러한 측면들의 상호작용이 문학 감상의 과정에 실질적으로 영향을 미치기 위해서는 학습자의 동기적 측면과 정서적 측면, 그리고 인지적 측면들이 문학 감상 과정의 핵심인 지각에 실질적인 영향을 미칠 수 있어야 한다. 이에 문학 감상의 원리로서 동기의 활성화, 정서적 긴장의 활용, 인지적 조력의 활용 등을 제시하고 이들을 구체적으로 검토해 보기로 한다.

① 동기의 활성화

심리학적인 차원에서 동기(motive)란 인간이 어떤 행위를 하게 되는 시작하게 되는 이유나 지향, 강렬성, 지속성, 행위의 질 등을 설명하는 용어로서, 욕구(needs)나 욕망(desires) 등과 연결된다고 보는 것이 일반적이다.[47]

47) J. Brophy, *Motivating Students to Learn*, Lawrence Erlbaum Associates, 2004, p.4.

동기란 인간 행위의 출발점으로서, 동기가 강하다는 것은 그만큼 그 행위가 강렬하고, 지속적으로 이루어질 가능성이 높다는 말이 된다. 이런 이유에서 학습심리학 일반에서도 학습자의 동기적 측면을 활용한 학습의 강화에 대한 논의가 지속적으로 이루어지고 있다.

학습자가 교실에서 수행하는 문학 감상에서의 지각이나 전이 역시 학습자의 동기적 측면이 충분히 강화될 때 더욱 풍부하게 이루어질 수 있다. 특히 문학 감상에서 감상의 동기적 측면은 학습자가 작품에 대해 가지고 있는 지향의 정도[48]를 말하는 것으로 감상자가 작품에 대해 어떤 태도를 가지고 있느냐와 직결된다. 학습자가 작품과 친밀한 관계를 형성할수록, 학습자가 목표에 대한 분명한 지향을 가질수록, 학습자가 자기성취감을 느낄수록 학습자의 동기가 강해진다. 이런 이유에서 감상의 동기적 측면을 강화함으로써 학습자가 작품으로부터 더 많은 것에 민감하게 반응하며 지각할 수 있도록 하는 '동기의 활성화'를 문학 감상 지도의 원리로 제시할 수 있다.

특히 문학 감상에서는 학습자가 작품에 대해 어느 정도의 친숙함(familiarity)을 가지고 있는가에 따라 학습자가 작품으로부터 인지할 수 있는 내용과 수준이 달라질 수 있다는 점에 유의할 필요가 있다. 작품에 대한 친숙화의 정도는 작품에 대한 지향을 강화함으로써 인지적 활동을 강화하기 때문이다.

일반적으로 예술을 감상할 때 그 작품에 대한 친숙화의 정도는 감상의 과정 전반에 영향을 미치게 된다. 만일 우리가 일찍이 들어보지 못한 음악을 듣게 된다면 우리는 그것으로부터 무언가를 느끼거나 생각하게 되는 데 적지 않은 어려움을 겪게 될 것이다. 이는 '반복해서 접하는 것이

48) R. Arnheim, 앞의 책, p.442.

주목의 습관과 공감적 태도를 발전'시키기 때문이다.[49] 따라서 친숙화는 비유적으로 말하자면, 작품에 대해 감상자가 접촉하는 면적을 넓혀 주는 것이다. 작품의 분량이나 길이에 상관없이 친숙화되지 않은 작품에 대해 감상자가 접촉하여 반응할 수 있는 면적은 극히 좁을 수밖에 없다. 작품의 형식적 조직과 전체적 효과에 대해 친숙해 짐으로써 작품의 요지와 통일성에 접근해 감으로써 '증가되는 지식'을 얻어 낼 수 있을 때, 감상자의 사고가 풍부해 질 수 있다.[50]

또한 친숙화는 감상자가 지닌 작품에 대한 선입견을 구성하는 중요한 요소가 된다. 교사는 학습자가 작품에 대한 '긍정적인 선입견'을 가지게 함으로써 작품의 감상이 적극적으로 이루어지게 할 수 있다. 따라서 작품과 관련될 수 있는 학습자의 다양한 경험을 환기하여 감상자가 작품을 친숙하게 느낄 수 있도록 함으로써 학습자의 지각과 전이를 더욱 강화할 수 있다.

그런데 문학 감상에서 감상자의 지각을 촉진할 수 있는 감상자의 동기적 측면이 학습자와 작품 사이의 친밀감에만 있는 것은 아니다. 앞서 언급한 대로 학습자는 자신에게 익숙한 것을 그렇지 않은 것보다 자연스럽게 받아들임으로써 작품의 세부적인 요소들을 자세히 지각할 가능성이 높다. 그러나 이와 반대로 인간이라면 자신에게 익숙하지 않은 것, 새로운 것에 대한 욕구 역시 적지 않게 가지고 있기 때문에 오히려 자신이 미처 겪어 보지 못한 새로운 것에 의한 자극이 원인이 되어 더욱 강한 동기를 형성할 수 있다. 따라서 학습자 스스로 자신이 느끼는 생소함이나 이질성을 뛰어 넘고자 하는 목표를 설정함으로써 감상은 더욱 높은 수준으로 발전할 수 있다. 다시 말해 학습자와 작품 사이의 친밀감의 정도가 감상의 동기를 활성화하는 기본이 되지만, 감상의 심화를 위해서는 학습자가 스

49) J. Stolnitz, 앞의 책, p.83.
50) J. Stolnitz, 앞의 책, p.85.

스로 자신의 감상에서 목표를 설정하는 것 역시 중요한 계기가 된다.

요하스(H. Joas)에 의하면 인간은 행위의 과정 중에 목표를 구체화하고 재조정하게 된다고 한다.[51] 문학 감상 역시 자유로운 사고의 유희를 즐기는 것으로서 애초에 분명한 목표를 가지고 시작한다기보다는 감상의 진행 과정 중에 새로운 목표를 설정해 가는 것으로 볼 수 있다. 감상의 단계가 심화될수록 학습자가 자신의 감상을 메타적으로 조망하며 스스로 창조적인 목표를 설정하고, 이를 달성하려는 동기를 가지게 하는 것이 바람직하다.[52]

② 정서적 긴장의 활용

정서(emotion)란 일반적으로 자극에 의해 촉발되는 심리적, 신체적 반응을 말한다.[53] 정서는 어떤 사건에 대한 해석에 의해 유발되며, 이에 따른 거의 모든 신체기관의 반응을 수반한다.[54] 따라서 정서는 주체가 자극을 자극으로서 인식하는가 그렇지 않은가에 따라 발생할 수도 있고, 그렇지 않을 수도 있다. 예컨대 누군가가 차도를 지나가는 수많은 자동차를 보고 공포스러운 정서를 느낀다면, 그가 자동차를 자신의 삶에 어떤 영향을 미치는 자극으로 인식했다는 말이 된다. 그러나 지나다니는 자동차가 너무

51) H. Joas, *Die Kreativität des Handelns*, 신진욱 역, 『행위의 창조성』, 한울, 2002, p.262.

52) 단순히 목표가 있다고 해서 동기가 강화되는 것은 아니다. 목표에 대한 지향이 동기로서의 역할을 하기 위해서는 목표의 설정이 '능동적'으로 이루어져야 한다는 조건을 또한 충족시켜야 한다. M. P. Driscoll, *Psychology of Learning for Instruction*, 양용칠 역, 『수업설계를 위한 학습심리학』, 교육과학사, 2002, pp.373-376 참조.

53) 일반적으로 정서는 심리적 평형이 깨어지는 데에서 촉발된다. 어떤 문화를 막론하고 인간은 보편적으로 분노, 두려움, 기쁨, 슬픔, 놀람 등의 기본 정서를 가지고 있는 것으로 연구되고 있는데(이주일, 「체험정서와 표현정서의 심리적 효과」, 서울대학교 박사학위논문, 1998, p.5), 이러한 정서를 발현하는 것은 자극에 대한 단순한 반응의 차원에 그치는 것이 아니라 자신의 정체성을 확인하고 삶을 조정하기 위한 적극적인 활동이기도 하다.

54) Plutchik, R. *Emotions and Life*, 박권생 역, 『정서심리학』, 학지사, 2004, p.49.

나 일상적이고 특별할 것이 없다고 생각하는 누군가에게는 별다른 정서적 반응이 나타나지 않을 수도 있다.

이런 점에 비추어 볼 때, 정서는 주체가 대상을 자극으로서 인식함으로써 발생하는 대상과 주체 사이의 긴장 관계에서 비롯된다. 긴장의 고조나 이완의 연속된 과정에서 주체는 자신의 행위에 더욱 민감해지며 대상에 더 많이 주목하게 된다. 이렇듯 대상과 주체 사이의 정서적 긴장 관계, 즉 문학 작품과 학습자 사이의 정서적 긴장 관계를 높임으로써 학습자가 작품으로부터 더 많은 것을 세밀히 지각할 수 있도록 유도하는 것을 문학 감상 지도의 또 다른 원리로서 제시할 수 있다. 이를 '정서적 긴장의 활용'이라 부르고자 한다. 특히 문학의 언어가 일상의 언어와 달리 정서를 표현하는 데 특화된 면이 있다는 점에서 학습자가 작품을 통해 정서적 긴장의 고조나 이완을 풍부하게 경험하는 것은 문학 감상의 본질에도 부합하는 일이다.

그런데 여기에서 문학 감상의 과정에서 교사의 지도를 통해 학습자의 정서적 긴장을 높이는 일이 어떻게 가능한가라는 질문이 제기될 수 있다. 문학 감상에서의 정서적 긴장은 학습자가 작품을 스스로 자극으로서 느낄 때 가능한 것이기 때문에 상대적으로 외부의 영향이 개입할 여지가 적기 때문이다. 학습자와 작품의 외부에 있는 교사가 인위적인 지도를 통해 학습자가 작품을 자극적인 것으로 받아들이게 한다는 것이 결코 쉬운 일이 아니다.

하지만 문학 감상의 과정은 여러 차원의 대화를 통해 이루어진다[55]는

---

55) 최미숙의 연구에 의하면 문학교실에서의 대화는 독자의 내면에서 이루어지는 내적 대화, 현실적 독자로서의 학생과 학생 사이에서 이루어지는 횡적 대화, 그리고 이상적 독자로서의 교사와 현실적 독자로서의 학생 사이에서 이루어지는 종적 대화 등의 세 층위로 나누어진다(최미숙, 「대화 중심의 현대시 교수・학습 방법」, 『국어교육학연구』 제26집, 국어교육학회, 2006). 이 논문에서 제시하는 대화의 세 층위는 제목에서 드러나는 것처럼 현대시

점을 고려할 때 교사가 학습자와 작품 사이의 정서적 긴장 상태에 개입할 수 있는 가능성을 모색해 볼 수도 있다. 문학 감상의 과정이 기본적으로 학습자와 작품 사이의 대화라는 것은 학습자가 자기 앞에 놓인 작품을 두고, 다양한 질문을 던지고, 그 질문에 대한 해답을 찾는 과정이라는 것을 말해 준다. 이런 면에서 학습자가 작품을 감상하는 상황을 하나의 문제를 해결하는 과정으로 볼 수 있다.[56] 학습자는 작품에 형상화된 모습이 의미하는 것이 무엇인지, 그리고 그것이 나의 삶에 어떻게 연결될 수 있는지 등에 대해 지속적으로 질문을 던지고, 그에 대한 해답을 모색하게 된다. 따라서 감상의 수준은 학습자가 작품에 대해 던지는 질문의 양이나 질에 따라 결정된다고도 할 수 있다.

그렇다면 교사는 학습자의 감상 과정을 촉진하는 존재로서 학습자에게 작품에 대한 더 많은 설명을 제공하는 것보다는 학습자가 더 자주 더 많은 질문을 던지고, 그 질문의 수준을 높게 하도록 유도함으로써 학습자와 작품 사이의 긴장 관계를 높이는 역할을 해야 한다는 결론이 도출된다. 교사는 학습자의 감상 활동을 위한 비계(scaffolding)로서 학습자가 작품과 관련하여 던질 수 있는 적절한 질문을 제공하거나, 학습자가 미처 생각하지 못한 질문을 던져 학습자의 주의를 환기시킬 수 있다. 무엇보다 여기

수업을 대상으로 하고 있으나, 현대시가 아닌 여타의 장르에도 포괄적으로 적용될 수 있으리라 생각된다. 학습자들의 감상을 활성화하고, 그 내용을 심화하고자 하는 교사라면 교실에서 이루어지는 이러한 대화에 자신이 취할 수 있는 적절한 역할에 따라 적극적이고 능숙하게 참여할 수 있어야 한다.

56) 문학 감상의 과정을 문제 해결적 사고(problem solving)와 연결시키는 것에 대해 거부감이 들 수도 있다. 문학 감상은 학습자가 미리 주어진 과제를 해결하는 일이 아니기 때문이다. 그러나 문학 감상에서 이루어지는 사고는 대상으로부터 무엇을 지각하고, 그 의미를 찾아가는, 이른바 '지각적 사고(perceptual thinking)'의 과정으로서, 표현의 과정을 탐색한다든가, 의미를 추적한다든가 하는 문제해결적인 요소가 포함되어 있다. 다만 일반적 문제 해결적 사고와 구별하여 질적인 문제 해결적 사고(qualitative problem solving)라고 차별화시킬 수는 있을 것이다. 한명희, 『교육의 미학적 탐구』, 집문당, 2002, p.183.

에서 말하는 질문과 대화는 학습자의 감상에서 긴장감을 높이기 위한 것이기 때문에 학습자가 지각해야 하는 것까지 긴장감 있게 끌고 가기는 하되, 미리 모든 것을 다 말해줌으로써 긴장을 놓치는 일이 없도록 해야 할 것이다.

이렇듯 질문을 통해 수업에서 이루어지는 대화의 긴장감을 높이는 것은, 문학 감상 수업이 기본적으로 교사와 학습자의 대화를 통해 수업이 진행된다는 점에서, 수업의 전 단계에 걸쳐 포괄적으로 활용될 수 있는 방법이다.57) 특히 학습자가 작품과의 내적 대화를 심화시켜야 하는 감상의 본격적인 단계에서부터는 교사가 적절한 질문을 통해 학습자와 작품 사이의 긴장 수준을 높이는 데 필수적으로 활용되어야 한다. 요컨대 정서적 긴장은 감상의 전 단계에서 유지되어야 하지만, 정서적 긴장을 유지하기 위한 구체적인 질문의 내용이나 방향은 감상의 단계에 따라 달라질 필요가 있다.

57) 교사가 전문적 중계자로서 적절하고 효과적인 질문을 던지자면 교사는 수업에 앞서 다양한 질문의 유형과 그 효용을 이해하고 있어야 할 것이다. 무어(K. D. Moore)에 의하면 교사가 학습자에게 던질 수 있는 질문의 일반적 유형은 '사실적 질문', '경험적 질문', '생산적 질문', '평가적 질문' 등으로 나누어진다(K. D. Moore, *Effective instructional strategies : from theory to practice*, Thousand Oaks : SAGE Publications, 2005, p.38). 문학 감상 교실에서 교사와 학습자들이 나누는 대화가 매우 광범위한 범위를 갖는다는 점에서 이와 같은 질문들은 교사와 학습자의 대화 상황에서 두루 나타나게 될 것이다. 그러나 문학 감상의 속성에 비추어 좀더 자세히 생각해 보면 그 활용도에서 다음과 같은 차이가 있으리라 생각된다. 예컨대 기억을 테스트하고 재인과 기계적 암기를 위한 사실적 질문의 활용은 학습자가 수행하는 탐구의 긴장감을 높이는 데 별다른 효용이 없기 때문에 문학 감상 수업에서는 별다른 효용이 없을 것이다. 반면 감상은 자기 체험을 비롯한 체험과 체험과의 대화이므로 경험적 질문은 필수적이다. 또한 감상은 지속적으로 자기 자신과 작품에 나타난 삶에 대한 더욱 심화된 질문을 획득함으로써 더욱 큰 전이력을 가지게 될 수 있으므로 생산적 질문이 적극적으로 활용되어야 하며, 평가적 질문은 감상의 전 국면에서 활용도가 매우 높을 것이라 생각할 수 있다.

③ 인지적 조력의 활용

일반적으로 인지(cognition)란 대상으로부터 정보를 습득하고, 이들 정보를 해석하여 의미를 구성하는 일을 말하며, 이에 따라 획득되는 것은 지식, 또는 앎이라 말할 수 있다. 문학 감상에서의 지각 역시 작품에 형상화된 여러 정보를 보고 느끼면서 이를 통해 의미를 구성하는 사고라는 점에서 인지 능력의 발현이라고 할 수 있다. 그렇다면 인지를 통해 지각을 강화한다는 것이 논리적으로 타당한 것인가라는 문제가 제기된다. 동기를 통해 인지를 강화한다거나 정서를 통해 인지를 강화한다는 말에 비해 인지를 통해 인지를 강화한다는 것은 그리 자연스러워 보이지 않기 때문이다.

그러나 문학 감상에서의 지각, 즉 직접 보고 느낌으로써 대상을 인지하는 것이 인지의 여러 가지 방식 중 하나라는 점을 고려한다면, 문학 감상에서 수행되는 직접적 지각 이외의 다른 인지적 활동을 통해 학습자의 직접적 지각을 강화할 수 있다고 가정하는 것도 무리가 아니다. 또한 인간은 이미 자신이 알고 있는 것을 바탕으로 새로운 지식을 획득해 간다는 점에서도 인지를 통해 지각을 강화한다는 것의 타당성이 증명된다.

물론 작품에 대한 학습자의 지각은 오직 스스로의 직접적인 지각일 때 의미가 있다는 점은 분명한 사실이다. 따라서 인지적 측면을 자극하여 문학 감상에서의 학습자의 지각을 강화한다는 것은 교사가 인지적인 조력자로서 학습자가 작품에 대해 더 많은 것을 지각할 수 있도록 도움을 준다는 것을 의미한다.

일반적으로 인지적 조력(cognitive scaffolding)이란 수업에서 "학생들이 스스로 할 수 있는 것과 주변의 조력을 통해서 할 수 있는 것의 간격을 메우기 위해 교사가 제공하는 수행보조(task assistance)와 단순화 전략(simplification strategies)" 등을 지칭하는 개념이다. 교사가 학습 과제에 대한 수행을 직접 보여주면서 사고의 과정을 명료화하거나, 학생들이 학습의 단계를 진척시키지 못하고 고착된 상황에서 다음 단계로 이행할 수 있도록 돕는 자극이나 단서를 제공하는 것, 학생들이 학습에서의 오류에 대해 그 원인을 진단하고 교정 전략을 개발하도록 질문을 던지는 것 등이 인지적 조력의 사례가 된다.[58]

이미 앞에서 말한 대로 문학 감상의 지도에서 인지적 조력을 활용한다는 것은 하나의 앎이 또 다른 앎에 대한 욕구와 수준을 증진시킬 수 있다는 점에 근거를 둔다. 이에 따라 교사가 학습자에게 작품에 대한 인지적 측면을 자극함으로써 이에 상응하여 학습자의 지각과 전이가 강화되도록 하는 일을 말한다.

그런데 교사에 의한 인지적 조력은 교사가 학습자와의 관계를 어떻게 설정하느냐에 따라 크게 두 가지로 나누어 볼 수 있다. 먼저 교사가 학습자보다 우위에 서서 학습자의 인지적 활동에 직접적인 단초를 제공하는 것을 들 수 있다. 학습자가 잘 알지 못하는 내용을 설명하거나 선행조직자[59]를 활용하여 학습자의 인지적 흐름을 유도하는 것이 이에 속한다. 다른 하나는 교사가 학습자와 대등한 위치에서 학습자와 서로 대립되는 인지적 활동을 수행함으로써 학습자가 자신의 인지에 스스로 풍부한 근거를 마련하도록 자극하는 것이다.

문학 감상에서 인지적 조력은 대상에 대한 정확한 지식을 제공하는 것이라기보다는 학습자의 지각을 자극하기 위한 것이므로 일반적인 수업에서의 인지적 조력과 다소 다른 점이 있다. 작품에 사용된 어휘에 대한 기

58) 권낙원, 김동엽, 앞의 책, p.381.

59) '선행조직자'란 본격적인 학습내용에 앞서 제공된, 교육 내용과 관련된 포괄적인 도입 내용을 말한다. 학습심리학에 의하면 본격적인 학습이 이루어지기 전에 학습자가 이미 알고 있는 내용과 앞으로 알아야 하는 내용 사이의 격차를 메우기 위해 새롭게 학습되어야 하는 내용보다 높은 수준의 추상성, 일반성, 포괄성 등을 가진 조직자를 미리 제공하는 것이 필요하다. M. P. Driscoll, *Psychology of Learning for Instruction*, 양용칠 역, 『수업설계를 위한 학습심리학』, 교육과학사, 2002, pp.168-169 참조.

본적인 풀이를 제공하는 수준의 인지적 조력이 활용될 수 있으나, 감상의 단계가 진행될수록 학습자의 창의적인 지각이 가능할 수 있도록 교사가 제공하는 인지적 조력이 상대화될 필요가 있다. 그리고 더 나아가 학습자의 인지가 동료 학습자나 교사의 인지와 대립함으로써 더 새로운 인지를 창조하는 방향으로 진전될 필요가 있다. 다시 말해 정확한 인지로부터 시작하여 창조적 인지에 이를 수 있도록 해야 한다.

인지적 조력을 통해 학습자의 문학 감상을 자극하는 것은 학습자가 발휘하는 자발성의 정도가 낮을 수 있고, 교사가 시범을 보이는 인지의 과정과 내용을 학습자가 그대로 모방할 가능성이 높다는 점에서 단점이 있다. 그러나 직접교수법의 문제의식에서도 알 수 있듯이, 어떤 수행을 가르친다고 할 때 무조건 학습자 스스로 해보도록 강요하기보다 누군가의 시범을 모방함으로써 독자적인 수행으로 발전시키는 것이 효과적인 경우도 있다.[60] 따라서 인지적 조력은 학습자가 교사의 시범이나 자료로 제시된 다른 사람의 감상을 그대로 모방하고, 더 이상 자신의 감상을 진전시키지 않으려는 경향에 주의할 때, 효과적인 지도 원리가 될 수 있다.

(2) 문학 감상 단계별 지도 방안

앞에서 확인한 문학 감상 지도의 원리는 문학 감상의 특성에 따라 교사

60) 직접교수법은 학습자가 수행의 절차를 배운다고 해서 실제로 수행을 잘 하게 되는 것은 아니라는 점에서 착안된 교수·학습 방법이다. 이를 해소하기 위해 직접교수법은 교사가 학습자의 모델로서 직접 수행을 시범해 보이고, 학습자가 이를 모방하도록 하는 수업의 방식을 취한다. 그런데 이러한 직접교수법은 학습자가 교사의 시범을 절대적이고, 유일한 것으로 받아들일 수 있다는 점에서 실제 적용에서 조심해야 할 필요가 있다. 이런 점을 감안할 때 교사가 작품에 대한 자신의 감상을 시범 보이는 것은 학습자가 그대로 따라해야 하는 것이라기보다는 학습자와 대등한 감상자로서의 교사가 자신의 체험과 상상력과 감수성에 기반하여 하나의 감상 경험을 제공함으로써 학습자와 서로의 감상에 대해 토론하기 위한 자료로서의 성격을 가져야 한다. 이재승, 『좋은 국어수업 어떻게 할 것인가?』, 교학사, 2005, pp.80-84 참조.

가 취해야 할 기본적인 방향을 제시하지만 아직 실제의 문학 감상 수업에 적용되기에는 다분히 추상적인 면이 있다. 물론 아무리 구체화된 원리나 방법도 실제 수업에서 그대로 적용될 수는 없다. 그러나 이와 같은 원리들이 이미 제시한 문학 감상의 단계에 따라 어떻게 적용될 수 있는가를 검토함으로써 문학 감상의 지도에서 교사들이 활용할 수 있는 좀 더 구체적인 방안을 마련하는 데 기초를 마련할 수 있을 것이다. 이에 체험의 공유, 주제의 확장, 삶에 대한 각성의 단계에서 앞서 제시한 문학 감상 지도의 원리들이 어떻게 활용될 수 있는가에 대해 검토해 보기로 한다.

① 체험의 공유 단계의 지도

체험의 공유 단계는 감상의 첫 단계로서 학습자가 새로운 작품, 때로는 생소한 작품을 처음 접하고, 이 작품이 형상화하고 있는 타자의 체험 속으로 수렴해 들어가는 과정이다. 따라서 이 단계에서 대개의 학습자가 겪게 되는 어려움은 새롭고, 생소한 작품이 주는 이질감에서 비롯된다.

이미 앞에서 지적했던 대로 이러한 이질감은 단순히 작품에 대해 다양한 지식을 습득한다고 해서 쉽게 해결될 수 있는 것이 아니다. 작품에 대한 교사의 자세한 설명이 학습자가 이 단계에서 타자의 체험을 스스로 보고 느끼면서 자신이 공감할 만한 요소를 지각하는 것을 보장하지 않기 때문이다. 따라서 이 단계에서 교사는 학습자의 동기적, 정서적, 인지적 측면을 적절히 자극함으로써 학습자가 작품에 대해 느끼는 이질감을 효과적으로 극복할 수 있도록 해야 한다. 특히 학습자가 작품에 대해 느끼는 이질감은 주로 학습자가 작품에 대해 느끼는 친밀감의 문제와 직결되기 때문에 이 단계에서 교사는 주로 학습자가 작품과의 상호작용을 시작하는 단계에서 가지게 되는 동기적 측면에 초점을 두고, 여타의 측면들을 고려하게 된다.

일반적인 교실 상황에서 학습자는 자신의 의도와 상관없이 특정한 작품을 만난다. 학습자가 자신의 취향이나 습관에 따라 선택한 것이 아니라 외부의 의도에 따라 선택된 것을 받아들여야 하는 상황은 학습자가 작품에 대해 적극적으로 상호작용하고자 하는 동기가 자연스럽게 발휘되지 못하는 원인이 된다.[61]

이 단계에서 교사는 학습자가 자기 앞에 놓인 작품과 먼저 친밀감을 확보 하는 데 초점을 둘 필요가 있다. 이를 위해 교사는 학습자가 작품을 이해의 대상이 아닌 감상의 대상으로 자연스럽게 받아들일 수 있도록 학습자가 작품을 직접 접해보도록 하는 것이 중요하다.

일반적으로 교사는 시와 같이 짧은 것은 교실에서 직접 낭송하지만 소설과 같이 분량이 많은 작품은 학습자가 수업 이전에 읽어 올 것을 요구한다. 제한된 수업 시간을 고려한다면 이러한 방식은 어쩔 수 없는 것이라 볼 수도 있다. 그러나 좀 더 적극적인 방식으로 학습자의 동기적 측면을 자극하는 것 역시 시도될 필요가 있다. 예컨대 작품에서 학습자가 친밀하게 여길 수 있는 구절이나 작품과 관련하여 학습자가 친밀감을 느낄 수 있을 만한 요소를 발췌하여 수업 시간에 교사와 학습자가 함께 읽어 보는 것은 작품에 대한 학습자의 거리감을 줄이는 데 효과적인 방법이다.

정서적 긴장을 활용하는 것과 관련하여 교사는 작품의 여러 요소 중에서 학습자의 심리를 자극할 수 있을 만한 요소를 미리 예상하고, 적절한 질문을 통해 학습자가 이러한 요소들에 민감해 질 수 있도록 유도할 필요가 있다. 물론 학습자들 개개인의 상황에 따라 학습자들이 작품에 대해 주목하게 되는 요소는 다양할 수 있으며, 이러한 요소들을 학습자 스스로

61) 교실에서 이루어지는 문학 감상이 학습자의 선택에 따라 이루어지는 것은 물론 바람직한 일이다. 그러나 교실에서 이루어지는 문학 감상은 단지 학습자가 원래 가지고 있는 기호를 강화시키기는 데 목적이 있다기보다는 학습자가 다양한 작품을 섭렵하여 기존의 기호나 관점을 발전적으로 변화시키는 것을 중요하게 생각한다는 점을 고려할 필요가 있다.

표현하는 것이 바람직할 것이다. 그러나 학습자들이 스스로 이러한 요소들을 표현하지 못하는 경우를 대비하여, 교사가 현재 지도하고 있는 학습자들이 감상의 과정에서 주목할 만한 요소들[62]을 미리 예상하고, 이와 관련된 질문을 사용한다면 학습자의 긴장 상태가 높아질 수 있다.

이 단계가 학습의 초기 단계라는 점을 고려할 때, 인지적 측면에서 교사가 학습자의 선행조직자를 활용하는 것 역시 지도상의 중요한 요소이다. 작품에 형상화된 타자의 체험은 분명 지금 여기의 학습자와는 사뭇 다른 모습일 수밖에 없지만, 보편적인 인간으로서 학습자가 이미 경험한 일들 중에서 작중의 상황과 관련되는 것은 무수히 많다. 따라서 학습자가 스스로 자신의 체험이나 관련된 상황을 떠올려 보도록 함으로써 작품에 구체화된 체험을 능동적으로 구체화할 수 있도록 유도하는 일이 필요하다.

② 주제의 확장 단계의 지도

주제의 확장 단계 이전에 이미 앞의 체험의 공유 단계를 통해 학습자와 작품 사이의 일체감이 충분히 형성되었다는 것을 전제한다면, 이 단계의 핵심은 학습자가 작품을 상대화하고 작품과 일정한 거리를 두며, 새로운 문제를 발견하여 탐구하는 발산적인 사고를 수행하는 데 있다. 따라서 이 단계에서 학습자에게 요구되는 것은 스스로 탐구의 주제를 발견하고, 지속적이고 심도 있는 탐구를 진행하는 일이다. 그런데 사실 학습자가 스스로 탐구의 주제, 즉 작품으로부터 무언가 탐구할 만한 질문을 획득하는 일이 그리 쉬운 일이 아니라는 데에서 학습자들의 어려움이 발생한다.

물론 체험의 공유 단계 역시 학습자들이 작품에서 납득하기 어려운 부분들에 대해 스스로 질문하고, 이러한 질문에 대한 해답으로서 스스로 작

62) 예술 작품이 지닌 정신물리학적, 생태학적, 대조적 특성 등이 보편적으로 감상자의 각성을 불러일으킨다는 점에 대해서는 4장의 1절 참조.

중 상황의 개연성을 모색해야 한다는 점에서 학습자의 탐구가 필요하다. 그러나 체험의 공유 단계를 전제한 주제의 확장 단계는 앞 단계에서 학습자가 제기하고 해결한 문제를 다른 차원으로 전이하여 생각해 보는 '문제의 재정의'가 필요하다는 점에서 앞 단계에 비해 더욱 어려운 사고가 요구된다.[63] 이런 이유로 교사는 학습자가 작품과의 거리를 재조정하고, 문제를 바라보는 시각을 달리하여 새롭고 유의미한 질문을 스스로 제기하고 지속적으로 이에 대한 해답을 찾아갈 수 있도록 학습자의 사고에 개입하는 다양한 측면을 충분히 자극할 필요가 있다.

먼저 동기적 측면을 보자면, 교사는 학습자가 스스로 탐구의 목표를 설정하고 가능한 한 이를 명시적으로 제시해 보도록 해야 한다. 예컨대 작품에 형상화된 구체적인 형상에서 인간이라면 누구나 겪을 수 있는 보편적인 문제를 발견하여 이를 수행의 목표로 삼을 수 있도록 해야 한다. 이러한 동기가 분명할수록 학습자의 활동이 더욱 적극성을 띨 수 있다.

정서적 긴장감과 관련하여 교사는 학습자들이 스스로 탐구 과제를 설정하고, 이를 능동적으로 해결하는 데 따른 긴장과 쾌감을 느낄 수 있도록 학습의 환경을 조성해 주어야 한다. 교사는 학습자의 탐구에 지나치게 관여하여 학습자의 능동성을 저해하지 않는 범위에서 학습자가 자기가 설정한 탐구의 과제를 수행할 수 있도록 지도해야 한다. 이때 교사가 특히 주의해야 할 점은 탐구의 과제를 적절히 조정하는 일과 학습자의 탐구를 촉진할 수 있는 발화의 방식이다.[64] 탐구의 과제가 학습자의 능력을

63) 문제를 재정의하기 위해서 학습자는 기존의 습관이나 관행, 또는 고정관념 등을 뛰어 넘어 문제의 범위를 창의적으로 혁신할 수 있어야 한다. 특히 이 단계의 특성을 고려할 때 학습자는 문제 장면을 보다 넓은 범위로 확대하는 능력을 발휘해야 한다. 일반적인 학습에서 요구되는 '문제의 재정의'에 대해서는 김영채, 『창의적 문제 해결 : 창의력의 이론, 개발과 수업』, 교육과학사, 2004, pp.138-139 참조.

64) 선주원은 교사의 질문과 관련하여 텍스트의 의미를 이해하는 단계에서는 해석적 질문을 통해 비계를 설정하고, 텍스트의 의미를 해석하고 평가하는 단계에서는 비평적 질문을 통

넘어서는 경우 학습자는 오히려 탐구에 대한 흥미를 잃어버릴 수 있으며, 교사의 발화가 학습자의 기분을 상하게 하거나 지나치게 단정적일 경우 수행의 능동성에 지장을 받을 수 있기 때문이다.

인지적 측면에서 이 단계에서 교사의 조력은 앞 단계에 비해 좀 더 직접적일 수 있다. 앞 단계에서 교사의 인지적 조력은 주로 학습자가 작품의 다양한 측면을 놓치지 않고 지각하고 이를 드러내는 데 초점을 두었다. 이는 체험의 공유 단계에서는 무엇보다 학습자와 작품 사이의 상호작용이 '직접적인 방식'으로 이루어지는 것이 바람직하기 때문이었다. 그러나 이 단계에서 교사의 인지적 조력은 학습자가 작품의 다양한 측면에 주목하도록 하는 데 그치는 것이 아니라 작품으로부터 점차 거리를 두며 삶과 관련된 문제를 발견하는 데 초점을 두어야 하기 때문에 작품에 대한 비평 자료나 연구 자료 등을 좀 더 적극적으로 활용할 수 있다.

③ 삶에 대한 각성 단계의 지도

삶에 대한 각성 단계는 앞 단계와 마찬가지로 학습자가 작품으로부터 거리를 두면서 새로운 문제를 향해 나아가는 발산적 사고의 과정이다. 그러나 그 발산의 지향이 학습자 스스로를 향해야 한다는 점에서 앞 단계의 수행과 구별된다. 인간은 대체로 자신과 관련된 것에 더욱 주목한다는 점에 비추어 볼 때 작품을 통해 자신의 삶을 반성적으로 바라보는 과정은 매우 자연스러운 과정이다. 이런 이유에서 이 단계에서 학습자들이 겪을 수 있는 어려움은 앞 단계들에 비해 상대적으로 덜하다고 예상할 수 있다.

해 비계를 축소하며, 텍스트의 의미 구성과 내면화 단계에서는 구성적 질문을 통해 비계를 제거할 필요가 있다는 주장을 제기한 바 있다(선주원, 「질문하기 전략을 통한 문학 교수·학습 과정 연구」, 국어교육학회, 『국어교육학연구』 제18집, 역락, 2003 참조). 이를 참고하자면, 주제의 확장 단계에서는 구성적 질문을 적극적으로 활용함으로써 학습자의 비계를 축소하는 방향이 적절하리라 생각된다.

그러나 반성(reflection)은 자신의 삶을 총체적으로 재구성해 보는 것으로서, 단순히 작품이 제시하는 특정한 도덕적 가치나 지향을 그대로 받아들이는 일이 아니라는 점을 고려한다면 이 단계에서 학습자의 수행을 무심히 처리할 수는 없다.

대개 학습자들의 감상문의 결말에 제시되는 소감이 "이러이러하게 살아야겠다"와 같이 매우 도식적인 교훈에 머물고 있다는 점은 이 단계에서 학습자들의 사고가 매우 단순하게 진행된다는 것을 말해 준다. 작품이 연상시키는 도식적인 교훈이 아니라 평소에 잊고 지내던 자기 삶의 구체적인 형상을 새롭게 떠올리는 것이 되어야 한다는 점을 충분히 고려할 필요가 있다.[65]

이 단계는 앞 단계와 마찬가지로 발산적 사고의 과정이기 때문에 동기적, 정서적, 인지적 측면을 자극하는 교사의 지도는 기본적으로 앞 단계와 동일할 것이다. 동기적 차원에서 학습자의 목표 지향성이 분명해지도록 해야 하며, 자기 자신의 일상에서 겪었던 일들을 새로운 자극으로 받아들일 수 있도록 해야 한다. 그리고 세계를 바라보는 인식의 문제에서 학습자의 인식을 자극할 수 있는 새로운 관점들을 교사가 다양한 자료를 통해 제공해 줄 필요가 있다.

다만, 인지적 조력의 측면에서 교사와 학습자의 위상이 서로 대등하게 조정될 필요가 있다는 점은 따로 언급해 둘 필요가 있다. 이 단계에서 인지적 측면에서의 조력은 학습자가 작품을 통해 자신의 삶을 스스로 되돌아 볼 수 있도록 하는 데 초점을 두어야 한다. 따라서 교사가 학습자보다

65) 학습자가 감상하는 작품들이 윤리적인 문제에 대한 보편적인 지침을 제공하는 데 목적을 두지 않는다는 점에서 볼 때에도 학습자가 작품으로부터 자신에 대해 반성적으로 사유해 보는 것이 단순히 작품의 교훈을 일방적으로 수용하는 것이 되어서는 안 된다는 점을 다시 확인할 수 있다. 예컨대 고려속요와 같이 그 자체로 도덕적인 지침을 제시하지 않는 작품의 경우 본문에서 언급한 바와 같은 도식적인 소감마저도 획득하기가 어렵다.

우위에 서서 무언가를 알려주려 하기보다는 학습자와 대등한 감상자의 입장에서 다양한 인지적 대립을 형성해 줄 필요가 있다.[66] 그리고 이를 바탕으로 학습자 스스로가 저마다의 삶을 창조적으로 재구성할 수 있도록 해야 한다. 또한 가능한 한 학습자들 간에도 이러한 활동이 이루어질 수 있도록 학습 공동체를 형성하여 학습자들 간의 인지적 대립이 활성화될 수 있는 환경을 만들어 주는 데에도 관심을 가질 필요가 있다.

3. 문학 감상의 평가

교육의 과정은 목표의 설정에서부터 평가에 이르는 일련의 절차가 서로 순환하는 과정이다. 그런데 그동안 문학교육에서는 주로 학습자의 내면적 변화에 초점을 둔 목표에 비해 실제로는 주로 지식에 대한 평가를 시행함으로써 목표와 평가가 서로 일관되지 못하며, 또한 학습자의 실제 감상을 제대로 반영하지 못한다는 지적이 적지 않았다. 이는 문학교육이 주로 다루는 학습자의 내면적 경험이 쉽게 가시화되지 않는다는 점, 그리고 이러

---

66) 이에 교실에서 활용할 수 있는 방법 중의 하나가 교사가 문화적 상대자로서 자신의 감상 과정을 학습자에게 보이는 일이다. 일반적으로 교사와 학습자가 서로 같은 세대가 아니라는 점에서 교사가 학습자에 대해 문화적 상대자가 된다. 세대차이에 대한 한 연구의 결과에 따르면 청소년과 성인 사이의 세대차에 대해 전반적으로 성인보다 청소년이 더욱 민감한 반응을 보이는 것을 알 수 있다(김명언 외, 「청소년과 성인간의 세대 차이와 유사성」, 『사회문제』 6집 1호, 한국심리학회, 2000 참조). 이를 통해 보자면 교사 스스로 느끼는 학습자와의 세대차, 거리보다 학습자들이 느끼는 세대차이가 더 클 것이라 예상할 수 있다. 이러한 차이 때문에 성의 있는 교사라면 가능한 한 학습자의 문화에 익숙해지고자 노력하며, 학습자의 입장에서 생각하고자 노력한다. 때때로 교사는 학습자와의 사이에 이러한 문화적 차이가 없는 것처럼 '위장'하기도 한다. 그러나 교사의 노력이 아무리 크다고 하더라도 학습자와 교사 사이의 문화적 거리는 쉽게 좁혀 질 수 있는 것이 아니다. 오히려 이러한 문화적 거리를 인정하고 이를 학습자에게 인지적 대립의 요소로 제공함으로써 삶에 대한 학습자의 태도가 좀더 적극적으로 드러나도록 할 수 있다.

한 내면적 경험을 파악했다 하더라도 그것을 평가할 기준을 마련하기가 쉽지 않다는 점 때문에 비롯된 현상이다.

문학 감상의 평가 역시 이러한 난관을 그대로 가지고 있다. 이를 극복하자면 평가의 목적을 문학 감상의 본질에 비추어 점검하고, 이에 따른 구체적인 평가가 제시되어야 한다. 여기에서는 먼저 문학 감상 평가의 목적을 점검하고, 학습자에게 송환할 수 있는 의미 있는 평가를 구안하는 원리와 구체적인 평가의 요소를 생각해 보기로 한다.

1) 문학 감상 평가의 목적

앞에서의 논의를 통해 확인한 것처럼 문학 감상 교육의 목표는 작품을 통해 학습자가 '하나의 경험'을 가지게 하는 데 있다. 이러한 경험은 새로운 것, 이질적인 것으로서 개개의 문학 작품이 학습자의 의식 속에서 이전 경험과의 연속성을 획득하면서 통합된 상태로서 학습자의 변화를 유도한다. 따라서 학습자가 문학 작품의 감상을 통해 하나의 경험을 가진다는 것은 학습자가 작품 감상 이전과 필연적으로 달라진 상태에 도달했다는 것을 의미한다.[67] 그리고 이러한 목표에 따른 문학 감상 교육의 내용, 즉 학습자의 문학 감상 수행은 이러한 문학 작품과의 상호작용을 통해 스스로 '가치 있는 변화'를 경험하는 과정이다.

평가는 평가 자체를 목적으로 하기보다는 평가를 통해 학습을 완전하

67) 경험에 따라 이전까지 가지고 있던 경험의 상태가 달라지는 것을 듀이는 '경험의 계속성'이라 규정한다. 듀이가 말하는 '경험의 계속성'이란 우리가 하나의 경험을 하고 경험의 결과를 겪게 될 때, 그 경험이 우리를 변화시키며, 이러한 변화가 우리가 원하는가, 그렇지 않은가와 상관없이 후속되는 경험의 특질에 영향을 주는 경험의 성질이다. 경험의 계속성은 생물학적으로 해석되는 우리의 '습관'을 전제하지만, 일상적인 습관의 개념에 비해 정서적이고, 지적인 태도의 형성, 삶의 조건들에 대한 기본적인 감수성과 그러한 조건들에 반응하는 방식들까지를 포함하는 개념이다. J. Dewey, *Experience and Education*, 엄태동 편저, 『존 듀이의 경험과 교육』, 원미사, 2001, pp.46-47 참조.

게 하고자 하는 노력의 일환이어야 한다[68]는 점에서 문학 감상 교육의 평가는 이와 같은 학습자의 경험을 보다 완전하고 풍부하게 하는 데 기여할 수 있도록 학습자의 경험의 과정이나 결과에 나타나는 결핍의 요소를 측정하고 그 이유를 분석하여 적절한 처방을 내리는 것을 목적으로 삼아야 할 것이다.

이렇듯 학습자 개개인의 경험적인 변화를 측정하고 이에 따른 처방을 내려야 한다는 점에서 문학 감상의 교수・학습에 대한 평가는 일반적으로 수행되는 평가에서 더 나아갈 필요가 있다. 일반적으로 평가자들은 '전체의 집단에 비해 개개의 학습자들이 보이는 상대적인 수준'을 통해 객관성을 확보하려고 하는 경향이 있다. 이로써 평가의 객관성, 공정성이 확보될 것이라 생각하기 때문이다. 현실적으로 이루어지는 대부분의 평가에서 개인의 성취 수준을 집단의 규준에 비추어 상대적으로 서열화하는, 즉 규준지향평가(norm-referenced evaluation)[69]가 손쉽게 채택되는 이유가 여기에 있다. 이러한 평가에서 학습자들을 평가하는 기준은 획일화되고, 단순화되는 경향이 강하다.

그런데 학습자 개개인의 개성적인 경험적 변화를 평가할 만한 획일적이고, 단순한 평가 방법은 존재할 수 없다. 만일 개인의 경험이 지닌 의의를 이렇듯 획일적이고, 단순한 기준에 의해 평가하고자 한다면, 아이스너가 비판한 대로, 평가가 개별 현상의 고유성을 무시하고, 인간의 경험이

68) 김대행 외, 『문학교육원론』, 서울대학교출판부, 2000, p.452.

69) 규준지향평가(norm-referenced evaluation)의 대표적인 사례가 바로 우리나라의 대학입시제도이다. 규준(norm)이란 원점수의 상대적 위치를 설명하기 위한 척도이며, 이러한 규준을 바탕으로 어떤 검사에서 받은 개인이 얻은 점수를 집단 평균치로부터의 이탈도라는 변환점수로 바꾸어 표시한다는 점이 규준지향평가의 특징이다. 이와 상대적인 것으로 준거지향평가(creterion-referenced evaluation)가 있다. 준거지향평가에서는 집단에 대한 상대적인 서열보다는 학습자가 무엇을 얼마만큼 알고 있는지, 즉 학습자가 성취하여야 할 과제나 행위의 영역이나, 분야 등에 따라 학습자가 도달한 지점이 어디인지를 평가하고자 한다. 서울대학교 교육연구소, 『교육학 대백과사전』, 하우동설, 1998, pp.793-794.

지닌 질적인 측면을 경시함으로써 교육의 개별화와 인간화를 가로막는 장애물이 되는 현상이 나타나게 되는 것이다.[70] 이런 이유에서 학습자 개개인의 의미 있는 변화를 포착하기 위해서 교사는 먼저 이러한 '집단'을 중심으로 한 평가에 대한 유혹으로부터 벗어날 필요가 있다.

집단을 기준으로 하는 평가로부터 탈피한다는 것은 곧 평가의 기준을 집단이 아닌 개인에 둔다는 말이 된다. 이를 '평가의 개별화'라고 할 수 있다.[71] 평가의 개별화란 저마다 다양한 능력과 흥미, 체험 등을 가진 학습자들의 상태를 인정하고 개별 학습자들이 학습의 시작에서 종료에 이르기까지 변화된 것에 초점을 두는 평가를 말한다.[72] 개별화된 평가에서는 학습자가 "이전보다 얼마나 더 향상되었는지, 그리고 어떻게 변화했는지, 특히 변화한 부분은 무엇인지, 학생 스스로의 개인적인 노력 정도는 어떤지, 앞으로 어떤 점을 보완해야 하는지, 태도 및 흥미도는 어떠한지 등"[73]을 고려하여 개인의 성장에 기여할 수 있는 방안을 모색하는 데 중점을 둔다.

물론 개별화된 평가 역시 일정한 교수·학습을 거친 학습자가 목표에

---

70) 성태제, 『현대교육평가』, 학지사, 2005, p.463 참조.

71) 교육학 일반에서 말하는 '개별화'란 교사의 의도(intention)가 학생들 개개인의 특성에 부응하기 위해 제공되는 것을 이를 통해 학생들마다 가지게 마련인 개인차를 수업에 순응(adapt)시킴으로써 학생들이 개인적, 사회적, 그리고 학업적으로 더 높은 성장을 이룰 수 있도록 하는 것을 목표로 한다. 그러나 이 용어는 그 쓰임에 따라 조금씩 다른 의미를 갖기도 한다. '개별화 교육(individualized education)'이라고 할 때에는 '특수 장애를 가진 학생들을 위한 교육'을 연상하는 경우가 많고, '개별화 학습(individualized leaning)'이라고 하면 '일제학습(uniform leaning)'과 대조를 이루는 뜻으로 쓰인다. 황윤한·조영임, 『학생들의 다양한 특성을 반영한 개별화 수업 : 이해와 적용』, 교육과학사, 2005, p.49.

72) 평가의 개별화는 학습자와 작품 사이의 체험의 교환을 중심으로 하는 문학교육에서 특히 강조될 수 있다. 그러나 비단 문학감상교육뿐 아니라 개인의 언어 체험을 바탕으로 하는 국어교육에 대한 평가는 이러한 평가의 개별화가 이루어질수록 더욱 바람직하다고 볼 수 있다. 박인기, 「국어과 교육 평가의 패러다임 변화와 실천」, 한국국어교육연구회, 『국어교육』 102호, 2000, p.95 참조.

73) 최미숙 외, 『국어교육의 이해』, 사회평론, 2008, pp.114-115 참조.

비추어 어느 정도의 상태에 도달했는가에 대해 그 정도를 판단하는 일을 생략할 수 없다. 그러나 이는 어디까지나 학습자가 가지게 된 경험이 교육의 목표에 비추어 결핍된 것은 없는지, 결핍의 원인이 무엇인지를 분석하여 좀 더 나은 감상을 유도하는 데 기여하기 위한 것이다. 요컨대 개별화된 평가에서는 경험의 수준과 경험의 학습자가 수행한 감상의 과정 모두가 평가의 대상이 된다.[74)]

2) 문학 감상 평가의 원리와 평가 요소

앞에서 논한 바대로 평가의 기준을 집단으로부터 개인으로 전환하는 일은 문학 감상의 교수·학습에서 이루어지는 평가의 기본적인 전제가 된다. 그러나 이렇게 평가의 기준을 집단으로부터 개인으로 전환한다고 해서 모든 문제가 해결되는 것은 아니다. 평가의 개별화라는 관점에서 개개의 학습자들의 성취도를 양적으로 객관화하여 서열화하는 부담을 어느 정도는 벗어날 수는 있지만, 학습자 개개인이 가진 경험의 수준을 무엇을 근거로 어떻게 측정할 것인가의 문제는 아직 그대로 남아 있기 때문이다. 이에 학습자의 개별적인 경험을 구체적으로 어떻게 평가할 것인가의 문제에 대해 검토해 보고자 한다.

---

74) 이러한 이유에서 문학 감상의 평가는 기본적으로 수행평가의 형태를 띠어야 한다. '대안적 평가(alternative assessment)', '진정한 평가(authentic assessment)', '참평가', '정보제공 평가(informed assessment) 등의 용어와 함께 쓰인다는 점에서도 알 수 있듯이 수행평가라는 말은 특정한 평가의 방식을 규정하지는 않는다(천경록, 『국어과 수행평가와 포트폴리오』, 교육과학사, 2001, p.15). 다만 학생들이 "실제적인 문제를 자신이 이미 가지고 있는 지식, 최근에 학습한 지식, 그리고 과제 해결에 필요한 적절한 기술을 사용하여 해결"하는 일을 능동적으로 수행하도록 요구할 뿐이다. 이런 점에서 "전시, 조사, 시범, 구두 반응, 보고서, 저널, 포트폴리오 등은 우리가 수행평가라는 용어를 사용할 때 머리 속에 떠올리는 '대안적 평가' 방법들"일 뿐이다. J. L. Herman, et al., *A Practical Guide to Alternative Assessment*, 김경자 역, 『수행평가 과제 제작의 원리와 실제』, 이화여자대학교출판부, 2000, p.24.

(1) 문학 감상 평가의 원리

학습자의 문학 감상에 대한 평가가 제시된 목표의 달성 여부를 단순하게 판단하는 일이 아니라 학습자가 문학 감상의 과정 중에 경험한 변화를 측정하여 이후의 감상에 송환하는 것을 목적으로 한다고 할 때, 이러한 변화를 어떻게 측정할 것인가의 문제가 제기된다. 예컨대 학습자가 작품에 형상화된 타자의 체험을 충분히 공유했는지 아닌지, 그 과정이 적절한지 여부를 어떻게 평가할 것인가가 실질적인 문제로 제기된다. 따라서 문학 감상의 평가를 구성하기 위해서는 학습자의 이러한 경험을 평가할 수 있는 원리를 먼저 파악할 필요가 있다.

문학 감상 평가의 원리로서 가장 먼저 언급해야 하는 것은 문학 감상의 평가가 수행적 평가의 성격을 띠어야 한다는 점이다. 문학 감상 교육은 학습자 내면에서 일어나는 심리적 경과를 추적함으로써 경험이 온전히 이루어지고 있는가를 평가해야 하기 때문이다.

이러한 수행적 평가를 위해서 문학 감상의 평가는 경험의 특성을 고려한 평가가 되어야 한다. 학습자의 경험을 분석하고 이에 따라 적절한 처방을 내릴 수 있는 평가의 원리를 구안하기 위해서는 먼저 경험의 특성을 이해할 필요가 있다. 하나의 경험이 어떻게 구성되는가를 이해함으로써 학습자 개개인의 경험을 적절한 기준에 의해 분석하고, 그에 적절한 처방을 제시할 수 있기 때문이다.

이에 경험의 특성을 다음과 같이 나누어 생각해 볼 수 있다. 먼저 경험은 경험의 구조적·형식적 특성과 경험의 대상에 대해 주관적으로 반응하는 질적인 측면에서의 특성으로 나누어 볼 수 있다. 경험의 구조적·형식적 특성이란 경험이 주체와 대상 사이의 상호 작용이라는 점에서 발생하는 특성을 말한다. 경험이 주체에 의한 대상에 대한 인식이라는 점에서 문학 감상과 같은 미적인 경험은 반드시 대상에 대한 인식의 내용을 포함하게 된다. 또한 문학 감상은 학습자와 작품의 '상호' 작용이기 때문에 대상에 대한 인지와 함께 학습자와 작품 사이의 상호 작용으로서 둘 사이의 "관계, 유사성, 대비, 연속" 등에 대한 인식을 통해 형성된 대상과 주체 사이의 통일성이 포함된다.[75]

다른 한편으로 대상에 대한 주체의 반응이라는 경험의 질적인 차원에서 볼 때, 문학 감상을 통해 형성되는 경험은 높은 수준의 통일성을 지향하므로,[76] 이에 따른 정서적인 만족감 역시 포함되어야 한다. 이에 다음과 같은 세 가지를 학습자의 감상의 과정과 결과를 분석하는 준거로 제시할 수 있다.

경험의 요소		감상의 평가 기준
형식적 요소	⇒	인지적 활동
상호작용적 요소		통합적 활동
정서적 요소		정서적 반응

먼저 경험이 형식적으로 대상에 대한 인지를 포함한다는 점에서 학습자가 대상으로부터 얼마나 풍부한 지각을 얻어내고 있는가를 분석의 기준으로 제시할 수 있다. 작품이 담고 있는 내용뿐 아니라 그것을 형상화하고 있는 언어의 특질에 이르기까지 깊고 풍부한 지각이 이루어지고 있는가를 확인할 필요가 있다.

다음으로 학습자가 작품과의 상호작용을 통해 이질적인 것으로서의 작품을 얼마나 자기 자신의 삶과 통합하고 있는가를 분석의 기준으로 제시

75) 한명희, 『교육의 미학적 탐구』, 집문당, 2000, p.147.
76) 한명희, 위의 책, p.147.

할 수 있다. 그리고 끝으로 감상의 과정 전반에 대해 학습자가 느끼는 만족감, 즉 정서적 반응이 얼마나 긍정적인가 역시 분석의 기준이 된다. 이와 같이 감상의 분석 기준으로 제시하는 세 가지 측면, 즉 인지적 활동과 통합적 활동, 그리고 정서적 반응들이 활발하고, 깊이 있을 때의 감상은 그렇지 않은 경우에 비해 좀 더 '하나의 경험'에 가까이 다가가 있다고 할 수 있다. 따라서 교사는 이러한 분석의 기준을 통해 학습자의 감상이 좀 더 완벽한 경험이 되기 위해 필요한 과정이나 절차를 학습자에게 체계적으로 제시할 수 있다.

문학 감상 교육의 목표가 문학 감상의 단계에 따라 구체화되는 것처럼 문학 감상의 평가 역시 문학 감상의 단계에 따라 평가의 요소가 구체화되어야 한다. 다시 말해 교사가 염두에 두고 있는 것이 체험의 공유, 주제의 확장, 삶에 대한 각성 등 감상의 어떤 단계인가에 따라 학습자의 감상에 대해서 평가해야 하는 요소가 달라져야 한다.

교실 밖에서 개인적으로 수행하는 문학 감상에서는 교육의 내용으로 제시하는 이러한 단계들이 실제로 잘 구분되지 않을 가능성이 높다. 이럴 경우 앞에서 언급한 경험의 특성을 반영한 감상의 평가 기준에 따라 전체적인 감상에서 인지적 활동이나 통합적 활동, 정서적 반응 등의 정도를 가늠하는 것으로 감상에 대한 평가가 이루어질 수 있다.

그러나 교실에서 이루어지는 문학 감상은 감상의 본질에 비추어 구상된 감상의 단계가 각기 충분한 경험을 형성하며 다음의 단계로 전이되는 것이 바람직하다. 따라서 교실에서의 문학 감상은 감상의 단계에 따른 분명한 목표를 전제한 상태에서 이루어지는 것이 바람직하다. 이런 이유에서 문학 감상을 평가할 때 역시 학습자에게 요구된 구체적인 목표에 비추어 감상에 대한 평가를 수행해야 한다.

(2) 문학 감상 평가의 요소

구체적인 목표를 고려할 때, 문학 감상에 대한 평가는 감상의 각 단계별로 앞에서 제시한 인지적 활동, 통합적 활동, 정서적 반응 등에 영향을 미치는 요소들이 무엇인가를 제시하고 학습자의 감상에서 이들 요소가 포함되어 있는지, 그리고 이들 요소를 중심으로 인지적 활동, 통합적 활동, 정서적 반응 등이 적절히 이루어지고 있는지를 분석할 수 있어야 한다. 이에 문학 감상에 대한 평가의 요소를 경험의 구조를 기본 틀로 하고, 이에 다시 문학 감상의 단계를 고려하여 다음과 같이 제시할 수 있다.

① 인지적 활동에 대한 평가 요소

인간의 인식은 그 습득 방식을 기준으로 할 때, 개념과 같은 상징의 매개에 의해 이루어지는 명제적(propositional)인 것과 지각적(perceptual)인 것으로 나누어 볼 수 있다. 문학 감상은 이 중 지각적 인식 과정이라고 볼 수 있다. 문학 감상은 학습자의 직접적인 지각을 통해 문학 작품에 잠재하는 가능성, 본질, 의미 등을 인지해 가는 지각적 사고(perceptual thinking)로 이루어지기 때문이다. 작품에 대한 학습자의 실제 지각을 통해 이루어지는 과정이 문학 감상의 과정이므로, 이러한 과정은 아무렇게나 일어나는 것도, 또한 누구에게나 저절로 똑같이 일어날 수 있는 것도 아니다.[77] 인식적 활동에 대한 분석과 처방은 이러한 지각적 인식 과정으로서 문학 감상 중에 학습자가 작품으로부터 얼마나 많은 것을, 얼마나 중요한 것을 민감하게 포착하고 있는가를 확인함으로써 학습자의 감상에 필요한 요소를 찾아내는 것을 목표로 한다.

대상에 대한 인식은 기본적으로 대상을 얼마나 정확히, 그리고 다양하

---

77) 한명희, 앞의 책, p.179.

게 포착하고 있느냐의 문제이기 때문에 인식적 활동에 대한 분석은 당연히 학습자가 지각한 내용의 적절성과 풍부함을 먼저 주목하게 된다. 그러나 문학 감상에서의 인식은 바로 앞에서 말한 바와 같이 학습자 스스로의 지각에 기반한 것이어야 하므로, 학습자가 어떤 선입견이나 지식에 얽매여 작품을 있는 그대로 보지 못하는 것이 결정적인 문제가 될 수 있다. 또한 지각한 내용들이 파편적으로 나열되는 것이 아니라 작중의 상황에 대한 일관성 있는 총체적 인식으로 발전되고 있는가 역시 확인할 필요가 있다. 이런 점들을 고려할 때, 문학 감상의 단계를 고려하여 교사가 학습자의 인식적 활동을 분석하는 데 염두에 두어야 할 점들을 다음과 같이 목록화할 수 있다.

인식적 활동에 대한 단계별 평가 요소

<table>
<tr><th>평가 요소
단계</th><th>지각의 주체성</th><th>지각 내용의 적절성</th><th>지각의 일관성</th></tr>
<tr><td>체험의 공유</td><td rowspan="3">• 지나치게 선입 견에 좌우되고 있지 않은가?</td><td>• 작품의 감각적 특징과 내적갈등을 지각하고 있는가?</td><td rowspan="3">• 지각한 내용들을 일관성 있게 통합하고 있는가?</td></tr>
<tr><td>주제의 확장</td><td>• 작품으로부터 보편적 삶의 문제를 지각하고 있는가?</td></tr>
<tr><td>삶에 대한 각성</td><td>• 인물이나 화자의 세계관을 지각하고 있는가?</td></tr>
</table>

② 통합적 활동에 대한 평가 요소

통합적 활동에 대한 평가란 문학 감상에서 학습자가 작품과 얼마나 긴밀하게 상호 작용하고 있는지, 그리고 이를 통해 자기 자신과 작품 사이의 유기성을 얼마나 확보하고 있는지를 분석하고 그 상태에 따라 적절한 처방을 내리는 것을 말한다.

이러한 통합적 활동에서 가장 기본적인 것은 학습자가 얼마나 자기 자신의 평소 모습, 개성을 잘 드러내고 있는가이다. 문학 감상은 작품과의 상호작용으로서 학습자가 작품으로부터 무엇을 발견하는가의 문제가 매우 중요하지만, 이와 마찬가지로 학습자가 무엇을 내어 놓느냐의 문제 역시 강조되어야 하는 점이기 때문이다. 로젠블렛에 의하면, 문학을 감상하면서 감상자는 자기 자신과 작품 사이에 일종의 '거래(transaction)'를 한다고 볼 수 있으며, 거래는 적절한 수준의, 서로 만족할 만한 수준의 교환을 필요로 한다. 감상자는 대상과의 거래를 승인할 만큼의 가치를 발견하고, 자기 자신의 관심사나 체험을 가져옴으로써 거래를 수행해야 한다.[78)]

그러나 단지 학습자가 자기 자신의 체험을 얼마나 활용하고 있는가가 통합적 활동에 대한 평가의 절대적인 기준이 될 수는 없다. 자기 자신의 체험을 활용하되, 실제로 얼마나 작품과 자기 자신을 동질적인 것으로 파악하고 있는지, 비록 현실의 자기와 적지 않은 차이가 난다 하더라도 보편적인 인간으로서 그러한 상황에 자신을 이입하고 있는지에 따라 작품과 학습자 사이의 일체감이 달라지기 때문이다. 이런 점을 고려할 때, 통합적 활동에 대한 분석에서 교사가 고려해야 할 요소들을 다음과 같이 나열해 볼 수 있다.

통합적 활동에 대한 단계별 평가 요소

평가 요소 / 단계	자기 표현의 수준	일체감의 수준
체험의 공유	• 작품의 구체화에 자신의 체험을 활용하고 있는가?	• 작품의 화자나 인물에 대해 자신의 감정을 이입하고 있는가? • 작품의 화자나 인물과 학습자 사이의 관계가 긴밀하게 형성되었는가?
주제의 확장	• 작품의 일반화에 자신의 체험을 활용하고 있는가?	
삶에 대한 각성	• 작품을 통해 자기 주변의 삶을 재인식하고 있는가?	

78) L. M. Rosenblatt, *The Reader the Text, the poem*, Southern Illinois University Press, 1978, p.11.

③ 정서적 반응에 대한 평가 요소

학습자의 문학 감상이 하나의 경험으로 종결되었을 때 학습자는 '완전감(feeling of consummation)'이나 '즐거운 감정'과 같은 만족감을 느끼게 된다.[79] 이러한 만족감이야말로 학습자가 문학 감상을 통해 누릴 수 있는 최대한의 보상이기도 하다.

이러한 만족감은 학습자가 명시적으로 자신이 획득한 만족감을 표현하는 것을 통해 확인할 수도 있지만, 때로는 학습자가 작품에 대해 몰입하고 있는 정도나 감상 이후의 행위에 따라 확인할 수도 있다. 특히 즐기기로서의 감상의 효용이 극대화되는 것은 기본적으로 학습자가 작품에 얼마나 몰입했는가에 따라 결정적으로 달라질 수 있다.

비어즐리(M. Beardsley)가 심미적 경험을 여타의 경험과 구분 짓는 중요한 근거로 '강렬성'을 제시한 이유도 바로 여기에 있다. 그에 의하면 "경험의 집중은 우리의 일상적인 생활이 요구하는 잡다한 일들을 잊게 만들며, 거기에 몰입하게 하고, 때로는 그 대상이 주는 쾌락 자체를 흐리게 하여 몽롱한 경지에까지 서게 한다."[80] 이런 점에서 교사는 단지 겉으로 드러난 만족감의 표명보다는 작품의 감상 중에 보이는 몰입의 정도를 면밀히 관찰할 필요가 있다. 이에 따라 교사가 정서적 반응과 관련하여 관심을 두어야 하는 것들을 다음과 같이 목록화할 수 있다.

79) 한명희, 앞의 책, p.147.

80) M. Beardsley, *Aesthetics*, Harcourt Brace, 1958, p.104.

정서적 반응에 대한 단계별 평가 요소

단계 \ 평가 요소	몰입과 정서적 반응의 수준	만족감의 수준
체험의 공유	• 작품에 대한 몰입의 정도가 어떠했는가? • 정서적인 반응이 활발하게 나타나고 있는가?	• 작품의 체험을 공유한 데 따른 만족감이 드러나는가?
주제의 확장		• 작품으로부터 삶의 원리를 탐구 하는 데 따른 만족감이 드러나는 가?
삶에 대한 각성		• 작품을 통해 주변을 재인식하는 데 따른 만족감이 드러나는가?

이제까지 학습자의 문학 감상을 평가할 때 반드시 확인해야 하는 요소들을 경험의 구조와 감상의 단계에 따라 확인해 보았다. 그러나 문학 감상의 평가는 단지 이러한 요소들이 드러나는지를 확인하는 데 머무르는 것이 아니라 이러한 요소들을 중심으로 학습자의 심리적 과정을 분석하는 것까지를 목표로 삼아야 한다.

학습자들의 감상은 일률적으로 재단될 수 없는 저마다 다른 특성과 내용을 가지고 있다. 그리고 이러한 차이의 근본적인 원인은 작품에 대한 감상이 진공의 상태에서 이루어지는 것이 아니라 작품과 학습자를 둘러싼 다양한 영향 관계 하에서 이루어진다는 데 있다. 일찍이 가다머가 지적한 대로 독자가 작품을 이해하는 데에는 저마다 가지고 있는 '영향사(Wirkungsgeschichte)'[81]가 개입하기 마련이다. 개인에 따라 특정한 주제나 소재에 특별한 관심을 보이거나, 반대로 무시하는 경향이 나타날 수 있다. 또한 학습자가 이전에 감상한 작품이 직접적인 영향을 미칠 수도 있다.

81) '영향사(Wirkungsgeschichte, 影響史)'란 가다머가 이해의 성격을 설명하기 위해 제시한 개념으로 "전통에 속해 있는 것들에 대해 전통이 행사하는 영향력을 말한다." 해석은 영향사의 지배력, 해석자가 속해 있는 전통에서 대상이 이미 이해되던 방식을 벗어나지 못하기 때문에 개인의 이해는 주관적 작용으로 간주될 수 없다는 것이 이를 통해 드러나는 이해의 특성이다. G. Warnke, *Gadamer : Hermeneutics, Tradition and Reason*, 이한우 역, 『가다머 : 해석학, 전통 그리고 이성』, 민음사, 1999, pp.145-146.

이러한 차이는 순수하게 개인적인 차이라기보다는 학습자에게 이미 내면화된 여러 가지 '영향사'에서 비롯된다고 볼 수 있다.

'영향사'의 개념을 좀 더 포괄적으로 적용하자면, 학습자가 교수·학습을 통해 문학 작품을 감상하는 과정에 영향을 미치는 다양한 환경을 자료의 심층적 해석을 위해 고려하여 학습자의 감상에 대한 평가에 활용할 필요가 있다. 예컨대 감상에 매우 중요한 영향을 미치는 학습자의 감상 습관은 학습자의 측면에서 교사가 점검해야 하는 중요한 요소이다. 학습자가 이전의 감상 경험을 통해 문학에 대해 그리 좋지 않은 편견을 가지고 있었다든가, 혹은 그 반대로 감상에 대해 매우 긍정적인 선입견을 가지고 있다든가 하는 것은 교수·학습 과정에서 이루어지는 학습자의 문학 감상에 영향을 미칠 수 있다.[82)]

작품과 관련하여 교사는 학습자가 작품에 대한 선입견이 있는지 없는지 여부를 파악하는 일도 중요하다. 제시된 작품에 대한 학습자들의 선입견이 학습자들의 감상 과정에 영향을 미칠 수 있다. 대개 학습자들은 현대문학보다 고전문학에 대해, 산문에 비해 시가에 대해 좋지 않은 선입견을 가지고 있다. 이는 원래부터 학습자들이 가지고 있었던 것이라기보다는 주로 학교에서의 문학 수업을 통해 형성된 것이라 볼 수 있다.

학습자의 성장 배경이나 현재의 환경 역시 작품의 감상에 영향을 미칠 수 있다는 점에서 교사가 고려해야 할 부분이다. 학습자 저마다의 개인사에 따라 특정한 주제나 이미지에 더욱 강하게 반응하거나 혹은 무관심할

---

82) 김미혜는 포트폴리오를 학습자들이 작품을 감상하는 데 개입하는 다양한 '영향사'를 확인하는 데 활용할 것을 제안한 바 있다. 이는 본고가 주장하는 평가의 개별화와 같은 문제의식이 반영된 것으로 생각된다. 그런데 이러한 영향사에 대한 분석은 교사와 학생 사이의 관계가 매우 긴밀할 수 있는 조건이 또한 전제되기 때문에 앞으로 구체적인 교실 수업에 대한 좀 더 면밀한 검토가 요구된다. 김미혜, 「지식 구성적 놀이로서의 시 읽기 교육 연구」, 서울대학교 박사학위논문, 2007, p.189.

수 있다. 또한 학습자의 문학 감상이 이루어지는 환경이 억압적인가, 혹은 자유로운가에 따라 감상의 결과가 매우 심하게 달라질 수 있다.

이와 같이 학습자의 감상 과정의 과정에 개입한 다양한 요소들을 검토할 때 드러나는 것은 감상의 수준을 넘어서 학습자 개개인이 가지고 있는 정신적 특성들이다. 문학 감상의 교육이 추구하는 바가 결국 학습자가 문학을 통해 자기를 실현하는 데 있다는 점을 고려할 때, 문학 감상 교육의 평가 역시 이러한 개별화의 과정을 거쳐 학습자 자신의 모습을 확인하는 것에도 관심을 두어야 한다.

제2부
고려속요와 문학교육의 만남

제1장 고려속요에 대한 문학교육의 인식

한국문학의 거의 모든 장르가 저마다 자신의 장점을 내보이는 문학교실에서 고려속요는 어떤 모습으로 자리하고 있을까? 또한 교사나 학습자에게 고려속요는 어떤 의의를 가진 장르로 인식되고 있을까? 이 장에서는 고려속요가 문학교육에서 수행하고 있는 역할과 문학교육의 종사자들이 지닌 고려속요에 대한 인식을 점검하여 고려속요와 문학교육이 어떻게 만나고 있는지를 확인해 보기로 한다.

1. 서론

이 장에서는 문학교과서의 분석을 통해 고려속요가 문학교육에서 어떻게 수용되고 있는가를 검토해 보기로 한다. 이는 일차적으로는 아직까지 체계적으로 검토되지 않았던, 문학교육에서 고려속요의 위상과 활용 양상을 확인하고자 하는 것이고, 더 나아가 문학교육에 내재된 고려속요에 대한 인식을 확인하여 고려속요의 바람직한 수용 방식을 모색하기 위한 것이다. 이를 위해 2009년 개정 교육과정에 의해 편찬된 고등학교 <문학 Ⅰ>, <문학 Ⅱ> 교과서들의 고려속요 수록 현황을 분석하고, 이와 함께 교과서의 관련 교육 내용을 검토하여 문학교육에서 고려속요를 어떻게 바라보고 있는가를 확인해 보고자 한다.

물론 교과서에 대한 분석만을 근거로 하여 고려속요를 바라보는 문학교사나 문학교육 연구자들의 인식을 분석하는 데에는 나름대로의 한계가 있을 것이다. 그러나 문학교과서가 교육과정을 가장 구체적으로 구현한 실체로서 수업을 실질적으로 이끌고, 문학교육에 대한 교사의 인식과 연구자들의 관점을 집약적으로 반영한다는 점에서 이러한 연구 진행에 타당성이 있다고 생각한다. 교과서에 대한 분석이 고려속요가 어떻게 교육되는지에 대해 모든 것을 말해 줄 수는 없겠지만, 이제까지 고려속요가 문학교육에서 어떻게 수용되고 있는가에 대해 아직 충분히 검토되지 않은 상황이기 때문에 앞으로의 연구에 기여할 수 있는 기초적인 연구로서 이와 같은 방식에 의의가 있을 것이다.[1)]

이 글은 일차적으로 고려속요의 문학교육적 수용을 점검하는 것을 목표로 하지만 근본적으로는 고려속요를 넘어 문학교육에서 고전시가의 역할에 대한 질문과도 연결되어 있다. 문학교육에서 고전시가의 역할이 무엇인지에 대한 질문이 여전히 제기되는 상황에서 고려속요가 문학교육에서 수용되는 양상을 분석하는 것이 이와 같은 질문에 대한 좀 더 나은 대답을 마련하는 데 도움이 될 수 있기 때문이다. 시조나 가사와 같이 비교적 많은 작품이 남아 있고, 또한 관련된 연구가 이미 적지 않게 축적된 경우보다 아직 상대적으로 주목받지 못했던 고려속요의 수용 양상을 체계적으로 분석해 봄으로써 고전시가 전반의 수용 양상에 대한 새로운 앎

1) 기존의 연구사를 검토해 보면 고려속요에 대한 문학교육의 연구는 대체로 구체적인 교육방법을 구안하는 것에 집중된 경우가 많다. 그리고 이들은 주로 교육대학원의 학위논문으로 발표된 경우가 많은데 대체로 학습자 중심의 관점에서 고려속요 수업을 구안하는 것을 목표로 삼고 있다. 이와 조금 다른 경향으로 고려속요 교육에 새로운 방법을 도입하려는 논문(이영태, 「스토리텔링을 통한 속요의 교육방안 모색」, 『우리어문연구』 35, 우리어문학회, 2009)이나 정확한 이해를 바탕으로 고려속요에 대한 교육이 이루어질 필요가 있다는 점을 지적하는 논문(임주탁, 「<정석가>의 함의와 생성 문맥」, 『한국문학논총』 35, 한국문학회, 2003) 등이 발표되기도 하였으나, 이들을 포함한 대부분의 연구가 고려속요의 교육적 자질에 대한 검토나 교육 현황에 대한 분석으로부터 출발하기보다는 현재 가르치고 있는 고려속요를 어떻게 더욱 발전적인 방식으로 가르칠 것인가에 초점을 두고 있다. 이렇게 본다면 고려속요의 교육에 대한 연구는 그 양이 아직 충분하지 않을뿐더러 고려속요가 교육되고 있는 양상 자체에 대한 기초적인 검토 역시 미비한 것으로 보인다.

과 비판이 가능할 수 있다는 것이 나름대로의 생각이다.

요컨대 이 장에서는 고려속요가 문학교과서에 어떻게 수용되고 있는가를 먼저 양적인 측면에서 검토하되, 이를 바탕으로 그 저변에 담긴 문학교사와 문학교육 연구자들이 지닌 고려속요에 대한 인식을 밝힘으로써 고려속요의 문학교육적 수용 양상의 특징을 확인하고, 앞으로 나아갈 바에 대한 디딤돌을 얻는 것을 목적으로 한다.

2. 문학교과서의 고려속요 수록 현황 : 2009 개정 문학 교과서의 경우

고려속요에 대한 문학교육의 인식을 살피기 위한 기초 작업으로 2009년 개정 교육과정에 의해 편찬된 고등학교 <문학 Ⅰ>, <문학 Ⅱ> 교과서들의 고려속요 수록 현황을 검토해 보기로 한다. 구체적인 검토 대상은 2011년 교과서 검정에서 Ⅰ권과 Ⅱ권이 모두 통과된 12종, 총 24권의 문학교과서들이다.[2)]

2009년 개정 교육과정에 의해 개발되어, 2011년 시행된 교과서 검정을 통과하고, 2013년부터 활용되기 시작한 고등학교 <문학> 교과서는 Ⅰ권

2) 이에 해당하는 교과서들은 다음과 같다. 고형진 외(2012), 『문학 Ⅰ』, 천재문화. 고형진 외(2012), 『문학 Ⅱ』, 천재문화. 권영민 외(2012), 『문학 Ⅰ』, 지학사. 권영민 외(2012), 『문학 Ⅱ』, 지학사. 김윤식 외(2012), 『문학 Ⅰ』, 천재교육. 김윤식 외(2012), 『문학 Ⅱ』, 천재교육. 박영민 외(2012), 『문학 Ⅰ』, 비상교육. 박영민 외(2012), 『문학 Ⅱ』, 비상교육. 박종호 외(2012), 『문학 Ⅱ』, 창비. 박종호 외(2012), 『문학 Ⅰ』, 창비. 유병환 외(2012), 『문학 Ⅰ』, 비상교평. 유병환 외(2012), 『문학 Ⅲ』, 비상교평. 윤석산 외(2012), 『문학 Ⅰ』, 교학도서. 윤석산 외(2012), 『문학 Ⅱ』, 교학도서. 윤여탁 외(2012), 『문학 Ⅰ』, 미래엔. 윤여탁 외(2012), 『문학 Ⅱ』, 미래엔. 이숭원 외(2012), 『문학 Ⅰ』, 좋은책신사고. 이숭원 외(2012), 『문학 Ⅱ』, 좋은책신사고. 정재찬 외(2012), 『문학 Ⅰ』, 천재교과서. 정재찬 외(2012), 『문학 Ⅱ』, 천재교과서. 조정래 외(2012), 『문학 Ⅰ』, 해냄에듀. 조정래 외(2012), 『문학 Ⅱ』, 해냄에듀. 최지현 외(2012), 『문학 Ⅰ』, 지학사. 최지현 외(2012), 『문학 Ⅱ』, 지학사.

13종, Ⅱ권 14종이다. 이 중에서 Ⅰ권과 Ⅱ권이 모두 통과된 것은 총 12종이다. 특이하게도 이번 검정에서는 Ⅰ권과 Ⅱ권 중 하나만 검정을 통과한 경우가 모두 3종이 있었는데, 그 중에서 2종은 검정을 통과한 것만 시중에 발간되었다. 2009 개정 교육과정에서는 원칙적으로 <문학 Ⅰ>, <문학 Ⅱ> 교과서를 별개로 간주하고 있는 만큼 검정을 통과한 모든 교과서를 논의의 대상으로 할 수도 있겠으나, 실질적인 개발 과정에서 <문학 Ⅰ>과 <문학 Ⅱ>가 연속성을 가지고 기획되었고, 검정을 통과하지 못했거나, 검정을 통과했어도 시중에 발간되지 않은 경우에는 그 구체적인 내용을 확인하기가 어렵기 때문에 <문학 Ⅰ>, <문학 Ⅱ>의 모습을 함께 확인할 수 있는 교과서들만을 검토의 대상으로 삼고자 한다.

이 글에서 말하는 고려속요란 "현전하는 고려 가요 중 경기체가 이외의 국문시가를 총칭하는 개념"[3)]이다. 고려속요에 대해서는 그동안 여러 가지 명칭이 시도되었으나 지금으로서는 고려속요, 또는 속요라는 명칭이 가장 일반적인 명칭이라 할 수 있고, 또한 현행 교과서에서도 이들 용어가 활용되고 있다.[4)]

이러한 고려속요에 속하는 작품들 중 이 논문에서는 한역(漢譯)되어 전하거나 제목만 전해지는 작품들과 장르 귀속이 논란이 될 수 있는 <정읍사>는 일단 본격적인 검토의 대상에서 제외하고자 한다. 한역되어 전하거나 제목만 전해지는 경우 그 원래의 모습을 확인하기가 쉽지 않아 기본적으로 교과서 제재로서 활용되기에 어려운 점이 많다는 점을 고려한 것이고, <정읍사>는 '백제의 노래'라는 성격을 함께 가지고 있어 교과서에서의 쓰임이 다른 고려속요 작품들과 다르기 때문이다. 적어도 이번에 검토

3) 김학성, 「속요란 무엇인가」, 국어국문학회 편, 『고려가요·악장 연구』, 태학사, 1997, p.12.

4) 검토한 교과서들에서는 '고려속요'와 '고려 가요'라는 명칭이 혼용되고 있으나, 대체로 '고려속요'라는 명칭을 선호하는 경향을 보이고 있다.

한 문학교과서들에서는 <정읍사>가 고려속요로서 다루어지지는 않았다.[5)]

이제까지 제시한 기준으로 2009년 개정 교육과정에 의해 발간된 <문학 Ⅰ>, <문학 Ⅱ> 교과서에 수록된 고려속요의 현황을 표로 제시해 보면 다음과 같다.

[표 1] 문학교과서의 고려속요 수록 현황

출판사		가시리	동동	만전춘별사	상저가	서경별곡	정과정	정석가	처용가	청산별곡
교학도서	Ⅰ									
	Ⅱ	○	○							
미래엔	Ⅰ									
	Ⅱ					○				
비상교육	Ⅰ							○		
	Ⅱ	○	○			○				
비상교평	Ⅰ									
	Ⅱ		○							○
좋은책신사고	Ⅰ					○				
	Ⅱ		○							
지학사(권)	Ⅰ									○
	Ⅱ					○	○	○	○	
지학사(최)	Ⅰ									
	Ⅱ	○				○				
창비	Ⅰ									
	Ⅱ		○							
천재교과서	Ⅰ					○	○			
	Ⅱ	○	○					○		
천재교육	Ⅰ			○						
	Ⅱ							○		
천재문화	Ⅰ	○				○				○
	Ⅱ		○		○					
해냄에듀	Ⅰ					○				
	Ⅱ	○								○

5) 이 논문에서 검토한 문학교과서 중에서 <정읍사>를 수록한 것은 모두 5권인데, 이들 모두 이 작품을 고려속요로서 의식하고 있지 않았다. <문학 Ⅰ>에 1회, <문학 Ⅱ>에 4회 수록되었으며, <문학 Ⅰ>에서는 화자의 태도를 이해하는 데, <문학 Ⅱ>에서는 한국문학의 일반적인 특성을 보여주는 데 활용되었다. 수록된 내용을 검토했을 때 이 작품을 고려속요의 범주에 포함시킨 것은 발견되지 않았고, 오히려 '백제 가요'로서 '고려 가요'와 구별되는 것임을 명시한 것(지학사(최))이 발견되었다.

위의 [표 1]을 통해 확인할 수 있듯이 검토 대상으로 삼은 문학교과서들은 2~4회 정도의 빈도로 고려속요 작품들을 수록하고 있다. 다른 고전시가 갈래에 비해 전해지는 작품의 수효가 매우 적다는 점을 고려할 때, 제한된 작품군에도 불구하고, 비교적 다양한 작품들이 여러 교과서에 두루 수록되어 있다고 평가할 수 있다. 이로써만 보자면 문학교과서에서 고려속요는 적어도 빠져서는 안 될, 상당히 중요한 갈래로 자리 잡고 있다고 말할 수 있다.[6]

그러나 한 작품이 교과서에 수록되게 되는 과정에 다양한 층위의 요소들이 개입된다는 점을 고려한다면 위와 같은 현황만을 근거로 하여 문학교과서에서 고려속요가 차지하는 위상이나 의의를 가볍게 논하기 어렵다. 교과서에 수록되는 작품은 특별한 이유가 없는 한 작품 자체의 문학성이 기본적으로 전제되어야 하고, 다른 한편으로 교육과정이 제시하는 교육내용을 구현하는 데 적합한 것이라는 조건도 충족시킬 수 있어야 한다. 또한 학습자의 위계에 비추어 감상할 만한 것이어야 하며, 교과서 전체에 수록되는 다른 제재들과의 안배도 고려되어야 한다.[7]

따라서 교과서에 수록된 작품을 검토할 때에는 단순히 어떤 작품이 얼마나 실려 있는지 만을 살펴볼 것이 아니라 어떤 작품이 교과서의 어느

---

6) 문학교과서는 가능한 한 고전 문학의 다양한 장르를 포괄하고자 하는 경향을 보이나, 그렇다고 하여 모든 장르의 작품들을 빠짐없이 싣고 있지는 않다. 예컨대, 조선 초기의 악장은 현전하는 작품이 약 25편 가량 전해지고 있어 그 수효가 고려속요와 비슷하지만 고려속요처럼 모든 교과서에 빠짐없이 수록되지는 않는다. 이로 미루어 고려속요가 문학교과서에서 차지하는 비중을 짐작할 수 있다.

7) 기존 연구에 따르면, 문학교과서 개발에서의 변인은 '기술적 변인', '교과적 변인', '비교과적 변인', '교육외적 변인' 등으로 나눌 수 있다. 이 중 문학교육의 본질과 직접적으로 관련되는 '교과적 변인'으로는 문학학의 연구 결과 수용 문제, 문학 및 문학교육관의 문제, 장르・시대・작가・소재・표현 등의 제한 문제, 작품 해석의 정통성 문제 등이 있다(김창원, 「문학 교과서 개발에 대한 비판적 점검」, 『문학교육학』 11호, 한국문학교육학회, 2003, p.53). 문학교과서에 수록되는 작품들이 매우 까다로운 과정을 통과해야 한다는 점을 이를 통해 확인할 수 있다.

부분에 어떤 방식으로 수록되었는지를 상세히 검토해야 한다. 이에 위에서 검토한 자료를 다시 다음과 같은 기준들에 의해 세부적으로 분류하여 그 실상을 다시 살펴보려고 한다.

[표 2] 문학교과서 수록 고려속요의 세부 분류 기준

기준	내용
작품별 수록 빈도	어떤 작품이 어떤 빈도로 수록되었으며, 작품들에 대한 선호도는 어떠한가?
제제로서의 위상	본 제재인가, 아니면 학습 활동의 보조 제재, 또는 기타 목적으로 활용되었는가?
수록 방식	원문을 전문 그대로 수록하였는가, 아니면 현대어 역을 활용하거나 작품의 일부를 발췌하였는가?
관련된 교육 내용	수록된 작품들이 교육과정에서 제시하는 어떤 교육 내용을 구현하기 위해 활용되었는가?

① 작품별 수록 빈도에 따른 분류

여러 교과서들을 대상으로 하는 만큼 먼저 검토 대상인 문학교과서들에 어떤 작품이 가장 많이 실렸고, 상대적으로 어떤 작품에 대한 선호도가 높지 않은가를 확인해 보는 것을 검토의 시작으로 삼고자 한다. 이때 단지 수록된 작품들만을 대상으로 그 순위를 매기는 일보다는 전체 고려속요 작품군[8] 중에서 어떤 작품이 선택되었고, 또한 그 중에서도 가장 선호되는 작품이 무엇인지를 순차적으로 살피는 일이 이후의 논의를 위해 더 많은 도움이 될 것이다. 이에 여기에서는 현전하는 고려속요 작품들을 전체적으로 나열하고, 그 중에서 어떤 작품들이 어떤 빈도로 활용되었는지를 아래와 같은 표로 제시해 보았다.

8) 여기에서 말하는 전체 고려속요 작품군은 앞서 언급한 일부 작품들, 즉 한역되거나 제목만 남아 원래의 모습을 확인하기 어려운 작품들과 백제의 노래로 알려진 <정읍사>를 제외한 나머지 작품들을 말한다.

[표 3] 고려속요의 작품별 수록 빈도

계열[9)	작품명	수록 빈도	계열	작품명	수록 빈도
민요계	가시리	6	무가계	내당	0
	동동	7		대국	0
	만전춘별사	1		대왕반	0
	사모곡	0		삼성대왕	0
	상저가	1		성황반	0
	서경별곡	8		처용가	1
	쌍화점	0	사뇌가계	이상곡	0
	정석가	4		정과정	2
	청산별곡	4	개인 창작	유구곡	0
무가계	나례가	0			

위 표를 보면 가사가 온전하게 전승되는 총 19편의 고려속요 중에서 대상이 된 문학교과서들에 수록된 작품은 <가시리>, <동동>, <만전춘별사>, <상저가>, <서경별곡>, <정과정>, <정석가>, <처용가>, <청산별곡> 등 모두 9편이었다. 그리고 이들 작품 중 비교적 수록 빈도가 높은 것은 <서경별곡>, <동동>, <가시리> 등으로 그동안 국문학사적으로도 중요하게 다루어졌고, 동시에 그동안의 <국어>나 <문학> 교과서들에서 반복해서 수록되었던 작품들이었다. 이외의 작품 중 <정석가>와 <청산별곡>은 수록 빈도가 중간 정도였으며,[10) <만전춘별사>, <상저

9) 작품의 계열은 악장으로 수용되기 이전의 상태에 따라 구분한 것으로, 여기에서는 김학성, 「속요란 무엇인가」, 국어국문학회 편, 『고려가요·악장 연구』, 태학사, 1997.의 구분을 참고하였다.

10) 대중적으로 가장 널리 알려진 작품 중의 하나인 <청산별곡>의 수록 빈도는 중간 정도였는데, 이는 상당수의 국어교과서에 이 작품이 수록된 것에 영향을 받은 것으로 생각된다. <청산별곡>은 2차 교육과정기부터 <국어> 교과서에 빠짐없이 수록되었으며, 이는 이 작품이 고려 시기의 대표적인 작품으로 인정되고 있음을 말해 준다(조희정, 「중등 국어 교과서 고전문학 제재 변천 양상」, 『고전문학교육 연구』, 한국문화사, 2011, p.61). 교과목으로서의 '문학'은 '국어'의 심화 과목으로서, <국어> 교과서에 수록된 작품들이 중복되는 것을 피하는 경향이 있다는 점에서 문학교과서에 수록된 정도만으로 이 작품의 위상을 따

가>, <처용가>, <정과정> 등은 비교적 수록 빈도가 낮았다.

위 표를 보면 수록된 작품들뿐 아니라 수록되지 않거나 수록 빈도가 낮은 작품들의 면면을 확인할 수도 있는데 이 역시 차후 고려속요에 대한 문학교육의 인식을 검토하는 데 도움이 될 수 있어 함께 살펴보면 다음과 같은 몇 가지 경향을 제시할 수 있다.

첫째, 해석이 용이하지 않거나, 시적 상황을 파악하기가 쉽지 않은 작품들은 선택에서 배제되는 경향이 강했다. <처용가>를 제외한 무가계 작품들[11]이나 <이상곡>은 아직 그 의미를 정확하게 알 수 없는 어휘들이 상당하고, 또한 작품이 그리고 있는 시적 상황을 파악하기가 어려운 작품들이다. 둘째, 작품의 길이가 상대적으로 짧은 작품들이 배제되는 경향이 있었다. 민요계의 <사모곡>이나 예종의 <유구곡> 등이 이에 해당한다. 셋째, 성적인 담론의 수위가 높다고 간주되는 작품들이 배제되거나 수록 빈도가 낮았다. 남녀 간의 성적 결합이 문면에 비교적 분명히 나타나는 <쌍화점>이나 <만전춘별사>는 아예 수록되지 않거나 1회의 활용에 그쳤다.

이와 같은 사실을 종합해보면, 이번에 검토한 문학교과서들에는 전통적으로 고려속요의 대표작이라 간주되던 작품들의 활용도가 높았고, 상대적으로 해석의 난이도, 작품의 문학성, 교육 내용으로서의 적절성 등에서 문제의 소지가 있는 작품들이 배제되는 경향이 나타난다.

질 수는 없는 일이다.

11) <처용가>를 제외한 무가계 작품에 대해서는 아직 작품의 의미나 성격에 대한 설명이 분명하게 제시되지 않고 있다. <처용가>를 제외하고 대부분 단형의 형태를 띠고 있는데, 그 내용은 작품마다 편차가 심하다. 일반적으로 무가에 포함되는 요소들이 빠져 있는 작품이 있는가 하면, <성황반>처럼 신격에 대한 명칭만이 나열되는 경우도 있다. 이런 점에서 <처용가>를 제외한 다른 무가들은 아직 교과서의 제재로 활용하기가 매우 어려운 형편이다. 무가계 고려속요의 성격에 대해서는 하태석, 「무가계 고려속요의 성격 연구」, 『어문논집』 43, 안암어문학회, 2001 참조.

② 제재로서의 위상에 따른 분류

교과서에 수록되는 문학 작품의 활용은 크게 본 제재와 보조 제재의 두 가지로 구별된다. 문학교과서의 경우 작품은 대체로 소단원의 본 제재로 활용되거나 혹은 본 제재의 학습 활동을 보조할 수 있는 보조 제재로 활용된다. 경우에 따라서는 단원의 도입부나 더 읽을거리 등으로 제시되는 경우도 있다.[12] 제재로서의 위상에 따라 수록된 고려속요 작품들을 분류하면 다음과 같다.

[표 4] 문학교과서 수록 고려속요 제재의 위상별 분류

구분 \ 작품명	가시리	동동	만전춘 별사	상저가	서경 별곡	정과정	정석가	처용가	청산 별곡
본 제재	1	6	1		6		2		2
보조 제재	5	1		1	1	2	2	1	2
기타					1*				
계	6	7	1	1	8	2	4	1	4

*'더 읽기 자료'로 학습 활동 없이 제시됨.

이 표를 보면 <동동>과 <서경별곡>이 본 제재로 가장 많이 활용되었음을 알 수 있는데, 이는 그만큼 이들 작품이 문학교육에서 고려속요의 대표작으로 인식되고 있다는 사실을 말해 주는 것으로 생각된다. 고려속요가 "민속가요(민요·불가·무가)의 본래적 성격과 그로부터 일탈하여 속악 가사로서의 악장적 성격을 아울러 갖게 되는 독특한 장르적 성격"[13]을 갖는다는 설명을 기준으로 할 때 이 두 노래들은 고려속요가 지닌 이와 같은 두 가지 특성을 매우 잘 보여주는 작품들이다. 또한 고려속요의

12) 이와 함께 예외적이긴 하나 설명문으로 된 본 제재에 인용되는 경우가 나타나기도 한다. 그러나 학습 활동과 함께 활용되지 않고, 단순하게 인용된 경우 그 작품 활용의 의의를 정확하게 확인하기 어렵기 때문에 구체적인 검토에서는 제외하였다.

13) 김학성, 앞의 글, p.19.

내용적 특성으로 널리 언급되는 '여성 화자의 사랑 노래'[14]라는 모습이 확실히 드러나며, 흔히 고려속요의 형식적인 특성으로 언급되는 3음보, 분절체, 후렴구 등을 설명하는 데 구체적인 사례가 될 수 있는 자질도 지니고 있다. 특히 <동동>은 민요에서 볼 수 있는 월령체의 형식을 취하고 있어 한국문학의 전통을 이야기하는 데 효용이 있는 작품이기도 하다. 이런 점들을 고려할 때 문학교과서의 개발자들이 이 두 작품을 선호하는 데 나름대로의 이유가 있음을 추측할 수 있다.

본 제재로 활용된 횟수는 적지만 전체적인 활용의 빈도를 보면 <가시리>나 <청산별곡> 역시 그리 비중이 낮은 작품은 아니라 할 수 있다. 오히려 이들 두 작품은 문학교육에서 고려속요를 대표하는 작품들로 오랫동안 자리하고 있었던 것이 사실이며, 대중적으로도 매우 널리 알려진 작품들이다.[15] 따라서 이번 검토의 대상으로 한 문학교과서들에서 다른 작품들에 비해 본 제재로서 출현 빈도가 낮은 것은 저간의 사정을 함께 살펴야 이해가 가능하리라 생각한다.

이들 작품 외에 <정과정>과 <정석가>와 같은 작품들의 활용 빈도가 높지 않다는 점은 다소 의외로 생각될 수 있다. 이들 작품이 수록 빈도가 높은 작품들에 비해 대중적 인지도가 높다고는 할 수 없으나 고려속요로서 나름대로 중요한 의미를 가지고 있는 작품들이기 때문이다. <정과정>은 현전하는 고려속요 작품들 중 작품과 관련된 제반 사실이 가장 분명하게 남아 있는 작품의 하나이고,[16] <정석가>는 서사 부분의 난해함[17]을

14) 최미정, 『고려속요의 전승 연구』, 계명대학교 출판부, 1999, p.57.

15) 이 두 작품은 대중가요의 가사나 영화의 제목으로 차용되거나 새로운 문학 작품의 소재나 모티브가 되는 등 여러 대중 매체에 자주 활용되고 있다. 특히 <가시리>의 경우 매우 많은 수의 대중가요와 직간접적으로 연결되고 있다. 이에 대해서는 염은열, 「학교 바깥 고전시가의 변용과 향유에 대한 교육적 성찰-<가시리>를 예로」, 『문학치료연구』 23, 한국문학치료학회, 2012에 자세하게 소개되어 있다.

16) 작품을 이해하는 데 가장 기본이 되는 것으로 작가와 창작 연대를 들 수 있는데, 고려속요

논외로 한다면 고려속요 중 가장 흥미로운 발상을 보여주는 작품이다.

그러나 일단 위의 표에 나타난 모습만을 요약하자면, 문학교과서에서 본제재로서 선호되는 작품이 <동동>과 <서경별곡>으로 압축된다는 점, 그리고 상대적으로 다른 작품들의 활용도가 낮다는 점 등을 제시할 수 있다.

③ 수록 방식에 따른 분류

고려속요를 포함하여 고전문학 작품을 교과서에 수록할 때에는 고어로 기록된 그대로를 수록할 것인지, 현대 학습자의 해석 능력을 고려하여 어느 정도 현대어로 다듬을 것인지 하는 것이 항상 문제가 된다. 특히 율격적 자질이 중요한 시가 작품의 경우 현대어로 옮기는 과정에서 생길 수 있는 원작의 내용이나 분위기에 대한 훼손을 심각하게 고려하지 않을 수 없다. 이런 까닭에 기존의 교과서들에서는 저학년의 경우에는 어느 정도의 변용이 통용되지만 학교 급이 올라갈수록 원전의 모습을 그대로 보여주는 경향이 나타난다.

이런 점들을 고려할 때 작품의 수록 방식과 관련해서 확인할 것은 작품의 전문을 실었는지의 여부와 현대어로의 수정 여부, 그리고 원전 해독의 어려움을 처리하는 방법 등이다. 우선 전문 수록 여부와 현대어 역 활용 여부 등을 확인하여 표로 제시하면 다음과 같다.

의 경우 일부 작품을 제외하고는 이에 대해 알려진 것이 거의 없다. 지금까지 연구를 통해 작가와 창작 연대가 가장 분명하게 드러난 것이 바로 이 작품이다.

17) 민요계 고려속요의 대부분은 서사나 여음구 등이 작품의 주된 내용과 표면적으로 쉽게 연결되지 않는 양상을 보이고 있는데 <정석가>의 서사 역시 이에 해당한다. 이후의 내용과 별도로 보아야 한다는 입장(박노준, 「<정석가>의 민요적 성격과 송도가로의 전이 양상」, 『고려가요의 연구』, 새문사, 1990)이 있는가 하면, 이후의 내용과 긴밀히 연결된다고 보는 입장(임주탁, 「<정석가>의 함의와 생성 문맥」, 『한국문학논총』 35, 한국문학회, 2003)도 있다. 이러한 차이가 나는 이유는 주로 '딩하 돌하'의 의미와 '선왕성대에 노니아와지이다' 등의 의미에 대한 이견 때문인데, 이와 관련해서는 앞으로의 논의를 좀 더 지켜볼 필요가 있다.

[표 5] 수록 방식별 분류

작품명 / 구분	가시리 (1/5)		동동 (6/1)		만전춘 별사 (1/0)		상저가 (0/1)		서경 별곡 (6/1)		정과정 (0/2)		정석가 (2/2)		처용가 (0/1)		청산 별곡 (2/2)	
	본	보	본	보	본	보	본	보	본	보	본	보	본	보	본	보	본	보
전문	1	5	5		1			1	6			2	2	1			1	
발췌			1	1						1				1		1	1	2
고어	1	5	3	1					5	1		2	2	1			2	2
현대어역																1		
현대어역 별도			3					1	1					1				
현대어역 혼합					1													

* 본 : 본 제재, 보 : 보조 제재

먼저 전문을 수록하였는지, 아니면 일부를 발췌하였는지를 살펴보자. 고려속요는 작품에 따라 분량의 편차가 상당히 편이나, 위의 표를 보면 검토 대상 교과서들은 대체로 전문을 수록하는 경향을 보였다. 교과서에 수록된 작품 중 분량이 가장 짧은 것은 <상저가>이고, 비교적 긴 편에 속하는 것으로는 <동동>, <처용가> 등이 있다. 그런데 이와 상관없이 본 제재로 쓰인 경우 거의 대부분이 전문을 수록하였고, 보조 제재라 하더라도 <가시리>, <상저가>, <정과정> 등은 모두 전문이 수록되었다. 예외적으로 본 제재라 하더라도 작품의 길이가 상대적으로 긴 <동동>은 서사 포함 12월령 중에서 9월령까지만 수록한 교과서가 확인되었다.

고려속요는 고어로 기록되었다는 점 외에도 지금으로서는 명확히 그 의미를 확인할 수 없는 어휘가 상당수 발견되기 때문에 해독 그 자체가 국문학은 물론 국어학 연구의 주제가 될 정도이다. 따라서 작품의 원문을 그대로 수록하였는지 역시 관심의 대상이 될 수 있다. 이 부분을 확인한 결과 모두 네 가지 경우가 확인되었는데 원문 그대로를 수록한 경우, 현대어로 옮긴 것만을 제시한 경우, 원문을 제시한 뒤 현대어 역을 동일 지면이나 부록에 수록해 준 경우, 원문을 제시하되 해석이 상대적으로 까다로운 부분만을 현대어로 윤색한 경우 등이 있었다.

그런데 가장 일반적인 형태는 원문 그대로를 그대로 수록하는 것이었다. 현대어로 옮긴 것만을 제시한 것은 단 1회였고, 현대어 역을 첨부해 준 것은 전체 중에서 6회에 불과하였으며, 일부를 윤색한 것이 1회 발견되었다. 원문을 그대로 수록하는 데서 오는 해석의 부담은 보조단을 활용하여 상세한 어휘 풀이를 넣어 주는 것으로 보완해 주는 모습을 확인할 수 있었다.

이런 점들로 보아 검토 대상 교과서들은 고려속요를 원래의 모습 그대로, 가능한 한 발췌하지 않고 전문을 수록함으로써 작품의 온전한 모습을 학습자들이 감상하기를 의도하고 있음을 알 수 있다. 그런데 앞에서 언급했듯이 고려속요 전체적으로 해독의 어려움이 상당하기 때문에 이러한 특성이 고려속요 작품들 중 제재로서 적절한 것을 고르는 과정에 영향을 미쳤을 가능성도 아울러 짐작해 볼 수 있다.

④ 교육과정 제시 교육 내용에 따른 분류

교과서가 "교육 내용을 체계적으로, 포괄적으로, 균형 있게 담고 있는 공식화된 교수·학습의 자료"[18]라는 점에서 교과서에 제재로서 수록되는 문학 작품은 특정한 교육 내용을 표상한다. 특히 문학 교과서에서 문학 작품은 그 자체가 하나의 소단원을 구성할 수 있을 정도로 교육 과정을 구현하는 핵심적인 역할을 하기 때문에 그 자체의 고유한 문학적 가치만이 아닌 그것이 구현하는 교육 내용과의 관련 속에서 이해해야 한다. 이런 점을 고려하여 이제까지 살펴본 고려속요 작품들을 2009년 개정 교육

18) 최지현 외, 『국어과 교수·학습 방법』, 역락, 2007, p.92.

과정이 제시하는 교육 내용과의 관련 속에서 분류해 볼 필요가 있다.[19] 이때 본 제재로 활용된 경우와 보조 제재로 활용된 경우 그 양상이 서로 다를 수 있기 때문에 이 둘을 나누어 살펴보기로 한다. 먼저 본 제재로 활용된 작품들을 이들이 속한 단원에 따라 구분한 결과를 제시해 보면 다음과 같다.

[표 6] 문학교과서에 본 제재로 수록된 작품들의 단원별 분류

	소(중) 단원명	해당 교육 내용	
가시리	• 역사적 갈래의 전개와 양상	문학의 성격	문학의 갈래
동동	• 고려 시대의 문학	문학의 위상	한국 문학의 범위와 역사
	• 한국 문학의 흐름	〃	〃
	• 고려 시대의 우리 문학	〃	〃
	• 고려 후기~조선 전기의 한국 문학	〃	〃
	• 고려 시대의 문학	〃	〃
	• 고려 시대의 문학	〃	〃
만전춘별사	• 상상력과 감수성의 함양	문학의 성격	문학의 역할
서경별곡	• 구비 문학의 발전과 기록 문학의 확대	문학의 위상	한국 문학의 범위와 역사
	• 중세 문학	〃	〃

19) 2009 개정 교육과정에서는 <문학>의 교육 내용을 다음과 같이 제시하고 있다.

문학 Ⅰ		문학 Ⅱ	
문학의 성격	문학의 개념 문학의 역할 문학의 갈래	문학의 위상	한국 문학의 범위와 역사 한국 문학과 외국 문학 한국 문학의 세계화
문학 활동	문학의 수용 문학의 생산 문학과 매체	문학과 삶	문학과 자아 문학과 공동체 문학과 문화

이 중 '문학의 성격'은 문학의 본질에 대한 지식을, '문학 활동'은 문학 활동의 능력을, '문학의 위상'은 문학의 실체적 양상에 대한 이해, '문학과 삶'은 인간의 실제 삶과 문학의 관련성을 지향한다. 이에 관해서는 교육과학기술부, 『고등학교 교육과정 해설』, 2009, p.39 참조.

	• 한문 문학의 융성과 국문 문학의 성장	〃	〃
	• 서정 갈래의 이해	문학의 성격	문학의 갈래
	• 내용, 형식, 표현의 이해	문학 활동	문학의 수용
	• 문화와 소통으로서의 문학	문학의 성격	문학의 개념
정석가	• 중세의 문학	문학의 위상	한국 문학의 범위와 역사
	• 고려 시대의 문학	〃	〃
청산별곡	• 문학의 수용	문학 활동	문학의 수용
	• 고려 시대 문학	문학의 위상	한국 문학의 범위와 역사

이 표에서 우선 눈에 띄는 것은 본 제재로 활용된 대부분의 고려속요가 <문학 Ⅱ>의 교육 내용으로 제시된 '문학의 위상' 중 '한국 문학의 범위와 역사', 즉 문학사적 지식과 관련된 교육 내용을 구현하는 데 활용되었다는 점이다. 본 제재로 활용된 총 18회 중에서 12회가 이에 해당하며, 세부적인 교육 내용은 "대표적인 작품을 통해 한국 문학의 전통과 특질을 이해한다."에 해당하는 것이었다.[20]

그렇다면 나머지 경우는 어떤 모습을 보이고 있을까? 전체의 1/3에 해당하는 6회의 빈도로 고려속요 작품들이 <문학 Ⅰ>의 교육 내용인 '문학의 성격', '문학 활동'에 활용되었는데, 구체적으로는 '문학의 갈래'(2회), '문학의 역할'(1회), '문학의 개념'(1회), '문학의 수용'(2회) 등이었다. 이를 좀 더 구체적으로 살펴보면, 본 제재로 활용된 작품 중 문학사적 지식과 별개의 교육 내용의 구현에 활용된 것은 <가시리>, <만전춘별사>, <서경별곡>, <청산별곡> 등이었고, 이 중 <서경별곡>와 <청산별곡>은 이

20) 2009 개정 교육과정에서 '문학의 위상'은 크게 '한국 문학의 범위와 역사', '한국 문학과 외국 문학', '한국 문학의 세계화' 등으로 구성되어 있으며, 이 중 '한국 문학의 범위와 역사'에서 제시하는 세부적인 교육 내용은 다음과 같다.
① 한국 문학의 개념, 영역, 갈래, 역사를 이해한다.
② 대표적인 작품을 통해 한국 문학의 전통과 특질을 이해한다.
③ 지역 문학과 한민족 문학을 이해한다.

와 동시에 문학사적 지식을 구현하는 데에도 함께 활용되었다. 이러한 결과를 보면 고려속요의 일반적인 활용 방식은 문학사적 지식과 관련된 교육 내용을 구현하는 데 활용되는 것이나, 일부의 작품이 문학사적 지식 이외의 교육 내용에 활용된다고 요약할 수 있다.

그러나 본 제재만을 대상으로 한 이와 같은 결과만을 근거로 고려속요가 대부분 문학사적 지식과 관련된 단원에서 주로 활용된다고 단정 짓기는 어렵다. 이에 본 제재로서 가지는 대표성으로부터 상대적으로 자유로울 수 있는 보조 제재의 활용 양상을 따로 살펴보면 다음과 같은 표를 얻을 수 있다.

[표 7] 문학교과서에 보조 제재로 수록된 작품들의 단원별 분류

작품명	소(중) 단원명	본 제재	교육 내용
가시리	구비 문학의 발전과 기록 문학의 확대	서경별곡	한국 문학의 범위와 역사
	고려 시대의 우리 문학	동동	〃
	한국 문학의 이해	서경별곡	〃
	고려 시대의 문학	동동	〃
	고려 시대의 문학	송인	〃
동동	한국 문학의 역사	단원평가	〃
상저가	한국 문학의 흐름	동동	〃
서경별곡	역사적 갈래의 전개와 양상	가시리	문학의 갈래
정과정	중세 문학	사미인곡	한국 문학의 범위와 역사
	맥락의 이해를 통한 작품 수용	접동새	문학의 수용
정석가	시의 운율	없음	문학의 수용/문학의 생산
	중세 문학	서경별곡	한국 문학의 범위와 역사
처용가	중세 문학	처용가*	〃
청산별곡	고려 시대의 문학	동동	〃
	역사적 갈래의 전개와 양상	가시리	문학의 갈래

*향가 <처용가>임.

이를 보면 보조 제재로 활용된 경우 역시 본 제재로서 활용된 경우와 별다른 차이가 나지 않는다는 점을 확인할 수 있다. 총 15회 중 단 4회를 제외하고는 모두 '한국 문학의 범위와 역사'라는 교육 내용을 위해 활용되었기 때문이다. 생각해 보면 이는 본 제재로 활용된 고려속요들의 대다수가 문학사적 지식을 전달하는 데 활용되었다는 것과 긴밀한 관련이 있다. 고려속요를 이해시키는 데 본 제재 하나만으로는 부족할 수 있기 때문에 본 제재를 보완하는 또 다른 고려속요 작품을 학습 활동에서 보충해 주어야 하는 현상이 나타나는 것이다. 이렇듯 본 제재와 보조 제재의 활용 양상을 합쳐 보면 문학사 단원에 집중되는 비율이 더욱 높아진다.

이 두 표에서 나타난 현상을 종합해 보면 적어도 2009년 교육과정에 의해 개발된 문학교과서에서 고려속요는 문학사적 지식과 관련된 교육 내용을 구현하는 데 가장 많이 활용되었으며, 이 외의 다른 교육 내용과 결합된 것은 극히 일부 작품에 해당하는 것이라 볼 수 있다.

이렇게 고려속요가 현재 문학교과서에 수록된 양상을 양적인 측면을 중심으로 검토해 보면 고려속요 작품들은 문학사 관련 단원을 중심으로 활용되었으나 대체로 안정적인 비중을 차지하고 있다고 볼 수 있다. 그러나 중요한 것은 양적인 측면보다는 질적인 측면이며, 고려속요를 문학교육 담당자들의 고려속요에 대한 인식이다. 이에 이제까지의 기초 검토를 기반으로 고려속요에 대한 문학교육에서의 인식을 심층적으로 살펴보고자 한다.

3. 문학교과서에 나타난 고려속요에 대한 인식

이제 앞에서 살펴본 고려속요의 수록 현황에 대한 분석과 문학교과서의 구체적인 내용을 근거로 하여 문학교육에 내재된 고려속요에 대한 인식을 심층적으로 추적해 보기로 한다. 여기에서 말하는 고려속요에 대한 인식이란 크게 두 가지 차원에서의 인식을 말한다. 하나는 문학교육의 장에서 고려속요라는 장르, 또는 작품들을 어떻게 보고 있는가이고, 다른 하나는 고려속요의 교육적 자질을 어떻게 보고 있는가이다.

고려속요에 대한 인식을 이렇게 두 가지 차원으로 나누어 살펴보는 이유는 문학교육에서 문학 작품이 교육의 내용으로 전환되는 과정을 염두에 둔 것이다. 문학교과서는 교육과정을 기준으로, 교육 내용을 구현하는 것을 목적으로 개발되기 때문에, 문학교과서의 제재로서 문학 작품은 순수하게 그 작품 자체의 문학적 가치를 드러내는 것을 목적으로 선택된 것이 아니다. 이런 점을 고려한다면 우리가 문학교과서를 통해 확인할 수 있는 것은 제재로 활용된 작품들의 문학교육적 자질에 대한 인식일 뿐이라고 말할 수 있다.

그러나 다른 한편으로 교과서 개발의 지침인 교육과정에서 제시하는 교육 내용은 다양한 문학 작품에 대한 충분한 고찰을 통해 '발굴'되는 것이기도 하다. 따라서 문학교육에서 특정한 작품이나 갈래를 어떻게 인식하는가의 문제는 그것에 대해 부여하는 교육적 가치와 불가분의 관계에 있으며, 문학교과서는 수록하고 있는 작품의 교육적 자질에 대한 인식은 물론이고 해당 작품(군) 자체에 대한 인식도 포함한다고 말하는 것이 옳다. 이에 먼저 문학교과서에 나타난 고려속요에 대한 인식과 이를 반영한 고려속요의 문학적 자질에 대한 인식을 차례로 살펴보기로 한다.

1) 장르의 특성에 대한 인식

고려속요라는 장르에 대한 문학교육에서의 인식은 어떠할까? 장르나 작품에 대한 인식은 크게 실체에 대한 인식과 그 가치에 대한 인식으로 나누어 볼 수 있을 것이나 여기에서는 일단 실체에 대한 인식을 초점에 두고, 장르의 형식적, 내용적 특성에 대한 인식과 작품 해석에 나타나는 경향으로 나누어 살펴보고자 한다. 장르의 형식적, 내용적 특성에 대한 인식을 살펴보는 것은 고려속요라는 실체를 어떻게 보고 있는가를 확인하기 위한 것이며, 작품 해석에 나타나는 경향을 살피는 것은 그러한 실체에 접근하는 방식을 확인하기 위한 것이다.

① 장르의 형식적 자질에 대한 인식

정제된 언어를 함축적으로 사용하는 시의 본질적 특성을 고려할 때 시가 갈래에 대해서는 대체로 그 형식적 특성을 중요한 관심사로 삼게 된다. 고려속요 작품을 깊이 있게 감상하게 하기 위하여 문학교과서에서도 고려속요의 형식에 대한 언급을 포함시키고 있다. 그 대체적인 내용은 다음과 같은 사례를 통해 확인할 수 있다.

<table>
<tr><td>[A]
비상
교평 II
(p.102)</td><td>(더 알아보기) 고려가요
고려 시대의 평민들에 의해 구비 전승된 노래로 '고려속요', '별곡(別曲)' 등으로도 불린다. 여러 예외가 있지만 형식상의 특징으로 3음보 율격의 분절체이며, 후렴구가 들어간다는 점을 들 수 있다. (하략)</td></tr>
<tr><td>[B]
해냄
에듀 I
(p.87)</td><td>이 작품[서경별곡-필자 주]에서 다음 설명에 해당하는 부분을 찾아보자.
• 고려속요의 전형적인 형식상의 특징 중 하나이다.
• 경쾌한 리듬감을 형성한다.
• 악곡상 흐름을 맞추어 준다.</td></tr>
<tr><td>[C]
비상
교육 II
(p.80)</td><td>'동동'의 성격과 형식적 특성을 알아보자.
(1) 이 작품이 연별 전개 방식을 통해 노래의 성격을 말해 보자.
(2) 이 작품의 형식을 파악해 보고, 이를 통해 알 수 있는 고려속요의 형식적 특성을 정리해 보자.
<table><tr><td>'동동'의 형식</td><td></td><td>고려속요의 형식적 특성</td></tr><tr><td>• 후렴구가 있다.
•
•</td><td>→</td><td></td></tr></table></td></tr>
</table>

[A]는 학습에 도움을 주기 위해 삽입된 내용으로 고려속요에 대한 개괄적 설명을 제시하고 있다. 특히 형식적인 특성으로서 '3음보', '분절체'와 '후렴구'의 세 가지를 적시하고 있다.[21] [B]는 <서경별곡>을 본 제재로 한 단원의 활동으로서 <서경별곡>의 형식적 자질을 고려속요의 일반적 형식적 자질에 비추어 이해하도록 구성된 것이다. <서경별곡>에서 반복되는 후렴구를 대상으로 하여, 이것이 고려속요의 '전형적'인 형식상의 특징이라는 것을 이해하며, 그 효과를 작품의 감상에 적용하도록 하려는 집필자의 의도가 엿보인다.

[C] 역시 [B]와 비슷하다 할 수 있는데, 다만 그 방향은 반대가 된다. <동동>을 본 제재로 한 단원의 학습 활동으로서 <동동>을 통해 고려속요 일반의 형식적 특성을 이해할 수 있도록 구안된 것으로 보인다. '후렴구가 있다'는 특성을 예시로 들어 주고 두 가지를 더 기입하도록 유도하고 있는데, 학습자들이 추가로 적어야 할 것이 [A]에서 제시하는 형식적 자질 중 '3음보'와 '분절체'라는 것은 쉽게 짐작할 수 있다. 이들 사례를 보면 문학교과서에서 고려속요의 형식을 어떻게 보고 있는가가 명확히 드러난다. 즉 [A]에서 언급된 세 가지 특성을 고려속요 일반이 가지고 있는 형식적 특성으로 보고 있는 것이다.

그러나 여기에서 생각해 보지 않을 수 없는 것이 사실 고려속요의 형식적 자질을 이렇게 요약하는 것이 상당히 무리한 일이라는 점이다. 그동안의 연구 성과를 검토해 보더라도 고려속요의 형식에 대한 논의가 다른 것에 비해 활성화되지 못한 모습을 볼 수 있는데, 이는 고려속요에 대해 형

21) 분절체와 관련된 내용에 대해서는 조금 다르게 설명하는 경우도 적지 않았다. 즉 "형식상 연 구분이 있는 노래 '분연체'와 구분이 없는 노래 '단연체'로 나눌 수 있으며"(천재문화 II, p.27)와 같이 분연체인 것과 단연체인 것이 모두 나타난다고 설명하는 경우를 찾아 볼 수 있었다. 그러나 대체적으로는 이와 같은 세 가지를 형식적 특성으로 제시하는 경우가 일반적이었다.

식적 자질을 논하는 것 자체가 매우 어려운 일이라는 이유도 있다. 일찍이 '한림별곡류'와 '청산별곡류'로 구분되는 '별곡체'라는 형식론이 제기된 이후로 고려속요의 형식에 대한 논의가 지속적으로 있었으나, 아직까지 여러 작품을 두루 포괄할 수 있는 형식적인 공통점이 발견되었다고 하기는 어렵다.[22] 특히 3음보라는 율격적 자질은 작품에 따라 적용이 가능한 것도 있지만, 그렇지 않은 것도 상당하다.

그렇다면 이와 같은 사정에도 불구하고, 앞의 사례들에서 본 것처럼 문학교과서에서 속요의 형식적 자질이 매우 분명한 것처럼 제시하는 경향이 나타나는 것은 무슨 이유일까? 만일 누군가 그 이유를 교과서 개발자들이 고려속요의 형식을 둘러싼 이와 같은 사정을 간과한 데서 발생한 일종의 오류라고 생각한다면 그것은 매우 심각한 오해라고 할 수밖에 없다. 교과서의 개발자들이 고려속요의 이러한 특성에 대해 잘 알지 못하는 비전문가가 아니며, 실제로 교과서의 내용을 상세히 살펴보면 이와 같은 문제를 고민한 흔적이 또한 나타난다.[23]

이에 그 원인을 고려속요의 형식에 대해 언급하는 위와 같은 내용들이 대개 문학사 단원에 속한다는 점에 주목하여 조심스럽게 추측해 보자면, 고려속요와 다른 갈래를 구분할 수 있는 확실한 지표를 제시해야 한다는

22) 고려속요의 형식에 대한 언급은 조윤제로부터 시작된 것으로 볼 수 있으나, '별곡체'라는 명칭을 제시하고, 그 구체적인 유형을 '청산별곡'류와 '한림별곡'류로 나누어 형식적인 특성을 본격적으로 제시한 것은 정병욱이라 생각된다. 이후 지속적으로 논의가 진행되었으나, 기본적으로 외형상 서로 다른 부분이 너무 많아 속요만의 고유한 형식을 분명히 제시하는 데에는 이르지 못하고 있다. 고려속요의 형식에 대한 연구 경과는 다음의 연구들을 참조할 수 있다. 조평환, 「고려속요의 형식에 대하여」, 『겨레어문학』 11, 겨레어문학회, 1987. 성호경, 『고려시대 시가 연구』, 태학사, 2006.

23) 형식적 특성을 언급하되, 경우에 따라 이론이 있을 수 있는 율격적 자질을 제외하고, 외형적으로 비교적 분명히 드러나는 후렴구나 분절체 등만 언급하는 모습을 확인할 수 있는데 이는 본문에서 언급한 바와 같은 3음보, 분절체, 후렴구 등의 형식적 특성에 대한 요약적 제시가 가지는 맹점을 피하고자 하는 것으로 생각된다.

무의식적 강박이 작용한 것이 아닌가 생각해 볼 수 있다. 문학사 단원은 한국 문학사에서 명멸했던 여러 갈래를 총괄적으로 다루게 되는데, 한편으로는 연속성을, 또 다른 한편으로는 개별 갈래의 독자성을 부각시킬 필요가 있다. 시가 갈래를 다루는 경우 자연스럽게 형식적인 자질이 중요한 요소가 될 수 있고, 이러한 사정에 따라 학습자들에게 고려속요의 형식을 보다 분명하게 제시함으로써 고려속요가 여타의 시가 갈래와 어떻게 다른지를 확실히 제시하려는 의도가 개입될 가능성이 있다. 그런데 만일 사정이 이러하다면 고려속요의 형식에 대한 문학교육 장에서의 인식은 이중적이라고밖에 말할 수 없다. 즉 실제에 있어서는 모호하다고 생각하지만 그것을 교과서에 싣는 과정에서는 그 모호함을 감추고, 오히려 명확한 것으로 제시하고 있는 상황이 된다.

② 장르의 내용적 특성에 대한 인식

전통적으로 시가의 여러 갈래들은 그 갈래를 향유하는 사람들의 공통적인 문화를 반영하는 경향이 있어 갈래에 따른 내용적 특성으로 언급되기도 한다. 예컨대 향가의 경우 주로 주술성에 바탕을 둔 소원 성취의 과정이 두드러지기도 하고, 사대부 시조의 경우에는 사대부의 이상과 현실이 주로 드러나기도 한다.

그렇다면 문학교과서에서 찾을 수 있는 고려속요의 내용적 특성에 대한 공통적인 인식은 어떨까? 우선 다음과 같은 사례를 통해 그 실상을 짐작해 보자.

[A] 교학 도서 Ⅱ (p.102)	현전하는 작품들의 주요 내용은 남녀 간의 사랑, 이별의 정한, 삶에 대한 고뇌 등으로 평민들의 생활 감정과 정서를 진솔하게 담고 있다.
[B] 좋은책 신사고 Ⅱ (p.135)	다음을 참고하여 이 작품[동동-필자 주]에 드러나 있는 고려 가요의 특징을 구체적으로 설명해 보자. 고려 가요는 흔히 속요라고 하며 여요, 장가라고도 한다. 민요에서부터 형성되어 구전되다가 한글 창제 이후 문헌에 기록되었다. 내용의 진솔함, 후렴구의 발달 등에서 민요적 성격을 엿볼 수 있으며, 궁중악(宮中樂)으로 사용되면서 송도성(頌禱性)이 추가되었다. (…중략…) 고려 가요의 내용은 매우 다채로운데 남녀 간의 사랑이나 이별의 아쉬움, 어지러운 현실에 대한 원망 등 대체로 서민들의 정서가 매우 진솔하게 표현되어 있다.
[C] 천재 교과서 Ⅰ (p.31)	다음 글을 읽고, 고려속요가 향유된 문화적 배경을 알아보자. 고려속요에는 남녀 사이의 사랑을 읊은 내용이 많은데, 사실적인 표현으로 조선 시대 유학자들 사이에서 남녀상열지사(男女相悅之詞)로 불리며 비판을 받기도 하였다. 이로 인해 많은 고려속요가 상실되었고, 지금 전하는 고려속요의 내용도 많이 수정되었을 것으로 추측된다.
[D] 미래엔 Ⅱ (p.135)	다음은 '서경별곡'에 관하여 "조선왕조실록"에 수록된 평가이다. '서경별곡'에 대해 이러한 평가를 한 이유를 생각해 보자. 속악(俗樂)의 '서경별곡'과 같은 것은 남녀가 서로 좋아하는 가사이니, 매우 불가(不可)하다. 악보는 갑자기 고칠 수 없으니, 곡조에 의하여 따로 가사를 짓는 것이 어떻겠는가? 그것을 예조(禮曹)에 묻도록 하라.

[A]는 고려 시대의 문학에 대한 개괄적 설명 중에서 발췌한 것이고, [B]는 실제 고려속요 작품을 감상하고, 이를 바탕으로 고려속요 일반의 특징을 정리해 보는 학습 활동이다. [C]는 <서경별곡>을 감상하고, 이를 바탕으로 고려속요가 향유되는 문화적 분위기를 생각해 보는 활동이며, [D]는 <서경별곡>과 관련된 자료를 통해 작품의 내용을 깊이 있게 이해해 보기 위해 제시된 활동이다. 특히 [C]와 [D]에서는 조선 전기 예악의 정비 과정에서 등장한 '남녀상열지사'라는 담론을 작품의 감상에 활용하도록 하고 있다.

이와 같은 사례들을 살펴보면 문학교과서에서 전제하고 있는 고려속요의 내용적 특성은 주로 남녀 간의 애정 문제에 초점이 맞춰져 있는 것을 확인할 수 있다. 이와 같은 사례들이 비록 고려속요의 내용적 특성으로 애정의 문제를 단적으로 지적하고 있는 것은 아니지만, 앞의 사례들을 통해 고려속요에 대해서 '남녀상열지사'라는, 조선 초기 음악을 담당하였던 사대부들의 인식을 연결시키려는 경향이 강하다는 것을 읽을 수 있다. 다시 말해 문학교과서의 개발자들은 고려속요의 내용적 특성으로 '남녀상열지사'라는 조선시대의 수용적 특성[24]을 근거로 하여 남녀 간의 사랑을 강조하고 있는 것이다.

물론 문학교과서 개발자들의 이러한 인식에 심각한 오류가 있는 것은 아니다. 같은 갈래에 속하는 모든 작품들이 같은 내용을 지닐 수는 없는 것이고, 또한 현전하는 작품에서 이별의 정한과 관련된 작품이 높은 비율을 차지하고 있다는 것은 분명한 사실이기 때문이다.

그러나 이와 같은 특성을 제시하는 반면, 상대적으로 고려속요의 내용이 가지고 있는 또 다른 특성에 대해서는 별다른 언급을 찾아보기 어렵다는 점은 고려속요의 내용적 특성에 대한 인식의 또 다른 측면을 보여 준다. 예컨대 궁중의 음악으로서 고려속요는 송도성과 같은 내용적 특질을 가지고 있으나 이러한 것이 학습 활동에까지 이어진 것은 찾아보기 어려웠다. 고려속요에 대한 기존의 연구에서 주목하는 사실 중의 하나는 고려

24) 조선 시대는 고려의 음악을 수용하면서도 지속적으로 비판적인 관점을 견지하기도 하였는데, 그 대표적인 담론이 바로 성종과 중종 대에 주로 제기된 '남녀상열지사'라는 비판이다. 그러나 이와 같은 비판은 당대의 음악을 당대의 시각에서 정비하고자 했던 일련의 시도로서 이들 작품의 해석에 보편적인 기준으로 활용하기에는 문제가 적지 않다. 오늘날의 관점에서는 전혀 노골적이라 할 수 없는 <정읍사>와 같은 작품마저도 '음사'로 지목했다는 점은 고려속요에 대한 조선 시대의 수용이 오늘날까지 그대로 받아들여지기에 상당한 어려움이 있음을 말해 준다. 최미정, 『고려속요의 전승 연구』, 계명대학교 출판부, 1999, p.118-121 참조.

속요의 상당수가 민요적 기반을 가지고 있는 동시에 상층의 노래로 향유되었다는 점이다. 어떤 이유로 민간의 노래가 상층에 유입되었는지, 그것을 포괄하려는 상층의 의지는 무엇이었는지 등을 고려할 때 고려속요의 온전한 가치가 드러날 수 있다고 보기 때문이다.[25] 그러나 적어도 이제까지 살펴본 결과를 두고 판단하자면, 현재 문학교과서에서는 이러한 고려속요의 이중성에 대해서는 특별히 고려하는 모습을 찾아보기 어렵다.

③ 작품 해석에 나타난 경향

이번에는 문학교과서에 나타난 개별 작품들의 해석에 나타나는 경향을 살펴보기로 한다. 교육과정에서도 분명히 제시하고 있듯이 학습자들이 다양한 관점에서 작품을 해석해 보는 것은 문학교육에서 분명하게 강조하고 있는 내용의 하나이다. 작품 내적인 요소는 물론이고 작가와 시대 배경과 같은 작품 외적인 요소들을 함께 고려함으로써 작품을 다양하게 감상하도록 하는 것이 요구되는 것이다. 그런데 이러한 교육 내용에 비추어 볼 때 고려속요에 대한 해석과 감상에서는 <청산별곡>과 같은 극히 일부의 작품을 제외하고는 작품 내적인 측면만을 고려하는 모습을 보이고 있는 것이 특징이다.

물론 문학교과서에 이러한 경향이 나타나는 것은 현전하는 고려속요 작품군들의 특성을 고려할 때 자연스러울 수도 있는 부분이다. 고려속요 작품의 상당수가 관련 자료를 찾을 수 없다는 것은 주지의 사실이며, 이

25) 이에 대해, 악장으로서의 고려속요가 의례에 적합하도록 보편적 성정을 기반으로 하여 적당한 짜임새를 갖추어 '양식화'되는 모습을 보였으리라는 설명이 있다(조만호, 「고려가요의 정조와 악장으로서의 성격」, 성균관대학교 인문과학연구소 편, 『고려가요 연구의 현황과 전망』, 집문당, 1996). 이러한 설명을 통해서도 알 수 있듯이 고려속요 작품이 가지고 있는 의미는 상하를 아우르는 양식화의 과정을 적극적으로 고려할 때 더욱 자연스럽게 이해될 수 있다.

에 따라 작품의 내적인 요소가 해석과 감상의 중요한 근거가 될 수밖에 없는 이유가 분명히 있기 때문이다.

그러나 역설적인 것은 고려속요 중에서도 관련 자료가 가장 부족한 <청산별곡>에 대해서는 역사적 관점에서의 해석이 활용되고[26], 그나마 어느 정도의 관련 자료가 남아 있는 여타의 작품에 대해서는 오직 작품 내적인 요소를 활용한 해석이 이루어지고 있다는 점이다. 더 나아가 작가가 분명하거나 개인 창작의 서정시가임이 거의 확실하게 드러난 <정과정>, <유구곡>, <이상곡>, <쌍화점> 등의 작품이 그렇지 않은 작품에 비해 수록 빈도가 현저히 떨어지는 현상도 나타나고 있어 그 바탕에 있는 인식이 궁금해지지 않을 수 없다. 물론 이들 작품의 면면을 고려할 때, 이들 작품들이 교과서에서 다루기 까다롭다는 점도 어느 정도 영향을 미쳤으리라 짐작할 수 있다.

그러나 필자의 생각으로는 이러한 역설적인 모습은 고려속요의 해석이나 감상에 아직까지 작품 외적인 요소들을 적극적으로 활용할 여지가 별로 없다는 인식이 작용한 것은 아닐까 한다. 사실 고려속요에 대한 기존의 연구 성과를 검토해 보면 작품 외적인 요소들을 고려한 해석은 꾸준히 제기되었다.[27] 물론 이러한 연구들이 해결해야 할 과제가 아직 많이 남아 있는 것은 사실이지만, 이러한 연구 성과들이 아직 교과서에 반영되기 어렵다고 보는 것 역시 문학교과서에 나타난 고려속요에 대한 인식의 특성

26) 일반적으로 <청산별곡>의 해석에는 고려 시대 유랑민의 삶을 반영한 것이라는 견해가 널리 활용되는 경향이 있다. 그러나 이 작품은 작품의 원문 이외의 어떠한 자료도 함께 전해지는 것이 없으며, 이 작품의 주제에 대한 인식을 연구한 결과에 따르면 그동안 연구자들에 의해 제시된 작품의 주제만도 20여 가지에 이를 정도로 다양한 해석이 이루어졌다(정재호, 「<청산별곡>의 새로운 이해 모색」, 『국어국문학』, 국어국문학회, 2005). 이런 점을 고려할 때 문학교과서에서 유독 이 작품에 대해서 역사적 접근을 강조하는 것은 특이한 일이라 하지 않을 수 없다.

27) 이에 해당 하는 연구로 다음을 예로 들 수 있다. 임기중 외, 『고려가요의 문학사회학』, 경운출판사, 1993. 김쾌덕, 『고려속가의 연구』, 국학자료원, 2006.

이라 말할 수 있다.

이제까지의 내용을 요약해 보자면 고려속요의 실체와 그 실체에 접근하는 방식에 대해 문학교과서에서 확인할 수 있는 인식은 고려속요가 시가의 한 갈래로서 비교적 분명한 형식적 자질을 가지고 있어야 한다는 당위에 가까운 인식과 남녀 간의 사랑과 이별을 중요한 테마로 하고 있다는 내용적 특징에 대한 강한 경향성, 그리고 고려속요의 해석에서는 아직 작품 내적인 접근만이 유용하다는 판단 등이다. 이러한 인식은 문학교육에서 고려속요의 효용에 대한 인식에도 자연스럽게 영향을 미치고 있으리라 생각한다.

2) 교육적 자질에 대한 인식

문학교과서는 고려속요의 교육적 자질을 어떻게 보고 있을까? 이를 가장 효과적으로 확인할 수 있는 방법은 문학교과서에서 고려속요 작품들을 어떤 교육 내용과 결합시키고 있는가를 살피는 일이다. 교과서가 교육 내용을 구현한 것이라는 점에서 어떤 교육 내용과 어떤 작품이 결합하는가를 통해 그 작품의 교육적 자질을 어떻게 판단하고 있는가를 확인할 수 있기 때문이다. 이에 여기에서는 교육 내용에 따라 설정된 단원들을 기준으로 고려속요가 어떤 교육 내용과 결합하고 있는가를 살펴 고려속요의 교육적 자질에 대한 인식을 검토해 보고자 한다.

① 정전으로서의 가치에 주목

앞에서 살펴본 것처럼 현재 문학교과서에 활용된 고려속요 작품들은 2/3 이상이 "대표적인 작품을 통해 한국 문학의 전통과 특질을 이해한다"

는 교육 내용을 구현하는 단원에 집중적으로 분포되어 있다. 이 교육 내용이 지향하는 것은 학습자들이 한국 문학의 전통과 특질을 가장 잘 담고 있는 작품을 능동적으로 감상하고, 그 결과로서 한국 문학의 범위나 역사에 대한 안목을 갖추게 되는 것이다. 이를 보면 이들 단원에 활용된 고려속요 작품들은 한국 문학의 전통과 특질을 함축하고 있는 대표적인 작품들로서 선택된 것이며, 또한 이러한 자질이 문학교육에서 생각하는 고려속요의 중요한 교육적 자질이라는 점을 알 수 있다.

그런데 여기에서 생각해 볼 수 있는 것이 한국 문학의 대표적인 작품이라는 자질과 교육적 자질 사이의 관계이다. 물론 한국 문학의 흐름을 이해하는 것, 즉 문학사 교육이 문학교육의 중요한 내용이라는 점을 부정하지 않는다면, 한국 문학의 대표작으로서 한국 문학의 흐름을 이해하는 적절한 작품으로 활용되었다는 사실 그 자체가 이들 작품의 문학교육적 가치를 대변해 준다고 할 수 있다.

그러나 문제는 한국 문학의 대표작이라는 것과 한국 문학의 흐름을 이해하는 데 적절한 작품이라는 것을 동일한 수준으로 이야기할 수 없다는 점에 있다. 문학사교육에 대한 기존의 논의들은 한결같이 문학사교육이 문학의 역사를 기술한 그 자체를 가르치는 것이라기보다는 "학습자가 주체적, 능동적, 비판적으로 의미를 발견하고 구성하는"[28) 과정을 통해 "민족의 언어문화에 대한 역사적 안목과 평가 능력을 신장시키는 교육"[29)이어야 한다는 점을 지적한다. 교육과정이 문학사교육과 관련하여 "지식 위주보다는 작품을 통하는 것이 바람직하며, 학습자의 수준에서 자유롭게 작품 속에 함축된 전통과 특질의 양상에 반응하고 그 반응을 공유하도록 하는 것이 필요"[30)하다고 부연하는 이유도 바로 이러한 지적들과 같은

28) 정재찬, 「문학사교육의 현상과 인식」, 『민족문학사연구』 43, 민족문학사학회, 2010, p.36.
29) 김정우, 「학습자 중심의 문학사교육 연구」, 『국어국문학』 142, 국어국문학회, 2006, p.401.

맥락이라 볼 수 있다.

이런 면에서 문학교육의 관점에서 어떤 작품이 한국 문학의 대표작이라는 사실과 함께 중요한 것은 그 작품의 어떤 면을 통해, 그러한 자질과의 어떤 상호 작용을 통해 학습자들이 문학사교육의 목표에 도달할 수 있는가 하는 점이다. 따라서 한국 문학의 대표작이라는 자질과 한국 문학의 흐름을 이해하고 한국 문학에 대한 안목을 갖출 수 있도록 할 수 있는 자질은 서로 구별할 필요가 있는 것이다.

그렇다면 문학교과서에서 생각하고 있는 고려속요의 교육적 자질, 특히 문학사교육과 관련된 자질은 무엇일까? 다음의 사례를 통해 그 실상을 확인해 보자.

[A] 지학사 (권) Ⅱ (p.99)	<깊게 이해하기> '서경별곡'의 '고려 가요'로서의 성격을 참고하여, 다음 활동을 해 보자. (1) 다음 견해를 바탕으로 '서경별곡'과 '정석가'에 동일한 부분이 나타난 이유가 무엇일지 말해 보자. (2) 이 작품에서 반복적으로 사용되고 있는 후렴구 "위 두어렁셩 두어렁셩 다링디리"의 존재를 우리 문학의 전통이라 볼 수 있는지 생각해 보자. (3) 다음 글을 읽고, '서경별곡'에서 '남녀상열지사'로 이해할 만한 부분이 있는지 살펴보고, 자신의 생각을 말해 보자.
[B] 천재 문화 Ⅱ (p.26)	<목표 학습> 1. 다음은 민요 '자진방아 타령'이다. '동동'이 민요적 성격을 지닌 고려속요라는 것을 짐작할 수 있는 표현상의 특징을 찾아보자. 2. 다음의 '상저가'와 '동동'을 비교하여 읽으며 고려속요의 특징을 확인해 보자. (1) 반복되는 표현을 적어 보자. (2) 연 구성의 차이점을 말해 보자. (3) 실질적인 가사 부분을 끊어 읽을 때, 운율상의 공통점을 말해 보자.

위에서 인용한 사례들은 각각 <서경별곡>과 <동동>을 본 제재로 한

30) 교육과학기술부, 『고등학교 교육과정 해설』, 2009, p.272.

단원의 학습 활동 중에서 단원의 목표와 직결되는 활동들[31]로 모두 '고려속요의 특징'을 이해한다는 목표를 달성하기 위해 구안된 것들이다. 그런데 여기에서 주목되는 것은 고려속요의 특징으로 제시되는 것들이 주로 형식적인 측면들이라는 점이다.

이들 활동이 형식적인 특성들을 중심으로 고려속요의 장르적 특질을 이해하는 경로를 택하고 있다면, 이는 고려속요의 형식적 특성이 고려속요가 여타의 장르에 비해 가지는 차별화된 특성을 가장 잘 보여주는 핵심적 요소이거나 혹은 이러한 형식적 특성이 고려속요와 여타 장르의 한국문학으로서의 연속성을 이해할 수 있는 연결 고리라는 인식을 보여주는 것이라 볼 수 있다. 이를 다시 교육적 자질로서 풀어 말하자면 고려속요의 형식적 자질이 한국 문학에 대한 안목을 형성할 수 있는 매우 중요한 교육적 자질이라고 보고 있다는 것이다.

그런데 바로 여기에서 발생하는 모순이 있다. 앞에서 언급했듯이 형식적인 측면에서 고려속요는 아직 분명히 밝혀지지 않은 부분들이 상대적으로 많고, 또한 그러한 어려움을 문학교과서의 개발자들이 잘 알고 있음에도 불구하고, 한국 문학의 흐름 속에서 고려속요가 차지하는 위상을 형식적인 측면에서 찾고 있다는 점이 그것이다. 오히려 이보다 비교적 분명하다고 할 수 있는 악장으로서의 고려속요의 자질은 상대적으로 적극적으로 활용되지 않고 있는데,[32] 그 이유가 상당히 의문스럽다.

31) 대개 문학 제재에 딸린 학습 활동들은 작품의 내용을 이해하는 활동, 이를 바탕으로 해당 단원의 목표를 달성하기 위한 활동, 그리고 이를 확장하여 다른 작품과 연결하는 활동 등으로 구성되는 경우가 많다. 위에서 인용한 사례들은 이 중 두 번째에 해당한다.

32) 고려속요의 상당수가 궁중 안에서 창작된 것이 아니라 민간의 노래를 궁중에서 차용하게 된 것이라 보는 것이 일반적인데, 이에서 발생하는 이중성의 문제, 혹은 가사의 이질적인 교합 등은 고려속요는 물론 고전시가 전체에 보편적으로 작용하는 '악(樂)'에 대한 인식을 이해하는 데 매우 중요한 요소이다. 그러나 이에 대해 주목하고 있는 경우는 별로 찾아보기 어려웠다. 고전 시가의 대표적 장르인 고려속요가 문학사 단원에서 활용되는 것이 문제가 아니라 한국 문학의 흐름을 이해하는 데 고려속요가 이런 방식으로 활용된다는 것에

이렇게 본다면 결국 문학교과서에서 소개하고 있는 고려속요들은 주로 형식적인 자질에 근거하여 한국 문학의 전통과 특질을 설명하는 데 활용되고 있으나 이 같은 방식이 지닌 문제에 대해서는 아직 별다른 대안을 보여주지 못하고 있는 상태라 할 수 있다. 그 결과로 고려속요 작품들은 실질적으로는 한국 문학사의 전개 과정에서 명멸했던 여러 장르들의 대표작들이라는 성격이 강하게 드러날 뿐 한국 문학의 흐름을 설득력 있게 제시하는 좋은 자료로 활용되지는 못하는 모습이다. 앞에서 설명한 대로 고려속요의 형식적 자질에 대해 문학교육의 장에서 자신하지 못하고 있다는 점을 고려한다면 이는 곧 문학교과서에서 전제하는 고려속요의 문학교육적 자질에 고려 시대의 작품이라는 것, 좀 더 극단적으로 말해 고전시가의 정전의 위상을 갖는다는 것 외에는 특별한 것이 없다는 것으로 이어질 수도 있다.

② 시적 화자의 개성과 전통성에 주목

앞에서 한국 문학의 흐름을 이해하는 단원에 활용된 고려속요의 모습을 살펴보고, 그 안에 나타나는 인식의 특성을 조심스럽게 확인해 보았다. 그렇다면 이와 다른 모습을 확인할 수는 없을까? 이에 문학사 단원 이외의 부분에서 활용된 부분을 확인해 보기로 한다.

앞에서 검토한 자료를 통해 보면 고려속요는 <문학 Ⅱ>의 '문학의 위상' 이외에 <문학 Ⅰ>에도 활용이 되고 있었다. <문학 Ⅰ>의 교육 내용은 '문학의 성격', '문학 활동'으로 구성되어 있는데, 얼마 안 되는 분량이지만 이 두 영역 모두에서 고려속요가 활용된 사례를 찾을 수 있었다. 본제재로 활용된 것 중에서는 <가시리>, <만전춘별사>, <서경별곡>,

---

문제가 있을 수 있다.

<청산별곡> 등이 이에 해당된다.

그렇다면 이들의 경우 어떤 이유로 활용된 것일까? <서경별곡>과 <만전춘별사>를 본 제재로 활용한 다음의 사례를 보자.

[A] 천재 교과서 Ⅰ (p.29)	[본 제재 : <서경별곡>] 이 작품은 임을 떠나보내는 이별의 정한을 노래한 고려속요이다. • 이별의 정서가 어떻게 표현되었는지 생각하며 읽어 보자. • 문학이 언어를 매개로 한 문화 활동임에 유의하며 읽어 보자.
[B] 천재 교육 Ⅰ (p.64)	[본 제재 : <만전춘별사>] 임에 대한 사랑의 감정을 진솔하게 나타낸 고려속요이다. 발상과 표현의 특징에 주목하여 읽어 보자.

[A]와 [B]는 모두 단원의 본 제재를 제시하면서 감상의 길잡이로 제시한 부분들이다. [A]에서는 이 작품의 내용이 '이별의 정한'을 담고 있다고 설명하며, 주목해야 할 부분을 제시하고 있고, [B] 역시 이 작품이 임에 대한 사랑의 감정을 노래한 것이라고 설명하고 있다. 이는 앞에서 확인했던 바, 고려속요의 내용적 특성이 여성 화자의 사랑 노래라는 데 있다고 보는 고려속요에 대한 인식과 일치하는 부분이다.

이렇게 보면 이들이 활용될 수 있었던 근거는 시적 상황이나 갈등이 비교적 분명하고, 이에 대처하는 화자의 태도를 확인하기 쉽기 때문이었던 것으로 생각할 수 있다. 다시 말해 대체로 임과 함께 할 수 없는 상황에서 임에 대한 영원한 사랑을 다짐하는 화자의 상황과 태도를 비교적 쉽게 확인할 수 있다는 점이 이들 작품을 활용하게 되는 이유라고 할 수 있다.

<청산별곡>은 주제적 측면에서는 다른 작품들과 차이가 있다고 할 수 있으나, 화자의 상황과 태도를 상상해 보는 데 용이한 점이 많다는 데에서는 역시 공통적이라 할 수 있다. 이런 면면을 고려한다면, 고려속요는

화자가 처한 상황이나 화자의 성격이 비교적 분명하게 드러나기 때문에 특히 서정 갈래의 이해와 감상을 위해 활용될 가능성이 높다고 보는 인식이 발견된다 할 수 있다.

화자의 개성이 비교적 강하게 드러나는 <서경별곡>이 비교적 많이 활용되었다는 점도 이와 관련하여 생각해 보자면, 그것이 고려속요의 대표작 중 하나라는 이유에서만 비롯된 것이 아니라 말할 수 있다. 이 작품의 경우 전통적인 여성상을 보여주는 동시에 그와 차별화된 모습도 함께 가지고 있기 때문에 전통적인 여성상, 현대의 여성상 등을 다양하게 접목시켜 볼 수 있다.[33] 즉 화자의 성격이 분명하다는 것은 이들 작품을 출발로 하여 다양한 작품과 비교하여 감상하는 것이 가능하다는 장점이 있다고 생각하는 경향이 발견된다.

그런데 이러한 인식이 더 나아가 이러한 화자의 모습을 한국 문학의 전통으로 고정시키는 데까지 나아간다는 점도 아울러 발견할 수 있다. 예컨대, 정지상의 <송인(送人)>, 고려속요 <가시리>, 김소월의 <진달래꽃> 등으로 이어지는 한국형 여성 화자의 전형이라는 데까지 나아가는 양상을 볼 수 있는데 이것이 과연 바람직한 것인지는 따로 논의할 필요가 있는 문제라 생각한다.

문학교육이 본질적으로 문학 자체가 지닌 교육적 속성을 적극적으로 발현시키는 것이라 했을 때, 문학교육에서 쓰임을 가질 수 없는 문학 작품은 없다. 다만 학습자의 위계에 따라 좀 더 적절한 것과 그렇지 못한 것으로 구분할 수는 있을 것이다. 이런 점에서 문학교육 연구자들의 중요

33) <서경별곡>의 화자는 임에 대한 절대적인 순종을 드러내면서도, 다른 한편으로 떠나가는 임을 과감하게 비난하는 적극적인 모습을 보이기도 한다. 이렇듯 이중적인 성격을 가지고 있다는 점에서 이 작품의 해석에는 항상 화자의 심리 상태를 일관성 있게 설명하는 내용이 중요한 자리를 차지하기 마련이다. 김명준, 「<서경별곡>의 구조적 긴밀성과 그 의미」, 『한국시가연구』 8, 한국시가학회, 2000.

한 임무 중의 하나가 바로 개개의 문학 작품들이 지닌 문학교육적 가치를 '발견'해내고, 이를 학습자의 위계와 접목시키는 일이다.

그런데 이와 같은 점에 주목해 이제까지 검토한 문학교과서들을 평가해 본다면 고려속요에 관한 한 그 교육적 가치가 풍부하게 '발견'되지 못했다고 할 수 있다. 상대적으로 한국의 고전으로서 담지하고 있는 전통성만이 강하게 제시되고 있는 것이다. 물론 작품에 따라 그렇지 않은 경우도 있으나 활용되는 작품군이 제한적이고, 연결되는 교육 내용 역시 매우 제한적이다. 특히 여성화자의 사랑 노래라는 장르적 특질을 한국 시가의 전통으로까지 상승시키고, 이를 중심으로 가르치고 있다는 점을 본다면, 고려속요의 문학교육적 자질에 대한 인식은 결국 '전통의 담지'라는 말로 요약될 수밖에 없다. 물론 선행 연구에 의하면 이러한 현상은 비단 고려속요뿐 아니라 고전시가 일반에 보편적으로 적용되는 현상이기도 하다.[34] 그러나 고려속요의 경우 그 정도가 다른 갈래들에 비해 더욱 심하다고 하지 않을 수 없다.

4. 요약 및 제언

논리적으로 보자면 교육은 이념이나 목적으로부터 도출되는 구체적인 목표로부터 출발하여 이러한 목표를 실현할 수 있는 구체적인 내용을 구안하는 과정으로 전개된다. 그러나 문학교육의 경우 무엇을 가르칠 것인가 하는 점은 실질적으로 문학이 무엇인가, 우리가 읽어야 하는 문학 작품이 어떤 것인가에 대한 탐구와 결합하여 다시 목표 설정에 영향을 미칠

34) 조희정, 「<도산십이곡>에 대한 교과서 담론」, 『고전문학교육 연구』, 한국문화사, 2011, p.133.

수 있다. 교육의 이념과 실제 문학의 세계가 논리적 선후 관계가 아니라 실질적 상호 작용을 통해 연결되면서 구체적인 교육의 내용이 탄생하게 되는 것이다.

이런 점을 고려할 때 이제까지 살펴본 문학교과서 속의 고려속요는 우리 문학사의 한 부분을 차지하는 중요한 무엇 이상의 적극적 의미를 가지지 못한 채 문학교육에 수용되어 왔다고 볼 수 있다. 이제까지 살펴본 바, 우리 문학교과서에 나타난 고려속요에 대한 인식은 겉으로는 명확한 형식적, 내용적 특성을 제시하고 있으면서도, 속으로는 모호성을 고민하고 있으며 아직 그 교육적 자질에 대한 분명한 설명을 제시하지 못하고 있기 때문이다.

이에 앞으로 고려속요가 문학교육에서 그 교육적 의의를 드러낼 수 있기 위해 필요한 최소한의 원칙을 제안하는 것으로 논의를 마무리하고자 한다.

첫째, 고려속요에 대한 초기 이후의 국문학적 연구 성과를 적극적으로 수용하는 것이 필요하다고 본다. 고려속요에 대한 연구는 그동안 자료의 부족에 따른 제약에도 불구하고 다양한 방향으로 많은 진전을 이루어왔다. 문학교육이 문학(학)의 연구경향을 그대로 소개하는 것을 목적으로 삼는 것은 아니지만, 고려속요에 대한 연구가 초기의 연구에 비해 확실한 질적 비약을 이루고 있는 만큼 그간의 연구 성과를 좀 더 적극적으로 수용할 필요가 있지 않을까 생각한다. 이와 같은 연구 성과를 적극적으로 수용할 때, 고려속요의 교육적 자질이 더욱 풍부하게 제시될 수 있으리라 생각한다.

둘째, 교육과정이 제시하는 여러 교육 내용과 다양한 차원에서 접목시키려는 노력이 필요하다고 생각한다. 문학교과서의 제재로 활용되는 작품은 문학교육이 추구하는 다양한 목적에 부합할 수 있도록 수용된다. 그런데 지금까지의 경향을 보면 고려속요를 통해, 혹은 고려속요에 대해 무엇을 가르칠 수 있는가에 대한 고민이 여타의 장르에 비해 상대적으로 적었다. 예컨대 시조나 가사와 같은 고전시가의 대표 장르에 대해서는 교육적 의의는 물론, 구체적인 교육 방안에 대해서도 다양한 연구가 진행되었으나 고려속요에 대해서는 특별한 연구 성과를 찾아보기 어렵다. 이에 대한 좀 더 적극적인 노력이 필요하다고 생각한다.

셋째, 고려속요의 현대적 수용 양상에 대한 관심이 필요하다고 생각한다. 시조나 가사가 오늘날까지 많은 관심을 얻고 있는 것에 비해 고려속요는 현전하는 작품의 수효나 관련 자료의 양으로 보나 상대적으로 많은 관심을 기울이기 어려운 장르인 것이 사실이다. 그러나 이러한 제약에도 불구하고 고려속요가 현대인과 아주 멀리 떨어져 있는 것만은 아니다. 고려속요는 현대의 문학 작품으로 재해석되기도 하고, 때로는 대중가요로 그 모습을 달리하여 현대인의 삶 속에 자리하기도 한다. 이런 점을 고려한다면 고려속요가 반드시 옛날의 모습을 상고하기 위한 것으로서의 의미만을 가진다고 보기는 어렵다. 이러한 모습에 문학교육 좀 더 관심을 기울인다면 고려속요의 문학교육적 효용을 더욱 다양하게 발견해 낼 수 있으리라 생각한다.

제2장 고려속요의 수용사와 문학교육

일반적으로 고려속요에 대해 평할 때, 작품들이 보여주는 다채로운 인간 심성에 대한 감탄이 빠지지 않는다. 그런데 고려속요의 다채로움은 작품 안에만 있는 것이 아니라, 그것이 이제까지 전승되기까지의 과정에도 있다. 이 장에서는 고려속요가 이제까지 이어진 과정을 정리하고, 이 과정에 나타난 특성들이 문학교육에 어떻게 활용될 수 있는지를 생각해 본다.

1. 서론

문학교육에 고려속요가 기여하는 바는 어느 정도일까? 적용하는 기준에 따라 서로 다른 평가가 가능하겠지만 긍정적인 측면을 강조한다 하더라도 현재 문학교육의 상황에서 고려속요의 기여도는 여타의 문학 갈래에 비해 그리 높은 수준은 아니라 말할 수 있을 것이다. 활용되는 작품의 범위가 상당히 제한적이고, 고려속요의 특성을 바탕으로 한 창의적인 교육 내용이 적극적으로 개발되는 모습을 찾아보기도 쉽지 않다.

앞장에서 확인한 내용도 바로 이것이었다. 기존의 교과서를 통해 고려속요가 문학교육의 내용에서 활용되는 구체적인 양상을 검토해 본 결과, 고려속요는 주로 한국 문학사의 특정 시기를 소개하기 위한 문학사 단원의 제재로 활용되고 있을 뿐 교과서 구성의 기준이 되는 교육과정 상의 여러 성취기준에 다양하게 활용되지는 못하고 있다.

이와 같은 모습이 나타나게 되는 데에는 물론 그만한 이유가 있다. 원래의 모습이 온전하게 전승되는 작품의 수효가 다른 갈래에 비해 상대적으로 적고, 온전하게 전승되는 작품마저도 아직 해석상의 여러 문제를 가지고 있다. 또한 작품을 이해하는 데 도움이 되는 관련 자료 역시 절대적으로 부족한 형편이다. 문학교육이 작품에 대한 이해와 감상을 바탕으로 이루어진다는 점을 고려할 때, 작품의 실체를 분명히 파악하기 어려운 갈래라는 고려속요의 특성은 문학교육에서 고려속요의 활용도가 낮을 수밖에 없었던 그동안의 사정에 대한 어느 정도의 변명을 허용한다.

그러나 문학교육이 우수한 작품에 대한 이해나 감상의 총합이 아니라 문학에 대한 거시적 이해와 문학에 대한 안목의 형성까지 지향한다는 점을 고려한다면 고려속요와 문학교육의 지금과 같은 관계를 당연한 것으로 간주하는 것이 그리 바람직해 보이지는 않는다. 비록 개별 작품에 대한 충분한 자료가 확보되어 있지는 않으나 우리말 시가의 중요한 갈래로서의 위상이 분명하고, 한국 문학의 전통을 이해하는 데 도움이 될 수 있는 흥미로운 담론을 보여 주고 있다는 점에서 고려속요가 문학교육의 내용으로서 기여할 수 있는 바가 적지 않기 때문이다. 고려속요에 속하는 개별 작품들에 대해 아직 분명히 설명하기 어려운 점이 적지 않으나 고려속요라는 갈래가 문학교육의 목표를 구현하는 데 기여할 수 있는 다양한 가능성을 찾아 문학교육의 외연을 넓히고 그 내용을 심화시키는 일이 필요한 시점이라 생각한다.

이러한 문제의식에서 고려속요의 수용사에 주목하여 그 특징을 살피고, 고려속요의 수용사에 나타난 여러 특징들이 문학교육에 기여할 수 있는 바를 찾아보고자 한다. 고려속요의 수용사란 고려속요가 그것이 탄생하고 향유된 당대를 넘어 이후의 사람들에게 전승된 과정과 역사를 말한다. 사실 우리가 고려속요에 대해 알고 있는 지식은 이제현과 민사평의 소악부

(小樂府) 작품들을 제외하고는 모두 고려 시대 당대가 아닌 조선 시대에 수용된 결과를 통해 재구된 것이다. 따라서 고려속요를 이해하는 데 가장 중요한 요소 중의 하나가 바로 고려속요가 이후의 시대에 어떤 이유와 방식으로 수용되었는가 하는 점이고, 이런 이유에서 고려속요의 수용사를 살피는 일은 궁극적으로 고려속요에 대한 체계적인 이해에 도달하는 필수적인 경로이기도 하다.

물론 국문학 연구의 차원에서 개개 작품의 실체를 규명하는 작업이 지속적으로 수행되고 있으므로 앞으로 충분한 시간이 흐른 뒤에는 그 결과가 문학교육에 자연스럽게 도입되리라 생각한다. 그러나 문학교육의 목표에 비추어 고려속요를 두고 형성된 흥미롭고 다양한 담론들을 보다 적극적으로 활용할 수 있는 가능성을 모색하고, 이러한 노력이 다시 국문학 연구에 반영될 수 있도록 하는 것이 고려속요가 문학교육에서 바람직하게 활용되는 데 더욱 바람직한 일이다. 그리고 문학교육의 관점에서 고려속요의 수용사를 점검하고 그 문학교육적 효용을 따져 보는 것은 문학교육 연구의 정체성을 분명히 하는 일이기도 할 것이다.

2. 고려속요 수용사에 나타난 특징

현재 우리가 알고 있는 고려속요의 모습이 주로 조선 시대에 이루어진 수용의 기록을 통해서 정리된 것이라는 점에서 기왕의 고려속요 연구 역시 그 수용사에서 제기되는 여러 문제들에 대해 많은 관심을 기울여왔다. 이제현과 민사평의 문집, 『고려사(高麗史)』나 『조선왕조실록(朝鮮王朝實錄)』의 기록들, 그리고 『악학궤범(樂學軌範)』, 『시용향악보(時用鄕樂譜)』, 『악학편고(樂學便考)』, 『악장가사(樂章歌詞)』, 『증보문헌비고(增補文獻備考)』 등 고려속요를 수록하고 있거나 고려속요에 대한 언급이 있는 여러 자료의 성격과 그 안에 담긴 고려속요에 대한 인식 등을 설명하는 연구가 지속적으로 이루어졌다. 또한 이들 자료들 사이의 관계나 고려속요 작품들의 전승 과정에 대한 통시적인 차원의 연구도 진행되었다.

이러한 연구의 흐름이 쉽게 정리될 수 있는 것은 아니겠으나 앞으로의 논의에 중요하게 활용될 것들을 간략히 소개해 보면 다음과 같다. 먼저 고려속요를 연구하는 데 활용되는 다양한 자료에 대한 종합적 정리가 이루어진 것으로 이임수[1]의 성과를 들 수 있다. 여기에는 이전의 고려속요 연구 동향에 대한 점검을 바탕으로 고려속요와 관련된 문헌 자료들의 성격과 내용이 일목요연하게 정리되어 있다. 이 연구와 맞물려 고려속요에 대한 기초적 자료들을 담고 있는 개별 자료들에 대한 충실한 서지적 검토가 이어지면서 고려속요의 전모를 이해하는 데 비약적인 발전이 이루어진 것으로 보인다.

『고려사』의 '악지'에 대해서 최미경,[2] 김선기[3] 등의 연구가 이어졌고, 이제현과 민사평의 소악부를 체계적으로 고찰한 박혜숙,[4] 박현규,[5] 김혜은[6]의 연구가 제출되었다. 고려속요 연구의 초기부터 주목받았던 『악장가사』에 대해서는 김수업[7]에서 기존의 논의에 대한 정리와 앞으로의 연

1) 이임수, 『여가연구』, 형설출판사, 1988.
2) 최미경, 「고려사 악지 소재 고려속요의 성격」, 이화여자대학교 석사학위논문, 1993.
3) 김선기, 「<고려사>악지의 속악가사(俗樂歌詞)에 관한 종합적 고찰」, 『한국시가연구』 8, 한국시가학회, 2000.
4) 박혜숙, 「고려말 소악부의 양식적 특성과 형성경위」, 『한국한문학연구』 14, 한국한문학연구회, 1991.
5) 박현규, 「이제현, 민사평의 소악부(小樂府)에 관한 연구」, 『한국한문학연구』 18, 한국한문학회, 1995.
6) 김혜은, 「번역시가로서의 소악부 형성 과정과 번역 방식 고찰」, 『한국시가연구』 31, 한국시가학회, 2011.
7) 김수업, 「<악장가사>와 <가사 상>」, 『배달말』 13, 배달말학회, 1988.

구 과제가 제시되었고, 김명준[8]을 통해 수록된 작품들에 대한 꼼꼼한 분석이 이루어졌다. 기초 자료에 대한 심도 있는 연구가 이어지면서 고려속요의 전반적인 수용양상에 대한 연구도 가능해졌는데, 조윤미,[9] 최미정,[10] 등의 연구가 그 대표적인 사례가 된다.

그러나 이러한 여러 연구에도 불구하고 고려속요의 수용사에는 여전히 쉽게 답을 하기 어려운 여러 문제들이 제기되어 있다. 특히 고려속요라는 갈래를 이해하는 데 매우 중요한 현상이면서도 아직 학계의 합의나 지속적인 연구가 필요한 것들로 다음과 같은 세 가지를 제시할 수 있다.

첫째, 고려속요에 대한 조선 초기 관료들의 인식에 대한 질문이 있다. 널리 알려진 대로 조선 초기 궁중의 음악을 정비하는 과정에서 고려속요에 대한 비판적 담론이 형성되었다. '남녀상열지사(男女相悅之詞)', '음사(淫詞)' 등의 평어가 고려속요에 대해 사용되고, 이러한 판단에 따라 당시 예악을 담당하던 관료들에 의해 작품에 대한 적지 않은 '개산(改刪)'이 이루어졌다. 그러나 이러한 비판에도 불구하고 고려속요의 전승이 쉽사리 단절된 것은 아니며, 간헐적이기는 하나 고려속요의 쓰임을 옹호하거나 보존의 필요성을 주장하는 견해도 발견되고 있다. 고려속요에 대한 이와 같은 비판과 옹호의 담론이 교차된 맥락과 수용자들이 고려속요를 어떻게 인식했는가에 대한 검토가 필요하다.

둘째, 전승되는 작품의 목록과 전승 방식에 대한 질문이 있다. 고려속요를 수록하고 있는 문헌의 수효가 그리 많지 않음에도 각각의 문헌에 따라 소개되는 작품의 목록에 적지 않은 차이가 있고, 기록의 방식이 상이

8) 김명준, 「<악장가사>의 성립과 소재 작품의 전승 양상 연구」, 고려대학교 박사학위논문, 2003.

9) 조윤미, 「고려가요의 수용양상-조선조 정치문화상황과의 연관을 중심으로」, 이화여자대학교 석사학위논문, 1988.

10) 최미정, 『고려속요의 전승 연구』, 계명대학교 출판부, 1999.

하다는 점은 고려속요의 수용사에서 보이는 흥미로운 현상이다. 현재 고려속요 연구에서 가장 중요한 위상을 차지하고 있는 문헌은 『고려사』와 『악장가사』라고 할 수 있는데 이 두 문헌에 수록된 작품 목록이 상당한 차이를 보이고 있다. 또한 『고려사』에서는 우리말로 된 작품의 원문을 기록하는 것에 대한 거부감이 분명히 드러나는 반면, 『악장가사』에서는 전혀 그러한 모습을 찾을 수 없다. 이 두 문헌을 포함한 여러 문헌에서 어떤 작품이 어떤 방식으로 수록되었는가를 살펴봄으로써 고려속요의 실체가 분명해질 수 있을 것이다.

셋째, 비록 그 수효가 많다고는 할 수 없으나 현전하는 자료들 중에는 고려속요를 수용한 결과로 만들어진 새로운 한시 형태의 창작물들이 전해지고 있는바, 이들이 보여주는 고려속요 작품들에 대한 이해의 양상, 그리고 원작과 한역시(漢譯詩)의 관계 등에 대한 질문이 있다. 이제현과 민사평, 그리고 조선시대의 김만중, 이익, 이학규, 이유원 등의 악부시가 그 예가 되는데, 이들의 작품들은 원래 작품들의 내용이나 주제를 저마다의 고유한 관점으로 파악하여 오늘날 우리가 해당 작품을 이해하는 데 적지 않은 도움을 주고 있다. 그러나 이들 작품이 원작을 그대로 한역한 것이 아니라는 데 그 특이함이 있다. 이들이 고려속요를 해독하고, 창작으로 전환했던 방식에 대한 세밀한 검토가 필요한 부분이다.

물론 이와 같은 질문들이 고려속요의 수용사에서 제기되는 모든 문제를 포괄하는 것은 아니다. 그러나 적어도 한국 문학의 다른 갈래에서는 쉽게 찾아보기 어려운 문제들이며, 이러한 질문에 대한 답을 마련하는 것이 고려속요의 특성을 이해하는 데 요긴하게 활용될 수 있다는 점은 분명하다. 이에 이 세 가지 문제를 중심으로 기존의 연구 결과를 종합하고, 나름의 의견을 제시하면서 고려속요 수용사에 나타난 특징을 정리해 보고자 한다.

1) 보존과 검열 사이의 길항

고려속요는 조선의 개창 이후 건국 주체들이 사상적 기반으로 삼았던 유학적 이념에 따라 그 쓰임에 상당한 제한을 받았다. 기존의 음악을 당장 새로운 음악으로 대체할 수 있는 상황이 아니었던 조선 초기의 관료들은 전조의 음악을 사용하기는 하되, 그것을 그대로 사용할 수 있는 명분에 대해 지속적으로 고민했던 것으로 보인다. 『조선왕조실록』의 기록을 보면 태종 때부터 불거지기 시작한 속악에 대한 불만이 세종 때의 예악 정비 사업으로 이어지고, 성종 대를 지나 중종 대에 이르기까지 전조의 음악을 쓰는 문제에 대한 논의가 지속적으로 확대되는 모습을 확인할 수 있다.[11] 다음은 이러한 과정의 시작을 보여주는 태종 때의 기록이다.

> 신 등이 삼가 고전(古典)을 상고하건대, '음(音)을 살펴서 악(樂)을 알고, 악(樂)을 살펴서 정사(政事)를 안다.' 하고, 또 말하기를, '악(樂)을 합하여 신기(神祇)를 이르게 하며 나라를 화(和)하게 한다.' 하고, 또 말하기를, '정성(正聲)은 사람을 감동시키되 기운이 응함을 순(順)하게 하고, 간성(姦聲)은 사람을 감동시키되 기운이 응함을 거슬리게 한다.'고 하였습니다. 그러므로 주관(周官) 대사악(大司樂)이 음성(淫聲)·과성(過聲)·흉성(凶聲)·만성(曼聲)을 금(禁)하였습니다. 신 등이 가만히 보건대, 전조(前朝)에서 삼국(三國) 말년의 악을 이어받아 그대로 썼고, 또 송조(宋朝)의 악을 따라 교방(敎坊)의 악(樂)을 사용토록 청하였으니 그 말년에 이르러 또한 음란한 소리[哇淫之聲]가 많았사온데 조회(朝會)와 연향(宴享)에 일체 그대로 썼으니 볼 만한 것이 없습니다. 지금 국초(國初)를 당하여 그대로 인습(因襲)하는 것은

11) 최미정의 논의에 따르면, 고려속요에 대한 조선 초기의 담론은 논의의 성격과 내용에 따라 조선의 건국에서 세종 이전까지, 세종 이후 성종 이전까지, 성종 이후 중종까지의 세 시기로 나누어 볼 수 있다(최미정, 『고려속요의 전승 연구』, 계명대학교 출판부, 1999, pp.52-53). 본고에서도 이러한 구분을 참조하였다.

불가하옵니다.

— 태종실록 3권, 2년(1402) 6월 5일 1번째 기사[12]

이 기록을 보면, 조선 초기 예악을 담당했던 관료들은 음악이 나라의 기운과 풍속을 보여준다는 유학적 이념에 따라 전조의 음악 중 '음성(淫聲)·과성(過聲)·흉성(兇聲)·만성(曼聲)'에 해당하는 것들을 금지하였고, 전조인 고려의 말년에 '음란한 소리[哇淫之聲]'가 조회나 연향에 사용되었음에 대해 비판적인 입장을 취하고 있음을 알 수 있다. 같은 기사문을 보면 이러한 판단에 따라 예조에서는 10가지의 연향에 사용되는 절차와 음악을 선별하여 올리고 있다.[13]

태종 때부터 이루어진 당대의 예악 운용에 대한 불만과 이에 이어지는 예악에 대한 본격적인 정비 작업에 따라 고려속요는 다음의 기록에서 볼 수 있는 바와 같이 조선 초기 내내 개산의 대상이 된다.

종묘악(宗廟樂)의 보태평(保太平)·정대업(定大業)과 같은 것은 좋지만 그 나머지 속악(俗樂)의 서경별곡(西京別曲)과 같은 것은 남녀(男女)가 서로 좋아하는 가사(歌詞)이니, 매우 불가(不可)하다. 악보(樂譜)는 갑자기 고칠 수 없으니, 곡조(曲調)에 의하여 따로 가사(歌詞)를 짓는 것이 어떻겠는가?

— 성종실록 215권, 19년(1488) 4월 4일 2번째 기사

12) 이 글에 인용된 『조선왕조실록』의 기록은 국사편찬위원회의 <조선왕조실록 홈페이지(http://sillok.history.go.kr)>의 번역을 활용하였다.

13) 예조에서 정해 올린 10가지 연향은 국왕 연사신악(國王宴使臣樂), 국왕 연종친형제악(國王宴宗親兄弟樂), 국왕 연군신악(國王宴群臣樂), 국왕 견본국사신악(國王遣本國使臣樂), 국왕 노본국사신악(國王勞本國使臣樂), 국왕 견장신악(國王遣將臣樂), 국왕 노장신악(國王勞將臣樂), 의정부 연조정사신악(議政府宴朝廷使臣樂), 의정부 연본국사신악(議政府宴本國使臣樂), 의정부 전본국장신악(議政府餞本國將臣樂), 의정부 노장신악(議政府勞將臣樂), 1품 이하 대부·사 공사연악(一品以下大夫士公私宴樂), 서인 연부모형제악(庶人宴父母兄弟樂) 등으로 왕실에서부터 서인의 연향까지 체계적으로 분류되어 있다. 이러한 연향에서 사용되었던 고려속요로는 '동동', <오관산> 등이 있다.

위의 기록에서 볼 수 있는 것처럼 당시 쓰이고 있던 구체적인 작품들에 대한 논의가 이어지면서, 언급되는 작품도 점차 늘어난다. 성종 때 <쌍화곡>, <이상곡>, <북전가> 등의 음란한 가사를 고치라는 논의가 있었고,[14] 중종 때에는 <동동>, <정읍사> 등까지 문제가 되었다.[15] 이런 점들을 고려하면 고려속요에 대한 조선 초기 관료들은 현실적인 필요성에 따라 어쩔 수 없이 그 일부를 수용했으나, 고려속요에 대해서는 기본적으로 부정적인 인식을 가지고 있었고, <오관산>과 같이 명백히 유교적인 기준에 부합하는 일부의 작품을 제외하고는 최소한 실제의 연행에서 만큼은 배제하려는 노력을 기울였다고 볼 수 있다.

그러나 고려속요에 대한 조선 시대의 인식이 당대의 유학 이념에 따라 당연히 개산되어야 한다는 것으로 일관되었다고 단정 짓기에는 어려움이 있다. 예컨대 다음과 같은 기록은 조선 시대에 고려속요가 일방적으로 제거의 대상이 되지 않았음을 보여준다.

> 예조에서 아뢰기를,
> "성악(聲樂)의 이치는 시대 정치에 관계가 있는 것입니다. 지금 관습 도감(慣習都監)의 향악(鄕樂) 50여 노래는 모두 신라 · 백제 · 고구려 때의 민간 속어[俚語]로서 오히려 그 당시의 정치의 잘잘못을 상상해 볼 수 있어서, 족히 권장할 것과 경계할 것이 되옵는데, 본조가 개국한 이래로 예악이 크게 시행되어 조정과 종묘에 아악(雅樂)과 송(頌)의 음악이 이미 갖추어졌사오나, 오직 민속 노래들의 가사를 채집 기록하는 법마련이 없사오니 실로 마땅하지 못하옵니다. 이제부터 고대의 노래 채집하는 법[採詩之法]에 의거하여, 각도와 각 고을에 명하여 노래로 된 악장이나 속어임을 막론하고 오륜(五倫)의 정칙에 합당하여 족히 권면할 만한 것과, 또는 간혹 짝 없는 사내나 한 많은 여자의 노래로서 정칙에 벗어난 것까지라도 모두

14) 성종실록 240권, 21년(1490) 5월 21일 3번째 기사.
15) 중종실록 32권, 13년(1518) 4월 1일 5번째 기사.

삳삳이 찾아 내어서 매년 세말에 채택(採擇)하여 올려보내게 하옵소서."

하니, 그대로 따랐다.

— 세종실록 61권, 15년(1433) 9월 12일 3번째 기사

이 기록을 보면 앞에서 관료들이 보여주었던 태도와 달리 과거의 노래들을 그것의 좋고 나쁨과 상관없이 모두 채집하여 보존해야 한다는 입장이 나타난다. 이렇게 본다면 조선 초기 고려속요는 당대의 이념에 비추어 개산되거나 혹은 제거해야 하는 대상이기만 했던 것이 아니라 역사적인 사실로서 존중하여 보존해야 하는 대상이기도 했다고 보아야 할 것이다. 그리고 이러한 사실을 잘 보여주는 대표적인 자료가 『고려사』 '악지'의 기록이다.

『고려사』 '악지'는 조선 시대에 들어와 전조의 역사를 집대성한 『고려사』의 일부이다. 『고려사』는 현재 남아 있는 고려 시대에 대한 가장 대표적인 역사서로, 『원사(元史)』를 모델로 하여 세가, 지, 열전 등의 항목에 따라 고려의 역사와 문화를 기록하였고,[16] 이 중 '악지'에는 고려 시대 궁중에서 연행된 음악이 아악, 당악, 속악의 순서에 따라 서술되어 있다. 전조인 고려의 역사를 정리하는 작업은 이제 막 새로운 나라의 기틀을 다지는 조선 초기에 매우 중요한 사업이었기에 기존의 여러 역사서들의 문제점을 보완하면서 『고려사』가 완성되었다. 전 왕조와의 차별을 드러내어 새롭게 출발한 조선의 정당성을 드러내야 한다는 정치적 상황이 영향을 미치지 않을 수 없었기에 『고려사』의 기록은 자연스럽게 조선의 관점에서 바라본 고려의 역사이기도 하다.

16) 『고려사』는 역대 중국의 사서들을 참고하여 구성의 전범으로 삼았으나, 그 중 가장 참고를 많이 한 것은 『원사』이다. 『고려사』의 내용구성이 『원사』와 매우 흡사하고, 각 부분의 범례도 원사의 것을 그대로 취한 것이 많다는 점에서 이를 확인할 수 있다(변태섭, 『<고려사>의 연구』, 삼영사, 1982, p.43).

그러나 『고려사』가 조선 초기 유학자들이 자기들의 이념에 따라 고려의 역사를 정리한 것이라 하더라도 이들이 인위적으로 고려의 역사를 왜곡하거나 자신들의 이익에 따라 역사적 사실을 의도적으로 감추었다고 보기는 어렵다. 물론 고려 말의 우왕과 창왕을 격하시킨 점을 본다면 조선 건국의 정당성을 강조하기 위한 전조에 대한 의도적인 폄하가 없다고 할 수 없다. 그러나 정도전의 『고려국사(高麗國史)』에 대해 사실에 대한 왜곡을 지적하면서 새로운 사실을 보강하여 편찬된 『고려사』 서술의 전체적인 기준은 사실의 기록, 즉 '이실직서(以實直書)'에 있었다고 보는 것이 『고려사』와 관련된 기존 연구에서 상세히 밝히고 있는 바이다.[17]

고려속요와 관련하여 우리가 주목해야 하는 부분도 바로 이 부분이다. 즉 『고려사』가 사실을 그대로 기록하는 것을 강조했다는 것, 교훈과 경계가 모두 사실로부터 나올 수 있다고 보았다는 사실을 『고려사』 '악지'에 수록된 고려속요를 이해하는 데 전제해야 한다. 조선왕조실록의 일부 기록들만을 근거로 『고려사』 '악지'에 수록된 속악이 조선 시대의 유학적 이념이라는 기준에 따라서만 선별된 것으로 보아서는 안 될 것이다.

실제로 『고려사』 '악지' 부분에서 작품을 기록하고 있는 양상을 보면 다음과 같은 몇 가지 측면에서 있는 그대로의 사실을 보여주는 데 매우 주력했음을 알 수 있다.

첫째, 『고려사』 '악지'의 속악 부분에 수록된 고려 시대의 작품들이 통시적인 측면에서 고려 시대 전체를 아우르고 있다는 점을 들 수 있다. 사학계의 연구 성과를 참조하면 고려 시대에 대한 조선 시대의 인식은 고려 시대 전체를 모두 부정하는 것은 아니었다고 한다. 『고려사』의 지(志), 열전(列傳)의 서문을 참고할 때 대체로 고려 전기에 대해서는 긍정적인 인식

17) 변태섭, 앞의 책, p.15.

이, 그리고 무신난 이후의 고려 후기에 대해서는 부정적인 인식이 나타난다고 한다.[18] 만일 『고려사』 '악지'의 편찬자들이 유교적 관점에서 긍정적으로 평가할 수 있는 작품들을 위주로 기록을 남기고자 했다면, 적어도 무신난 이후의 작품들을 기록해 두기에도 주저했어야 한다.

그러나 실상은 그렇지 않다. 『고려사』 '악지'에서 작품의 창작 시기를 비교적 분명히 알 수 있는 작품은 <장단>(태조), <송산>(태조), <한송정>(광종 이전), <금강성>(현종), <벌곡조>(예종), <정과정>(의종), <한림별곡>(고종), <삼장>(충렬왕), <사룡>(충렬왕), <동백목>(충숙왕), <총석정>(공민왕) 등인데, 이들을 보면 고려 태조 때부터 공민왕 대에 이르기까지 비교적 고르게 분포하고 있음을 알 수 있다.

둘째, 『고려사』 '악지'에 수록된 작품 중 『고려사』 편찬 당시의 이념에 비추어 볼 때 거슬리는 작품이 포함되어 있다는 점도 증거가 된다. 『고려사』 '악지'에는 <서경>이나 <대동강> 등의 작품처럼 조선 시대 유학자들에게 역사적 정통성을 인정받은 기자의 은덕을 강조한 노래[19]나 유교의 중요한 덕목인 충이나 효를 드러내고 있는 <오관산>, <정과정> 등의 작품[20]도 있다.

하지만 이와 성격이 다른 노래들도 포함되어 있다. <동동>의 가사를 두고 선어를 본받았다[效仙語][21]라 하여 다소간 부정적으로 평가하면서도

18) 변태섭, 앞의 책, pp.139-145.

19) <서경>과 <대동강>의 내용이 직접적으로 기자와 연결되는지에 대해서는 정확히 알 수 없다. 그러나 『고려사』 '악지'의 기록은 <서경>과 <대동강>이 모두 주나라 무왕이 기자를 조선해 봉했던 서경의 노래임을 강조하고, 기자를 통해 풍속이 바로잡히게 되었다는 점을 강조하고 있다.

20) 『고려사』 '악지'의 서술자 <오관산>의 작자인 문충에 대해 '효자'라는 수식을 붙이고 있다는 점에서 이 작품에 대한 당시 편찬자의 의식을 살필 수 있고, <정과정>은 조선 시대의 사대부들에게 임금을 생각하는 신하의 마음을 드러내는 작품으로 자주 인용된 기록을 확인할 수 있다.

21) 『고려사』 '악지'의 기록에는 <동동>에 대해 '其歌詞多有頌禱之詞盖效仙語'라 하여 '선어'

그 작품을 언급하고 있고, 『고려사』 열전에 반역을 행한 신하로 기록된 기철의 작품인 <총석정>도 수록되어 있으며,[22] 무속적 성격이 강한 <처용>이나 음란한 시기로 규정한 시기의 작품인 <삼장>과 <사룡>도 수록되어 있다. 유학적 관점에서 기릴 만한 것만을 강조했다면 굳이 포함시킬 필요가 없는 작품들이다. 이와 같은 작품들이 수록되었다는 것은 유교적 덕목을 얼마나 반영하고 있는가 하는 것이 『고려사』 '악지'에 수록할 작품들을 선별하는 절대적인 기준이 아니었음을 말해 준다.

셋째, 작품을 수록하되 작품과 관련된 사실의 기록을 매우 강조했다는 점을 들 수 있다. 우리말로 된 고려속요의 원문을 기록하지는 않았으나 『고려사』 '악지'의 기록에는 작품의 내용에 대한 간략한 언급과 함께 관련된 '사실'들을 최대한 확보하여 기록하려는 모습이 나타난다.[23] 언제, 어디서 비롯된 노래인지, 누가 왜 지었는지 등을 가능한 한 모두 기록하고, 구체적인 지명을 따른 작품의 제목이 기록되어 있는데, 이는 앞서 언급한 대로 이들 노래들을 통해 당시의 시대상을 파악하려는 의도가 반영된 것이다. 적어도 우리말 노래에 관한 한 있는 그대로의 사실을 충실히 기록해야 한다는 관점이 드러나는 사례로 이해할 수 있다.[24]

를 본받았다는 점을 강조하고 있다. 이에 여기에서 말하는 '선어'의 의미가 무엇인지에 대해 무격이나 우인의 말이라는 해석, 신선이나 선랑의 말이라는 해석, 기녀의 역할과 정서를 담고 있는 말이라는 해석 등 다양한 설명이 제출되어 있다.

22) 누이동생이 원나라 순제의 황후가 됨으로써 고려에서 막강한 세도를 누렸던 기철은 『고려사』 열전 141권, 반역 조에 올라 있다. 총석정에서 바라본 경치를 노래한 이 작품에 정치적으로 해석될 수 있거나 특별히 문제 삼을 만한 구절이 있는 것은 아니나 굳이 반역 열전에 수록된 이의 작품을 다른 작품들과 함께 포함시켰다는 점은 유교적 관점에서 보자면 다소 특이한 면이 있다.

23) 『고려사』 '악지'에 나타난 이러한 모습은 『고려사』가 기본적으로 역사서이기 때문에 가능한 일이라는 분석이 가능하다. 그러나 다른 아악이나 당악, 같은 속악에 속한다 하더라도 원작이 한문인 경우 작품의 원문만을 수록하고 있다는 점에서 쉽게 그 이유를 단정하기는 어렵다. 『고려사』의 편찬자들은 우리말로 된 속악 작품들에 대해서는 가사를 기록하는 대신 작품과 관련된 사실들을 자세히 기록하려는 노력을 기울이고 있다.

이런 점들을 종합적으로 고려할 때, 고려속요의 수용 과정에서 두드러지는 특징의 하나로 이념적 검열의 대상으로서의 고려속요와 역사적 사실로서의 고려속요라는 인식이 서로 갈등하며 '공존'했다는 사실을 들 수 있다.[25] 최근의 연구에서까지 '남녀상열지사'나 '음사' 등 조선 초기 고려속요에 대한 비판적 평어들이 주는 강렬한 이미지로 인해 역사적 사실로서 고려속요를 보존하려는 시도가 상대적으로 덜 언급되는 경향을 고려할 때,[26] 이 두 가지 경향이 상당 기간 긴장을 유지하고 있었다는 점이 고려속요의 수용사를 이해하는 데 특히 강조되어야 할 사실이라 생각한다.

2) 구술 전승과 기록 전승의 공존

현재 확인할 수 있는 문헌들에 수록된 고려속요 작품들 사이에는 적지 않은 차이가 있다. 예컨대 『고려사』 '악지'에 수록된 작품들 중 상당수는 『고려사』 '악지'에만 기록이 남아 있을 뿐 이후의 문헌들에 등장하지 않는다. 현재 고려속요 연구에 가장 널리 언급되는 문헌이면서 서로 시기적으로 적지 않은 거리가 있는 『고려사』와 『악장가사』를 비교해 보면 이러한 차이가 분명히 드러난다.[27]

---

24) 물론 『고려사』 '악지'가 『고려사』 편찬자들의 유학적 인식과 전혀 무관하게 사실의 기록에만 충실했다고 할 수는 없다. 예컨대 <서경>, <대동강> 등의 작품을 앞부분에 배치한 것은 기자 조선을 강조하는 조선 시대의 역사적 인식이 강하게 작용한 결과라고 할 수 있으며, 불교나 무속을 배경으로 한 작품들이 배제되었다는 점도 같은 맥락에서 이해할 수 있다.

25) 『고려사』가 역사서인데 비해 『조선왕조실록』에 나타난 기록들은 실제 연행 상의 문제를 다루고 있다는 점에서 이 둘을 단순하게 비교하기는 어렵다. 그러나 『고려사』에 수록된 작품들 역시 당시 실제로 연행되었던 작품들로 보아야 한다는 점에서 이 둘의 입장이 보존과 개산으로 구분된다는 설명에 타당성이 있다.

26) 문학교육의 사정을 보더라도 고려속요를 설명하는 내용에 빠짐없이 들어가는 것이 '남녀상열지사', '음사' 등 조선 시대 사대부들의 부정적 평가이다. 이러한 평가가 있었던 것이 사실이기는 하나, 이러한 평가의 객관성이나 맥락이 충분히 설명되지 않는 것은 고려속요를 있는 그대로 감상하는 데 지장을 줄 수 있다.

『고려사』 '악지'의 고려속악 부분에 등장하는 31편의 작품과 『악장가사』의 가사 부분에 수록된 15편의 작품을 비교해 보면 두 문헌에 공통으로 수록된 작품은 <처용가>, <풍입송>, <야심사>, <한림별곡>, <쌍화점> 등 5편이다. 이 중 <풍입송>과 <야심사>는 원래 한문으로 된 작품으로 오늘날 고려속요의 갈래에 포함된다 하기 어렵고, <한림별곡> 역시 다른 작품들과 갈래가 다르다고 보아야 한다.[28] 그나마 오늘날의 기준으로 고려속요에 포함되는 <쌍화점> 역시 『고려사』 '악지'의 것과 『악장가사』에 수록된 것이 서로 동일한 것이라 보기 어렵다. 『고려사』 '악지'에는 <삼장>, <사룡>이라고 작품의 제목이 표기되어 있고, 한문으로 기록된 작품의 모습 역시 『악장가사』의 <쌍화점>과 사뭇 다른 모습을 보이고 있기 때문이다.[29] 이렇게 보면 고려시대의 우리말 노래로서의 고려속요 중에서 『고려사』와 『악장가사』에 공통적으로 수록된 작품이 거의 없다시피 한 상황이다. 이들 두 문헌뿐 아니라 『악학궤범』, 『시용향악보』, "악학편고", "대악후보" 등의 문헌을 비교해 보더라도 각각의 문헌이 수록하고 있는 작품 목록의 편차는 결코 적지 않다.[30]

---

27) 『고려사』는 세종 31년(1449년)에 편찬하기 시작하여 문종 원년(1451년)에 완성된 것이고, 『악장가사』는 수록된 작품들의 창작 연대를 고려할 때 최소한 17세기 이후에 편찬된 것으로 볼 수 있다.

28) 이 글에서 말하는 고려속요는 고려 시대 궁중에서 활용되었던 우리말 시가를 지칭하는 현대의 갈래 구분이다. 그런데 본고에서 활용하고 있는 수록된 문헌들이 주로 음악서들이고, 당대의 기준에 따라 고려속요와 속악에 포함되는 다른 작품들을 함께 묶어 기록하고 있어 당시의 문헌들을 자료로 삼아 논의를 전개하는 과정에 다소간 혼란스러워 보일 수 있는 부분이 있다는 점에 대해 양해를 구한다.

29) 『고려사』 '악지'에 수록된 <삼장>, <사룡>이 <쌍화점>과 실질적으로 같은 작품을 지칭하고 있다는 점을 부정하는 것은 아니다. 다만 『고려사』 '악지'에 수록된 <삼장>과 <사룡>이 가사를 적지 않은 우리말 작품들 뒤에 기록되었고, 한문 작품인 <자하동> 바로 앞에 배치되어 있다는 점에서 『고려사』의 편찬자들이 이들 작품을 원래 한문으로 된 작품으로 인식하였을 가능성이 높다고 생각한다.

30) 논의의 구체성을 위해서는 이들 문헌 사이의 차이를 이 자리에서 구체적으로 보이는 것도 필요하겠으나, 이미 기존의 연구(이임수, 『여가연구』, 형설출판사, 1988)에서 이들 문헌에

그렇다면 이러한 차이는 어떤 이유에서 비롯된 것일까? 이들 문헌들이 당대 새롭게 생산되고 있는 작품들을 그때그때 수록한 것이 아니라 이미 전 왕조에서 생성되어 당대까지 수용되던 작품들을 수록했다는 점에서 이러한 차이를 이해하는 일이 그리 간단하지 않다. 특히 조선 초기에 '남녀상열지사', '음사', '불가지어(佛家之語)' 등의 비판을 받으며 그 쓰임에 제동이 걸렸던 작품들이 『악장가사』와 같은 그 이후의 문헌에서 발견된다는 사실은 매우 특이한 일이다.

우선 조선 시대에 확보하고 있던 고려속요 전체의 규모를 짐작하는 것으로부터 이러한 해답의 실마리를 찾아보고자 한다. 조선 시대에 확보되어 있던 고려속요의 규모는 조선왕조실록의 몇몇 기록을 통해 짐작할 수 있는데, 이를 보면 문헌을 통해 현재까지 그 구체적인 내용을 확인할 수 있는 것보다 당시에는 훨씬 더 많은 수효의 작품이 전승되고 있었음을 확인할 수 있다. 일단 앞에서 소개했던 세종실록 권 61의 기록에 "지금 관습도감의 향악 50여 노래"라고 되어 있는 것으로 당시에 확보하고 있던 삼국 시대부터 전해진 향악[31] 작품의 수효를 짐작할 수 있다. 그런데 이보다 조금 지난 시기인 다음의 기록에서는 보유하는 작품의 수효가 좀 더 증가한 양상을 보인다.

> 예조에서 아뢰기를, "당악(唐樂) 47성(聲)과 향악(鄕樂) 급기(急機)를 아울러서 모두 82성입니다. 위의 수 많은 가곡(歌曲)을 악학(樂學)의 관원이 사맹삭(四孟朔)마다 이를 추생(推栍)하여 시험 선발하기 때문에, 영인들이 비록 밤낮을 가리지 않고 연습을 하여도 정숙하지 못할 뿐 아니라, 노고만

수록된 작품들의 차이에 대해 상세히 분석한 것이 있으므로 여기에서는 그 내용을 생략하고자 한다.

31) 『고려사』에서는 '俗樂'이라는 표현이, 『조선왕조실록』에서는 주로 '鄕樂'이라는 표현이 사용되나 당시 이 용어들은 특별한 차이 없이 통용되었던 것으로 보인다. 본고에서도 인용하는 문헌에서 사용된 표현에 따라 이 두 용어를 섞어 사용하였다.

더욱 심한 형편인데, 더욱이 회례악의 황종(黃鍾)·태주(太簇)·고선(故洗)·남려(南呂) 등 30여궁(三十餘宮)까지도 모두 겸속시켜 연습하게 하여, 전보다 배나 더하게 되었사오니, 역학에서 취재(取才)하는 예에 의하여 사맹삭마다 향·당악(鄕唐樂)을 나누어서 시험 선발하게 하소서." 하니, 그대로 따랐다.

— 세종 63권, 16년(1434) 1월 24일 2번째 기사

이 기록을 보면, 악공들이 연습해야 하는 향악과 당악의 숫자가 상당하여 한 번에 시험을 치를 수 없을 정도였다고 한다. 당시까지 전승되던 고려속요의 수효가 결코 적지 않았음을 알 수 있다. 그리고 이러한 수효로 볼 때 여러 문헌에 최소한 제목이라도 기록된 고려속요 작품들보다 훨씬 더 많은 수의 작품들이 실제 연행의 레퍼토리로 자리 잡고 있었다고 짐작해 볼 수도 있다. 『고려사』, 『악학궤범』, 『악장편고』, 『대악후보』, 『악장가사』 등에 수록된 작품의 수효를 모두 합해도 36편에 불과한데 위의 기록은 이 숫자를 훨씬 넘어서고 있다.

이렇듯 당시 확보하고 있던 고려속요 작품의 수효가 적지 않았고, 그것이 여러 문헌에 수록되어 지금까지 전해지는 것보다 훨씬 많았다는 사실은 우리가 확보하고 있는 문헌들이 당시 연행되고 있던 작품들을 모두 포괄한 것이 아니라, 문헌의 편찬 의도에 따라 작품들을 선별하여 수록하고 있다는 점, 그리고 악공들은 이들 문헌과 별개로 훨씬 더 많은 작품들을 실제로 '연주'할 수 있었음을 말해 준다. 문헌과 별개로 악공들이 실제로 연주할 수 있는 작품의 수가 훨씬 많았다는 사실은 고려속요의 전승이, 적어도 세종조에 이르기까지는 기록을 거치지 않고 구술에 의해 이루어졌다는 증거도 된다.

그런데 위 실록의 기록은 이와 같은 구술 전승이 더 이상 쉽지 않았으리라는 짐작도 가능하게 한다. 당악과 향악에 대한 시험을 따로 치러야

한다는 주장이 나올 만큼 악공들이 연습해야 하는 레퍼토리가 증가할 정도였다면, 노래의 전승 역시 구술에만 의존하기는 어려웠을 것이기 때문이다. 『악장가사』와 같은 가사집의 편찬에 구술 전승의 부담을 줄이려는 의도가 포함되어 있었음을 짐작하게 되는 부분이다.

『악장가사』에 대한 기존의 연구를 참조하면 이와 같은 짐작이 나름대로의 타당성이 있음을 알게 된다. 서문이나 발문이 없어 그 편찬의도를 분명히 이해하기는 어렵지만, 『악장가사』가 궁중에서 만들어서 사용된 악서(樂書)로서, 장악원의 악생과 악공들이 '궁중 제례 및 연향 행사의 연속성과 통일성을 보장하기 위해' '실무적 차원'에서 이용되었다는 사실은 기존의 연구를 통해 이미 밝혀진 상태이다. 『고려사』나 『악학궤범』에 수록되지 않은 문제적 작품들이 여기에 수록된 것도 이와 같은 실무적인 측면을 고려할 때 어느 정도 이해가 가능하다.[32] 그리고 실무적인 측면에는 레퍼토리의 과다로 인한 구술 전승의 어려움도 포함될 수 있다는 것이 필자의 생각이다.

그런데 여기에서 생각해 보아야 하는 것이 구술 전승의 부담을 감소시키는 것을 비롯한 실무적 효용을 위해 한글을 본격적으로 활용하려면 우리말 노래를 우리의 글로 기록해도 괜찮다는 의식의 변화가 있어야 하지 않을까 하는 점이다.

논의를 위하여 잠시 『고려사』로 다시 돌아가 보자. 고려속요가 조선 시대에 수용되는 과정에서 수용자들에게 고민이 되었던 문제 중의 하나로 고려속요가 '이어(俚語)'로 되어 있다는 것이 있었다. 고려속요가 궁중악으로 수용되었고, 상층의 문화에서는 한문을 공식적인 표현수단으로 생각했

32) 『악장가사』의 편찬 의도와 쓰임에 대해서는 김명준, 「<악장가사>의 성립과 소재 작품의 전승 양상 연구」, 고려대학교 박사학위논문, 2003에 기존의 논의를 정리하여 자세히 정리되어 있다. 이 부분과 관련된 내용은 이 논문의 3장 4절을 참조할 수 있다.

었다는 점을 고려할 때 전아한 한문이 아닌 이어로 된 고려속요를 어떻게 기록할 것인가의 문제는 당시 고려속요의 기록을 담당하던 이들에게 상당한 고민거리가 되었던 것으로 생각된다.

이러한 문제를 그대로 드러내고 있는 것이 바로 『고려사』 '악지'에 언급된 '표기'의 문제이다. 『고려사』에서는 가사가 속된 말로 되어 있어 싣지 않는다고 하여 편집의 원칙을 제시하고 있다.[33] 특별한 이유가 있지 않은 한 이어를 활용하지 않는다는 것은 당대의 큰 원칙이기도 했을 것이다.[34] 그렇다면 과연 구술 전승의 어려움을 포함한 실무적 필요성이 이러한 원칙을 극복하고, 우리말로 된 가사를 문헌에 우리 글로 적게 하는 '특별한 이유'가 될 수 있었을까? 더군다나 공공 영역에서 조선 전기 한문의 지배적 영향력이 점차 강화되어 가던 당시의 분위기, 다음의 자료에서 보는 것처럼 우리말로 된 가사들을 원래 모습 그대로 사용하는 것조차 문제가 되었던 상황을 고려할 때, 실무적 효용에 따른 한글 사용의 필연성을 별다른 단서 없이 받아들이기란 매우 어려운 일이다.

> 아악(雅樂)은 본시 우리나라의 성음이 아니고 실은 중국의 성음인데, 중국 사람들은 평소에 익숙하게 들었을 것이므로 제사에 연주하여도 마땅할 것이다. 우리 나라 사람들은 살아서는 향악(鄕樂)을 듣고, 죽은 뒤에는 아악을 연주한다는 것이 과연 어떨까 한다.
>
> — 세종 49권, 12년(1430) 9월 11일 1번째 기사

33) "俗樂則 語多鄙俚 其甚者 但記其歌名 與作歌之意"

34) 『악장가사』보다 선대의 문헌인 『악학궤범』과 『시용향악보』에서도 한글이 사용되기는 하였으나 작품의 일부만 기록하거나 상대적으로 적은 수효의 작품을 수록하였다는 점 등에서 한글의 쓰임이 『악장가사』에 비해 제한적이라고 할 수 있다. 따라서 이들을 근거로 이미 궁중에서 사용된 우리말 시가를 기록하는 데 한글 사용이 자연스러운 상황이었다고 하기에는 다소 어려움이 있다. 다만 이러한 기록들이 점차 궁중에서의 한글 사용 확대의 근거가 되었다고는 할 수 있을 것이다.

위의 기사에는 당시 우리의 문자 생활에서 한문의 지배적인 영향력에 따라 발생하는 문제와 그에 대한 고민이 담겨 있다. 종묘의 제례에 우리말 가사로 된 향악을 사용하지 말아야 한다는 주장이 제기되는 것에 대해 세종은 살아서 듣던 것을 제사에 사용하지 못하는 것이 과연 사리에 맞는 일인지를 묻고 있다. 오늘날의 관점에서 볼 때 세종의 지적은 매우 합리적이었고, 이에 따라 궁중에서 우리말 노래의 사용이 지속되는 데 기여했지만, 당시의 우리말 노래를 한문으로 된 것으로 교체하려는 당시의 분위기를 결정적으로 반전시키지는 못한 것으로 보인다. 따라서 위의 기사에 나타난 세종의 말은 문학사의 관점에서 보자면 "궁중에서 우리말 문학이 그 지위를 잃어가는 과정의 과도기적 위치"[35]를 보여주는 구체적인 증거가 되는 것이다.[36]

이러한 정황을 고려한다면, 아무리 실무적인 이유에서 편찬된 것이라 하더라도 그것이 궁중의 필요에 따른 것이라면 우리글의 사용이 그리 쉽지만은 않았을 것이라고 보는 것이 타당하다. 구비 전승에서 기록 전승으로의 전환은 비단 악공들의 현실적 필요성과 더불어 또 다른 요인이 있어야 가능했을 것이다. 이에 대해 필자는 그 편찬시기, 즉 17세기 이후의 사회적 분위기를 고려할 때 『악장가사』에 고려속요가 한글로 기록되는 데에는 우리말로 된 가사의 의의에 대한 긍정적 인식, 이들 우리말 가사를 한글의 사용을 통해 기록해야 한다는 인식이 개입되어 있다고 본다.

---

35) 최미정, 앞의 책, p.121.

36) 세종이 우리의 소리를 그대로 표현할 수 있는 훈민정음을 창제하게 된 것도 이러한 고민과 무관하지는 않을 것이다. 이런 관점에서 보자면 세종이 한글 창제 이후 제작한 '용비어천가'는 비리하지 않은 우리말 악장의 모범을 제시함으로써 우리말 시가의 사용에 대한 고민을 해결하기 위한 방책을 제시한 것으로 볼 수 있다. 그러나 최미정이 분석한 대로 '용비어천가'가 악장의 모범이 되는 대신, 기존의 우리말 가사는 점차 궁중에서 사라지면서 성악곡(聲樂曲)이 기악곡화(器樂曲化)'되는 현상이 나타나게 된다(최미정, 앞의 책, p.122). 적어도 궁중에서 우리말 노래의 위상은 점차 위축되는 과정을 겪었던 것이다.

생각해 보면 우리말 가사의 효용에 대한 인식과 그에 따른 한글의 활용의 정당성은 몇몇 선각자들에 의해 분명하게 제기된 바 있다. 이황이 <도산십이곡>의 '발문(跋文)'에서 노래로 하자면 어쩔 수 없이 시속(時俗)의 말로 엮어야 한다고 설명한 것이나, 김만중이 자연스러운 우리말의 사용이 두드러지는 정철의 <사미인곡>과 <속미인곡>을 긍정적으로 평가하고, 그 스스로 <사씨남정기>나 <구운몽> 같은 한글 소설을 창작한 것이 그 예이다. 이렇듯 한글 창제 이후 궁중이 아닌 민간에서는 『악장가사』가 편찬된 것으로 보이는 17세기까지 한글의 사용이 상당한 수준으로 확대되고 있었다.

따라서 『악장가사』에서 고려속요를 이전의 문헌들과 달리 전면적으로 한글을 사용하여 그 온전한 모습을 드러낼 수 있었던 것은 민간에서의 한글 사용의 확대와 우리말 노래의 가치에 대한 인식의 전환이 드디어 궁중에까지 영향을 미친 결과라 조심스럽게 추측해 볼 수 있다. 만일 이러한 추측에 타당성이 있다면 고려속요의 구술 전승이 기록 전승으로 전환되는 과정에는 삶을 충분히 반영하는 우리말 노래에 대한 긍정적 인식, 그리고 이는 우리글을 통해서만 제대로 표현될 수 있다는 인식이 함께 포함되어 있다고 보아야 한다.

3) 원작에 대한 창조적 변용

고려속요의 수용사에 나타나는 세 번째 특징으로 원래의 작품을 매개로 하여 새로운 작품이 연속적으로 생산되어 전해지는 모습에 대해 살펴보고자 한다. 물론 하나의 작품이 계기가 되어 또 다른 문학 작품이 생산되는 것은 문학 작품이 향유되는 과정에서 흔히 볼 수 있는 현상이다. 이런 점에서 고려속요를 매개로 새로운 문학 작품이 탄생하는 현상은 그리 특이한 것은 아닐 수 있다. 예컨대 다음의 예에서 확인되는 원작과 원작의 감상을 바탕으로 한 새로운 작품의 탄생은 고려속요의 수용사에서만 나타나는 특이한 현상이 아니라 문학사에서 두루 나타날 수 있는 일반적 현상이라고 해야 할 것이다.

> 벌곡조는 잘 우는 새이다. 예종이 자기의 과실과 정치의 득실을 듣고자 하여 언로를 널리 열었는데, 오히려 여러 신하가 말을 아니할까 두려워하여 이 노래를 지어 넌지시 타이른 것이다. 벌곡(伐谷)은 포곡(布穀)이라고도 하니 음이 서로 바뀌어서 그렇게 된 것이다. 김부식이 교방 기생이 포곡가(布穀歌)를 부르는 것을 듣고 감동되어 시를 지었는데 이러하였다. '미녀들이 아직도 옛 가사 부르니, 뻐꾹새 날아오는데 상수리나무 드무네. 돌아보건대 예상우의곡과도 같으니, 개원(開元) 때 늙은이 눈물을 옷에 적시네.'
>
> —『증보문헌비고』, 권106 악고17

『증보문헌비고』의 '악고'에 소개된 <포곡가>에 대한 위의 설명에는 이 작품의 유래에 대한 설명과 함께, <포곡가>를 들은 김부식이 그에 따른 감회를 한시로써 표현하였다는 내용을 담고 있다. 하나의 작품을 감상하고, 그 결과를 다른 유형의 작품으로 표현해 내었다는 점에서 원래 작품의 주제나 분위기는 물론 이 작품이 연행되는 상황을 이해하는 데 요긴한 자료라 평가할 수 있으나, 바로 앞에서 지적한 대로 이와 같은 현상은 문학사의 보편적 현상으로 굳이 고려속요의 수용사적 특성이라 언급할 성질의 자료가 아니다.

그러나 이와 달리 특정 범주의 작품들을 나름의 의도에 따라 다른 유형의 갈래로 재창작하고, 이러한 갈래가 나름의 전통을 이루어 장기간 지속되었다면 바로 앞의 자료와는 다른 측면에서 그 의의를 찾을 수 있다. 우리가 고려속요의 수용사에서 고려속요를 바탕으로 형성된 '소악부(小樂府)'

에 주목해야 하는 이유도 바로 여기에 있다. 소악부가 바로 위에서 확인한 사례와 달리 특정한 의도에 따라 원가를 새로운 양식으로 전환한 것이기 때문이다.

소악부는 중국 악부시의 영향을 받아 고려시대 이제현에 의해 창안된 우리 시 문학의 한 갈래이다. 소악부는 이제현에 의해 7언 4행의 형식이 마련된 이래 하나의 양식으로 자리를 잡게 되었으며, 동시대의 민사평은 물론, 조선 시대의 신위, 이유원, 이유승 등이 남긴 작품에서도 그 전통이 확인된다.[37] 이 갈래의 창시자인 이제현은 당시의 민요와 속요를 7언 4행의 한시 형태로 옮긴 일련의 작품을 남긴 바 있고, 후학인 민사평에게 이러한 방식의 시 창작을 독려하기도 하였다.

이제현과 민사평은 당대 민간에서 향유되던 우리말 노래들[38]을 한시의 형태로 옮겨 각각 11편, 7편의 작품을 남겼으며, 특히 이들 작품 중 속악으로 활용되었던 작품들을 원가로 한 일군의 작품들은 『고려사』의 '악지'에도 활용되어 고려속요의 모습을 확인하는 데 도움을 주고 있다. 『고려사』의 '악지'의 속악조에는 <거사련>, <처용>, <사리화>, <장암>, <제위보>, <정과정> 등 6편의 작품에 대한 설명에 이제현이 '작시해지(作詩解之)'했다 하여 그의 작품들을 함께 소개하고 있다.

이제현과 민사평에 의해 이루어진 이러한 작업은 기본적으로 우리말 노래를 한문으로 번역한 한역시에 속한다. 입말과 문자 사이의 괴리를 오랫동안 겪어야 했던 우리의 사정으로는 이와 같이 "'한시를 우리말 노래로 번역'하거나 '우리말 노래를 한시로 번역'하는 양방향의 번역작업이

---

37) 박혜숙, 「고려말 소악부의 양식적 특성과 형성경위」, 『한국한문학연구』 14, 한국한문학연구회, 1991, p.42.

38) 여기에서 말하는 우리말 노래는 민요와 고려속요를 모두 포괄한다. 이제현의 소악부 11편의 원사로는 <장암>, <거사련>, <제위보>, <사리화>, <오관산>, <서경별곡>(<정석가>)', <정과정곡> 등의 고려속요와 함께 제주도 민요 두 편도 활용되고 있다.

이루어질 수 있는 조건들을 충분히 가지고 있었고, 그 작업의 결과물이 상당히 축적되어"[39] 있는 상황이었다. 소악부가 중국의 <죽지사(竹枝詞)>를 모델로 하여 만들어진 갈래이기는 하나 이와 같은 우리의 언어생활의 특징을 반영했다는 면에서 중국의 악부와 구별되는 독특한 면모가 있다.

그런데 소악부의 창시자인 이제현이 후학인 민사평에게 소악부의 창작을 독려하면 보낸 다음과 같은 글을 보면 이들의 작업이 단순한 번역을 넘어서는 측면이 있음을 알게 된다.

> 어제 곽충룡을 만났는데, 급암이 소악부에 화답하려고 하였으나 하나의 일에 말이 중복되어서 못하고 있다고 하였다. 내가 말하기를 유빈객의 '죽지가'는 모두 기주, 삼협 사이의 남녀상열의 가사이고, 동파는 이비, 굴원, 회왕, 항우의 일을 써서 장가를 엮었는데, 어찌 옛사람의 것을 답습한 것이었겠는가? 급암은 별곡에서 마음에 느낀 것을 취하여 신사(新詞)로 옮기면 될 것이다. 두 편을 지어 그것을 도발한다.
>
> —『익재난고』 권 4. '시'

이 글은 소악부 창작을 주저하고 있는 민사평에게 이제현이 소악부 창작의 의의와 방법을 구체적으로 제시함으로써 그의 창작을 독려하기 위해 쓴 것이다. 위의 글에서 확인할 수 있듯이 이제현의 의도는 단순히 표기 수단을 달리한 정도의 번역이 아니다. '신사'라는 표현이 함축하듯 창의를 강조하는 것이 그가 생각하는 소악부 창작의 원리이기 때문이다.

물론 이들의 작품 중에는 원작의 내용을 그대로 옮겨 놓은 것으로 추측할 수 있는 것도 있다. <오관산>의 경우가 그 대표적인 예이다. 이제현의 악부시 <오관산>은 『고려사』 '악지'에 소개된 작품의 배경, 작품의

39) 김혜은, 「번역시가로서의 소악부 형성 과정과 번역 방식 고찰」, 『한국시가연구』 31, 한국시가학회, 2011, p.249.

주제와 거의 일치한다. 이를 근거로 할 때 이제현이 한역한 <오관산>은 문충의 원래 작품을 거의 그대로 옮긴 것이라 보는 분석이 많다.

그러나 이제현의 다른 작품들을 보면 악부시 <오관산>이 과연 문충의 원작을 그대로 옮긴 것인지 다시 생각해 보게 되는 측면도 있다.

新羅昔日處容翁	옛날 신라의 처용 늙은이
見說來從碧海中	바닷속에서 왔노라 말을 하고서
貝齒赬唇歌夜月	조개 이빨 붉은 입술로 달밤에 노래하고
鳶肩紫袖舞春風	솔개 어깨 자주 소매로 봄바람에 춤췄다

위에서 소개한 이제현의 악부시 <처용가>는 속악의 <처용가>를 원작으로 한다. 주지하다시피 속악의 <처용가>는 향가 <처용가>에 그 뿌리를 두고 있는 것으로, 『악장가사』에서 고려속악으로서의 온전한 모습이 다시 확인된다. 그런데 이제현의 악부시 <처용가>는 원가를 그대로 옮기지 않고, "노래의 배경을 이루는 설화와, 민속으로서의 처용무를 시화"[40] 함으로써 우리가 알고 있는 향가 <처용가>나 고려속요 <처용가>의 원문과 매우 다른 내용을 담고 있다.

이제현의 또 다른 작품인 <제위보>는 이와 또 다른 차원에서의 원작과 소악부 사이의 관계를 보여준다.

浣紗溪上傍垂楊	빨래터 시냇가 수양버들 곁에서
執手論心白馬郎	손을 잡고 마음 속삭이던 백마 탄 사나이
縱有連簷三月雨	추녀에 퍼붓는 석달 장마비라도
指頭何忍洗餘香	어찌 차마 이 손끝의 향내를 씻을 수 있으리오.

40) 박혜숙, 앞의 글, p.43.

『고려사』에서는 이 작품이 죄를 짓고 제위보에서 일하게 된 한 부녀가 어떤 사람에게 손을 잡히고 그 수치를 씻을 길이 없어 이 노래로 스스로 자기를 원망하였다고 설명하고 있다. 그러나 엉뚱하게도 이를 원작으로 한 이제현의 작품에서 화자는 오히려 손을 잡고 마음을 속삭이던 사나이에 대한 그리움을 담아내고 있다. 『고려사』에서 이제현의 작품을 <제위보>에 대해 '작시해지'한 것으로 소개하고 있는 만큼 이 작품이 <제위보>를 원작으로 한다는 것은 일단 인정하지 않을 수 없겠으나, 『고려사』의 설명과 이제현의 악부시의 내용상 차이에 대해서는 좀 더 연구가 진행되어야 할 듯하다.

그러나 이제까지 살펴본 내용으로만 보더라도 '소악부'가 원가에 대한 "단순한 번역이나 역해가 아니라 보다 적극적으로 시인의 창조적 해석을 바탕으로 하여 창신(創新)을 가미"[41]했다는 점은 분명해 보인다. 원래의 작품을 적극적인 창조성을 바탕으로 새롭게 '번해(飜解)'[42]한 소악부의 '원가 전화 방식'은 우리말 노래와 한시의 역동적 관계에서 탄생한 매우 흥미로운 현상이다.

앞서 언급했듯이 이제현과 민사평으로부터 비롯된 소악부는 조선 시대에까지 전승되며 우리 문학사에 뚜렷하게 자리하는 전통을 이루게 된 것으로 보인다. 이들이 고려속요를 매개로 창작한 작품들이 또한 감상의 대상이 되기도 하고, 조선 시대 여러 문인들이 이를 모방하여 여러 악부체

41) 박혜숙, 앞의 글, p.48.

42) 이와 같은 이유에서 박혜숙(1991)은 소악부의 원가 전화 방식을 설명하는 용어로 '번해(飜解)'를 제시하고 있다. 기존의 '번역', 또는 '역해'라는 개념이 시인의 창조성을 충분히 반영하지 못한다는 것이 그 근거이다. 아직 이 용어의 적절성에 대한 시비가 완전히 사라진 것은 아니다. 기존의 '역해(譯解)'라는 말에도 번역자의 자의적인 해석이 개입할 수 있는 여지가 있기 때문이다(박현규, 「이제현, 민사평의 소악부에 관한 연구」, 『한국한문학연구』 18, 한국한문학회, 1995, p.68). 『고려사』에 등장하는 '작시해지'라는 용어를 포함하여 소악부의 원가 전화 방식을 지칭하는 용어에 대한 학계의 논의가 앞으로 이어지리라 예상된다.

작품을 남기고 있는 것을 확인할 수 있기 때문이다. 고려속요를 나름대로의 의도에 따라 재해석하고, 창조적으로 재창작함으로써 하나의 전통을 확립한 것은 고려속요의 수용사에 나타나는 특별한 현상임이 분명하다.

3. 고려속요 수용 과정의 문학교육적 활용

이 장의 맨 앞에서 언급했던 것처럼 현재 문학교육에서 고려속요의 활용은 다른 갈래에 비해 상당히 단조로운 모습을 보이고 있다. 우리 문학사의 흐름을 구성하는 한 부분으로서의 위상이 두드러질 뿐 문학교육의 다양한 성취기준, 혹은 교육 내용과 결합하지 못하고 있기 때문이다. 한국문학의 전통을 담지하고 있는 것으로 현대의 작품들과 비교하는 대상으로 활용되는 경우도 있으나, 여성 화자의 특성을 보여주는 몇몇 작품에 국한되어 있는 것이 현실이다.

그런데 앞에서 살펴본 고려속요 수용사의 다양한 특성들은 고려속요의 문학적 쓰임이 단조로웠던 것이 고려속요 자체의 문제가 아닐 수 있음을 시사한다. 고려속요의 수용사는 그동안 우리가 문학을 어떻게 보았는지의 문제는 물론, 구체적으로 우리말로 된 시가가 어떤 방식으로 전승되었는지, 문자와 입말 사이의 괴리를 우리 문학이 어떻게 극복해왔는지, 그리고 문학의 수용과 생산이 어떻게 순환적 관계를 맺고 있는지 등을 구체적으로 보여주기 때문이다.

고려속요의 수용사에 나타난 이와 같은 특징들을 활용한다면 문학교육과 고려속요의 결합이 지금보다 훨씬 다양한 방식으로 가능하지 않을까? 이에 앞에서 살펴본 고려속요의 수용사적 특징들이 기존의 문학교육 내용과 어떻게 결합할 수 있으며, 장차 문학교육의 내용을 어떤 방향으로 확장할 수 있을지에 대해 검토해 보기로 한다.

1) 문학의 수용에 대한 이해 심화

문학교육을 통해 학습자들이 문학이 무엇인가에 대한 성숙한 안목을 가지게 되는 것은 매우 중요한 일이다. 문학교육은 학습자들이 능동적으로 문학의 생활화를 이루어 내도록 하는 것을 궁극적인 목표로 하는데, 학습자들이 이러한 능력을 갖추기 위해서는 인간의 삶에서 문학이 과연 무엇이었는가를 이해하는 일이 바탕이 되어야 하기 때문이다. 이런 이유에서 문학교육에서는 동양과 서양에서 문학에 대한 인식이 어떠했는가를, 그리고 과거와 현재의 삶에서 문학이 어떤 역할을 했는가 등을 비중 있게 가르치고 있다.[43]

문학교육의 이러한 목표에 비추어 볼 때, 고려속요의 수용사에서 나타나는 사실 보존과 이념적 검열 사이의 긴장 관계는 오늘날의 학습자들이 문학이 무엇인가를 이해하고, 문학이 전승되는 역동적인 과정을 이해하는 데 요긴한 자료로서의 자질을 가지고 있다. 사실로서의 고려속요를 보존하려는 노력과 그것을 이념적으로 재구성하려는 노력은 고려속요의 전승 과정에서 매우 두드러지게 나타나는 특징이다. 특히 조선 시대 초기의 수용사에 국한할 때, 사실로서 고려속요를 보존하려는 노력보다는 이념적인 기준에 따라 그것을 바꾸려는 시도가 더욱 우세했음을 알 수 있다. 그리고 이 과정에서 나타난 현상이 '이념의 과잉'에 의한 사실의 왜곡이다.

앞서 살펴보았던 것처럼 오늘날 고려속요의 중요한 작품들로 여겨지는 여러 작품들은 조선 시대 초기의 비판적 분위기 속에서 남녀상열지사, 음

43) 모방론이나 반영론, 표현론과 수용이론 등이 문학의 본질을 이해하는 데 필요한 내용으로 제시되고 있으며, 문학의 효용이 즐거움과 깨달음에 있다는 것도 아울러 가르치고 있다. 특히 동양적 문학관이 문학의 효용론에 기반하고 있다는 사실도 강조하고 있다.

사 등으로 지목되었고, 이에 따라 새로운 가사로 대체되거나 개산되는 과정을 겪게 된다. 그런데 문제는 이러한 평가가 작품의 원래 모습에 대한 온당한 평가가 될 수 있는가 하는 점이다. 만일 조선 초기의 관료들이 남녀상열지사에 해당되는 작품들을 남녀상열지사라고 지목했다면 우리가 주목할 만한 문제가 되지는 않을 것이다. 그러나 남녀상열지사라고 부르기 어려운 것을 남녀상열지사라고 지목했다면, 그것은 사실에 대한 왜곡이기에 문제가 된다. 과연 조선 초기 관료들의 평가는 이 두 가지 중 어떤 모습이었을까? 다음의 기록에서 그 실상을 확인할 수 있다.

> 근년 이래로 국가의 음악이 거의 다 어그러져 법도가 없으므로 인심이 이 때문에 방탕하고, 음악을 맡은 관원도 음률이 어떤 것인지를 몰라서 종묘(宗廟)의 음악까지도 다 조화되지 않으니 매우 마땅하지 않다. (…중략…) 또 가사(歌詞) 가운데에 불도(佛道)에 관계되는 말이 있고, 남자가 여자를 기쁘게 하거나 여자가 남자를 유혹하는 말[或干於佛道之語, 如男悅女、女惑男之詞] 같은 것은 정・위(鄭衛)의 음란한 음악과 같으니, 역시 혁파하여 쓰지 않아야 한다.
>
> — 중종실록 29권, 12년(1517) 8월 29일 3번째 기사

위 기록에서 볼 수 있듯이 남녀상열지사란 '남자가 여자를 기쁘게 하거나 여자가 남자를 유혹하는 말'을 의미한다. 그런데 뜻밖에도 이후의 논의에서 이러한 남녀상열지사로 지목된 작품은 이별의 아픔에 상심하고, 체념하는 여성 화자의 모습이 나타나는 <서경별곡>과 같은 작품이다.[44] 이 작품이 남녀의 애정사를 다루고 있는 것은 분명한 사실이나, 이미 남녀상열의 의미를 위와 같이 밝히고 있는 상황에서 아무리 남녀상열의 의

44) 앞서 2절의 1항에서 인용한 성종실록 215권의 기록에서 <서경별곡>에 대한 논의를 구체적으로 확인할 수 있다.

미를 폭넓게 적용한다 하더라도 <서경별곡>과 같은 작품에 이러한 평가를 내리는 것은 자연스러워 보이지 않는다.[45)]

음사라고 하는 지적도 이와 마찬가지이다. 음사로 지목된 고려속요 작품들에는 <쌍화점>, <이상곡>, <동동>, <정읍사> 등이 있는데[46)] 이들 역시 오늘날의 관점에서는 음사라고 말하기 어렵기 때문이다. 물론 당시의 사대부들이 생각한 음사의 기준은 오늘날과 같은 것이 아니다. 음사와 관련된 당시의 담론들을 분석해 보면, 음사는 단지 성적으로 자극적이고, 선정적인 내용만을 지칭하는 것이 아니라, 성정(性情)이 균형을 잃은 것을 두루 지칭하는 것이었다고 볼 수 있다.[47)] 정제되지 않은 감정을 그대로 노출하는 것만으로도 문제가 될 수 있었던 것이다. 그러나 이러한 당대의 맥락을 고려한다고 하더라도, <정읍사>와 같은 작품을 두고 음사라고 지목한 것은 쉽게 이해하기 어렵다. 이미 『고려사』의 기록에서도 이 작품을 두고 행상을 나간 남편에 대한 염려를 담은 작품이라고 설명하고 있기 때문이다.

이런 점에서 볼 때 조선 시대의 궁중에서 이루어진 고려속요의 수용은 작품에 대한 온당한 평가보다는 이념의 과잉에 의한 왜곡된 해석을 낳았고, 그 결과 역시 그리 분명한 성과로 이어지지는 못했던 것 같다. 남녀상열지사, 음사라고 지목되었던 노래들이 후기의 문헌인 『악장가사』에 다시

---

45) 이에 대해 조윤미는 <서경별곡>에 대한 이러한 비난이 이 작품의 내용만을 지적한 것이 아니라, "일반 민요의 특성을 지닌 노래를 비판하는 의미로 사용되었다"고 설명하고 있다(조윤미, 「고려가요의 수용양상-조선조 정치문화상황과의 연관을 중심으로」, 이화여자대학교 석사학위논문, 1988, p.47). 그러나 이러한 설명을 받아들이더라도 당시 관료들의 평가와 작품의 실제 내용 사이에 괴리가 있다는 점이 부정되지는 않는다.

46) <이상곡>, <쌍화점>은 성종실록 권 240에, <동동>, <정읍사>는 중종실록 권 32의 기록에서 찾을 수 있다.

47) 이현우, 「난세・망국지음론(亂世・亡國之音論)에 관한 고찰」, 『중국어문논총』 25, 중국어문연구회, 2003, p.142.

등장하게 된다는 것은 이러한 지적에도 불구하고 이들 작품이 계속 연행되었음을 말해 주기 때문이다. 물론 궁중악에서 우리말 가사들이 한문 가사로 교체되거나 사라지면서 성악곡이 기악곡으로 전환되는 양상을 보면, 장기적으로 이러한 비판들이 이들 작품을 비롯하여 고려속요의 전승에 영향을 미친 것은 분명한 사실인 듯하다. 아직 정확한 이유를 짐작하기는 어렵지만, 고려속요는 "표면적으로는 '노랫말 내용에 대한 도덕적·정치적 판정' 때문에 문학사에서 도태"[48]되었던 것이다.

바로 여기에 고려속요의 수용사에서 추출할 수 있는, 문학에 대한 이해를 넓혀주는 훌륭한 덕목이 있다. 바로 이념의 과잉, 이에 따른 왜곡된 해석, 정치적 통제, 현실적 필요성 등 다양한 요소가 복합적으로 작용하며 하나의 갈래가 어떻게 쇠락하는지를 보여준다는 점이다. 한 갈래의 성쇠에는 다양한 요소가 개입되기 마련이나, 전통적 사회에서 문학이 어떤 것이어야 하는가라는 사회 상층부의 이념적 판단이 구체적인 갈래에 미치는 영향이 오늘날의 경우에 비해 더욱 컸던 것도 구체적으로 확인할 수 있다. 요컨대 고려속요가 조선 초기 궁중의 음악을 담당하던 사대부들의 이념 과잉에 의해 논란의 대상이 되면서 보여준 일련의 담론은 고전적 문학 담론의 구체적인 모습과 문학의 역사적 갈래의 성쇠를 보여주는 실증적인 자료로서 높은 교육적 가치를 갖는다.

2) 문학의 언어에 대한 이해 지평 확장

문학교육에서는 문학이 가치 있는 체험을 언어로 형상화한 것이라는 정의가 통용되고 있다. 가치 있는 체험이 문학 작품이 담고 있는 주제나 내용과 관련된다면, 그것을 언어로써 형상화했다는 말은 여러 예술 가운

48) 최미정, 앞의 책, p.122.

데 문학의 변별력이 언어를 통한다는 데 있음을 말해 준다. 문학에 대한 이러한 정의를 바탕으로 할 때 문학을 다른 예술과 구별해 주는 언어에 대한 이해는 문학을 이해하는 데 매우 중요한 요소가 된다. 그동안 문학교육과정에서 문학의 언어에 대한 이해를 강조한 것도 바로 이러한 이유에서 비롯된다. 문학의 언어에 대한 이해가 문학교육의 내용으로서 차지하는 중요성에 비추어 볼 때, 고려속요의 수용사에 나타난 언어와 관련된 현상이 문학교육에 활용될 가능성도 생각해 볼 수 있다.

현재 문학교육에서는 문학의 언어에 대한 이해를 가르치는 과정에서 주로 문학어와 일상어의 차이를 주된 교육 내용으로 삼고 있는 것으로 보인다. 문학의 언어가 일상어에 비해 함축적이고, 잘 다듬어져 있다는 등의 특성을 가르치는 것이 그 예가 된다. 이러한 내용과 함께 다양한 수사법이나 언어의 관습도 교육 내용에 포함된다. 이와 같은 교육 내용은 분명 학습자들이 문학의 언어를 이해하고, 더 나아가 문학 작품을 깊이 있게 감상하는 데 도움이 될 수 있을 것이다.

그러나 이와 같이 언어의 '겉모습'에만 초점을 두는 것은 문학과 언어의 관계 중 일부를 이해하도록 하는 것일 수도 있다. 특히 우리가 겪었던 입말과 공식적인 문자 사이의 갈등을 고려한다면 문학의 언어에 대한 교육 내용은 지금보다 훨씬 확장될 필요가 있다.

문자와 입말 사이에서의 갈등을 겪었던 우리 문학의 경우 문학의 언어에 대한 고민이 남달랐던 측면이 있다. 한문이 언어생활의 규범이었던 시대에 우리말과 글의 위상이 높이 평가되기는 매우 어려웠다. 한문이 주도했던 문자생활을 극복하고 우리 고유의 글을 통해 우리의 모습을 있는 그대로 드러내기까지의 과정이 그리 간단하지 않았기에, 이와 관련된 내용은 우리의 문학을 이해하는 데 중요하게 다루어져야 하는 역사이다.

기존의 문학교육 내용에서도 이와 같은 부분에 대한 언급이 없지 않았다. 앞서 언급했듯이, 이황과 김만중의 선구적인 통찰이 문학교육 내용에서도 간간이 소개되었다. 그런데 이와 같은 언급이 그 중요성에 비해 그리 비중 있게 다루어지지는 않았던 것 같다. 아마도 이러한 사정에는 우리가 현재 우리 글로 전승되는 수많은 작품을 가지고 있다는 것이나 우리의 선조들이 한글이라는 우수한 문자를 통해 비교적 빨리 이러한 문제를 극복했기 때문이 아닐까 한다. 그러나 우리의 글이 우리의 성정을 담는 그릇으로 인정을 받게 되기까지가 그리 순탄하지는 않았다. 이황과 김만중의 선구적 통찰이 중요한 이유는 당시의 한문 중심 사회에서 우리의 문자로 우리의 성정을 표현하는 것이 어떤 의의를 갖는가를 용감하게 드러내고 있기 때문이다.

우리말과 글이 문학의 언어로서 온전하게 자리를 잡게 되는 과정이 우리의 문학을 이해하기 위해 중요한 교육 내용이 될 수 있다면, 고려속요는 문학의 언어에 대한 고민과 인식의 변화를 구체적으로 생각해 볼 수 있는 또 하나의 중요한 근거가 될 수 있다. 이황과 김만중의 주장이 선각자의 주장이었다면, 고려속요의 수용사가 보여주는 모습은 실제의 상황에서 언어에 대한 인식이 변화한 구체적인 모습을 보여준다는 데 차이가 있다. 문학의 언어에 대한 선구자의 통찰과 별개로 이미 실제의 문학 수용에 파고든 문학 언어에 대한 인식의 변화를 보여주고 있다.

'이어(俚語)'이기에 기록할 수 없던 고려속요가 후에 한글로 기록된 이유를 정확히 이해하기는 어렵다. 『고려사』에 한글을 사용하지 않은 것은 『고려사』의 체제에만 국한되는 문제일 수도 있다. 그러나 앞서 설명한 대로, 우리말로 된 노래가 기록의 대상이 되기도 했다는 중대한 변화가 목격된다는 점, 『악학궤범』이나 『시용향악보』에서 볼 수 있는 한글의 제한적 활용이 『악장가사』에 이르러 완전히 다른 모습을 보인다는 점 등은 고려속요의 수용사가 우리의 문자가 문학어로서의 위상을 획득하게 되는 구체적인 과정을 보여주는 자료가 된다. 『청구영언』의 '발문'에서 볼 수 있는 우리말 노래의 가치에 대한 재인식, 즉 우리말로 된 것도 충분히 감흥과 교화를 북돋울 수 있다는 인식이 고려속요의 기록화와 서로 별개일 수 없을 것이다.

이렇게 보면 고려속요의 수용사를 통해 우리 문학사에서 우리말이 어떻게 문학의 언어로서의 지위를 획득하는가 하는 과정에 대한 구체적인 설명 자료가 더욱 풍부해짐을 알 수 있다. 이황과 김만중의 통찰과 창작, 김천택이 보여준 각성 등과 함께 고려속요의 기록화 양상 역시 우리말이 당당히 문학의 언어로 자리 잡게 되는 일련의 과정으로서 연속성을 지닌다. 『악장가사』에서 우리말 노래의 기록이 여타의 한문 작품들과 동등한 자격으로 기록되었다는 것은 민간과 제도의 모든 영역에서 우리말의 위상이 달라졌음을 보여주는 구체적인 증거가 된다.

우리는 괴테의 창작이 독일어의 성장에서 차지하는 위상을 높게 평가하고, 그것을 가르치기도 한다. 그러나 우리에게도 그에 상응하는 오랜 기간의 노력과 변화가 있었다는 점은 그리 강조하지 않는다. 우리의 반성이 요구되는 지점이다. 고려속요의 기록화를 비롯하여 관련된 여러 흐름을 문학어로서 우리말이 어떻게 성장했는가를 가르치는 데 효과적으로 활용해야 할 것이다.

3) 능동적 수용으로서의 창작 방향 제시

문학교육은 문학의 수용과 생산을 두루 아울러 교육 내용으로 삼는다. 문학의 수용과 생산이 전혀 별개의 것이 아니라, 서로 자연스럽게 이어지는 문학 활동의 두 가지 양상이기 때문이다. 작품이 담고 있는 "진정한 의미의 이해와 수용은 생산의 과정을 통해 도달할 수 있으며, 특히 이해와 표현을 매개하는 재생산의 활동은 이를 용이하게 하는 효과적인 장치"[49]가 된다는 점에서 문학교육의 차원에서 문학 작품에 대한 학습자들의 감상과 창작이 자연스럽게 선순환의 관계를 맺는 것은 매우 바람직한 일이다.

물론 문학교육은 모든 학습자가 전문적인 창작의 능력을 갖추는 것을 목표로 하지는 않는다. 그러나 굳이 전문적인 창작의 능력을 목표로 하지는 않는다 하더라도 자신의 체험을 여러 갈래의 문학적 형식을 통해 표현해 봄으로써 기존의 작품에 대한 이해를 넓히는 동시에, 자신의 체험과 삶에 대한 진지한 성찰의 기회가 축적되는 것을 바람직하게 여긴다.

이런 점을 고려하면 이제까지의 문학교육의 상황은 이러한 기대와 제법 거리가 멀다. 문학교육의 현장에서 문학의 창작은 교사나 학습자 모두에게 여전히 부담스러운 활동이라는 지적이 지속적으로 제기되고 있고, 학습자에게 제공되는 문학의 생산과 관련된 교육 내용 역시 아직 구체성을 띠지 못하고 있기 때문이다. 문학의 생산, 또는 창작이라는 활동 자체가 암묵적으로 금기시되던 과거의 상황으로부터는 벗어났다고 할 수 있으나[50], 문학의 생산이라는 범주의 하위 항목으로 학습자의 창작 활동이 교육과정에 들어온 이후에도 여전히 창작과 관련한 교육 내용은 수용과 관련된 교육 내용에 비추어 볼 때 상대적으로 소략해 보인다.

이러한 상황의 바탕에는 국어교육의 학습자에게 전문적인 창작을 요구할 수 없다는 생각이 여전히 영향력을 미치고 있다는 이유도 있을 것이다. 예술로서의 문학에 대한 신비화, 창작이 전문적이며 직업적인 행위라

---

49) 최홍원, 「문학 수용과 생산의 매개 : 고전시가를 대상으로 한 쓰기의 교육적 탐색」, 『새국어교육』 92, 2012, p.325.

50) 문학교육에서 창작 교육이 제 자리를 찾기 시작한 것은 7차 교육과정부터이다. 이 시기의 교육과정은 기존의 '이해와 감상'이라는 틀을 '수용과 생산'으로 전환하면서 자연스럽게 문학의 창작이 교육 내용으로 제시될 수 있는 근거를 마련해 주었다.

는 통념 등이 여전히 문학교육의 현장에서 강한 영향력을 미치면서, 문학 창작을 가르치거나 배우는 것에 대한 부담감이 사라지지 않고 있는 것이다.[51] 교과서에서 창작과 관련하여 학습자에게 요구되는 활동의 대부분이 적극적인 창작보다는 기성 작품에 대한 패러디, 또는 흉내 내기 정도에 머무르고 있는 것도 이러한 인식과 관련되어 있다고 볼 수 있다.

그러나 전문적인 창작에 대한 거부감만이 이러한 현상의 주된 원인인 것은 아닌 듯하다. 문학교육 연구의 전체적인 동향을 살펴볼 때, 창작 교육의 구체적인 내용에 대한 연구가 최근에 이르러서야 활성화되고 있다는 점도 이와 같은 현상을 이해하는 데 고려할 필요가 있다. 학습자들에게 요구되는 활동들이 감상한 작품들의 형식이나 분위기를 흉내내는 정도가 된다는 것은 감상한 작품들에 어떤 방식으로 자신의 창의를 결합시켜야 하는가에 대한 구체적인 지침을 제공하지 못하고 있는 문학교육의 현실을 말해 준다.

이러한 상황에서 최근 고전 문학에서 제기되는 창작 교육에 대한 연구들은 문학교육에서 창작교육의 위상을 제고하면서, 동시에 창작과 관련하여 학습자들에게 제공할 수 있는 구체적인 교육 내용이 마련될 가능성을 보여주고 있다. 최근 고전문학교육 연구에서는 향가, 소악부, 시조 등의 시가 갈래나 전(傳)이나 설(說)과 같은 산문 갈래를 대상으로 하여 오늘날의 학습자들이 창작을 통해 이들 갈래를 경험할 수 있도록 하는 교육 내용을 생산하려는 연구들이 눈에 띄게 증가하고 있다.

특히 이 중에는 학습자들이 지침으로 삼을 수 있는 구체적인 창작의 경로를 제시하는 경우도 있다. 예컨대 조희정[52]은 소악부의 구성을 '원 노

51) 조혜숙, 「학생 생활시의 특징과 생활시 쓰기의 교육적 의미」, 『문학교육학』 38, 한국문학교육학회, 2012, p.396.

52) 조희정, 「고전시가 쓰기 교육 연구 (2)-소악부 소재 한역(漢譯) 고전시가의 재구(再構)를 중심으로」, 『국어교육』 132, 한국어교육학회, 2010.

래의 축자적 재현', '배경설화의 요약적 제시', '원 노래의 형상적 재현'으로 구분하고, 이를 근거로 하여 '축자적 재현의 한역시를 활용한 원 노래 쓰기', '배경설화 요약 한역시를 활용한 원 노래 쓰기', '형상적 재현의 한역시를 활용한 원 노래 쓰기' 등을 교육 내용으로 제시하고 있다. 또한 송지언[53]은 시조의 작시원리에 대한 분석을 바탕으로 현대의 학습자들이 활용할 수 있는 '의미 조직자'를 발견하여 학습자들이 실제 시조 창작의 경험을 획득할 수 있도록 하는 교육 내용을 제시하고 있다. 이 두 연구는 창작을 통해 고려속요나 시조라는 갈래를 이해하는 데 초점을 두고 있다는 점에서 공통적이다.

이런 면에서 소악부의 원작 전화 방식에 나타난 특성들은 감상과 창작의 선순환을 도모하는 훌륭한 교육 내용을 마련하는 데 좋은 자료가 될 수 있다. 앞서 언급했던 조희정의 연구에서처럼 소악부는 고려속요라는 갈래를 소악부 창작의 과정을 되짚어 봄으로써 이해할 수 있는 효과적인 통로가 될 수 있다. 좀 더 적극적으로 생각해 본다면 원작의 창조적 전화 과정을 체계화하고, 이를 바탕으로 감상을 통한 창작이라는 문학 생산의 경로도 마련할 수 있을 것이다. 소악부 작품들은 감상의 다양한 결과를 말해 주며, 또한 감상이 어떻게 창작에 이어지는가를 말해 주기 때문이다. 앞으로 소악부 작품에 나타난 작품의 전화에 나타난 원리를 좀 더 정교하게 분석된다면, 이를 바탕으로 한 창작의 원리를 제시하는 데 적지 않은 도움을 얻을 수 있을 것이다.

53) 송지언, 「시조 의미 구조의 경험 교육 연구」, 서울대학교 박사학위논문, 2012.

4. 요약 및 제언

문학교육에서 작품이 차지하는 위상은 절대적이다. 그러나 하나의 작품이 문학의 모든 것을 말해주지는 않는다. 때로는 개개의 작품들이 모여 만들어낸 커다란 무늬가 문학을 이해하는 데 반드시 필요한 자원이 될 수도 있다. 고려속요의 수용사가 보여주는 모습이 바로 이러하다. 여러 작품들이 수용자들 사이에 형성된 다양한 담론과 언어 환경의 변화를 반영하며 전해진 모습은 우리가 문학이 무엇인가를 이해하는 데 유용한 지도가 된다.

고려속요의 이 같은 모습에 주목하고, 이를 문학에 대한 학습자들의 이해에 적극적으로 활용하려는 노력이 절실하다는 것이 이 글의 시작이었다. 이에 따라 고려속요의 수용사에 나타난 세 가지 특성을 요약적으로 정리하고, 이러한 특성들이 기존의 문학교육 내용과 어떻게 결합할 수 있으며, 또한 이를 확장하는 데 어떤 소용이 있을지에 대해 논의하였다. 고려속요가 이념적 검열과 보존의 필요성 사이에서 길항하는 모습을 살펴보았고, 구술 전승과 기록 전승이 교차되면서 문학의 언어에 대한 관점이 변화하는 양상을 반영하였음을 확인하였다. 그리고 문학 작품의 수용과 생산의 선순환이 고려속요에서 어떻게 나타나는지를 검토하였다.

고려속요 수용사에 나타난 특성들은 문학에 대한 전통적 관점이 실제 작품에 대해 어떻게 적용되었는지, 문학의 언어에 대한 우리의 인식이 어떻게 변화되었는지, 문학의 수용과 생산이 어떻게 선순환을 이룰 수 있는지 등을 구체적으로 보여주는 자료로서 기존의 문학교육 내용과 연결되며, 또한 기존의 문학교육 내용을 확장할 수 있는 근거가 된다. 앞으로 고려속요의 수용사가 문학교육에서 더 적극적으로 활용되는 것을 기대해 볼 만하다.

제3장 고려속요의 장르적 특성과 문학교육
―〈서경별곡〉의 사례

이 장에서는 고려속요의 장르적 특성을 고루 간직하고 있는 <서경별곡>을 사례로 하여 난해하여 접근하기 어려운 것으로 인식되고 있는 고려속요가 오히려 학습자의 다양하고, 능동적인 감상을 촉진하는 데 활용될 수 있음을 보여주고자 한다. 특히 이 작품의 이해에 가장 큰 논점이 되었던 화자의 태도를 연행이라는 장르의 특성과 연결하여 새롭게 해석하고, 이를 활용한 교육 내용을 제안해 본다.

1. 서론

<서경별곡>은 '여성화자의 진솔한 사랑노래'라는 고려속요 특유의 장르적 표지[1)]를 잘 구현하고 있다는 점에서 흔히 고려속요의 대표적인 작품으로 언급된다. 그리고 고려속요로서의 대표성에 어울리게 이 작품은 교육의 장에서도 비중 있게 다루어지고 있다. 문학적 정서 체험의 차원에서나 문학사 교육적 차원에서나 이 작품이 차지하는 비중은 고려속요 가운데에서 두드러지는 편이다.

그러나 이 작품은 국문학적 연구의 대상으로서, 교육적 제재로서 상당히 어려운 상대임에 틀림없다. 아직까지도 분명히 설명하기 어려운 어휘나 문법적 문제, 작품과 관련된 역사적 고증 자료가 거의 없다는 등의 고

1) 최미정, 『고려속요의 전승 연구』, 계명대학교 출판부, 1999, p.57.

려속요 일반의 문제를 논외로 한다고 하더라도 화자를 통해 드러나는 이 작품의 주제가 무엇인가를 쉽게 설명하기 어렵다는 이 작품 특유의 문제가 있기 때문이다.

다른 작품에 비해 이 작품의 주제 파악을 어렵게 하는 이유는 무엇보다 작품에 형상화된 화자의 모습이 상당히 다양하게 변화한다는 데 있다. 노래는 임에 대한 절대적인 순종, 이별의 불가함을 강하게 드러내는 것으로 시작한다. 하지만 화자는 바로 다음 단락에서 이별을 사실로서 인정하는 듯한 자세를 취하고 있으며, 노래의 끝부분에 이르러서는 상대방에 대한 원망과 이미 이러한 상황을 모두 예견하고 있었던 것처럼 체념하는 모습을 보이고 있다.[2] 감상의 과정에서 대개의 독자들이 텍스트에 나름대로의 구조를 부여하려 노력한다는 점을 고려할 때,[3] 이렇듯 일관된 질서를 부여하기 어려운 화자의 태도는 독자로서, 혹은 연구자로서 이 작품을 매우 난해하게 느끼게 하는 주된 원인이 된다. 이런 이유로 이 작품에 대한 기존 연구의 상당수는 이렇듯 변주의 폭이 큰 화자의 태도를 어떻게 일관성 있게 이해할 것인지, 각 단락간의 구조적 긴밀성을 어떻게 확보할 것인지에 대한 고민의 결과를 담고 있다.[4]

전문적인 연구의 장에서 여전히 논의가 진행 중인 만큼 이 작품이 교육적으로 활용되는 경우에도 이와 관련된 어려움이 적지 않다. 이 작품이

---

2) 작품에 등장하는 화자의 심리적 변화 과정에 대해서는 해당 부분들에 대한 자세한 분석과 설명이 필요하다. 여기에서 언급한 내용에 대해서는 2절에서 다시 한번 자세히 언급하기로 한다.

3) S. H. Olson, *The Structure of literary Understanding*, 최상규 역, 『문학이해의 구조』, 예림기획, 1999, p.126.

4) 이와 관련하여 기존의 연구에서는 작품의 연행적 조건을 고려하여 화자와 창자를 분리하여 서로 다른 창자의 발화가 섞인 것으로 본다든가, 서로 다른 노래가 합쳐지면서 나타나는 이질성이 나타난 것으로 본다든가 하는 관점이 제기된 바 있다. 또한 아무리 외적인 조건이 개입되었다 하더라도 일단 하나의 노래로서 가지는 구조적 긴밀성이 없지 않을 것이라는 가정 하에 화자의 심리적 경과에 개연성을 부여하려는 노력 역시 지속적으로 이루어졌다.

우리 시가에 전통적으로 이어져 내려오는 정서를 담고 있다는 것을 강조하여 가르치면서도 실제로 학습자들과 함께 작품에 등장하는 화자의 정서, 심리적 경과를 세세히 살펴보는 데에 이르게 되면 상당한 곤란을 겪게 된다. 이런 이유에서 화자의 태도로부터 비롯되는 작품의 난해함을 어떻게 극복할 것인가 하는 점은 학문적 장에서만이 아니라 교육의 장에서도 절실한 문제가 된다. 이러한 문제의식에서 <서경별곡>에 나타난 화자의 모습을 어떻게 합리적으로 이해할 수 있을 것인지에 대해 기존의 방식과 조금 다른 각도에서 논의해 보고, 이러한 논의를 바탕으로 이 작품의 교육적 활용이 어떠해야 하는지에 대해 검토해 보고자 한다.

여기에서 이 작품에 대해 시도하는 접근 방식은 작품이 놓여 있는 담론적 상황을 적극적으로 고려한 독법이다. 기존의 연구들은 대체로 화자가 보이는 다양한 태도를 이해하는 과정에서 지나치게 화자 중심으로만 생각하는 경향이 있어 오히려 이에 대한 이해의 폭이 제한된다고 생각하기 때문이다. 주지하다시피, 작품을 하나의 담론으로 간주할 때, 담론의 내용은 그 담론의 맥락 하에서 이해될 필요가 있다. 담론은 언제 어디서나 동일하게 해석되어야 하는 언어학적 대상으로서의 '문장'들로 구성된 것이 아니라 특정한 화자와 청자에 의해 구체적인 상황 하에서 '발화된 문장'으로 구성된다.[5] 따라서 담론의 주된 내용을 구성하는 화자의 발화는 담론을 구성하는 다른 요소들인 청자의 성격이나 담론이 발생하는 상황 등과 불가분의 관계에 있으며, 어떤 상황에서 누구를 향해 말하고 있느냐에 따라 달리 이해될 수 있다.

이런 점을 고려한다면, 이 노래의 화자가 지향하는 청자가 누구인지, 그리고 화자가 처한 상황이 어떤지를 충분히 고려하지 않은 채 화자의 발

---

5) T. Todorov, *Genres du discours*, 송덕호·조명원 역, 『담론의 장르』, 예림기획, 2004, p.72.

화가 함축하는 의미를 제대로 해석하기가 어렵다는 사실에 도달할 수 있다.[6] <서경별곡>처럼 화자가 보이는 태도의 편차가 적지 않은 경우 청자를 비롯한 담론적 상황을 활용하는 것이 합리적 해석의 가능성을 더욱 확장해 줄 수 있다. 이 노래를 단지 이별을 겪고 있는 화자의 다양한 심리가 다채롭게 펼쳐진 것이라고 포괄적으로 말하기보다는 먼저 이 노래가 내포하고 있는 청자가 누구인가를 자세히 살펴보고, 이를 통해 화자와 청자의 소통 구조를 재구성하면서 작품의 성격에 대해 총체적으로 검토하는 것이 바람직하다.

이 과정에서 가장 기본이 되는 것은 물론 작품에 내포된 청자를 발견하는 일이다. 그런데 본고는 이 작품에 내재된 청자를 반드시 하나로 가정할 필요는 없다고 생각한다. 이 작품이 가지고 있는 서정적 특성을 부정할 수 없고, 또한 실제적인 연행을 통해서 수용되는 특성 역시 인정할 수밖에 없다면 작품의 어떤 측면에 주목하느냐에 따라 설정될 수 있는 청자가 다를 수 있기 때문이다.

이에 먼저 이 작품에서 가정할 수 있는 청자의 가능역을 최대한 넓게 검토하고, 청자를 달리 설정할 때마다 작품의 성격이 어떻게 전환되는가를 확인해 봄으로써, 궁극적으로 화자의 태도에 나타나는 이질성을 합리적으로 이해해 보고자 한다.[7] 만일 이러한 시도가 성공적으로 이루어진다

6) 이 노래를 비롯하여 고려속요의 청자에 대한 분석은 화자에 대한 것에 비해 상대적으로 부족한 실정이다. 고려속요에 이르러 향가에는 전혀 등장하지 않던 임이 시적 청자로서 새로이 등장하여 화자와 임 사이의 내적 소통 구조가 형성된다는 것이 여러 논자에 의해 확인되었고, 고려속요에 나타나는 임은 '떠나가는 님'이거나 '떠나있는 님', 혹은 '떠남이 전제된 님'으로 나누어 볼 수 있다는 정도의 분석(정진형, 「고려가요의 단절과 화합」, 임기중 엮음, 『고려가요의 문학사회학』, 경운출판사, 1993)이 제시된 바 있다. 그러나 사랑이나 이별을 노래한다고 해서 반드시 임이 실질적인 청자가 되어야 하는 것은 아니기 때문에 작품 안의 발화를 통해 실질적인 청자가 누구인지에 대해서 좀더 정밀한 검토가 이루어질 필요가 있다.

7) <서경별곡>의 담론 구조에 대해서는 크게 두 가지의 관점이 제시되었다. 첫째는 단일한

면 이 작품에 대한 교육적 접근 방식에 대해서도 시사를 얻을 수 있을 것이다.

2. 〈서경별곡〉 청자의 가능역

일반적으로 시에서의 청자는 대개 2인칭이나 3인칭의 인물, 혹은 대상으로 나타나며, 작품 안에 명확하게 드러나는 경우와 명확하게 드러나지 않는 경우로 나누어진다.[8] 작품 안에 청자가 명확하게 드러나지 않는 경우 작품에 내포된 청자는 대개 화자의 발화를 통해 간접적으로 유추된다. 작품 안에 청자가 직접적으로 언급되지 않더라도 발화의 내용이나 서법, 어조 등을 통해 발화가 지향하는 청자를 유추할 수 있기 때문이다.

<서경별곡>은 이 두 가지 경우 중 후자에 속한다. 화자의 발화가 지향하는 존재가 문면에 직접적으로 노출되지 않기 때문이다. 물론 세 번째 단락에서 '사공'이 청자로 불러들여지지만 사공을 작품 전체의 실질적인 청자라고 볼 수 없기 때문에 전체적으로는 청자가 노출되지 않은 경우에 해당한다. 이에 화자의 심리적 경과에 대한 면밀한 분석을 기반으로 하되,

화자의 내포적 청자를 향한 담론으로 보는 관점이다. 화자를 사랑하는 임과 이별해야 하는 여성 화자로 보고, 이에 따라 화자를 떠나는 임에게 보내는 전언으로 이해하는 것이 이러한 관점이다. 둘째는 단일한 목소리를 가진 화자가 아닌 최소한 2인 이상의 화자가 등장하는 것으로 보는 경우이다. 이 노래의 각 연의 유기적 관계를 파악하기 어렵다는 점과 구체적인 연행의 조건을 고려한 결과로 제기된다. 이러한 관점에 따르면, 남녀 화자의 교환 및 제 3자의 개입까지도 가정할 수 있다. 그러나 이럴 경우 이 노래의 화자의 성격에 일관성을 부여하기 어렵다는 점이 문제가 된다. 본고는 기존의 이러한 연구들를 충분히 고려하되, 가능한 한 현재 전해지는 작품의 모습 그대로에 충실하여 작품에서 유추 가능한 화자-청자 구조를 다양하게 유추해 보기로 한다.

8) 유영희, 「시 텍스트의 담화적 해석 연구 : 화자를 중심으로」, 서울대학교 박사학위논문, 1994, p.6.

화자의 발화가 담고 있는 내용, 그러한 내용을 전달하는 어조, 그리고 필요에 따라서는 장르의 연행 상황까지도 고려하여 이 작품의 청자를 다양하게 유추해 보기로 한다.9)

1) 사랑의 상대자로서의 임

바로 앞에서 소개했듯이 이 작품의 외면에는 청자를 구체적으로 지칭하는 표현이 없다. 그러나 이 작품은 비교적 분명하게 화자의 문제 상황을 밝히고 있기 때문에 이를 근거로 하여 청자를 짐작해 볼 수 있다. 이별이라는 심각한 문제 상황에 놓인 화자가 이러한 문제 상황을 실제로, 혹은 심리적으로 해소하는 것을 추구한다고 할 때 그 해소의 방식, 방향에 따라 청자의 모습을 추리할 수 있기 때문이다. 이에 화자의 간곡한 다짐이 돋보이는 작품의 첫 단락에 대한 검토를 통해 가능한 청자의 모습을 상상해 보기로 한다.

> 西京이 아즐가 西京이 셔울히 마르는
> 닷곤딕 아즐가 닷곤딕 쇼셩경 고외마른
> 여희므론 아즐가 여희므론 질삼뵈 ᄇ리시고
> 괴시란딕 아즐가 괴시란딕 우러곰 좃니노이다

작품의 첫머리인 위 단락에서 분명히 드러나는 것은 무엇보다 임과의 이별을 부정하는 화자의 강경한 태도이다. 간곡한 경어체를 통해서 화자

9) 이 절에서 단락에 따라 유력한 청자를 검토하는 것은 아직 작품 전체의 청자를 누구로 설정할 것이냐를 결정하기 위한 것이 아니라 이 작품의 청자로 유추가 가능한 존재들을 광범위하게 유추해 보기 위해 방법론적 차원의 접근이다. 다음 절에서 다시 언급하겠지만, 이러한 검토를 통해 유추되는 서로 다른 청자들을 작품의 전체 청자로 가정할 때 이 절에서 청자를 유추하기 위해 수행한 작품에 대한 해석을 다소간 조정하면서, 다른 단락과의 유기적 관련성을 새롭게 구성해야 할 것이다.

는 임과 이별을 하느니 지금 자기가 있는 이곳 서경에서의 모든 것을 버리고서라도 임을 따라가겠다는 입장을 확실히 드러내고 있다. 임과의 이별을 거부하고, 임과 한 길을 가고자 하는 화자의 의지는 '질삼뵈 ᄇᆞ리시고',[10] '우러곰 좃니노이다'를 통해 확인할 수 있다. 물론 이러한 화자의 의지에 전제가 되는 것은 '괴시란ᄃᆡ'에서 알 수 있듯이 화자에 대한 임의 사랑이다. '괴시란ᄃᆡ'가 뜻하는 바에 대해서는 아직 논란이 없는 것은 아니나, 어떤 해석을 차용한다 하더라도 '괴다', 즉 '사랑'의 주체가 임이라는 점을 부정하기는 어렵다. 임의 사랑이 전제된다면, 아무런 미련없이(질삼뵈 버리시고), 기꺼이 임을 따르겠다(우러곰 좃니노이다)는 것이 이 단락의 핵심 내용이다.

이렇듯 이 작품은 화자가 처한 문제 상황으로서 이별을 분명하게 제시하고 있으며, 이별에 대한 강한 거부와 임에 대한 순종으로써 그 문제 상황을 해소하고자 하는 모습을 잘 드러내고 있다. 이 부분에 주목한다면 화자의 발화에 내포된 청자로 사랑의 상대자로서의 임을 생각하는 것이 충분히 가능하다. 화자가 원하는 것은 이별 없는 영원한 사랑이고, 원하지 않는 것은 이별로 인한 임과의 분리이다. 원하는 것은 영원한 사랑이되, 화자가 원하지 않는 이별은 현실로 이미 다가와 있다. 여기에서 갈등이 발생한다.

이런 상황에서 화자가 현실적으로 갈등을 해소하고자 한다면, 가장 먼저 소통해야 하는 것은 바로 사랑의 상대자인 임이다.[11] 바로 여기에 이

10) 문법적인 측면에서 볼 때와 문맥의 측면에서 볼 때 'ᄇᆞ리시고'의 해석이 서로 충돌해왔다. 'ᄇᆞ리시고'에 존칭을 나타내는 '시'가 삽입되었다는 점에서 질삼뵈를 버리는 주체가 화자가 아닌 존칭이 붙을 만한 존재가 되어야 한다는 입장이 있으나, 문맥상 '좃니노이다'의 주체와 'ᄇᆞ리시고'의 주체를 서로 다른 존재로 보는 것은 매우 무리한 일이라는 지적이 있기 때문이다. 문법적으로 분명하지 않다 하더라도 'ᄇᆞ리시고'의 주체를 화자 자신으로 보는 것이 적절하리라 생각된다.

11) 이 노래가 궁중악으로서 불렸다는 장르적 특성을 이와 함께 고려한다면 이 노래의 청자로

작품의 청자로서 사랑의 상대자인 임을 설정하고 화자와 임 사이의 소통으로서 작품을 해석해 볼 필요가 있다.

2) 불특정 다수의 청자들

화자가 처한 문제 상황, 그리고 그 문제가 해결될 수 있는 가장 근본적인 방안을 고려할 때 앞에서처럼 이 작품의 청자로서 사랑의 상대자인 임을 떠올리는 것은 매우 자연스러운 일이다. 그러나 이 작품에서 발견되는 청자로서 사랑의 상대자인 임이 유일하지는 않다. 특히 이 작품과 같이 연행을 전제로 한 경우 작품에 실제 연행의 청자에 대한 고려가 개입될 가능성이 상당하기 때문에 또 다른 청자의 가능성을 생각해 볼 수 있다. 이에 작품을 좀 더 살펴보면서 연행의 상황과 화자의 심리적 경과에 대한 분석 과정을 통해 사랑의 상대자로서의 임 이외의 다른 청자가 가능할 수는 없는지 생각해 보자.

구스리 아즐가 구스리 바회예 디신ᄃᆞᆯ
긴히ᄯᆞᆫ 아즐가 긴힛ᄯᆞᆫ 그츠리잇가 나ᄂᆞᆫ
즈믄ᄒᆡ를 아즐가 즈믄ᄒᆡ를 외오곰 녀신ᄃᆞᆯ
信잇ᄃᆞᆫ 아즐가 信잇ᄃᆞᆫ 그츠리잇가 나ᄂᆞᆫ

위 구절은 이른바 '구슬가'로 잘 알려진 것으로 이 작품에서는 두 번째 단락에, <정석가>에서는 맨 아래 단락에 등장하고 있으며, 일반적으로 비록 임과 함께 있을 수는 없다하더라도 임과의 믿음을 지속할 수 있기를

서 '임금'을 가정해 볼 수도 있다. 그러나 사랑 노래로서 궁중악으로 사용된 것이 임의 의미를 확장적으로 적용할 수 있는 가능성 때문이라는 점에서 본고에서 굳이 궁중악으로서의 장르적 특성을 강조하여 청자로서의 임금을 따로 논의할 필요는 없다고 생각한다.

바라는 마음이 나타난 것이라 풀이되고 있다. 구슬이 바위에 떨어지더라도 끈이 끊기지 않는 것처럼 천년을 헤어져 지낸다 하더라도 서로 간의 믿음이 변하지 않을 것을 사랑하는 이들끼리 서로 확인하는 것이라는 해석이다.12)

그러나 다음과 같은 이유에서 이 구절의 의미를 기존의 일반적인 해석과 조금 달리 해석할 필요가 있다. 위 단락의 앞 구절과 뒤의 구절이 이루고 있는 관계가 일반적으로 알려진 것처럼 대등한 것으로 보기 어렵기 때문이다. 앞의 구절과 뒤의 구절이 서로 차이가 난다면 이 두 구절이 서로 대등한 함축을 갖는 것으로 보지 않을 수 있는데, '외오곰'이라는 단어에 이르러 문제가 발생한다.

'외오곰'이 '홀로', '외따로'를 의미한다고 볼 때, 앞으로 천년을 홀로 지내야 하는 주체는 누구일까? 만일 이 구절이 사랑하는 이들이 서로의 믿음을 확인하는 의미를 갖는다면, 천년을 홀로 지내야 하는 주체는 화자와 화자가 사랑하는 임 모두가 된다. 그러나 이 노래에서 임은 나의 간곡한 바람을 저버리고 떠나는 임이며, 또한 배를 타고 건너가면 다른 꽃을 꺾게 될 임이라는 점에서 앞으로 홀로 천년을 살아야 하는 주체가 되기 어려운 측면이 있다. 이 같은 사정을 고려한다면 앞으로 '외오곰' 지내야 하는 주체는 사랑하는 임과 화자 모두가 아니라 오직 화자일 뿐이라고 보는 것이 자연스러울 수 있다.13)

그리고 '외오곰'의 주체가 화자라고 본다면, 같은 맥락에서 뒤의 구절

12) 조동일, 『한국문학통사 2』, 지식산업사, 1994, p.157.

13) '외오곰'의 주체에 대해서는 이미 김명준의 연구에서 자세히 논증된 바 있다. 그에 의하면, '외오'는 상대방이 떠나고 자신이 남게 되었을 때나 상대방과 공간적, 심리적 거리가 현격할 때 사용될 수 있는 것으로, 복수 주체에게는 사용될 수가 없다. '외오'의 해석에 대한 언어학적인 이론이 제기되지 않는 한 이러한 주장이 쉽게 부정되지 않으리라 생각한다. 김명준, 「<서경별곡>의 구조적 긴밀성과 그 의미」, 한국시가학회, 『한국시가연구』 제8집, 2000, p.69 참조.

에 등장하는 '信' 역시 사랑하는 임과 화자 모두에게 해당되는 것이 아니라 임을 떠나 보낸 화자에게만 해당된다. 이미 떠나간 임에 대해 믿음을 운운하는 것이 자연스럽지 못한 일일 수 있기 때문이다. 이러한 관점을 받아들여 이 구절의 의미를 풀어 본다면, 이 구절의 의미는 '내가' 천년을 홀로 지낸다 하더라도 '나의' 믿음이 끊어지겠습니까 정도로 풀어야 자연스러워진다.

이에 비해 앞 구절에 등장한 구슬의 비유에서의 이별은 어느 한쪽만이 홀로 지내는 것이 아니라 몸은 떨어져도 마음은 이어져 있는 서로의 상태를 말하는 것이기 때문에 이 두 구절이 서로 대등하게 이어진다고 보는 관점에 문제가 있음을 알 수 있다. 이 두 구절이 서로 대등하게 이어지는 것이 아니라면 이 두 구절의 관계는 어떻게 설정할 수 있을까?

이에 대한 가능한 방법으로 앞의 것을 전제로, 그리고 뒤의 것을 이와 같은 전제를 바탕으로 한 화자의 결심으로 이해하는 것을 생각해 볼 수 있다. 즉 구슬이 바위에 떨어져도 끈은 끊어지지 않는다고 하는 말을 의지 삼아 내가 홀로 지내면서도 임에 믿음을 놓지 않으려고 합니다라고 하는 것이 더욱 자연스럽다고 보는 것이다. 이렇게 보면, 임이 앞으로 어떻게 사느냐의 문제는 이 단락에서 논외가 되고, 오직 화자 스스로 앞으로 어떻게 살 것인가 하는 문제만이 전면에 드러난다. 따라서 적어도 이 부분에 이르러 사랑의 상대자로서의 임은 담론의 내용과 거리가 멀어지며, 청자로서의 가능성도 약해진다.

사랑의 상대자로서의 임이 이미 화자의 시야에서 멀어지고, 이에 따라 청자로서의 가능성이 약해진다면 새롭게 떠오를 수 있는 청자는 어떤 존재일까? 여기에서 다시 이 노래가 연행을 전제로 하는 속성을 가지고 있다는 점을 고려하면 하나의 가능성이 제기된다. 즉 사랑의 상대자인 임이 멀어진 자리에 실제의 청중이면서, 또한 이 노래에 내포된 청자로서의 불특정 다수를 놓는 것이 가능해 지는 것이다.

작품은 그것이 속한 장르의 관습으로부터 자유로울 수 없으며,[14] 이 노래가 속한 장르의 관습 중의 하나는 글로써 읽히는 것이 아니라 불려지고, 들려진다는 것이다. 이러한 장르적 관습에 따라 연행에서의 청중이 작품에 내포된 청자로서 불러들여지는 것은 충분히 가능한 일이며, 이와 같은 현상은 여타의 장르에 대한 분석을 통해서도 확인된 바 있다.[15] 이런 점에서 사랑의 상대자로서의 임이 아닌, 연행에서의 청중들을 포함한 불특정 다수라는 또 다른 청자의 가능역이 드러나게 된다.

3) 화자 자신

이제까지 검토한 청자의 가능역, 즉 사랑하는 임과 불특정 다수는 성격이 사뭇 다르기는 하지만 소통을 통해 화자의 갈등을 해소해 줄 수 있는 가능성을 가진 존재들이라는 점에서 공통점이 있다. 사랑하는 임과의 직접적인 소통을 통해 문제가 해결될 수 있다면 화자의 문제는 근본적으로 소멸할 수 있을 것이다. 그렇지 못하다고 해도 화자가 다른 누군가와 소통하며 그의 공감을 얻어낼 수 있다면, 화자는 비록 실제적인 해결에 도달하지는 못한다 하더라도 위로를 통한 심리적 안정을 얻을 수 있을 것이다. 만일 화자가 이러한 청자들을 가정하고 있다면 갈등 상황에 대처하는 화자의 태도는 외적인 요소에 의존해 갈등을 해소하려는 것이라 볼 수 있다.

그런데 이 때 생각해 볼 수 있는 것이 화자가 선택할 수 있는 갈등의

14) 장르적 관습은 독자에게는 '기대지평'이며, 작자에게는 창작의 '모델'이 될 수 있다. 즉 작품을 수용하는 입장에서나 창작하는 입장에서 모두 장르적 관습은 매우 실질적으로 영향력을 행사한다. T. Todorov, 앞의 책, p.76 참조.

15) 예컨대 시조나 가사의 종결어미에서 나타나는 청자지향적인 표현이나 누군가를 호명하여 불러들이는 것이 모두 연행의 속성이 반영된 것임이 이미 여러 연구자의 논의를 통해 검토된 바 있다.

해소가 이렇듯 외적인 요소에 의존하는 것만은 아닐 수 있다는 점이다. 화자가 자신이 처한 상황을 내적인 성찰을 통해 스스로 극복해 낼 수 있는 방법은 없을까? 특히 서정시가 일반적으로 화자의 내면적 독백을 드러내는 특성을 갖는다는 점을 고려할 때 이 작품에서 화자가 자기 외적인 누군가를 청자로 삼는 것이 아니라 문제 상황에 대한 자신의 심리적 극복 과정을 독백으로 드러냈을 가능성을 생각해 보지 않을 수 없다. 이런 이유에서 작품의 나머지 부분을 분석하며 또 다른 청자의 가능성을 검토해 보기로 한다.

> 大同江 아즐가 大同江 너븐디 몰라셔
> 빅내여 아즐가 빅내여 노흔다 샤공아
> 네가시 아즐가 네가시 럼난디 몰라셔
> 녈빅예 아즐가 녈빅예 연즌다 샤공아
> 大同江 아즐가 大同江 건넌편 고즐여
> 빅타들면 아즐가 빅타들면 것고리이다 나는

작품의 청자가 누구인가를 따지고자 할 때 이 단락은 조금 복잡한 문제를 안고 있다. 첫째, 이 노래에서 유일하게 현상적 청자(사공)가 등장하지만, 그 존재를 있는 그대로 받아들일 수 있는가 하는 문제이다. 비록 화자가 명백하게 사공을 지칭하고 있다 하더라도 사공에게 던지는 화자의 발언이 화자가 처한 문제 상황에 비추어 지나치게 갑작스럽기 때문이다. 둘째, 앞의 두 문장과 그 뒤에 이어지는 문장의 내용 사이의 차이가 적지 않기 때문에 이 단락의 청자를 단일하게 설정할 수 있는가라는 문제 역시 제기된다. 반복되는 여음을 기준으로 할 때 이 단락을 하나로 보는 것에 문제가 없지만, 앞의 네 줄과 뒤의 두 줄은 서로 이질적인 측면이 적지 않다.[16] 이에 먼저 앞의 두 문장에 등장하는 '사공'의 역할을 검토하고,

이어 끝 문장의 성격에 대해서 함께 살펴보기로 한다.

앞의 두 문장에서 현상적 청자로서 사공이 등장함에도 불구하고, 사공을 실제의 청자로 받아들이기 어려운 이유는 무엇보다 이 노래의 내용상 사공의 등장이 매우 돌연하다는 데 있다. 임과 화자의 이별은 오직 둘 사이의 문제일 뿐임에도 이 둘 사이의 이별에 실질적으로 영향을 미치지 않는 사공을 등장시키고, 더 나아가 사공의 아내에 대한 험담[17]을 늘어놓는다는 것은 상식적으로 이해하기 어렵다.

물론 여러 논자들이 설명하는 대로 화자의 격정적 심리가 사공이라는 엉뚱한 존재에게 분출되었다고 볼 때, 화자의 발화가 전혀 이해되지 않는 것은 아니다. 그러나 떠나는 임을 두고 화자가 던지는 모든 발화는 떠나는 임에게 영향을 주기 위한 것일 수밖에 없기 때문에, 표면적으로 임을 배에 태운 사공을 탓하는 것이든, 혹은 사공을 질투하는 것이든 간에, 그런 식으로밖에 자신의 감정을 드러낼 수밖에 없는 화자의 마음을 사랑의 상대자인 임이 직접 듣지 않는다면 아무런 의미가 없게 된다. 따라서 이 구절에서 현상적 청자가 비록 사공으로 나타난다고 하더라도, 사공을 실질적인 청자로 보기에는 무리가 있다.

그러나 사정이 이렇다 해서 사랑하는 임을 무조건 실질적 청자로 규정

16) 이 단락을 둘로 보아야 한다는 주장은 단지 화자의 태도가 서로 이질적이다라는 표면적인 판단만을 근거로 하는 것이 아니라 작품의 통사적 구조까지를 함께 고려한 매우 체계적인 분석에 기반하고 있기 때문에 최근의 연구의 상당수가 이 단락을 다시 두 개의 연으로 나누어 작품 전체를 4연의 구조로 보고 있다. 허왕욱, 「서경별곡의 시적 구조와 화자」, 한국문학교육학회, 『문학교육학』 11집, 태학사, 2005 참조.

17) 논자에 따라 이 부분을 사공의 아내에 대한 험담이 아니라 사공에 대한 직접적인 비난으로 보는 경우도 있다. 즉 '네 가시 럼난디 몰라셔'를 '네 아내가 음란한 마음이 난지 몰라서'로 보는 대신 '네 따위가 외람한(주제넘은) 줄도 모르고서'로 보는 해석이 제기된 바 있다(이 구절의 해석에 대한 논쟁은 김충실, 「서경별곡에 나타난 이별의 정서」, 김대행 외, 『고려시가의 정서』, 개문사, 1995, p.61 참조). 그러나 '네가 시럼난디'로 해석하는 것은 '네가시'가 반복되는 것임을 고려할 때 구조적으로 자연스럽지 못한 방식이다. '네가 시럼난디'의 의미라면 당연히 '네가 아즐가 네가시럼난디'로 되었어야 하기 때문이다.

하는 것은 옳지 않은 일이다. 실질적인 청자로 사랑의 상대자인 임을 설정하는 경우 발화의 효용은 사공에게 퍼붓는 악담을 임이 직접 들을 수 있을 때 극대화 된다. 그러나 배를 타고 떠나는 임을 두고 사공에게 큰 소리로 떠드는 화자의 모습이 과연 앞의 단락에서 화자가 보인 모습과 자연스럽게 연결될 수 있을까? 필자의 생각으로는 실제로 강가에서 이제 막 떠나는, 혹은 이미 한참을 떠가는 배를 보며 화자가 큰 소리로 사공에 대해 이치에 닿지 않는 악담을 늘어놓는 모습은 아무리 화자를 적극적인 성격을 가진 사람으로 가정한다 하더라도 자연스러워 보이지 않는다. 그보다는 오히려 떠나가는 임을 목전에 두고, 혼자만의 목소리로 부질없는 넋두리를 하는 것으로 보는 것이 더욱 자연스럽다.

이렇게 앞의 두 문장이 굳이 사공이나 임을 향하는 것이 아니라 화자 혼자만의 넋두리라고 본다면, 이 부분은 화자 자신을 실질적인 청자로 하는 내적 독백의 성격을 띠게 된다. 그리고 앞의 부분에서의 청자를 화자 자신으로 설정한다면, 이어지는 끝 문장과도 어렵지 않게 이어질 수 있다. 임이 대동강을 건너 다른 꽃을 꺾으리라는 화자의 발화는 낮고 암울한 분위기의 독백성 발화로서의 성격이 강하기 때문이다. 이런 점들을 고려할 때 이 부분에서는 앞에서 살핀 두 가지 유형의 청자 외에 또 다른 청자, 즉 화자 자신이 비교적 강하게 부각된다.

3. 청자의 유형에 따른 〈서경별곡〉의 이해

앞에서 작품의 내용적 검토와 함께 이 작품의 청자로서 유력하게 떠오르는 세 가지 존재들에 대해 검토해 보았다. 물론 이러한 검토는 아직 작품의 전체적인 흐름을 고려하기보다는 작품의 해석 중에 자연스럽게 연상할 수 있는 청자의 모습을 가정해 본 것으로 각 단락의 청자를 서로 다르게 설정해야 한다고 말하는 것과 거리가 멀다. 앞에서 분석한 내용은 아직 이 노래의 이해에서 가정할 수 있는 청자의 폭이 의외로 넓다는 것을 말해줄 뿐이다.

생각해 보면 수용자의 입장에서 앞에서 검토한 세 가지의 청자 중에서 반드시 어느 하나를 고를 필요는 없다. 오히려 세 가지 유형의 청자는 작품의 내용과 연행의 맥락에서 떠올려진 것으로 이들 모두가 수용자가 작품의 의미를 다양하게 유추해 볼 수 있는 단초로서의 역할을 할 수 있기 때문이다. 이제 앞에서 살핀 서로 다른 청자를 전제할 때 이 작품의 화자와 청자가 놓인 구체적인 상황이 어떤 것인지를 생각해 보고, 이에 따라 화자의 발화가 어떤 흐름으로 전개되는지, 그리고 이를 통해 이 작품의 성격을 어떻게 규정할 수 있는지에 대해 논의해 보자.

1) 임에 대한 호소의 노래

먼저 이 노래의 청자로 사랑의 상대자로서의 임을 전제하는 경우 이 노래가 어떻게 이해될 수 있는지를 생각해 본다. 이 경우 이 노래는 사랑하는 임에 대한 호소의 노래로 볼 수 있으며, 이 노래의 목적은 임이 다시 돌아오는 일이라 규정할 수 있다. 화자의 이별은 아직 완결되지 않은 현재진행형이며, 이 노래는 <정과정>이나 <사미인곡>과 같이 임과의 재회를 바라는 화자의 간절한 소망을 노래하는 것이 된다.

우리 시가의 전통을 고려할 때, 이런 경우 화자는 일반적으로 임에 대해 절대적인 순종이나 믿음을 드러냄으로써 임이 다시 한 번 자신을 돌아봐 줄 것을 기대하기 마련이다. 특히 전통적으로 여성화자가 등장하는 여러 사랑노래에서 화자는 임에 대한 자신의 사랑에 흔들림이 없다는 것을,

그리고 임이 언제든 다시 돌아올 것이라는 믿음을 간직한다는 것을 일관되게 드러내는 경우가 많다. 같은 고려속요인 <가시리>만 하더라도 화자는 혹여 자신의 지나친 집착이 임에게 부담이 될까를 걱정하고 있다.[18]

그러나 이 노래의 특성은 임의 마음을 돌이키는 데 단지 순종적인 모습을 보이는 데 그치지 않고, 임의 마음을 돌릴 수 있는 다양한 방식을 혼용하고 있다는 것에 특색이 있다. 그리고 이것이 화자의 태도에 일관성이 없다는 평가를 야기하는 원인이 된다. 하지만 이 노래의 성격이 화자를 버리고 떠나는 임의 선택을 바꾸어보고자 하는 데 있다고 볼 때, 각 단락이 서로 이질적으로 보인다 하더라도, 이 모두가 모두 임의 마음을 돌리기 위해 화자가 사용하는 방법이라는 점에서 동질적이다.[19]

첫 번째 단락에서 화자가 사용하는 방법은 직설적인 호소이다. 즉 자신의 모든 것을 버리고서라도 임을 따라갈 테니 자신과의 이별은 생각하지 말아달라는 것이다. 그리고 두 번째 단락에서는 앞의 방법보다 간접적인 방식을 취하고 있다. 이 단락에서 화자는 이별의 불가함에 대해 직설적으로 주장하기보다 임과 자신의 관계가 얼마나 깊고 무거운 것인가를 넌지시 환기하고 있다. 구슬의 비유를 통해 인연이 쉽게 끊어질 수 없는 것임

18) 박혜숙은 고려속요에 나타나는 여성 화자들이 스스로를 임이라는 주체에 의해 버림받은 대상으로 인식하는 데서 애원, 기다림, 원망과 체념, 자기연민 등의 주변적, 소극적 태도가 나타난다고 설명한다. 그러나 또한 이러한 태도는 상대남성에 대해서는 연약하지만, 사랑을 위해서라면 그 어떤 것도 불사할 수 있는 끈질기고 강인한 모습과 표리의 관계에 있다고 지적하고 있다. <서경별곡>에 나타나는 화자의 태도를 이해하고자 할 때, 화자의 여성적 태도에 담긴 이러한 양면성을 충분히 고려해야 할 필요가 있다. 박혜숙, 「고려속요의 여성화자」, 한국고전문학회, 『고전문학연구』 14집, 1998, pp.13-14.

19) 신은경은 이 노래가 "님과의 분리불안을 가지고 있는 화자가 여러 심리적 방위기제를 통하여 그 불안을 경감시키고 이별하고 싶지 않은 욕구를 승화시켜 나가는" 과정이 가감없이 드러난 것이라 설명한 바 있다(신은경, 「「서경별곡」과 「정석가」의 공통 삽입가요에 대한 일고찰」, 국어국문학회 편, 『고려가요 · 악장 연구』, 태학사, 1997, p.348). 그런데 이 노래를 청자에 직접적으로 호소하여 이별을 반전시켜보고자 하는 노래로 본다면, 작품에 나타나는 화자의 발화들은 자기 자신을 위한 '심리적 방어기제'가 아니라 임의 태도를 바꾸어 보고자 하는 다양한 전략이라고 달리 생각해 볼 수 있다.

을, 그리고 인연의 무거움을 전제로 하여 임에 대한 믿음을 굳게 지켜 나가고자 하는 화자의 굳은 다짐을 드러냄으로써 임에 대한 호소를 더욱 짙게 한다.

그러나 세 번째 단락에서는 앞에서의 방식과 매우 다른 양상이 나타난다. 앞에서의 방식들이 비교적 방어적이라면, 이 단락에서 화자의 발화는 매우 공격적인 모습으로 나타난다. 차마 임에게 직접 던지지 못하는 원망을 사공에게 던지고 있기 때문이다. 비록 사공에게 던지는 말이지만 발화가 지향하고 있는 것은 사랑의 상대자로서의 임이다. 또한 사공을 통해 간접적으로 임을 원망하고 난 뒤에 던지는 발화, 즉 배를 타고 강을 건너면 다른 꽃을 꺾을 것이라는 발화 역시 상대방인 임에 대한 원망을 매우 강하게 드러내는 것으로 볼 수 있다. 당신이 그럴 줄 알았다는 말은 의외로 상대방을 심하게 자극할 수 있기 때문이다.

요컨대 이러한 맥락에서 화자의 발화는 직접적인 방식에서 간접적인 방식을, 임에 대한 수동적인 자세에서 공격적인 자세를 혼용함으로써 임에 대한 호소의 정도를 강화시키고 있다.[20] 그런데 이렇듯 임에 대한 태도가 변화되면서 화자와 청자의 소통 가능성이 점점 더 약해지는 양상이 나타나기도 한다. 화자의 호소에도 불구하고 임과의 이별이 점점 더 확실해 지면서 마지막 단락에 이르러서는 화자가 임을 향해 던지는 말에 독백적인 성격이 강해지는 모습을 보이는 이유가 여기에 있을 것이다.

2) 불특정 다수를 향한 공감 지향의 노래

만일 이 노래의 청자를 불특정 다수의 청중이라고 본다면 이 노래는 사

20) 다만 이런 관점에서 볼 때 하나의 완결된 담화로서 시작과 끝이 명확하지 않다는 문제가 있다. 즉 각 단락이 제각기 화자의 마음을 돌리기 위한 서로 다른 방식의 발화가 나열된 것이라면 하나의 노래로서 완결성이 부족하다고 볼 수 있기 때문이다.

랑의 상대자인 임을 향한 노래로 볼 때와 매우 다른 맥락을 구성하게 된다. 자신의 이별에 대해 불특정 다수에게 이야기한다는 것은, 이미 그 이별이 기정사실이 되고, 자신이 겪은 과거의 사실에 대해 회상하는 일이 되기 때문이다. 아직 이별의 상처가 아물지 않은 상태에서 누군가가 자신의 마음을 알아주고, 공감해 주기를 바라는 것이 이 노래의 목적이 된다. 그리고 누군가가 공감해 주고 위로해 주기를 바라는 노래로서, 화자는 더 많은 공감을 유도할 수 있도록 자신의 발화에 일관된 질서나 장치를 부여했으리라 예상할 수 있다.[21] 이런 점들을 고려하여 이 노래를 다음과 같이 이해해 볼 수 있다.

첫 단락에서 제시된 임에 대한 절대적인 사랑은 자신이 얼마나 임을 헌신적으로 사랑했었던가를 화제로서 제시하는 부분으로 볼 수 있다. 화자는 자신의 사랑이 얼마나 진지하고, 절대적이었는가를 보여주면서, 또한 그러한 사랑을 배신하고 떠나는 임이 자신에게 얼마나 큰 충격을 주었는가를 자연스럽게 드러내고 있다. 아직 이 둘이 나누었던 사랑의 정체가 무엇인지는 알 수 없으나, 간곡한 경어체와 '아즐가'가 반복됨으로써 화자의 안타까운 상황에 대해 청자가 인간으로서의 보편적 연민을 느끼도록 유도한다.[22]

21) 오랜 시간동안 대중적으로 사랑받아 온 고려속요의 역사성을 고려하면, 불특정 청중을 향한 발화로서 이 노래가 어떻게 대중의 공감을 확보하고 있는가를 유심히 살펴볼 필요가 있다. 사랑과 이별이라는 주제 자체가 대중들에게 호소력이 높다는 것은 주지의 사실이지만, 이러한 주제를 노래한다고 해서 반드시 대중의 주목을 받는 것은 아니다. 일반적으로 고려속요는 사랑과 이별이라는 보편적 주제를 진술하고, 직접적으로, 그리고 일상적인 말로 표현함으로써 대중의 공감을 획득했다고 설명되고 있으나, 이와 함께 여성적 화자의 설정에 의한 호소력의 확보, '나의 이야기'라는 구조를 취하는 데서 오는 전이력 등 발화의 질서나 방식 등이 함께 고려되어야 할 것이다. 염은열, 「고려속요의 미적 구조에 관한 연구」, 서울대학교 석사학위논문, 1993, p.26 참조

22) 이와 함께 불특정 청중에게 호소하는 경우 이렇게 단도직입적으로 화제를 제시하는 것은 청중의 흥미를 단번에 획득할 수 있는 효과적인 장치가 되기도 한다는 점 역시 주목할 만한 부분이다.

두 번째 단락은 앞의 단락에서의 단도직입적인 제시에 대한 부연의 성격을 갖는 부분으로 이해해 볼 수 있다. 앞의 단락에서 제시된 갑작스러운 상황은 임에 대한 화자의 사랑이 얼마나 크고 깊었는가를 청중에게 강렬하게 각인시키는 한편, 이 둘 사이의 관계의 정체에 대한 호기심을 불러일으킨다. 이런 호기심에 부응하기 위해 화자는 다소간 어조를 낮추고, 실제의 사건으로부터 거리를 두며 자신이 임과 나누었던 사랑이 어떤 종류의 것이었는가를 청자에게 차분히 설명한다.

화자는 자신이 바로 앞에서 강렬하게 제시했던 고통을 짐짓 모른 채 하면서, 임과 자신이 나누었던 사랑이 단지 에로스적인 사랑이 아니라 그 이상의 정신적인 유대, 천년을 지나도 변하지 않을 믿음을 간직한 것임을 말한다. 그리고 이러한 소회는 오히려 듣는 이들에게 더욱 큰 안타까움을 자아내는 요인이 될 수 있다. 화자 스스로의 발화에 드러나듯이 결국 '외오곰' 지내야 하는 것은 임이 아닌 화자이며, 그럼에도 불구하고 떠난 임을 그리며 임에 대한 믿음을 홀로 간직하고자 하는 화자의 모습이 청자의 연민을 불러일으키기 때문이다.

세 번째 단락은 앞의 두 단락에서 심화되는 비장한 분위기를 다소간의 과장이 섞인 과거담을 통해 희극적으로 잠시 전환하여 청자의 긴장을 이완시키고, 이별을 겪은 화자의 소회를 요약적으로 제시함으로써 청자의 깊은 공감을 이끌어 내는 부분으로 읽어낼 수 있다. 이에 따라 앞의 두 단락이 작품의 기와 승에 해당된다면, 세 번째 단락은 전과 결에 해당하는 것으로 볼 수 있다.

세 번째 단락의 앞부분인 대동강의 에피소드는 이별을 받아들이지 못하고, 어리석게도 다른 누군가에 화풀이를 했던 것을 자신의 모습을 희극적으로 표현한 것으로 화자와 청자 모두의 웃음을 유발하기 위한 장치로 이해할 수 있다. 과거에 자신이 정말 그런 행위를 했던 것인지 아닌지가 중요한 것이 아니라, 그 때 자신이 얼마나 혼란스러웠는가를 드러내기 위한 장치로서 다소 과장된 표현을 할 수 있었을 것이다. 그리고 이 단락의 뒷부분에서 화자는 이별이 종결된 상황에서 지난 일을 함축적으로 요약하는 발화를 제시하며 노래를 마친다. 즉 사랑이라는 것이 상황이 달라지면 얼마든지 변할 수 있다는 것을 자신이 왜 일찍 깨닫지 못했는가라는 소회를 드러내고 있다.

요컨대 불특정 청중을 향해 자신의 이별 경험을 담담히 소회하는 것으로 볼 때, 이 노래는 강렬한 화제 제시, 사랑에 대한 자신의 소신, 경험의 희화화, 그리고 이별을 통한 깨달음을 담담히 제시하고 있는 것으로 볼 수 있다. 이 과정에서 화자가 얻을 수 있는 최선의 결과는 타자의 공감과 이해를 통한 심리적 위로이다.

3) 서정적 독백으로서 현실 각성의 노래

사랑의 상대자로서의 임이나 불특정 다수의 청중을 청자로 하지 않고, 화자 자신을 청자로 하는 화자 내면의 독백으로 볼 때, 이 노래의 성격은 자기 자신을 스스로 다스리는 노래로서의 성격을 갖는다. 이별은 이미 돌이킬 수 없는 일이며, 임과 함께 했던 자리에 혼자 남아 있는 자기를 발견한 화자의 독백으로서 이 노래를 규정할 수 있다. 이렇게 볼 때 이 노래는 외부의 개입이나 간섭에 좌우되기보다는 오히려 자기 스스로의 사색과 통찰에 따라 갈등을 해소하려는 서정적 자아의 심리적 경과를 서술한 것이 된다.[23]

---

23) 최미정에 의하면 고려속요는 기본적으로 갈등의 해소에서 외부의 영향을 크게 받지 않는다는 특성이 있다. 물론 "외부의 간섭과 개입을 받아들이는 화자의 태도"는 작품에 따라 어느 정도의 편차가 없지 않으나, 외부에 의한 갈등의 해소보다는 화자 스스로의 합리화를 추구한다는 점에서는 공통적이다. 최미정, 앞의 책, p.90.

이런 관점을 취한다면 노래의 진행은 지난 일을 자기중심적으로 회상하는 과정이라 볼 수 있으며, 자신이 겪은 사건을 또 다른 자기의 눈으로 돌이켜 봄으로써 과거의 상처로부터 벗어나 심리적 안정과 새로운 출발을 모색하는 계기를 갖고자 하는 것이 이 노래의 목적이 된다.[24] 그리고 이 노래의 흐름은 다음과 같이 정리할 수 있다.

첫 번째 단락은 자신의 사랑이 어떤 종류의 것이었는가를 회고하는 부분이다. 이별이 눈앞의 일이 되었음에도 여전히 임에 대한 신뢰와 절대적인 사랑이 가득했던 순간을 떠올림으로써 화자는 임과의 사랑이 어떤 것이었는가를 돌이켜 보기 시작한다. 당시 자신의 심리 상태에 대한 요약적 진술이 바로 '괴시란ᄃᆡ 우러곰 좃니노이다'가 된다. 즉 '괴시란ᄃᆡ 우거곰 좃니노이다'는 당시에 화자가 사랑의 상대자인 임에게 말했던 것을 그대로 옮긴 것이라기보다는 임의 사랑이 확인될 수만 있다면, 얼마든지 모든 것을 포기하고 임을 쫓아갈 수 있었을 것이라는, 당시 화자의 심리 상태에 대한 진술이 된다. 이미 모든 것이 지난 지금의 상태에서 돌이켜 보면 화자에 대한 임의 사랑이 확인되지 않았기 때문에 화자가 임을 따라가는 것이 불가했음도 함께 말해 준다.

두 번째 단락은 임이 떠나는 것이 변할 수 없는 사실이 되었을 때, 남겨진 자로서의 내면적 고민을 회상하는 것이라 볼 수 있다. 임이 떠나가는 것이 이미 결정된 상황에서 화자에게 문제가 되는 것은 앞으로 자기에게 닥칠 '외오곰'의 시간이다. '임과 함께'가 아니라 자기 혼자서 겪어야 할 시간은 이전의 삶과 다르게 진행될 수밖에 없으며, 화자에게 가장 막막한 일이 아닐 수 없다. 이런 경우 보통의 사랑 노래에서는 이별의 고통

24) 이런 관점에서 이 노래는 화자가 스스로의 독백을 통해 자신의 정체성을 구축해 가는 서정시 일반의 성격에 부합하는 것으로 볼 수 있으며, 화자의 발화는 단순한 감정의 표출이 아니라 세계에 대한 독자적인 인식의 과정으로 간주할 수 있다. 박혜숙, 앞의 글, p.5.

을 승화시킬 수 있는 매개를 찾기 마련이다. 그것이 이 부분에서는 '긴'과 '信'으로 드러난다. 끊기지 않는 끈과 믿음을 통해 자기에게 닥칠 '외오곰'의 시간을 견딜 수 있게 해 줄 것이라고 생각했었음을 회고하는 것이 이 부분의 요지가 된다. 물론 여기에서의 믿음이 화자와 임 사이 쌍방 간에 대등하게 존재하는 것으로 보기에는 다소 간의 문제가 있다. 이미 앞에서 임은 화자에게 사랑의 확신을 주지 못했기 때문이다. 따라서 여기에서의 믿음은 임이 나를 어떻게 사랑했는가와 상관없이, 화자 스스로가 떳떳하고, 진실하게 느끼는 자기 자신의 순수했던 마음에 대한 믿음이라고 보는 것이 더욱 적절하리라 생각한다.

그렇다면 상처로 가득했던 이별의 순간, 그리고 이별 후의 고독한 시간에 대한 불안을 지나 화자가 이르게 되는 곳은 어디일까? 세 번째 단락에서 우리는 화자의 시선이 이제 자신이 처한 구체적인 지금 여기의 공간에 도달하게 됨을 확인하게 된다.

세 번째 단락이 앞의 두 단락과 뚜렷하게 구별되는 것 중의 하나로 '대동강'이라는 구체적인 지명이 등장한다는 점을 들 수 있다. 앞의 두 단락이 구체적인 시공을 초월한 화자와 청자만의 심리적 공간이라면 세 번째 단락에서 대동강으로 구체화되는 공간은 홀로 남겨진 화자가 처한 현실적인 공간이다. 따라서 이 단락에서 대동강이라는 구체적인 공간이 등장했다는 것은 이제 화자가 이별로 인한 심리적 방황의 끝에서 드디어 구체적인 현실로 시선을 이동하게 되었음을 말해 준다.

주지하다시피 이 단락에 대한 기존의 연구에서 주된 관심이 되었던 것 중의 하나는 '사공'에 대한 원망을 표출하는 화자의 돌연한 심리적 변화였다. 그러나 앞에서 이미 언급했듯이 사공을 실질적인 청자로 보고 사공에 대한 원망을 통해 욕망을 간접적으로 해소하고자 한다는 등의 해석은 이 단락의 실질적 화두인 '대동강의 넓음'을 간과하는 면이 없지 않다. 이제 현실로 돌아온 화자에게 대동강은 이전의 대동강이 아니라 훨씬 넓어지고 깊어진 삶의 장벽이자, 자기 삶의 경계로서의 의미를 갖는다. 대동강은 화자와 임을 가로막는 장애물이면서 동시에 이별 이전의 화자와 이별 이후의 화자의 삶을 경계 짓고, 새로운 삶을 요구하는 자극이다.

대동강 이편에서 임과 함께 사랑을 나누는 동안 화자의 삶은 사랑과 일, 그리고 이곳과 저곳이 서로 나뉘지 않는 조화를 이루고 있었다. 그러나 이별을 계기로 사랑과 일, 그리고 고향과 타향이 서로 나누어지며, 이제껏 느끼지 못했던 삶의 부조리가 새롭게 부각된다. 일과 사랑, 혹은 이곳과 저곳이 공존하지 못하고, 어느 하나를 선택해야만 하는 받아들이기 어려운 상황이 전개되는 것이다.[25] 따라서 화자가 사공에게 던지는 저주, 혹은 원망의 말은 사공에게는 자연스러운 생업이 또 다른 누군가에게는 상처가 되기도 하는 삶의 부조리한 측면을 환기하는 정도로 이해할 수 있는 것이다.

결국 대동강을 계기로 현실에 눈을 돌린 화자가 도달한 지점은 삶에 내재된 부조리에 대한 각성이다. 배를 타고 강을 건너간 임이 또 다른 꽃을 꺾을 것이라는 발화가 담고 있는 의미는 사랑을 배신한 구체적인 임에 대한 원망이라기보다는, 애초부터 영원할 수 없는 인간의 사랑에 대한 화자의 깨달음이며, 이러한 깨달음으로부터 대동강 이편에서의 삶을 다시 살아가야 하는 자기 자신에 대한 연민과 다독임으로 보아야 할 것이다.

여기에서 화자는 지금 자기에게 닥친 현실을 거부하거나 혹은 다른 믿음을 통해 승화시키는 것을 택하는 대신, 있는 그대로를 가감 없이 받아들임으로써 새로운 출발의 전기를 마련하는 것으로 생각된다. 임이 이미 떠난 상황에서 임에 대한 화자의 애증은 별다른 의미를 갖지 못하며, 깨

25) 이어령 · 정병욱, 『고전의 바다』, 현암사, 1982, p.113.

달음이나 체념이 필요한 시점이기 때문이다.[26] 화자는 임과의 이별이 불가피한 것이었음을, 그렇기에 영원한 소망으로 간직할 수 없다는 것을 각성하고, 이미 지난 사랑을 돌이키려는 노력으로부터 자유로워진다.

4. 담론구조를 활용한 독법의 교육적 의의

이제까지 본고는 <서경별곡>을 하나의 담론으로 보고, 담론을 구성하는 화자와 청자, 그리고 이들의 소통이 이루어지는 맥락을 재구성해 봄으로써 이 노래를 일관성 있게 이해하는 방법에 대해 생각해 보았다. 그리고 이는 고려속요의 장르적 특성, 즉 궁중악으로의 재편과 연행성을 고려한 접근이었다. 이제 <서경별곡>이 지닌 이러한 다양한 가능성을 텍스트의 지평 확장을 통한 학습자의 능동적이고 주체적인 수용 가능성 신장과 연결시켜 보기로 한다.

물론 다른 한편으로는 이러한 논의에 앞서 이미 검토한 세 가지의 가능성 중에서 어느 것이 가장 적절한 것인가에 대한 상세한 논의를 진행하는 것도 <서경별곡>의 실체에 대한 이해를 심화하는 데 매우 중요한 일이 아닐 수 없다. 이를 단지 가능성의 차원에 두는 것이 아니라 작품에 대한 구체적 해석의 차원까지 정교하게 진행함으로써 무엇이 가장 적절한 것인가를 논하는 것도 필요하기 때문이다.

그러나 필자의 생각으로는 앞에서 검토한 세 가지의 청자 중 어느 하나가 다른 것들에 비해 실제 청자로서의 가능성이 높은가의 문제는, 가능성의 정도에서 차이가 있을 수는 있지만 결정적으로 다른 가능성들을 배제

26) 김명준, 앞의 글, p.75.

하는 것으로 귀결되기 어렵다. 오히려 이 세 가지의 가능성을 모두 열어 둘 때 이 노래를 이해할 수 있는 가능성과 이 노래를 즐길 수 있는 가능성이 비례해서 풍부해질 수는 없을까? 바로 이 가능성으로부터 이 작품의 성격에 대한 더 많은 논의의 실마리가 마련될 뿐만 아니라, 작품의 난해함에서 비롯된 교육적 어려움을 타개할 수 있는 해법도 궁리해 볼 수 있을 것이다.

작품의 수용 과정을 텍스트와 독자의 지평이 서로 융합해 가는 과정이라 볼 때, 독자가 수행하는 텍스트 수용의 양과 질은 텍스트가 함축하고 있는 지평과 이에 상응해 독자가 활성화하는 자신의 지평에 따라 좌우된다. 따라서 교육의 장에서 문학 작품을 활용할 경우에는 그것이 학습자에게 드러내 줄 수 있는 지평의 범위를 충분히 고려해야 하며, 이와 아울러 텍스트가 학습자에게 보여줄 수 있는 지평이 확장될 수 있도록 다양한 해석의 가능성을 개발할 필요가 있다.

텍스트의 지평은 고정적일 수 없고, 그 안에 이미 독자와의 만남을 전제한다. 텍스트의 지평은 독자의 지각적 활동과 더불어 지속적으로 새롭게 형성된다.[27] 텍스트의 지평이 고정된 것이 아니라는 점에서 그것의 부단한 확장이 가능함을 알 수 있고, 독자와의 만남을 전제한다는 점에서 교육의 장에서는 학습자와 텍스트가 서로 공유할 수 있는 지점을 중심으로 텍스트 지평의 확장을 추구해야 한다.

이런 점들을 고려할 때, 화자와 청자의 관계를 중심으로 한 <서경별곡>에 대한 독해는 작품에 내재한 다양한 청자를 발견해 내고, 다양한 청자를 고려하여 작품이 드러내는 의미를 확장한다는 점에서 텍스트의 지평을 넓히는 일이 된다. 그리고 그 과정에서 학습자 저마다 자신의 위치

27) M. Collot, *La Poésie et la structure d'horison*, 정선아 역, 『현대시와 지평구조』, 문학과지성사, 2003, pp.18-19 참조.

와 긴밀한 관련을 맺는 청자를 감상의 요소로 적극적으로 고려한다는 점에서 학습자와 텍스트 사이의 접점을 풍부하게 하여 학습자의 능동적이고 주체적인 수용에 기여할 수 있다.[28)]

사실 문학 작품을 가르치는 일은 학습자의 능동적이고 주체적인 수용을 전제로 하면서도 실제로는 그에 반하는 방향으로 진행되기 쉽다. 문학의 속성을 고려할 때 문학 작품을 가르치는 것이 기본적으로 작품이 담고 있는 삶의 세계를 이해하는 것과 깊은 관련이 있기 때문이다. 문학 작품은 그 하나하나가 삶의 특정한 단면, 혹은 인간 삶에 대한 총체적인 통찰을 담고 있기 때문에 문학 작품을 접하는 일은 그것이 구현하고 있는 삶에 대한 간접적인 체험의 과정을 포함한다. 따라서 작품을 가르치는 과정에서 학습자가 작품이 담고 있는 세계를 이해하는 것이 중요한 교육 내용으로 자리 잡게 된다. 교수자는 가능한 한 명료하게 작품이 형상화하고 있는 세계의 실상을 보여주고자 노력하며 그에 대한 상세한 설명을 제공하고자 노력한다.

그러나 그 과정에서 작품이 담고 있는 세계를 이해하는 것이 그것에 대한 누군가의 설명을 그대로 받아들이는 것이 될 가능성이 높다는 것이 문제가 된다. 문학을 가르치는 데 학습자가 직접 눈앞에 펼쳐진 세계를 목격하고, 그 세계를 스스로 이해하고자 하는 노력의 과정이 또한 중요하기 때문이다. 문학교육의 목표가 궁극적으로 문학 능력의 신장에 있다고 할 때, 문학 능력의 핵심은 자신이 접하는 여러 작품들을 주체적이고 능동적

28) 작품을 감상하는 데에는 독자의 인격적 참여, 즉 "독자가 텍스트 내부의 인격적 존재와 관계를 맺는 일"이 중요한 요소가 된다. 이때 작품이 내포하고 있는 청자는 독자의 인격적 참여에 매우 중요한 영향을 미치게 된다. 텍스트가 호소하는 구조를 따라 독자가 시적 상황 안으로 들어가 화자, 또는 청자와 자신을 동일시하면서 작품의 상황에 직접적으로 참여할 수 있기 때문이다. 김남희, 「현대시의 서정적 체험 교육 연구」, 서울대학교 박사학위논문, 2007, p.56 참조.

으로 수용하고, 이를 바탕으로 삶에 대한 사고를 경험하고, 이해를 확장하는 데 있을 것이다.[29]

고전시가를 교육적 제재로 활용하는 경우에도 개별 작품에 대한 심도 있는 지식과 이해를 습득하는 것과 함께 그것을 통해 학습자 스스로 작품을 다양한 각도에서 살펴보고 능동적으로 자기화하는 경험을 획득하는 과정에 주목해야 한다는 것 역시 당연한 일이다. 이런 면에서 <서경별곡>을 가르치는 일에서 역시 학습자들이 능동적으로 작품의 세계에 대해 나름대로의 이해에 이르는 과정을 강조하고, 학습자들이 이 과정을 겪을 수 있도록 하는 교육 내용과 방법이 적극적으로 개발되어야 한다.

만일 그 과정에서 <서경별곡>에 나타난 삶을 이해하기 위해 화자의 심리적 경과에서 비롯되는 난해함을 극복하는 것이 필요하다면 그것 역시 누군가 마련해 놓은 정답에 의해서가 아니라 학습자가 스스로 삶의 이모저모를 따져보면서 이루어지는 것이야 말로 가장 중요하지 않을까? <서경별곡>의 난해함을 극복하는 것은 작품을 전문적으로 연구하는 사람에게만 요구되는 것이 아니라 이것을 통해 문학 능력을 신장하고자 하는 학습자에게도 마찬가지로 요구되어야 한다. 생각을 바꾸어 보면 난해함은 교육의 장애물이 아니라 오히려 더욱 풍부한 감상을 위한 출발점으로서의 위상을 지닌다.[30]

그런데 이제까지 <서경별곡>을 가르치는 경우 당대의 맥락, 당대의 실상에 대한 고려, 아직 확실히 검증되지 않은 수많은 연구 지식들에 대한

---

29) 김대행 외, 『문학교육원론』, 서울대학교출판부, 2000, pp.44-45 참조.

30) 시가 장르의 특성상 해석의 모호함이 드러나는 것은 자연스러운 면이 있다. 그런데 현대시의 경우 작품의 모호성을 해석의 다양성을 추구하는 근거로 활용되는 반면, 고전시가에서는 제거와 극복의 대상으로 간주되는 경향이 있었던 것이 사실이다(최홍원, 「고전시가 모호성의 교육적 이해」, 국어교육학회, 『국어교육연구』, 2009, p.251). 고전시가의 경우에도 해석의 모호성이 발생하는 원인에 따라 학습자의 다양한 해석을 유도할 수 있는 방향으로의 전환이 이루어져야 할 것이다.

배려가 학습자의 자발적 수용을 방해하는 수준으로 강조되었던 것은 아니었을까? 물론 고전문학을 수용하는 경우 당대의 상황을 충분히 고려하고, 당대의 맥락에 맞추어 작품을 이해하는 것을 무시할 수 없다. 잘못된 어휘 풀이 하나로 인해 작품의 내용을 심각하게 오도할 수 있으며, 장르적 관습에 대한 몰이해로 인해 작품의 온전한 의미를 왜곡하는 경우가 쉽게 나타날 수 있기 때문이다. 고전시가 교육에서 작품에 대한 훈고, 주석이 차지하는 위상을 전면적으로 부정하는 것은 결코 바람직한 태도가 될 수 없다.

그러나 고전시가와 관련된 자료와 연구의 한계를 고려할 때 작품에 대한 외적인 지식만을 강조하는 것 역시 능사는 아닐 것이다. <서경별곡>을 비롯한 많은 고전시가 작품들에 대해 학습자들이 교과서나 교사를 통해 얻게 되는 지식 중의 상당 부분은 아직 분명한 사실로서 확정하기 어려운 것이 적지 않다. 만일 우리가 이러한 현실적인 상황을 인정하지 못한다면 지금 우리가 가르치는 고전문학 작품의 상당수가 교육 현장에서 배제되어야 할지도 모른다.

물론 정당한 필요에 따라 우리가 가르칠 수 있는 것과 그렇지 못한 것을 구별하는 일은 매우 중요한 일이다. 그러나 우리가 가지고 있는 한계에도 불구하고 그것을 가르쳐왔고, 또한 가르쳐야 하는 이유가 문학의 속성상 개개의 작품이 구현하고 있는 삶의 모습이 언제나 새롭게 해석될 가능성과 필요가 있기 때문이라는 점을 간과한다면 아무리 정밀하게 검토된 작품을 가르친다고 해도 그 교육적 의의를 달성하기 어렵다.

문학을 가르치는 자리에서 우리는 늘 학습자의 능동적이고 창의적인 해석을 강조해 왔다. 고전문학이라 해서 이에서 예외가 되지는 않을 것이다. 고전문학 작품을 학습자가 능동적이고 창의적으로 재해석할 수 있도록 하기 위해서는 훈고와 해석을 위한 가능한 한 정확한 지식을 제공하는 것과 함께 현재의 수용자들이 자신의 문학 능력을 활용하여 자유롭게 작품에 접근할 수 있는 가능성도 보장될 필요가 있다.

이런 점에서 보자면 연행의 조건을 고려하고, 담론적 접근을 통해 확장된 <서경별곡>의 지평은 화자와 청자, 그리고 상황적 맥락 등을 활용하며 학습자가 작품으로부터 다양한 의미를 생산해 낼 수 있도록 하는 장점이 있다. 그리고 이를 통해 이 작품에서 우리가 문제 삼아야 할 화자의 갈등과 문제 상황이 수용자의 의식에서 좀 더 분명하게 구체화될 수 있고, 화자의 심리적 갈등이 해소되는 과정을 수용자 스스로 다양하게 모색해 봄으로써 학습자가 화자와 함께 갈등의 해소 과정에 동참할 수 있다.

5. 요약 및 제언

학습자로서 문학 작품을 감상하고 비평하는 일련의 과정은 전문적인 연구자가 그 작품을 두고 진행하는 사유의 과정과 별개의 것이 아니라 근본적으로는 동질적인 것이어야 한다. 연구자들이 작품의 해석을 두고 진행하는 추리의 과정, 즉 해석의 타당성이나 정합성을 찾아가는 과정을 학습자들 역시 경험할 수 있도록 하는 것이 바람직하다.[31] 이런 점에서 이 장에서 시도한 <서경별곡>에 대한 담론적 접근은 기존의 일반적 해석의 방식을 점검하고, 새로운 해석의 가능성을 생각하는 실마리가 될 수 있을 뿐 아니라, 이 작품에 대한 기존의 교육 내용과 방식을 비판적으로 점검하는 계기가 된다.

물론 이 글에서 시도한 <서경별곡>에 대한 새로운 접근은 기본적으로

31) 염은열, 「교육의 관점에서 본 고전시가 해석의 다양성-<정읍사>를 사례로」, 한국시가학회, 『한국시가연구』 24집, 2008, p.256.

난해한 화자의 심리에 나름대로의 질서를 부여하기 위한 하나의 시도로서의 의의를 가질 수 있지만, 이를 통해서도 여전히 작품의 실상을 분명히 설명하기 어려운 점이 많다는 것을 부인할 수 없다. 앞에서도 언급하였던 것처럼 이는 앞으로 문학 연구의 차원에서 좀 더 정밀하게 논의될 일이다. 서로 다른 청자를 적용할 때 작품의 구체적인 면면이 어떻게 해석될 수 있는가에 대해서도 더욱 정밀한 검토가 필요할 것이다.

그러나 이러한 시도를 통해 이 작품이 구현하고 있는 세계를 좀 더 다양하게 상상해 볼 수 있는 실마리가 마련된 것은 나름대로 의미가 있는 부분이다. 더 나아가 이와 같은 시도가 교육 현장에서 제공되는 작품의 실상에 대한 여러 정보들과 함께 학습자들의 능동적인 작품 수용에 활용될 수 있는 가능성도 조금은 마련되었으리라 생각한다.

제4장 고려속요의 상상력과 문학교육
—〈정석가〉의 사례

문학을 통해 풍부한 상상을 경험하는 일은 감상의 즐거움이자, 문학교육의 목표이기도 하다. 문학이 담고 있는 현실이 중요한 만큼 문학을 살아 있게 하는 상상은 그동안의 문학교육에서도 늘 강조되어왔던 요소이다. 이 장에서는 익숙하면서도 독특한 <정석가>의 세계를 다시 한 번 살펴보면서 고려속요가 담고 있는 한국인의 상상력과 문학을 통한 상상력의 교육에 대해 생각해 본다.

1. 서론

<정석가>는 『시용향악보(時用鄕樂譜)』에 작품의 일부가 기록되어 있고, 『악장가사(樂章歌詞)』에 작품의 전체가 수록된 고려속요로 흥미로운 발상과 표현, 구성상의 독특함 등으로 인하여 일찍부터 여러 연구자들의 많은 관심을 받고 있는 작품이다. 작품의 제목과 연결되며, 악기의 소리로 추측되는 '딩아 돌하'의 정체, 실현 불가능한 가상의 조건을 통해 임과의 헤어짐을 부정하는 독특한 상상력, 이 작품과 <서경별곡>에 공통으로 삽입된 '구슬사'의 성격, 궁중의 음악으로서 송도(頌禱)의 성격을 강하게 나타내는 서사와 민요적 성격이 두드러지는 본사와 결사의 이질적 결합 등 이 작품은 여러 가지 면에서 흥미로운 모습을 보이고 있다.

작품의 이러한 자질에 따라 이 작품은 고려속요 중에서 교과서의 제재

로 선호도가 높은 편이다. 고려속요로서는 난해어구의 비중이 비교적 낮으면서도 고려속요의 다양한 특성과 한국인의 사유 방식을 보여주기 때문이다. 여기에서는 학습자들이 이 작품에 대해 좀 더 풍부하게 감상할 수 있는 방향을 모색하기 위하여, 작품이 지닌 다양한 특성 중에서 임과의 헤어짐을 독특한 방식으로 부정하는 본사의 구조와 내용을 집중적으로 검토해 보고, 이를 근거로 하여 이 작품의 전체적인 성격에 대해 이해해 보고자 한다.

이 작품은 총 여섯 개의 연으로 구성되어 있으며, 이를 다시 서사, 본사, 결사의 세 부분으로 나누어 볼 수 있는데, 이 중 본사의 부분에서는 "일련의 불가능한 것들을 제시하여 그것이 해결되기까지의 무한한 시간을 지향하는"[1] 네 개의 연이 반복되고 있다. 이 글에서 우선 주목하는 것은 이렇게 본사를 구성하는 네 개의 연이 궁극적으로 드러내는 의미가 무엇인지 하는 점이다.

이는 본사가 내용이나 구성상 작품의 중심을 이룬다는 점만을 고려한 것은 아니다. 서사가 담고 있는 내용을 확실히 해석하기에는 아직 충분한 정보를 갖지 못하고 있고, 결사는 이 작품이 원래 있던 작품들의 합가라 주장하는 데 근거가 될 정도로 이 작품 고유의 특성을 말해주는 것이라 보기 어렵다. 이 역시 본사에 우선적으로 주목하는 이유가 된다. 본사의 구조와 내용에 대한 분석을 중심으로 서사와 결사 등의 유기적 관계를 추리해 본다면 이 작품의 성격을 보다 분명히 이해할 수 있으리라 생각한다.

물론 이 작품의 본사는 다른 고려속요 작품들에 비하면 해석상 심각한 논란이 있거나 특별히 이해하기 어려운 구조로 되어 있는 것은 아니다. 본사를 구성하는 네 개의 연들은 거의 동일한 통사구조를 가진 문장들의

1) 김학성, 『한국고전시가의 연구』, 원광대학교출판국, 1980, p.119.

반복으로 각각의 연들이 그 자체로 서로 동질적인 관계를 형성한다. 동일한 통사구조를 가진 말들을 단순하게 반복하는 것이 민요에서 흔히 발견되는 것임을 고려할 때, <정석가> 본사에서의 반복 역시 이러한 영향을 받은 것이라 추측된다.

"유덕ᄒᆞ신 님믈 여ᄒᆡᄋᆞ와지이다"의 종결은 유지하되, 서로 다른 소재, 행위를 교체해 가면서 임과 이별하지 않겠다는 의지와 다짐을 점차 고조시키는 전략을 취하고 있는 것이라 볼 수 있다. 터무니없는 조건을 내세워 원하지 않는 상황이 도래하는 것을 부정하는 방식이 우리 시가에 형성된 하나의 관습이라는 점을 고려한다면 <정석가>에 나타난 이러한 표현이 그리 낯선 것은 아니다.[2)]

그러나 이 네 개의 연이 단순 반복되며, 그 분위기를 점층적으로 고조시킨다는 정도의 설명에 만족하기에는 이 작품의 짜임이 상당히 특별해 보이는 것도 사실이다. 통사적으로는 유사하지만, 등장하는 소재들 자체의 함의나 이들이 연속되는 양상이 단순해 보이지 않고, 등장하는 가상의 행위들이 의미하는 바가 예사롭지 않아 보이기 때문이다. 따라서 이들 네 연이 민요에서처럼 동일한 내용을 단순하게 반복하고 있는 것인지, 아니면 우리가 쉽게 간과할 수 있는 중요한 함축을 지니고 있는 것인지에 대해 심도 있게 살펴볼 필요가 있다.

이미 기존의 연구사에서도 이들 네 연을 단순한 반복으로 보아서는 안 된다는 생각이 일찍부터 제기되었는데, 중요한 것으로 몇 가지 예를 들어

---

2) 이 노래의 본사에 나타나는 표현 방식이 민요의 영향을 받았다는 것은 두 가지 이유에서이다. 하나는 동일한 통사 구조가 반복되는 표현이 민요에서 흔히 발견되는 것이라는 점이고, 다른 하나는 표현된 내용, 즉 현실적으로 불가능한 사건을 제시하며 역설적인 뜻을 전달하는 것 역시 민요에서 자주 등장한다는 점이다. 후자의 경우 굳이 민요에만 국한되는 것이 아니라 시조를 비롯한 다양한 장르에서 공통적으로 나타나는 우리 고유의 발상법이라 할 수 있다. 후자에 대해서는 이규호, 「정석가(鄭石歌)식 표현과 시간의식」, 『국어국문학』, 국어국문학회, 1984 참조.

보면 다음과 같다. 먼저 김상억[3]은 본사의 구조를 '식물생태적 비유'에서 '광물(鑛物)가공적 비유', '광·식물의 혼합 소재', '광·동물적 혼합' 등으로 점차 고조되는 것으로 분석하여 이후의 여러 연구에 영향을 주었는데, 등장하는 소재를 범주화하여 서로 대비해 봄으로써 네 개의 연을 체계적인 점층 관계로 파악하는 것을 가능하게 하였다. 이 논문에서 더욱 자세한 논의가 제시되지는 않았지만, 등장하는 소재들의 범주화가 가능하다는 점을 제시하였다는 점은 이 작품에 나타난 반복 구조를 민요에 나타나는 단순한 반복으로 보는 시각을 전환하는 중요한 계기가 되었다.

이와 비슷하면서도 새로운 설명이 덧붙여진 것으로 박진태의 연구[4]를 들 수 있다. 이 논문에서는 본사의 구조적 특성이 동식물의 생명현상으로 가능한 세계가 광물화되면서 불가능한 조건을 만들어 내는 데 있다고 분석하였다. 또한 본사의 첫 번째와 두 번째에서는 생성과 성장, 증가와 확대의 방향으로의 변화를 드러내고, 세 번째와 네 번째에서는 소멸과 파괴, 경감과 축소의 방향을 지향한다고 설명하였다. 결론적으로 이 두 부분들이 "+무한대와 -무한대로 대립된다."고 지적하였다. 이 연구는 단지 등장하는 소재들의 성격을 범주화하는 데 그치지 않고, 각 연 사이의 구조적 긴밀성의 문제까지를 언급하고 있다는 것이 장점이다. 동일한 지향을 지닌 동일한 구절의 단순 반복이 아니라 '+'와 '-'의 상상력이 한 쌍을 이루고 있는 것으로 봄으로써 이 작품의 구조를 새롭게 볼 수 있는 관점을 제시하였다.

정병욱과 이어령[5] 역시 이에 대해 언급한 것이 있다. 이들이 나눈 대담에 따르면 <정석가> 본사의 표현은 기본적으로 "유한한 생(生) 속에서 영

3) 김상억, 「<정석가> 고」, 김열규·신동욱 편, 『고려시대의 가요문학』, 새문사, 1982.
4) 박진태, 「속요의 연 구성에 나타난 대칭과 대립」, 『국어국문학』, 국어국문학회, 1984.
5) 정병욱·이어령, 『고전의 바다』, 현암사, 1977.

원을 꿈꾸는 한국인의 염원을 나타낸 것"이며, 이때의 영원이 "마멸과 증발하는 영원"이라는 데 특성이 있다고 설명하고 있다.[6] 식물에서 광석으로 점차 강한 것이 등장하여 영원성을 강조하고, 점차 현실성보다 환상적인 불가능성이 강화된다는 점, 또한 농경민의 감정, 불교, 사대부의 생활, 유목적인 생활이 등장한다는 점도 아울러 지적하였다. 특히 여기에서는 이 작품 본사에 담긴 상상력을 한국인이 지니고 있는 상상력의 원형이라고까지 강조하여 이 작품의 위상을 높게 평가하고 있다는 점이 주목된다.[7]

이들 연구와 조금 다른 관점에서 본사를 살핀 연구도 있다. 임주탁[8]은 본사의 내용을 서사와의 긴밀한 관련 속에서 살펴보았는데, 이에 따르면 서사는 덕을 갖춘 군왕의 존재로 인해 구현된 이상세계에서 신하로서의 도리를 다하며 살아가고 싶은 화자의 소망과 의지가 드러난 것이며, 이에 이어지는 본사(2~5연)는 서사에서 나타난 "이상적인 군신 관계의 지속의 전제가 되는", '유덕하신 임'의 영원한 삶을 소망하는 것이라 보아 그 세세한 내용을 풀이한 바 있다.

이렇듯 기존의 연구사는 이 작품의 본사가 즉흥적이고 단순한 반복으로 구성된 것이 아니라 나름대로의 유기적 질서에 의해 짜임새 있게 구성되었음을 시사해 준다. 그러나 기존의 연구들을 통해 이 부분의 구조적 특성이 충분히 해명되었다고 하기에는 아직 밝혀야 할 지점이 적지 않다

6) 정병욱·이어령, 앞의 글, p.145.

7) 이 대담에서는 일본의 국가와 비교함으로써 일본인의 상상력과 한국인의 상상력에 근본적인 차이가 있음을 드러낸 바 있다. 그 내용을 잠시 소개하면 다음과 같다. 먼저 우리의 애국가는 '동해물과 백두산이 마르고 닳도록'이라 하여, 영원을 이야기하되 소멸의 방식으로 하고 있다. 그러나 일본의 국가(기미가요)는 '조약돌이 바위가 되어서 이끼가 낄 때까지'라 하여 점차 확대되는 방식을 취하고 있다. 이 대담에 의하면 <정석가>에 등장하는 바 헐어버리고, 먹어버려 없어지는 방식으로 영원을 노래하는 것이 곧 우리 애국가의 원형과도 같은 상상력이다.

8) 임주탁, 「<정석가>의 문학적 성격」, 『고전문학연구』, 한국고전문학회, 1996.

고 생각한다. 기존의 연구들이 대체로 특정한 연에서 나타나는 특성을 지나치게 강조하거나 전체적인 구조만을 설명하는 데 그치고 있어 아직 네 연의 긴밀한 관계에 대한 명확한 설명을 제시하지 못하고 있기 때문이다. 그리고 무엇보다 본사가 함축하는 내용과 그 안에 담긴 상상력에 대한 설명은 아직 여러 가지 이견을 불러일으킬 수 있는 상태이다. 이에 기존 연구들의 성과를 바탕으로 삼는 한편, 네 개의 연이 어떻게 구성되어 있는지, 그리고 이러한 구성 속에서 드러나는 작품의 지향이 무엇인지에 관심을 두고 작품을 분석해 보고자 한다. 이렇게 파악된 본사의 내용은 더 나아가 작품 전체의 유기적 구조를 이해하는 데 기여할 수 있으리라 생각한다.

2. 본사의 구조적 특성과 상상력

본사의 내용을 검토하기 위해 먼저 해당 부분들을 그대로 소개하면 다음과 같다.

> 삭삭기 셰몰애 별헤 나ᄂᆞᆫ
> 삭삭기 셰몰애 별헤 나ᄂᆞᆫ
> 구은 밤 닷되를 심고이다
> 그 바미 우미 도다 삭 나거시아
> 그 바미 우미 도다 삭 나거시아
> 有德ᄒᆞ신 님믈 여ᄒᆡᄋᆞ와지이다
>
> 玉으로 蓮ㅅ고즐 사교이다
> 玉으로 蓮ㅅ고즐 사교이다
> 바회 우희 接柱ᄒᆞ요이다

그 고지 三同이 퓌거시아
그 고지 三同이 퓌거시아
有德ᄒᆞ신 님 여ᄒᆡᆼᄋᆞ와지이다

므쇠로 텰릭을 몰아 나는
므쇠로 텰릭을 몰아 나는
鐵絲로 주롬바고이다
그 오시 다 헐어시아
그 오시 다 헐어시아
有德ᄒᆞ신 님 여ᄒᆡᆼᄋᆞ와지이다

므쇠로 한 쇼를 디여다가
므쇠로 한 쇼를 디어다가
鐵樹山애 노호이다
그 쇠 鐵草를 머거아
그 쇠 鐵草를 먹거아
有德ᄒᆞ신 님 여ᄒᆡᆼᄋᆞ와지이다

위에서 보듯이 본사는 1연[9]이 다른 연에 비해 조금 길고, 문장성분의 위치가 조금 다른 것 등을 제외하고는 통사구조가 거의 일치하는 네 개 연의 연속으로 구성되어 있다. 기본적으로 각 연이 '무엇을 어떻게 하고, 그것이 어떻게 되면, 임과 이별할 수 있다.'는 조건문의 구조로 되어 있으며, 제시된 조건은 단일한 조건이 아니라 2중, 3중의 겹으로 되어 있다. 예컨대 2연은 옥을 재료로 하여 연꽃을 새긴다는 1차 조건을 제시한 뒤, 옥으로 새긴 연꽃을 바위 위에 접붙이고, 그 꽃이 삼동(三同)이 피어야 한다는 식으로 점차 강화된 조건을 제시한다. 이러한 조건이 모두 충족된다

9) 여기서의 연은 본사만을 기준으로 한 편의상의 표시이다. 즉 본고에서 '1연'은 본사의 첫 번째 연을 의미하는 것으로 작품 전체의 1연, 즉 서사를 의미하지 않는다.

면 유덕(有德)하신 임과 이별할 수 있다는 진술이 뒤따른다. 등장하는 소재가 다를 뿐 3연과 4연에서도 이와 동일한 구조의 문장이 이어진다.

조금 다른 것은 1연이다. 시작하는 부분이 다른 연들과 달리 부사구로 시작하는가 하면, '~으로 ~을 만들다'는 구조에서 '~으로'에 해당하는 부분이 보이지 않는다. 일단 문면 그대로만 보자면 다른 연들이 3중의 조건을 제시하는데 비해 1연은 1차로 '삭삭기 셰몰에 별헤' 군밤을 심는다는 조건을, 2차로 그렇게 심은 밤이 '움이 도다 삭나거시아'라는 조건을 제시하는 데 그치고 있다. 이렇게 보면 비록 시작은 군밤이 등장하는 1연이지만, 본사에 연속되는 네 연의 기본형은 오히려 2연으로 삼아야 하지 않을까 한다. 2연에서 4연까지는 길이나 문형이 거의 같기 때문이다.

그러나 이런 이유로 1연과 나머지 연을 서로 다른 것으로 볼 필요까지는 없으리라 생각한다. 2연을 기준으로 1연을 재구성해 볼 수 있기 때문이다. 다른 연에 비해 1연에서 없는 것이 '~으로'의 부분인데, 생각해 보면 여기에 등장하는 '군밤'은 결국 '생밤'을 구워 만든 것이기 때문에 다음과 같이 나머지 연과 같은 방식으로 서술해 보는 것이 가능하다.

> 생밤을 구워 군밤을 만들고 그 밤을 거친 모래에 심고, 그 밤이 움이 돋고 싹이 나면 유덕하신 임과 헤어질 수 있다.

이렇게 보면 1연 역시 생밤을 구워 군밤을 만든다는 1차 조건, 그 밤을 거친 모래 벼랑에 심는다는 2차 조건, 그 밤이 움이 돋고 싹이 난다는 3차 조건으로 구성된 것으로 볼 수 있고, 이에 따라 다른 연들과 대등한 상태에서 비교하는 것이 가능해 진다. 이제 재구성된 1연을 포함하여 다른 연들을 나열하여 도식화해 보면 다음과 같다.

1연	생밤을	구워	군밤을 만들어	A
2연	玉을	다듬어	연꽃을 만들어	
3연	무쇠를	재단하여	철릭을 만들어	
4연	무쇠를	주조하여	큰 소를 만들어	
	①	②	③	

1연	거친 모래에 심고	움이 돋고 싹이 나면	B
2연	바위에 접주하고	꽃이 三同이 피면	
3연	鐵絲로 주름을 박아	옷이 다 헐면	
4연	鐵樹山에 놓고	鐵草를 먹으면	
	④	⑤	

有德ᄒᆞ신 님 여히ᄋᆞ와지이다

〈정석가〉 본사의 구조

앞에서도 언급했듯이 본사의 각 연은 공통적으로 특정한 조건과 이 조건이 충족된 것을 가정한 다짐으로 나누어진다. 그런데 위의 표를 통해 알 수 있듯이 조건을 나타내는 부분은 다시 두 부분으로 나누어 볼 수 있다. '~으로 ~을 만든다'는 1차 조건 부분, 즉 A와 2차와 3차의 조건이 결합되는 B 부분이 그것이다. 세 개의 조건을 각각 나누어 살피는 것도 의미가 있겠으나 두 번째의 조건과 세 번째의 조건은 둘을 함께 살피는 것이 더욱 효율적이라 판단되어 일단 두 부분으로 나누어 보기로 한다. 이에 대해서는 후술하기로 한다.

1) 자연물의 문화화

A 부분은 ①을 재료로 하여 ②의 인위적인 가공을 통하여 ③을 만드는 것을 내용으로 한다. ①에 해당하는 것은 '생밤', '玉', '무쇠', '무쇠' 등이

며 이들을 각각 굽고, 다듬고, 재단하고, 주조하여 '군밤'과 '연꽃'과 '철릭'과 '큰 소'를 만들어 낸다. 전체 구조상 장차 실현할 수 없는 조건의 처음 단계를 마련하는 부분이라 할 수 있다. 특히 뒤로 갈수록 무쇠로 철릭을 만들거나, 소를 만드는 등 실현성이 떨어지는 일을 상상하고 있다는 점이 두드러진다. 그런데 이 부분의 의미를 제대로 이해하기 위해서는 좀 더 근본적인 질문을 던질 필요가 있다. 즉 ①, ②, ③ 등에 등장하는 소재나 활동이 제시되는 이유가 무엇인지, 이들을 공통적으로 묶어주는 근거가 무엇인지, 계열적으로도 이들이 어떤 연속성을 가지고 나열되는지 등에 대한 해명이 있을 때 이 구절들의 의미가 명확히 드러나게 될 것이다. 이에 각각의 부분들을 나누어 살펴보기로 한다.

먼저 ① 부분에 대해 생각해 보기로 한다. 이 부분에 등장하는 소재들의 공통점은 무엇보다 단단함과 아직 다듬어지지 않았다는 점, 그리고 인간의 삶에서 저마다 중요한 상징을 가지고 있다는 점 등을 들 수 있다. 밤은 예부터 '다산(多産)'과 '풍요'의 상징이었으며, 옥 또한 사악한 것을 물리쳐 주는 영험한 광물로 간주되었다. 무쇠는 순도가 가장 높은 쇠의 일종으로 생산력의 상징을 갖는다.

그러나 이들 모두는 아직 그 자체로는 원재료이자 자연물로서의 위상을 가지고 있을 뿐이다. 따라서 단단하지만, 또한 우리의 삶에서 중요한 상징을 갖는 것이지만 아직 가공이 이루어지지 않은 상태이기에 더 나은 것이 되기 위해서는 인위적인 노력, 인간의 가공이 요구되는 것들이 ①에 해당하는 소재들의 공통점이다. 그리고 이들이 나열되는 순서는 바로 단단함, 즉 강도의 차이에 따른 것으로 생각할 수 있다. 밤은 식물의 열매 중에서는 강도가 비교적 높은 것이기는 하지만, 광물인 옥보다 훨씬 강도가 낮으며, 옥은 철광으로부터 만들어지는 무쇠에 비해 강도가 낮다. 또한 3연과 4연 모두 공통적으로 무쇠가 등장하기는 하지만, 철릭의 재료가 되는 무쇠에 비해 큰 소를 주조하는 무쇠가 훨씬 더 강한 이미지이기 때문에 이와 같은 차례로 나열되었다고 추측할 수 있다.

다음으로는 ①을 재료로 하여 만들어지는 ③을 생각해 보기로 한다. ③에 등장하는 소재들은 ①을 재료로 한다는 점에서 ①과 어느 정도의 관련성이 있으리라 생각되지만, 그 자체로 떼어 놓고 생각해 보면 전혀 다른 이미지들의 조합이라고 보아야 할 것이다. 아직 원재료인 상태의 ①에 비해 우리의 일상과 훨씬 가까워진 모습을 보이는 조합이다. '군밤'과 '철릭'은 각각 우리 생활에 꼭 필요한 요소 중 '식(食)'과 '의(衣)'에 해당된다. '연꽃'은 먹을 것이나 입을 것처럼 직접적으로 생활에 소용되는 것은 아니지만, 그 종교적 상징을 고려할 때 우리의 정신문화의 일부로 볼 수 있다. 그리고 '한 소'는 우리 생활의 핵심적인 부분인 노동을 상징하는 효과가 있다.[10] 이로 보아 ③의 소재들은 문화적 상징을 부여할 수 있는 것들이라는 공통점이 있다.

그렇다면 이렇듯 우리 생활의 다양한 측면을 포착한 ③의 계열은 어떤 순서로 나열된 것일까? 물론 ①의 부분처럼 강도의 차이가 연상되기도 하지만, 자세히 검토해 보면 강도의 차이에 따라 배열되었다고 하기 어려워 보인다. 등장하는 소재들을 대상으로 강도를 비교하는 것이 자연스럽지 않기 때문이다. 그보다는 이들 소재에서는 크기의 차이가 더욱 두드러지는 모습을 보인다. 즉 아주 작은 열매인 밤으로부터 단계가 지날수록 크기가 증대된 소재들이 등장한다고 보는 것이 바람직하다고 생각된다.

---

10) 여기에 등장하는 '소'의 의미를 반드시 노동으로 한정해 생각할 일은 아니라 생각한다. 이미 본문에서 언급한 바 있듯이 기존의 연구사를 보면 노동의 상징보다 유목민의 생활을 읽어 낸 경우도 있었고, 시야를 넓혀 보면 향가 <헌화가>와 연결하여 종교적인 의미를 찾아 볼 수도 있으리라 생각한다. 그러나 본고에서 노동의 의미로 풀어 본 이유는 소를 수식하는 '한' 때문이다. '한'이라는 수식어가 사용됨으로써 소의 여러 가지 속성 중 '힘'이 특히 강조되며, 힘이 강조된다는 것은 곧 노동력을 상징한다고 보았다.

끝으로 ②의 부분을 살펴본다. 이 부분에는 공통적으로 인간의 행위가 등장하는데, 이로 인해 ①과 ③이 서로 이어지게 된다. 따라서 ② 부분의 특성은 이들 행위로 인해 ①과 ③이 이어지면서 어떤 효과가 나타나는가에 초점을 둘 필요가 있다. 이때 발견할 수 있는 특성은 아직 다듬어지지 않은 ①이 ②를 통해 더욱 긍정적인 의미를 가지는 ③으로 전환되게 된다는 점이다. 앞에서도 언급했지만 ①과 ③에 등장하는 소재들은 서로 동일하지 않다. 이 둘은 동일한 것이 반복된 것이 아니라 ②의 행위를 통해 서로 결합되었을 때 이 둘이 따로 있을 때에 비해 더욱 긍정적인 가치로 거듭나는 양상을 나타낸다.

밤은 굽는 행위를 통해 더욱 좋은 맛을 가지게 된다. 옥은 그 자체로 이미 소중한 광석이지만, 그것으로 상징적인 의미를 갖는 연꽃을 만들 때 인간에게 더욱 가치 있는 존재로 거듭난다. 의복이 외부의 거친 환경으로부터 인간을 보호해준다는 점을 고려한다면 무쇠와 같이 튼튼한 재료로 만들어진 옷 역시 기대할 만한 것이라 할 수 있다. 게다가 여기에 등장하는 철릭을 무관의 옷이라 생각한다면 무쇠로 만든 철릭이야말로 매우 긍정적인 의미를 갖는다고 할 수 있다. 끝으로 무쇠와 같은 황소는 너무나 익숙한, 긍정적인 의미를 지니는 조합이기 때문에 굳이 더 자세한 설명을 필요로 하지 않을 것이다. 이렇듯 자연물 ①은 ②의 행위를 통해 인간의 삶에 가치 있는 문화인 ③으로 거듭나게 된다.

이렇게 본다면 A 부분은 기존의 연구에서 주로 언급했던 것처럼 단지 불가능한 일을 상상하는 것 이상의 의미를 지닌다고 해야 할 것이다. 기존의 연구에서 설명되었듯이 이 부분의 반복으로 인해 연이 진행될수록 더욱더 불가능한 조건이 등장하여 환상성과 비현실성이 강조된다. 생밤을 익혀 군밤을 만드는 것, 옥을 다듬어 연꽃을 만드는 것은 충분히 가능한 일이나, 무쇠로 옷을 재단하거나 소를 만드는 일은 그 가능성이 현저히 떨어지는 일이 아닐 수 없다. 가능역에서 불가능역으로의 이동이 분명하다. 그리고 연약한 것에서 단단한 것으로 나아가고, 작은 것에서 큰 것으로 움직임으로써 그 불가능성은 더욱 증대된다.

그러나 이와 함께 놓치지 말아야 할 것은 단지 불가능성이 증대된다는 현상뿐 아니라, 이 부분의 전개가 애초에 자연 그대로의 존재였던 것들이 인간의 문화 속에서 의미 있는 것들로 거듭나는 방향으로 이루어지고 있다는 사실이다. 앞서 언급한 것처럼 자연물로서의 ①은 ②의 행위를 통해 인간의 문화를 구성하는 ③으로 거듭나게 된다. 자연물의 문화적 존재로의 전환은 이 부분의 의미를 이해하는 데 중요하게 고려되어야 할 지점이라 생각된다.

2) 제약의 극복과 문화적 성취

④와 ⑤로 구성된 B 부분은 A 부분에서 제시된 조건에 더욱 강한 조건들을 덧붙임으로써 앞으로 일어날 수 있는 가능성을 최소화하는, 불가능한 상황을 만들어 제시하는 부분이다. 그런데 이 부분을 구성하는 ④와 ⑤에서 제시하는 조건들의 성격이 서로 같지 않다는 점에서 세심한 관찰이 요구된다.

먼저 ④의 부분을 살펴보자. A와 ⑤의 사이에서 이 부분은 'A'에서 만들어진 소재를 더욱 극한 상황에 놓음으로써 ⑤에서 제시하는 일이 이루어질 수 없도록 하는 데 의의가 있다. 계열적으로 볼 때에도 모래에서 바위로, 그리고 철로 이동하면서 자연의 생명활동이나 인간의 활동에 점점 더 큰 제약을 주는 환경으로 점층적으로 진행된다. 다소간의 예외가 있다면 3연이다. 다른 연들이 극한의 환경을 제시하는 데 비해, 3연은 철사로 무쇠로 만든 철릭의 주름을 박는다는 인간의 행위가 제시되어 있을 뿐 다른 연에 나타난 것과 같은 극한의 자연 환경이 제시되지 않았기 때문이다. 다른 연들에 비추어 보자면 철릭이 놓일 수 있는 상황 중 가장 극단적인 상황이 제시되는 것이 마땅할 것이지만, 어떤 이유로 그것이 생략이 되었는지에 대해서는 쉽게 단정 짓기 어렵기 때문에 일단 이에 대한 논의는 삼가기로 하겠다.

다음은 ⑤의 부분이다. 이 부분 역시 기본적으로 A 부분에서 상상한 소재를 극한 상황에 놓아 이별이 불가함을 역설적으로 강조한 부분이라는 점에는 이견이 있을 수 없다.[11] 그러나 기존의 연구를 검토해 보면 이와 같은 공통점을 인정하면서도 각 연의 연속을 보는 관점에 상당한 차이가 있음을 알 수 있다. 예컨대 정병욱과 이어령에서는 전체적으로 소멸, 증발의 상상력이 나타난다고 지적하였으나,[12] 박진태의 경우는 생성과 소멸의 대립을 읽어 내었다.[13] 싹이 돋고, 꽃이 피는가 하면 이어지는 부분에서는 옷이 다 헤지고, 풀을 다 먹어 버리기 때문에 이를 생성과 소멸이 쌍을 이루는 것으로 보기 때문이다.

그러나 필자가 보기에는 이 구절들은 소멸과 증발을 지향하거나, 혹은 생성과 소멸의 대립을 나타내는 것이 아니라 전체적으로 생명과 생성의 상상력을 지향한다고 생각된다. 그 이유는 다음과 같다. 일단 첫째 연과 둘째 연이 생명을 지향한다는 데에는 이견이 있을 수 없다. 움이 돋고, 싹이 나는 것, 그리고 더 나아가 꽃이 피는 것은 그 자체로 생명력의 상징이기 때문이다. 문제가 생기는 것은 세 번째와 네 번째 연이다. 옷이 다 헐어 버리는 것과 풀을 먹어버리는 것에서 있는 것이 없어지는 소멸의 상상력을 생각하는 것이 충분히 가능한 일이기 때문에 이로부터 소멸과 증

11) 윤성현, 「<정석가>의 구조와 의미형상 기법」, 『동방학지』, 연세대학교 국학연구원, 1998, p.131.

12) 정병욱 · 이어령, 앞의 글, p.145.

13) 박진태, 앞의 글, p.31.

발 지향이라든가, 생성과 소멸의 대립이라는 설명이 도출 된다. 상식적으로 '움이 돋고 싹이 나야'와 '삼동이 피어야'에 비해 '헐어야'와 '먹어야' 라는 표현은 다분히 '+'보다는 '-'의 상상력을 보여주는 것처럼 보일 수 있다.

그러나 이 두 연에 있는 미묘한 차이에 주목하면 이와는 전혀 다른 모습을 읽어 낼 수 있다. 미묘한 차이란 부사어 '다'의 사용 여부인데, 3연에서는 '그 오시 다 헐어시아'라고 되어 있는 것이 4연에서는 '그 쇠 텰초를 머거아'라고만 되어 있는 것을 말한다.

논의의 편의를 위해 먼저 네 번째 연을 보자. 여기에서는 무쇠로 만든 소가 철수산의 철로 된 풀을 먹으면-'다 먹으면'이 아니라-이라고 가정한다. 무쇠로 된 소는 당연히 풀을 먹을 리 없다. 그럼에도 불구하고 만일 무쇠로 된 소가 풀을 먹는다면 무쇠로 된 것이 생명을 얻는 매우 경이로운 사건이 벌어졌음을 의미한다. 이런 맥락에서 이 부분에서는 '다'라는 부사가 쓰일 필요가 없다. '다' 먹어 버리는 것이 중요한 것이 아니라 먹을 수 없는 존재가 먹을 수 있는 존재로 거듭나는 것을 말하고 싶기 때문이다. '다'가 쓰이지 않았다는 것은 화자가 말하고자 하는 것이 있는 풀이 다 없어진다는 것을 강조하는 것이 아니라 풀을 먹을 수 없는 무생명의 존재가 풀을 먹을 수 있는 생명의 존재로 거듭남이라는 것을 증명해 준다. 이렇게 본다면 네 번째 연은 소멸의 상상력이 아니라 말 그대로 생명의 탄생, 또는 생명이 없던 존재에서 생명이 있는 존재로 거듭남을 의미한다.

그렇다면 세 번째 연은 어떠한가? '다 헐어시아'라는 표현 역시 소멸이 아닌 생성을 읽어내는 것이 가능할까? 필자의 생각으로는 여기에 등장하는 옷, 즉 철릭의 속성을 생각한다면 소멸의 상상보다는 오히려 그 반대의 상상력이 작용한 것이라 보는 것이 자연스럽다. 헐어지는 것의 대상은 철릭, 즉 옷이다. 옷이 다 헐어진다는 것은 그 옷을 입은 존재가 그만큼 왕성하게 활동하지 않으면 안 되기 때문이다.

⑤의 부분을 이렇게 볼 때, 앞에서 검토한 ④ 부분이 지니는 의미도 훨씬 더 자연스럽게 이해할 수 있게 된다. 이 부분은 공통적으로 ⑤에서 언급한 일들이 절대로 일어날 수 없는 조건들을 제시한 부분이다. 군밤에서 움이 돋고, 싹이 나는 일은 그 자체로 불가능한 일이다. 그러나 여기에 이중의 강조를 두기 위해 등장하는 것이 '삭삭기 셰몰애 별헤'이다. 불가능한 일을 더더욱 불가능하게 만드는 장치이다. ⑤에서 제시하는 일의 불가능성은 'A' 부분과 ④를 결합시킴으로써 극대화된다. 이렇게 극대화된 불가능성 뒤에 놓이기 때문에 ⑤에서 제시하는 왕성한 생명 활동은 더욱 극적인 것이 된다.

이렇게 분석해 볼 때, 이 노래의 본사에서 이별의 불가능성을 말하는 방식은 부정적인 이미지를 통해서가 아니라 오히려 밝고 경쾌한 이미지를 통해서임이 드러난다. 본사에서 가정하는 일들이 실제로 일어난다고 생각해 보자. 군밤에 싹이 나고, 바위에 붙인 연꽃이 풍성하게 피어나며, 쇠로 만든 옷이 다 헐어버릴 정도의 왕성한 활동과 쇠로 만든 황소에 생명이 깃드는 순간처럼 경이로운 순간이 어디에 있겠는가? 상상만으로도 매우 즐거운 일이 아닐 수 없다.

더 나아가 A 부분에서 자연물의 문화적 전환이 일어난다는 것과 연결해 보자면, B 부분은 이러한 문화적 존재로의 전환을 넘어 자연의 여러 가지 제한을 극복하고, 풍요로운 문화적 성취를 이루는 모습을 상상하는 것이라 말할 수 있을 것이다. 그리고 이렇게 본다면 A와 B에서 조건으로 제시하는 상황은 뒤에 이어지는 '유덕하신 님'의 역할과도 자연스럽게 이어질 수 있다. 유교적 관점에서 보자면 '유덕하신 님', 즉 군자의 역할이 바로 인간을 문명한 삶으로 교화하는 것이기 때문이다. 군자의 역할에 대한 다음의 설명을 보자.

> 무릇 군자가 지나는 곳은 모두 감화되며 머무는 곳이 신묘하게 되어 상하가 하늘과 땅과 더불어 함께 흐르니 어찌 보탬이 사소하다고 하겠는가?[14]

이 구절에서 설명하고 있듯이 군자의 역할은 그가 지나고 머무르는 곳을 감화시켜 문명한 상태로 이끄는 것이다. 따라서 A와 B에서 말하고 있는 상황은 오직 군자가 지나고 머무는 곳에서 가능한, 신묘한 상태임이 드러난다. 만일 A와 B에서 조건으로 제시하는 상황이 된다면 뒤에 이어지는 '유덕하신 님'의 교화가 모두 성취된 이상적인 세계가 도래한 것과 같다. 이상적 상태가 올 때까지 '유덕하신 님'과 함께 하고자 하는 마음이 구체적으로 드러나는 것이 바로 이 부분의 조건들이다.

물론 이상적 상태가 된다고 해서 화자가 임과 이별할 수 있는 것도 아니다. 여기에서 말하는 이상적 상태는 군자의 '있음'으로 해서 가능해지기 때문이다. 따라서 임을 사랑하는 화자에게 임과 헤어지는 일은 있을 수도, 있어서도 안 되는 일이다. 그 슬픔이 한없이 깊고 크기 때문이다. 이렇게 깊고 큰 슬픔은 적어도 본사에서 나열한 것들과 같은 경이로운 일들이 이루어진 이상적 상태로서만 겨우 상쇄될 수 있는 일이라는 것이 본사에서 드러내고 있는 의미이다. 임을 따르는 마음의 정도는 이와 같은 경이로운 일을 상상하는 것에 비례하여 커지고, 경이로운 일을 상상하는 것이 거듭될수록 임을 생각하는 마음도 경쾌하게 증가한다.

14) 夫君子 所過者化 所存者神 上下 與天地同流 豈曰小補之哉 (『孟子』, 盡心上, 13)

3. 〈정석가〉의 유기적 구조와 유희성

글의 앞에서도 언급했듯이 <정석가>가 서사, 본사, 결사 구성의 이질성이 두드러지는 작품이라는 것은 여러 연구자들이 공통적으로 지적하고 있는 바이다. 서사의 내용, 발화의 형식이 다른 부분들과 현저히 다르다는 것이 그 주된 근거이다. 서사는 직접적으로 '당금'[15]의 태평성대를 찬양하는 홍성스러운 분위기를 나타내는 부분으로 송도가에 어울리는 모습을 보여준다. 이에 비해 본사와 결사는 비록 역설적 과장[16]을 통해 유덕하신 임과의 이별을 거부하거나 영원한 믿음을 강조하고 있지만 왕실에서 사용되기 어려울 법한 어휘, 즉 '여히ᄋᆞ와지이다'를 사용하는 것에서 알 수 있듯이 송도가로서 결격 사유가 없다고 할 수 없다.[17] 하지만 임과 헤어질 수 없다는 확고한 의지를 드러낸다는 점이 "왕실의 입장에서 볼 때 군왕에 대한 신하의 변함없는 충성, 나아가 성수만세(聖壽萬歲)의 기원과 맥이 통하는 내용"[18]이기에 비교적 쉽게 왕실의 노래로 정착되었으리라 가정하는 것이 기존 연구에서 설명하고 있는 내용이다.

그러나 이렇게 볼 때 문제가 되는 것은 현존하는 <정석가>를 잘 다듬어진 하나의 유기체로 간주하지 않고, 악장이라는 외적인 조건에 의해서만 하나로 간주될 수 있는 이질적인 여러 조각의 결합으로서, 전체 연들

15) '當今'은 기본적으로 지금 현재라는 의미가 있으나 이 노래가 연행되는 조건을 고려할 때, '今上'의 의미로 풀어도 매우 자연스럽게 이어질 수 있다(임주탁, 「<정석가(鄭石歌)>의 문학적 성격」, 『고전문학연구』, 한국고전문학회, 1996, pp.37-39).

16) 이규호, 앞의 글, p.111.

17) 정상균에 의하면 이별을 연상한다든가, 이별을 연상하게 하는 어휘를 사용한다는 것 자체가 민간이 아닌 궁중과 같은 특수한 상황에서는 매우 불길하게 여겨졌을 가능성이 있고, 이런 이유로 '여히ᄋᆞ와지이다'의 사용이 궁중악으로 결격 사유가 된다. 궁중악의 특성을 충분히 고려하는 데 도움이 되는 지적이라 생각된다. 정상균, 『한국중세시문학사연구』, 한신문화사, 1986.

18) 박노준, 『고려가요의 연구』, 새문사, 1990, p.73.

의 유기적인 연속성이 느슨한 작품이라고 보는 것이 타당한가 하는 점이다. 물론 개인 창작이 확실한 몇몇의 노래를 제외한 여러 고려속요의 형성 과정을 고려할 때 민요가 궁중악으로 유입되면서 나타난 것으로 보이는 억지스러운 조합이 전혀 없는 것은 아니다. 예컨대 <가시리>에서처럼 화자의 발화 내용과 잘 어울리지 않는 후렴구가 등장하는 것을 두고 민요가 궁중악으로 재편되면서 나타나게 된 현상이라고 설명하는 주장에 설득력이 있는 것도 이와 같은 현상 때문이다.

하지만 적어도 지금까지 살펴본 <정석가>의 경우는 조금 다른 관점에서 볼 필요가 있지 않을까 한다. 무엇보다도 서사, 본사, 결사가 형식적으로 매우 통일성 있게 다듬어져 있어 개작을 했다 하더라도 그 과정에서 작품의 부분들을 유기적으로 연결하고자 하는 의지가 상당했었던 것이 아닌가라는 생각을 해 볼 수 있기 때문이다.

> 딩아 돌하 當今에 계샹이다
> 딩아 돌하 當今에 계샹이다
> 先王聖代예 노니ᄋᆞ와지이다

위에서 보이는 것처럼 2행을 반복하고 3행이 한 단위가 되는 것은 이 작품의 전편에 걸쳐 일관되게 유지되는 형식적 특성이다. 이렇듯 정교하게 형식을 다듬어 놓은 누군가가 이질적인 각 부분들을 별다른 고민없이 그대로 조합했을 것이라 보는 것이 오히려 이상하지 않을까?

이러한 문제의식과 앞서 살핀 본사의 내용을 가지고 작품을 다시 보면 이 작품의 각 단락이 지니는 유기적인 연속성을 생각해 볼 수 있는 단서가 보인다. 다름 아닌 '노니ᄋᆞ와지이다'라는 구절이다. '노니ᄋᆞ와지이다'는 '놀(遊)'과 '니(行)'의 복합어간을 가진 것[19]으로 풀이할 수 있어 기본적으로 유희성이 강조되는 말이다. 이에 따르자면 서사의 내용은 잔치의 개막선언과도 같다. 그리고 앞에서 살펴보았듯이 본사는 흥성스러운 말의 잔치를 내용으로 한다. 유쾌한 말놀이, 긍정적인 상상력과 왕성한 생명 활동의 연상, 자연으로부터 문명한 상태로의 이상적인 전환은 서사에서 선언한 내용에 매우 잘 어울리는 것으로 보인다.[20]

그렇다면 결사는 이와 같은 서사와 본사에 어떻게 이어지는 것일까? 주지하다시피 '구슬사'로 널리 알려진 결사의 내용은 다분히 기정사실화된 이별을 연상시키는 내용이 담겨 있기 때문에 이러한 논의를 이어가기가 쉽지 않은 부분일 수도 있다.

> 구스리 바회예 디신돌
> 구스리 바회예 디신돌
> 긴힛둔 그츠리잇가
> 즈믄히롤 외오곰 녀신돌
> 즈믄히롤 외오곰 녀신돌
> 信잇둔 그츠리잇가

'구슬사' 부분이 기정사실화된 이별을 연상시킨다는 것은 위에서 보듯 구슬이 떨어진다는 비유를 사용한다는 점, 그리고 '천년을 홀로 지낸다 하여도'라고 가정하고 있다는 점 때문이다. 구슬이 떨어진다는 것이 곧 합일된 상태가 파괴됨을 연상시키고, 홀로 간다는 가정 역시 임과 헤어질 수 있다는 것을 전제해야 가능한 말이기 때문이다.

19) 박병채, 『새로 고친 고려가요의 어석 연구』, 국학자료원, 1994, p.263.

20) 작품의 서두를 '놀아보자'라는 뜻을 제시하는 부분으로, 본사를 '말놀이'(語戲)로, 그리고 결사를 송축의 말로 보아 전체적으로 '말놀이를 즐기는 연악(宴樂)'의 장면을 묘사한 것으로 보는 관점은 이미 신은경에 의해 제기된 바 있다. 본고 역시 이러한 입장에 동의한다. 신은경, 「「서경별곡」과 「정석가」의 공통 삽입가요에 대한 일고찰」, 국어국문학회 편, 『고려가요·악장 연구』, 태학사, p.353 참조.

그러나 이 구절을 단독으로 놓고 볼 때에는 임과의 헤어짐을 전제한 말이라고 보는 것이 매우 자연스럽겠으나, 앞의 본사와 연결해 생각해 본다면 반드시 이렇게 생각할 일은 아니다. 이미 본사에서 역시 '여히ᄋᆞ와지이다'가 반복된 사실이 있기 때문이다. 불가능한 일이 일어나지 않고서는 이별할 수 없다는 것이 본사의 주지였다. 그렇다면 홍성스러운 말놀이에 이어 차분한 말투로 '설명 불가능한 일이 일어나 우리가 이별한다고 하더라도'라고 보는 것이 자연스럽지 않을까? 이 부분이 본사에 비해 차분한 분위기라는 점은 분명하다면, 이 부분이 하는 역할은 본사에서 흥겹고 격정적으로 차올랐던 분위기를 노래의 마무리에 이르러 조정하는 것으로 보는 것이 타당하다.

이렇듯 작품의 전체적인 분위기를 유쾌한 놀이라고 가정하는 것에 문제가 없는 것은 아니다. 예컨대 이 노래의 연주에 평조와 계면조가 통용되었다는 점은 이러한 가정에 대해 이의를 제기할 수 있는 근거가 된다. 이 노래의 연주에 평조와 계면조가 통용되었다는 것은 『시용향악보』의 기록에 의해 알 수 있는데, 평조라면 문제가 없겠으나, 이 작품이 계면조로 연주되었다면 이와 같은 가정과 충돌하게 된다. 주지하다시피 단조 위주의 계면조 분위기는 다소 우울한 느낌을 주기 때문이다. 계면조가 사용되었다는 것은 앞에서처럼 노래의 분위기를 홍성스러운 것으로 보는 논의와 잘 어울리지 않을 수도 있다.21) 이는 사실 필자의 역량을 넘어서는 문제라 자신 있게 대답하기 어렵다. 다만 평조와 계면조가 서로 대조적인 성격을 갖는 음계임에도 불구하고 이 둘을 통용할 수 있었다는 사실로 보아 실제 연주에서 이 연주의 차이가 그리 크지 않았을 수도 있다고 짐작할 수 있지 않을까 한다.

---

21) 윤성현, 앞의 글, p.125.

4. 요약 및 제언

이제까지 <정석가>의 본사가 보여주는 구조적 특성을 분석하고, 이러한 분석이 시사하는 <정석가> 작품 전체의 유기적 관계, 그리고 이 작품의 유희성에 대해 고찰해 보았다. 이제까지 살펴본 바에 따르면 이 작품의 핵심이 되는 본사는 네 개의 연이 그저 단순 반복되며 점층의 효과를 내는 것이 아니라 각각의 부분들이 계열적으로 매우 짜임새 있게 연결되는 구조로 되어 있다는 것을 알 수 있었다.

선택된 소재들이나 제시된 조건들은 임의 위상을 높이는 데 효과적으로 활용되고 있는 것을 확인할 수 있었으며, 왕성한 생명력에 대한 기원과 임과 영원히 함께 하고 싶은 마음이 유쾌한 말놀이 속에 담겨 있음을 알 수 있었다. 기존의 연구에서 이 작품의 서사와 본사, 그리고 결사의 긴밀한 연결 관계에 대한 회의가 제기된 바 있었으나, 본사의 유희적 성격을 중심으로 생각해 볼 때, 이 작품의 전체적인 구조가 말놀이를 여는 서사, 흥성스러운 말놀이의 본사, 차분히 놀이를 마무리하는 결사 등으로 이어지는 매우 긴밀한 연결 관계를 이루고 있음도 확인하였다.

물론 앞에서 제시한 작품에 대한 분석이 충분한 설득력을 얻기 위해서는 작품이 향유되던 당시의 문화, 그리고 이 작품의 연행 상황에 대한 충실한 고증이 보충되어야 한다. 그러나 본사의 내용이 자연이 문화화 된 이상적 상태를 유쾌한 말놀이로써 드러내고 있고, 이렇게 볼 때 이 작품의 전체적인 유기적 질서가 잘 드러나게 된다는 이제까지의 분석은 앞으로 이 작품의 성격을 재고하고, 또한 이 작품을 활용한 교육 내용을 개발하는 데 활용될 수 있을 것이다.

전문적인 연구자나 학습자이거나, 문학을 대하는 일은 기본적으로 감상에서부터 시작한다. 그리고 감상은 무엇보다 작품이 펼치는 세계에 대한 탐구의 과정이다. 이 탐구가 때로는 고통스럽고 힘든 과정이 되기도 하지만, 탐구의 과정이 주는 희열이 문학 연구와 문학교육을 이끄는 힘이 된다. 이런 면에서 <정석가>는 수많은 연구자들에게 탐구의 고통과 희열을 주었던 작품이다. 그렇다면 이제 학습자들에게도 <정석가>가 이와 같은 기회를 줄 수 있어야 하지 않을까? 한국인의 독특한 상상력을 담고 있는 이 작품을, 각 연마다의 긴밀한 연결 관계를 탐구하며 읽어가는 과정이 문학교실에서 즐겁게 공유되기를 바란다.

참고문헌

1. 국내 논문

경규진, 「반응 중심 문학교육의 방법 연구」, 서울대학교 박사학위논문, 1993.

고정희, 「고전시가의 서정성과 비유기적 노랫말」, 『한국 고전시가의 서정시적 탐구』, 2009.

고정희, 「윤선도와 정철 시가의 문체시학적 연구」, 서울대학교 박사학위논문, 2001.

구영산, 「시 감상에서 독자의 상상 작용 연구」, 서울대학교 석사학위논문, 2001.

김남희, 「현대시의 서정적 체험 교육 연구」, 서울대학교 박사학위논문, 2007.

김명언 외, 「청소년과 성인간의 세대 차이와 유사성」, 『사회문제』 6집 1호, 한국심리학회, 2000.

김명준, 「<서경별곡>의 구조적 긴밀성과 그 의미」, 『한국시가연구』 8, 한국시가학회, 2000.

김명준, 「<악장가사>의 성립과 소재 작품의 전승 양상 연구」, 고려대학교 박사학위논문, 2003.

김미혜, 「지식 구성적 놀이로서의 시 읽기 교육 연구」, 서울대학교 박사학위논문, 2007.

김선기, 「<고려사>악지의 속악가사(俗樂歌詞)에 관한 종합적 고찰」, 『한국시가연구』 8, 한국시가학회, 2000.

김수업, 「<악장가사>와 <가사 상>」, 『배달말』 13, 배달말학회, 1988.

김정우, 「학습자 중심의 문학사교육 연구」, 『국어국문학』 142, 국어국문학회, 2006.

김창원, 「문학 교과서 개발에 대한 비판적 점검」, 『문학교육학』 11호, 한국문학교육학회, 2003.

김창원, 「문학교육과정 설계의 절차와 원리」, 문학과문학교육연구소 편, 『문학교육의 탐구』, 국학자료원, 1995.

김혜은, 「번역시가로서의 소악부 형성 과정과 번역 방식 고찰」, 『한국시가연구』 31, 한국시가학회, 2011.

김효정, 「문학 수용에서의 공감 교육 연구」, 서울대학교 석사학위논문, 2007.

박진태, 「속요의 연 구성에 나타난 대칭과 대립」, 『국어국문학』, 국어국문학회, 1984.

박현규, 「이제현, 민사평의 소악부(小樂府)에 관한 연구」, 『한국한문학연구』 18, 한국한문학회, 1995.

박혜숙, 「고려말 소악부의 양식적 특성과 형성경위」, 『한국한문학연구』 14, 한국한문학연구회, 1991.

박혜숙, 「고려속요의 여성화자」, 『고전문학연구』 14집, 한국고전문학회, 1998.

서　혁, 「국어과 교수 · 학습 방법 구성의 원리」, 『국어교육학연구』 24집, 국어교육학회, 2005.

서　혁, 「국어과 수업 설계와 교수 · 학습 모형 적용의 원리」, 『국어교육학연구』 26집, 국어교육학회, 2006.

서유경, 「공감적 자기화를 통한 문학교육 연구」, 서울대학교 박사학위논문, 2002.
선주원, 「질문하기 전략을 통한 문학 교수・학습 과정 연구」, 『국어교육학연구』 제18집, 국어교육학회, 2003.
성현경, 「<만전춘별사>의 구조」, 한국어문학회 편, 『고려시대의 언어와 문학』, 형설출판사, 1974.
송지언, 「시조 의미 구조의 경험 교육 연구」, 서울대학교 박사학위논문, 2012.
여증동, 「<서경별곡> 고구」, 『김사엽박사송수기념논총』, 학문사, 1973.
염은열, 「고려속요의 미적 구조에 관한 연구」, 서울대학교 석사학위논문, 1993.
염은열, 「교육의 관점에서 본 고전시가 해석의 다양성-<정읍사>를 사례로」, 『한국시가연구』 24집, 한국시가학회, 2008.
염은열, 「학교 바깥 고전시가의 변용과 향유에 대한 교육적 성찰-<가시리>를 예로」, 『문학치료연구』 23, 한국문학치료학회, 2012.
유영희, 「시 텍스트의 담화적 해석 연구 : 화자를 중심으로」, 서울대학교 박사학위논문, 1994.
윤성현, 「<정석가>의 구조와 의미형상 기법」, 『동방학지』, 연세대학교 국학연구원, 1998.
윤여탁, 「문학교육에서 언어의 문제에 대한 연구」, 『문학교육학』 15호, 문학교육학회 2004.
이규호, 「정석가(鄭石歌)식 표현과 시간의식」, 『국어국문학』, 국어국문학회, 1984.
이승명, 「<청산별곡> 연구」, 한국어문학회 편, 『고려시대의 언어와 문학』, 형설출판사, 1974.
이영태, 「스토리텔링을 통한 속요의 교육방안 모색」, 『우리어문연구』 35, 우리어문학회, 2009.
이현우, 「난세・망국지음론(亂世・亡國之音論)에 관한 고찰」, 『중국어문논총』 25, 중국어문연구회, 2003.
임주탁, 「<정석가>의 문학적 성격」, 『고전문학연구』, 한국고전문학회, 1996.
임주탁, 「<정석가>의 함의와 생성 문맥」, 『한국문학논총』 35, 한국문학회, 2003.
전규태, 「고려속요의 연구」, 건국대학교 박사학위논문, 1974.
정재찬, 「문학사교육의 현상과 인식」, 『민족문학사연구』 43, 민족문학사학회, 2010.
정재찬, 「'청산별곡'에 관한 문학교육적 독해」, 『문학교육의 현상과 인식』, 역락, 2004.
정재찬, 「시교육에서 지식의 역할」, 김은전 외, 『현대시 교육의 쟁점과 전망』, 월인, 2001.
정재호, 「<청산별곡>의 새로운 이해 모색」, 『국어국문학』, 국어국문학회, 2005.
정정순, 「시적 형상성의 교육 내용 연구」, 서울대학교 박사학위논문, 2005.
정환금, 「Jean Piaget의 이론과 사고교육에 관한 연구」, 전남대학교 박사학위논문, 1995.
조규익, 「고려속가의 형성과 존재론적 근거」, 『고전시가의 변이와 지속』, 학고방, 2006.
조윤미, 「고려가요의 수용양상-조선조 정치문화상황과의 연관을 중심으로」, 이화여자대학교 석사학위논문, 1988.
조평환, 「고려속요의 형식에 대하여」, 『겨레어문학』 11, 겨레어문학회, 1987.
조하연, 「감상의 개념 정립을 위한 소고」, 『문학교육학』 15호, 문학교육학회, 2004.
조하연, 「고전시가 평설에 나타난 감상의 즐거움」, 『고전문학과 교육』 17집, 한국고전문학교육학회, 2009.
조혜숙, 「학생 생활시의 특징과 생활시 쓰기의 교육적 의미」, 『문학교육학』 38, 한국문학교육학회, 2012.

조희정, 「고전시가 쓰기 교육 연구 (2)-소악부 소재 한역(漢譯) 고전시가의 재구(再構)를 중심으로」, 『국어교육』 132, 한국어교육학회, 2010.
조희정, 「중등 국어 교과서 고전문학 제재 변천 양상」, 『고전문학교육 연구』, 한국문화사, 2011.
조희정, 「<도산십이곡>에 대한 교육 담론 속의 독해」, 『고전문학과 교육』 5집, 한국고전문학교육학회, 2003.
진선희, 「학습 독자의 시적 체험 특성에 따른 시 읽기 교육 내용 설계 연구」, 한국교원대학교 박사학위논문, 2006.
최미경, 「고려사 악지 소재 고려속요의 성격」, 이화여자대학교 석사학위논문, 1993.
최미숙, 「대화 중심의 현대시 교수·학습 방법」, 『국어교육학연구』 제26집, 국어교육학회, 2006.
최인자, 「상생 화용 교육을 위한 소통의 중층적 기제 연구」, 『국어국문학』 144호, 국어국문학회, 2006.
최지현, 「문학 감상 교육의 교수학습모형 탐구」, 『선청어문』 26, 서울대학교 국어교육과, 1998.
최홍원, 「고전시가 모호성의 교육적 이해」, 『국어교육연구』, 국어교육학회, 2009.
최홍원, 「문학 수용과 생산의 매개 : 고전시가를 대상으로 한 쓰기의 교육적 탐색」, 『새국어교육』 92, 한국국어교육학회, 2012.
최홍원, 「시조의 성찰적 사고 교육 연구」, 서울대학교 박사학위논문, 2008.
하태석, 「무가계 고려속요의 성격 연구」, 『어문논집』 43, 안암어문학회, 2001.
허왕욱, 「서경별곡의 시적 구조와 화자」, 『문학교육학』 11집, 한국문학교육학회, 2005.

2. 국내 단행본

강명관, 『조선시대 문학 예술의 생성 공간』, 소명, 1999.
강문희 외, 『인간관계의 이해』, 학지사, 1999.
강선보, 『「만남」의 교육』, 원미사, 1992.
고정옥, 『고장시조선주』, 보고사, 2005.
구인환 외, 『문학교육론』, 삼지원, 1989.
구인환 외, 『문학교수·학습 방법론』, 삼지원, 1998.
국어국문학회 편, 『고려가요·악장 연구』, 태학사, 1997.
권정우, 『우리시를 읽는 즐거움』, 북갤럽, 2002.
김대행, 『국어교과학의 지평』, 서울대학교출판부, 1995.
김대행, 『문학교육 틀짜기』, 역락, 2000.
김대행 외, 『고려시가의 정서』, 개문사, 1995.
김대행 외, 『문학교육원론』, 서울대학교출판부, 2000.
김명준 편저, 『고려 속요 집성』, 다운샘, 2002.
김문환, 『예술을 위한 변명』, 전혜원, 1986.
김병국, 『한국 고전문학의 비평적 이해』, 서울대학교출판부, 1995.
김상욱, 『소설교육의 방법』, 서울대학교출판부, 1996.

김상욱, 『문학교육의 길찾기』, 나라말, 2003.
김석회 · 홍찬표, 『인간관계 개발』, 무역경영사, 2007.
김열규 · 신동욱 편, 『고려시대의 가요문학』, 새문사, 1986.
김용택, 『시가 내게로 왔다』, 마음산책, 2001.
김우창, 『심미적 이성의 탐구』, 솔, 1992.
김우창 외, 『문학의 지평』, 고려대학교출판부, 1991.
김인환, 『문학교육론』, 한국학술정보(주), 2005.
김일렬, 『문학의 본질 : 고전문학의 이해를 위하여』, 새문사, 2006.
김준오, 『시론』, 삼지원, 2002.
김중신, 『소설감상방법론 연구』, 서울대학교출판부, 1995.
김중신, 『한국 문학교육론의 방법과 실천』, 한국문화사, 2003.
김진숙 외, 『인간관계의 이해』, 창지사, 2003.
김창원, 『시교육과 텍스트해석』, 서울대학교출판부, 1995.
김쾌덕, 『고려속가의 연구』, 국학자료원, 2006.
김풍기, 『옛 시 읽기의 즐거움』, 아침이슬, 2002.
김학성, 『한국고전시가의 연구』, 원광대학교출판국, 1980.
김흥규, 『한국현대시를 찾아서』, 한샘, 1981.
문학과문학교육연구소 편, 『문학교육의 인식과 실천』, 국학자료원, 2000.
박노준, 『고려가요의 연구』, 새문사, 1990.
박노준, 『옛사람 옛노래 향가와 속요』, 태학사, 2003.
박병채, 『새로 고친 고려가요의 어석 연구』, 국학자료원, 1994.
박성희, 『공감학 : 어제와 오늘』, 학지사, 2004.
박이문, 『이카루스의 날개와 예술』, 민음사, 2003.
박이문, 『문학과 언어의 꿈』, 민음사, 2003.
박인기, 『문학교육과정의 구조와 이론』, 서울대학교출판부, 1996.
박휘락, 『미술감상과 미술비평 교육』, 시공사, 2003.
변태섭, 『<고려사>의 연구』, 삼영사, 1982.
서울대 교육연구소 편, 『교육학 대백과사전』, 하우동설, 1998.
서울대학교 국어교육연구소, 『국어교육학사전』, 대교출판, 1999.
성균관대학교 인문사회과학연구회, 『고려가요연구의 현황과 전망』, 집문당, 1996.
성태제, 『현대교육평가』, 학지사, 2005.
성호경, 『고려시대 시가 연구』, 태학사, 2006.
신경림, 『시인을 찾아서』, 우리교육, 2001.
양주동, 『여요전주』, 을유문화사, 1955.
염은열, 『고전문학의 교육적 발견』, 역락, 2008.
원호택, 『이상심리학』, 법문사, 2004.
유종호 외, 『시를 어떻게 만날 것인가』, 작가, 2005.
유종호, 『문학의 즐거움』, 민음사, 1995.

윤여탁, 『시교육론 Ⅱ』, 서울대학교출판부, 1998.
윤영옥, 『고려시가의 연구』, 영남대학교출판부, 1991.
이대규, 『국어교육론』, 교육과학사, 2001.
이돈희, 『교육적 경험의 이해』, 교육과학사, 1993.
이상구, 『구성주의 문학교육론』, 박이정, 2002.
이성영, 『국어교육의 내용 연구』, 서울대학교출판부, 1995.
이성주, 『고려시가의 연구』, 웅비사, 1991.
이어령 · 정병욱, 『고전의 바다』, 현암사, 1982.
이영태, 『고려속요와 기녀』, 경인문화사, 2004.
이임수, 『여가연구』, 형설출판사, 1988.
이재승, 『좋은 국어 수업 어떻게 할 것인가?』, 교학사, 2005.
이종승, 『교육과정과 수업의 원리』, 교육과학사, 1990.
이중연, 『'책'의 운명 : 조선-일제강점기 금서의 사회 · 사상사』, 혜안, 2001.
이홍우, 『교육의 개념』, 문음사, 1991.
이홍우, 『(증보)교육과정 탐구』, 박영사, 1992.
이홍우, 『교육과정이론』, 한국방송통신대학교출판부, 1995.
이환기, 『헤르바르트의 교수이론』, 교육과학사, 1995.
이희승, 『고시조와 가사감상』, 집문당, 2004.
임기중 외, 『고려가요의 문학사회학』, 경운출판사, 1993.
임창재, 『수업심리학』, 학지사, 2005.
장상호, 『학문과 교육 (상)』, 서울대학교출판부, 1997.
장석주, 『만보객 책속을 거닐다』, 위즈덤하우스, 2007.
정경섭, 『고전문학의 이해와 감상』, 문원각, 2003.
정명화 외, 『정서와 교육』, 학지사, 2005.
정병욱, 『한국고전시가론』, 신구문화사, 1977.
정상균, 『한국중세시문학사연구』, 한신문화사, 1986.
정원식 외, 『현대교육심리학』, 교육출판사, 1993.
정진권, 『고전산문을 읽는 즐거움』, 학지사, 2002.
조동일, 『한국문학통사 2』, 지식산업사, 1994.
조연숙, 『고려속요 연구』, 국학자료원, 2004.
조연현, 『감상과 비평』, 평범사, 1957.
조영태, 『교육내용의 두 측면』, 성경재, 2004.
조용기, 『교육의 쓸모』, 교육과학사, 2005.
조지훈, 『시의 원리』, 나남출판, 1998.
책으로 따뜻한 세상 만드는 교사들 지음, 『선생님들이 직접 겪고 쓴 독서 교육 길라잡이』, 푸른숲, 2001.
천경록, 『국어과 수행평가와 포트폴리오』, 교육과학사, 2001.
최동호, 『시 읽기의 즐거움』, 고려대학교출판부, 1999.

최미숙 외, 『국어교육의 이해』, 사회평론, 2008.
최미정, 『고려속요의 전승 연구』, 계명대학교 출판부, 1999.
최지현 외, 『국어과 교수 · 학습 방법』, 역락, 2007.
최진원, 『고시조 감상』, 월인, 2002.
한명희, 『교육의 미학적 탐구』, 집문당, 2002.
허창운 외, 『프로이트의 문학예술이론』, 민음사, 1997.
홍만종, 안대회 역주, 『小華詩評』, 국학자료원, 1995.
홍명희, 『상상력과 가스통 바슐라르』, 살림, 2005.
황규대 외, 『조직행위론』, 박영사, 1999.
황윤한 · 조영임, 『학생들의 다양한 특성을 반영한 개별화 수업 : 이해와 적용』, 교육과학사, 2005.

3. 국외 논저 및 번역서

劉勰, 최신호 역, 『文心雕龍』, 현암사, 1975.
中文大辭典編纂委員會 編, 中文大辭典 第9冊, 中國文化學院華岡出版有限公司, 1973.
佐佐木健一, 민주식 역, 『美學辭典』, 동문선, 1995.
Arendt, H., *The Human Condition*, 이진우 · 태정호 역, 『인간의 조건』, 한길사, 1996.
Aristotle, *Poetics*, 천병희 역, 『시학』, 문예출판사, 1997.
Arnheim, R., *Toward a Psychology of Art*, 김재은 역, 『예술심리학』, 이화여자대학교출판부, 1984.
Beardsley, M., *Aesthetics*, Harcourt Brace, 1958.
Berlyne, D. E., *Aesthetics and psychobiology*, Appleton-Century-Crofts, 1971.
Berlyne, D. E., *Studies in the experimentai aesthetic appreciation*, Hemisphere, 1974.
Beneli, I., *Selective Attention and Arousal*, California State University, Northridge, 1997.
Bloom, B. S. ed, *Taxonomy of educational objectives : the classification of educational goals. 1*, 임의도 외 역, 『교육목표분류학 1』, 교육과학사, 1983.
Bollnow, O. F., *Pädagogik in anthropologischer Sicht*, 오인탁 · 정혜영 역, 『교육의 인간학』, 문음사, 1999.
Bruner, J. S., *The process of Education*, 이홍우 역, 『교육의 과정』, 배영사, 1973.
Caillois, R., *Les Jeux et les hommesle masque et le vertige*, 이상률 역, 『놀이와 인간』, 문예출판사, 1994.
Collot, M., *La Poésie et la structure d'horison*, 정선아 역, 『현대시와 지평구조』, 문학과지성사, 2003.
Csikszentmihalyi, M., *Finding flow : the psychology of engagement with everyday life*, 이희재 역, 『몰입의 즐거움』, 해냄, 2007.
Dewey, J., *Experience and Education*, 엄태동 편저, 『존 듀이의 경험과 교육』, 원미사, 2001.
Dewey, J., *Art as experience*, 이재언 역, 『경험으로서의 예술』, 책세상, 2003.
Dilthey, W., *Des Erlebnes und die Dichtung*, 김병욱 외 역, 『딜타이 시학-문학과 체험』, 예림기

획, 1998.

Dilthey, W., 이한우 역, 『체험, 표현, 이해』, 책세상, 2005.

Dufrenne, M., *Phénoménologie de L'expérience Esthétique*, 김채현 역, 『미적 체험의 현상학 (상)』, 이화여자대학교출판부, 1991.

Eaton, M. M., *Basic issues in aesthetics*, 유호전 역, 『미학의 핵심』, 동문선, 1988.

Eisner, E. W., *The Educational Imagination : On the Design and Evaluation of School Programs*, 이해명 역, 『교육적 상상력 : 교육과정의 구성과 평가』, 단국대학교출판부, 1991.

Winner, E., *Invented worlds : the psychology of the arts*, 이모영 · 이재준 역, 『예술심리학』, 학지사, 2004.

Erikson, E. H., *Childhood and Society*, 유진 · 김인경 역, 『아동기와 사회』, 중앙적성출판사, 1988.

Fromm, E., *To have or to be*, 장현수 역, 『소유냐 존재냐』, 청목, 1988.

Frye, N., *The Educated imagination*, 이상우 역, 『문학의 구조와 상상력』, 집문당, 1992.

Gagné, R. M., *The conditions of Leaning and Theory of Instruction*, 전성연 · 김수동 역, 『교수-학습 이론』, 학지사, 1998.

Gaut, B., et al, *The Routledge Companion to Aesthetics*, Routledge, 2000.

Gilligan, C., *In a different voice : psychological theory and women's development*, 허란주 역, 『다른 목소리로』, 동녘, 1997.

Hamburger, K., *Die Logik der Dichtung*, 장영태 역, 『문학의 논리 : 문학장르에 대한 언어 이론적 접근』, 홍익대학교 출판부, 2001.

Hartmann, N., *Einführung in die Philosophie*, 강성위 역, 『철학의 흐름과 문제들』, 서광사, 1987.

Hartmann, N., *Äesthetik*, 전원배 역, 『미학』, 을유문화사, 1995.

Herman, J. L., et al, *A Practical Guide to Alternative Assessment*, 김경자 역, 『수행평가 과제 제작의 원리와 실제』, 이화여자대학교출판부, 2000.

Holub, R. C., *Reception Theory : A Critical Instruction*, 최상규 역, 『수용이론』, 심지원, 1985.

Joas, H., *Die Kreativität des Handelns*, 신진욱 역, 『행위의 창조성』, 한울, 2002.

Lakoff, G., Johnson, M., *Metaphors we live by*, 노양진 · 나익주 역, 『삶으로서의 은유』, 박이정, 2006.

Makaryk, I. R., *Encyclopedia of Contemporary Literary Theory*, University of Toronto Press, 1993.

Maslow, A. H., *Toward a psychology of Being*, 정태연 외 역, 『존재의 심리학』, 문예출판사, 2005.

Meyer, U. I., *Einführung in die feministische philosophie*, 송안정 역, 『여성주의 철학 입문』, 철학과 현실, 2006.

Meyerhoff, H., *Time in literature*, 김준오 역, 『문학과 시간현상학』, 삼영사, 1987.

Moore, K. D., *Effective instructional strategies : from theory to practice*, Thousand Oaks : SAGE Publications, 2005.

Nisbett, R. E., *The geography of thought : how Asians and Westerners think differently and why*, 최인철 역, 『생각의 지도 : 동양과 서양, 세상을 바라보는 서로 다른 시선』, 김영사, 2004.

Olson, S. H., *The End of Literary Theory*, Cambridge University Press, 1990.

Olson, S. H., *The Structure of literary Understanding*, 최상규 역, 『문학이해의 구조』, 예림기획, 1999.

Ortega, J., *La deshumanizacion del arte*, 박상규 역, 『예술의 비인간화』, 미진사, 1988.

Plutchik, R. *Emotions and Life*, 박권생 역, 『정서심리학』, 학지사, 2004.

Poulet, G., 「독서의 현상학」, 김진국 엮음, 『문학현상학과 해체론적 비평론』, 예림기획, 1999.

Read, H., *Education through Art*, 황향숙 외 역, 『예술을 통한 교육』, 학지사, 2007.

Ricoeur, P., *Le Conflit des interprétations*, 양명수 역, 『해석의 갈등』, 아카넷, 2001.

Riemann, F., *Grundformen der angst*, 전영애 역, 『불안의 심리』, 문예출판사, 2007.

Root-Bernstein, R., Root-Bernstein, M., *Sparks of genius*, 박종성 역, 『생각의 탄생』, 에코의 서재, 1999.

Rorty, A. ed., *Philosophers on education*, Routledge, 1998.

Rosenblatt, L. M., *The Reader, the Text, the Poem*, Southern Illinois University Press, 1978.

Rosenblatt, L. M., *Literature as exploration (5th ed.)*, 김혜리 외 역, 『탐구로서의 문학』, 한국문화사, 2006.

Sallenave, D., *A quoi sert la littérature*, 김교신, 『문학은 무슨 소용이 있는가?』, 동문선, 2003.

Santayana, G., *The Sense of Beauty*, Random House, 1955.

Sartre, J. P., *L' Existentialisme est un humanisme*, 왕사영 역, 『실존주의는 휴머니즘이다』, 청아, 1989.

Sartre, J. P., *Qu'est-ce que la littérature*, 정명환 역, 『문학이란 무엇인가』, 민음사, 1998.

Shklovskiĭ, V. B., *Russian formalist criticism : four essays*, 문학과사회연구소 역, 『러시아 형식주의 문학이론』, 청하, 1986.

Sheppard, A., *Aesthetics*, 유호전 역, 『미학개론』, 동문선, 2001.

Steiger, E., *Grundbeqriffe der Poetik*, 이유영 · 오현일 역, 『시학의 근본개념』, 삼중당, 1978.

Stein, L., *Appreciation : painting, poetry & prose*, University of Nebraska Press, 1996.

Stolnitz, J., *Aesthetics and Philosophy of Art Criticism*, 오병남 역, 『미학과 비평철학』, 이론과실천, 1999.

Todorov, T., *Genres du discours*, 송덕호 · 조명원 역, 『담론의 장르』, 예림기획, 2004.

Tyler, R. W., *Basic Principles of Curriculum and Instruction*, 이해명 역, 『교육과정과 학습지도의 기본 원리』, 교육과학사, 1994.

Wallace, P. M., et al, *Introduction to Psychology*, 이관용 외 역, 『심리학개론』, 율곡, 1992.

Warnke, G., *Gadamer : Hermeneutics, Tradition and Reason*, 이한우 역, 『가다머 : 해석학, 전통 그리고 이성』, 민음사, 1999.

Willi, J., *Psychologie der Liebe*, 심희섭 역, 『사랑의 심리학』, 이끌리오, 2003.

Winner, E., *Invented Worlds*, 이모영 · 이재준 역, 『예술심리학』, 학지사, 2004.

저자 조하연

서울대학교 국어교육과와 같은 학교 대학원을 졸업했다. 「시조에 나타난 청자지향적 표현의 문화적 의미」로 석사 학위를, 「문학 감상 교육 연구－고려속요를 중심으로」로 박사 학위를 받았다. 현재 아주대학교 국어국문학과에 재직하며, 고전시가에 담긴 인간의 심성, 문학의 효용과 교육적 실천을 주제로 연구하고 있다.

고려속요의 교육적 탐색

초판 인쇄 2017년 12월 20일
초판 발행 2017년 12월 27일

지은이 조하연
펴낸이 이대현
편 집 권분옥
디자인 최기윤
펴낸곳 도서출판 역락
서울시 서초구 동광로 46길 6-6(반포4동 577-25) 문창빌딩 2층
전화 02-3409-2058(영업부), 2060(편집부)
팩시밀리 02-3409-2059
이메일 youkrack@hanmail.net
역락블로그 http://blog.naver.com/youkrack3888
등록 1999년 4월 19일 제303-2002-000014호

ISBN 979-11-6244-113-8 93810

* 책값은 표지에 있습니다.
* 파본은 구입처에서 교환해 드립니다.

이 도서의 국립중앙도서관 출판예정도서목록(CIP)은 서지정보유통지원시스템 홈페이지(http://seoji.nl.go.kr)와 국가자료공동목록시스템(http://www.nl.go.kr/kolisnet)에서 이용하실 수 있습니다.(CIP제어번호: CIP2017034421)